安徽師範大學中國詩學研究中心學術專刊

安徽師範大學文學院高峰學科建設經費資助項目

劉學鍇文集

第二卷

李商隱文編年校注（二）

安徽師範大學出版社
ANHUI NORMAL UNIVERSITY PRESS
·蕪湖·

爲濮陽公與劉稹書〔一〕

足下：前以肺肝，布諸簡素，仰承復命，猶事枝辭〔二〕。夫豈告者之不忠，抑乃聽之而未審？擇福莫若重，擇禍莫若輕〔三〕。一去不迴者良時，一失不復者機事〔四〕。噫嘻執事，誰與爲謀？延首北風〔五〕，心焉如灼。是以再陳禍福，用釋危疑。言不避煩，理在易了。丁寧懇款〔六〕，至於再三者，誠以某與先太傅相國〔七〕，俱沐天光，並爲藩后〔八〕。昔云與國，今則親鄰〔九〕。而大年不登，同盟未至〔一〇〕，飯貝纔畢〔一一〕，縗衣莫陳〔一二〕。乃睠後生〔一三〕，遽乖先訓，遷延朝命〔一四〕，迷失臣職〔一五〕。不思先穀之忠〔一六〕，將覆欒書之族〔一七〕。此僕隸之所共惜〔一八〕，兒女之所同悲。況某擁節臨戎，援旗誓衆〔一九〕，封疆甚邇，音旨猶存〔二〇〕。忍欲賣之以爲己功，間之以開戎役？將祛未寤〔二一〕，欲罷不能。顧思苦口之言〔二二〕，以定束身之計〔二三〕。

昔先太尉相公〔二四〕，常蹈亂邦〔二五〕，不從逆命，翻身歸國，全家受封，居韓之西，爲國之屏〔二六〕。棄代之際，人情帖然〔二七〕。太傅相公〔二八〕，以早副軍牙，久從征旆，事君之節已著，居喪之禮又彰。故乃獎其象賢〔二九〕，仍以舊服〔三〇〕，納職貢賦〔三一〕，十五餘年〔三二〕。於我唐爲忠臣〔三三〕，於劉氏爲孝子。人之不幸，天亦難忱〔三四〕。纔加壯室之年〔三五〕，奄有壞梁之歎〔三六〕。主上深固義烈，是降優恩〔三七〕。蓋將顯足下之門，爲列藩之式，不欲劉氏有自立之帥，上黨爲幸恩之軍〔三八〕。俾之還朝，以聽後命〔三九〕。其義甚著，其恩莫偕。昨者祕不發喪，已逾一月〔四〇〕；安而拒詔，又歷數旬〔四一〕。祕喪則於孝子未聞，拒詔則於忠臣已失。失忠於國，失孝於家，望此用人，由茲保族，是亦坐薪言泰〔四二〕，巢幕云安〔四三〕，智士之所寒心〔四四〕，謀夫之所齰舌〔四五〕。矧於僕者，得不動心？

竊計足下之懷，執事之論，當以趙氏傳子，魏氏襲侯〔四六〕，欲以逡巡希恩〔四七〕，顧望謀立耳。夫事殊者趣異，勢别者跡睽〔四八〕。故度其始而議其終，搴其華而尋其實〔四九〕，願爲足下一二而陳之〔五〇〕。夫趙、魏二侯〔五一〕，於其先也，親則父子；於其人也，職則副戎〔五二〕。賞罰得以相參，恩威得以相抗。義顯事順，故朝廷推而與之。今足下之于太傅也，地則猶子〔五三〕，職非副戎，賞罰未嘗相參，恩威未嘗相抗。稽喪則于義爽〔五四〕，拒詔則於事乖，比趙、魏二侯，信事殊而勢别矣。此施之於太傅、趙、魏，則爲繼代象賢之美；施之於足下，足下則爲自立擅命之尤〔五五〕。得失之間，其理甚白。

又計足下，未必不恃太傅之好賢下士，重義輕財，吴國之錢，往往而有；梁園之客，比比而來〔五六〕。將倚以爲墻藩〔五七〕，託以爲羽翼，使之謀取〔五八〕，使以數求〔五九〕。細而思之，此又非計。山高則祈羊自至〔六〇〕，泉深則沈玉自來〔六一〕。己立然後人歸，身正然後士附。語有之曰：『政亂則勇者不爲鬬，德薄則賢者不爲謀。』故吴濞有姦而鄒陽去〔六二〕，燕惠無德而樂生奔〔六三〕。晋寵大夫，卒成分國之禍〔六四〕；衛多君子〔六五〕，孰救渡河之烖〔六六〕？此之前車，得不深鏡〔六七〕！

代、憲四祖〔六八〕，文明繼興〔六九〕。當時燕、趙、中山〔七〇〕，淮陽、齊、魯〔七一〕，連結者幾姓〔七二〕？旅拒者幾侯〔七三〕？咸逆天用人，背惠忘德。據指掌之地〔七四〕，謂可逃刑〔七五〕；倚親戚之私〔七六〕，謂能取信。一旦地空家破，首裂支分，闇者不能爲謀，明者固以先去。悔而莫及，末如之何。先太尉與李洧尚書〔七七〕，齊之密戚〔七八〕；楊太保與蘇肇給事〔七九〕，蔡之懿親〔八〇〕。並據要地方州，領精甲鋭卒。及其王師戾止〔八一〕，我武維揚〔八二〕，則割地驅人以降，送款輸忠而入〔八三〕。非不顧密戚〔八四〕，非不念懿親，非不思恩，非不懷惠，直以逆順是逼〔八五〕，死生實難，能與其同休，不能與其共戚故也。況足下大未侔齊、蔡，久未及李、吴〔八六〕，將以其人，動於不義，僕固恐夙沙之國〔八七〕，縛主之卒重生〔八八〕；彭寵之家，不義之侯更出〔八九〕。

又計足下，當恃太行九折之險〔九〇〕，部内數州之饒〔九一〕，兵士尚强，倉儲且足，謂得支久〔九二〕，謀而使安〔九三〕。危哉此心，自棄何速〔九四〕！昔李抱真相國〔九五〕，用彼州之人，破朱滔於燕〔九六〕，困田悦於魏〔九七〕，連兵轉戰，緜歲經時。而潞人子死不敢悲，夫死不敢哭〔九八〕，何者？李相國奉討逆之命，爲勤王之師，義著而誠順故也〔九九〕。及盧從史釋喪就位，賣降冀功〔一〇〇〕，將乘討伐之時，欲肆凶邪之性，計未就而人神已怒，事未立而兵衆已離。以萬夫之長，困一卒之手。驅檻北闕〔一〇一〕，棄尸南荒。而潞之人，猶老者捫胸〔一〇二〕，少者扼腕〔一〇三〕，謂朝廷不即顯戮〔一〇四〕，深爲失刑。其故何哉？以從史不義不暱〔一〇五〕，去安就危，衆黜其謀，下不爲用故也〔一〇六〕。二帥去就，非因傳聞，鳩杖之人〔一〇七〕，鮐背之叟〔一〇八〕，知其本末，尚能言之。則太行之險，固不爲悖者之守〔一〇九〕；數州之衆，固不爲邪者之徒。此又其不足恃也〔一一〇〕。由此言之，則以何名隳家聲〔一一一〕？何事捨君命？何道求死士？何計得人心〔一一二〕？此僕者所以對案忘飧〔一一三〕，推枕不寢〔一一四〕，爲足下惜，爲足下危，而不知其所以然也。

況太傅比者養牛添卒〔一一五〕，畜馬訓兵，旁招武幹之材〔一一六〕，中舉將軍之令。然而聽於遠近〔一一七〕，頗有是非。雖朝廷推赤心〔一一八〕，弘大度〔一一九〕，然不逞者已有乖異之説〔一二〇〕，横議者屢興悖惡之疑〔一二一〕。『人之多言，亦可畏也。』〔一二二〕。誰爲來者，宜其弭之〔一二三〕。今足下背季父引進之恩〔一二四〕，失大朝文誥之令〔一二五〕，則是實先太傅之浮議，彰昭義軍之有謀〔一二六〕。爲人姪，則致叔父於不忠〔一二七〕；爲人孫，則敗乃祖於無後。亦何以對燕、趙之士〔一二八〕，見齊、魯之人耶〔一二九〕？

又計足下旬日之前〔一三〇〕，造次爲慮，今兹追改，懼有後艱〔一三一〕。此左右者不明，而咨詢之未盡也。

近者李尚書祐〔一三二〕、董常侍重質之輩〔一三三〕，並親爲賊將，拒我官軍，納質於匪人，效用於戎首〔一三四〕。久乃來復，尚蒙殊恩。皆受郡符〔一三五〕，咸領旗鼓〔一三六〕。不能悉數，厥徒實繁〔一三七〕。豈有足下藉兩代之餘資，委數萬之舊旅〔一三八〕，俛首聽命，舉宗效誠，則朝廷又豈以一日之稽遲，片辭之疑異，而致足下於不測〔一三九〕，沮足下於後至〔一四〇〕？故事具存，可以明驗。幸請自求多福〔一四一〕，無辱前人。護龍旐以歸洛師〔一四二〕，秉象笏而朝魏闕〔一四三〕。必當勳庸繼代，富貴通身〔一四四〕。無爲鄰道所資〔一四五〕，使作他人之福。

儻尚淹歸款，未整來軒〔一四六〕，戎臣鼓勇以争先〔一四七〕，天子赫斯而降怒〔一四八〕。金玦一受〔一四九〕，牙璋四馳〔一五〇〕。魏、衛壓其東南，晋、趙出其西北〔一五一〕。拔距投石者〔一五二〕，數逾萬計；科頭戟手者〔一五三〕，動以千羣。兼驅扼虎之材官〔一五四〕，仍率射雕之都督〔一五五〕。感義則日月能駐〔一五六〕，拗憤則沙石可吞〔一五七〕。使兵用火焚〔一五八〕，城將水灌〔一五九〕。魏趣邢郡，趙出洺州〔一六〇〕。介二大都之間〔一六一〕，是古平原之地〔一六二〕。車甲盡輸於此境〔一六三〕，糗糧反聚於他人。恃河北而河北無儲〔一六四〕，倚山東而山東不守〔一六五〕。以兩州之殘殍〔一六六〕，抗百道之奇兵〔一六七〕，比累卵而未危〔一六八〕，寄孤根於何所〔一六九〕！則老夫不佞，亦有志焉。願驅敢死之徒，以從諸侯之末〔一七〇〕。下飛狐之口〔一七一〕，入天井之關〔一七二〕，巨浪難防，長飈易扇。此際必當驚地底之鼓角，駭樓上之梯衝〔一七三〕。喪貝躋陵〔一七四〕，飛走之期既絶〔一七五〕；投戈散地〔一七六〕，灰釘之望斯窮〔一七七〕。自然麾下平生，盡忘舊愛；帳中親信，即起他謀〔一七八〕。辱先祖之神靈，爲明時之戮笑〔一七九〕。静言其漸，良以驚魂〔一八〇〕。

今故再遣使車，重申丹素〔一八一〕。惟鑒前代之成敗〔一八二〕，訪歷事之賓僚〔一八三〕。思反道敗德之難〔一八四〕，念順令畏威之易。時以吉日〔一八五〕，蹈兹坦途。勿餒劉氏之魂〔一八六〕，勿汙潞人之俗〔一八七〕。封帛增欷〔一八八〕，含毫益酸〔一八九〕。延望還章，用以上表〔一九〇〕。成敗之舉，慎惟圖之，不宣。河陽三城節度使王茂元頓首。

校注

〔一〕本篇原載《文苑英華》卷六四六第一〇頁、清編《全唐文》卷七七九第四頁、《樊南文集詳注》卷八。又載《册府元龜》卷四一六總四九五八頁。《英華》《全文》題均作《爲濮陽公檄劉稹文》，今從馮注本。〔英華注〕文，集作『書』。〔徐校〕文，集作『書』，是。〔馮校〕《英華》作『檄』，集作『書』。《玉海》引之亦作『檄』。然檄爲聲罪之辭，書有勸戒之語。文非檄體，首尾顯然。《李衛公文集》有《代諸節度與澤潞軍將書》。《玉海》又引《册府元龜》，武宗遣諸鎮告諭以利病禍福之宜，茂元與稹書云云。蓋上受廟謨，故可貽書誡諭。其體則書，其義同檄。故《册府》作『書云』，而列之檄類。《史記·張儀傳》：爲文檄告楚相。注：許慎云：檄，二尺書也。《文心雕龍》有云張儀《檄楚書》。〔按〕馮譜、張箋均繫會昌三年，而未詳考月日。《新唐書·武宗紀》：會昌三年，『四月乙丑（初七），昭義軍節度使劉從諫卒。』《通鑑·武宗會昌三年》：四月，『從諫尋薨，稹秘不發喪……逼監軍崔士康奏稱從諫疾病，請命其子稹爲留後……辛巳（二十三日），始爲從諫輟朝，贈太傅，詔劉稹護喪歸東都……稹不從。丁亥（二十九日），以忠武節度使王茂元爲河陽節度使……五月……辛丑（十三日），制削奪劉從諫及子稹官爵，以元逵爲澤潞北面招討使，何弘敬爲南面招討使，與夷行、劉沔、茂元合力攻討。』文中凡稱劉從諫，皆曰『太傅』，可證本篇必作於會昌三年四月二十三日朝廷贈從諫太傅之後，五月十三下制削奪從諫及劉稹官爵之前。又據文内『昨者祕不發喪，已逾一月；安而拒詔，又歷數旬。』從諫四月初七卒，逾一月則已五月初七之後；劉稹拒詔，至此亦近兩旬。故可考知此文當作於會昌三年五月七日至十三日之間。其時朝廷尚未削奪從諫及稹官爵，明令進討，故文自爲勸誡之書體，而不可能爲聲罪之檄體。此文不僅形式、體製非討伐叛逆之檄文，内容亦主要爲勸諭告誡，敦促其束身歸朝，即『儻尚淹歸款』一段之正言厲色，目的亦在促其『蹈茲坦途』。故文題作《爲濮陽公與劉稹書》，内容、體製方始一致。然《英華》《全文》均作《爲濮陽公檄劉稹文》，亦未必爲後人之擅改，頗疑大中元年義山編《樊南甲集》時所改。蓋會昌伐叛之役勝利以後，劉稹之叛逆已成歷史結論，故將文題《爲濮陽公與劉稹書》改爲《爲濮陽公檄劉稹文》，而文之内容及對從諫之稱謂則未加改動，而此未加改動之『太傅』稱謂正可考知其寫作具體時間。《唐大詔令集》一二〇載李德裕《討潞州制》，中云『中使挾醫，莫覯其朝服；近臣銜命，不入於壘門。逆節甚明，人神共棄，其贈官及所授官爵並劉稹在身官，並宜削奪』，末注『會昌三年七月』，似至七月方削從諫贈官。然從諫四月初七卒，如七月削奪贈官，則與本文『昨者祕不發喪，已逾一月，安而拒詔，又歷數旬』之語明顯不合。故制文削奪官爵一節，當是重申五月辛丑削奪從諫及稹官爵之決定，非謂至七月方削奪官爵也。

〔二〕〔徐注〕《易》：中心疑者其辭枝。〔補注〕枝辭，旁岔支吾、浮華不實之辭。

〔三〕〔馮注〕《國語》范文子語。〔補注〕：《國語·晋語六》：『范文子曰：擇福莫若重，擇禍莫若輕。』

〔四〕〔補注〕機事，此指機會難得或時機急迫之事。

〔五〕〔徐注〕阮籍《正欲賦》：佇延首以極視。〔按〕劉稹所據之澤潞鎮在王茂元所鎮之河陽北，故云『延首北風』。《詩·邶風·北風》有『北風其涼，雨雪齊雱。惠而好我，携手同行。其虚其邪？既亟只且』之句。

〔六〕款，《册府》作『切』。〔補注〕懇款，懇切忠誠。

〔七〕太傅，《英華》《册府》均作『太師』，徐本、馮本從之。以下凡《全文》作『太傅』處，《英華》《册府》、徐本、馮本均作『太師』。〔馮注〕《舊書·劉悟傳》：子從諫，充昭義節度使。文宗即位，進檢校司空。大和七年，加同中書門下平章事。武宗時，進司徒，卒。〔按〕此書作於四月辛巳（二十三）贈從諫太傅之後，五月辛丑（十三）削奪從諫及稹官爵之前，故凡稱從諫處皆曰『太傅』。兩《唐書·劉從諫傳》不著『太傅』之贈官，固因修史者往往略去此類贈官，更緣劉稹拒詔反叛，朝廷既已削從諫及稹官爵，修史者自更無必要書此。馮氏引《舊書》以注『太師』之稱，不知作書之時自當稱『太傅』也。《英華》《册府》之作『太師』，或因編者不知從諫有太傅之贈官而改。
〔八〕〔徐注〕陸機詩：發跡翼藩后。〔補注〕藩后，此指節度使。羊勝《屏風賦》：『藩后宜之，壽考無疆。』
〔九〕〔補注〕與國，相與交善之國，此指同爲節度使。王茂元開成五年至會昌三年爲忠武節度使時，劉從諫爲澤潞節度使，故云『昔爲與國』。會昌三年四月丁丑茂元移鎮河陽，與澤潞封疆相接，故云『今則親鄰』。
〔一〇〕同盟，《英華》作『門望』，非。〔馮注〕《左傳》：諸侯五日而葬，同盟至。〔補注〕《莊子·逍遥遊》：『小知不及大知，小年不及大年。』大年，謂年壽長。大年不登，即下文『纔加壯室之年，奄有壞梁之歎』。
〔一一〕〔馮注〕《檀弓》：飯用米貝，弗忍虚也。《穀梁傳》：貝玉曰含。〔補注〕古代喪禮，以珠、玉、貝、米納於死者口中，曰飯含、飯貝、飯玉、飯珠。《後漢書·禮儀志下》『飯唅珠玉如禮』劉昭注引《禮稽命徵》：『天子飯以珠，唅以玉；諸侯飯以珠，唅以璧；卿大夫、士飯以珠，唅以貝。』
〔一二〕〔馮注〕《儀禮》：襚者委衣于牀。《公羊傳》：車馬曰賵，貨財曰賻，衣被曰襚。〔補注〕襚衣，贈與死者之衣服。
〔一三〕〔馮注〕眷、睠通。《詩·小雅》：睠睠懷顧。《韓詩》作『眷眷』。《大雅》：乃眷西顧。箋曰：眷本又作『睠』。〔補注〕後生，指劉稹。
〔一四〕〔徐注〕宋玉《登徒子好色賦》：因遷延而辭避。〔補注〕此指劉稹遷延時日，不遵朝旨，奉從諫喪歸洛陽事。
〔一五〕〔補注〕迷失臣職，謂不遵朝命。
〔一六〕縠，《英華》作『縠』，注：《左傳》作『縠』。〔徐注〕《左傳》：晋人討邲之敗與清之師，歸罪於先縠而殺之，盡滅其族。按：先縠違命喪師，不可謂忠。疑當作『先軫』。《左傳·僖三十三年》：狄伐晋及箕，先軫免冑入狄師死焉。狄人歸其元，面如生。〔馮按〕《英華》刊本誤作『轂』，而注曰：《左傳》作『縠』，明是誤『軫』爲『轂』也，故直改正（馮本作『軫』）。〔按〕《英華》宋刊殘本作『縠』不作『轂』，馮氏所據蓋明刊《英華》，故誤

『軫』爲『轂』之説不確。本集與《英華》既分作『穀』與『縠』，則原當作『穀』，形誤而爲『縠』。蓋義山數典，一時誤記『先軫』爲『先穀』也。今仍其舊而略説其致誤之由。

〔一七〕〔馮注〕《春秋左傳》：晉欒盈出奔楚，自楚適齊，齊納諸曲沃。欒盈帥曲沃之甲入絳，乘公門，范鞅用劍以帥卒，欒氏退，欒盈奔曲沃。晉人克欒盈于曲沃，盡殺欒氏之族黨。欒魴出奔宋。按：盈，書之孫，黶之子，皆用晉事切地。

〔一八〕惜，《英華》作『惋』，注：集作『惜』。

〔一九〕援，《英華》注：集作『拔』。非。〔徐注〕《後漢書·隗囂傳》：論曰：囂援旗糾族。〔馮注〕《南史·虞寄傳》：『杖劍興師，援旗誓衆。』

〔二〇〕旨，《册府》作『問』。〔補注〕音旨，猶音信。

〔二一〕〔補注〕祛未寤，開導消除未曾醒悟。

〔二二〕〔徐注〕《漢書·張良傳》：良曰：忠言逆耳利于行，良藥苦口利于病。〔馮注〕《家語》：孔子曰：良藥苦於口，而利於病；忠言逆於耳，而利於行。

〔二三〕〔馮注〕《晉書·段灼傳》：鄧艾被詔書，束身就縛。又《王坦之傳》：卒士韓帳束身自歸。此謂束身歸朝，語習見。《舊書·代宗紀》：田承嗣表：請束身歸朝。《德宗紀》：李懷光謝罪，請束身歸朝。

〔二四〕〔補注〕先太尉相公，指劉稹之祖父劉悟。卒贈太尉。詳注〔二七〕。

〔二五〕〔補注〕《論語·泰伯》：『危邦不入，亂邦不居。』事詳注〔二七〕。

〔二六〕之屏，《册府》作『屏藩』。〔補注〕昭義鎮所轄澤、潞二州，地處戰國時韓國之西北，故云『居韓之西』。

〔二七〕〔徐注〕《北史·尉元傳》：東南清晏，遠近帖然。〔馮箋〕《舊書·劉悟傳》：悟爲淄青節度都知兵馬使。憲宗下詔誅師道，師道遣悟將兵拒魏博軍，悟未及進，馳使召之。悟度使來必殺己，乃召諸將與謀曰：『魏博田弘正兵强，出戰必敗，不出則死。今天子所誅者，司空（按：指李師道）一人而已，悟與公等皆爲所驅迫，何如轉危亡爲富貴？』於是以兵取鄆，擒師道，斬其首以獻。擢拜悟義成軍節度使，封彭城郡王。穆宗即位，檢校尚書右僕射，移鎮澤潞。旋以本官兼平章事。寶曆元年九月卒，贈太尉。

〔二八〕傳，《英華》作『師』，非。公，《英華》注：集作『國』。〔補注〕太傅相公，指劉從諫。大和七年，加同中書門下平章事。會昌三年四月，贈太傅。

〔二九〕乃，《英華》注：集作『前』。〔補注〕《書・微子之命》：『殷王元子，惟稽古崇德象賢。』《儀禮・士冠禮》：『繼世以立諸侯，象賢也。』鄭玄注：『象，法也。爲子孫能法子孫之賢，故使之繼世也。』

〔三〇〕〔補注〕《書・仲虺之誥》：『天乃錫王勇智，表示萬邦，纘禹舊服。』舊服，舊有之屬地。此指澤潞。〔徐箋〕《舊書・傳》：悟遺表請以其子從諫繼纘戎事。敬宗寶曆二年，充昭義節度等使。

〔三一〕貢賦，《册府》作『修貢』。

〔三二〕十五，《全文》作『五十』，誤，據《英華》乙正。〔補注〕自敬宗寶曆二年至會昌三年，爲十七年，故云『十五餘年』。

〔三三〕我唐，《册府》作『唐室』。

〔三四〕〔徐注〕《書》：天難諶，命靡常。〔馮注〕《詩》：天難忱斯。〔補注〕諶、忱通，相信。《書》孔傳：『以其無常，故難信。』

〔三五〕〔徐注〕《禮記》：三十曰壯，有室。〔按〕據《新唐書・藩鎮傳・劉從諫》：『卒，年四十一，贈太傅。』四十一歲不得謂『纔加壯室之年』。《禮記・曲禮上》：『四十曰强，而仕。』疑商隱誤『强仕』爲『壯室』，四十一恰爲『纔加强仕之年』。商隱誤『强仕』爲『壯室』，又見《梓州道興觀碑銘并序》：『陸平原壯室之年，交親零落。』陸機《歎逝賦序》：『余年方四十，而懿親戚屬，亡多存寡；昵交密友，亦不半存。』《梓州道興觀碑銘序》之『壯室』，亦『强仕』之誤也。

〔三六〕〔徐注〕《禮記》：孔子歌曰：『泰山其頽乎！梁木其壞乎！哲人其萎乎！』蓋寢疾七日而殁。箋：從諫進位檢校司徒，會昌三年卒。大將郭誼等匿喪，用其姪稹權領軍務。〔馮按〕《新書·傳》於大和六年前曰『從諫……方年壯，思立功』，後又曰『卒，年四十一』。《通鑑》曰：悟薨，從諫匿其喪。司馬賈直言責之曰：『爾孺子何敢如此？』若如《新書》，似不合稱『孺子』。證以此文，則《新·傳》有舛也。〔按〕《新·傳》紀從諫卒之年歲不誤，乃義山用事誤，詳上注。

〔三七〕優恩，《册府》作『絲綸』。

〔三八〕蓋將……後命，《册府》作『俾足下還朝，聽國家後命』。辜恩，《英華》注：集作『姑息』。〔馮注〕李陵《答蘇武書》：陵雖辜恩，漢亦負德。〔補注〕上黨，即潞州，澤潞節度使治所。

〔三九〕後，《英華》作『故』，徐本作『復』，均誤。《英華》注：集作『後』。〔馮注〕《舊書·傳》：詔稹護喪歸洛，以聽朝旨，稹竟叛。《通鑑》：上遣供奉官往諭指：稹入朝，必厚加官爵。

〔四〇〕〔補注〕劉從諫卒於會昌三年四月乙丑（初七），此云『已逾一月』，當在五月七日以後。《册府》此句作『已當踰月』，則纔值踰月也。

〔四一〕〔補注〕《通鑑·會昌三年》：四月，『辛巳（二十三），始爲從諫輟朝，贈太傅，詔劉稹護喪歸東都。又召見劉從素（稹父），令以書諭稹，稹不從。』自四月二十三至五月辛丑（十三），已歷兩旬。

〔四二〕〔徐注〕《漢書·賈誼傳》：《疏》曰：抱火厝之積薪之下而寢其上，火未及燃，因謂之安。

〔四三〕〔馮注〕《左傳》：吴公子札自衛如晉，將宿于戚，聞鐘聲焉，曰：『異哉！夫子獲罪於君以在此……猶燕之巢于幕上。』〔按〕幕，帳幕，隨時可撤。燕巢其上，至爲危險。

〔四四〕〔徐注〕《史記·刺客傳》：鞫武曰：『以秦王之暴，而積怒於燕，足爲寒心。』索隱：凡人寒甚則心戰，恐懼亦戰。今以懼譬寒，言可爲心戰。

〔四五〕〔徐注〕《漢書·田蚡傳》：韓安國謂蚡曰：『魏其必媿，杜門齰舌自殺。』師古曰：齰，齧也，音仕客反。按：齘，《説文》本作『齰』，重文省作『齚』。〔馮注〕《説文》：齰，齧也。側革切。或從『乍』作『齚』。

〔四六〕〔馮注〕趙氏傳子，謂成德王廷湊死，子元逵襲也。魏氏襲侯，謂魏博何進滔死，子重順襲，賜名弘敬也。皆舉河朔近事言之。〔按〕成德節度使治恒（鎮）州，古屬趙地；魏博節度使治魏州，故曰『魏氏』。王元逵、何弘敬襲位事分見《通鑑》文宗大和八年、開成五年。

〔四七〕〔補注〕逡巡，拖延。

〔四八〕〔補注〕謂澤潞之事情形勢不同於成德、魏博。暌，異。《通鑑·會昌三年》：『上以澤潞事謀於宰相，宰相多以爲：「回鶻餘燼未滅，邊境猶須警備，復討澤潞，國力不支，請以劉稹權知軍事。」諫官及羣臣上言者亦然。李德裕獨曰：「澤潞事體與河朔三鎮不同。河朔習亂已久，人心難化，是故累朝以來，置之度外。澤潞近處心腹……朝廷若又因而授之，則四方諸鎮誰不思效其所爲，天子威令不復行矣！」』德裕所論，正『事殊』『勢別』之真正内涵。

〔四九〕〔補注〕謂考察事之因果本末。故，《英華》作『胡不』。

〔五〇〕二，《全文》作『一』，據《英華》改。〔馮注〕《荀子·儒效篇》：應當時之變，若數一二。《史記·淮陰侯傳》：蒯通曰：『聽不失一二者，不可亂以言計。』

〔五一〕《英華》無『夫』字。

〔五二〕〔馮注〕節度使下皆有副使，每以其子爲之。其後，即自爲留後襲爵。史傳中習見。

〔五三〕傅，《英華》作『師』，誤，詳注〔六〕。猶子，《全文》作『相近』，據《英華》《册府》改。馮注本作『相近』，注曰：叔姪相近，尚非親父子也。

〔五四〕稽，《全文》作『秘』，據《英華》改。

〔五五〕傅，《英華》作『師』，誤。〔補注〕『此施之於』二句，謂子襲父位之事，施之於劉從諫、王元逵、何弘敬，則爲繼承先人賢德、爵位之美事；施之於劉稹，則爲擅自襲位、對抗朝命之罪過。

〔五六〕傅，《英華》作『師』，誤。〔徐注〕《漢書·吴王濞傳》：吴有豫章郡銅山，即招致天下亡命者盜鑄錢。《漢書·梁孝王傳》：孝王築東苑，方三百餘里，廣睢陽城七十里，招延四方豪傑，自山東遊士莫不至。〔馮注〕《漢書·吴王濞傳》：發書遺諸侯曰：『寡人金錢在天下者，往往而有，非必取於吴，諸王日夜用之不能盡。』〔補箋〕《新唐書·劉從諫傳》：『善貿易之算。徙長子道入潞，歲榷馬征商人。又熬鹽，貨銅鐵，收緡十萬。賈人子獻口馬金幣，即署牙將。』《通鑑·會昌三年》亦載：『從諫榷馬牧及商旅，歲入錢五萬緡。又賣鐵煮鹽亦數萬緡。』所謂『吴國之錢，往往而有』，當指其財力雄厚，非謂其盜鑄錢。

〔五七〕墻藩，《册府》作『藩屏』。

〔五八〕之，《册府》作『以』。

〔五九〕以，《全文》作『之』，據《英華》改。〔補注〕數，策略、權術。

〔六〇〕祈，《英華》作『瓶』，誤。見下注。

〔六一〕〔徐注〕《管子》：山高而不崩，則祈羊至矣；淵深而不涸，則沈玉極矣。〔馮注〕《管子》注：山高淵深，興雨之祥在焉，故烹羊以祈，沉玉以祭。極，至也。泉深，唐人諱『淵』作『泉』。〔補注〕祈羊，古代祭山儀式。

〔六二〕〔徐注〕《漢書·鄒陽傳》云：陽與嚴忌、枚乘俱事吴。吴王陰有邪謀，陽奏書諫吴王，不納其言。於是鄒陽、枚乘、嚴忌皆去之梁，從孝王游。

〔六三〕惠，《全文》作『噲』，據《英華》改。〔馮注〕《戰國策》：昌國君樂毅爲燕昭王攻齊，下七十餘城。昭王死，惠王即位，用齊人反間，疑樂毅而使騎劫代之將。樂毅奔趙，趙封以爲望諸君。

〔六四〕〔徐注〕《漢書·劉向傳》：昔晋有六卿，世執朝柄，終後六卿分晋。〔按〕六卿，指晋范、中行、知、韓、趙、魏六姓大夫。後韓、趙、魏三家分晋。

〔六五〕〔徐注〕《左傳》：吴公子札適衛，曰：『衛多君子，未有患也。』

〔六六〕〔徐注〕《左傳》：狄人伐衛，衛懿公夜與國人出，狄入衛，遂從之。又敗諸河。〔馮曰〕衛事前後稍倒（編著者按：吴季札適衛事在襄公二十九年，狄人伐衛事在閔公二年），固不必拘也。〔補注〕烖，同灾。

〔六七〕〔徐注〕《晏子春秋》：諺曰：『前車覆，後車戒。』〔馮注〕《漢書·賈誼傳》：鄙諺曰：『前車覆，後車誡。』《史記·高祖功臣表》：居今之世，志古之道，所以自鏡也。《東觀漢記》：覽照前世，紀爲鏡戒。

〔六八〕代憲，《册府》作『憲代』。〔馮注〕代、德、順、憲四朝。

〔六九〕〔補注〕《書·舜典》：『濬哲文明，温恭允塞。』孔疏：『經天緯地曰文，照臨四方曰明。』

〔七〇〕〔馮注〕按《左傳》注曰：中山、鮮虞。《國策》注曰：漢中山王靖移居盧奴。《後漢書·郡國志》：恒山在中山國上曲陽西北也。至後魏改定州，唐義武軍節度治所，建中三年置，其先則屬成德軍也，當時亦爲李惟岳所據，見《紀》《傳》。

〔七一〕〔徐箋〕《新書·藩鎮傳論》曰：趙、魏、燕、齊，同日而起；梁、蔡、吴、蜀，躡而和之。其餘混澒軒囂，欲相效者，往往而是。〔馮箋〕盧龍則朱滔，德宗建中三年反，僭稱王，改燕爲冀。成德則李寶臣，代宗大曆十年反；李惟岳，德宗建中二年反；王武俊，建中三年反，僭稱趙王，王承宗，憲宗元和五年邀赦，十一年又反。魏博則田承嗣，大曆八年反，三年僭稱魏王。齊則淄青李納承父正己作亂，與趙、魏、冀同于建中三年長至日稱王；李師道，元和十年連吴元濟以叛。梁則汴宋李靈曜，大曆十一年反，結田承嗣爲援；其後建中三年，淮西李希烈兼淄青節度，與李納、朱滔、田悦連和攻汴州，入之，僭即帝位，號國曰楚。蔡則吴少誠，德宗貞元五年反；吴元濟，元和中反。吴則李錡據浙西，蜀則劉闢據西、東川，皆元和初反。或討平，或赦罪復官，或自死，俱詳史傳。此皆代、憲四朝中事。而朱泚、李懷光之陷京師，致德宗出幸奉天，尤爲巨寇。其他反側之徒，亦尚有之。至魏博之史憲誠，鎮冀之王庭湊，盧龍之朱克融，其叛則在穆宗時，兖海之李同捷則叛於文宗時矣。〔補注〕燕，指盧龍（幽州）鎮；趙，指成德鎮；中山，指義武軍節度；淮陽，指淮西鎮；齊魯，指淄青鎮。

〔七二〕連結，《册府》作『結連』。

〔七三〕〔徐注〕《後漢書·馬援傳》：援曰：『若黠羌欲旅拒。』〔補注〕《北史·四夷傳序》：『强者旅拒，弱則稽服。』旅拒，抗拒不從。

〔七四〕〔馮注〕《後漢書·岑彭傳》：宰臣諫田戎曰：『今四方豪傑，各據郡國，洛陽地如掌耳。』

〔七五〕〔徐注〕《左傳》：有罪不逃刑。

〔七六〕〔徐注〕《左傳》：親戚爲戮。

〔七七〕〔馮注〕太尉事見上注〔二七〕。《舊書·李洧傳》：洧，正己從父兄，正己用爲徐州刺史。正己死，子納犯宋州，洧以徐州歸順，加御史大夫，封潮陽郡王，爲徐海沂觀察使，檢校工部尚書。

〔七八〕〔補注〕謂劉悟、李洧均爲淄青鎮李師道、李正己關係最親密者。李納叛，自稱齊王。

〔七九〕〔馮注〕《舊書·吴元濟傳》：元濟，少陽長子也。先是，少陽判官蘇兆、楊玄卿及其將侯惟清，嘗同爲少陽晝朝覲計。及元濟自領軍，兇狠無義，素不便兆，縊殺之，朝廷贈蘇兆以右僕射。楊玄卿先奏事在京師，得盡言經略淮西事於宰相李吉甫。《楊玄卿傳》：玄卿每與少陽言，諭以大義，乃爲凶黨所搆，賴節度判官蘇肇保持，故免。玄卿潛奉朝廷。元濟繼立，玄卿即日離蔡，以賊勢盈虚條奏。玄卿妻陳氏并四男並爲元濟所殺，同圬一射垛。蘇肇以保持玄卿，亦同日遇害。玄卿後歷涇原、河陽、汴宋節度觀察，授太子太保，卒。按：兆、肇音同，故史文兩用。但兆死於賊手，引之反覺不武，而『給事』亦不符，疑傳刻有誤也。《册府元龜》《通鑑》皆作『兆』。

〔八〇〕〔徐注〕蔡謂吴元濟。〔補注〕彰義軍節度治蔡州。吴元濟爲彰義軍節度，攝蔡州刺史。懿親，至親。

〔八一〕戾，《英華》注：集作『莅』。《册府》作『萃』。〔補注〕《詩·魯頌·泮水》：『魯侯戾止，言觀其旂。』戾止，來到。

〔八二〕〔補注〕《書·泰誓中》：『今朕必往，我武維揚。侵于之疆，取彼凶殘。我伐同類，于湯有光。』《孟子·滕文公下》：《太誓》曰：『我武維揚，侵于之疆，則取于殘，殺伐用張，于湯有光。』

〔八三〕忠，《册府》作『誠』；以，《册府》作『而』。

〔八四〕顧，《册府》作『念』。

〔八五〕思，《册府》作『知』；逼，《册府》作『迫』。

〔八六〕〔補注〕二句謂劉稹所據之澤潞，地盤與實力、盤踞之時間，均不能與淄青之李師道、淮西之吴元濟相比。

〔八七〕《册府》無『固』字。注見下。

〔八八〕〔馮注〕《吕氏春秋》：夙沙之民，自攻其君，而歸神農。《淮南子》作『宿沙』。注曰：伏羲、神農之間，有共工、宿沙，霸天下者。〔補注〕《帝王世紀・炎帝神農紀》：『諸侯夙沙氏，叛不用命，箕文諫而殺之。炎帝退而修德，夙沙之民自攻其君而歸炎帝。』

〔八九〕〔馮注〕《後漢書・彭寵傳》：寵發兵反，攻拔薊城，自立爲燕王。建武五年春，寵齋獨在便室，蒼頭子密等三人，斬寵馳詣闕，封爲不義侯。

〔九〇〕〔馮注〕《左傳》：哀四年，齊伐晉壺口。杜預曰：路縣東有壺口關。《漢書・地理志》：上黨壺關縣有羊腸坂。《郡國志》：晉陽萬谷根山即羊腸坂也。按：古人言羊腸者每即云九折。餘見《太倉箴》注〔二〕。

〔九一〕〔馮注〕《舊書・志》：昭義軍節度治潞州，領潞、澤、邢、洺、磁五州。

〔九二〕支，《册府》作『以』。〔補注〕《通鑑・會昌三年》：『時議者鼎沸，以爲劉悟有功，不可絶其嗣。又從諫養精兵十萬，糧支十年，如何可取！』

〔九三〕而使，《册府》作『其更』。

〔九四〕速，《册府》作『遠』，非。〔徐注〕《左傳》：晉侯受玉惰，内史過歸告王曰：『晉侯其無後乎！王賜之命，而惰于受瑞，先自棄也已。』

〔九五〕昔，《册府》作『昔者』，注見下。

〔九六〕燕，《英華》作『燕國』。

〔九七〕魏，《英華》作『魏郊』。注見下。

〔九八〕二句《英華》作『夭死不敢哭，子死不敢悲』。

〔九九〕〔徐箋〕《舊書·李抱真傳》：德宗即位，兼潞州長史、昭義軍節度、度支營田、澤潞邢洺觀察使。建中三年，田悦以魏博反，抱真與河東節度使馬燧屢敗悦兵。時悦窘蹙，朱滔、王武俊皆反，連兵救悦。抱真外抗羣賊，内輯軍士。時朱滔悉幽薊軍應泚，抱真以大義説武俊合從擊滔，大破滔於經城，以功加檢校司空，卒贈太保。〔馮箋〕《舊書·李抱真傳》：興元初，遷檢校左僕射平章事。

〔一〇〇〕降，《英華》作『隣』。事見下注〔一〇六〕。

〔一〇一〕檻，《英華》作『轞』。〔馮注〕《家語》：管仲桎梏而居檻車。《史記·張耳傳》：乃檻車膠致。《漢書·張耳傳》：貫高乃檻車詣長安。師古曰：車而爲檻形，謂以板四周之，無所通見。

〔一〇二〕〔徐注〕《漢書·高帝紀》注：師古曰：捫，摸也，音門。〔馮注〕捫胸，猶撫膺。

〔一〇三〕〔徐注〕《史記·刺客傳》：樊於期偏袒搤腕而進。索隱曰：掌後曰腕。勇者奮厲，必先以左手扼右腕也。搤，與『扼』同。〔馮注〕《戰國策》：樊於期偏袒扼腕而進曰：『此臣之日夜切齒腐心。』《史記·張儀傳》作『搤腕』。

〔一〇四〕〔補注〕《書·泰誓下》：『功多有厚賞，不迪有顯戮。』顯戮，指明正典刑，陳屍示衆。

〔一〇五〕〔徐注〕《左傳》：不義不暱，厚將崩。〔補注〕不義不暱，謂不義則人不親附。

〔一〇六〕〔馮箋〕《舊書·盧從史傳》：從史爲澤潞節度使李長榮大將。長榮卒，因軍情得授昭義軍節度使。前年丁父憂，朝旨未議起復。屬王士真卒，從史竊獻誅承宗計，以希上意，用是起授，委其成功。及詔下討賊，陰與承宗通謀，且誣奏諸軍與賊通，兵不可進。上深患之。護軍中尉吐突承璀將神策兵與之對壘，從史往往過其營博戲。上戒承璀，俟其來博，幕下伏壯士縛之，内車中，馳以赴闕。貶驩州司馬。子繼宗等四人，並貶嶺外。此皆以昭義舊事曉之。〔按〕釋喪就位，指盧從史釋喪父之服而就昭義節度使之位。『賣降』三句，謂從史既獻誅王承宗之謀，又暗中與承宗勾結，以肆意施逞其奸邪之性。棄屍南荒，指其貶死南方荒遠之驩州（今越南榮市）。盧從史，《舊唐書》一三二、《新唐書》一四一有傳。

〔一〇七〕〔徐注〕《後漢書·禮儀志》：八十、九十禮有加，賜玉杖，端以鳩爲飾。鳩者，不噎之鳥也，欲老人不噎。

〔一〇八〕〔徐注〕《詩》：黄耇台背。箋：台之言鮐也，大老則背有鮐文。釋文：台，湯來反。徐又音臺。《爾雅》云：壽也。鮐，易來反，魚名，一音夷。疏：《釋詁》云：鮐背、耇，老壽人也。舍人曰：老人氣衰，皮膚消瘠，背若鮐魚也。

〔一〇九〕悖，《英華》作『勃』（下同），注：疑作『悖』。徐本作『渤』，誤。〔馮注〕今考『勃』與『悖』，亦有同義者，如《莊子》『徹志之勃』。而勃亂、狂勃、凶勃、猖勃，皆見史書。因『勃』與『渤』古通，《史》《漢》『渤海』皆作『勃』，故誤『勃』爲『渤』耳，不必改『悖』。

〔一一〇〕《册府》無『其』字。

〔一一一〕則以何名，《英華》作『則何以敗名譽』，注：集作『則以何名』。〔徐注〕司馬遷書：李陵既生降，隤其家聲。

〔一一二〕捨，《册府》作『稽』。得，《英華》注：集作『固』。《册府》亦作『固』。

〔一一三〕《册府》無『者』字。

〔一一四〕寢，《册府》作『寐』。

〔一一五〕傳，《英華》作『師』，非。

〔一一六〕〔補注〕《魏書·吕羅漢傳》：『弱冠以武幹知名。』武幹，軍事才幹。事詳注〔五六〕。

〔一一七〕聽，《英華》作『輕』，誤。注：集作『聽』。〔補注〕聽於遠近，頗有是非，謂聞於遠近，對從諫之上述行爲頗有議論。

〔一一八〕〔徐注〕《後漢書·光武紀》：降者更相語曰：『蕭王推赤心置人腹中，安得不投死乎！』

〔一一九〕弘，《全文》作『宏』，諱改，兹據《英華》回改。〔徐注〕《漢書·高帝紀》：常有大度。

〔一二〇〕乖異，《英華》注：集作『異圖』。事詳注〔一二三〕。

〔一二一〕悖，《英華》作『勃』，疑，《全文》作『歎』，據《英華》改。事詳注〔一二三〕。

〔一二二〕〔補注〕《詩·鄭風·將仲子》語。

〔一二三〕宜其，《册府》作『猶宜』。〔馮箋〕《新書·傳》：仇士良積怒，創言從諫志窺伺，從諫亦妄言清君側，因與朝廷猜貳。善貿易之算，歲榷馬，征商人，又熬鹽貨銅鐵，畜馬高九尺獻之，武宗不納。怒殺馬，益不平。《舊書·武宗紀》：討劉稹時，制曰：『從諫因跋扈之資，恃紀綱之力，誘受亡命，妄作妖言，中罔朝廷，潛圖左道，接壤戎帥，屢奏陰謀。』〔補注〕『誰爲』二句謂劉稹作爲劉從諫之後人，當忠於朝廷，以實際行動消弭『不逞者』『横議者』之種種浮議。

〔一二四〕〔補注〕《禮記·檀弓》：『喪服，兄弟之子，猶子也，蓋引而進之也。』

〔一二五〕〔徐注〕《周語》：祭公謀父曰：『有文告之辭。』

〔一二六〕〔補注〕謂劉稹抗拒朝旨之行爲適足以證實對劉從諫之種種浮議，彰顯昭義軍確實另有異圖。傳，《英華》作『師』，誤。

〔一二七〕〔馮注〕按《通鑑》：從諫弟從素之子稹。而此云季父、叔父，又不符。蓋從素事，本皆誤采也。

〔一二八〕以，《册府》作『面』。

〔一二九〕〔馮注〕《南史》：江淹獄中上書曰：『何以見齊、魯奇節之人，燕、趙悲歌之士乎？』

〔一三〇〕旬日之前，《册府》作『爰自始初』。〔按〕旬日之前，造次爲慮，當指拒朝旨不護喪歸東都之事。

〔一三一〕〔馮注〕《書·周官》：惟克果斷，乃罔後艱。

〔一三二〕近，《册府》作『乃』。李祐事見下注〔一三六〕。

〔一三三〕重質，《册府》無『重』字，《全文》作『重華』，均誤。據《英華》改。詳下注〔一三六〕。

〔一三四〕〔徐注〕《易》：比之匪人。《禮記》：子思曰：毋爲戎首。〔補注〕納質，送納人質，指臣附。戎首，指叛軍首領。

〔一三五〕郡，《册府》作『圭』，馮本從之。

〔一三六〕〔馮箋〕《舊書·傳》：李祐，本蔡州牙將，事吴元濟。自王師討淮西，祐爲行營將，每抗官軍，皆憚之。爲李愬所擒。愬知祐有膽略，厚遇之，往往帳中密語，達曙不寐。竟以祐破蔡，擒吴元濟，以功授神武將軍。大和初，遷檢校户部尚書、滄德景節度使。董重質本淮西牙將，吴少誠之子壻也，爲元濟謀主。及李愬擒元濟，以書禮召重質於洄曲，乃單騎歸愬。憲宗欲殺之，愬表許以不死，請免之。尋授鹽州刺史，後歷方鎮，檢校散騎常侍，加工部尚書。〔補注〕二句謂李、董均爲州郡刺史、節度使。

〔一三七〕〔徐注〕《書》：實繁有徒。

〔一三八〕委，《英華》作『弄』，誤，注：集作『委』。〔馮校〕『弄』字似本爲『弃』字之訛耳。

〔一三九〕而，《册府》作『遂』。〔補注〕不測，指不測之罪，大罪，死罪。樂毅《報燕惠王書》：『臨不測之罪，以幸爲利，義之所不敢出也。』

〔一四〇〕沮，《册府》作『阻』；於，《册府》作『之』；至，《册府》作『圖』，《英華》注：集作『圖』。

〔一四一〕〔補注〕《詩·大雅·文王》：『永言配命，自求多福。』

〔一四二〕〔徐注〕《禮記》：飾棺，君龍帷。《書》：朝至于洛師。注：洛師，猶言京師。〔馮注〕龍旐，即謂丹旐。〔按〕即護喪歸東都。

〔一四三〕〔徐注〕《禮記》：笏，天子以球玉，諸侯以象，大夫以魚鬚文竹，士竹本，象可也。

〔一四四〕通，《册府》作『逼』。

〔一四五〕〔補注〕資，利用。

〔一四六〕軒，《英華》注：集作『轅』。《册府》作『轅』。

〔一四七〕鼓，《册府》作『賈』。

〔一四八〕〔補注〕《詩·大雅·皇矣》：『王赫斯怒，爰整其旅。』赫斯，指帝王盛怒。

〔一四九〕〔徐注〕《左傳》：晋侯使太子申生伐東山皋落氏，衣之偏衣，佩之金玦。〔補注〕事見《左傳·閔公二年》，其時先友曰：『衣身之偏，握兵之要，在此行也。』佩金玦，即掌握兵權。金玦，有缺口之金銅環。

〔一五〇〕〔徐注〕《周禮》：牙璋以起軍旅。餘詳《代僕射濮陽公遺表》『瑞節臨戎』注。〔補注〕牙璋，齒形玉符，用作調動軍隊之憑證。

〔一五一〕出其，《册府》作『出於』，馮本從之。〔補注〕魏、衛、晋、趙，泛指奉命準備討伐劉稹之各路軍隊。《通鑑·會昌三年》：四月，『丁亥，以忠武節度使王茂元爲河陽節度使。』『五月……河陽節度使以步騎三千守萬善，河東節度使劉沔步騎二千守芒車關，步兵一千五百軍榆社，成德節度使王元逵以步騎三千守臨洺，掠堯山，河中節度使陳夷行以步騎一千守翼城，步兵五百益冀氏。辛丑，制削奪劉從諫及子稹官爵，以元逵爲澤潞北面招討使，何弘敬爲南面招討使，與夷行、劉沔、茂元合力攻討。』

〔一五二〕〔徐注〕《史記·王翦傳》：翦使人問：『軍中戲乎？』對曰：『方投石超距。』集解：徐廣曰：超，一作拔。索隱：超距，猶跳躍也。〔馮注〕《漢書·甘延壽傳》：少善騎射，爲羽林，投石拔距，絶於等倫，嘗超踰羽林亭樓。應劭曰：投石，以石投人也。拔距，即下超踰羽林亭樓是也。張晏曰：《范蠡兵法》：飛石重十二斤，爲機發，行二百步。延壽有力，能以手投之。拔距，超距也。師古曰：投石，應説是也。拔距者，有人連坐相把據地，距以爲堅，而能拔取之。皆言其有手掣之力。超踰亭樓，又言其趫捷耳，非拔距也。今人猶有拔爪之戲，蓋拔距之遺法。〔補注〕拔距，或謂即今之比腕力之戲。一説，跳躍。

〔一五三〕〔馮注〕《左傳》：公戟其手。注曰：抵徒手屈肘如戟形。《文選·西京賦》：袒裼戟手。《史記·張儀傳》：虎賁之士跿跔科頭。集解曰：科頭，謂不著兜鍪入敵。徐陵《九錫文》：他他籍籍，萬計千羣。

〔一五四〕驅，《册府》作『馳』。扼，《英華》作『挽』，《册府》作『攙』。虎，《英華》注：唐諱。〔徐注〕《漢書·李陵傳》：陵叩頭自請曰：『臣所將屯邊者，皆荆楚勇士，奇材劍客也。力扼虎，射命中。』師古曰：扼，謂捉持之也。《高帝紀》：發巴蜀材官。應劭曰：材官，有材力者。張晏曰：材官，騎士習射御，騎馳戰陳。常以八月，太守、都尉、令、長、丞會都試課殿最，水處則習船，邊郡將萬騎行障塞，光武時省。〔補注〕《史記·韓長孺列傳》：『大中大夫李息爲材官將軍。』張守節正義引臣瓚曰：『材官，騎射之官。』

〔一五五〕〔馮注〕《漢書·李廣傳》：中貴人見匈奴三人，與戰，射傷中貴人，殺其騎且盡。中貴人走廣，廣曰：『是必射雕者也。』《北齊書·斛律光傳》：光從世宗校獵，雲表見一大鳥，光射之，正中其頸，形如車輪，旋轉而下，乃大鵰也。邢子高歎曰：『此射鵰手也。』當時傳號『落鵰都督』。

〔一五六〕〔徐注〕《淮南子》：魯陽公與韓戰，戰酣，日暮，援戈而麾之，日爲之反三舍。

〔一五七〕〔徐注〕《西都賦》：乃拗怒而少息。《漢書·霍去病傳》：會日且入，而大風起，沙礫擊面。《龍魚河圖》：蚩尤食沙。

〔一五八〕《册府》無『使』字。〔徐注〕《左傳》：祭仲對曰：『夫兵，猶火也，弗戢，將自焚也。』〔馮注〕此謂火攻。史書屢見。〔按〕馮注是。與兵火之喻無涉。

〔一五九〕將，《册府》作『兼』。《英華》注：集作『兼』。〔徐注〕《史記·趙世家》：知伯率韓、魏攻晋陽歲餘，引汾水灌其城，城不浸者三版。〔補注〕將，用。

〔一六〇〕〔徐箋〕《新書·藩鎮傳》：從諫妻弟裴問守邢州，有募兵五百，號夜飛將，自歸成德軍。王釗守洺州，送款魏博軍。〔馮注〕《新書·藩鎮傳》：磁州將高玉，亦降成德軍。稹聞三州降，大懼。大將郭誼、王協始謀誅稹。《通鑑》：李德裕曰：『昭義根本，盡在山東。山東降，上黨不日有變矣。』文亦先以怵之，故下云『倚山東而山東不守』。〔按〕徐、馮所引皆會昌四年劉稹將敗亡前之事，而本文則作于三年五月尚未正式下制討叛之時。馮氏雖謂『文亦先以怵之』，然實無關涉。二句蓋謂魏博軍急趣邢州，成德軍則出攻洺州，蓋謂澤潞視爲根本之邢、洺、磁三州處於魏博、成德二軍之攻勢下。

〔一六一〕介，《全文》作『分』，《英華》同，據馮本改。都，《册府》作『郡』。〔馮注〕《左傳·襄九年》：天禍鄭國，使介居二大國之間。

〔一六二〕〔馮注〕《漢書·地理志》：平原郡屬青州。《舊書·地理志》：河北道，德州平原郡，漢平原郡。隋置德州，又爲平原郡。按：與邢、洺近。詳史志。

〔一六三〕此，《册府》作『異』，非，視下句『反』字可知。二句蓋謂兵甲衆而乏糧儲。

〔一六四〕〔徐注〕謂三鎮從命，見《爲李貽孫上李相公啓》『所謀者河朔遺事』注。〔馮注〕《北史·魏宗室傳》：國之資儲，惟藉河北。按：《舊書·志》：澤、潞屬河東道，邢、洺、磁屬河北道。杜牧上李文饒《論用兵書》：『昭義軍糧，盡在山東。澤、潞兩州，全居山内，土塉地狹，積穀全無。是以節度使多在邢州，名爲就糧。山東糧穀，既不可輸，山西兵士，亦必單鮮。』此所謂『河北無儲』也。山東、河北並言之也。〔按〕馮箋甚確。徐注非。『恃河北而河北無儲』，蓋謂河北三州富于糧儲之地行將爲他人所有，『無儲』即下『不守』意。

〔一六五〕〔徐箋〕《藩鎮傳》：天子慮稹起山東兵，命弘敬犄角塞其道。〔馮注〕《通鑑》注：昭義鎮潞州，其巡屬磁、邢、洺三州，皆在山東。〔按〕山東、河北，所指實一。自太行山言之，爲山東；自黄河言之，爲河北。實均指邢、洺、磁三州之地。上下二句義亦同。

〔一六六〕兩，《全文》作『數』，據《英華》改。殘，《英華》注：集作『餓』。〔馮注〕兩州，謂止澤、潞兩州也。

〔一六七〕〔徐注〕謂八鎮之師。見《爲李貽孫上李相公啓》『今則趙、魏俱攻，燕、齊併入』注。

〔一六八〕〔馮注〕《戰國策》：君危於累卵，而不壽於朝生。《漢書·枚乘傳》：吴王濞爲逆，乘奏書諫曰：『今欲乘累卵之危，走上天之難。』〔徐注〕《説苑》：晋靈公造九重臺，孫息聞之，求見曰：『臣能累十二博棊，加九雞子其上。』公曰：『子作之。』息以棊子置下，加九雞子其上，公曰：『危哉！』

〔一六九〕見《代彭陽公遺表》『孤根已動』注。

〔一七〇〕〔徐注〕（諸侯）謂王元逵、何弘敬、劉沔。

〔一七一〕〔馮注〕按《酈生食其傳》曰：杜大行之道。《史記》注曰：在河内野王北。《漢書》注曰：在河内野王之北，上黨之南。《傳》又曰：距蜚狐之口。《史記》注：如淳曰：上黨壺關也。案蜚狐在代郡西南。《漢書》注：如淳曰：上黨壺關也。臣瓚曰：飛狐在代郡西南。師古曰：瓚説是，壺關無飛狐之名。今考《史記·孝文紀》：匈奴入上郡、雲中，以令勉爲車騎將軍，軍飛狐。注曰：如淳曰：在代郡。蘇林曰：在上黨。《漢書》如淳曰同。《水經注》曰：飛狐口，蘇林據酈公之説，言在上黨，即實非也，如淳言在代是矣。則知如淳本言在代郡，《史》《漢》酈傳之注，當有脱誤耳。《後漢書·志》：中山國上曲陽縣，恒山在西北。注曰：自縣北行四百二十五里，恒多山坂，名飛狐口。《元和郡縣志》：蔚州安邊郡飛狐縣，有飛狐道，酈生所言，即此其地。漢、晋屬代郡。又按：辨飛狐者如此。然酈生皆以收取滎陽言之。據敖倉之粟，即在滎陽；塞成皋之險，即在汜水；守白馬之津，漢之東郡白馬縣，唐之滑州黎陽津，西南接滎陽，約三百里。若飛狐必在代郡，則地勢獨遠矣。蓋酈生之飛狐，必即指上黨，故蘇林據之也。即論此時諸鎮攻討，其恒、冀之師，西南入潞，豈得取道於北之蔚州？文意專謂從河陽北入澤、潞，固取壺關之説，非取代郡之説也。大抵飛狐之名，自古有於河内相近言之者，後乃辨定耳。故詳引而細剖之。《太平寰宇記》引《述征記》曰：太行山首始於河内，北至幽州，凡百嶺巖，亘十二州之界，有八陘，第五井陘，第六飛狐陘，一名望都關。〔按〕馮氏辨析甚詳。此承『老夫不佞，亦有志焉』而言，『下飛狐之口』自非蔚州之飛狐口，而指上黨壺關。

〔一七二〕〔馮注〕《通典》：澤州理晋城縣。縣南太行山上有天井關。按：杜牧《上李相公論用兵書》：『河陽西北去天井關，强一百里，關隘多山，若以萬人爲壘，下窒其口。』可爲此二句切證。《漢書·地理志》：上黨郡有天井關。《後漢書·紀》注曰：今太行山上關南有天井泉三所。

〔一七三〕〔徐注〕《後漢書》：公孫瓚《告子續書》曰：袁氏之攻，狀若鬼神，梯衝舞吾樓上，鼓角鳴於地中。

〔補注〕梯衝，雲梯與衝車，均攻城之戰具。

〔一七四〕〔馮注〕《易》：震來厲，億喪貝，躋于九陵，勿逐，七日得。疏曰：貝，資貨糧用之屬。犯逆受戮，無糧而走，雖復超越陵險，必困於窮匱，不過七日，爲有司所獲矣。

〔一七五〕〔徐注〕《吴都賦》：窮飛走之棲宿。

〔一七六〕戈，《英華》作『戎』，誤。注：集作『戈』。〔徐注〕揚雄《解嘲》：叔孫通解甲投戈，作君臣之儀。《漢書·英布傳》：兵法，諸侯自戰其地爲散地。師古曰：謂在其本地，戀土懷安，故易逸散。散，去聲。〔馮注〕《史記·淮陰侯傳》：齊、楚自居其地戰，兵易敗散。《黥布傳》：兵法，諸侯戰其地爲散地。《漢書音義》：謂散滅之地。王弼《易略例》：投戈散地，六親不能相保。注云：置兵戈於逃散之地。〔補注〕投戈，放下武器，休戰。《孫子·九地》：『諸侯自戰其地，爲散地。』李筌注：『卒恃土，懷妻子，急則散，是爲散地也。』或説指無險可守，士卒意志不堅，易于離散之地。

〔一七七〕〔馮注〕《魏志·王凌傳》注：《魏略》曰：凌試索棺釘，以觀太傅意。太傅給之，遂自殺。宋江鄰幾《雜志》：揚文公《談苑》説《樊南集》故事『灰釘』，云揚雄賦，殊非。《南史·徐勉傳》：屬纊纔畢，灰釘已具。王楙《野客叢書》：劉鍇注《樊南·序》，恨不知『灰釘』事。僕謂出《南史》陳高祖九錫文。按：『灰釘』字屢見，古人偶有未知，不足爲累。劉鍇注本，今不可得，惜哉！而《餘冬序録》載之，乃以劉鍇爲徐鍇，誤也。又引杜篤《論都賦》『燔康居，灰珍奇，椎鳴鏑，釘鹿蠡』，以爲《談苑》言商隱雕篆如此。此亦謬説，然足正江氏以爲引揚雄賦之誤。〔徐注〕徐陵書：分請灰釘，甘從斧鑊。〔按〕徐陵《陳公九錫文》：『玉斧將揮，金鉦且戒，袄酋震懾，遽請灰釘。』灰釘，石灰與鐵釘，用作斂尸封棺。此言『灰釘之望斯窮』，當兼用《魏略》王凌索棺釘與徐陵文『袄酋震懾，遽請灰釘』之意，謂其求生之望已絶，雖求斂尸棺葬亦不可得。

〔一七八〕〔補注〕謂當危殆之際，劉稹部下之親信舊交，亦必將另有異圖，背叛主帥。《通鑑·會昌四年》：八月，『潞人聞三州降，大懼。郭誼、王協謀殺劉稹以自贖。』後果斬稹，『收稹宗族，匡周（稹再從兄）以下至襁褓中子皆殺之。』

〔一七九〕戮，《全文》《英華》均作『哂』。《英華》注：集作『戮』。是，茲據改。〔馮注〕《公羊傳》：季子和藥而飲，公子牙曰：『不從吾言，而不飲此，必爲天下戮笑。』《册府元龜》引《戰國策》魯仲連《遺燕將書》：壤削主困，爲天下僇笑。今《戰國策》高氏、鮑氏注本『爲天下僇』，皆無『笑』字。〔補注〕戮笑，恥笑。

〔一八〇〕驚，《英華》注：集作『兢』。〔補注〕《詩・邶風・柏舟》：『静言思之，寤辟有摽。』

〔一八一〕〔補注〕使車，猶使者。丹素，赤誠純潔之心。

〔一八二〕《册府》『惟』上有『幸』字。

〔一八三〕歷，《英華》注、《册府》作『用』。〔補注〕歷事，歷練有經驗。

〔一八四〕〔徐注〕《書》：蠢茲有苗，反道敗德。

〔一八五〕時，《册府》作『恃』，誤。

〔一八六〕〔徐注〕《左傳》：子文曰：『若敖氏之鬼，不其餒而。』〔補注〕言勿使劉氏因反叛之罪而絶後。

〔一八七〕〔馮注〕《書・胤征》：舊染汙俗。

〔一八八〕〔一八九〕〔馮注〕《文選・古樂府》：中有尺素書。注引鄭氏《禮記注》曰：素，生帛也。欹，《册府》作『歎』。〔徐注〕陸機《文賦》：或含毫而邈然。

〔一九〇〕〔馮箋〕按：雖已用兵，尚有還章上表之約。《通鑑》：劉稹上表自陳，言從諫爲權倖所疾，所以不敢舉族歸朝。何弘敬亦爲之奏雪。王宰亦上言，賊有意歸附。然則諸將前後皆有觀望，與之潛通，使非李衛公力贊廟謀，安得成此膚功哉！又按：當時用兵雖速，而不至若《新書》所紀之速也（按：《新書・武宗紀》亦謂五月辛丑命王元逵、何弘敬、陳夷行、王茂元、劉沔討劉稹，同《通鑑》）。《舊・紀》當得其實（按：《舊・紀》在七月），觀此書可悟。詳《年譜》。〔按〕書作于拒旨之後，下制削官並征討之前，已詳注〔一〕按語。正緣其尚未下制征討，故仍有『延望還章，用以上表』之語。

〔愛新覺羅玄燁曰〕淹通朗盡，文之以姿法勝者。（《御選古文淵鑒》卷四〇

〔徐乾學曰〕義山學刀劄於彭陽公，以繁縟稱。然觀其體勢豪宕，固氣盛而言浮。此篇尤矯矯。（同上）

〔高士奇曰〕披抉情事，幽隱畢出，層析反覆不傷於冗。辭嚴義正，益見其厚。義山駢體，傑出三唐，而疏暢磊落如斯文者，尤不易得也。（同上）

〔陳廷敬曰〕（『飯貝纔畢』等句）探其隱謀而隨事析之，然後導其歸順之機，懼以覆之之禍。事理顯明，利害詳晰。其於積也可謂忠告矣。雖朱浮之示彭寵，魏武之喻孫吴，何以加諸！（同上）

〔孫梅曰〕鼓怒溢湧，繼響徐公（陵）。（《四六叢話》卷十七《叙書》九）

爲馬懿公郡夫人王氏黄籙齋第三文〔一〕

妾以微生，幸蒙嘉運，得因師友，奉佩符圖〔二〕。品在高真〔三〕，文參上法〔四〕。而塵泥賤質，肉血微軀，未能絶迹人寰〔五〕，棲心物外〔六〕。永懷真格〔七〕，有負玄科〔八〕。然至於澡雪身心〔九〕，修勤香火〔一〇〕，五臘二直，八節三元〔一一〕，誓以嚴持〔一二〕，不敢怠志。然恐舉措之際，未合玄機〔一三〕；過咎之來，積於酆部〔一四〕。年深月遠，釁重責深。罹寒靈考治之科〔一五〕，辱大道興隆之運。夙夜自念，冰炭交懷〔一六〕。

今謹因中元大慶之辰，地官校籙之日〔一七〕，輒於靈地，敢獻微誠。伏乞太上三尊、十方衆聖〔一八〕，曲流玄澤，大降慈恩。録一念之清心，赦億劫之重罪。使玄功克就〔一九〕，良願大成〔二〇〕，君王長享於萬年，臣庶咸離於五苦〔二一〕。上自雲鳥，下及泉魚，凡曰生靈，皆蒙覆護。然後及於私室，資彼幽魂，見存名上

於南宮〔二二〕，過往神離於北部〔二三〕。河源滯爽，狴犴幽冤〔二四〕，咸乞蕩除，俾從遷適〔二五〕。即仰荷大道罔極之恩。

校注

〔一〕本篇原載清編《全唐文》卷七八〇第三〇頁、《樊南文集補編》卷一一。〔按〕張氏《會箋》將《爲馬懿公郡夫人王氏黄籙齋文》《爲馬懿公郡夫人王氏黄籙齋第二文》及本篇統繫於會昌三年，云：『十月十五日有《爲馬懿公郡夫人王氏黄籙齋文》。以《黄籙齋文》考之，十月間義山始至洛也。』故張氏實以此三文均作於會昌三年十月。然本文明云：『今謹因中元大慶之辰，地官校籙之日，輒於靈地，敢獻微誠。』則文當作於七月十五中元節時，與第二文『因下元大慶之日』，『唐會昌三年，太歲癸亥十月丙辰朔十五日庚午』之作於會昌三年十月十五下元節顯非一時。如以文之順序考之，似本文當爲翌年（會昌四年）中元作。然四年七月，義山已移家永樂，且詩文中亦無彼時義山在洛之跡象，似此文當在前。頗疑此文係會昌三年七月十五日作，編集時誤置於後。

〔二〕〔錢注〕《梁書·陶弘景傳》：始從東陽孫遊岳受符圖經法。〔補注〕符圖，符籙（道教所傳祕密文書符與籙）及圖讖之合稱。佩符圖，謂正式入道爲道教徒。

〔三〕〔錢注〕《雲笈七籤》：了達則上聖可登，曉悟則高真可陟。〔補注〕高真，得道成仙者，上仙。

〔四〕〔錢注〕《雲笈七籤》：凡道士存思上法，及修學太一事，皆禁見死尸血穢之物。〔補注〕上法，指道術。

〔五〕〔錢注〕《莊子》：絶迹易，無行地難。鮑照《舞鶴賦》：厭人寰之喧卑。

〔六〕〔錢注〕《梁書·樂藹傳》：栖心物表。

〔七〕〔錢注〕《太平御覽》：《金根經》云：青宫之内，北殿上有仙格，格上有學仙簿録，領仙玉郎之典也。

〔八〕〔錢注〕《雲笈七籤》：玄科祕訣，本有冥期。

〔九〕〔錢注〕《莊子》：澡雪而精神。〔補注〕澡雪，洗滌。

〔一〇〕〔錢注〕《北史·齊紀》：香火重誓，何所慮耶？

〔一一〕〔錢注〕《雲笈七籤》：《八道祕言》曰：正月一日名天臘，五月五日名地臘，七月七日名道德臘，十月一日名民歲臘，十二月節日名侯王臘。此五臘日，並宜修齋，並祭祀先祖。《明真科》云：月一日、初八日、十四日、十五日、十八日、二十三日、二十四日、二十八日、二十九日、三十日，已上爲十直齋日。『二直』未詳。《雲笈七籤》：凡八節之日，是上天八會大慶之日也。其日諸天大聖尊神，上會靈寶玄都玉京上宮，朝慶天真，奉戒持齋，遊行誦經。此日修齋持戒，宗奉天文者，皆爲五帝所舉，書名《玉曆》。又：立春爲建善齋，春分爲延福齋，立夏爲長善齋，夏至爲朱明齋，立秋爲遐齡齋，秋分爲謝罪齋，立冬爲遵善齋，冬至爲廣慶齋。又：《三元品戒經》云：正月七日，天地水三官檢校之日，可修齋。《聖紀》云：正月七日名舉遷賞會齋，七月七日名慶生中會齋，十月五日名建生大會齋。三官考覈功過。依日齋戒，呈章賞會，可祈景福。〔按〕二直，疑指每月之初一、十五爲直齋之日。三元，疑指正月十五上元、七月十五中元、十月十五下元。

〔一二〕〔錢注〕《法苑珠林》：然後供養，嚴持香華，運心周普，作用佛事。〔補注〕嚴持，莊重修持。

〔一三〕〔錢注〕嵇康《答釋難宅無吉凶攝生論》：若玄機神妙，不言之化，自非至精，孰能與之？〔補注〕玄機，天機，亦指深奥玄妙之義理。

〔一四〕部，錢注本作『都』，校：疑當作部。〔錢注〕《唐類函》：《茅君内傳》曰：羅酆山之洞，周一萬五千里，名曰『北帝死生之天』。皆鬼神所治。五帝之官、考讁之府也。《太平御覽》：《三洞珠囊》曰：高上玉清刻石隱銘曰：酆都山在北，内有空洞，洞中有六宫書。此銘於宫北壁，制檢羣凶不使横暴。生民學者，得佩此刻石文，則北酆落名，南宫度命，爲其真人。〔補注〕段成式《酉陽雜俎·玉格》：『有羅酆山，在北方癸地，周迴三萬里，高二千六百里，洞天六宫，周一萬里，是爲六天鬼神之宫……人死皆至其中。』

〔一五〕〔錢注〕《法苑珠林》：《諫王經》云：當畏地獄考治之痛。〔補注〕寒靈，幽隱之神靈。

〔一六〕〔錢注〕陶潛《雜詩》：冰炭滿懷抱。

〔一七〕見《上鄭州李舍人狀二》注〔二〕。

〔一八〕〔錢注〕《雲笈七籤》：《老君存思圖》云：見三尊竟，仍存十方天尊，相隨以次，同詣玄臺。朝禮太上，嚴整威儀，爲一切軌則。北方無極太上道德天尊服色黑，羽儀多玄。東方服色青，羽儀多碧。南方服色赤，羽儀多丹。西方服色白，羽儀多素。東北方服色青黑，又多黄。東南方服色青赤，又多黄。西南方服色赤白，又多黄。西北方服色白黑，又多黄。上方服色玄紫，又多蒼。下方服色黄紅，又多緑。〔補注〕太上三尊，即道教所謂居於三清天、三清境之三位尊神：居於清微天玉清境之元始天尊、居於禹餘天上清境之靈寶天尊（亦稱太上道君）、居於大赤天太清境之道德天尊（亦稱太上老君）。

〔一九〕〔錢注〕《雲笈七籤》：《真仙内科》云：玄功之人，常布衣草履，不得榮華之服。〔補注〕玄功，道教指修道之功。

〔二〇〕〔錢注〕《雲笈七籤》：三元八節朝隱祝曰：上清玉帝、三素元君、太上高靈、仙都大神，今日吉日，八願開陳：上願飛霄長生神仙，中願天地合景風雲，下願五藏與我長存，次願七祖釋罪脱愆，又願帝君斫伐胞根，六願世世知慧開全，七願滅鬼馘斬六天，八願降靈徹聽東西。上願一合，莫不如言，願神願仙，上朝三元。

〔二一〕〔錢注〕《法苑珠林》：《正法念經》云：如是觀於五道衆生，生五種苦已，而興悲心，如是之人，得勝安隱，則得涅槃。〔補注〕五苦，佛教謂生老病死苦、愛别離苦、怨憎會苦、求不得苦、五陰盛苦爲五苦。

〔二二〕〔錢注〕《真誥》：大都將陰德，多恤窮厄，例皆速詣南宫爲仙。〔補注〕見存，現存。

〔二三〕〔補注〕北部，即酆部，見注〔一四〕。

〔二四〕〔錢注〕《雲笈七籤》：《靈寶洞玄自然九天生神章經》云：感爽無凝滯，去留如解帶。《黄庭内景經》：違盟負約，七祖受考於暘谷、河源，身爲下鬼，考於風刀。揚子《法言》：劍客論曰：劍可以愛身。曰：狴犴使人多禮乎？〔補注〕滯爽，留滯之精魂。河源一帶爲唐與吐蕃争戰之地，故多留滯之冤魂。狴犴幽冤，謂囚於牢獄之沉冤莫雪者。

〔二五〕〔錢校〕遷，胡本作『還』。

祭徐姊夫文〔一〕

嗚呼！以君之文學，以君之政術〔二〕，幼以自立，老而不倦，亦可以爲君子人矣，君子人歟？而不即清途〔三〕，不階貴仕，此其命也，夫何慊焉！始者仲姊有行〔四〕，獲託貴族〔五〕，半産以資於外姓〔六〕，闔門冀託於仁人〔七〕。將以衰微，倚爲藩援〔八〕。不圖薄祐〔九〕，天奪初心〔一〇〕，仲姊凋殂，諸甥不育〔一一〕。以親以懿〔一二〕，翻爲路人；再號再呼，莫訴蒼旻。尚以君子，存伉儷之重〔一三〕，敦行李之私〔一四〕。二十年以來，雖事暌而意通〔一五〕，跡遥而誠密。神當賜鑒〔一六〕，愚豈敢忘！逮愚不天〔一七〕，再丁凶釁〔一八〕，泣血偷息〔一九〕，餘生幾何！君方赤紱銀章〔二〇〕，湖東從務〔二一〕。道途悠邈，時序徂遷，訶弔緘之不來〔二二〕，忽訃書而俱至〔二三〕。感舊懷分，情如之何！埋玉焚芝〔二四〕，固未可喻。

嗚呼！今來古往，人誰不亡？於君之亡，其酷斯甚。藐然一女，纔已數齡。乞後旁宗，又未能立〔二五〕。賢弟扶服東路〔二六〕，遇疾洛師〔二七〕。徘徊十旬，淹不得進。浮泛水陸，厥途四千。建旐云歸，曠然無主〔二八〕。尼姑居宗老之地〔二九〕，騶奴總家相之權〔三〇〕。獲及故阡，信爲餘慶〔三一〕。其所以爲附身附棺之具〔三二〕，又豈礙平生之曠達邪〔三三〕？日月次遷，卜筮斯協。幽明之異，始終今辰。愚方纏哀憂，瘵恙縻寢〔三四〕。不及一攀宰樹〔三五〕，一慟荒阡，謝澹成之交〔三六〕，申永訣之禮。矧余仲姊，君其與歸。撫心骨以皆驚，拉血淚而何算〔三七〕！嗚呼已哉，其何言耶！襚衣非華〔三八〕，奠物殊薄。靈其鑒此，慰我哀心。嗚呼哀哉，尚饗〔三九〕！

校注

〔一〕本篇原載《文苑英華》卷九九四第二頁、清編《全唐文》卷七八二第二三頁、《樊南文集詳注》卷六。〔按〕馮譜繫會昌四年初，張箋繫會昌三年，張箋繫年是。文云：『逮愚不天，再丁凶釁。泣血偷息，餘生幾何！君方赤紱銀章，淛東從務。道途悠邈，時序徂遷。訶弔緘之不來，忽訃音而俱至。』徐姊夫之卒，與商隱母去世之時間（在會昌二年冬）顯較接近。徐姊夫卒後，其弟前往浙東料理喪事，『遇疾洛師，徘徊十旬，淹不得進』，後又還徐氏姊之柩與徐姊夫合葬于景亳。總計由徐姊夫逝世至歸葬，所費時日當在半年以上。馮浩推測合葬時『義山母喪將期』，而『潞寇未熾』（參《祭徐氏姊文》注〔一〕引馮箋），大體可信。潞寇之熾，在會昌三年八月中旬以後（《通鑑·會昌三年》載：八月十八日，劉稹將薛茂卿破科斗寨，擒河陽大將馬繼等，焚掠小寨十七，距懷州城纔十餘里。二十九日，劉稹將劉公直潛師過王茂元屯軍之萬善南五里，焚雍店）。故本篇約作於會昌三年八月中旬稍前。兩祭文均未及劉稹叛亂事，固緣徐姊夫葬地在景亳，離懷州前綫較遠，亦由於其時討伐澤潞之戰事尚未至激烈階段，否則當會涉及此一大背景。

〔二〕政術，徐注本作『治政』，非。〔補注〕《論語·先進》：『德行：顔淵、閔子騫、冉伯牛、仲弓。言語：宰我、子貢。政事：冉有、季路。文學：子游、子夏。』文學，文章博學。政術，政治方略。《後漢書·安帝紀》：『舉賢良方正、有道術之士，明政術，達古今，能直言極諫者，各一人。』

〔三〕〔徐注〕《南史》：荀伯子好爲雜語，遨遊閭里，故以此失清途。〔馮注〕古以清資爲清途，屢見史書。

〔四〕〔徐注〕《詩》：女子有行，遠父母兄弟。〔補注〕有行，指出嫁。

〔五〕〔徐注〕《魏志·陳思王植傳》：華宗貴族。

〔六〕〔馮注〕《左傳》：内姓選於親，外姓選於舊。〔徐注〕《晋書·袁喬傳》：與袁書曰：『將軍之於國，外姓之太上皇也。』

〔七〕冀，《全文》作『寄』，據《英華》改。

〔八〕〔徐注〕陸機《辨亡論》：夫蜀，蓋藩援之與國也。

〔九〕祐，《全文》作『佑』，據《英華》改。

〔一〇〕〔徐注〕《左傳》：虢公敗戎於桑田，晋卜偃曰：『是天奪之鑒而益其疾也。』〔補注〕初心，即上文『倚爲藩援』之願望。

〔一一〕甥，《英華》作『生』，通。〔補注〕不育，謂幼而夭折。故下文云『曠然無主』。

〔一二〕〔徐注〕《左傳》：富辰曰：『兄弟雖有小忿，不廢懿親。』〔補注〕懿親，至親。

〔一三〕〔馮注〕《左傳》：已不能庇其伉儷。〔徐注〕《世説》：孫子荆除婦服，作詩以示王武子。王曰：『未知文生於情，情生於文。覽之淒然，增伉儷之重。』

〔一四〕〔馮注〕（行李）見《代彭陽公遺表》（『特縁行李』注）。謂時使人聘之也。舊本皆作『行李』。余初妄改『行葦』，謬甚。〔按〕《左傳·僖公三十年》『行李之往來，共其乏困』，此蓋取『共（供）其乏困』義而非取『行李』（使人）義。敦，厚；私，恩。

〔一五〕睽，《英華》作『暌』。

〔一六〕賜，《英華》注：集作『自』。

〔一七〕〔徐注〕《左傳》：楚子圍鄭，鄭伯肉袒牽羊以迎曰：『孤不天，不能事君。』〔補注〕不天，不爲天所護祐。

〔一八〕〔補注〕指喪母。

〔一九〕〔徐注〕庾信《紇干弘碑》：煢煢胤子，泣血徒步，奔波千里。《晋書·庾亮傳》：疏曰：偷存視息。

〔二〇〕方，《英華》作『亦』，疑涉下『赤』字而誤。〔徐注〕《易》：困于赤紱。〔補注〕《易·困》之『赤紱』即赤芾，爲紅色蔽膝。而此句『赤紱』即赤綬。銀章，銀印，其文曰章。漢制，凡吏秩比二千石以上皆銀印。隋唐以後官不佩印，只有隨身魚袋。金銀魚袋等謂之章服，亦簡稱銀章。

〔二一〕〔徐注〕《舊書·地理志》：浙江西道節度使，治潤州，管潤、蘇、常、杭、湖、睦等州；東道節度使，治越州，管越、衢、婺、温、台、明等州。或爲觀察使。〔馮注〕按《通典》《舊》《新書·志》，五品服緋。中都督府長史、司馬，正五品上；州長史、司馬，從五品。徐之官階，似此類也。〔補注〕淛，同『浙』。從務，謂從幕。時觀察使爲李師稷。

〔二二〕〔補注〕弔緘，指徐姊夫弔祭其岳母（商隱母）之祭弔文章、書信。

〔二三〕而，《全文》作『之』，此從《英華》。

〔二四〕見《代李玄爲崔京兆祭蕭侍郎文》注〔七一〕〔七二〕。

〔二五〕能，《英華》作『曾』。

〔二六〕〔徐注〕揚雄《解嘲》：扶服入槖。按：『扶服』通作『匍匐』。《詩》云：凡民有喪，匍匐救之。〔馮按〕《檀弓》引之作『扶服』，《漢書》亦多作『扶服』。〔補注〕扶服，伏地爬行，形容急遽、竭力。

〔二七〕〔馮注〕《書》：朝至于洛師。

〔二八〕〔徐注〕王隱《晋書》：傅咸遭繼母憂，上書曰：『咸身無兄弟，到官之日，喪祭無主。』〔補注〕《儀禮·喪服》：『無主者，謂其無祭主者也。』古稱父母死後無子主祭爲『無主後』。因徐姊夫之子『不育』早夭，故曰『曠然無主』。

〔二九〕〔馮注〕《國語》：公父文伯之母饗其宗老。又：屈到有疾，召其宗老而屬之：『祭我必以芰。』注曰：家臣曰老。宗老，宗人主禮樂者。〔徐注〕《南史·蕭琛傳》：上每呼琛爲宗老。〔按〕徐注引似是，此『宗老』蓋對同族長者之敬稱。

〔三〇〕騶，《英華》作『駐』，徐注本作『黠』，均非。《英華》注：集作『騶』。〔馮注〕《漢書·龔遂傳》：王嘗久與騶奴宰人遊戲。《禮記》：士不名家相長妾。〔補注〕騶奴，駕馭車馬之奴僕。家相，上古時卿大夫之管家。二句具體情況未詳，蓋謂徐姊夫歿後，族中惟有女性長者後爲尼者居於宗老之位，而總管家務者亦惟馬伕。

〔三一〕〔補注〕《易·坤》：『積善之家，必有餘慶。』

〔三二〕附身附棺，二『附』字《英華》作『祔』，注：《禮記》作『附』。〔徐注〕《禮記》：子思曰：『喪三日而殯，凡附於身者，必誠必信，勿之有悔焉耳矣；凡附於棺者，必誠必信，勿之有悔焉耳矣。』

〔三三〕〔徐注〕《晉書·裴頠傳》：《崇有論》云：奉身散其廉操，謂之曠達。

〔三四〕〔徐注〕謝靈運詩：寢瘵謝人徒。善曰：《爾雅》：瘵，病也。

〔三五〕宰，《全文》作『冢』，據《英華》改。〔徐注〕《春秋公羊傳》：宰上之木拱矣。注：宰，冢也。

〔三六〕〔馮注〕《禮記》：君子之接如水，小人之接如醴；君子澹以成，小人甘以壞。〔補注〕《莊子·山木》：『且君子之交淡若水，小人之交甘若醴；君子淡以親，小人甘以絶。』

〔三七〕〔徐注〕江淹《別賦》：使人意奪神駭，心折骨驚。

〔三八〕〔馮注〕《儀禮》：襚者委衣於牀。《公羊傳》：車馬曰賵，貨財曰賻，衣被曰襚。〔補注〕古弔喪之禮，向死者贈送衣衾謂之襚。《儀禮·士喪禮》鄭玄注：『襚之言遺也，衣被曰襚。』

〔三九〕『哀哉』二字《全文》無，據《英華》補。

祭徐氏姊文〔一〕

嗚呼！追訣慈念，一十八年〔二〕。罪積行違，上下無禱。天怒猥集，不誅其身。再丁憫凶，藐無怙恃〔三〕。號潰荼裂，心摧骨崩〔四〕。獲見諸甥，來奉遷合〔五〕。舊物半同於泥滓，新阡方列於松楸。斷手折足，厥痛非擬；終天殁地，此誠莫伸。冤痛蒼天，孤苦蒼天〔六〕！始某兄弟，初遭家難〔七〕，内無强近〔八〕，外乏因依。祗奉慈顔〔九〕，被蒙訓勉。及除常制，方志人曹。以頑陋之姿，辱師友之義。獲因文筆〔一〇〕，實忝科名。三干有司〔一一〕，兩被公選〔一二〕。再命芸閣〔一三〕，叨跡時賢。仲季二人〔一四〕，亦志儒墨。於顯揚而雖未，在進修而不隳〔一五〕。永惟幽靈，盍亦垂鑒。

今者苴麻假息〔一六〕，糞土偷存。不即殞傷，蓋亦有以。伏以奉承大族，載屬衰門〔一七〕。三弟未婚，一妹處室〔一八〕。息胤猶闕，家徒索然〔一九〕。將恐烝嘗有曠闕之憂，丘隴絶芟除之主〔二〇〕。延駐晷刻，不敢自私。又以祖曾之前，未一完兆；骨肉之内，猶有旅魂。將自來兹〔二一〕，克用通便〔二二〕。以顯之義〔二三〕，雖不敢望；無忝之訓〔二四〕，庶幾或存。靈其聞之，必將加憫。

然有以没齒懷恨〔二五〕、粉身難忘者〔二六〕，以靈之懿茂，而不登遐壽，不生賢人，使別女致哀〔二七〕，猶子爲後〔二八〕，哀哀天地，云胡不仁〔二九〕！默默神祇，其何可訴！今嵩、兗二子，既爲我甥，誓當撫之，以慰幽抱。男勸其學，使得禄仕；女求其耦，必擇賢良。縱乖宅相之徵〔三〇〕，庶泯忽諸之歎〔三一〕。壽堂宿啓，潛舟既移〔三二〕。那期永訣之悲，復見重關之兆〔三三〕。以祥忌云近〔三四〕，哀憂載迷〔三五〕，不獲臨壙達誠〔三六〕，撫柩致奠〔三七〕。東望景亳〔三八〕，椎心仆身〔三九〕。具襚擇蔬〔四〇〕，灑以淚血。日慘風遠，叫號無聲。伏惟明靈，一賜臨鑒。孤苦蒼天，不孝蒼天！

校注

〔一〕本篇原載《文苑英華》卷九九三第一頁、清編《全唐文》卷七八二第二四頁、《樊南文集詳注》卷六。題内『姊』字，《英華》作『姨』，誤。〔馮箋〕今所校《文苑英華》，徐、裴『姊』皆誤作『姨』。按：玩上篇所叙，及此云『祥忌云近』，則徐姊夫之亡，在義山喪母後數月。其將合葬時，義山母喪將期也，在祭裴氏姊及潞寇未熾之前可知矣。《祭裴氏姊文》云『朝夕二奠，不敢久離』者，不必拘看也。以今追考，止能得其略。〔按〕馮箋是。此文與《祭徐姊夫文》作於同時，即會昌三年八月中旬稍前。商隱母二年十月去世（《上李舍人狀四》謂『某已決取此月二十一日赴京』，此月指十月，其時母喪已滿），八月與『祥忌云近』正合。詳《祭徐姊夫文》注〔一〕編著者按語。

〔二〕〔馮注〕慈念，謂姊也。姊當殁於敬宗、文宗之際，玩下文可見。上篇云『二十年以來』，此則謂姊亡一十八年矣。兄與姊皆得言『慈』，唐文中頻見。〔按〕自會昌三年上溯十八年，徐氏姊當殁於寶曆二年。張箋列於大和元年，非。

〔三〕怙恃，《英華》作『恃怙』，非。〔徐注〕《詩》：無父何怙，無母何恃。〔補注〕憫凶，指父母之喪。袁宏《後漢紀·獻帝紀下》：『天子策命曹操爲公曰：「朕以不德，少遭憫凶。」』此指母喪。

〔四〕〔徐注〕曹植誄：號慟崩摧。〔補注〕潰，毁；荼，悲痛。

〔五〕〔馮注〕徐氏姊權厝於此，今來遷去合葬也。〔按〕《祭徐姊夫文》云『仲姊凋殂，諸甥不育』，『乞後旁宗，又未能立』，『建旐云歸，曠然無主』，『藐然一女，纔已數齡』，可知不僅徐氏姊無子，姊殁後徐姊夫别娶所生之女亦方數齡。而此云『獲見諸甥，來奉遷合』，下文云『使別女致哀，猶子爲後』，則是遷合前方立之『猶子』，即『嵩、奐二子』也。

〔六〕孤苦，《英華》作『苦孤』，非。

〔七〕〔補注〕初遭家難，指喪父。

〔八〕〔徐注〕李密《陳情表》：外無朞功强近之親。

〔九〕〔徐注〕潘岳《閑居賦》：壽觴舉，慈顔和。

〔一〇〕〔徐注〕《晉書·封孚傳》：文筆多傳于世。

〔一一〕千，《英華》注：集作『遷』。徐注本作『千』。均誤。〔馮注〕三千有司，謂宏詞、吏部試判及拔萃。（《玉谿生年譜》）〔按〕事分別在開成三年、四年，會昌二年。

〔一二〕〔馮注〕按：科名，謂登第也。又云『兩被公選』，謂（開成四年）試判與（會昌二年）拔萃。詳《年譜》。

〔一三〕〔補箋〕指開成四年釋褐爲祕書省校書郎及會昌二年重入祕省爲正字。《樊南甲集序》：『兩爲祕省房中官。』芸閣，祕書省之代稱。

〔一四〕〔補注〕仲，指其弟羲叟。《樊南甲集序》：『仲弟聖僕。』自注：羲叟。季，當指小於羲叟之另一弟。

〔一五〕進修，《英華》注：集作『修進』。誤。〔徐注〕《易》：君子進德修業，欲及時也。〔補注〕《禮記·祭統》：『顯揚先祖，所以崇孝也。』

〔一六〕〔徐注〕《禮記》：苴杖，竹也。削杖，桐也。又：斬衰，括髮以麻。注：爲母括髮以麻。《後漢書·謝夷吾傳》：遊魂假息。〔馮注〕《儀禮·喪服》：斬衰裳，苴絰。疏：衰裳，齊牡麻絰。注曰：麻在首在要（腰）皆曰絰。按：別父喪母喪也。文固不必拘。

〔一七〕〔徐注〕《南史》：謝瞻言於武帝曰：特乞降黜，以保衰門。

〔一八〕〔馮注〕劉餗《隋唐嘉話》：高宗朝，以太原王、范陽盧、滎陽鄭、清河博陵二崔、隴西趙郡二李等七姓，恃其族望，恥與他姓爲婚，乃禁其姻娶。於是不敢復行婚禮，飾其女以送夫家。按：擇對之不易可見。而義山婚於武帥之家，時論薄之矣。〔按〕曰『三弟』，則『仲、季』二弟以外尚有一弟，詳不可考。

〔一九〕〔徐注〕陸機《歎逝賦》：十年之内，索然已盡。〔補注〕會昌三年，商隱子衮師未生，故云『息胤猶闕』。索然，空乏貌。

〔二〇〕〔徐注〕鮑照《蕪城賦》：井徑滅兮丘隴殘。〔補注〕《詩·小雅·楚茨》：『絜爾牛羊，以往烝嘗。』鄭玄箋：『冬祭曰烝，秋祭曰嘗。』此泛指祭祀祖先。丘隴，指墳墓。

〔二一〕自，《英華》作『有』，誤。〔補注〕來兹，來年。

〔二二〕〔馮注〕通便，謂通年利月。〔按〕謂擇吉時爲大規模遷葬之舉。

〔二三〕〔補注〕《孝經·開宗明義》：『立身行道，揚名於後世，以顯父母，孝之終也。』

〔二四〕〔徐注〕《詩》：無忝爾所生。〔補注〕《書·君牙》：『今命爾羽翼，作股肱心膂，纘乃舊服，無忝祖考。』

〔二五〕〔徐注〕《後漢書·清河孝王慶傳》：常泣向左右，以爲没齒之恨。

〔二六〕〔徐注〕《法苑珠林》：釋法先誓粉身骨用生淨土。

〔二七〕〔馮注〕即上篇『藐然一女』也。非其姊所出，故曰『别女』。

〔二八〕〔馮注〕即所立嵩、奂二子。

〔二九〕〔補注〕《老子》：『天地不仁，以萬物爲芻狗。』

〔三〇〕見《爲李郎中祭舅竇端州文》『嗟宅相以無取』注。

〔三一〕〔馮注〕《左傳》：臧文仲聞六與蓼滅，曰：『臯陶、庭堅不祀，忽諸。』〔補注〕忽諸，忽然，一下子。後指忽然而亡。《南齊書·王僧虔傳》：『亡兄之胤，不宜忽諸，若此兒不救，便當回舟謝職，無復遊宦之興矣。』

〔三二〕見《爲濮陽公祭太常崔丞文》「想移舟而目極」注。

〔三三〕闢，《全文》《英華》均作「開」。《英華》注：集作「闢」。是，兹據改。〔馮注〕《周禮·春官》：巾車，及墓，嘑啓關，陳車。注：關，墓門也。此謂重葬也。若作「開」，則上已云「宿啓」矣。

〔三四〕〔補注〕祥忌，指其母之周年忌日之祭。參下注。

〔三五〕〔徐注〕《禮記》：父母之喪，既虞，卒哭。疏食飲水，不食菜果。期而小祥，食菜果；再期而大祥，有醯醬。中月而禫，禫而飲醴酒。〔馮注〕以二篇所叙度之，當爲小祥。〔補注〕祥，古代居父母、親人之喪滿一年或二年而祭之統稱。《禮記·雜記下》：「期之喪，十一月而練，十三月而祥，十五月而禫。」《儀禮·士虞禮》：「朞而小祥。」朞，周年。

〔三六〕〔徐注〕《爾雅》：藏葬謂之壙。〔補注〕壙，墓穴。

〔三七〕〔徐注〕《禮記》：在棺曰柩。〔補注〕柩，已裝尸體之棺。

〔三八〕〔徐注〕《左傳》：商湯有景亳之命。〔馮注〕《史記·殷本紀》注：宋州北五十里大蒙城爲景亳，湯所盟地，因景山爲名。宋亳在東，距懷州遠矣，且似未有潞州兵事。

〔三九〕〔徐注〕李陵《答蘇武書》：此陵所以仰天椎心而泣血也。

〔四〇〕襚，見《祭徐姊夫文》注〔三八〕。

代僕射濮陽公遺表〔一〕

臣某言：臣聞螻蟻知雨，雖通感于玄天〔二〕；蒲柳望秋，必凋華于厚夜〔三〕。況臣攝生寡要〔四〕，將命無方〔五〕，寒暑頓侵，精神坐竭。竈乏傳薪之火〔六〕，餘焰幾何〔七〕；隙無留影之駒〔八〕，殘光即盡。叩心戀闕〔九〕，忍死封章〔一〇〕。叫白日而不回〔一一〕，望青天而永訣〔一二〕。臣某中謝。

臣雖忝望族〔一三〕，本實將家〔一四〕。自先臣出總郊圻〔一五〕，遇大國静無師旅〔一六〕，被服元化，翺翔盛時。遂與季弟參元〔一七〕，俱以詞場就貢。久而不調，因以上書，自薦求通，干時願試〔一八〕。芸香作吏〔一九〕，始筮仕于德宗〔二〇〕；瑞節臨戎〔二一〕，復分憂于陛下。雖性分有限，而忠誠不移〔二二〕。固無韓、彭爲將之能〔二三〕，實慕趙、竇散財之義〔二四〕。兩踰嶺嶠，四建牙旗〔二五〕。約己潔身〔二六〕，絶甘分少〔二七〕。良田五頃，慮莫及于子孫〔二八〕；厚禄萬鍾，惠頗霑于賓客〔二九〕。恭承詔命，以守藩條。而掌事者〔三〇〕，徒以元和中吕元膺留守東都，李師道潛謀洛邑〔三一〕，託以郡邸，入之甲兵，臣當時爲元膺賓僚，值師道竊發〔三二〕，藍衫不脱，竹簡仍持，因爲麾兵，虜其渠帥〔三三〕，遂以將材相許，戎統見期〔三四〕。頡頏遐途〔三五〕，纂修舊服〔三六〕。光陰荏苒〔三七〕，遷授頻仍〔三八〕。昨者分領許昌〔三九〕，兼臨河内〔四〇〕。當上黨阻兵之始〔四一〕，是孽童拒詔之初〔四二〕。臣方將奮勵疲駑〔四三〕，指揮精鋭〔四四〕，所冀解鞍赤狄〔四五〕，息駕晋城〔四六〕，大攘蜂蠆之羣〔四七〕，以雪人神之憤〔四八〕。自前月某日後，軍聲大振，賊勢少衰〔四九〕，人一其心〔五〇〕，士百其勇〔五一〕。燕頷有相，曾無定遠之期〔五二〕；馬革裹尸，實負伏波之願〔五三〕。而精誠靡著，志望見違〔五四〕。援桴之意方堅〔五五〕，就木之期俄及〔五六〕。忽自今月某日，疾生腹臟，弊及筋骸，藥劑之攻擊愈深〔五七〕，神祇之禱祠無益〔五八〕。固已騰名鬼籙〔五九〕，收氣人寰〔六〇〕，復然無望於死灰〔六一〕，更起難同於仆樹〔六二〕。然臣素窺長者，曾慕達人〔六三〕，省知變化之端〔六四〕，麤識死生之理〔六五〕。豈其有貪富貴，敢冀長延〔六六〕？但以未報國恩，未誅賊黨，視冑長免〔六七〕，對弓莫彎〔六八〕，思犬馬以自悲〔六九〕，悼鐘漏之先迫〔七〇〕。志有所在，傷如之何！撫節而乏淚可流〔七一〕，伏弢而無血可峈〔七二〕。臣某中謝。

其行營三軍，已舉牒差某官某；河陽留務，差某官某；懷州留務，差某官某訖〔七三〕。並皆授之方略〔七四〕，各有司存〔七五〕。竊計旬日〔七六〕，必無逗撓〔七七〕。

臣又伏思任司農大卿之日，授忠武統帥之時〔七八〕，紫殿承恩〔七九〕，彤庭入對〔八〇〕，躬瞻堯日，親沐舜風〔八一〕。獲覩陛下神武之姿〔八二〕，獲聞陛下憂勤之旨。即北蕃小寇〔八三〕，東土微妖〔八四〕，亦何足煩陛下之甲兵，汙陛下之鈇鑕〔八五〕？伏願時推明略〔八六〕，光闡睿圖〔八七〕，內則收德裕、讓夷、紳、鉉之嘉謨〔八八〕，外則任彥佐、元逵、宰、沔之威力〔八九〕，廓清華夏，昭薦祖宗。然後瘞玉勒成〔九〇〕，鏤金垂烈〔九一〕，臣雖百死〔九二〕，復何恨焉！臣精爽已虧〔九三〕，言辭失次〔九四〕。氣無復續，蒙以纊而莫勝〔九五〕；口不能言，飯用貝而何益〔九六〕！故國千里〔九七〕，明君萬年。永捐覆載之恩〔九八〕，長入幽冥之路〔九九〕。殘魂不昧，雖溫序之思歸〔一〇〇〕；枯骨有知，遇杜回而必亢〔一〇一〕。迴望昭代〔一〇二〕，哀號不能。無任荒惙攀戀之至，謹奉表代辭以聞〔一〇三〕。

校注

〔一〕本篇原載《文苑英華》卷六二六第四頁、清編《全唐文》卷七七一第二二頁、《樊南文集詳注》卷一。〔徐箋〕《新書》：王茂元自陳許節度徙河陽，討劉稹也。李德裕以河陽兵寡，詔王宰領陳許，合義成兵援之。以河陰所貯兵械、內庫甲弓矢陌刀賜之。會病，以宰兼河陽行營攻討使。卒，贈司徒，謚曰『威』。《舊書》：會昌中，河北諸軍討劉稹，茂元亦以本軍屯天井，賊未平而卒。〔馮注〕《漢書·表》曰：僕射，秦官。古者重武官，有主射者以督課之。應劭曰：僕，主也；射音夜。《舊書·志》：尚書都省左右僕射各一員。按：茂元加僕射，《傳》不書，詳

《爲外姑隴西郡君祭張氏女文》『及登農揆』注。〔按〕《通鑑·會昌三年》：（八月）庚辰（二十四），李德裕上言云：『河陽兵力寡弱，自科斗店之敗，賊勢愈熾。王茂元復有疾，人情危怯，欲退保懷州。』九月，『丙午，河陽奏王茂元薨。』丙午爲二十日，係奏到之日。茂元八月下旬即已有疾，至九月二十前數日而卒於軍中。此遺表當作于九月二十日稍前。茂元加僕射，史不載，然《爲濮陽公上淮南李相公狀一》約作於開成五年春夏間，已稱『榮兼右揆』，則其加檢校右僕射當在武宗初立之時。

〔二〕〔馮注〕《東觀漢記》：沛獻王輔善《京氏易》。永平五年少雨，上自爲卦，以《易林》占之，其繇曰：『蟻封穴户，大雨將至。』以問輔，輔曰：『《蹇》，《艮》下爲山，《坎》上爲水。山出雲爲雨。蟻穴居知雨將至，故以蟻爲興。』〔徐注〕《莊子》：鴻濛曰：『玄天弗成。』

〔三〕〔徐注〕《晉書·顧悦之傳》：悦之與簡文同年而髮早白，帝問其故，對曰：『蒲柳常質，望秋先零。』《左傳》：楚子曰：『惟是春秋窀穸之事。』注：窀，厚也；穸，夜也。厚夜，長夜，謂埋葬也。

〔四〕〔徐注〕《老子》：善攝生者，陸行不遇兕虎，入軍不被甲兵，兕無所投其角，虎無所措其爪，兵無所容其刃。夫何故？以其無死地。

〔五〕〔補注〕將，養。

〔六〕〔徐注〕《莊子》：指窮於爲薪，火傳也，不知其盡也。

〔七〕〔馮注〕楊泉《物理論》：人含氣而生，精盡而死。譬猶火焉，薪盡而火滅，則光無矣。

〔八〕〔徐注〕《莊子》：人生天地之間，若白駒之過郤。〔馮注〕《史記·魏豹傳》：人生一世間，如白駒過隙耳。《漢書》注：白駒，日景也；隙，壁際也。按：《莊子》作『過郤』。郤亦作『隙』。

〔九〕〔徐注〕《後漢書·耿弇傳》：元元叩心，更思莽朝。江淹書：昔者賤臣叩心，飛霜擊于燕地。曹植詩：顧瞻戀城闕。〔馮注〕《文選》注：《春秋考異郵》曰：桓公殺賢，吏民含痛，流涕叩心。《後漢書·張奐傳》：奏記曰：凡人之情，寃則呼天，窮則叩心。

〔一〇〕死，《英華》注：集作『命』。〔徐注〕《晉書·宣帝紀》：天子執帝手，目齊王曰：『以後事相託，死乃復可忍，吾忍死待君。』

〔一一〕〔徐注〕《楚辭·九辯》：去白日之昭昭，襲長夜之悠悠。

〔一二〕〔徐注〕江淹《別賦》：豈能摹暫離之狀，寫永訣之情者乎？

〔一三〕〔徐注〕《南史·王僧辯傳》：時有安成望族劉敬躬者。〔馮注〕按王氏自晉以來，世爲望族。《宰相世系表》：王氏定著三房：一曰瑯琊，二曰太原，三曰京兆。茂元固稱太原公，然其世系無考。

〔一四〕〔徐注〕《晉書·載記》：石弘字大雅，勒之第二子也，勒謂徐光曰：『大雅愔愔，殊不似將家子。』〔補注〕據《新唐書·王栖曜傳》，茂元父栖曜，以軍功累遷試金吾衛將軍、金吾大將軍、左龍武大將軍，任鄜坊節度使。栖曜善騎射。

〔一五〕〔補注〕《書·畢命》：『申畫郊圻，慎固封守，以康四海。』孔穎達疏：『郊圻，謂邑之境界。』出總郊圻，指任鄜坊節度使。元稹《徐智岌右監門衛將軍制誥》：『邠之地，后稷、公劉之所理也。俗饒稼穡，土宜六擾，内扞郊圻，外攘夷狄。』鄜坊節度使管鄜、坊、丹、延四州，爲京畿之郊圻。

〔一六〕〔馮校〕『遇』下《英華》多一『任』字。〔按〕殘宋本《英華》『遇』下無『任』字，馮氏所據者明本。

〔一七〕〔徐注〕柳宗元《賀王參元失火書》：僕自貞元十五年見足下之文章，蓄之者蓋六七年。〔補注〕王應麟《困學紀聞》：『商隱誌王參元云：第五兄參元教之學。』按：誌文今佚。

〔一八〕願，《全文》作『預』，據《英華》改。〔徐注〕《蜀志·來敏傳》：議論干時。〔馮注〕按王栖曜貞元初鎮鄜坊，十九年卒於位。而貞元二十一年正月，德宗崩。則茂元筮仕，當在栖曜未卒時也。〔補注〕《新唐書·王茂元傳》：『茂元少好學，德宗時上書自薦，擢試校書郎。』

〔一九〕見《爲安平公謝除兗海觀察使表》注〔一四〕。

〔二〇〕〔徐注〕《左傳》：畢萬筮仕于晉。〔補注〕將出仕，卜問吉凶，謂筮仕。此指初出仕。參注〔一八〕。

〔二一〕〔馮注〕《周語》：先王既有天下，爲車服旗章以旌之，爲摯幣瑞節以鎮之。按：《周禮・春官》：典瑞，掌玉瑞，辨其名物與其用事，如王晉大圭、公執桓圭、侯執信圭之屬。而牙璋以起軍旅，以治兵守。注曰：瑞節，信也。牙璋亦王使之瑞節。《地官》：掌節，掌守邦節，而辨其用，以輔王命。注云：邦節者，珍圭牙璋之屬。疏曰：珍圭之等，皆約典瑞言之。〔補注〕瑞節，指玉節，古代朝聘時用作憑信之玉製符節。《周禮・地官・調人》：『弗辟則與之瑞節，而以執之。』唐蘇鶚《蘇氏演義》卷下：『夫瑞節者，有五種：一曰鎮圭，二曰牙璋，三曰穀圭，四曰琬圭，五曰剡圭。』此句『瑞節』蓋即牙璋，爲古之兵符。馮引《國語・周語》之『瑞節』則指瑞與節二者。

〔二二〕移，《英華》注：一作『磨』。

〔二三〕〔馮注〕漢之韓信、彭越。

〔二四〕〔馮注〕《魏志・武帝紀》注：趙奢、竇嬰之爲將也，受賜千金，一朝散之，故能濟成大功，永世流聲，吾未嘗不慕其爲人也。又曰：追思竇嬰散金之義。《史記・趙奢傳》：所賞賜者，盡以與軍吏士大夫。《漢書・竇嬰傳》：嬰爲大將軍，賜金千斤，陳廊廡下，軍士過，輒令財取爲用。『財』與『裁』同。按：茂元富財，交通權貴。此頗爲之粉飾。

〔二五〕〔徐注〕《東京賦》：牙旗繽紛。薛綜曰：牙旗者，將軍之旌。古者天子出，建大牙旗，竿上以象牙飾之。按：四建牙旗，謂嶺南、涇原、陳許、河陽也。〔馮注〕按茂元經略邕管，又節度嶺南，故曰『兩踰嶺嶠』也。

〔二六〕〔徐注〕《後漢書・應奉傳》：曾祖父順，爲河南尹、將作大匠，公廉約己，明達政事。《皇甫規傳》：李膺、王暢、孔翊，潔身守禮。

〔二七〕〔徐注〕司馬遷《報任安書》：李陵素與士大夫絶甘分少，能得人死力。〔補注〕絶甘分少，拒絶甘美之食，能與部屬分享少量之物。

〔二八〕〔徐注〕《南史・王悦之傳》：上以其廉介，賜良田五頃，以爲侍中。〔馮注〕《舊書・劉弘基傳》：弘基遺令，給諸子奴婢各十五人，良田五頃，謂所親曰：『若賢，固不藉多財；不賢，守此可以免饑凍。』餘財悉以散施。《後漢書·儒林·周澤傳》：光禄勳孫堪，建武中，仕郡縣，奉禄不及妻子，皆以供賓客。

〔二九〕〔徐注〕《後漢書·酈炎傳》：作詩曰：終居天下宰，食此萬鍾禄。〔馮注〕《史記·平津侯傳》：故人所善賓客，皆分奉禄以給之，無有所餘。按：此類事頗多。

〔三〇〕〔馮注〕掌事，見《周禮》。〔補注〕《周禮·春官·喪祝》：『凡卿大夫之喪，掌事而斂飾棺焉。』按此句『掌事者』指主持國政之宰相，與馮云《周禮》之『掌事』義異。此句直貫下『遂以將材相許，戎統見期』。

〔三一〕道，《英華》誤作『古』。下『值師道竊發』之『道』，《英華》亦誤作『古』。

〔三二〕〔補注〕竊發，暗中發動。

〔三三〕渠，《全文》作『元』，非，據《英華》改。〔徐曰〕（以上數句箋）並見《爲濮陽公陳情表》注〔一二〕〔一三〕。〔馮校〕□帥，《英華》作『明師』（按：馮所據爲明刊本《英華》），徐刊作『元帥』，皆誤。按：賊魁乃中岳寺僧圓淨，年八十餘，嘗爲史思明將，偉悍過人，見《舊唐書·呂元膺傳》。此當作『主帥』。《南史·周山圖傳》：鄉里獵戲集聚，常爲主帥。按：凡行軍及叛賊之徒，用『主帥』字者甚多，竟疑作『主帥』爲是。初以《英華》作『明師』，疑本是『朋帥』之訛，謂賊黨也，又或作『棚帥』，謂曰棚之首也。但『朋帥』字無可據，故以『主帥』爲近是。按：《舊書·志》：親王揔戎曰元帥。雖每可通稱，然叛賊必不可稱也。《英華》作『明師』，疑『朋帥』之形近而訛。但字無證據，不如闕疑。〔按〕馮氏因明本《英華》作『明師』而疑爲『朋帥』『棚帥』之訛。而殘宋本《英華》作『渠帥』，本不誤。馮校每有逞臆改字者，此處雖未徑改，然『主帥』『朋帥』之説皆顯誤。詳録之以見馮校間有此弊，亦見誤本之害人也。渠魁、渠帥，指首領，字習見。《書·胤征》：『殲厥渠魁，脅從罔治。』孔傳：『渠，大；魁，帥也。』《史記·司馬相如列傳》：『郡又多爲發轉漕萬餘人，用興法誅其渠帥，巴蜀民大驚恐。』多指反叛者之首領。

〔三四〕〔補注〕戎統，軍政、軍權。《宋書·孔顗傳》：『予猥承人乏，總司戎統。』

〔三五〕〔徐注〕《詩》：頡之頏之。〔補注〕頡頏，本指鳥飛上下貌，此猶上下來往之意。

〔三六〕〔徐注〕《書》：纘禹舊服。〔補注〕舊服，舊有之屬地。纂修，整治。

〔三七〕〔徐注〕潘岳《悼亡詩》：荏苒冬春謝。梁簡文帝詩：常惜光陰移。〔馮注〕《篇海》：荏染，猶侵下也。亦作『荏苒』。《廣韻》：展轉也。按：與《詩》『荏染柔木』義異。

〔三八〕〔徐注〕《漢書·孝成帝紀》：詔曰：大異重仍。師古曰：仍，頻也。

〔三九〕〔馮注〕《通典》：許州許昌縣，漢許縣，獻帝都於此。魏文改曰許昌。〔補注〕謂任陳許節度使。

〔四〇〕〔馮注〕《舊書·志》：河陽三城節度使領懷州河内郡。〔補注〕謂任河陽節度使。

〔四一〕〔徐注〕《左傳》：衆仲曰：阻兵無衆。〔馮注〕《通典》：秦置上黨郡，唐爲潞州，或爲上黨郡。

〔四二〕〔徐箋〕《舊書》：昭義節度等使劉從諫會昌三年卒，大將郭誼等用其姪稹權領軍務，宰相李德裕奏請稹護喪歸洛，稹竟叛。〔馮注〕謂昭義劉稹拒命。

〔四三〕〔徐注〕司馬遷書：僕雖疲駑，亦常側聞長者之遺風矣。

〔四四〕〔徐注〕《漢書·陳平傳》：天下指揮即定矣。潘岳《關中詩》：爰整精鋭。〔馮注〕《漢書·翟義傳》：吏士精鋭攻義，破之。

〔四五〕〔馮注〕《春秋》：宣公十有五年，晋師滅赤狄潞氏，以潞子嬰兒歸。〔徐注〕（赤狄）謂潞州。顔延之詩：嚴駕越風寒，解鞍犯霜露。

〔四六〕〔馮注〕潞州，晋地。非指太原，時楊弁固未叛也。〔補注〕澤潞節度使轄澤、潞、邢、洺、磁五州。澤州治晋城。此句『晋城』當指澤州晋城，非泛指晋地。

〔四七〕〔徐注〕《左傳》：臧文仲曰：『君無謂邾小，蜂蠆有毒，而況國乎？』〔補注〕蠆，蝎子一類毒蟲。

〔四八〕〔徐注〕《晋書·虞悝傳》：王敦搆逆，人神所忿疾。

〔四九〕少，《英華》作『稍』。

〔五〇〕〔徐注〕《書》：爾尚一乃心力，其克有勳。

〔五一〕〔徐注〕《南史・韋睿傳》：人百其勇。〔馮曰〕按茂元所遣之師，被賊破擒，頗爲危迫，詳見史文及《會昌一品集》。表乃矯語若此，唐時風氣然也。〔按〕《通鑑・會昌三年》：八月，『甲戌，薛茂卿破科斗寨，擒河陽大將馬繼等，焚掠小寨一十七，距懷州纔十餘里……王茂元軍萬善，劉稹遣牙將張巨、劉公直等會薛茂卿共攻之，期以九月朔圍萬善。乙酉，公直等潛師先過萬善南五里，焚雍店。巨引兵繼之，過萬善，覘知城中守備單弱，欲專有功，遂攻之。日昃，城且拔，乃使人告公直等。時義成軍適至（時以河陽兵寡，令王宰以忠武軍合義成兵援之。義成軍，滑州兵），茂元困急，欲帥衆棄城走，都虞侯孟章諫……茂元乃止。』可見其時河陽軍之危困處境及低落士氣。

〔五二〕〔徐注〕《後漢書・班超傳》：相者指曰：『生燕頷虎頸，飛而食肉，此萬里封侯相也。』

〔五三〕見《爲濮陽公陳情表》注〔四八〕。

〔五四〕志望，《英華》作『素志』，注：集作『志望』。

〔五五〕〔徐注〕桴，通作『枹』。《左傳》：郤克左并轡，右援枹而鼓，馬逸不能止。〔馮注〕《呂氏春秋》：援枹一鼓，使三軍之士樂死若生。

〔五六〕〔徐注〕《左傳》：季隗曰：『吾二十五年矣，又如是而嫁，則就木焉。』

〔五七〕〔馮曰〕暗用『膏肓』事。見前《代安平公遺表》『念兹二豎，徒訪秦醫』注。

〔五八〕祇，《英華》作『理』，非。〔徐注〕顔延之《陶徵士誄》：藥劑弗嘗，禱祠非益。

〔五九〕〔徐注〕魏文帝書：觀其姓名，已爲鬼籙。

〔六〇〕〔徐注〕《漢書・五行志》：聖人爲之宗廟，以收魂氣。鮑照《舞鶴賦》：歸人寰之喧卑。

〔六一〕〔馮注〕《漢書・韓安國傳》：安國坐法抵罪，獄吏田甲辱安國，安國曰：『死灰獨不復然乎？』

〔六二〕〔徐注〕《漢書・昭帝紀》：元鳳三年春，上林有柳樹枯僵自起生。

〔六三〕〔徐注〕《左傳》：聖人有明德者，若不當世，其後必有達人。〔馮注〕《列子》：端木叔，達人也。此謂曠達之人，知死生有命者。〔補注〕《呂氏春秋・知分》：『達士者，達乎死生之分。』

〔六四〕〔馮校〕知，一作『於』。〔徐注〕《易》：知變化之道者，其知神之所爲乎？

〔六五〕〔徐注〕《易》：原始反終，故知死生之説。

〔六六〕長延，《英華》作『延長』。

〔六七〕〔徐注〕《左傳》：葉公免胄而進。〔馮注〕又：先軫免胄入狄師。又：郤至見楚子，必下免胄而趨。〔補注〕此謂未能戴胄而臨戰陣。

〔六八〕〔徐注〕《孟子》：越人關弓而射之。『關』與『彎』同。〔馮注〕關弓、援弓、彎弓並同。《戰國策》『楚王引弓射狂兕』，他書作『彎弓』。

〔六九〕〔徐注〕《漢書・趙充國傳》：犬馬之齒七十，六爲明詔填溝壑，死，骨不朽。〔馮注〕曹植《上責躬詩序》：不勝犬馬戀主之誠。〔按〕當用《漢書》，以年齒言。然用『犬馬』，自含戀主之意。

〔七〇〕〔馮注〕《魏志》：田豫答司馬宣王曰：『年過七十而以居位，譬猶鐘鳴漏盡而夜行不休，是罪人也。』按：後人以鐘鳴漏盡比老死。《文選・放歌行》注引崔元始《正論》：永寧詔曰：鐘鳴漏盡，洛陽城中不得有行者。〔按〕以鐘漏之迫喻大限之至。

〔七一〕可，《英華》作『以』。〔徐注〕劉琨《扶風歌》：淚下如流泉。〔馮注〕用事未詳。《左傳》：宋司馬公子卬握節以死，無『淚』字，非所用也。《晋書・何無忌傳》：無忌執節督戰，遂握節死之。亦無『淚』字。

〔七二〕〔徐注〕《晋語》：鐵之戰，趙簡子曰：『鄭人擊我，吾伏弢衉血，鼓音不衰。』注：面污血曰衉。〔馮注〕《左傳》作『嘔』。杜注：嘔，吐也。蓋咯血爲嘔。

〔七三〕〔馮注〕河陽兼領懷州刺史，故分差留務。

〔七四〕〔徐注〕《漢書・趙充國傳》：願馳至金城圖上方略。

〔七五〕〔馮注〕（司存）見《論語》。按《正義》曰：執籩豆行事之禮，則有所主者存焉。故『司存』二字古人習用，非以有司二字連也。〔補注〕《論語·泰伯》：『籩豆之事，則有司存。』司存，執掌、職掌。

〔七六〕竊計，《英華》作『至於』。

〔七七〕〔馮注〕《漢書·韓安國傳》：廷尉當王恢逗撓，當斬。注曰：逗，曲行避敵也；撓，顧望也。〔按〕逗撓，謂因怯陣而避敵。

〔七八〕詳《爲濮陽公陳許謝上表》題注及『掌周王之廩庾』『遽董戎旃，還持武節』注。謂開成五年在朝任司農卿及出爲忠武軍節度使之時。

〔七九〕〔馮注〕《三輔黄圖》：武帝又起紫殿，雕文刻鏤，黼黻以玉飾之。〔徐注〕《漢書·成帝紀》：永始四年春，正月，行幸甘泉，郊泰畤，祥光降集紫殿。

〔八〇〕〔徐注〕謝朓《直中書省》詩：紫殿肅陰陰，彤庭赫宏敞。

〔八一〕〔馮注〕《禮記》：舜作五絃之琴，以歌《南風》。《家語》曰：南風之薰兮，可以解吾民之愠兮；南風之時兮，可以阜吾民之財兮。

〔八二〕〔徐注〕《易》：古之聰明睿智，神武而不殺者夫！

〔八三〕〔徐注〕（北蕃）謂回鶻。

〔八四〕妖，《英華》注：集作『戎』。〔徐注〕謂劉稹。

〔八五〕〔馮注〕《公羊傳》：子家駒曰：『君不忍加之以鈇鑕，賜之以死。』注曰：鈇鑕，腰斬之罪。《史記·項羽本紀》：陳餘遺章邯書：孰與身伏斧鑕？索隱曰：質，莝椹也。〔補注〕鑕，腰斬時墊在罪犯身下之砧板。

〔八六〕〔徐注〕《魏志·武帝紀》：評曰：惟其明略最優也。

〔八七〕〔馮注〕顔延之詩：睿圖炳晬。

〔八八〕〔徐注〕李德裕。見《太尉衛公會昌一品集序》。李讓夷。《舊書》：李讓夷，字達心，隴西人，德裕秉政，歷中書侍郎同平章事。李紳。《舊書》：李紳，字公垂，潤州無錫人，本山東著姓。會昌元年守僕射、平章事。復出爲淮南節度。崔鉉，《舊書·崔元略傳》：博陵人。子鉉，字台碩，累遷户部侍郎、承旨。會昌末以本官同平章事。〔馮注〕《新書·宰相表》：會昌二年七月，尚書左丞李讓夷爲中書侍郎、同中書門下平章事。又：會昌二年二月，以淮南節度使李紳爲中書侍郎、同中書門下平章事。又：會昌三年五月，翰林學士承旨崔鉉爲中書侍郎、同中書門下平章事。〔按〕李紳入相，當依《新書·宰相表》，詳參岑仲勉《唐史餘瀋》。

〔八九〕〔徐注〕李彦佐。《舊書·武宗紀》：會昌三年九月，以徐泗節度使李彦佐爲澤潞西南面招討使，以陳許節度使王宰充澤潞南面招討使。王茂元卒，王宰代總萬善之師。十二月，王宰奏收天井關。四年八月，王宰傳稹首露布獻於京師。王元逵。《舊書》：王元逵，廷湊子也。起復鎮州大都督府長史、成德軍節度使。王宰。《新書》：王晏宰，後去『晏』獨名，智興次子也。累擢邠寧慶節度使。徙忠武軍。宣宗初進少傅，卒。劉沔。《舊書》：劉沔，許州牙將也。移北京留守。〔馮注〕《新書·王元逵傳》：元逵襲成德軍節度使。劉稹叛，詔元逵爲北面招討使。《舊書·劉沔傳》：授沔太原節度使，充潞府北面招討使。按元逵當其東北，沔則正北。然《紀》文不書沔爲招討也。

〔九〇〕〔徐注〕桓譚《新論》：修封泰山，瘞玉岱宗。《東都賦》：封岱勒成，儀炳乎世宗。〔馮注〕《漢書》：武帝天漢三年，泰山修封，還過祠常山，瘞玄玉。〔補注〕瘞玉，古代祭山禮儀，治禮畢埋玉於坑。

〔九一〕〔馮注〕《文選·劉孝標〈廣絶交論〉》：聖賢鏤金版而鐫盤盂。任彦升《王文憲集序》：金版玉匱之書。善曰：《七略》曰：《太公金版玉匱》。《抱朴子》曰：鄭君有《玉匱記》《金版經》。按：此似用封禪金繩玉檢，或鑄鼎鐘，以紀功烈，如《後漢書·鄧后紀》『勒勳金石，攄之罔極』之義，非直用金版也。〔按〕馮按是。

〔九二〕〔徐注〕《後漢書·第五倫傳》：疏曰：雖遭百死，不敢擇地。

〔九三〕〔徐注〕《左傳》：心之精爽，是謂魂魄。〔補注〕精爽，精神。《左傳·昭公七年》：『用物精多，則魂魄强，是以有精爽至於神明。』

〔九四〕〔徐注〕《晉書·王濬傳》：疏曰：拜表流汗，言不識次。〔馮注〕迷亂失次也。字屢見。

〔九五〕〔馮注〕《禮記·喪大記》曰：屬纊以俟絶氣。注曰：纊，新綿，易動揺，置口鼻之上以爲候。

〔九六〕〔徐注〕《穀梁傳》：貝玉曰含。《春秋説題辭》：口實曰唅，象生時食也。天子以珠，諸侯以玉，大夫以璧，士以貝。〔馮注〕《檀弓》：飯用米貝，弗忍虚也。〔補注〕以珠玉貝米之類納於死者口中爲『唅』，亦作『含』。

〔九七〕國，《英華》作『園』，注：集作『國』。

〔九八〕捐，《英華》作『將』。

〔九九〕〔徐注〕張衡《思玄賦》：矧幽冥之可信。《後漢書·馮衍傳》：歎曰：修道德于幽冥之路。

〔一〇〇〕〔馮注〕《後漢書·獨行傳》：温序爲護羌校尉，行部至襄武，爲隗囂别將苟宇所拘，遂伏劍而死。序主簿韓遵、從事王忠持屍歸殮，光武憐之，賜洛陽城旁爲冢地。長子壽服竟，爲鄒平侯相，夢序告之曰：『久客思鄉里。』壽即棄官，上書乞骸骨歸葬，帝許之，乃反舊塋焉。

〔一〇一〕亢，《英華》作『抗』。杜回事，見下篇《爲王侍御瓘謝宣弔並賻贈表》『軍前結草，必自於幽靈』句注。

〔一〇二〕昭，《英華》作『聖』，注：集作『昭』。

〔一〇三〕《英華》無此七字。

〔蔣士銓曰〕王茂元卒於河陽軍中，此表處置諸事甚悉，計商隱必在幕中。及讀其《祭外舅司徒公》之文云：『屬纊之夕，不得聞啓手之言；祖庭之時，不得在執紼之列。』此不可曉。（《忠雅堂全集·評選四六法海卷二》）

爲王侍御瓘謝宣弔并賻贈表〔一〕

草土臣瓘言〔二〕：今月某日某官吕述、某官任疇等至〔三〕，奉將聖旨，以臣父某官某亡殁，賜弔臣等，并賻贈臣亡父布帛三百匹，米粟三百石者〔四〕。大夜銜輝，窮泉漏澤〔五〕。以隕以越〔六〕，終哀且榮〔七〕。臣某中謝。

臣先臣某託體元侯〔八〕，策名任子〔九〕，象賢傳劍〔一〇〕，餘力攻書〔一一〕。歷七朝而在公〔一二〕，秉二道而非墜〔一三〕。一昨氛興赤狄，兵聚晉城〔一四〕，先臣受律臨戎〔一五〕，忘家狥衆〔一六〕。士卒均食〔一七〕，罔愧于前修〔一八〕；廊廡散金〔一九〕，遠齊乎舊説〔二〇〕。上憑王略〔二一〕，下振軍威〔二二〕，旬月之間，慶捷相繼。並親桴三鼓〔二三〕，躬運九章〔二四〕。如臣弟兄，皆冒矢石〔二五〕。豈意奇功垂立，大願莫從。傳飡失時〔二六〕，峪血成疾〔二七〕，奄至凋落〔二八〕，長違盛明。此皆由臣等抱釁既深〔二九〕，就養無素〔三〇〕，遂延家難〔三一〕，仰惻宸襟。止偷生于晷刻〔三二〕，亦何顔於天地。伏惟皇帝陛下悼深撫几〔三三〕，悲軫聞鞞〔三四〕，降憫册於上公〔三五〕，厚賻禮於遺體〔三六〕。昔魏優死事，止分食邑之餘〔三七〕；漢養孤兒，但有羽林之聚〔三八〕。方於今日，惟愧推恩〔三九〕。叫號失容〔四〇〕，戴履無所〔四一〕。軍前結草，必自於幽靈〔四二〕；石上生松，敢忘於遺訓〔四三〕。無任感恩荒隕之至。

校注

〔一〕本篇原載《文苑英華》卷五七一第一三頁、清編《全唐文》卷七七二第一〇頁、《樊南文集詳注》卷一。〔馮箋〕《舊書》：『會昌三年，河陽節度使王茂元會討劉稹，以本軍屯天井，賊未平而卒。』瓘，其子也。〔馮箋〕瓘，王茂元子也，《茂元傳》不附載。《爲外姑隴西郡君祭張氏女文》云：『七女五男。』此當其長也。〔按〕王茂元卒于會昌三年九月二十日前數日，（參《代僕射濮陽公遺表》注〔一〕）。長安至河陽一千里，需時數日。朝廷聞訊後差遣吕述、任疇至河陽致弔，抵達河陽當已在九月下旬，此表當上於其時。

〔二〕〔徐注〕《晉書·禮志》：詔曰：每感念幽冥，而不得終苴絰於草土。〔補注〕草土，指居親喪。居喪者寢苫枕塊，故云。官吏居喪對君上具銜自稱草土臣。

〔三〕〔馮注〕（吕述）此當即後之吕商州。〔補注〕商隱大中元年有《爲滎陽公祭吕商州文》，詳該篇注〔一〕及祭文。《全唐文》卷七六二收任疇《正獻懿二祖昭穆疏》，小傳云：『會昌六年官太常博士。』事又見於《宣和書譜》卷一〇、《書史會要》卷五。

〔四〕三百石，《英華》作『二百石』。

〔五〕〔徐注〕庾信碑：爰在盛年，先從大夜。〔補注〕大夜，長夜，指人死長眠地下。『銜輝』與下『漏澤』均喻指皇帝之恩澤。潘岳《哀永逝文》：襲窮泉兮朽壤。

〔六〕〔徐注〕《左傳》：齊侯對曰：『恐隕越于下，以貽天子羞。』〔補注〕隕越，顛墜。此用作上書皇帝之套語，犯上而表示死罪之意。

〔七〕〔徐注〕劉勰《文心雕龍》：誄之爲制，蓋選言録行，傳體而頌文，榮始而哀終。〔按〕《論語·子張》：

『其生也榮，其死也哀。』此謂『終哀且榮』，乃指生前死後皆蒙受榮寵。

〔八〕〔徐注〕元侯謂棲曜。《後漢書·盧芳傳》：疏曰：臣芳過託先帝遺體。箋：棲曜貞元初拜左龍武大將軍，出爲鄜坊節度使，卒，贈尚書僕射。〔補注〕《左傳·襄公四年》：『三《夏》，天子所以享元侯也。』杜預注：『元侯，牧伯。』

〔九〕策，《全文》作『榮』，據《英華》改。〔徐注〕《左傳》：策名委質，貳，乃辟也。《漢書·王吉傳》：吉言：『今使俗吏得任子弟，率多驕驁，不通古今，宜明選求賢，除任子之令。』〔補注〕《左傳》杜預注：『名書於所臣之策。』孔穎達疏：『古之仕者於所臣之人書己名於策，以明繫屬之也。』此指因仕宦而獻身于朝廷。任子，因父兄之功，保任授予官職。

〔一〇〕〔馮注〕《書》：惟稽古崇德象賢。《史記·太史公自序》：在趙者以傳劍論顯。服虔曰：世善傳劍也。蘇林曰：傳，手搏論而釋之。又《自序孫子吳起贊》曰：非信仁廉勇，不能傳劍論兵書也。

〔一一〕〔補注〕《論語·學而》：『弟子入則孝，出則悌，謹而信，泛愛衆而親仁，行有餘力，則以學文。』

〔一二〕朝，《全文》誤『廟』，據《英華》改。〔徐注〕七朝，謂德、順、憲、穆、敬、文、武也。《詩》：夙夜在公。

〔一三〕〔馮注〕謂初以詞場就貢，後爲將帥之任，備文、武二道。〔補注〕《論語·子張》：『文、武之道未墜於地，在人。』本指周文王、武王治國修身之道，此處轉義。

〔一四〕一昨，《英華》脱此二字。注見《代僕射濮陽公遺表》注〔四五〕〔四六〕。

〔一五〕律，徐注本作『命』，非。〔補注〕受律，受命出師。

〔一六〕〔徐注〕《史記·司馬穰苴列傳》：將受命之日則忘其家。

〔一七〕〔徐注〕《漢書·李廣傳》：廣歷七郡太守，前後四十餘年。得賞賜，輒分其戲下，飲食與士卒共之。

〔一八〕〔徐注〕《離騷》：謇吾法夫前修兮。

〔一九〕見《代僕射濮陽公遺表》注〔二四〕。

〔二〇〕乎，《英華》作『于』。

〔二一〕王，《全文》誤作『玉』，據《英華》改。〔馮注〕王略，猶言廟略。〔徐注〕《左傳》：侵敗王略。

〔二二〕〔徐注〕《隋書・庾質傳》：慮損軍威。

〔二三〕〔馮注〕《周禮・夏官》：大司馬，中軍以鼙令鼓，鼓人皆三鼓。按《吴越春秋》：孫子試戰，三鼓爲戰形。《戰國策》：甘茂攻宜陽，三鼓之而卒不上。此所用也。又《尉繚子》：勒卒令曰：『商，將鼓也；角，帥鼓也；小鼓，伯鼓也。三鼓同而將帥伯其心一也。』《唐六典》：軍鼓之制有三：一曰銅鼓，二曰戰鼓，三曰鐃鼓。則謂鼓制有三，非所用也。〔補注〕《左傳・莊公十年》：『齊人三鼓。』

〔二四〕〔徐注〕《管子》：（九章）一曰舉日章則晝行，二曰舉月章則夜行，三曰舉龍章則行水，四曰舉虎章則行林，五曰舉鳥章則行陂，六曰舉蛇章則行澤，七曰舉鵲章則行陸，八曰舉狼章則行山，九曰舉韓章則載食而駕。〔補注〕九章，古代行軍時指揮軍隊行進之九種旗章。章，指旗上之圖案。

〔二五〕〔徐注〕《左傳》：荀偃、士匄率卒攻偪陽，親受矢石，滅之。〔馮注〕《漢書》：叔孫通曰：『漢王方蒙矢石，争天下。』《鼂錯傳》：能使其衆蒙矢石，赴湯火。

〔二六〕飡，《英華》作『飧』。徐注本作『食』，非。〔徐注〕《漢書・韓信傳》：令其裨將傳餐曰：『今日破趙會食。』注：如淳曰：小飯曰餐。師古曰：餐，古『飡』字，音千安反。〔補注〕傳餐，傳送飯食。

〔二七〕見《代僕射濮陽公遺表》注〔七二〕。

〔二八〕〔徐注〕《晉書・謝玄傳》：凋落相繼。

〔二九〕〔徐注〕曹植表：臣自抱釁歸藩，刻肌刻骨。〔補注〕抱釁，猶負罪。

〔三〇〕〔徐注〕《禮記》：左右就養無方。

〔三一〕〔徐注〕《詩》：未堪家多難。

〔三二〕〔徐校〕止，一作『尚』。馮注本作『尚』。〔徐注〕晷謂日景，刻謂漏刻。

〔三三〕〔馮注〕《晉書·劉毅傳》：遷尚書左僕射，年七十告老，以光禄大夫歸第，門施行馬，太康六年卒。武帝撫几驚曰：『失吾名臣，不得生作三公。』即贈儀同三司。按：茂元生加僕射，殁贈司徒，此引典精切。

〔三四〕〔徐注〕《禮記》：聽鼓鼙之聲，則思將帥之臣。〔補注〕軫，痛。

〔三五〕册，《全文》作『惻』，據《英華》改。〔徐注〕《書·微子之命》：庸建爾于上公。《左傳》：蔡墨曰：五行之官，實列受氏姓封爲上公。〔馮注〕《韓詩外傳》：三公，曰司馬、司空、司徒也。司馬主天，司空主土，司徒主人。《舊書·職官志》：正第一品，太尉、司徒、司空各一員，三公論道之官也。

〔三六〕〔徐注〕《公羊傳》：車馬曰賵，貨財曰賻，衣被曰襚。

〔三七〕〔徐注〕《魏志·太祖紀》：建安七年，令曰：舉義兵以來，將士絶無後者，求其親戚以後之，授土田，官給官牛，置學師以教之。爲存者立廟，使祀其先人。〔馮注〕《魏志》注：公令曰：『諸將士大夫共從戎事，吾獨竊大賞，户邑三萬。今分所受租與諸將掾屬及故戍于陳、蔡者，宜差死事之孤，以租穀及之。』〔按〕馮注是。

〔三八〕〔徐注〕《漢書·百官公卿表》：武帝取從軍死事之子孫養羽林，官教以五兵，號曰羽林孤兒。

〔三九〕惟，《英華》作『彼』，馮注本從之。

〔四〇〕〔徐注〕《詩》：或不知叫號。

〔四一〕〔徐注〕《左傳》：晋大夫三拜稽首曰：『君履后土而戴皇天。』

〔四二〕〔馮注〕《左傳》：魏武子有嬖妾，武子疾，命顆曰：『必嫁是！』疾病，則曰：『必以爲殉。』及卒，顆嫁之，曰：『疾病則亂，吾從其治也。』及輔氏之役，顆見老人結草以亢杜回，回躓而顛，故獲之。夜夢之曰：『余，而所嫁婦人之父也。爾用先人之治命，余是以報。』

〔四三〕生，《全文》作『澆』。《英華》注：集作『生』。兹據改。〔馮注〕《烈士傳》曰：干將、莫耶爲晋君作劍，三年而成。劍有雌雄，天下名器也。乃以雌劍獻君，留其雄者，謂其妻曰：『吾藏劍在南山之陰，北山之陽，松生石上，劍在其中矣。君若覺，殺吾，爾生男，以告之。』及君覺，殺干將。妻後生男，名赤鼻，具以告之。赤鼻斫南山之松，不得劍，思於屋柱中得之。晉君夢一人眉廣三寸，辭欲報讎。君覺，購求甚急，乃逃朱興山中，遇客欲爲之報，乃刎首以奉晉君。客令鑊煑之，頭三日三夜跳，不爛。君往視之，客以雄劍倚擬君，君頭墮鑊中，客又自刎，三頭悉爛，不可分別。葬之，名曰『三王冢』。按：《孝子傳》亦作『晉君』。《列異傳》《搜神記》作『楚王』。『眉廣三寸』，《搜神記》作『眉間廣尺』。又《太平御覽》引《吴越春秋》：眉間尺逃楚入山，逢客爲之報讎。《孝子傳》曰：眉間尺名赤鼻。是直以『眉間尺』爲人名矣。餘皆大同小異耳。《庾子山集》：『楹前鑿柱，即取遺書；石上開松，仍求故劍。』與此正合。蓋古人用事，既取一義，不旁顧而避忌也。惟一作『澆』字不合，或係字誤，或别有所本，未能全考。

爲馬懿公郡夫人王氏黄籙齋文〔一〕

唐某年月日朔，上清大洞三境弟子妾某〔二〕，本命某年，若干歲，某月日生，屬北斗某星〔三〕，住河南府河南縣〔四〕，正平坊安國觀内〔五〕。今謹攜私屬弟子某等〔六〕，詣京兆府萬年縣〔七〕永崇坊龍興觀内〔八〕，奉謁受上法師東岳先生鄧君〔九〕。奉依科儀於三聖會仙堂内，修建黄籙妙齋。三日三夜，轉經行道〔一〇〕，奉爲先受法尊師，並道場男女官衆〔一一〕，及九玄七祖〔一二〕，弟子門徒等〔一三〕，懺罪拔苦祈恩。辭上謁虚無元始自然天尊〔一四〕、太上大道君〔一五〕、太上老君〔一六〕、金闕後聖李君〔一七〕、十方靈真〔一八〕、三界官屬〔一九〕、三十六部尊經〔二〇〕、玄中大法師〔二一〕、天地水三官〔二二〕、北斗尊神〔二三〕、本命星尊神〔二四〕、洞天林谷一切棲隱諸靈仙等〔二五〕。妾夙值師尊，欽聞教旨〔二六〕。伏以元皇布氣〔二七〕，時播羣生；太一傳形〔二八〕，肇流品庶。

皆陶無始〔二九〕，成彼自然〔三〇〕。及三古已還〔三一〕，九皇祕迹〔三二〕，羣妖衆孽〔三三〕，黷亂真玄〔三四〕；鬼道尸邪〔三五〕，干迷至正。於是大分治化〔三六〕，廣闢章符〔三七〕。金板玉繩〔三八〕，載演修存之術〔三九〕；河源酆部〔四〇〕，重明考治之科〔四一〕。故得三靈無墊壞之虞〔四二〕，萬物被生成之德。

妾内惟幼騃〔四三〕，晚遂修持。爰在童蒙〔四四〕，被諸愆咎〔四五〕。去元和某年，獲託於故户部尚書贈左僕射臣馬總〔四六〕。極紛華於少壯，結胎血之因緣〔四七〕。況臣總被沐君恩，久居藩鎮〔四八〕，受專征之寄〔四九〕，擅外閫之權〔五〇〕。殄寇下城〔五一〕，所傷者不記；用刑持法，所坐者至多。雖事上之心，誠無顧避；而奉行之際，或爽重輕。故臣總平生之時，許妾以虚無爲念〔五二〕，冀因晚節，同結良緣。及臣總捐家〔五三〕，妾終喪紀〔五四〕，婚姻麤畢〔五五〕，門户如初。故東都某觀道士南岳先生符君，哀妾香火之勤〔五六〕，成妾巾褐之願〔五七〕。爰從披度〔五八〕，驟歷年光。雖積穢行尸〔五九〕，感通莫冀；而三蟲六賊〔六〇〕，制伏無虧。流輩之中，吹噓驟至，謂可以奉三洞之尊法〔六一〕，稽七真之異聞〔六二〕，勸請殷勤〔六三〕，推許重疊。妾雖榮從非望，亦念切良時。遂於某年，於某處奉詣大洞師東岳先生鄧君奉受上法〔六四〕，迴車畢道〔六五〕，交帶紫紋〔六六〕，負荷玄科〔六七〕，叨忝真位〔六八〕。妾夙宵感勵，寢食慚惶，於今五年，益勤一志〔六九〕。兼誓除俗累，漸慕清修，休絶以來，志念愈潔。所希稍存真氣〔七〇〕，可降衆靈〔七一〕。

又按《仙記》云：師與弟子，能相保七年者，法當得道〔七二〕。況今國家奉玄元之裔〔七三〕，聖上崇清淨之風〔七四〕。妾師奉爲君親，廣存濟度〔七五〕，妾又筋骸非病，齒髮未衰，仰佩玄恩，實爲罔極。是敢重投靈地，再獻微誠。遂有同學男女官某，嘉妾至心，勉妾上路，即於今夕，再次仙都〔七六〕。慶百生有幸之辰〔七七〕，登三聖會真之室〔七八〕。修崇始畢，朝禮云初〔七九〕。何必銀臺，遠居東海〔八〇〕；詎資瑶闕，近到西崑〔八一〕？窺觀而羽翼疑生〔八二〕，行列而雲霓交映〔八三〕。欣榮過極，感泣不勝。謹用上按仙儀〔八四〕，旁徵齋法〔八五〕。特延清衆，重請本師〔八六〕。伏乞太上三尊，十方衆聖〔八七〕，曲流玄澤，大降鴻私，録妾一念之清心〔八八〕，赦妾億劫之重罪〔八九〕。伏願善緣益長〔九〇〕，丹懇獲申〔九一〕。君王冀保於千齡，輔弼永綏於百福〔九二〕。五穀豐稔，四方乂寧〔九三〕。先授道師，遷洞天之位〔九四〕；今傳法主〔九五〕，享龜鶴之年〔九六〕。道俗二緣〔九七〕，咸蒙覆露〔九八〕；幽明兩代，並洗愆尤。先魂無冢訟之辜〔九九〕，同志絶干城之患〔一〇〇〕。陰幽滯爽〔一〇一〕，狴犴窮寃〔一〇二〕，皆獲遷昇，盡從寬釋。妾誓持女弱〔一〇三〕，永奉玄微〔一〇四〕，苟負盟文，冀當冥考〔一〇五〕。妾某無任懇惻祈恩之至。謹辭。

校注

〔一〕本篇原載清編《全唐文》卷七八〇第一二五頁、《樊南文集補編》卷一一。〔錢注〕《新唐書·馬總傳》：總字會元，系出扶風，謚曰懿。《舊唐書·職官志》：三品已上，母、妻爲郡夫人。〔按〕張采田《會箋》繫會昌三年，置《祭徐姊夫文》《祭徐氏姊文》後。視其『十月十五日有《爲馬懿公郡夫人王氏黄籙齋文》（按：指第二文）』之語，且將此篇置於第二文之前，蓋謂此二篇爲同時先後之作。考《爲馬懿公郡夫人王氏黄籙齋第二文》首云：『唐會昌三年，太歲癸亥十月丙辰朔十五日庚午，上清大洞三境弟子，中嶽先生黄帝真人張抱元於所居宫内，奉依科儀，修建下元黄籙妙齋，兩日兩夜，轉經行道，懺罪乞恩。』是爲會昌三年十月十五下元節前所作。而本文首云：『唐某年月日朔，上清大洞三境弟子妾某……奉謁受上法師東嶽先生鄧君。奉依科儀於三聖會仙堂内，修建黄籙妙齋，三日三夜，轉經行道。』則本文當作於會昌三年九月下旬。黄籙齋，道家潔齋法之一。《通鑑·僖宗光啓三年》『邀高駢至其第建黄籙齋』胡三省注：『黄籙大齋者，普召天神、地祇、人鬼而設醮焉，追懺罪根，冀升仙界。』

〔二〕〔錢注〕《雲笈七籤》：上清，宫名也。明乎混沌之表，焕乎大羅之天，靈妙虚結，神奇空生，高浮澄淨，以上清爲名，乃衆真之所處，大聖之所經也。又：又洞真法天寶君住玉清境，洞玄法靈寶君住上清境，洞神法神寶君住太清境。此爲三清妙境，乃三洞之根源，三寶之所立也。《黄庭内景經》：即受《隱芝大洞經》。

〔三〕〔錢注〕《雲笈七籤》：一陽明星，子生人屬之，食黍米。二陰精星，丑亥生人屬之，食粟米。三真人星，寅戌生人屬之，食糯米。四玄冥星，卯酉生人屬之，食小豆。五丹元星，辰申生人屬之，食麻子。六北極星，巳未生人屬之，食大豆。七天關星，午生人屬之，食小豆。

〔四〕〔錢注〕《新唐書·地理志》：屬河南道。

〔五〕〔錢注〕《唐會要》：安國觀，正平坊。本太平公主宅。長安元年，睿宗在藩國，公主奉焉。至景雲元年，置道士觀，仍以本銜爲名。十年，玉真公主居之，改爲女冠觀。

〔六〕〔錢注〕《左傳》注：私屬，家衆也。

〔七〕〔錢注〕《新唐書·地理志》：屬關内道。〔補注〕長安皇城南朱雀門街，萬年、長安二縣以此爲界，萬年縣領街東五十四坊及東市。

〔八〕〔錢注〕《唐會要》：龍興觀，崇教坊。貞觀五年，太子承乾有疾，敕道士秦英祈禱得愈，遂立爲西華觀。垂拱三年，改爲金臺觀。神龍元年，又改爲中興觀。三年三月二十四日復改爲龍興觀。

〔九〕〔錢注〕《雲笈七籤》：凡道士存思上法，及修學太一事，皆禁見死尸血穢之物。〔補注〕道教謂接受真師傳授之符契圖籙爲受符。此『受上法師』，下『先受法尊師』當指王氏接受其傳授符契圖籙之真師，即『東岳先生鄧君』。

〔一〇〕〔錢注〕《雲笈七籤》：自古及今，登壇告盟，啓誓元聖，或三日、七日、九日、十五日，皆晝夜六時行道，轉經禮懺，儀格甚重。除上清、絶羣、獨宴、静氣、遺形、心齋之外，自餘皆是爲國王民人、學真道士、拔度先祖，已躬謝過禳灾致福之齋。〔補注〕轉經，誦讀佛經。

〔一一〕〔錢注〕《翻譯名義集》：上觀云：道場清淨境界。

〔一二〕〔錢注〕《雲笈七籤》：《靈寶洞玄自然九天生神章經》云：靈音振空洞，九玄離幽裔。又《玄門大論》：黄籙齋拯拔地獄罪根，開度九幽七祖。〔補注〕九玄，猶九天。七祖，七代祖先。前蜀杜光庭《中元衆修金籙齋詞》：『臣等九玄七祖，受福諸天。貽祚流祥，傳休無極。』

〔一三〕〔錢注〕《法苑珠林》：《僧祇律》云：其師大喜，即令教授五百門徒。

〔一四〕〔錢注〕《初學記》：《太玄真一本際經》曰：無宗無上，而獨能爲萬物之始，故名元始；運道一切爲極尊，而常處二清，出諸天上，故稱天尊。〔補注〕元始天尊爲道教最高之尊神，居於天界最高之玉清仙境，爲三清首席。

〔一五〕〔錢注〕《初學記》：《本行經》曰：太上道君託胎洪氏之胞，凝神瓊胎之府。〔按〕太上道君，即居於上清境之靈寶天尊。

〔一六〕〔錢注〕《初學記》：《高上老子内傳》曰：太上老君姓李氏，名耳，字伯陽。〔按〕太上老君，即居於太清境之道德天尊。

〔一七〕〔錢注〕《太平御覽》：《後聖列紀》曰：上清金闕後聖君，少好道樂真，紫微上真天帝玉清宫賜紫蘂剛丹鳳璽，得在上清。中遊太極，下治諸天，封掌兆民。

〔一八〕見《爲馬懿公郡夫人王氏黄籙齋第三文》注〔一八〕。

〔一九〕〔錢注〕《雲笈七籤》：若名爲三界，一者欲界，有六天；二者色界，有十八天；三者無色界天。

〔二〇〕〔錢注〕《雲笈七籤》：其三洞者，謂洞真、洞玄、洞神是也。天寶君説十二部經爲洞真教主，靈寶君説十二部經爲洞玄教主，神寶君説十二部經爲洞神教主。其三十六部者，第一本文，第二神符，第三玉訣，第四靈圖，第五譜録，第六戒律，第七威儀，第八方法，第九衆術，第十傳説，第十一讚誦，第十二表奏。右三洞各十二部，合成三十六部。

〔二一〕〔錢注〕葛洪《神仙傳》：老子者，名重耳，字伯陽，楚國苦縣曲仁里人也。或云：上三皇時，爲玄中法師。

〔二二〕〔錢注〕《魏志·張魯傳》注：《典略》曰：請禱之法，書病人姓名，説服罪之意。作三通：其一上之天，著山上；其一埋之地；其一沈之水。謂之三官手書。〔按〕此但言三官神，非祈禱三官神之文書三官手書。道教所奉天官、地官、水官三帝合稱三官。傳説天官賜福，地官赦罪，水官解厄。

〔二三〕〔錢注〕《雲笈七籤》：北斗星字君時，一字充。北斗神君本江夏人，姓伯名大萬，挾萬二千石。左右神人姓雷名機字太陰，主天下諸仙人，又招摇與玉衡爲輪，北斗之星精曜九道，光映十天。

〔二四〕〔錢注〕《雲笈七籤》：凡人但知本屬星名，即能無灾，何況久能醮之。

〔二五〕〔錢注〕《雲笈七籤》：太上曰：十大洞天者，處大地名山之間，是上天遣羣仙統治之所。其次三十六小洞天，在諸名山之中，亦上仙所統治之處也。《隋書·徐則傳》：棲隱靈嶽。《雲笈七籤》：太清境有九仙……八，靈仙。

〔二六〕〔錢注〕《長阿含經》：爾時福貴，承佛教旨。

〔二七〕〔錢注〕《雲笈七籤》：九宫没後，而有元皇。元皇之時，老君下爲師，口吐《元皇經》一部，教元皇治於天下，始有皇化，通流後代，以漸成之。

〔二八〕〔錢注〕《史記·封禪書》：天神貴者太一，太一佐者五帝。〔補注〕司馬貞索隱引宋均云：『天一、太一，北極神之别名。』

〔二九〕〔錢注〕《莊子》：出入無窮，與物無始。

〔三〇〕〔錢注〕《老子》：人法地，地法天，天法道，道法自然。

〔三一〕〔錢注〕《漢書·藝文志》：人更三聖，世歷三古。〔補注〕三古，上古、中古、下古之合稱，時限諸説各異。

〔三二〕〔錢注〕《太平御覽》：《玉清書》曰：玉户瓊門，九皇上真在其中。〔補注〕九皇，傳説中上古時之九帝王。《鶡冠子·天則》：『九皇之制，主不虛王，臣不虛貴階級。』原注：《春秋緯》云：『人皇兄弟九人，分治天下，九皇之號，豈緣是歟？』《史記·孝武本紀》：『高世比悳於九皇。』裴駰集解引韋昭曰：『上古人皇者九人也。』

〔三三〕〔錢注〕《說文》：衣服歌謡草木之怪謂之妖，禽獸蟲蝗之怪謂之孽。〔補注〕《禮記·中庸》：『國家將亡，必有妖孽。』此指物類反常現象，古人以爲不祥之兆。此句『羣妖衆孽』指妖魔鬼怪。

〔三四〕〔補注〕真玄，指諸天之神。

〔三五〕〔錢注〕《後漢書·劉焉傳》：沛人張魯，母有姿色，兼挾鬼道，往來焉家。《雲笈七籤》：凡庚申、甲寅之日，是血鬼遊尸直合之日也。天炁交合，七魄競亂，淫穢混真，邪津流煥，明法動精，七魄飈散。〔補注〕鬼道，鬼神邪說。《三國志·魏志·張魯傳》：『魯遂據漢中，以鬼道教民，自號師君。』

〔三六〕八治，見後《梓州道興觀碑銘并序》『八治威魔』注。〔錢注〕按《雲笈七籤》：杜光庭《道教靈驗記》有玉局化、葛璝化、平蓋化、昌利化，是治化之通稱也。

〔三七〕〔錢注〕《雲笈七籤》：符章玉訣，皆起於九天之王，傳於世代之真。

〔三八〕〔錢注〕王嘉《拾遺記》：浮提之國獻神通善書二人，佐老子撰《道德經》垂十萬言。寫以玉牒，編以金繩，貯以玉函。

〔三九〕〔錢注〕《雲笈七籤》：若修存之時，恒令日月還面明堂中，日在左，月在右，令二景與目瞳合，氣相通也。〔補注〕修存，修行凝神。

〔四〇〕〔錢注〕《黃庭内景經》：違盟負約，七祖受考於暘谷、河源，身爲下鬼，考於風刀。酆部，見《爲馬懿公郡夫人王氏黃籙齋第三文》注〔一四〕。

〔四一〕〔錢注〕《法苑珠林》：《諫王經》云：當畏地獄考治之痛。〔補注〕考治，猶拷問。

〔四二〕〔錢注〕《春秋元命苞》：造起天地，鑄演人君，通三靈之貺，交錯同端。《說文》：墊，下也；壞，敗也。《黄庭内景經·瓊室》：『何爲死作令神泣？忽之禍鄉三靈殁？』梁丘子注：『三靈，三魂也，謂爽靈、胎光、幽精。』〔補注〕蟄，陷没、下陷。

〔四三〕〔錢注〕《博雅》：騃，癡也。

〔四四〕〔補注〕《易·蒙》：『匪我求童蒙，童蒙求我。』朱熹本義：『童蒙，幼稚而蒙昧。』

〔四五〕僁，《全文》誤作『僭』，據錢校改。〔按〕下文有『並洗僁尤』可證。僁，即『愆』之異體字。

〔四六〕〔錢注〕《舊唐書·馬總傳》：元和十四年，入爲户部尚書。長慶三年卒，贈右僕射。

〔四七〕〔錢注〕《法苑珠林》：《增一阿含經》云：有三因緣識來處受胎。

〔四八〕〔錢注〕《舊唐書·馬總傳》：元和四年，充嶺南都護、本管經略使。八年，轉桂管觀察使，入爲刑部侍郎。裴度宣慰淮西，奏爲制置副使。吴元濟誅，留總蔡州，知彰義軍留後，尋充淮西節度使。總以申、光、蔡三州久陷賊寇，人不知法，威刑勸導，咸令率化。十三年，轉忠武軍節度使。明年，改華州刺史。十四年，遷天平軍節度使。李尤《函谷關賦》：蕃鎮造而惕息。

〔四九〕〔錢注〕《竹書紀年》：王命西伯得專征伐。

〔五〇〕〔錢注〕《漢書·馮唐傳》：臣聞上古王者遣將也，跪而推轂，曰：『閫以内寡人制之，閫以外將軍制之。』

〔五一〕〔錢注〕《晋書·周處傳》：必能殄寇。《史記·樂毅傳》：樂毅留徇齊五歲，下齊七十餘城。

〔五二〕〔錢注〕《史記·太史公自序》：道家無爲，又曰無不爲，其實易行，其辭難知。其術以虚無爲本，以因循爲用。

〔五三〕〔補注〕捐家，棄家，指去世。

〔五四〕〔補注〕《禮記·文王世子》：『喪紀以服之輕重爲序，不奪人親也。』鄭玄注：『紀，猶事也。』

〔五五〕〔錢注〕《後漢書·向長傳》：長字子平，建武中，男女嫁娶既畢，敕斷家事勿相關。於是遂肆意，與同好北海禽慶俱遊五嶽名山。

〔五六〕〔錢注〕《北史·齊紀》：香火重誓，何所慮耶？

〔五七〕〔錢注〕《太平御覽》：《仙公請問經》曰：太極真人曰：『夫學道當潔凈衣服備巾褐制度，名曰道之法服。』

〔五八〕〔錢注〕《法苑珠林》：《善見論》云：披奉如戒行，廣度諸衆生。〔補注〕披度，披上道服，度爲女冠。

〔五九〕〔錢注〕《後漢書·襄楷傳》注：天神獻玉女於佛，佛曰：『此是革囊盛衆穢耳。』《漢武内傳》：『徹雖有心，實非仙才，詎宜以此傳泄於行尸乎？』

〔六〇〕〔錢注〕《黄庭内景經》：遂至不飢，三蟲亡。注：《洞神訣》云：上蟲白而青，中蟲白而黄，下蟲白而黑。又云：上尸彭琚，使人好滋味，嗜欲癡滯。中尸彭質，使人貪財寶，好喜怒。下尸彭矯，使人愛衣服，耽淫女色。亦名三毒。《楞嚴經》：眼耳鼻舌及與身心，六爲賊媒，自劫家寶。〔補注〕佛教謂色、聲、香、味、觸、法六塵爲六賊，謂此六塵能以眼、耳等六根爲媒介，劫掠『法財』，損害善性，故稱。

〔六一〕三洞，見本篇注〔一一〇〕。

〔六二〕〔錢注〕《雲笈七籤》：北斗七真，天中大神，上朝金闕，下覆崑崙。

〔六三〕〔錢注〕《淨住子》：勸請者，慇懃之至意也。

〔六四〕見本篇注〔九〕。

〔六五〕〔錢注〕《瑞應經》：太子至十四，啓王出遊。始出城東門，天帝化作病人，即迴車，悲念人生，俱有此患。太子出城南門，天帝化作老人，迴車而還，愍念人生丁壯不久。太子出城西門，天帝化作死人，迴車而還，念天下有此三苦。太子出城北門，天帝化作沙門，太子曰：『善哉！惟是爲快。』即迴車還，念道清淨，不宜在家。《雲笈七籤》：《道教靈驗記》云：天台道士劉方瀛師事老君，精修戒潔，早佩畢道法籙，常以丹篆救人。

〔六六〕〔錢注〕《雲笈七籤》：傳授當委絹之誓，教授有交帶之盟。《詩集·戊辰會靜中出貽同志二十韻》：婀娜佩紫紋。馮氏曰：紫紋，綬也。

〔六七〕〔錢注〕《雲笈七籤》：玄科祕訣，本有冥期。

〔六八〕〔錢注〕《雲笈七籤》：《修行經》云：生無道位，死爲下鬼。若高人俗士，有希道之心，未能捨榮禄，初門不可頓受，可受三五階，若修奉有功，然更遷受。

〔六九〕〔錢注〕《莊子》：顔回曰：『敢問心齋？』仲尼曰：『若一志，無聽之以耳，而聽之以心；無聽之以心，而聽之以氣。聽止於耳，心止於符。氣也者，虚而待物者也。惟道集虚，虚者，心齋也。』

〔七〇〕〔錢注〕《雲笈七籤》：存《大洞真經三十九真法》祝曰：真氣下流充幽關，鎮神固精塞死源。〔補注〕真氣，人體之元氣，道教謂爲『性命雙修』所得之氣。

〔七一〕〔錢注〕《雲笈七籤》：散香九天，降靈寢室，願會神仙也。

〔七二〕者法，《全文》作『法者』，從錢校據胡本乙正。

〔七三〕〔錢注〕《唐會要》：天寶二載正月十五日，加太上玄元皇帝號爲大聖祖玄元皇帝。八載六月十五日，加號爲大聖祖大道玄元皇帝。

〔七四〕〔錢注〕《史記·曹相國世家》：載其清淨，民以寧一。

〔七五〕〔錢注〕《法苑珠林》：《雜寶藏經》云：佛法寬廣，濟度無涯。

〔七六〕〔錢注〕孫綽《遊天台山賦》：陟降信宿，迄于仙都。

〔七七〕〔錢注〕葛洪《神仙傳》：壺公語費長房曰：『我仙人也，昔處天曹，以公事不勤見責，因謫人間耳。卿可教，故得見我。』長房下座頓首曰：『肉人無知，積罪却厚。幸謬見哀憫，猶人剖棺布氣，生枯起朽。但恐臭穢頑弊，不任驅使。若見哀憐，百生之厚幸也。』

〔七八〕〔錢注〕《太平御覽》：《登真隱訣》曰：上清每以吉日會五真。凡修道之人，當其吉日，思存吉事，心願飛仙，立德施惠，振救窮乏，此太上之事也。當須齋戒，遣諸雜念，密處静室。〔按〕三聖會真之室，即上文所云龍興觀內『三聖會仙堂』。

〔七九〕〔錢注〕沈約《桐柏山金庭館碑》：飾降神之宇，置朝禮之地。

〔八〇〕〔錢注〕《舊唐書・職官志》：翰林院，天子在大明宮，其院在右銀臺門內，待詔之所。郭璞《遊仙詩》：神仙排雲出，但見金銀臺。〔補注〕《史記・封禪書》：『自威、宣、燕昭使人入海求蓬萊、方丈、瀛洲，此三神山者，其傳在勃海中……諸仙人及不死之藥皆在焉。其物禽獸皆白，而黃金銀爲宮闕。』

〔八一〕崑，《全文》作『昆』，據錢校改。〔錢注〕《史記・太史公自序》：遷爲太史令，紬史記、石室、金匱之書。劉向《列仙傳》：赤松子者，神農時雨師也。至崐崘山上，常上西王母石室中。

〔八二〕〔錢注〕窺觀，見《易》。魏文帝《遊仙詩》：服藥四五日，身輕生羽翼。〔按〕《易・觀》：『初六，童觀，小人無咎，君子吝。象曰：初六童觀，小人道也。六二，闚觀，利女貞。』王弼注：『所見者狹，故曰闚觀。』此句『窺觀』即暗中觀看意，《易・觀》似非所用。

〔八三〕〔錢注〕宋玉《高唐賦》：簡玄服，建雲旆，蜺爲旌，翠爲蓋。〔補注〕《禮記・樂記》：『行其綴兆，要其節奏，行列得正焉，進退得齊焉。』

〔八四〕〔錢注〕《雲笈七籤》：十二部經第七威儀。威儀者，如齋法、典戒、請經、軌儀之例是也。

〔八五〕〔錢注〕《雲笈七籤》：按諸經齋法，略有三種：一者設供齋，二者節食齋，三者心齋。

〔八六〕〔錢注〕《史記・樂毅傳贊》：其本師號曰河上丈人。

〔八七〕見《爲馬懿公郡夫人王氏黃籙齋第三文》注〔一八〕。

〔八八〕〔錢注〕《法苑珠林》：一刹那者翻爲一念。《後漢書・西域傳論》：詳其清心釋累之訓，空有兼遺之宗，道書之流也。

〔八九〕〔錢注〕《法苑珠林》：故經云：敬禮此佛，能除百萬生死重罪，或言能除千劫生死重罪。

〔九〇〕〔錢注〕梁簡文帝《相宮寺碑》：自昔藩邸，便結善緣。

〔九一〕〔錢注〕王僧孺《禮佛唱導發願文》：各運丹懇。

〔九二〕〔補注〕《詩·大雅·假樂》：『干禄百福，子孫千億。』

〔九三〕〔錢注〕張衡《東京賦》：區宇乂寧。

〔九四〕見上文『奉謁受上法師東嶽先生鄧君。奉依科儀於三聖會仙堂内，修建黄籙妙齋，三日三夜，轉經行道，奉爲先受法尊師』及注〔二五〕。

〔九五〕〔錢注〕《法苑珠林》：《智度論》：舍婆提大城，佛爲法主，故亦在此城。〔按〕佛教稱佛爲法主，亦指管某一寺院事務之僧官爲法主。此似借指道院之長。

〔九六〕〔錢注〕郭璞《遊仙詩》：借問蜉蝣輩，寧知龜鶴年？

〔九七〕〔錢注〕《宋書·天竺迦毘黎國傳》：學行精整，爲道、俗所推。〔按〕道、俗二緣，指道教徒與俗世之人。

〔九八〕〔錢注〕《國語》：是先王覆露子也。〔補注〕覆露，庇蔭、養育。

〔九九〕〔錢注〕《雲笈七籤》：《許邁真人傳》云：第五子謐，小名穆，官至護軍長史、散騎侍郎。年七十二，捨世尋仙，能通靈降真。先經患滿腹中結塞，小便不利。遇西王母第二十七女號曰紫微夫人，謂穆曰：『此病冢訟之所致，家又有怨鬼爲害，可服术，自得豁然除去。』

〔一〇〇〕〔補注〕《詩·周南·兔罝》：『赳赳武夫，公侯干城。』

〔一〇一〕滯爽，見《爲馬懿公郡夫人王氏黄籙齋第三文》注〔二四〕。

〔一〇二〕見《爲馬懿公郡夫人王氏黄籙齋第三文》注〔二四〕。

〔一〇三〕〔錢注〕傅玄《董逃行》：女弱難存若無。〔按〕難，一作『雖』。

〔一〇四〕〔錢注〕《晋書·徐苗傳》：又依道家著《玄微論》。〔補注〕玄微，指深遠微妙之道教玄理。

〔一〇五〕〔錢注〕《太平御覽》：《登真隱訣》曰：受經皆登壇盟誓，割帛跪金，爲敢宣之約。前盟則金龍玉魚，後代止布帛而已。違盟負信，三祖獲考於水官，謂妄傳非人也。〔補注〕冥考，陰司之按問、刑訊。

爲馬懿公郡夫人王氏黄籙齋第二文〔一〕

唐會昌三年〔二〕，太歲癸亥十月丙辰朔十五日庚午，上清大洞三境弟子〔三〕中岳先生黄帝真人張抱元於所居宫内〔四〕，奉依科儀，修建下元黄籙妙齋〔五〕，兩日兩夜，轉經行道，懺罪乞恩。拜上諸虚無自然元始天尊〔六〕、太上大道君、太上老君、十方衆聖、三界靈官、三十六部尊經、玄中大法師、崇岳〔七〕山諸靈官等〔八〕。妾聞至極含虚，真人在己〔九〕。陶混元於無始，稟靈性於自然〔一〇〕。莫不疣贅有爲〔一一〕，粃糠非道〔一二〕，摽北門而高視〔一三〕，泛虚舟而不羈〔一四〕。及夫淳化漸漓，真玄稍祕，於是教垂三洞〔一五〕，文演九辰〔一六〕。地紀天元〔一七〕，因斯立極〔一八〕；北酆南霍〔一九〕，自此分區。猶以修崇之旨未宏，懺拔之科尚昧〔二〇〕，故七神五藏，降虚黄之上經〔二一〕；三日元時，問青女之祕訣〔二二〕。事踰玄象，道介希夷〔二三〕。正一真人〔二四〕，餘文具在；三天教主〔二五〕，遺法斯存。

妾慶自多生，時丁休運，永惟女弱〔二六〕，早服師門〔二七〕。佩祕籙於上清〔二八〕，階衆真之高位〔二九〕。雖限存性分，而事繫因緣。丁寧湯谷之遊〔三〇〕，彷佛朱陵之會〔三一〕。貪叨斯極，負荷不勝。故八慶三元〔三二〕，良時吉日，莫不廣開龜座〔三三〕，大闢龍山〔三四〕，耀銜燭於幽都〔三五〕，稽欻駕於玄路〔三六〕。況所居觀宇〔三七〕，乃肇於貴主〔三八〕，創自平時。絳館清宫〔三九〕，居惟帝女〔四〇〕；珠囊錦帙〔四一〕，來自天家〔四二〕。通仙之象設可憑〔四三〕，大國之慶靈無泯〔四四〕。自開元厥後〔四五〕，天步攸艱〔四六〕。閬苑墉臺〔四七〕，例遘鬱攸之毒〔四八〕；霓旌絳節〔四九〕，咸罹竊發之災。而斯觀棟宇無虧，圖書不蠹，綵扎如舊〔五〇〕，靈文若新〔五一〕。況鎮我神州〔五二〕，正當午位〔五三〕。北瞻翔鳳〔五四〕，自傾臣子之丹誠〔五五〕；南瞻鑿龍〔五六〕，宛是神仙之福地〔五七〕。雖浮丘尚阻〔五八〕，而佳氣遥通〔五九〕。先皇帝重振玄風，今天子廣明至道。恬神姑射〔六〇〕，系志崆峒〔六一〕。銀甕告存〔六二〕，非假華山之出〔六三〕；珠胎展瑞〔六四〕，不因赤水之遺〔六五〕。平陽之絳鬣時來〔六六〕，崑岳之白環屢入〔六七〕。故二京法衆〔六八〕，四海名流，咸得蔭藹天光〔六九〕，晞霑睿澤。雲奩盡期於九轉〔七〇〕，靈階畢慕於三清〔七一〕。高功臣抱元，捧日降精〔七二〕，因星命氏〔七三〕。骨鳴金鏁，響振瓊鐘〔七四〕。昔自綺紈〔七五〕，遂辭禄仕，倦薊子之都尉〔七六〕，厭東方之侍郎〔七七〕。固已名列紫書〔七八〕，位通丹岳〔七九〕。調三關而自適〔八〇〕，通九館以忘憂〔八一〕。

頃以台嶠名遊〔八二〕，雲臺高邁〔八三〕，清溪萬仞〔八四〕，丹桂八重〔八五〕。爰以金慈，忽聞至止。故妾及男女官等，因下元大慶之日〔八六〕，水官校籍之辰〔八七〕，稽首求哀〔八八〕，摽心奉請〔八九〕，願攜清衆，爲按玄科〔九〇〕。將有望於感通，冀必聞於御徹〔九一〕。今則玄冥司候〔九二〕，陰魄將圓〔九三〕，魚鑰開簧〔九四〕，麟厨備味〔九五〕。列炬而房名流電〔九六〕，燎鑪而館號明霞〔九七〕。伏乞太上三尊、十方衆聖〔九八〕，曲垂鑒映，大降優恩，使妾等齋功克成〔九九〕，道分增益〔一〇〇〕。聖君萬壽，良輔千秋。凡在生靈，悉蒙休祐。上通清漢，下及幽淵，長育咸絶於夭傷〔一〇一〕，窮滯皆蒙於開釋〔一〇二〕。又伏以山東逆豎〔一〇三〕，代北饑戎〔一〇四〕，負義背恩〔一〇五〕，興兵動衆〔一〇六〕。亦願元惡面縛而歸罪〔一〇七〕，羣校倒戈而顯忠〔一〇八〕。汙俗惟新〔一〇九〕，迷塗復正〔一一〇〕。溥天之下，率土之濱〔一一一〕，永無草擾之虞〔一一二〕，長保升平之福。妾幽明兩代，道俗二緣〔一一三〕，在位者長簡於帝心〔一一四〕，求道者早昇於仙籍〔一一五〕。誓盡軀命〔一一六〕，欽奉香燈〔一一七〕。苟違斯言，分當冥考〔一一八〕。

校注

〔一〕本篇原載清編《全唐文》卷七八〇第二七頁、《樊南文集補編》卷一一。〔張箋〕（會昌三年）十月十五日有《爲馬懿公郡夫人王氏黄籙齋文》。〔按〕文云『唐會昌三年，太歲癸亥十月丙辰朔十五日庚午……修建下元黄籙妙齋。』又云：『今則玄冥司候，陰魄將圓。』是則修建黄籙齋雖在十月十五日下元節，而文當作于『陰魄將圓』之時，即十月十四日。

〔二〕〔錢箋〕按是年劉稹作亂，故下文有『山東逆豎』之語。《馮譜》：義山『遭母喪當在二年、三年中，玩諸祭文可證，而不能細定何時也。又有兩京、鄭、懷往來之跡。祭文有云：「祥忌云近，哀憂載途。」又云：「攝綟告靈，徒步東郊。」則出行固不免，第不敢久離喪次耳。』此文以下『所居宫内』推之，當在東都時作。〔按〕《爲馬懿公郡夫人王氏黄籙齋文》云『住河南府河南縣正平坊安國觀内』，是王氏居於東都洛陽甚明。會昌三年九月二十日前王茂元卒，商隱在此稍前有《代僕射濮陽公遺表》，九月下旬又有《爲王侍御瓘謝宣弔并賻贈表》等，視《重祭外舅司徒公文》『屬纊之夕，不得聞啓手之言』之語，二表均作於洛陽，則《爲馬懿公郡夫人王氏黄籙齋文》及《爲馬懿公郡夫人王氏黄籙齋第二文》亦當於三年九月末、十月中分别作於洛陽。第三文已另有辨。

〔三〕見《爲馬懿公郡夫人王氏黄籙齋文》注〔二〕。

〔四〕〔錢注〕謂安國觀，見第一齋文注〔五〕。

〔五〕見《上鄭州李舍人狀二》『兼建妙齋』注，及《爲馬懿公郡夫人王氏黄籙齋文》注〔一〕按語。

〔六〕『諸』字錢注本脱。

〔七〕〔錢校〕此下疑脱『名』字。

〔八〕〔錢注〕東方朔《十洲記》：聚窟洲在西海中申未之地，上多真仙靈官。餘並見第一齋文注〔一四〕〔一五〕〔一六〕〔一八〕〔一九〕〔二〇〕〔二二〕。〔補注〕靈官，仙官。

〔九〕〔錢注〕《莊子》：且有真人，而後有真知。〔補注〕《莊子·逍遥遊》：『天之蒼蒼，其正色邪？其遠而無所至極邪？』《黄庭經》：『真人在己莫問鄰，何處遠索求因緣？』

〔一〇〕〔錢注〕班固《典引》：外運混元。顔延之《庭誥文》：以爲靈性密微，可以積理知。《莊子》：出入無窮，與物無始。《老子》：人法地，地法天，天法道，道法自然。〔補注〕混元，指天地元氣。阮籍《詠懷》六九：『混元生兩儀，四象運衡璣。』《雲笈七籤》卷二：『混元者，記事於混沌之前，元氣之始也。』無始，指太古。陳子昂《感遇》七：『茫茫吾何思，林卧觀無始。』

〔一一〕疕，《全文》作『龐』。據錢校改。〔錢注〕《莊子》：彼以生爲附贅懸疕。

〔一二〕〔錢注〕《莊子》：之人也，其塵垢粃糠，將猶陶鑄堯舜者也，孰肯以物爲事？

〔一三〕〔錢注〕《史記·司馬相如傳》：《大人賦》：迫區中之隘陜（狹）兮，舒節出乎北垠。遺屯騎於玄闕兮，軼先驅於寒門。下峥嶸而無地兮，上寥廓而無天。視眩眠而無見兮，聽惝怳而無聞。乘虚無而上假兮，超無有而獨存。注：寒門，天北門。

〔一四〕〔錢注〕《莊子》：方舟而濟于河，有虚船來觸舟，雖有惼心之人不怒。〔補注〕《莊子·列禦寇》：『無能者無所求，飽食而遨遊，汎若不繫之舟，虚而遨遊者也。』錢注引非此句所用。

〔一五〕〔錢注〕垂，胡本作『乘』。

〔一六〕〔錢注〕《太平御覽》：《玉清隱書》曰：有《太上飛行九晨玉經》金簡内文。

〔一七〕〔錢注〕《雲笈七籤》：《太上飛行九神玉經》云：天元運闢，地紀轉維。

〔一八〕〔錢注〕《列子》：天地亦物也。物有不足，故昔者女媧氏鍊五色石，以補其闕；斷鼇之足，以立四極。

〔一九〕北酆，見《爲馬懿公郡夫人王氏黄籙齋第三文》注〔一四〕。〔錢注〕《黄庭内景經》：霍山下有洞，方三百里，司命君之府也。

〔二〇〕拔，《全文》作『援』，據錢注本改。〔補注〕懺拔，猶懺度，爲死者拜禱懺悔使拔離苦海。杜光庭《嘉州王僕射五符鎮宅詞》：『巨功既畢，輒備焚修。啓黄籙之道場，廣申懺拔；展五符之醮酌，遍用鎮安。』

〔二一〕〔錢注〕《黄庭内景經》：上清紫霞虛皇前，太上大道玉晨君，閑居蕊珠作七言，散化五形變萬神。是爲《黄庭内景經》。又：髮神蒼華字太玄，腦神精根字泥丸，眼神明上字英元，鼻神玉壟字靈堅，耳神雲閑字幽田，舌神通命字正綸，齒神崿鋒字羅千。又：心神丹元字守靈，肺神浩華字虛成，肝神龍煙字含明，翳鬱導煙主濁清，腎神玄冥字育嬰，脾神常在字魂庭，膽神龍躍字威明。六府五神形體精，皆在心内運天精。

〔二二〕〔錢注〕《雲笈七籤》：《紫書訣》言：九月九日、七月七日、三月三日，此日是九天真女合慶玉宫，遊宴霄庭，敷陳納靈之日。

〔二三〕〔錢注〕《老子》：視之不見名曰夷，聽之不聞名曰希。

〔二四〕〔錢注〕《雲笈七籤》：漢末有天師張道陵，精思西山，太上親降。漢安元年五月一日，授以三天正法，命爲天師，又授《正一科術要》道法文。其年七月七日，又授《正一盟威妙經》，三業、六通之訣，重爲三天法師，正一真人。

〔二五〕〔錢注〕三天，即三清。《雲笈七籤》：其三清境者，玉清、上清、太清是也。亦名三天，清微天、禹餘天、大赤天是也。教主，見《爲馬懿公郡夫人王氏黄籙齋文》注〔二〇〕。

〔二六〕女弱，見《爲馬懿公郡夫人王氏黄籙齋文》注〔一〇三〕。

〔二七〕〔錢注〕《後漢書·班固傳》：經學稱於師門。

〔二八〕上清，見本篇注〔二五〕。

〔二九〕見《爲馬懿公郡夫人王氏黄籙齋文》注〔六八〕。

〔三〇〕〔錢注〕《楚辭·遠遊》：朝濯髮於湯谷兮。〔補注〕湯谷，即暘谷，傳説日出之處。

〔三一〕〔錢注〕《初學記》：故南嶽衡山，朱陵之靈臺，太虚之寶洞。上承冥宿，銓德鈞物。〔補注〕朱陵，即朱陵洞天，道教所稱三十六洞天之一。

〔三二〕見《爲馬懿公郡夫人王氏黄籙齋第三文》注〔一一〕。

〔三三〕〔錢注〕《太平御覽》：《龜山元録》曰：文龜洞室，上元君坐之處也。

〔三四〕〔錢注〕庾信《道士步虚詞》：鳳林採珠實，龍山種玉榮。〔補注〕江西貴溪西南有龍虎山，由龍、虎二山組成，爲道教名山之一，稱第三十二福地，爲天師道創始人張道陵子孫世居之地。

〔三五〕〔錢注〕《山海經》：西北海之外有神，人面蛇身而赤，直目正乘，其瞑乃晦，其視乃明，是燭九陰，是謂燭龍。《楚辭·招魂》：君無下此幽都些。〔補注〕《楚辭·天問》：『日安不到，燭龍何照？』王逸注：『言天之西北有幽冥無日之國，有龍銜燭而照之也。』《文選·謝惠連〈雪賦〉》：『爛兮若燭龍銜燿照崑山。』李周翰注：『燭龍，崑山神也，常銜燭以照。』

〔三六〕〔錢注〕《楚辭·九歌》：龍駕兮華服，聊翱遊兮周章。靈皇皇兮既降，猋遠舉兮雲中。劉劭《人物志》：獨乘高於玄路。

〔三七〕〔錢注〕謂安國觀。見第一齋文。

〔三八〕〔錢注〕《新唐書·諸公主傳》：睿宗女金仙公主，始封西城縣主。景雲初進封。太極元年，與玉真公主皆爲道士，築觀京都。又：玉真公主字持盈，始封崇昌縣主，俄進號上清玄都大洞三景師。《後漢書·竇憲傳》：今貴主尚見枉奪，何況小人哉！〔補注〕安國觀本太平公主宅。景雲元年，置道士觀。開元十年，玉真公主居之，改爲女冠觀。見《唐會要》卷五〇。

〔三九〕〔錢注〕《太平御覽》：《南嶽魏夫人内傳》曰：九微元君、龜山王母、西城真人王方平、太虚真人赤松子、桐柏真人王子喬，並降小有清虚上宫絳房之中。

〔四〇〕〔錢注〕《山海經》：洞庭之山，帝之二女居之。

〔四一〕〔錢注〕《雲笈七籤》：道書有《三洞珠囊》。《説文》：帙，書衣也。

〔四二〕〔錢注〕蔡邕《獨斷》：天子無外，以天下爲家，故稱天家。

〔四三〕〔錢注〕孫綽《遊天台山賦》：肆覲天宗，爰集通仙。《楚辭・招魂》：像設君室，静閑安些。〔補注〕象設，指佛像。《文選・王屮〈頭陀寺碑文〉》：『象設既闢，睟容已安。』吕向注：『象，謂佛之形象也。』

〔四四〕〔錢注〕謝靈運《撰征賦序》：慶靈將升。〔補注〕慶靈，指以爲祥瑞之慶雲。

〔四五〕〔錢注〕《新唐書・玄宗紀》：天寶十四載十二月，安禄山陷東京。

〔四六〕〔補注〕《詩・小雅・白華》：『天步艱難，之子不猶。』天步，猶國運、時運。

〔四七〕墉，《全文》作『融』，據錢校改。〔錢注〕《淮南子》：崑崙之上，是謂閬風。《太平御覽》：《集仙録》曰：王母者，龜山金母也。所居實在春山崑崙之圃，閬風之苑。又：《茅君傳》曰：紫微元靈白玉龜臺太真元君，即西王母也，居崑崙墉臺。

〔四八〕例，《全文》作『倒』，據錢校改。〔補注〕鬱攸，火氣，火焰。《左傳・哀公三年》：『濟濡帷幕，鬱攸從之，蒙葺公屋。』

〔四九〕〔補注〕霓旌，傳仙人以雲霓爲旗幟。絳節，仙君之儀仗。此指道觀中之旌旗儀仗。

〔五〇〕〔錢注〕《太平御覽》：《太上素經》曰：凡受《太上黄素經》者，傳盟用玉札一枚，長一尺五分，廣一寸四分。〔補注〕綵札，連上『圖書不蠹』，下『靈文若新』，當指書篋之錦札。《爲故鄜坊李尚書夫人王鍊師黄籙齋文》：『瑶緘錯落以如新，錦帙爛斑而如舊。』與此二句可類證。

〔五一〕〔錢注〕《太平御覽》：《靈寶經》曰：靈文鬱秀，洞映上清。〔補注〕靈文，指道經經文。

〔五二〕〔錢注〕《史記・孟子傳》：中國名曰赤縣神州。《舊唐書・則天皇后紀》：改元光宅，改東都爲神都。〔補注〕此句『神州』當指東都洛陽。洛陽舊謂居天下之中。《文選・左思〈詠史詩〉》：『皓天舒白日，靈景耀神州。』此『神州』指京都洛陽。

〔五三〕〔錢注〕李尤《正陽城門銘》：平門督司，午位處分。〔補注〕午位，正南方。正平坊在洛陽城之正南。

〔五四〕〔錢注〕《魏志·明帝紀》注：《魏略》曰：青龍三年起太極諸殿，築總章觀，高十餘丈，建翔鳳于其上。

〔五五〕〔錢注〕《魏志·高堂隆傳》：臣之丹誠，豈惟曾子？

〔五六〕〔錢注〕庾信《奉和初秋詩》：北閣連横漢，南宫應鑿龍。〔補注〕鑿龍，傳大禹治水，鑿龍門以導流。此即指洛陽南之龍門山，亦即伊闕。

〔五七〕〔錢注〕伊世珍《嫏環記》：張華遊於洞宫，别是天地，宫室嵯峨，每室各有奇書。華問地名，對曰：『嫏環福地。』〔補注〕道教有七十二福地之稱，指神仙居住之處。

〔五八〕見《爲濮陽公奉慰皇太子薨表》注〔一九〕。

〔五九〕〔錢注〕《後漢書·光武帝紀》：氣佳哉！鬱鬱葱葱然。

〔六〇〕〔錢注〕《莊子》：藐姑射之山，有神人居焉，肌膚若冰雪，綽約若處子。

〔六一〕〔錢注〕《莊子》：黄帝聞廣成子在于崆峒之上，故往見。見之，順下風膝行而進，載拜稽首而問。

〔六二〕〔錢注〕《太平御覽》：《孝經援神契》曰：神靈滋液，有銀甕不汲自滿。〔補注〕古代傳説以銀甕爲祥瑞之物。《初學記》卷二七引梁孫柔之《瑞應圖》：『王者宴不及醉。刑罰中，人不爲非，則銀甕出。』銀甕，盛酒器。

〔六三〕〔錢曰〕未詳。〔按〕杜甫《洗兵行》：『寸地尺天皆入貢，奇祥異瑞争來送。不知何國致白環，復道諸山得銀甕。』當是有華山得銀甕之傳説，故有此語。

〔六四〕〔錢注〕《漢書·揚雄傳》：《羽獵賦》：剖明月之珠胎。注：珠在蛤中，若懷妊然，故謂之胎也。

〔六五〕〔錢注〕《莊子》：黄帝遊於赤水之北，登乎崑崙之丘，而南望還歸，遺其玄珠。使知索之而不得，使離朱索之而不得，使契詬索而不得也，乃使象罔，象罔得之。

〔六六〕〔錢注〕《山海經》：大封國有文馬，縞身朱鬣，名曰吉良，乘之壽千歲。平陽，未詳。〔補注〕孫柔之

《瑞應圖》：『明王在上，則白馬朱鬣至。』梁簡文帝《馬寶頌序》：『是以天不愛道，白馬嘶風；王澤效祥，朱鬣降祉。』朱鬣，即絳鬣，神馬名，係白馬而朱其鬣（馬頸上長毛）尾者。

〔六七〕〔錢注〕《竹書紀年》：帝舜六（原作『九』，據《竹書紀年》改）年，西王母來朝，獻白環玉玦。

〔六八〕〔補注〕二京，指西京長安、東京洛陽。法衆，道教信衆。

〔六九〕〔補注〕《左傳・莊公二十二年》：『有山之材，而照之以天光，於是乎居土上，故曰「觀國之光，利用賓于王。」』此以天光喻皇帝恩光。

〔七〇〕〔錢注〕《抱朴子》：取九轉之丹，内神鼎中。〔補注〕道教謂煉丹有一至九轉之别，而以九轉爲貴。《抱朴子・金丹》：『九轉之丹服之，三日得仙。』轉，提煉。

〔七一〕〔補注〕靈階，即仙階，仙官之階級品位。三清，即玉清、上清、太清三境。屢見。

〔七二〕〔錢注〕《魏志・程昱傳》注：《魏書》曰：昱少時常夢上泰山，兩手捧日。昱私異之，以語荀彧。彧白太祖，太祖曰：『卿當爲我腹心。』昱本名立，太祖乃加『日』其上，更名昱也。《雲笈七籤》：吴荆州牧陶濬七代孫，名弘景字通明，丹陽秣陵人也。母初娠夢日精在懷，并二天人降，手執金香爐，覺語左右曰：『當孕男子，非凡人也。』

〔七三〕〔錢注〕葛洪《神仙傳》：老子姓李，名重耳，字伯陽。其母感大星而有娠。雖受氣於天，然見於李家，猶以李爲姓。

〔七四〕〔錢注〕《淨住子》：若善莊嚴，不解衆生肢節，得佛鉤鎖骨相。《後漢書・盧植傳》：身長八尺二寸，音聲如鐘。〔補注〕遍體骨節相連，謂之鎖骨，傳爲得道者之相。張讀《宣室志》卷七：『夫鎖骨連絡如蔓，故動摇肢體，則有清越之聲，固其然也。昔聞佛氏書言，佛身有舍利骨，菩薩之身有鎖骨。』

〔七五〕〔錢注〕劉峻《廣絶交論》：弱冠王孫，綺紈公子。

〔七六〕〔錢注〕葛洪《神仙傳》：薊子訓，少仕州郡，舉孝廉，除郎中，又從軍，拜駙馬都尉。晚見李少君有不死之道，遂以弟子之禮事少君。少君因教令胎息、服食、住年、止白之法，行之二百餘年，顔色不老。

〔七七〕〔錢注〕東方朔《答客難》：官不過侍郎，位不過執戟。

〔七八〕〔錢注〕《漢武内傳》：地真素訣，長生紫書。〔補注〕紫書，道書。

〔七九〕〔錢注〕《初學記》：《南嶽記》云：衡山者太虚之寶洞。又云：流丹崖南五里得仙人宫，道士休糧絶穀，身輕清虚，便得入此宫。〔補注〕丹嶽，南嶽。南方屬火，色丹，故稱。

〔八〇〕〔錢注〕《黄庭内景經》：三關之中精氣深。注：謂關元之中，男子藏精之所也。又據下文，口、手、足爲三關。又元陽子以明堂、洞房、丹田爲三關。

〔八一〕〔錢注〕《藝文類聚》：《幽明録》曰：洛下有洞穴不測。有一婦欲殺夫，推夫下，經多時至底，乃得一穴。匍匐行數十里，漸見明曠，郛郭宫館，金寶爲飾，明踰三光，人皆長三丈，被羽衣。如此九處，至最後所，乃問詣九處名及求住，答云：『君不得停，還問張華當知。』乃復行，出交州還洛，問華，華曰：『九處地位名九館。』

〔八二〕〔錢注〕《隋書·徐則傳》：晋王廣鎮揚州，知其名，手書召之。將請受道法，則辭以時日不便。其後夕中命侍者取香火，如平常朝禮之儀，至於五更而死。晋王下書曰：天台真隱東海徐先生，杖錫猶存，示同俗法，宜遣使人送還天台。

〔八三〕〔錢注〕《後漢書·馬武傳後論》：永平中，顯宗追感前世功臣，乃圖畫二十八將於南宫雲臺。〔按〕此『雲臺』當指華山之雲臺觀。在華山北峰雲臺峰上。商隱《與陶進士書》：『往年愛華山之爲山，而有三得……又得謝生於雲臺觀。』錢注誤。

〔八四〕〔錢注〕郭璞《遊仙詩》：青谿千餘仞，中有一道士。

〔八五〕〔錢注〕《山海經》：桂林八樹，在番隅東。

〔八六〕〔錢注〕《唐會要》：開元二十二年十月十三日詔：道家三元，誠有科戒。朕嘗精思久矣，而物未蒙福。

今月十五日，是下元齋日，禁都城内屠宰。自今已後，及天下諸州，每年正月、七月、十月三元日，十三日至十五日，並官禁斷屠宰。

〔八七〕〔錢注〕《三元品戒經》云：正月七日，天地水三官檢校之日，可修齋。《聖紀》云：正月七日名舉遷賞會齋，七月七日名慶生中會齋，十月五日名建生大會齋。三官考覈功過，依日齋戒，呈章賞會，可祈景福。〔補注〕校籍，考録人間之善惡。《宋史·方技傳上》：『三元日，上元天官，中元地官，下元水官，各主録人之善惡。』

〔八八〕〔錢注〕《法苑珠林》：《賢愚經》云：即往佛所，求哀出家。

〔八九〕〔錢注〕《法苑珠林》：《須摩提長者經》云：摽心正見，歸命三寶。〔補注〕摽，擊、捶。

〔九〇〕〔錢注〕《雲笈七籤》：玄科祕訣，本有冥期。

〔九一〕〔錢注〕干寶《搜神記》：德化張令秩滿歸京，至華陰，庖豕炙羊始熟，有黄衫者一人，據盤而坐，乃動問姓名，蓋冥司送關中死籍之吏耳。其書云：『貪財好殺前德化令張某。』即張君名也。令告使者，且有何術，得延其期，曰：『今有仙官劉綱者，謫居蓮花峰下，惟足下匍匐徑往，祈求奏章，除此難爲，無計也。足下可詣嶽廟，厚以利許之，必能施力於仙官。』於是徑往，見一道士，隱几而坐，令哀請懇切。俄而有使者賫緘而至，則金天王札也。乃啓玉函書一通，焚香再拜以遣之。經時天符乃降，其上署『徹』字。〔補注〕徹，撤除、撤去。

〔九二〕〔補注〕《禮記·月令》：『（孟冬、仲冬、季冬之月）其帝顓頊，其神玄冥。』玄冥，冬神。

〔九三〕〔錢注〕《易林》：陰魄伏匿。〔補注〕陰魄，指月。

〔九四〕〔錢注〕丁用晦《芝田録》：門鑰必以魚者，取其不瞑目守夜之義。〔補注〕簧，指鎖簧，鎖中有彈力之機件。

〔九五〕〔錢注〕葛洪《神仙傳》：王方平至蔡經家，遣人召麻姑。麻姑至，八拜方平，坐定，召進行厨，擘脯而行之，如松柏炙，云是麟脯也。

〔九六〕〔錢注〕《雲笈七籤》：《太上飛行九神玉經》云：名入金房，玉門乃開。乘龍陟空，日月同輝，遊行上清，鳴鈴翠衣，左躡流電，右御奔雷。

〔九七〕〔錢注〕謝惠連《雪賦》：燎熏爐兮炳明燭。《初學記》：《三元經》云：元始天王於明霞之館，大霄雲户

下，教以授三天玉童。

〔九八〕見《爲馬懿公郡夫人王氏黄籙齋第三文》注〔一八〕。

〔九九〕見《爲馬懿公郡夫人王氏黄籙齋第二文》注〔八五〕。

〔一〇〇〕〔錢注〕《法苑珠林》：比見道俗於其齋日，惟受五八三聚戒等論，其十善都無受者，良由僧等隱匿聖教，致令不宏，失於道分，故未曾有。〔按〕道分增益，即《爲滎陽公黄籙齋文》『道念增厚』之意。

〔一〇一〕〔錢注〕《戰國策》：生命壽長，終其年而不夭傷。〔補注〕《詩·小雅·蓼莪》：『拊我畜我，長我育我。』《左傳·昭公二十五年》：『爲温慈惠和，以效天之生殖長育。』

〔一〇二〕〔補注〕《抱朴子·名實》：『英逸窮滯，饕餮得志。』窮滯，本謂困頓，此謂久繫者。《書·多方》：『開釋無辜。』

〔一〇三〕〔錢注〕謂劉稹。詳《爲滎陽公與昭義李僕射狀》注〔四〕。〔按〕參《爲濮陽公與劉稹書》。

〔一〇四〕〔錢注〕謂回鶻。詳《上許昌李尚書狀一》『虜帳夷妖』注。

〔一〇五〕〔錢注〕《漢書·張敞傳》：背恩忘義。

〔一〇六〕〔錢注〕《漢書·翟方進傳》：擅興師動衆。

〔一〇七〕〔補注〕《書·康誥》：『元惡大憝。』《左傳·襄公十八年》：『乃弛弓而自後縛之，其右具丙亦舍兵而縛郭最，皆衿中面縛，坐於中軍之鼓下。』面縛，雙手反綁於後而面向前，古代用以表示投降。

〔一〇八〕〔補注〕校，古代軍職級别。《通鑑·漢桓帝延熹二年》：『其餘卿、將、尹、校五十七人。』胡三省注：『校，諸校尉也。』《書·武成》：『前徒倒戈。』

〔一〇九〕〔補注〕《書·胤征》：『舊染汙俗，咸與維新。』

仙人之名籍。

〔一一〇〕〔補注〕《南史·陳伯之傳》：『夫迷途知反，往哲是與。』

〔一一一〕〔補注〕《詩·小雅·北山》：『溥天之下，莫非王土；率土之濱，莫非王臣。』

〔一一二〕〔錢注〕《顔氏家訓》：公私草擾，各不自全。〔補注〕草擾，倉促紛亂。

〔一一三〕見《爲馬懿公郡夫人王氏黄籙齋文》注〔九七〕。

〔一一四〕〔補注〕《論語·堯曰》：『帝臣不蔽，簡在帝心。』簡，通『簡』，存留。

〔一一五〕〔錢注〕《酉陽雜俎》：白誌見腹，名在璚簡者；目有緑筋，名在金赤書者，皆上仙也。〔補注〕仙籍，

〔一一六〕〔錢注〕葛洪《枕中書》：夫學不顧軀命，心志清白者，吾未見虚往也。

〔一一七〕〔錢注〕《雲笈七籤》：凡修齋主虔誠，齋宫整肅。至如香燈不備，亦曰疏遺。啓聖祈真，莫先於此。

〔一一八〕見《爲馬懿公郡夫人王氏黄籙齋文》注〔一〇五〕。

爲懷州李中丞謝上表〔一〕

臣某言：臣伏奉某月日制書，授臣某官者。天旨下臨，星言東騖〔二〕，即以今月某日到任上訖。臣某中謝。

臣聞漢分刺舉之條，三河最重〔三〕；唐制郊圻之數，二宅惟均〔四〕。況蘇公舊田〔五〕，懷侯故邑〔六〕，太行會險〔七〕，德水通津〔八〕。在申晝之間〔九〕，素爲清地；語翕張之勢，號曰要區〔一〇〕。自河上置軍〔一一〕，以幕中分理〔一二〕，地雖密邇〔一三〕，事異躬親〔一四〕。伏惟神聖文武至仁大孝皇帝陛下〔一五〕，神以運機，聖而制

變，將鎮頑梗，更務恢張〔一六〕。由是開三壘之新規，復數朝之故事〔一七〕。齋壇將節〔一八〕，重加廉郡之雄〔一九〕；皂蓋朱轓〔二〇〕，各有爲州之貴〔二一〕。遠徵三紀〔二二〕，間有兩人：陶某以吏理當材〔二三〕，鄭某以名家正授〔二四〕。清塵不遠〔二五〕，餘烈猶存。頒條之寄〔二六〕，繼組爲難〔二七〕。若臣者，品以勳昇，官由賞達，徒慕益恭之美〔二八〕，以承猶宥之恩〔二九〕，過奬在朝，承乏充使〔三〇〕。將聖代懷柔之德，率昆夷畏慕之心〔三一〕。萬里以遥，三時而復。副介不離於疾故〔三二〕，人從免歎於凋零〔三三〕。敢矜跋涉之勞〔三四〕，自被生成之賜〔三五〕。豈謂皇帝陛下謂能專對〔三六〕，遽委牧人〔三七〕。仍其栢署之雄〔三八〕，賜以竹符之重〔三九〕。遂使霍氏固辭之第〔四〇〕，早建雙旌〔四一〕；于公必大之門〔四二〕，更屯五馬〔四三〕。賢無所象〔四四〕，分可自量〔四五〕。入祖廟而欷驚〔四六〕，瞻父堂而益懼〔四七〕。況潞潛逆孽，許出全師〔四八〕，繫此州兵〔四九〕，横制賊境，兼聲勢之任，有資扉之須〔五〇〕。謹當懋舉詔書，聽求人瘼〔五一〕。思理行之第一，誠愧昔賢〔五二〕；奉忠孝於在三，亦惟先訓〔五三〕。苟愆素誓〔五四〕，則有神明。伏遠雲天，已逾旬朔〔五五〕。獻封人富壽之祝，未卜其時〔五六〕；懸子牟江海之思，莫知其極〔五七〕。無任感恩攀戀闕庭之至。

校注

〔一〕本篇原載《文苑英華》卷五八七第二頁（題下原注：武宗。）、清編《全唐文》卷七七二第七頁、《樊南文集詳注》卷一。〔徐注〕按《地理志》：河北道懷州，領縣五：河内、武德、獲嘉、武陟、修武。箋：李中丞不知其名，據表云：『過奬在朝，承乏充使，將聖代懷柔之德，率昆夷畏慕之心，萬里以遥，三時而復。』蓋嘗使吐蕃而還，乃拜懷州之命者。案《舊書·吐蕃傳》：『會昌二年，贊普卒。十二月，遣論贊熱來告哀，詔以將作少監李璟弔祭之。』表云『三時而還』，則還期當在三年之深秋。時方命陳許節度使王宰討澤潞，與『潞潛逆孽，許出全師』之語適相符合。李中丞蓋即其人也。或以爲李師偃，余按《武宗紀》：『會昌元年八月，回鶻烏介可汗至塞上，上表借天德城以安公主，仍乞糧儲。詔金吾大將軍王會、宗正少卿李師偃往其牙宣慰。』則近在天德，何言『萬里以遥』？昆夷乃西戎，不得以此斥回鶻。時劉從諫尚存，澤潞亦未叛，皆與表語牴牾。李中丞之爲李璟無疑矣。〔馮箋〕徐氏之説甚是，余又參以《通鑑》校之也。《通鑑》：會昌三年九月，李德裕奏：河陽節度先領懷州刺史，常以判官攝事，不若遂置孟州，其懷州别置刺史。俟昭義平日，仍割澤州隸河陽，則太行之險不在昭義，而河陽遂爲重鎮。《新書・方鎮表》：『會昌三年復置河陽節度，徙治孟州。四年，增領澤州。』此表正别置刺史時也。蓋河陽節度舊以懷州爲治所，而實居河陽，其懷州則令判官攝之耳。先是，懷州領九縣，河陽縣屬焉，後以河陽五縣割屬河陽三城使，非懷州所屬，故德裕請昇河陽縣爲孟州，而懷州别置刺史也。懷、孟、澤合爲節度，號河陽，故自後每稱懷孟節度。題下『吐蕃贊普卒』，《通鑑》：『來告達磨贊普之喪。』達磨是其名也。（按：馮謂題下云云，明刊《英華》無）〔張箋〕懷州别置刺史，當在茂元卒後，此李中丞即於是時除任者也。又云：考裴氏仲姊寓殯獲嘉，獲嘉，懷州屬縣。必義山葬母、遷姊柩時曾至懷、洛。李中丞授懷州雖在九月，而赴任自不妨稍後。當是爲茂元諸表作於洛，而爲李中丞諸表文作於懷也。至懷之時，茂元已前卒矣。〔按〕《通鑑・會昌三年》於九月『丙午，河陽奏王茂元薨。李德裕奏……懷州别置刺史』下書：『上采其言。戊申，以河南尹敬昕爲河陽節度、懷孟觀察使。』戊申爲九月二十二日。德裕《會昌一品制集》卷七有《置孟州敕旨》，或以爲亦當與此同時。然《唐大詔令集》卷九九載《置孟州敕》，末注：『會昌三年十月。』則置孟州稍後於任命懷孟節度，其别置懷州刺史當與之同時。表云：『伏奉某月日制書，授臣某官者。天旨下臨，星言東騖。即以今月某日到任上訖。』奉制曰『某月』，到任曰『今月』，可見到任已是奉制之月（十月）之隔月。證以表末『伏遠雲天，已逾旬朔』之語，益見其到任已是十一月初。表即上於其時。

〔二〕〔馮注〕《詩》：星言夙駕。〔補注〕星言，即星焉，猶『披星』。

〔三〕〔徐注〕《史記·田仁傳》：褚先生曰：田仁上書言，天下郡太守多爲姦利，三河尤甚，臣請先刺舉三河。〔馮注〕又《田叔列傳》：使舉刺三河。正義曰：遣御史分刺之。三河：河南、河東、河内。

〔四〕唐，馮注本校改爲「周」，詳下引馮注。〔徐注〕《書》：申畫郊圻。《舊書》：京畿採訪使理京師城内，都畿採訪使理東都城内。〔馮注〕二宅，謂鎬京、洛邑也。《洛誥》「公既定宅」，《畢命》「申畫郊圻」，成周之邑事也。此因懷州近東都，故引之。舊作「唐制」，而徐氏即引唐時兩畿採訪使，誤矣。故直改之。〔按〕徐氏引唐時兩畿採訪使固不切，然馮氏逕改「唐」爲「周」，亦嫌武斷。申畫郊圻，謂畫分都邑之疆界。據《新唐書·地理志》，京兆府，領縣二十；河南府，縣二十。此即所謂「唐制郊圻之數，二宅惟均」也。

〔五〕〔徐注〕《左傳》：王取鄔、劉、蔿、邘之田于鄭，而與鄭人蘇忿生之田温、原、絺、樊、隰郕、欑茅、向、盟、州、陘、隤、懷。注：蘇忿生，周武王司寇蘇公也。凡十二邑，皆蘇忿生之田。欑茅、隤屬汲郡，餘皆屬河内。〔馮注〕《左傳》：劉子、單子曰：「昔周克商，使諸侯撫封，蘇忿生以温爲司寇，與檀伯達封于河。」注曰：忿生與檀伯達俱封于河内。

〔六〕〔徐注〕懷侯未詳。酈元《水經注》引《韓詩外傳》曰：武王伐紂，到邢丘，更名邢丘曰懷。懷縣故城，《括地志》云：在武陟縣四十一里。歷考傳記，未有以此爲懷國之邑者。或引唐叔所分懷姓九宗以實之，然懷是姓，非國名也。九宗在河東，亦不在河内。當闕疑。〔馮注〕按《通典》：懷州，周爲畿内及衛、邘、雍三國，春秋時又屬晋。《太平寰宇記》：周時爲三監邶、鄘、衛地。管、蔡廢黜，封康叔以爲懷侯於此地，即爲衛。衛遷河南，晋文公始啓南陽，又爲晋地。則康叔初封懷侯也，古有是説矣。《春秋左氏傳·隱六年》：懷姓九宗。注曰：唐叔始封，受懷姓九宗，職官五正。疏曰：周成王滅唐，始封唐叔於懷氏，一姓九族及其先代五官之長子孫賜之。

〔七〕見《太倉箴》注〔二〕。

〔八〕〔徐注〕《漢書·郊祀志》：秦文公獲黑龍，以爲此水德之瑞，更名河曰德水。案：唐孟州治河陽縣，今爲孟縣，屬河南懷慶府。黄河在縣南二十里，即古孟津也。

〔九〕間，《全文》作『時』，據《英華》改。〔補注〕申畫之間，指在東都疆界之内。申畫見注〔四〕。

〔一〇〕號，《英華》注：一作『實』，馮注本從之。〔徐注〕《老子》：將欲翕之，必固張之。〔馮注〕《淮南子》：用兵之道，爲之以歙，而應之以張。按：『歙』一作『踰』。此謂近東都，爲清地；近澤潞，爲用兵要區。

〔一一〕置，《英華》作『致』。

〔一二〕〔馮注〕所謂『以判官攝事』也。

〔一三〕〔徐注〕《左傳》：以陳、蔡之密邇于楚。〔按〕謂河陽與懷州地雖近。

〔一四〕〔徐注〕《詩》：勿躬勿親，庶民勿信。〔按〕謂河陽節度雖領懷州刺史，然并不親理懷州政事。

〔一五〕〔徐注〕此會昌二年所上尊號。

〔一六〕〔徐注〕皇甫謐《三都賦序》：並務恢張其文。〔補注〕恢張，擴展。指置孟州，懷州別置刺史。

〔一七〕〔徐箋〕三壘，即河陽三城。按：三壘初改爲州，故曰『新規』。河陽本屬懷州，顯慶二年割屬河南府，今復屬懷州，故曰『故事』。《新書·地理志》：河北道孟州，建中二年，以河南府之河陽、河清、濟源、温租賦入河陽三城使。又以汜水租賦益之。會昌三年，遂以五縣爲州。《元和郡縣志》：建中二年，置河陽節度使，即河陽三城使。會昌三年，改置孟州，治河陽。《通典》：北中府城，後魏太和中築；東魏元象元年，又築南城及中潬城，是爲三城。《孟縣志》：《三城記》云：河陽北城，南臨大河，長橋架水，古稱設險。南城三面臨河，屹立水濱。中潬城表里二城，南北相望，黄河兩派，貫於三城之間。南北二城皆有濡足之患，而中潬屹然如故。

〔一八〕〔徐注〕《漢書·韓信傳》：蕭何曰：『王必欲拜之，擇日齋戒，設壇場，具禮，乃可。』王許之。諸將皆喜，人人各自以爲得大將。〔馮注〕齋壇，指河陽節度。

〔一九〕〔馮注〕河陽縣升爲孟州，則當有刺史，而節度自領之，故云。〔補注〕《通鑑·會昌三年》：九月，『戊申，以河南尹敬昕爲河陽節度、懷孟觀察使。』敬昕當自領孟州刺史。然置孟州敕既在十月，則其領孟州亦在十月。

〔二〇〕〔徐注〕《漢書·景帝紀》：令二千石車朱兩轓，千石至六百石朱左轓。應劭曰：車耳反出，所以爲之藩屏，翳塵泥也。二千石雙朱，其次乃偏其左軓，以簟爲之，或用革。軓與轓同。音甫元反。《後漢書·輿服志》：中二千石、二千石皆皂蓋，朱兩轓。

〔二一〕〔馮注〕謂懷州别置刺史也。〔按〕曰『各有』，似兼指懷州、孟州而言，云二州各有刺史。

〔二二〕〔徐注〕《書》：既歷三紀，世變風移。

〔二三〕材，《全文》誤『財』，據《英華》改。〔馮注〕吏理，即吏治。

〔二四〕〔徐曰〕陶、鄭未詳。〔馮注〕按趙氏《金石録》：《唐懷州刺史陶大舉碑》，開元八年姚崇撰，徐嶠之正書。《舊書·鄭餘慶傳》：弟膺甫，官至主客郎中，楚、懷、鄭三州刺史。當即此所云也。第與『三紀』不可符，豈不必拘耶？抑别有賢守耶？所引陶某似可符，鄭某不可符，再酌。〔按〕《册府元龜》卷六七三：『鄭膺爲懷州刺史，元和十二年以理績有聞。』此鄭膺當即《舊書·鄭餘慶傳》『鄭膺甫』之誤奪，其任懷州刺史之時間當在元和九年至十三年間（元和五至九年、元和十三年任懷刺者均爲烏重胤），恰符『三紀』之數。鄭某當即膺甫。膺甫前後數任懷州刺史，均歷歷可考知姓名，無姓陶者，然則『陶某』亦即陶大舉。所謂『三紀』，係『三紀』以前之意，其上限固不必拘也。《大唐故銀青光禄大夫使持節陳州諸軍事陳州刺史上柱國陶府君（禹）墓誌銘并序》云：『公諱禹，字玄成……銀青光禄大夫、懷州刺史大舉之子，開府儀同三司、中書令梁國文貞公姚崇之壻。』亦謂陶大舉曾任懷州刺史。據郁賢皓《唐刺史考》，大舉爲懷刺在垂拱四年。

〔二五〕〔徐注〕盧諶《贈劉琨詩序》：自奉清塵，於今五稔。〔馮注〕《楚辭·遠遊》：聞赤松之清塵兮，願承風乎遺則。

〔二六〕見《爲尚書濮陽公賀鄭相公狀》注〔五三〕。

〔二七〕〔徐注〕《説文》：組，綬屬。〔補注〕繼組，猶繼任。

〔二八〕〔徐注〕《左傳》：正考父佐戴、武、宣，三命兹益共，故其鼎銘云：『一命而僂，再命而傴，三命而俯，循墻而走，亦莫敢余侮。饘于是，粥于是，以餬余口，其共也如是。』

〔二九〕〔馮注〕《左傳》：范宣子囚叔向，祁奚曰：『社稷之固也，猶將十世宥之，以勸能者。』李中丞當是西平之孫，以蔭襲起家。互詳《爲李郎中祭舅竇端州文》注〔一〕及『一紀以來，艱凶遄及』句注。

〔三〇〕〔徐注〕《左傳》：攝官承乏。〔補注〕承乏，承繼空缺之職位。充使，指使吐蕃。

〔三一〕昆，《英華》注：一作『畎』。〔徐注〕《詩》：昆夷駾矣。箋：昆夷，西戎也。〔按〕指吐蕃。

〔三二〕疾故，《全文》《英華》均作『痼疾』。《英華》注：一作『疾故』。兹據改。馮注本作『疾故』。〔馮注〕一作『痼疾』，誤。《檀弓》：非有大故，非疾也。按：《漢書·蘇武傳》：『單于召會武官屬，前以降及物故，凡隨武還者九人。』疑其本用『物故』。《説文》：罹，古通用『離』。《漢書·南粤傳》：陸賈使粤，謁者一人爲副使。《禮記》：諸侯七介。《釋文》：介，副也。〔補注〕故，謂意外或不幸之變故。疾故，謂疾病及意外變故。《周禮·天官·宮正》：『國有故。』鄭玄注引鄭司農曰：『故謂禍灾。』

〔三三〕人從，《全文》《英華》均作『故人』。《英華》注：一作『人從』。兹據改。馮注本改作『少從』。〔馮校〕舊作『人從』，一作『故人』，皆誤。按『少從』見《漢書·張騫傳》。師古曰：漢時謂隨使而出外國者爲『少從』，言其少年而從使也。從音材用反。文必用此。從作平音亦可。舊本皆非，竟爲改定。〔按〕人從，指隨從。二句蓋謂副使既不曾罹疾遭禍，隨從亦免於凋零。文義曉然。馮氏逕改『人從』爲『少從』，無據。

〔三四〕〔徐注〕《詩·鄘風》：大夫跋涉，我心則憂。

〔三五〕〔徐注〕《吴志·諸葛瑾傳》：蒙生成之福。

〔三六〕〔補注〕專對，謂擔任使節時能獨自隨機應答，語本《論語·子罕》：『誦詩三百，授之以政，不達；使於四方，不能專對，雖多，亦奚以爲？』專，獨。

〔三七〕〔補注〕《書·立政》：『文王惟克厥宅心，乃克立兹常事司牧人，以克俊有德。』牧人，此指牧民之郡守。

〔三八〕栢署，見《爲安平公兖州謝上表》注〔一一〕。〔馮注〕出使例加御史中丞，今爲刺史亦兼之。

〔三九〕見《爲汝南公賀彗星不見復正殿表》注〔四四〕。

〔四〇〕〔徐注〕《漢書·霍去病傳》：上爲治第，令視之，對曰：『匈奴不滅，無以家爲也。』

〔四一〕見《爲濮陽公祭太常崔丞文》注〔一六〕。〔馮注〕唐自中葉後，刺史多典兵。懷州別置刺史，時方用兵，宜有雙旌也。

〔四二〕〔徐注〕《漢書·于定國傳》：始定國父于公，其閭門壞，父老方共治之。于公謂曰：『少高大門閭，令容駟馬高蓋車。我治獄多陰德，子孫必有興者。』至定國爲丞相，永爲御史大夫，封侯傳世云。

〔四三〕〔馮注〕漢樂府《陌上桑》：使君從南來，五馬立踟躕。按：《白帖》『刺史五馬』，注曰『使君』。是專據此詩也。《遯齋閑覽》：謂太守爲『五馬』，人罕知其故事。或言《詩》『孑孑干旟，在浚之都。素絲組之，良馬五之』，周時州長建旟，漢太守視之。或云古乘駟馬車，至漢時太守出則增一馬，事見《漢官儀》也。潘子真《詩話》：禮，天子六馬左右驂，三公九卿駟馬左驂。漢制則二千石以右驂，太守駟馬而已。其加秩中二千石乃右驂，故以五馬爲美稱。按：《詩》『良馬四之』『五之』『六之』，《毛傳》以轡言，《鄭箋》以見之數言，非數馬也。漢郡守又非周州長也。他書引《漢官儀》云：『太守駟馬，行部加一馬。』故稱五馬。然《漢官儀》本文不見，凡諸轉引者於唐初類書皆無之，恐不足信。據《許彦周詩話》云：『前輩楊、劉、李、宋最號知僻事，豈不知《漢官儀》注而疑之耶？』此語曉然矣。今考《後漢書》《晉書·輿服志》《宋書·禮志》，凡所云中二千石以上駕二右騑者，以右騑爲駕二，非駕二外又有右騑，則潘氏之説亦必非也。《漢書·高帝紀》：田横乘傳詣洛陽。如淳曰：律，四馬高足爲置傳，四馬中足爲馳傳，四馬下足爲乘傳，一馬二馬爲軺傳。《朱買臣傳》：拜會稽太守，長安廄吏乘駟馬車來迎，買臣遂乘傳去。張晏曰：故事，大夫乘官車駕駟，如今州牧刺史矣。《鮑宣傳》：遷豫州牧，行部乘傳去法駕，駕一馬。師古曰：言其單率不依典制。是謂不循舊典駕駟也。《後漢書·志》曰：大使車，立乘，駕駟，赤帷。《晉·志》亦云：赤帷裳，騶騎導從。《後漢·志》又曰：公卿、中二千石、二千石，郊廟、明堂，祠陵，法出，皆大車，立乘，駕駟。《晉》《宋·志》皆同。其云『法出』者，可與《鮑宣傳》『法駕』同義。凡此皆駕四之證而無駕五也。

惟《宋書・志》引《逸禮・王度記》曰：天子駕六，諸侯駕五、卿駕四、大夫三、士二、庶人一。愚竊據此謂諸侯駕五，漢之刺史猶諸侯，故美其駕五馬，於義或可合也。《宋・志》又云：江左以來相承無六，駕四而已。《後漢書・志》注中亦引《王度記》而直曰『諸侯駕四』，所引他書亦無駕五者，於是駕五之文漸隱。兹詳列之以備一説，實則據漢詩足矣。任淵《陳后山詩注》：古樂府《陌上桑》，五馬本事所出也。後人臆説，妄矣。又按《字典》馬部注引《前漢書・東方朔傳》：太守駟馬駕車，一馬行春。衛宏《輿服志》：諸侯四馬，駙以一馬。今檢《漢書・傳》不見此文。而字典必有據，與《輿服志》語皆即《漢官儀》所云『行部加一馬』也。

〔四四〕〔徐注〕《書》：惟稽古崇德象賢。

〔四五〕〔徐注〕《漢書・張安世傳》：免冠頓首曰：『誠自量不足以居大位。』〔補注〕分，才分。袁宏《後漢紀・靈帝紀》：『古之爲士，將以兼政，可則進，不可則止。量分受官，分極則身退矣。』

〔四六〕〔馮注〕祖，謂李晟。

〔四七〕〔徐注〕《書》：若考作室既底法，厥子乃弗肯堂，矧肯構？〔馮曰〕其父，未可核定何人。

〔四八〕〔徐注〕《舊書・武宗紀》：會昌三年九月，下制討劉稹，以陳許節度使王宰充澤潞南面招討使。〔按〕下制討劉稹，當依《通鑑》所載在會昌三年五月辛丑（十三）。王宰充澤潞南面招討使，事在同年九月初五。《會昌一品集》卷一五有《請授王宰兼行營諸軍攻討使制》，文末注：『會昌三年九月四日。』同書卷三又有《授王宰兼充河陽行營諸軍攻討使制》。《新書・武宗紀》：會昌三年『九月辛卯（初五），忠武軍節度使王宰兼河陽行營攻討使。』《金石萃編》引王宰《靈石縣記石》：『會昌三年，蒙恩換許昌節。至九月，自許昌統當軍驍卒，洎河陽、義成、宣武、浙西、宣歙等軍兵馬，充攻討使，誅除壺關寇。』此即所謂『許出全師』也。

〔四九〕繄，《全文》作『緊』，據《英華》改。

〔五〇〕須，《全文》作『頒』，據《英華》改。〔徐注〕《左傳》：申侯曰：『師老矣，若出于陳、鄭之間，共其資糧屝屨，其可也。』〔補注〕資屝，糧食與草鞋，借指生活資料。

〔五一〕〔馮注〕《詩·小雅》傳：瘼，病也。〔徐注〕《後漢書·循吏傳》：廣求民瘼。
〔五二〕〔馮注〕《史記·賈誼傳》：文帝聞河南守吴公治平爲天下第一。〔徐注〕《漢書·張敞傳》：潁川太守黄霸以治行第一，入守京兆尹。
〔五三〕〔徐注〕《晉語》：欒共子曰：『人生于三，事之如一：父生之，師教之，君食之。』
〔五四〕〔補注〕僁，同『愆』，違背。
〔五五〕〔徐注〕《魏志·鍾會傳》注：王弼答荀融書：隔踰旬朔。
〔五六〕〔馮注〕《莊子》：堯觀乎華，華封人曰：『請祝聖人，使聖人壽，使聖人富，使聖人多男子。』堯曰：『多男子則多懼，富則多事，壽則多辱。是三者非所以養德也。』
〔五七〕〔馮注〕《莊子》：中山公子牟身在江海之上，心居魏闕之下。注：魏之公子，封中山名牟。

爲懷州刺史上後上門下狀〔一〕

右某伏奉月日制書，授持節懷州諸軍事、守懷州刺史、兼御史中丞者〔二〕，以今月日到任上訖。某特以門資〔三〕，早登朝選〔四〕。嘗奉出疆之任〔五〕，曾非泛駕之材〔六〕。直以揚大國之稜威〔七〕，奉良相之成算。幸無挫屈〔八〕，兼免滯留。業官未多〔九〕，無罪爲幸。豈以相公，上引睿旨，下念勳家〔一〇〕，既假寵於中司〔一一〕，又頒條於名部〔一二〕。去神州一百里而近〔一三〕，無正守三十年已來〔一四〕。記室參軍〔一五〕，代司符印；中兵祭酒〔一六〕，分理城池。今各額更新〔一七〕，官司復舊，用威寇敵，兼壯郊圻〔一八〕。當此之時，授任尤重〔一九〕，豈伊庸懦，可以指令？唯當非憂人之不思，非利物之不念。罄忠武在行之衆〔二〇〕，奉盟津攬轡之威〔二一〕。冀無後艱〔二二〕，以答殊奬。伏惟俯賜恩察，謹録狀上。

校注

〔一〕本篇原載清編《全唐文》卷七七四第二〇頁、《樊南文集補編》卷五。〔錢箋〕李璟也。本集有《爲懷州李中丞謝上表》。《新唐書・地理志》：懷州河内郡，雄，屬河北道。〔按〕本篇當與《爲懷州李中丞謝上表》同上於會昌三年十一月初，詳該篇注〔一〕。

〔二〕〔錢注〕《舊唐書・職官志》：御史臺，中丞二員，正四品下。〔按〕此李璟奉使吐蕃時所加憲銜，任懷州刺史時仍帶此銜，即上篇『仍其柏署之雄』之謂。

〔三〕〔錢注〕本集馮氏曰：李中丞當是西平（李晟）之孫，以蔭襲起家。《吴志・孫皓傳》注：《會稽邵氏家傳》曰：得以門資，厠身本部。〔補注〕門資，猶門第。

〔四〕〔錢注〕《魏書・李沖傳》：朝選開清。

〔五〕〔補注〕出疆之任，指奉旨出使吐蕃弔祭。見上篇注〔一〕引《舊唐書・吐蕃傳》。

〔六〕〔錢注〕《漢書・武帝紀》：元封五年，詔曰：夫泛駕之馬，跅弛之士，亦在御之而已。其令州縣察吏民有茂才異等可爲時相及使絶國者。〔補注〕泛駕，翻車，亦喻不受駕御。

〔七〕〔錢注〕《漢書・李廣傳》：威稜憺乎鄰國。注：李奇曰：神靈之威曰稜。

〔八〕〔錢注〕《宋書・范泰傳》：百年逋寇，前賢挫屈者多矣。〔補注〕挫屈，屈辱。無挫屈，指出使吐蕃不辱君命，即上篇『陛下謂能專對』意。

〔九〕〔補注〕《左傳・昭公元年》：『昔金天氏有裔子曰昧，爲玄冥師，生允格、臺駘。臺駘能業其官。』杜預

注：『纂昧之業。』業官，能繼先人之世業。未多，未足多。

〔一〇〕〔補注〕勳家，有勳伐之家世，指其祖李晟因平亂功封西平王。

〔一一〕〔錢注〕《後漢書·百官志》：御史中丞一人。注：丞故二千石爲之，或遷侍御史高第，執憲中司，朝會獨坐。〔補注〕假寵，語本《左傳·昭公四年》：『君若苟無四方之虞，則願假寵以請於諸侯。』本指憑藉威望地位。此指所兼憲銜。中司，御史中丞之俗稱。

〔一二〕〔補注〕頒條，頒佈律條，指刺史之職。屢見。名部，猶名州、名邑。此指懷州。

〔一三〕〔錢注〕《史記·孟子傳》：中國名曰赤縣神州。按：此謂洛州河南府也。《舊唐書·則天皇后紀》：改元光宅，改東都爲神都。〔按〕懷州至東都一百五十里。

〔一四〕〔錢注〕《通鑑》：會昌三年九月，李德裕奏：河陽節度先領懷州刺史，常以判官攝事，不若遂置孟州，其懷州別置刺史。俟昭義平日，仍割澤州隸河陽節度，則太行之險不在昭義，而河陽遂爲重鎮，東都遂無憂矣。〔補注〕《册府元龜》卷六七三：『鄭膺（甫）爲懷州刺史。』其任懷刺約在元和九年至十三年間。自元和九年（八一四）至會昌三年（八四三）適爲三十年。自鄭膺甫以後，懷州刺史均以河陽節度使兼領。參上篇『遠徵三紀』四句及注。

〔一五〕〔錢注〕《後漢書·百官志》：記室令史，主上表章報書記。《晉書·職官志》：諸公及開府位從公爲持節都督，增參軍爲六人。〔補注〕《新唐書·百官志》：節度使，行軍司馬、副使、判官、支使、掌書記、推官、巡官、衙推各一人。又：州刺史下有録事參軍事及諸曹參軍事。此『記室參軍』似係泛指節度使之幕僚，如李德裕所云『常以判官攝事』，不定指節度使掌書記及州郡參軍也。

〔一六〕〔錢注〕《晉書·職官志》：至魏，尚書郎有中兵、外兵。又：及當塗得志，尅平諸夏，初有軍師祭酒，參掌戎律。〔按〕魏置中兵曹掌畿内之兵。此句『中兵祭酒』似借指節度使幕中職參戎律之僚屬。商隱《唐梓州慧義精舍南禪院四證堂碑銘并序》有『愚也中兵被召，上士聯榮，敢同譙郡之功曹，願作山陰之都講』之句，可參證。

蓋指節度判官之類。

〔一七〕〔補注〕各額，各種規定的員額數目。

〔一八〕見《爲懷州李中丞謝上表》注〔四〕。

〔一九〕〔錢注〕《後漢書·吕强傳》：宜徵邕更授任。

〔二〇〕〔錢注〕《新唐書·方鎮表》：貞元十年，陳許節度賜號忠武軍節度使。〔按〕罄忠武在行之衆，即上篇《爲懷州李中丞謝上表》『許出全師』之意，詳該篇注〔四九〕。

〔二一〕〔錢注〕謂河陽時討劉稹，詳《爲滎陽公與昭義李僕射狀》『上黨頃集兇徒，近爲王土』注。《史記·周紀》：武王上祭于畢，東觀兵，至于盟津。《後漢書·范滂傳》：登車攬轡，慨然有澄清天下之志。

〔二二〕〔補注〕後艱，猶後患。《詩·大雅·鳧鷖》：『公尸燕飲，無有後艱。』鄭玄箋：『艱，難也。』

爲懷州刺史舉人自代狀〔一〕

右臣伏准建中元年正月五日敕〔二〕，内外文武官到任三日舉一人自代者〔三〕。臣伏見前件官汾陽啓胄〔四〕，沙麓遺芳〔五〕。佩觿之辰〔六〕，平居不戲〔七〕；加冠已後〔八〕，出言成章〔九〕。本以《詩》《書》，綽有機斷〔一〇〕。奉陰、郭之良躅〔一一〕，銜馬、鄧之成規〔一二〕。臣與其祖禰以來〔一三〕，蕃宣相接〔一四〕。雲臺高議〔一五〕，同承鐘鼎之餘〔一六〕；麟閣舊圖〔一七〕，共著河山之誓〔一八〕。交深志見，年齊道均。今河内名邦，覃懷巨郡〔一九〕，南蕃鳳闕〔二〇〕，平分晋、鄭之交；北控羊腸〔二一〕，方有干戈之役〔二二〕。推讓雖循于故事〔二三〕，薦聞實切于私誠〔二四〕。伏乞聖恩，特允臣志，無任感恩推賢之至。謹録奏聞，伏聽敕旨。

校注

〔一〕本篇原載《文苑英華》卷六三九第一頁、清編《全唐文》卷七七三第五頁、《樊南文集詳注》卷二。所舉之人《英華》《全文》均脱。〔馮箋〕懷州刺史，李璟也，詳《爲懷州李中丞謝上表》注〔一〕。按：徐氏以所舉人爲順宗莊憲皇后王氏之族，而引王難得子顔傳爲證（徐説見注〔五〕注〔一八〕），其誤由於拘『沙麓遺芳』之一語。『沙麓』只指發祥，何拘姓氏耶？其解『汾陽』則支離甚矣（徐解『汾陽』見注〔四〕）。且王難得寶應二年卒，子顔亦生后而卒，與文中所叙絶不符。李璟乃李晟之孫，所舉者係郭令公後人。令公，肅宗時封汾陽郡王。憲宗懿安皇后，令公之孫而曖之女也，當文宗、武宗時爲太皇太后。汾陽王於代宗時賜鐵券，圖形凌煙閣。李晟，德宗時封西平郡王，貞元五年亦圖形於舊臣之次。郭、李閥閱相當，子孫並盛，故有『祖禰以來』數聯。此所舉者當是曖之子孫。《英華》已脱書某人，無從指以實之矣。《舊書·傳》：李光弼，寶應元年封臨淮王，賜鐵券，圖形凌煙閣。郭、李同時並稱，似更親切，但史傳不叙及其子孫。而璟與西平之孫，名輩悉符，故爲酌定。〔按〕馮箋近是。狀上於會昌三年十一月初，詳《爲懷州李中丞謝上表》注〔一〕。

〔二〕元，《英華》注：集作『二』。誤，詳注〔三〕。

〔三〕〔馮注〕《舊書·紀》：德宗建中元年，常參官，諸道節度、觀察、防禦等使，都知兵馬使，刺史，少尹，畿赤令，大理司直、評事等，授訖三日内，於四方館上表，讓一人自代。其表付中書門下。每官闕，以舉多者授之。

〔四〕〔徐注〕案《世系表》：王氏出自姬姓，周靈王太子晋以直諫廢爲庶人，其子宗敬爲司徒，時人號爲王家，因以爲氏。八世孫錯爲魏將軍，其六世孫翦爲秦大將軍。生賁，賁生離。離二子元威、元避，秦亂遷於瑯琊，後徙臨沂。四世孫吉，字子陽，漢諫大夫，始家皐虞，後徙臨沂都鄉南仁里，生駿，字偉山，御史大夫，世所謂『瑯琊王氏』者也。錯仕魏爲將軍，故曰『汾陽啓胄』，《詩・魏風》云『彼汾一曲』，是其國在汾水之陽也。〔按〕徐氏爲就其所舉者係莊憲皇后王氏之族之説，而曲解『汾陽啓胄』，馮氏已斥其支離。汾陽啓胄，謂其祖上係汾陽郡王郭子儀也。

〔五〕〔徐注〕順宗莊憲皇后王氏，瑯琊人。所舉者后族，故有斯語。《漢書・元后傳》：昔春秋沙麓崩，晋史卜之，曰：『陰爲陽雄，土火相乘，故有沙麓崩。後六百四十五年，宜有聖女興。』其齊田乎？今王翁孺徙，正直其地，日月當之。元城郭東有五麓之虚，即沙麓地也。後八十年，當有貴女興天下云。〔馮曰〕『沙麓』只指發祥，何拘姓氏耶？〔按〕『沙麓』用爲頌揚皇后、皇太后之詞。『沙麓遺芳』蓋謂所舉之人係憲宗懿安皇后之族，郭曖之子孫也。與上句『汾陽啓胄』同指其爲汾陽後裔。

〔六〕〔徐注〕《詩》：童子佩觿。〔補注〕佩觿，佩戴牙錐，表示已成年。觿爲象骨所製解繩結之角錐。《詩》毛傳：『觿所以解結，成人之佩也。』

〔七〕〔馮注〕《國語》：祁奚曰：『臣之子午（名午）少也，好學而不戲。』〔徐注〕《後漢書・公孫穆傳》：自爲兒童，不好戲弄。

〔八〕〔徐注〕《禮記・曲禮》：二十曰弱，冠。《冠義》：三加彌尊，加有成也。〔馮注〕《左傳》：豈如弁髦而因以敝之。注曰：童子垂髦，始冠必三加冠，成禮而棄其始冠。疏曰：《士冠禮》：始冠緇布冠，次加皮弁，次加爵弁。

〔九〕〔馮注〕《詩》：出言有章。〔徐注〕《魏志・陳思王植傳》：植跪曰：『言出爲論，下筆成章，顧當面試，奈何倩人？』

〔一〇〕〔徐注〕《晋書・明帝紀》：帝聰明有機斷。

〔一一〕躅，《英華》注：集作『胤』（徐、馮注均云集作『轍』，當是據明刊《英華》）。〔馮注〕《後漢書・后紀》：光武郭皇后廢爲中山王太后，王徙封沛，爲沛太后。光烈陰皇后，顯宗即位，尊爲太后。〔補注〕躅，蹤跡、足跡。

〔一二〕銜，《全文》作『御』，誤，據《英華》改。成，《英華》作『明』。〔馮注〕明德馬皇后，肅宗即位，尊爲太后。和熹鄧皇后，殤帝、安帝時，尊爲太后。按：四后皆爲太后。郭后雖廢爲中山太后而恩禮不衰。馬、鄧誡敕外家，必遵禮法，故曰『明規』。

〔一三〕與，《英華》作『以』。注：集作『與』。〔馮注〕祖禰，謂兩姓之祖禰也。〔補注〕祖禰，先祖先父。

〔一四〕〔徐注〕《詩》：四國于蕃，四方于宣。〔補注〕蕃，通『藩』；宣，通『垣』。蕃宣，藩籬與垣墻。此謂爲藩屏護衛朝廷之節鎮。

〔一五〕〔徐注〕江淹《上建平王書》：結綬金馬之庭，高議雲臺之上。善曰：南宮雲臺也。〔補注〕漢光武帝時，雲臺用作召集羣臣議事之所。借指朝廷。

〔一六〕〔馮注〕《國語》：魏顆退秦師于輔氏，其勳銘于景鐘。《禮記》：衛孔悝之鼎銘：悝拜稽首曰：『對揚以辟之，勒大命施于烝彝鼎。』《後漢書·崔駰傳》：銘昆吾之冶。注曰：蔡邕《銘論》曰：吕尚作周太師，其功銘于昆吾之鼎。〔徐注〕《韓子》：先王之賦頌鐘鼎之銘，皆番吾之跡，華山之博也。《文心雕龍》：魏顆景鐘，孔悝衛鼎，稱伐之類也。

〔一七〕〔馮注〕《漢書·蘇武傳》：宣帝思股肱之美，乃圖畫其人於麒麟閣，署其官爵姓名，惟霍光不名，凡十一人。

〔一八〕〔徐注〕《漢書·高惠功臣表》：封爵之誓曰：使黄河如帶，泰山若厲，國以永存，爰及苗裔。〔徐箋〕案《舊書·外戚傳》：王子顔，瑯琊臨沂人，莊憲皇后之父也。祖思敬，少從軍，累試太子賓客。父難得，有勇決，善騎射，天寶初爲河源軍使，斬吐蕃贊普王子郎支都，傳首京師。玄宗召見之，賜以錦袍金帶，累拜金吾將軍。從哥舒翰擊吐蕃，收九曲，加特進。禄山之亂，從肅宗幸靈武，進收京城。又從郭子儀攻安慶緒於相州，累封瑯琊郡公、英武軍使。寶應二年卒，贈潞州大都督。子顔，少從父征役，累官金紫光禄大夫，檢校衛尉卿，生后而卒。順宗内禪，以后生憲宗，褒贈先代。子顔二子重榮、用。重榮官至福王傅，用官至太子賓客、金吾將軍。《新書・王難得傳》：用字師柔，封太原郡公，謹畏無過，卒贈工部尚書。懷州所舉，蓋即用之後人。今無可考。〔馮注〕《漢書・高惠功臣表》：割符世爵，受山河之誓。〔按〕徐箋之誤，馮浩已於題下箋駁正之，姑録存以見徐説之全貌。

〔一九〕〔徐注〕《書》：覃懷底績。傳：覃懷，近河地名。疏：《地理志》：河内郡有懷縣，在河之北。蓋覃懷二字，共爲一地，故云『近河地名』。

〔二〇〕〔補注〕蕃，屏藩、捍衛。《書・微子之命》：『率由典常，以蕃王室。』鳳闕，指京城，此指東都洛陽，故曰『南蕃』。

〔二一〕羊腸，見《太倉箴》注〔二〕。

〔二二〕〔馮注〕時方用兵昭義。

〔二三〕〔徐注〕《書》：推賢讓能，庶官乃和。

〔二四〕〔徐注〕《左傳》：左師曰：『小國習之，大國用之，敢不薦聞。』

爲懷州李使君祭城隍神文〔一〕

年月日，致祭於城隍之神〔二〕。某謬蒙朝奬，叨領藩條。熊軾初臨〔三〕，虎符適至〔四〕。敢資靈於水土，冀同固於金湯。況彼潞人，實逆天理。因承平之地〔五〕，以作巢窠；敺康樂之民〔六〕，以爲蟊賊〔七〕。一至於此，其能久乎！惟神廣扇威靈，劃開聲勢。俾犯境者，望飛烏而自遁〔八〕；此滔天者〔九〕，聽唳鶴以虚聲〔一〇〕。崇墉載嚴，巨塹無壅。今來古往〔一一〕，永無川竭之因〔一二〕；萬歲千秋〔一三〕，莫有土崩之勢〔一四〕。神其聽之，無易我言。

校注

〔一〕本篇原載《文苑英華》卷九九五第六頁、清編《全唐文》卷七八一第二頁、《樊南文集詳注》卷五。〔按〕文有『熊軾初臨，虎符適至』語，是初蒞懷州刺史任時。編會昌三年十一月上旬。參《爲懷州李中丞謝上表》注〔一〕。

〔二〕《英華》無以上十字。

〔三〕熊軾，見《爲濮陽公陳情表》『熊軾郥城』注。

〔四〕虎符，見《爲汝南公賀彗星不見復正殿表》注〔四四〕。

〔五〕因，《英華》作『固』；平，《英華》作『明』。均誤。

〔六〕康，《英華》作『庶』，徐注本作『庸』，均誤。〔徐注〕《周禮》：小行人，職曰：其康樂和親安平爲一書。〔補注〕《禮記·樂記》：『嘽諧慢易繁文簡節之音作，而民康樂。』康樂，安樂。

〔七〕〔徐注〕《左傳》：晉侯使呂相絶秦曰：『帥我蝥賊，以來蕩摇邊疆。』〔馮注〕蝥、蟊同。〔補注〕《詩·小雅·大田》：『去其螟螣，及其蟊賊。』毛傳：『食根曰蟊，食節曰賊。』此喻危害國家百姓之惡人。

〔八〕烏，《英華》作『鳥』，誤。注：集作『烏』。〔徐注〕《左傳》：叔向告晉侯曰：『城上有烏，齊師其遁。』〔馮注〕《北史·尉景傳》：世辯嗣爵。周師將入鄴，令世辯率千騎覘候。出滏口，登高阜西望，遥見羣烏飛起，謂是西軍旗幟，即馳還。比至紫陌橋，不敢顧。非用《左傳》平陰之戰事。〔按〕馮注是。徐注引乃望城烏而知遁，而非望城烏而自遁也。

〔九〕〔徐注〕《書》：象恭滔天。〔補注〕滔天，喻罪惡之大。

〔一〇〕〔徐注〕《晉書・載記》：苻堅淝水之敗，其走者聞風聲鶴唳，皆以爲晋兵。

〔一一〕〔馮注〕《淮南子》：往古來今謂之宙，四方上下謂之宇。

〔一二〕〔徐注〕《周語》：伯陽父曰：『山崩川竭，亡之徵也。』

〔一三〕〔馮注〕《戰國策》：楚王曰：『寡人萬歲千秋之後。』〔徐注〕阮籍詩：千秋萬歲後。

〔一四〕勢，《英華》作『事』。〔徐注〕《史記・秦始皇紀》：土崩瓦解。〔馮注〕《史記・張釋之傳》：秦陵遲至於二世，天下土崩。

爲李懷州祭太行山神文〔一〕

謹按《禮經》云，諸侯得祭名山大川之在其地者〔二〕。今刺史乃古之諸侯〔三〕，太行實介我藩部〔四〕。險雖天設〔五〕，靈則神依〔六〕。豈可步武之間〔七〕，便容孽豎〔八〕；磅礴之内〔九〕，久貯妖氛〔一〇〕？今忠武全師〔一一〕，河橋鋭卒〔一二〕，指賊庭而將掃〔一三〕，望寇壘以争先〔一四〕。神其輔以陰兵〔一五〕，資之勇氣，使旌旗電耀，桴鼓雷奔〔一六〕，一麾開天井之關〔一七〕，再舉復金橋之地〔一八〕。然後氣通作限〔一九〕，雲出降祥〔二〇〕，長崇望日之標〔二一〕，永作倚天之柱〔二二〕。酒肴在列，蔬菓惟時〔二三〕。敢潔慮以獻誠，冀通幽而寫抱。

校注

〔一〕本篇原載清編《全唐文》卷七八一第一頁、《樊南文集補編》卷一一。〔錢箋〕李懷州，璟也，詳《爲懷州刺史上後上門下狀》注〔一〕。本集有《爲懷州李使君祭城隍神文》，與此文皆爲討劉稹而作。《山海經》：太行山，其首曰歸山，其上有金玉，下有碧玉。《通典》：懷州，太行山在焉。〔按〕祭懷州城隍神、祭太行山神，均爲李璟蒞懷州任之初應例行之公事，與《爲懷州李使君祭城隍神文》均作於會昌三年十一月上旬。詳《爲懷州李中丞謝上表》注〔一〕。

〔二〕〔補注〕《禮記·王制》：「天子祭天下名山大川，五嶽視三公，四瀆視諸侯。諸侯祭名山大川之在其地者。」

〔三〕〔錢注〕曹冏《六代論》：且今之州牧郡守，古之方伯諸侯。

〔四〕〔錢注〕梁武帝《申飭諸州訊獄詔》：朕自藩部，常躬訊録。〔補注〕介，居於其間。藩部，猶藩屬，指州郡之轄區範圍。

〔五〕〔補注〕《易·坎》：「天險，不可升也；地險，山川丘陵也。」

〔六〕〔補注〕《左傳·僖公五年》：「神所憑依，將在德矣。」

〔七〕〔錢注〕《國語》：夫目之察度也，不過步武尺寸之間。

〔八〕〔錢注〕謂劉稹之亂，見《爲滎陽公與昭義李僕射狀》注〔四〕。《魏書·崔浩傳》：討孽豎於涼城。

〔九〕〔錢注〕《揚子》：昆崙旁薄幽。注：旁薄猶彭魄也，地之形也。〔補注〕磅薄，廣大無邊、氣勢壯盛貌。此指太行山。

〔一〇〕〔錢注〕曹植《魏德論》：神戈退指則妖氛順制。

〔一一〕〔錢注〕謂陳許。〔按〕詳《爲懷州李中丞謝上表》注〔四九〕。

〔一二〕〔錢注〕謂河陽。《晉書·杜預傳》：預以孟津渡險，有覆没之患，請建河橋於富平津。餘見《爲滎陽公與昭義李僕射狀》注〔四〕。〔補注〕河橋鋭卒，指原河陽節度使所統之軍。據《通鑑》，自會昌三年九月辛卯日後，王宰兼河陽行營攻討使，河陽軍亦歸其統轄。九月戊申任命敬昕爲河陽節度、懷孟觀察使，王宰將行營以扞敵，昕供饋餉而已。

〔一三〕〔錢注〕《晉書·張寔傳》：先帝晏駕賊庭。〔補注〕賊庭，此指澤潞叛鎮使府所在潞州。

〔一四〕〔錢注〕《宋書·卜天與傳》：天生始受戎任，甫造寇壘，而投輪越塹，率果先騰。

〔一五〕〔錢注〕《晉書·李矩傳》：矩令郭誦禱鄭子産祠曰：『君昔相鄭，惡鳥不鳴，凶胡臭羯，何時過庭！』使巫揚言：『東里有教，當遣神兵相助。』〔補注〕《安禄山事蹟》：『潼關之戰，我軍既敗，賊將崔乾祐領白旗，引左右馳突。又見黄旗軍數百隊，官軍潛謂是賊，不敢逼之。須臾見與乾祐鬬，黄旗軍不勝，退而又戰者不一。俄不知所在。後昭陵奏，是日靈宫前石人馬汗流。』陰兵者殆指此類，商隱《送千牛李將軍赴闕五十韻》所謂『儀馬困陰兵』也。

〔一六〕〔錢注〕魏文帝《濟川賦》：朱旗電耀，擊鼓雷鳴。〔補注〕桴，鼓槌。此指以槌擊鼓。

〔一七〕〔錢注〕史岑《出師頌》：素旗一麾，渾一區宇。《水經注》：《地理志》曰：高都縣有天井關。蔡邕曰：太行山上有天井，關在井北，遂因名焉。〔補注〕《通鑑·會昌三年》：『十二月，丁巳，宰引兵攻天井關，茂卿小戰，遽引兵走，宰遂克天井關守之。』丁巳爲十二月初三，則文當作於此前。同月戊辰（十四），王宰又失天井關。

〔一八〕橋，《全文》作『微』，據錢校改。〔錢箋〕《後漢書·和帝紀》：『永元三年，大將軍竇憲遣左校尉耿夔出居延塞，圍北單于於金微山。』是金微爲山名，其地當在河西以北，與澤潞不相涉。本集《爲河南盧尹賀上尊號表》云：『清明皇之舊宫，復金橋之故地。』馮氏引《玉海·地志》：金橋在上黨南二里，嘗有童謠云：聖人執節度金橋。景龍三年，明皇經此橋至京師。又《會昌一品集序》云：『天井雄關，金橋故地。』並指澤潞用兵事。義山援用故實多數處互見，『金微』當即『金橋』之誤。又按：胡本作『金撝』。『撝』與『橋』草書相似，其爲『金橋』之譌無疑。〔按〕錢校是。義山詩《昭肅皇帝挽歌詞三首》之二亦云：『玉塞驚宵柝，金橋罷舉烽。』分指破襲回鶻、討平澤潞事。此以『金橋』代指上黨（潞州治）。

〔一九〕〔錢注〕郭璞《江賦》：所以作限於華裔，壯天地之嶮介。〔補注〕作限，此指太行山險係天作之限。

〔二〇〕〔補注〕《禮記・孔子閒居》：『天降時雨，山川出雲。』《書・伊訓》：『惟上帝不常，作善降之百祥，作不善降之百殃。』

〔二一〕〔錢注〕左思《蜀都賦》：羲和假道於峻岐，陽烏迴翼於高標。〔補注〕謂太行山永遠高聳其望日之高峯。

〔二二〕〔錢注〕東方朔《神異經》：崑崙之山有銅柱焉，其高入天，所謂天柱也，圍三十里，周圓如削。

〔二三〕〔錢注〕《新唐書・禮樂志》：嶽鎮海瀆以山尊實醍齊。山林川澤以蜃尊實沈齊，皆二。又其五嶽、四鎮、四海、四瀆及五方山川林澤，籩二、豆二、簠、簋、俎各一。用皆二者，籩以栗黄、牛脯；豆以葵菹、鹿醢。凡簋、簠皆一者，簠以稷，簋以黍。〔補注〕時，時鮮也。

上易定李尚書狀〔一〕

某疾穢餘生，偶存晷刻〔二〕，豈期妻族，亦搆禍凶〔三〕！故司徒公，内行政聲〔四〕，鬱爲人傑〔五〕。一昨奉辭伐罪〔六〕，克壯其猷〔七〕。躬節鼓旗，親臨矢石〔八〕。家財給於公用〔九〕，子弟散於行間〔一〇〕。始退舍以致師〔一一〕，終設奇而覆寇。敢問古之名將，何以加焉〔一二〕？安知垂立大功〔一三〕，遽茲薨落〔一四〕。伏弦撫斂〔一五〕，實有遺音。行路之人，莫不相弔。某窮辱之地〔一六〕，早受深知，遂以嘉姻〔一七〕，託之弱植〔一八〕。雖冶長無罪〔一九〕，堪成子妻之恩；而呂範久貧，莫見夫家之盛〔二〇〕。今則車徒儼散〔二一〕，棟宇蕭衰，撫歸旐以興懷〔二二〕，弔病妻而增歎。酸傷怨咽，敢類他人！伏以姻懿年深〔二三〕，交游跡密，遠味復圭之美〔二四〕，當追命駕之恩〔二五〕。謁叙末由，悲慨無地。

校注

〔一〕本篇原載清編《全唐文》卷七七五第八頁、《樊南文集補編》卷六。〔錢箋〕（易定李尚書）李執方也。詳《上河陽李大夫狀一》注〔一〕。《舊唐書·地理志》：義武軍節度使治定州，領易、祁二州。〔按〕李執方鎮易定，在會昌三年四月至四年九月間。本篇有『豈期妻族，亦搆禍凶』之語，當爲會昌三年九月丙午（二十日）王茂元卒後所上。酌編是年冬。

〔二〕〔錢注〕《宋書·臧質傳》：凶命假存，懸在晷刻。

〔三〕〔錢注〕謂王茂元討劉稹未平而卒也。詳《爲滎陽公與昭義李僕射狀》注〔四〕及後《祭外舅贈司徒公文》注〔一〕及『赤狄違恩，晉城告變』一節及注。《白虎通》：妻族二者，妻之父爲一族，妻之母爲一族。

〔四〕〔錢注〕《史記·五帝紀》：舜居嬀汭，内行彌謹。〔補注〕内行，平日家居之操行。

〔五〕見《爲滎陽公上西川李相公狀》『不如蕭何，見漢祖之高論』注。

〔六〕〔補注〕《書·大禹謨》：『肆予以爾衆士，奉辭伐罪。』蔡沈集傳：『奉帝之辭，罰苗之罪。』

〔七〕〔補注〕《詩·小雅·采芑》：『方叔元老，克壯其猶。』猶，同『猷』，謀。克壯其猷，大展謀略。

〔八〕〔補注〕《左傳·成公二年》：『師之耳目，在吾旗鼓，進退從之。』旗鼓用以指揮戰鬬。又《襄公十年》：『親受矢石。』

〔九〕〔錢曰〕事詳《爲尚書濮陽公涇原讓加兵部尚書表》。〔按〕錢氏於該文題注引《新唐書·王栖曜傳》謂王茂元『家積財，交煽權貴。鄭注用事，遷涇原節度使。注敗，悉出家貲餉兩軍，得不誅，封濮陽郡侯』，蓋謂『家財給於公用』即指『悉出家貲餉兩軍』之事，實誤。此句當指其在討劉稹之戰事中以家財助軍用事，亦即《爲王侍御瓘謝宣弔并賻贈表》『氛興赤狄，兵聚晉城。先臣受律臨戎，忘家狥衆。士卒均食，罔愧於前修；廊廡散金，遠齊於舊説』之情事。

〔一〇〕〔錢注〕本集《爲王侍御瓘謝宣弔并賻贈表》：如臣弟兄，皆冒矢石。

〔一一〕〔補注〕《左傳·僖公二十八年》：『子犯曰：師直爲壯，曲爲老，豈在久矣。微楚之惠不及此。退三舍避之，所以報也。』晉公子重耳出亡至楚，楚成王禮遇之，重耳當時曾言『若以君之靈，得反晉國，晉楚治兵，遇於中原，其辟君三舍（軍行三十里爲舍）』。故城濮之戰中晉軍『退三舍以辟之』。致師，致其必戰之志。《周禮·夏官·環人》：『環人，掌致師。』鄭玄注：『致師者，致其必戰之志。古者將戰，必使勇力之士犯敵焉。』然此句『致師』殆非犯敵挑戰之意。致，有招引義。《易·需》：『九三，需于泥，致寇至。』王弼注：『招寇而致敵也。』因下句已云『覆寇』，此句爲避複而用『致師』，不云『致寇』。退舍以致師，謂退兵以招引敵師深入。《祭外舅贈司徒公文》：『示羸策密，誘敵謀深。』即此句『退舍以致師』之意。據《通鑑·會昌三年》：『八月……甲戌，薛茂卿（劉稹之將領）破科斗寨，擒河陽大將馬繼等，焚掠小寨一十七，距懷州纔十餘里……王茂元軍萬善，劉稹遣牙將張巨、劉公直等會薛茂卿共攻之，期以九月朔圍萬善。乙酉，公直等潛師先過萬善南五里，焚雍店。巨引兵繼之，過萬善，覘知城中守備單弱，欲專有功，遂攻之。日昃，城且拔……茂元困急，欲帥衆棄城走。』所指或即此。

〔一二〕〔錢注〕《漢書·司馬遷傳》：愚以爲李陵素與士大夫絶甘分少，能得人之死力，雖古名將不過也。

〔一三〕〔錢注〕《後漢書·西羌傳》：其功垂立。

〔一四〕〔錢注〕《爾雅》：薨落，死也。

〔一五〕〔錢校〕伏弦撫斂，疑當作「伏弢撫劍」，並見《左傳》。〔補注〕伏弢，仆倒在弓套上。《左傳·成公十六年》：「王召養由基，與之兩矢，使射呂錡。中項，伏弢。」撫劍，按劍。《左傳·襄公二十三年》：「遂超乘，右撫劍，左綏帶，命驅之出。」然錢說可疑。

〔一六〕〔錢注〕《戰國策》：「若夫窮辱之事，死亡之患，臣弗敢畏也。」〔按〕此謂已處於窮辱之地位。

〔一七〕〔錢注〕潘岳《懷舊賦》：余總角而獲見，承戴侯之清塵。名余以國士，眷余以嘉姻。〔按〕商隱之妻王氏，爲李執方之外甥女，故云。

〔一八〕〔錢注〕顔延之《和謝監靈運》詩：弱植慕端操。〔補注〕《左傳·襄公三十年》：「其君弱植，公子侈，大子卑，大夫敖，政多門，以介于大國，能無亡乎？」本指國君懦弱，不能有所建樹，此指身世寒微，勢孤力單。

〔一九〕〔補注〕《論語·公冶長》：「子謂：公冶長，可妻也。雖在縲絏之中，非其罪也。」

〔二〇〕〔錢注〕《吴志·吕範傳》：範字子衡，有容觀姿貌。邑人劉氏，家富女美，範求之，女母嫌，欲勿與。劉氏曰：「觀吕子衡寧當久貧者邪！」遂與之婚。

〔二一〕〔補注〕車徒，車馬僕從。儼，真切明顯貌。

〔二二〕〔錢注〕本集《祭張書記文》：絳旐前引。馮氏曰：《檀弓》：設旐，夏也。凡言丹旐丹幡，皆此物。〔補注〕旐，喪事用之引魂幡。

〔二三〕〔補注〕姻懿，姻親。《左傳·僖公二十四年》：「如是則兄弟雖有小忿，不廢懿親。」

〔二四〕〔補注〕楊慎《藝林伐山·留圭復圭》：「《易》曰：「告公用圭。」古者諸侯朝于天子，五玉輯瑞，此用圭之制也。《尚書大傳》有留圭、復圭。留圭，如今之奪爵貶秩。無過行者，復其圭；能改過者，復其圭。如今之復職也。」姑録以備考。

〔二五〕〔錢注〕《晉書·嵇康傳》：吕安與康友，每一相思，輒千里命駕。

請盧尚書撰故處士姑臧李某誌文狀〔一〕

曾祖諱某，皇美原令〔二〕。祖諱某，皇安陽縣尉〔三〕。父諱某，皇郊社令〔四〕。處士諱某，字某，郊社令第二子也。年十八，能通《五經》，始就鄉里賦〔五〕。會郊社違恙，出大學，還滎山〔六〕。就養二十餘歲，乃丁家禍，廬於壙側〔七〕。日月有制〔八〕，俛就變除〔九〕，遂誓終身不從禄仕。時重表兄博陵崔公戎〔一〇〕、表姪新野庾公敬休〔一一〕、平陽之郡等〔一二〕，以中外欽風〔一三〕，處在師友，誘從時選〔一四〕，皆堅拒之。益通《五經》，咸著別疏，遺略章句，總會指歸。韜光不耀〔一五〕，既成莫出，麤以訓諸子弟，不令傳於族姻，故時人莫得而知也。注撰之暇，聯爲賦論歌詩，合數百首，莫不鼓吹經實〔一六〕，根本化源〔一七〕，味醇道正，詞古義奥。自弱冠至於夢奠〔一八〕，未嘗一爲今體詩〔一九〕。小學通石鼓篆〔二〇〕，與鍾、蔡八分〔二一〕，正楷散隸〔二二〕，咸造其妙。然與人書疏往復〔二三〕，未嘗下筆，悉皆口占〔二四〕。惟曾爲郊社君追福〔二五〕，於墅南書佛經一通，勒於貞石〔二六〕。後摹寫稍盛〔二七〕，且非本意，遂以鹿車一乘〔二八〕，載至於香谷佛寺之中，藏諸古篆衆經之内。其晦跡隱德，率多此類。

長慶中，來由淮海，塗出徐州〔二九〕。時有人謂徐帥王侍中曰〔三〇〕：『李某，真處士也。』遂以賓禮延於逆旅〔三一〕，願枉上介〔三二〕，與爲是邦。處士謂徐帥曰：『從公非難〔三三〕，但事人匪易〔三四〕。』長揖不拜〔三五〕，拂衣而歸〔三六〕。其辭蓋譏其崔相國事也〔三七〕。復歸滎上，講道如初〔三八〕。享年四十有三，以大和三年三月二十六日棄代〔三九〕。以其年十月，卜葬於滎陽壇山原〔四〇〕。望於先域，夫人滎陽鄭氏合焉〔四一〕。二男瑊、頊，時甚幼孺〔四二〕。猶子思晦實尸其禮〔四三〕。

至會昌三年，以風水爲患〔四四〕，松楸不立〔四五〕，二子號叫，願更蓍龜〔四六〕。商隱與仲弟羲叟〔四七〕，再從弟宣岳等，親授經典，教爲文章，生徒之中，叨稱達者〔四八〕。引進之德〔四九〕，胡寧忘諸？願襄改卜之禮〔五〇〕，敢遺撰美之義〔五一〕！閣下獨執文律〔五二〕，首冠明時，頃於篇翰之間，惠以交遊之契〔五三〕。竊書遺事，敢請刊銘。冀推族類之恩〔五四〕，用永隱淪之德〔五五〕。伏紙酸哽，十不存一，謹狀。

校注

〔一〕本篇原載清編《全唐文》卷七八〇第一三頁、《樊南文集補編》卷一一。〔錢箋〕盧尚書，盧簡辭也。《舊唐書》本傳：大中初，檢校刑部尚書，襄州刺史、山南東道節度使。本集有《祭處士房叔父文》，徐、馮兩箋均不詳其名。《新唐書·宰相世系表》：李氏姑臧大房，出自興聖皇帝第八子翻。翻子寶，寶子承，號姑臧房。〔張箋〕簡辭檢校工部尚書，爲忠武節度使，在大中初。《補編》有請盧尚書撰諸誌文狀，事在會昌三年，時必已例加尚書矣，諸狀當爲簡辭官户部時作。〔岑仲勉曰〕謂是簡辭，初無片證。按唐制，尚書如非實授，則必外官雄鎮，始加檢校之銜。據《方鎮年表》，會昌三、四年簡辭廉問浙西，《樊川集》祇稱盧大夫。又《舊書》一六三本傳：『會昌中，入爲刑部侍郎，轉户部。』是簡辭當日非尚書，『例加』二字，不能囫圇説過。揣錢氏之下此解釋，無非因商隱曾受弘止（簡辭弟）辟而云然，其實則不足徵也。據余所見，疑似者尚有兩人：一、盧鈞。據《舊書》一七七本傳：會昌初，遷山南東節度。山南雄鎮，常帶檢校尚書。《請撰曾祖妣誌文狀》自注：『故相州安陽縣姑臧李公夫人范陽盧氏，北祖大房。』文又云：『閣下我祖妣之族子。』依《新·表》七三上，鈞固隸北祖大房，且又商隱弟羲叟之外舅也。二、盧弘止。《請撰故處士姑臧李某誌文狀》云：『閣下獨執文律，首冠明時，頃於篇翰之間，惠以交遊之契。』按《偶成轉韻》詩：『憶昔公爲會昌宰，我時入謁虚懷待。衆中賞我賦《高唐》，迴看屈宋由年輩。』是李與弘止以詩文相投契。會昌三年弘止雖非尚書，然固許編《乙集》時追稱也。之兩人者，尤以弘止近信，錢繹簡辭，殊未敢苟同。《上漢南盧尚書狀》：『今幸假途奥壤……豈期此際，獲奉餘恩，而又詢劉、范之世親，問欒、郤之官族，優其通舊，降以言談。』李與簡辭交誼如此生疏，豈四年前曾屢請代撰文之人歟？（《平質》乙承訛七《盧尚書》條）〔按〕岑氏於錢箋以盧尚書爲簡辭外別立盧鈞、盧弘止之新説，均各有依據，可資進一步考證作參考。其中盧鈞説於題稱『尚書』及親戚關係尤合。然盧尚書究屬何人，尚難定論。以岑氏以爲『近信』之盧弘止考之，弘止會昌三年六月方自吏部郎中拜楚州刺史（據《題名幢》），復入爲給事中。大中初猶爲侍郎，其加檢校户部尚書已在大中三年出爲武寧節度使時。岑謂商隱編《樊南乙集》時追稱弘止爲尚書，固不失爲一種解釋，然簡辭亦自可於編《乙集》時追稱也。《新唐書·盧簡辭傳》：『與兄簡能，弟弘止、簡求皆有文。』是弘止、簡辭均能文。尤可注意者，商隱《獻襄陽盧尚書啓》（作於大中二年桂管歸途）云：『三兄尚書，早貞文律。』與本篇『閣下獨執文律，首冠明時』之語亦正合，似不得因《上漢南盧尚書狀》有『豈期此際，獲奉餘恩』等語遽謂二人交誼生疏，定不可能爲會昌三年屢倩作文之盧尚書也。然盧尚書之爲簡辭、爲弘止、爲鈞雖難定論，而包括本篇在内之三狀作時則可考定。本篇已明言『會昌三年』，《請盧尚書撰李氏仲姊河東裴氏夫人誌文狀》更云：『明年（按：指會昌三年）冬，以潞寇憑陵，擾我河内，懼罹焚發，載軫肝心。遂泣血告靈，攝繚裹事，卜以明年（按：指會昌四年）正月日歸我祖考之次滎陽之壇山。』故此三狀均當作於會昌三年冬。

〔二〕〔錢注〕《新唐書·宰相世系表》：姑臧大房，涉，美原令。按：下篇《曾祖妣狀》：字既濟。《新唐書·地理志》：美原縣，畿，屬關内道京兆府。《舊唐書·職官志》：京兆、河南、太原所管諸縣，謂之畿縣。令各一人，正六品下。

〔三〕〔錢注〕《舊唐書》商隱本傳：曾祖叔恒，年十九，登進士第，位終安陽令。《新唐書·地理志》：安陽縣，緊，屬河北道相州。《舊唐書·職官志》：諸州上縣，尉二人，從九品上。餘詳下篇。〔張箋〕本傳作『安陽令』。考縣令正五品至從七品，縣尉從八品至從九品。唐時進士登科，銓授縣尉，列傳中屢見。《新書·選舉志》：『凡出身……進士明法，甲第從九品上，乙第從九品下。』從無釋褐七品者。《曾祖妣誌狀》云：『安陽君年十九，一舉中進士第，始命於安陽。』叔恒既由進士授官，則必非縣令明矣。〔按〕叔恒年十九登進士第，始命於安陽之官誠如張氏所云，當是縣尉，然年二十九方棄世，似不可能終官於安陽縣尉。然狀明言『安陽縣尉』，似當從商隱本人所記爲準。而十年不遷，殊不可解。

〔四〕〔錢注〕《舊唐書·職官志》：兩京郊社署，令各一人，從七品下。〔補注〕《舊唐書·職官志》：『郊社令掌五郊社稷明堂之位，祠祀祈禱之祀。』爲太常寺之屬官。

〔五〕鄉里賦，即鄉貢，詳《爲滎陽公桂州署防禦等官牒·鄉貢明經陶禖》注〔一〕。〔補注〕《唐摭言·統序科第》：『自武德辛巳歲四月一日，敕諸州學士及早有明經及秀才、俊士、進士明於理體，爲鄉里所稱者，委本縣考試，州長重覆，取其合格，每年十月隨物入貢。斯我唐貢士之始也。』

〔六〕〔錢注〕《新唐書·地理志》：滎陽縣屬河南道鄭州。餘詳下篇。〔補注〕大學，即太學。《禮記·王制》：『小學在公宮南之左，大學在郊。』《漢書·禮樂志》：『古之王者莫不以教化爲大務，立大學以教於國，設庠序以化於邑。』

〔七〕〔錢注〕《後漢書·周磐傳》：服終，遂廬於冢側。〔補注〕壙，墓穴。

〔八〕〔補注〕《禮記·檀弓上》：『孔子曰……三年之喪，吾從其至者。』又《三年問》：『三年之喪何也？曰：稱情而立文，因以飾羣，別親疏貴賤之節，而弗可損益也，故曰無易之道也。』『孔子曰：子生三年，然後免於父母之懷。夫三年之喪，天下之達喪也。』此即所謂『日月有制』。

〔九〕〔錢注〕《家語》：故哭踊有節，而變除有期。〔補注〕變除，指古喪禮中變服除喪。

〔一〇〕見《爲安平公賀皇躬痊復上門下狀》注〔一〕。〔補注〕商隱《贈趙協律晳》『更共劉盧族望通』句下自注：『愚與趙……同爲故尚書安平公（按：指崔戎）所知，復皆是安平公表姪。』

〔一一〕〔錢注〕《舊唐書·忠義傳》：庾敬休字順之，其先南陽新野人。

〔一二〕〔錢注〕此句疑有脱誤。〔岑仲勉曰〕平陽是郡……『之郡』當爲姓名之譌奪……應正云『平陽路公羣等』也（《平質》已缺證『平陽之郡』條）。

〔一三〕〔錢注〕《詩集·贈趙協律》自注：愚爲故尚書安平公所知，是安平公表姪。《後漢書·陳留董祀妻傳》：又無復中外。〔補注〕中外，中表之親。

〔一四〕〔補注〕時選，當時之選拔，指參加科舉考試與選官。楊炯《王勃集序》：『（勃）咸亨之初，乃參時選。』

〔一五〕〔錢注〕牽秀《彭祖頌》：韜光隱曜。

〔一六〕〔錢注〕《晉書·孫綽傳》：《三都》《二京》，《五經》之鼓吹也。〔補注〕經實，猶經典。

〔一七〕〔錢注〕《史記·主父偃傳》：故賢主獨觀萬化之原。《漢書·董仲舒傳》：太學者，教化之本原也。《匡衡傳》：長安，天子之都，此教化之原本。觀《舊唐書·鄭覃弟朗傳》云：俄參化原，以提政柄。則固唐人習用之辭矣。〔按〕此句『化源』即教化之本源，指儒家經典，與上句『經實』義同。此謂以儒家經典爲根本。

〔一八〕〔補注〕夢奠，指死亡。《禮記·檀弓上》載：孔子將死，曰：『予疇昔之夜，夢坐奠於兩楹之間……予殆將死也。』

〔一九〕〔錢注〕張讀《宣室志》：某嘗覽昭明所集之《選》，見其編録詩句，皆不拘音律，謂之齊梁體。自唐朝沈佺期、宋之問方好爲律詩。青箱之詩，乃效今體，何哉？〔補注〕今體詩，指唐代包括五七言律、排律、律絶在内之近體詩。

〔二〇〕〔錢注〕《元和郡縣志》：石鼓文在鳳翔天興縣南二十許里。石形如鼓，其數有十，蓋紀周宣王田獵之事，即史籀大篆也。

〔二一〕〔錢注〕《太平廣記》：羊欣《筆陣圖》曰：鍾繇精思學書，每見萬類，皆書象之。善三色書，最妙者八分。又羊欣《筆法》曰：蔡邕工書，篆隸絶世，尤得八分之精微。〔補注〕八分，書體名。字體似隸而體勢多波磔。

唐李綽《尚書故實》：『八分書起於漢時王次仲。』或以爲二分似隸，八分似篆，故稱八分。

〔二二〕〔錢注〕《書史會要》：漢元帝時，黄門令史作《急就章》一篇，解散隸體，謂之草書。

〔二三〕〔錢注〕魏文帝《與吴質書》：雖書疏往返，未足解其勞結。

〔二四〕〔錢注〕《漢書·陳遵傳》：遵爲河南太守，召善書吏十人於前，治私書謝京師故人。遵馮（凴）几，口占書吏。

〔二五〕追，《全文》作『造』，從錢校據胡本改正。〔錢注〕庾信《麥積崖佛龕銘》：昔者如來追福，有報恩之經。〔補注〕爲死者做功德，祈禱冥福，謂之追福。

〔二六〕〔錢注〕王屮《頭陀寺碑》：貞石南刊。〔補注〕貞石，堅石，石碑之美稱。

〔二七〕〔錢注〕《後漢書·蔡邕傳》：及碑始立，其觀視及摹寫者，車乘日千餘兩，填塞街陌。

〔二八〕〔錢注〕《後漢書·趙憙傳》：載以鹿車。注：俗説鹿車窄小，裁容一鹿。

〔二九〕〔錢注〕《新唐書·地理志》：徐州屬河南道。〔補注〕徐州爲武寧軍節度使府所在。淮海，指淮南節度使治所揚州。

〔三〇〕〔錢注〕《舊唐書·王智興傳》：智興少爲徐州衙卒，累歷滕、豐、沛、狄四鎮將。自是二十餘年爲徐將。長慶初，河朔復亂，徵兵進討，召智興以徐軍三千渡河，徐之勁卒皆在部下。節度使崔羣慮其旋軍難制，請追赴闕，授以他官。會赦王廷湊，諸道班師。智興先期入境，羣頗憂疑，令以十騎入城。智興聞之心動，率歸師斬關而入，殺軍中異己者十餘人，然後詣衙謝羣曰：『此軍情也。』朝廷以罷兵，力不能加討，遂授智興徐州刺史、充武寧軍節度使。大和初，進位侍中。《舊唐書·職官志》：侍中正第三品。

〔三一〕〔補注〕《左傳·僖公二年》：『今號爲不道，保于逆旅。』杜預注：『逆旅，客舍也。』

〔三二〕〔補注〕《儀禮·聘禮》：『宰執書告備具于君，授使者，使者受書授上介。』古稱外交使團之副使或軍政長官之高級助理爲上介，此用後一義，指高級幕賓。

〔三三〕〔補注〕《詩·魯頌·泮水》：『魯侯戾止，言觀其旂……無小無大，從公于邁。』
〔三四〕〔錢注〕《晉書·羊祜傳》：與王沈俱被曹爽辟，沈勸祜就徵，祜曰：『委贄事人，復何容易！』
〔三五〕〔錢注〕《史記·高祖紀》：酈生不拜，長揖曰：『足下必欲誅無道秦，不宜踞見長者。』
〔三六〕〔錢注〕《後漢書·楊彪傳》：明日便當拂衣而去。
〔三七〕〔錢注〕《舊唐書·崔羣傳》：元和十二年，同中書門下平章事。〔按〕崔相國事，指王智興以武力迫使崔羣就範事，譏其背主跋扈也。見注〔三〇〕。
〔三八〕〔錢注〕《漢書·翟方進傳》：博徵儒生，講道于廷。〔補注〕滎上，即滎陽。《祭裴氏姊文》：『壇山滎水，實爲我家。』
〔三九〕〔錢注〕《北史·崔鴻傳》：討論適訖，而先臣棄世。按：唐諱『世』作『代』。
〔四〇〕〔錢注〕《水經注》：索水流逕京縣故城西，城故鄭邑也。城北有壇山罡。《趙世家》：成侯十二年，魏獻滎陽，因以爲壇臺罡也。《元和郡縣志》：京縣故城，在鄭州滎陽縣東南二十里。
〔四一〕〔錢注〕《新唐書·宰相世系表》：鄭氏出自姬姓。穉，漢末自陳居河南開封，晋置滎陽郡，遂爲郡人。〔補注〕先域，先人之墳墓。商隱之祖父李俌寓居滎陽，没而不克歸祔，卜葬於滎陽壇山原。處士叔之父郊社令當亦葬於是，故云。
〔四二〕〔錢注〕《釋名》：兒始能行曰孺。
〔四三〕〔補注〕尸，指主持喪事。
〔四四〕〔錢注〕郭璞《葬經内篇》：氣乘風則散，界水則止。古人聚之使不散，行之使有止，故謂之風水。〔按〕此指風、水之侵蝕使墳墓崩塌，錢注非。
〔四五〕〔錢注〕謝朓《齊敬皇后哀策文》：映輿鋑於松楸。〔補注〕墓地多植松樹、楸樹，故云。
〔四六〕〔補注〕《易·繫辭上》：『探頤索隱，鉤深致遠，以定天下之吉凶，成天下之亹亹者，莫大於蓍龜。』古以蓍草、龜甲占卜吉凶，此指占卜以更擇墓地。

〔四七〕〔錢注〕《舊唐書》商隱本傳：商隱弟羲叟，亦以進士擢第，累爲賓佐。〔補注〕商隱《樊南甲集序》『仲弟聖僕』自注：『羲叟。』

〔四八〕〔補注〕《後漢書·馬融傳》：『（融）常坐高堂，施絳紗帳，前授生徒，後列女樂。』《左傳·昭公七年》：『吾聞將有達者曰孔丘……臧孫紇有言曰：「聖人有明德者，若不當世，其後必有達人。」』

〔四九〕〔補注〕《禮記·檀弓上》：『喪服，兄弟之子，猶子也，蓋引而進之也。』商隱爲處士叔之猶子，故云『引進之德。』

〔五〇〕〔錢注〕謝惠連《祭古冢文》：爲君改卜。〔補注〕改卜，重新選卜墓地。

〔五一〕〔補注〕《禮記·祭統》：『銘者，論譔其先祖之有德善、功烈、勳勞、慶賞、聲名，列於天下。』撰美，撰録贊美先人之文字。

〔五二〕〔錢注〕《新唐書·盧簡辭傳》：簡辭與兄簡能、弟弘止，皆有文，並第進士。

〔五三〕〔錢曰〕見《獻襄陽盧尚書啓》。鮑照《擬古》詩：篇翰靡不通。〔按〕錢謂見《獻襄陽盧尚書啓》，然啓中並無『篇翰之間，惠以交游之契』之内容，未知所指。或因啓中有『三兄尚書，早貞文律，久味道腴，永惟一字之褒，便是百生之慶』之語而有此注乎？

〔五四〕〔補注〕《左傳·成公四年》：『非我族類，其心必異。』族類，同族。

〔五五〕〔錢注〕桓譚《新論》：天下神人五：一曰神仙，二曰隱淪。〔補注〕隱淪之德，此指隱居不仕之處士叔之德。

請盧尚書撰曾祖妣誌文狀〔一〕

夫人姓盧氏，曾祖諱某，某官。父諱某，兵部侍郎，東都留守〔二〕。夫人，兵部第三女。年十七，歸於安陽君，諱某，字叔洪〔三〕。姑臧李成憲〔四〕，滎陽鄭欽説等十人〔五〕，皆僚壻也〔六〕。安陽君年十九，一舉中進士第〔七〕，與彭城劉長卿〔八〕、中山劉眘虚〔九〕、清河張楚金齊名〔一〇〕。始命於安陽，年二十九棄代，祔葬於懷州雍店之東原先大夫故美原令之左次〔一一〕。美原諱某，字既濟〔一二〕，其墓長樂賈至爲之銘〔一三〕。一子邢州録事參軍，諱某，字叔卿〔一四〕。

始夫人既孀〔一五〕，教邢州君以經業得禄〔一六〕，寓居於滎陽〔一七〕。不幸邢州君亦以疾早世〔一八〕。夫人忍晝夜之哭〔一九〕，撫視孤孫。家惟屢空〔二〇〕，不克以邢州歸祔，故卜葬於滎陽壇山之原上〔二一〕。俾自我爲祖，百世不遷〔二二〕。後十年，夫人始以壽殁。諸孤且幼，亦未克以夫人之柩合於安陽君。懷、鄭相望，二百里而遠，仍世多故〔二三〕，塋兆尚離〔二四〕。日月遄移，將逾百歲。

曾孫商隱，以會昌二年由進士第判入等〔二五〕，授祕書省正字〔二六〕。所以稱家〔二七〕，尅謀啓合。罪戾增積，降罰於天，卜吉之初，再丁凶釁〔二八〕。永惟殘喘〔二九〕，寄在朝夕。懼泉阡乖隔〔三〇〕，松檟摧殘〔三一〕，銜哀拉血〔三二〕，盡力襄事〔三三〕。尅以來年正月日，啓夫人之櫬，歸合於懷之東原〔三四〕。永瞻貽厥之恩〔三五〕，詎忘論撰之義〔三六〕？閣下我祖妣之族子〔三七〕，今天下之文宗〔三八〕。深惟託分之重，實仰錫類之旨〔三九〕。敢祈刊勒，薦慰尊靈〔四〇〕。叩心獻狀〔四一〕，辭不宣德。謹狀。

校注

〔一〕本篇原載清編《全唐文》卷七八〇第一四頁、《樊南文集補編》卷一一。題下原注：故相州安陽縣姑臧李公夫人范陽盧氏北祖大房。〔錢注〕《新唐書·宰相世系表》：盧氏出自姜姓。秦有博士敖，子孫家于涿水之上，遂爲范陽涿人。裔孫勖，居巷南，號南祖；偃居北，號北祖。偃子邈，生玄。子度世，四子：陽烏、敏、昶、尚之，號四房盧氏。餘詳前狀。〔按〕與前狀同上於會昌三年冬。

〔二〕〔錢注〕按《新唐書·宰相世系表》，盧氏大房無官職，相合者惟第三房有弘慎，兵部侍郎，約計世數爲近，而支派不同，未敢牽合。《新唐書·百官志》：兵部侍郎二人，正四品下。又：初，太宗伐高麗，置京城留守。其後車駕不在京師，則置留守，以右金吾大將軍爲副留守。開元元年，改京兆、河南府長史復爲尹，通判府務，牧缺則行其事。十一年，太原府亦置尹及少尹，以尹爲留守、少尹爲副留守。謂之三都留守。〔按〕盧從愿開元十一年至十三年、十六年至十八年曾任東都留守，然乃以工部尚書留守東都，亦無歷官兵部侍郎之記載。從愿六世祖昶，自范陽徙臨漳，故爲臨漳人，似未合。

〔三〕〔錢注〕見前狀注〔三〕。按：《舊唐書》商隱本傳：『曾祖叔恒，位終安陽令。』既字叔洪，似無諱叔恒之理。唐人名與字同者甚多，『洪』『恒』音近，或文避穆宗諱耶？

〔四〕〔錢注〕按《新唐書·宰相世系表》，姑臧大房下不載。

〔五〕〔錢注〕《舊唐書·韋堅傳》：殿中侍御史鄭欽説貶夜郎尉。滎陽，見前狀注〔六〕。

〔六〕〔錢注〕《爾雅》：兩壻相謂爲亞。注：今江東人呼同門爲僚壻。

〔七〕〔錢注〕《通典》：開元二十五年制：其進士停小經。准明經帖大經十帖，取通四以上，然後准例試雜文及策，考通與及第。天寶十一載，進士所試，一大經及《爾雅》帖，既通，而後試文、試賦各一篇，文通而後試策。凡五條三試，皆通者爲第。

〔八〕〔錢注〕《新唐書·隱逸傳》：秦系與劉長卿善，以詩相贈答。權德輿曰：『長卿自以爲五言長城，系用偏師攻之，雖老益壯。』又《藝文志》：《劉長卿集》十卷。字文房，至德監察御史，以檢校祠部員外郎爲轉運使判官，知淮西鄂岳轉運留後，終隋州刺史。彭城，見《獻舍人彭城公啓》注〔一〕。

〔九〕〔錢注〕《新唐書·劉禹錫傳》：始疾病，自爲《子劉子傳》稱：漢景帝子勝，封中山，子孫爲中山人。《唐詩紀事》：劉眘虛，江東人，爲夏縣令。與賀知章、包融、張旭號『吴中四士』。〔按〕《唐詩紀事》無此數語。唯《全唐詩》《全唐文》小傳云眘虛爲江東人。與賀知章等稱『吴中四士』者爲張若虛。又『爲夏縣令』之記載本《唐才子傳》，而《唐才子傳》此記載又係誤將劉晏事附會於劉眘虛。不知錢氏所引何以舛誤至此。至於稱『中山劉眘虛』，當是稱其郡望。此唐人風氣。

〔一〇〕〔錢注〕《新唐書·宰相世系表》：清河東武城張氏本出漢留侯張良裔孫魏太山太守岱，自河内徙清河。《舊唐書·忠義傳》：張道源族子楚金，初與兄越石同預鄉貢進士，州司將罷越石而薦楚金，辭曰：『以順則越石長，以才則楚金不如。』固請俱退。時李勣爲都督，歎曰：『貢士本求才行，相推如此，何嫌雙居也。』乃薦俱擢第。所著《翰苑》三十卷、《紳誡》三卷，並傳於時。

〔一一〕懷州，見《爲懷州刺史上後上門下狀》注〔一〕。〔補注〕《通鑑·會昌三年》：八月甲申，『王茂元軍萬善，劉稹遣牙將張巨、劉公直等會薛茂卿共攻之，期以九月朔圍萬善。公直等潛師先過萬善南五里，焚雍店。』則雍店在萬善南五里。

〔一二〕〔錢注〕美原諱涉，注詳前狀注〔二〕。

〔一三〕〔錢注〕《新唐書·宰相世系表》：賈氏出自姬姓。晉公族狐偃之子射姑，食邑於賈。龔，輕騎將軍，徙居武威。璣，駙馬都尉，關内侯，又徙長樂。又《賈曾傳》：曾，河南洛陽人，子至，字幼鄰。〔按〕賈至事跡，見

《舊唐書》卷一九〇本傳、《新唐書》卷一一九《賈曾傳》附、獨孤及《祭賈尚書》《唐詩紀事》卷二二、《唐才子傳校箋》卷三。

〔一四〕〔錢注〕《舊唐書》商隱本傳：祖俌，位終邢州録事參軍。《新唐書・地理志》：邢州，上，屬河北道。又《百官志》：上州録事參軍事一人，從七品上。

〔一五〕〔錢注〕《玉篇》：孤孀，寡婦也。

〔一六〕〔錢注〕《後漢書・鄭玄傳》：遂隱修經業。〔補注〕以經業得禄，謂以明經登第、入仕。

〔一七〕〔錢箋〕《新》《舊》二書商隱本傳並言懷州河内人。惟馮氏以爲舊居鄭州，遷居懷州。蓋因本集《祭處士房叔父文》有『壇山舊塋』之語爲疑。觀此文，知義山曾祖叔洪没葬懷州，至祖俌始寓滎陽，没遂葬於滎陽壇山。是李氏實自懷遷鄭。惟其徙居在鄭，至義山已歷二世，則與『壇山舊塋』之語亦無不合。馮氏未見此文，不知居懷尚在其前，宜其顛倒失實也。〔張箋〕李氏實自懷徙鄭，至義山已閲三世（按：包括義山一世在内），則所謂『故園』『舊塋』之語，本無可疑（《祭姪女文》：『滎水之上，壇山之側，汝乃曾乃祖，松檟森行。』《祭仲姊文》：『壇山滎水，實爲我家。』皆指鄭州先隴而言。）而曾祖妣必由壇山歸祔雍店之東原，蓋仍以懷州爲本籍也。二《傳》各以其原貫書之，洵爲得其實矣。（《舊・傳》云『還鄭州，未幾病卒』，以其占籍已久也。《新・傳》云『客滎陽卒』，以其本懷州人也。二文並通。）

〔一八〕〔錢注〕曹植《王仲宣誄序》：早世即冥。

〔一九〕〔補注〕《禮記・檀弓下》：『穆伯之喪，敬姜晝哭；文伯之喪，晝夜哭。孔子曰：「知禮矣。」文伯之喪，敬姜據其牀而不哭。曰：「昔者吾有斯子也，吾以將爲賢人也，吾未嘗以就公室。今及其死也，朋友諸臣未有出涕者，而内人皆行哭失聲，斯子也，必多曠於禮矣夫！」』按：此僅取哭子之一端用之。

〔二〇〕〔補注〕《論語・先進》：『回也其庶乎！屢空。』屢空，常貧。

〔二一〕見前狀注〔四一〕。

〔二二〕〔補注〕《禮記·大傳》：『有百世不遷之宗，有五世則遷之宗。百世不遷者，别子之後也；宗其繼别子之所自出者，百世不遷者也。宗其繼高祖者，五世則遷者也。』

〔二三〕〔錢注〕《漢書·叙傳》：仍世作相。〔補注〕仍世，累世。

〔二四〕〔錢注〕《晋書·卞壼傳》：安帝詔給錢十萬，以修塋兆。〔補注〕塋兆，墳墓。謂曾祖及曾祖妣之墳墓尚分置於懷州、滎陽二地。

〔二五〕〔錢注〕《通典》：初，吏部選才，將親其人，覆其吏事。始取州縣案牘疑義，試其斷割而觀其能否，此所以爲判也。後日月浸久，選人猥多，案牘淺近，不足爲難，乃採經籍古義，假設甲乙，令其判斷。既而來者益衆，而通經正籍，又不足以爲問，乃徵僻書曲學隱伏之義問之，惟懼人之能知也。佳者登於科第，謂之入等。〔補注〕《新唐書·選舉志下》：『凡試判登科謂之入等。』《通典》卷一五《選舉》三：『選人有格限未至而能試文三篇，謂之宏詞；試判三條，謂之拔萃，亦曰超絶，詞美者得不拘限而授職。』

〔二六〕〔錢注〕《舊唐書·職官志》：祕書省正字，正九品下階。

〔二七〕〔補注〕《禮記·檀弓上》：『子游問喪具，夫子曰：「稱家之有無。」』稱家，即『稱家之有無』之省，謂根據家中財力行事。

〔二八〕〔補注〕丁，當，遭。凶釁，即凶衅，灾禍。再丁凶釁，指會昌二年冬其母又亡故。

〔二九〕〔錢注〕《梁書·武帝紀》：餘類殘喘。

〔三〇〕見《與白秀才狀》『將欲署道表阡』注。〔補注〕泉阡，墳墓。泉阡乖隔，指曾祖、曾祖妣之墓分隔兩地。

〔三一〕〔錢注〕任昉《爲范始興作求立太宰碑表》：松檟成行。〔補注〕檟，即楸。

〔三二〕〔錢注〕嵇康《養生論》：曾子銜哀，七日不飢。江淹《别賦》：抆血相視。

〔三三〕〔補注〕《左傳·定公十五年》：『葬定公，雨，不克襄事。』襄事，成事。

〔三四〕〔錢箋〕觀此文，知卜葬本在會昌四年正月。本集《祭裴氏姊文》云：『惟安陽祖妣未祔，仍世遺憂。昨本卜孟春，便謀啓合。會雍店東下，逼近行營，烽火朝然，鼓鼙夜動。雖徒步舉櫬，古有其人，用之於今，或爲簡率。潞寇朝弭，則此禮夕行。首夏已來，亦有通吉。』則因劉稹之亂，旋復改期。考《通鑑》載賊將劉公直等，潛師過萬善南五里，焚雍店，乃三年八月事，而平澤潞在四年之秋。孟春時，正用師，故不果啓奉也。〔按〕參見《祭外舅贈司徒公文》注〔一〕編著者按語。

〔三五〕〔補注〕《書·五子之歌》：『明明我祖，萬邦之君。有典有則，貽厥子孫。』孔傳：『貽，遺也。言仁及後世。』

〔三六〕見前狀注〔五一〕。〔補注〕《禮記·祭統》孔穎達疏：『論謂論説，譔則譔録。言子孫爲銘，論説譔録其先祖道德善事。』

〔三七〕〔錢注〕按《新唐書·宰相世系表》，商隱祖妣出大房，爲陽烏之後；簡辭爲四房，爲尚之之後。《史記·五帝紀》：高辛於顓頊爲族子。〔按〕岑仲勉以爲盧尚書或指盧鈞，鈞出大房，見前狀注〔一〕。

〔三八〕〔錢注〕《後漢書·崔駰等傳贊》：崔爲文宗，世禪雕龍。

〔三九〕〔補注〕《詩·大雅·既醉》：『孝子不匱，永錫爾類。』毛傳：『類，善也。』鄭箋：『孝子之行非有竭極之時，長以與女之族類，謂廣之以教導天下也。』

〔四〇〕〔錢注〕曹植《武帝誄》：尊靈永蟄。

〔四一〕〔錢注〕《新序》：子貢曰：『子産死，國人聞之皆叩心流涕。』

請盧尚書撰李氏仲姊河東裴氏夫人誌文狀〔一〕

昔我先君姑臧公以讓弟受封〔二〕，故子孫代繼德禮。蟬聯之盛〔三〕，著於史諜〔四〕。王考糺曹君〔五〕，以隱德不耀，俛仰於州縣。烈考殿中君〔六〕，以知命不撓〔七〕，從容於賓介〔八〕。惟我仲姊，實漸清訓〔九〕。年十有八，歸於河東裴允元〔一〇〕，故侍中耀卿之孫也〔一一〕。既歸逢病，未克入廟〔一二〕，實歷周歲，奄歸下泉〔一三〕。時先君子罷宰獲嘉〔一四〕，將從他辟，遂寓殯於獲嘉之東〔一五〕。厥弟不天〔一六〕，旋失所怙〔一七〕。返葬之禮〔一八〕，闕然不修。

至會昌二年〔一九〕，商隱受選天官〔二〇〕，正書祕閣〔二一〕，將謀龜兆〔二二〕，用釋永恨。會允元同謁，又出宰獲嘉〔二三〕，距仲姊之殂，已三十一年矣〔二四〕。神符夙志，卜有遠期〔二五〕。而罪釁貫盈〔二六〕，再丁艱故〔二七〕，且兼疾瘵〔二八〕，遂改日時。明年冬，以潞寇憑陵〔二九〕，擾我河内〔三〇〕，懼罹焚發〔三一〕，載胗肝心〔三二〕。遂泣血告靈〔三三〕，攝縗襄事〔三四〕，卜以明年正月日歸我祖考之次，滎陽之壇山〔三五〕。

仲姊生稟至性，幼挺柔範〔三六〕，潛心經史，盡妙織紝〔三七〕。鍾、曹禮法〔三八〕，劉、謝文采〔三九〕。顧此兼美〔四〇〕，自乎生知〔四一〕。而上天賦壽〔四二〕，不及二紀，此蓋羣弟不肖之所延累也〔四三〕。銘表之託，本於文人。將慰歸來之魂〔四四〕，實在不刊之筆〔四五〕。銜哀摧咽，五情已崩〔四六〕。孤苦蒼天，永痛蒼天。

校注

〔一〕本篇原載清編《全唐文》卷七八〇第一六頁、《樊南文集補編》卷一一。〔錢注〕《新唐書·宰相世系表》：裴氏出自風姓。裔孫燉煌太守遵，自雲中從光武平隴、蜀，徙居河東安邑。本集有《祭裴氏姊文》。〔按〕與上二狀同時作，詳《請盧尚書撰故處士姑臧李某誌文狀》注〔一〕。

〔二〕〔錢注〕《北史·序傳》：涼武昭王李暠子翻，晋昌郡太守。翻子寶，魏太武時授沙州牧、燉煌公。長子承，太武賜爵姑臧侯。遭父憂，承應傳先封，以自有爵，乃以本封讓弟茂，時論多之。〔張箋〕《新書·宰相世系表》：李氏姑臧大房，出自興聖皇帝第八子翻，翻子寶，寶子承，號姑臧房。又云：文集《祭韓氏老姑文》云：『猗歟我家，世奉玄德，讓弟受封，勤王賜國。』與《仲姊誌狀》可以參觀。

〔三〕〔錢注〕《梁書·王筠傳》：自開闢以來，未有爵位蟬聯，文才相繼，如王氏之盛者也。

〔四〕〔錢注〕《陳書·高祖紀》：方葳蕤于史諜。〔補注〕史諜，即史牒，指史册。

〔五〕〔錢注〕按：義山祖俌爲邢州録事參軍，見《請盧尚書撰曾祖妣誌文狀》及注〔一四〕。是官職司糾彈。《通典》：録事參軍，晋置，本爲公府官，非州郡職也。掌總録衆曹文簿，舉彈善惡。後代刺史有軍而開府者，並置之。《吴郡志》載唐趙居貞《春申君新廟記》云：『初余之拜命也，表授廣陵糾曹張禹、兵曹蘇相爲判官。』知唐人自有此稱也。〔補注〕《禮記·祭法》：『是故王立七廟，一壇一墠，曰考廟，曰王考廟，曰皇考廟，曰顯考廟，曰祖考廟。』王考，對已故祖父之敬稱。

〔六〕〔錢注〕《舊唐書·職官志》：殿中省，監一員，從三品。按：《舊唐書》商隱本傳但云『父嗣』，而不詳其官。殿中省有監，有少監，有丞，有主事。此（按：指『殿中君』）亦未知何職也。〔張箋〕殿中君蓋指殿中侍御史。《新唐書·百官志》：『御史臺，其屬有三院：一曰臺院，侍御史隸焉；二曰殿院，殿中侍御史隸焉；三曰察院，監察御史隸焉。』唐時幕僚，兼殿中侍御史者，列傳中極多……若殿中省尚食……之屬，皆内職，例不得奏兼也。〔按〕張箋是。商隱父李嗣罷宰獲嘉後，曾先後從浙東觀察使孟簡、浙西觀察使李脩之辟爲幕府僚屬，殿中侍御史當是幕官所帶憲銜，錢注顯誤。烈考，對亡父之美稱。《詩·周頌·雝》：『既右烈考，亦右文母。』

〔七〕〔補注〕《易·繫辭上》：『樂天知命，故不憂。』《論語·爲政》：『五十而知天命。』《荀子·榮辱》：『義之所在，不傾於權，不顧其利，舉國而與之不爲改觀，重死持義而不撓，是士君子之勇也。』

〔八〕〔補注〕《儀禮·鄉飲酒禮》：『主人就先生而謀賓介。』鄭玄注：『賓介，處士賢者……賢者爲賓，其次爲介。』此指方鎮幕僚。

〔九〕〔錢注〕《後漢書·曹世叔妻傳》：但傷諸女，方當適人，而不漸訓誨。〔補注〕漸，熏染浸潤。

〔一〇〕〔錢曰〕（裴允元）新、舊《唐書·裴耀卿傳》《新唐書·宰相世系表》皆不載。

〔一一〕〔錢注〕《舊唐書·裴耀卿傳》：開元二十二年遷侍中。又《職官志》：侍中正第三品。

〔一二〕〔張箋〕裴氏仲姊，當是大歸（按：謂婦人被夫家遺棄，永歸母家，見《左傳·文公十八年》：『夫人姜氏歸於齊，大歸也。』）而卒於母家者。《誌狀》所謂『既歸逢病，未克入廟』，蓋飾詞耳。否則會昌二年允元與義山同謁選，又出宰獲嘉，仲姊自當由夫家遷祔，安得歸葬女氏之黨哉！〔補注〕入廟，即廟見之禮，指新婦首次拜謁男方祖廟，自此方成爲男方家族正式成員。《禮記·曾子問》：『三月而廟見，稱來婦也。』孔疏：『此謂舅姑亡者，婦入三月之後而於廟中以禮見於舅姑。』此古禮。後亦稱新婦首次拜謁祖廟爲廟見。商隱仲姊既『未克入廟』，實未成爲裴氏門中正式成員，故歸葬母家。

〔一三〕〔錢注〕劉峻《廣絶交論》：范、張款款於下泉。

〔一四〕〔錢注〕《新唐書·地理志》：獲嘉縣，望，屬河北道懷州。《舊唐書·職官志》：諸州上縣，令一人，從六品上。諸州中下縣，令一人，從七品上。

〔一五〕〔錢注〕按本集《祭裴氏姊文》云：『先君子以交辟員來，南轅已轄，接舊陰於桃李，寄暫殯之松楸。』又云：『浙水東西，半紀漂泊。』是將佐幕浙中，遂爲權殯也。〔張箋〕元和九年，父嗣罷獲嘉令，爲鎮淛（浙）者所辟。《舊書・紀》：『元和九年九月戊戌，以給事中孟簡爲越州刺史、浙東觀察使。』嗣當爲簡所辟。

〔一六〕〔補注〕《左傳・宣公十二年》：『鄭伯肉袒牽羊以逆，曰：「孤不天，不能事君，使君懷怒，以及敝邑，孤之罪也。」』杜預注：『不天，不爲天所佑。』

〔一七〕〔錢注〕梁武帝《孝思賦序》：『齒遇弱冠，外失所怙。』〔補注〕失怙，喪父。《詩・小雅・蓼莪》：『無父何怙？無母何恃？』《祭裴氏姊文》：『某年方就傅，家難旋臻。』馮譜、張箋均謂義山喪父在穆宗長慶元年。

〔一八〕〔補注〕《禮記・曾子問》：『反葬奠，而後辭於殯（賓），遂脩葬事。』反葬，死於外地者歸葬故鄉，此指裴氏姊由寓殯之獲嘉返葬滎陽。

〔一九〕二，《全文》作『三』，據錢校改。〔錢箋〕劉稹作亂，在會昌三年四月。是年冬，命將進討，四年八月平。見《舊唐書・武宗紀》，已詳《爲滎陽公與昭義李僕射狀》注〔四〕。此文下云『明年冬，以潞寇憑陵，擾我河内』，自當指會昌三年而言。此處『三』字，疑當作『二』。又前《曾祖妣狀》云：『會昌二年，由進士第判入等，授祕書省正字』，與此狀爲同時作，亦不應互異其詞也。〔張箋〕古人文簡，往往有倒插追敘之法。此文『會昌三年』至『距仲姊之殂已三十一年矣』爲一段；『罪釁貫盈』至『卜以明年正月』爲一段。『三十一年』句直承『會昌三年』，中間『商隱受選天官，正書祕閣』等語，乃追敘之詞。『罪釁貫盈』謂丁母艱。義山丁母艱在會昌二年，所謂『明年冬』者，承上文，仍指三年而言。至『卜以明年正月』云云，始實指會昌四年也。三十一年，若由會昌三年數之，則仲姊之殁，實爲元和八年。〔岑仲勉曰〕原文之意，三十一年係從最初卜改葬期時往上數之，此改葬期之時當在會昌三年，所可知者：一、狀云『有遠期』，『遠』字從會昌二年言，亦以便允元履任後從容辦理也。二、李丁母艱在二年冬暮（據《箋》二考定），如卜在二年，或早已改葬，惟其在三年，故母卒之後，遂改日時。狀文『會昌三（二）年』至『已三十一年』一段，係指會昌二年暗遞到三年，惟『明年冬』字仍指二年之明年。（《平質》甲刱誤《商隱疑年》條）〔董乃斌曰〕這裏的『會昌三年』確係『二年』之誤。《舊唐書》商隱本傳：『會昌二年又以書判拔萃。』《曾祖妣狀》：『曾孫商隱以會昌二年由進士第判入等，授祕書省正字。』所謂『受選天官，正書祕閣』即指此事……這裏的『三十一年』會不會有問題呢？大致不會。因爲除非『一』是衍文，才對馮、岑的說法有利（按：指商隱生於元和八年之說）……岑氏……所謂的『三十一年係從最初卜改葬期時上數之』，自然只是一種臆測，而『此改葬期之時當在會昌三年』更是建築在臆測上的臆測。而且狀文會昌二年至三十一年矣已『暗遞到三年』，那麼在這些話後邊的『明年冬』怎麼又會仍指『二年之明年』呢？這豈不是有點邏輯混亂嗎？（《李商隱生年爲元和六年說》，載《文學遺産增刊》十四輯）〔按〕撇開商隱生年究屬元和六年（錢說）、七年（張說）、八年（馮說）之争論不論，單從此節文字之校勘與解釋而言，錢說可謂確鑿不移，當從其說改『會昌三年』爲『會昌二年』。此段文字中，不但從『至會昌二年』至『已三十一年』一節所叙全爲會昌二年之事（允元同調，指裴允元與商隱於會昌二年同謁選於吏部，其出宰獲嘉亦同年事，與商隱之『正書祕閣』相類），即『神符夙志』至『遂改日時』一節亦仍爲二年事（再丁艱故指二年冬母卒）。自『明年冬』方指會昌三年；而『卜以明年正月日』之明年則顯指眼下作誌狀之明年，亦即會昌四年。文義曉然，時間順序亦極明晰。至於商隱生年，則當另作考辨，不能因己說而强文就己也。

〔二〇〕〔錢注〕《通典》：凡旨授官，悉由於尚書，文官屬吏部，武官屬兵部，謂之銓選。〔補注〕天官，指吏部。

〔二一〕見《請盧尚書撰曾祖妣誌文狀》注〔二六〕。〔錢注〕《魏志·王基傳》：留祕閣之吏。

〔二二〕〔補注〕《左傳·昭公五年》：『龜兆告吉，曰：克可知也。』將謀龜兆，謂將卜吉遷葬仲姊。

〔二三〕〔錢注〕《後漢書·明帝紀》：郎官上應列宿，出宰百里。〔補注〕同謁，指同時參與謁選（吏部選拔官吏之考試）。又出宰獲嘉，指裴允元被任命爲獲嘉令。『又』字對李嗣曾出宰獲嘉而言。

〔二四〕〔錢注〕自會昌二年壬戌，上遡至元和七年壬辰，凡三十一年。〔按〕仲姊之殂，既在元和七年，而上文所謂『時先君子罷宰獲嘉，將從他辟，遂寓殯於獲嘉之東』，非謂仲姊殁時，正當其父李嗣罷宰獲嘉之時，故暫殯其姊於獲嘉也。縣令任期一般爲三年，其父當是元和六年已蒞獲嘉任，其姊則殁於七年而寓殯於獲嘉。本待任滿時遷回滎陽，而『罷宰獲嘉』時適因浙東之辟，『南轅已轄』，不克遷祔，故仍寓殯於獲嘉也。如仲姊殁時正值李嗣罷宰、應辟之時，則元和九年至會昌二年僅二十九年；即如張説不改文，自會昌三年逆溯三十一年，爲元和八年，亦與九年罷宰、應辟相差一年。

〔二五〕〔補注〕《禮記·曲禮上》：『凡卜筮日，旬之外曰遠某日，旬之内曰近某日。喪事先遠日，吉事先近日。』

〔二六〕〔補注〕《後漢書·桓帝紀》：『禍害深大，罪釁日滋。』《書·泰誓》：『商罪貫盈。』

〔二七〕〔補注〕艱故，指親喪之變故。《文選·潘岳〈懷舊賦〉》：『余既有私艱，且尋役於外。』李善注：『私艱謂家難也。』

〔二八〕〔錢注〕《爾雅》：瘵，病也。

〔二九〕〔錢注〕謂劉稹之亂。詳《爲滎陽公與昭義李僕射狀》注〔四〕。〔補注〕《左傳·襄公二十五年》：『今陳忘周之大德，蔑我大惠，棄我姻親，介恃楚衆，以憑陵我敝邑。』憑陵，侵犯，猖獗。

〔三〇〕〔錢注〕《舊唐書·地理志》：懷州，隋河内郡。

〔三一〕懼罹焚發，《全文》作『懼惟樊發』，據錢校改。〔錢注〕《漢書·劉向傳》：驪山之作未成，而周、章百萬之師至其下矣。項羽燔其宫室營宇，往者咸見發掘。〔按〕《祭裴氏姊文》：『屬劉孽叛换，逼近懷城，懼罹焚發之災，永抱幽明之累。』可證此句當作『懼罹焚發』。

〔三二〕〔補注〕胗，通『軫』，隱痛。

〔三三〕〔補注〕《禮記·檀弓上》：『高子皐之執親之喪也，泣血三年，未嘗見齒，君子以爲難。』

〔三四〕〔補注〕縗，喪服，以麻布條被於胸前，服三年之喪者用之。襄事，成事。見前狀注〔三三〕。

〔三五〕見《請盧尚書撰故處士姑臧李某誌文狀》注〔四〇〕。

〔三六〕〔錢注〕《梁書·高祖郗皇后傳》：柔範陰化，儀形自遠。〔補注〕柔範，猶閨範。

〔三七〕〔補注〕《禮記·内則》：『執麻枲，治絲繭，織紝組紃，學女事，以共衣服。』孔疏：『紝爲繒帛。』

〔三八〕〔錢注〕《晉書·王渾妻鍾氏傳》：魏太傅繇曾孫，禮儀法度爲中表所則。《後漢書·曹世叔妻傳》：班彪女也，名昭，有節行法度。帝數召入宫，令皇后諸貴人師事焉，號曰『大家』。

〔三九〕〔錢注〕《梁書·劉孝綽傳》：孝綽三妹適瑯琊王叔英，吴郡張嵊、東海徐悱，並有才學，悱妻文尤清拔。《晉書·王凝之妻謝氏傳》：字道韞，聰識有才辯，所著詩、賦、誄、頌並傳於世。〔補注〕《世説新語·言語》：『謝太傅寒雪日内集，與兒女講論文義，俄而雪驟，公欣然曰：「白雪紛紛何所似？」兄子胡兒曰：「撒鹽空中差可擬。」兄女（道韞）曰：「未若柳絮因風起。」公大笑樂。即公大兄無奕女，左將軍王凝之妻也。』

〔四〇〕〔補注〕《晉書·阮裕傳》：『羲之……云：「裕骨氣不及逸少，簡秀不如真長，韶潤不如仲祖，思致不如殷浩，而兼有諸人之美。」』此言仲姊兼有『鍾、曹禮法，劉、謝文采』之美。

〔四一〕〔補注〕《論語·季氏》：『生而知之者上也。』

〔四二〕〔錢注〕蔡邕《琅邪王傳蔡公碑》：賦壽不永。

〔四三〕〔補注〕商隱《祭徐氏姊文》云：『三弟未婚，一妹處室。』是會昌三年時，商隱尚有三弟（包括仲弟羲叟）。

〔四四〕〔錢注〕《楚辭·招魂》：魂兮歸來。

〔四五〕〔錢注〕任昉《爲范始興作求立太宰碑表》：既絶故老之口，必資不刊之書。〔補注〕劉歆《答揚雄書》：『是縣諸日月，不刊之書也。』刊，削除、改易。

〔四六〕〔錢注〕《文子》：昔者中黄子曰：色有五色文章，人有五情。〔按〕此『五情』猶五内，錢注引非。《祭小姪女寄寄文》：『念往撫存，五情空熱。』五情亦五内之意。

祭處士房叔父文〔一〕

某爰在童蒙〔二〕，最承教誘。違訣雖久，音旨長存〔三〕。近者以檀山舊塋〔四〕，忽罹風水〔五〕，壽堂圮壞〔六〕，宰樹凋傾〔七〕。雖崩則不修〔八〕，聞諸前哲〔九〕；但墜而罔治〔一〇〕，那俟他人？況真隱昭芳〔一一〕，鴻儒著美〔一二〕。豈可令趙岐之表，墊彼玄扃〔一三〕；郭泰之碑，淪於夜壑〔一四〕。載惟瑊、項〔一五〕，藐爾孤冲，誠叫號之不停，顧營辦之無素〔一六〕。

某等輒考諸蓍筮〔一七〕，別卜丘封，使羲叟以令日吉時，奉移神寢。奢無僭縟，儉免虧疏。是期永閟尊靈〔一八〕，長安幽穸。眠牛有慶，自及於諸孤〔一九〕；白馬垂祥，豈均於猶子〔二〇〕。追懷莫及，感切徒深。更思平昔之時〔二一〕，兼預生徒之列。陸公賜杖，念榮益以何成〔二二〕；殷氏著文，媿獻酬而早屈〔二三〕。引進之恩方極〔二四〕，禍凶之感俄鍾〔二五〕。誰言一紀之餘，又奉再遷之兆〔二六〕。哀深永往，情極初聞。矧宗緒衰微，簪纓殆歇〔二七〕，五服之内〔二八〕，一身有官。將使澤底名家，翻同單系〔二九〕；山東舊族，不及寒門〔三〇〕。静思肯構之文，敢怠成書之託〔三一〕？

瑊等既幽明無累，年志漸成〔三二〕，則當授以詩書，諭其婚宦〔三三〕，使烝嘗有奉，名教無虧。靈其鑒此微忱，助夫至願。敢有求於必大〔三四〕，庶免歎於忽諸〔三五〕。迫以哀憂，兼之瘵恙〔三六〕，曾非遐遠，不獲躬親〔三七〕。瀝血裁詞〔三八〕，叩心寫懇〔三九〕。長風破浪，敢忘昔日之規〔四〇〕；南巷齊名，永絶今生之望〔四一〕。冀因薄奠〔四二〕，少降明輝。延慕酸傷，不能堪處。苦痛至深，永痛至深！

校注

〔一〕本篇原載《文苑英華》卷九九一第二頁、清編《全唐文》卷七八二第二一頁、《樊南文集詳注》卷六。〔徐校〕詳《祭裴氏姊文》，『房』字上應有『十二』二字。〔全文題下校〕謹按：『房』字上應有『十二』二字。〔馮注〕處士房，即《祭裴氏姊文》所云『十二房』。〔按〕據《文苑英華》，題内原無『十二』二字，今從之。本篇馮譜、張箋均繫會昌四年正月，是。《祭裴氏姊文》云：『又以十二房舊域，風水爲灾……今則已於左次，别卜鮮原，重具棺衾，再立封樹。通年難遇，同月異辰。兼小姪寄兒，亦來自濟邑。』可證處士叔、裴氏姊、寄寄皆於同月先後安葬。而寄寄葬於會昌四年正月二十五日（據《祭小姪女寄寄文》），則處士叔之遷穴，應在寄寄葬期稍前。

〔二〕〔徐注〕《易》：匪我童蒙。〔馮注〕《易》：童蒙求我。

〔三〕〔馮注〕《晉書·王湛子承傳》：東海王越，以承爲記室參軍，敕其子毘曰：『諷味遺言，不若親承音旨。王參軍人倫之表，汝其師之。』

〔四〕壇，《英華》作『壇』，馮注本從之。〔徐注〕《水經注·濟水》：索水出京縣西南嵩渚山，北流逕京縣故城西，城北有壇山罡。壇山即檀山。《新書·劉禹錫傳》：葬滎陽檀山原。山今在縣西，有劉禹錫墓也。〔馮注〕《趙世家》：成侯二十年，魏獻榮椽，因以爲壇臺罡也。《元和郡縣志》：京縣故城，在鄭州滎陽縣東南二十里。注家或以爲地名，或謂因獻良材，因用以爲臺也。徐氏又引《水經注》『檀山四絶孤峙，山上有隖聚，俗謂之檀山隖』，此在洛水條下，即《史記注》引《括地志》云『檀臺在臨洛縣北二里』者，雖與滎陽壇山相近，不可合一也。〔按〕檀山，《祭小姪女寄寄文》《祭裴氏姊文》均同，而《請盧尚書撰故處士姑臧李某誌文狀》《請盧尚書撰曾祖妣誌文狀》則作『壇山』，當是同地異寫，兩存之可也。

〔五〕見《請盧尚書撰故處士姑臧李某誌文狀》注〔四四〕。

〔六〕〔徐注〕陸機《挽歌》：壽堂延鬼魅。注：壽堂，祭祀處。〔補注〕壽堂，即壽穴，指墳塋。《漢魏南北朝墓誌集釋・元愔墓誌》：『行遵長薄，將歸壽堂。』

〔七〕宰，《全文》作『冢』，據《英華》改。〔馮注〕《公羊傳》：宰上之木拱矣。注曰：宰，冢也。

〔八〕〔馮注〕按《魏志・陳羣傳》：『防墓有不修之儉。』别是取義耳。〔按〕詳下注。

〔九〕哲，《英華》注：集作『聖』。〔徐注〕《禮記》：孔子既得合葬於防，孔子先反，門人後。雨甚，至曰：『防墓崩。』孔子泫然流涕曰：『吾聞之，古不修墓。』〔馮注〕按《禮記》疏云：『新始積土，遇甚雨而崩。孔子自傷違古，致令今崩，弟子重修，故流涕也。』玩上文言『古者墓而不墳，今丘也東西南北之人也，不可以弗識也，於是封之，崇四尺』，是則不墳固不崩，不崩則不修。今因崇四尺，而遇雨而崩，則勢在必修，其故由於己之爲東西南北之人也。疏故言『自傷違古』，意甚深摯矣。至後陳澔《集説》『古所以不修墓者，謹之封築之時，無事於修也』，雖似直捷，而意實相左。此割用崩則不修，於文無害，於義未安。

〔一〇〕但，《英華》作『且』，誤。墜，《英華》作『墮』，同。〔徐注〕《御覽》：《輿地志》曰：琵琶圻有古墓，半在水中。甓有隱起字云：筮云：吉龜云凶，八百年墜水中。〔按〕墜，即上『壽堂圮壞』之意。

〔一一〕《全文》作『隱德貽芳』，據《英華》改。〔馮注〕《南史》：袁淑爲《真隱傳》。

〔一二〕〔徐注〕《文心雕龍》：馬融鴻儒。

〔一三〕〔馮注〕《後漢書・趙岐傳》：先自爲壽藏，圖季札、子產、晏嬰、叔向四像居賓位，又自畫其像居主位，皆爲讚頌。注曰：冢在荆州古郢城中。按：『表』字當更有本，俟考。〔補注〕表，墓碑。玄扃，墓室。

〔一四〕見《代李玄爲崔京兆祭蕭侍郎文》『郭泰墓邊』注。

〔一五〕〔徐注〕（瑊、頊）二子名。

〔一六〕〔徐注〕《南史・劉歊傳》：歊已先知，手自營辦。

〔一七〕〔徐注〕《晉書·左貴嬪傳》：《楊皇后誄》曰：乃考龜筮，龜筮襲吉。

〔一八〕〔馮注〕陳思王《武帝誄》：幽闥一扃，尊靈永蟄。

〔一九〕〔徐注〕《晉書》：陶侃微時，丁艱將葬，家中忽失牛，遇老父，謂曰：『前岡見一牛眠地，若葬，位極人臣。』〔馮注〕《志怪集》：陶侃微時，遭大喪，親自營塼，有斑特牛，專以載致，忽然失去，便自尋覓。道逢一老公云：『向於崗上，見一牛眠山洿中，必是君牛，眠處便好作墓，位極人臣。』《晉書·周訪傳》載之。

〔二〇〕均，《英華》作『祈』，注：集作『均』。〔馮注〕《南史·吴明徹傳》：父樹葬時，有伊氏者，善占墓，謂其兄曰：『君葬日，必有乘白馬逐鹿者經此墳，此是最小孝子大貴之徵。』至是果有應。明徹即樹之小子也。

〔二一〕更，《英華》作『文』，非。〔馮曰〕一作『又』。〔按〕明刊《英華》作『文』，蓋『又』字之訛。

〔二二〕〔馮注〕《晉中興書》：謝安嘗欲詣陸納，納兄子俶，怪納無供辦，乃密作數十人供。安至，納設茶果，俶下精飲食。客罷，納杖俶四十，云：『不能光益父叔，乃復穢我素業。』按：當改引《晉書·陸納傳》。〔補注〕《晉書·陸納傳》：『衛將軍謝安嘗欲詣納，而納殊無供辦。其兄子不敢問之，乃密爲之具。安既至，納所設唯茶果而已。俶遂陳盛饌珍羞畢具。客罷，納大怒曰：「汝不能光益父叔，乃復穢我素業邪！」於是杖之四十。』

〔二三〕〔徐注〕《晉書·殷浩傳》：浩與叔父融俱好《老》《易》，融與浩口談則辭屈，著篇則融勝浩。

〔二四〕〔馮注〕《檀弓》：喪服，兄弟之子，猶子也，蓋引而進之也。按：後人多泛用矣。

〔二五〕俄，徐注本作『徒』，非。

〔二六〕〔徐注〕《孝經》：卜其宅兆而安厝之。〔補注〕兆，墓地。《左傳·哀公二年》：『素車樸馬，無入於兆，下卿之罰也。』杜預注：『兆，葬域。』處士叔以大和三年十月卜葬於滎陽壇山原，至會昌四年，首尾已十六年，故云『一紀之餘』。

〔二七〕〔徐注〕《晉書·謝尚傳》：尚議曰：『婚姻將以繼百世，崇宗緒。』〔補注〕簪纓殆歇，即下『五服之内，一身有官』意。

〔二八〕〔徐注〕《禮記》：喪多而服五，上附下附，列也。注：大功以上附於親，小功以下附於疏，五服之上下附也。〔馮注〕《喪服小紀》：親親以三爲五，以五爲九，上殺，下殺，旁殺而親畢矣。疏曰：此廣明五服之輕重。〔補注〕五服，古代以親疏爲差等之五種喪服。《禮記·學記》：『師無當於五服，五服弗得不親。』孔傳：『五服，斬衰至緦麻之親。』孔穎達疏：『五服：斬衰也，齊衰也，大功也，小功也，緦麻也。』此句『五服之内』指自高祖父至自身之五代。

〔二九〕〔徐注〕李肇《國史補》：四姓：滎陽鄭、岡頭盧、澤底李、土門崔，皆爲鼎甲。〔補注〕單系，猶寒門、寒族。

〔三〇〕〔馮注〕《新書·柳沖傳》：過江則爲『僑姓』。王、謝、袁、蕭爲大；東南則爲『吳姓』，朱、張、顧、陸爲大；山東則爲『郡姓』，王、崔、盧、李、鄭爲大；關中亦號『郡姓』，韋、裴、柳、薛、楊、杜首之；代北則爲『虜姓』，元、長孫、宇文、于、陸、源、竇首之。《晋書·劉毅傳》：疏曰：立九品，定中正，高下逐强弱，是非由愛憎。是以上品無寒門，下品無勢族。

〔三一〕〔馮注〕『肯構』『成書』皆父子事，此引起下文。《漢書·司馬遷傳》：父談且卒，執遷手而泣曰：『余固周室之太史也，汝復爲太史，則續吾祖矣。』遷俯首流涕曰：『小子不敏，請悉論先人所次舊聞，弗敢闕。』庾信賦：受成書之顧託。〔補注〕《書·大誥》：『若考作室，既厎法，厥子乃弗肯堂，矧肯構？』孔傳：『以作室喻政治也。父已致法，子乃不肯爲堂基，況肯構立屋乎？』肯構，喻子承父業。

〔三二〕〔徐注〕《後漢書·第五倫傳》：疏曰：年盛志美。

〔三三〕其，徐注本一作『以』。〔徐注〕《列子》：語有之曰：『人不婚宦，情欲失半。』

〔三四〕有，《全文》作『以』，據《英華》改。〔補注〕《左傳·僖公十五年》：『且吾聞唐叔之封也，箕子曰：「其後必大。」晋其庸可冀乎？』

〔三五〕〔徐注〕《左傳》：臧文仲聞六與蓼滅，曰：『皋陶、庭堅不祀，忽諸？』〔補注〕忽諸，忽然，此指滅祀。

〔三六〕以，《英華》作『其』，非。〔馮注〕（二句）謂居母喪，又多疾。

〔三七〕〔補箋〕據此二句，商隱於處士叔等遷葬時，因病未嘗親往滎陽。事隔一月，茂元靈柩擬啓運回洛時，商隱亦因病未親往，見《祭外舅贈司徒公文》等。是則祭叔、姊、小姪女及後此祭外舅茂元諸文均爲遥祭。

〔三八〕〔徐注〕《南史·袁昂傳》：啓曰：『披心瀝血，敢乞言之。』

〔三九〕〔徐注〕《後漢書·張奂傳》：奏記曰：『凡人之情，冤則呼天，窮則叩心。』

〔四〇〕〔徐注〕《南史》：宗慤年少，叔父少文問其所志，答曰：『願乘長風破萬里浪。』

〔四一〕〔徐注〕《世説》：阮仲容、步兵居道南，諸阮居道北，北阮皆富，南阮貧。〔馮曰〕此用『竹林』事。

〔按〕竹林七賢中有阮籍及其兄子阮咸。此謂己不能與處士叔齊名相稱如咸之與籍也。

〔四二〕〔徐注〕《魏志·武帝紀》：遣使以太牢祀橋玄。注：公祝文曰：裁致薄奠，公其尚饗！

祭裴氏姊文〔一〕

嗚呼哀哉！靈有行於元和之年，返葬於會昌之歲〔二〕，光陰迭代，三十餘秋。得不以既笄闕廟見之儀〔三〕，故卜吉舉歸宗之禮〔四〕？不幸不祐，天實爲之〔五〕。椎心泣血，孰知所訴！

恭惟先德，實紹玄風〔六〕。良時不來，百里爲政〔七〕。愛女二九〔八〕，思託賢豪。誰爲行媒〔九〕，來薦之子〔一〇〕？雖琴瑟而著詠〔一一〕，終天壤以興悲〔一二〕。謂之何哉？繼以沉恙。禱祠無冀，奄忽凋違。時先君子以交辟員來〔一三〕，南轅已轄，接舊陰於桃李〔一四〕，寄暫殯之松楸。此際兄弟，尚皆乳抱，空驚啼於不見，未識會於沉冤。漘水東西，半紀漂泊。某年方就傅〔一五〕，家難旋臻，躬奉板輿〔一六〕，以引丹旐〔一七〕。四海無可歸之地，九族無可倚之親〔一八〕。既祔故丘〔一九〕，便同逋駭〔二〇〕。生人窮困〔二一〕，聞見所無〔二二〕。及衣裳外除，旨甘是急〔二三〕。乃占數東甸〔二四〕，傭書販舂〔二五〕。日就月將〔二六〕，漸立門構。清白之訓〔二七〕，幸無辱焉。既登太常之第〔二八〕，復忝天官之選〔二九〕。免跡縣正〔三〇〕，刊書祕丘〔三一〕。榮養之志纔通〔三二〕，啓動之期有漸〔三三〕。而天神降罰〔三四〕，艱棘再丁〔三五〕。弱弟幼妹，未笄未冠〔三六〕。胤緒猶闕〔三七〕，家徒屢空〔三八〕。載惟家長之寄，偷存晷刻之命。號天叫地，五内崩摧。然亦以靈寓殯獲嘉〔三九〕，向經三紀，歸祔之禮，闕然未修〔四〇〕，是冀苟全〔四一〕，得終前限〔四二〕。屬劉孽叛换〔四三〕，逼近懷城〔四四〕，懼罹焚發之灾〔四五〕，永抱幽明之累。遂以前月初吉〔四六〕，攝縗告靈〔四七〕，號步東郊，訪諸耆舊。孤魂何託？旅櫬奚依〔四八〕？垂興欲墮之悲〔四九〕，幾有將平之恨〔五〇〕。斷手解體，何痛如之！灑血荒墟，飛走同感〔五一〕。伏惟朝夕二奠，不敢久離〔五二〕，遂遣羲叟一人，主張啓奉〔五三〕。抱頭拊背，戒以信誠，附身附棺，庶無遺闕〔五四〕。檀山滎水〔五五〕，實惟我家。靈其永歸，無或栖寓。嗚呼哀哉！

靈沈綿之際，殂背之時〔五六〕，某初解扶牀〔五七〕，猶能記面。長成之後，豈忘遷移？頃者以先妣年高，兼之多恙，每欲諮畫，即動悲感〔五八〕。涕泣既繁，寢膳稍減。雖云通禮〔五九〕，亦所難言。荏苒於斯，非敢怠忽。

今則南望顯考〔六〇〕，東望嚴君〔六一〕。伯姊在前〔六二〕，猶女在後〔六三〕。克當寓邸〔六四〕，歸養幽都。雖殁者之宅兆永安，而存者之追攀莫及〔六五〕。又以十二房舊域〔六六〕，風水爲灾。胡子彭兒〔六七〕，藐焉孤小。雖古無修墓，著在典經〔六八〕；而忘禮約情，亦許通變。今則已於左次〔六九〕，别卜鮮原〔七〇〕，重具棺衾，再立封樹〔七一〕。通年難遇，同月異辰〔七二〕。兼小姪寄兒，亦來自濟邑〔七三〕。騃魂稚魄，依託尊靈。遠想先域之旁，纍纍相望，重溝疊陌，萬古千秋。臨穴既乖，飲痛何極！

唯安陽祖妣未祔〔七四〕，仍世遺憂。昨本卜孟春，便謀啓合，會雍店東下，逼近行營〔七五〕。烽火朝然，鼓鼙夜動。雖徒步舉櫬，古有其人〔七六〕，用之於今，或爲簡率。潞寇朝弭，則此禮夕行。首夏已來〔七七〕，亦有通吉〔七八〕。儻天鑒孤藐，神聽至誠，獲以全玆，免負遺託，即五服之内，更無流寓之魂；一門之中，悉共歸全之地〔七九〕。今交親饋遺，朝暮饘餬〔八〇〕，收合盈餘〔八一〕，節省費耗，所望克終遠事，豈敢温飽微生？苟言斯不誠，亦神明誅責。老舊僕使，纔餘兩人。靈之組繡餘工，翰墨遺跡〔八二〕，並收藏篋笥，用寄哀傷。嗚呼哀哉！

蕣夭當年〔八三〕，骨還舊土〔八四〕。箕帚尋移於繼室〔八五〕，兄弟空哭於歸魂〔八六〕。終天銜冤〔八七〕，心骨分裂。胞胎氣類〔八八〕，寧有舊新？叫號不聞，精靈何去？寓辭寄奠，血滴緘封。靈其歸來，省此哀殞。傷痛蒼天，孤苦蒼天。伏惟尚饗！

校注

〔一〕本篇原載《文苑英華》卷九九三第二頁，清編《全唐文》卷七八二第二五頁、《樊南文集詳注》卷六。題内『姊』字，《英華》誤作『姨』。〔馮譜〕葬姊與姪女，似皆在正月。及太原定後，移居永樂。〔張箋〕義山返故鄉營葬，於楊弁平後，移家永樂縣居。〔按〕商隱於會昌三、四年間曾先後爲徐氏姊、處士房叔父、小姪女寄寄、裴氏姊、曾祖妣等親屬營葬。除徐氏姊係於會昌三年八月中旬前遷往景亳與徐姊夫合葬外（見《祭徐氏姊文》《祭徐姊夫文》注〔一〕），其他四人均在會昌四年間。《請盧尚書撰曾祖妣誌文狀》《請盧尚書撰故處士姑臧李某誌文狀》《請盧尚書撰李氏仲姊河東裴氏夫人誌文狀》所請撰誌對象同爲一人，當作於同時，據狀内『明年冬，以潞寇憑陵』等語，知此三狀作於會昌三年冬。又據『尅以來年正月日』『卜以明年正月日』等語，知請撰誌文時計劃在會昌四年正月遷葬。從叔、仲姊、姪女因葬地均在滎陽壇山（其中從叔原即葬壇山，因風水爲患而在同地别擇墓穴移葬，仲姊自獲嘉遷葬，姪女自濟源遷葬），葬期遂能大體一致。而曾祖妣靈柩需由滎陽壇山遷往懷州雍店之東原，歸祔於曾祖安陽君，雖原亦卜以會昌四年正月，然因劉稹叛軍猖獗，『會雍店東下，逼近行營』，故未能按原計劃之日期舉行遷祔。而據《祭裴氏姊文》『潞寇朝弭，則此禮夕行』之語，曾祖妣之遷祔懷州雍店之東原，當在會昌四年八月劉稹亂平之後。《祭裴氏姊文》又云：『十二房……已於左次别卜鮮原，重具棺衾，再立封樹。通年難遇，同月異辰。兼小姪寄兒，亦來自濟邑。駢魂稚魄，依託尊靈。』知從叔之葬期稍早於仲姊。而《祭小姪女寄寄文》云：『今吾仲姊，反葬有期。』知仲姊之葬又稍晚於寄寄（寄寄葬期在會昌四年正月二十五日）。故此三人之葬期大體上不出會昌四年正月下旬。此次遷葬，商隱雖全力策畫並籌措經費，以達成『五服之内，更無流寓之魂』之志願，然具體營葬事宜則由其弟羲叟負責，三篇祭文均爲寄奠。張譜其返故鄉營葬，小疏。唯裴氏姊寓殯獲嘉之東之具體墓址，商隱曾親往尋訪，而正式遷葬滎陽壇山時，則『臨穴既乖』，未能前往。遷葬事頭緒較繁，故此處作一總説。祭文當作於葬日稍前。

〔二〕〔馮注〕《禮記》：太公封於營丘，比及五世，皆反葬於周。

〔三〕笄，《英華》作『葬』，徐本從之，一作『算』，均誤。〔馮注〕《禮記·曾子問》：孔子曰：『三月而廟見，稱來婦也。』曾子問曰：『女未廟見而死，則如之何？』孔子曰：『不祔於皇姑，歸葬於女氏之黨，示未成婦也。』按：《雜記》：女雖未許嫁，年二十而笄，燕則鬈首。注曰：既笄之後，去之，猶若女有髻紒也。蓋未許嫁，先行成人之禮，然必待既許嫁，乃常笄也。後世則將嫁而笄矣。此以既笄言既嫁。《英華》作『既葬』，殊無理矣，故從集。〔按〕參見《請盧尚書撰李氏仲姊河東裴氏夫人誌文狀》注〔一二〕。

〔四〕故卜吉，《英華》作『杖卜』，徐注本作『枚卜』，又一作『改卜』，均誤。《英華》注：集作『故卜言』。

『言』字係『吉』字形誤。〔馮注〕《南史·謝弘微傳》：弘微舉止必修禮度，伯叔二母，歸宗兩姑，晨夕瞻奉，盡其誠敬。按：『故卜吉』三字，徐刊本作『枚卜』二字，今所校《英華》作『杖卜』，而注云：集作『故卜言』。今思『言』字乃『吉』字之訛，故爲酌定。此因所適非人而死，還父母家，故云然也。〔徐注〕《會稽典録》：徐平兩婦歸宗敬奉，情過乎厚。〔按〕卜吉，指此次遷葬卜擇吉日。歸宗，見注〔三〕，即『歸葬於女氏之黨』。裴氏姊『既笄闕廟見之儀』之原因，《請盧尚書撰李氏仲姊河東裴氏夫人誌文狀》謂是『既歸逢病』，張氏以爲『蓋飾詞耳』，馮浩則謂『所適非人而死』。然《誌文狀》稱『會允元同謁，又出宰獲嘉』，則商隱與裴允元在仲姊殁後仍有交往，以『所適非人』爲解，未必全符實情。然『既歸逢病』之説，于情于理亦難以令人全信。其中真實原由，因商隱未加説明，今已難以懸測。參注〔一二〕。

〔五〕祐，《全文》作『佑』，據《英華》改。〔徐注〕《易》：天命不祐。《詩》：天實爲之，謂之何哉？

〔六〕〔徐注〕《晉書·向秀傳》：爲《莊子》隱解，發明奇趣，振起玄風。〔馮注〕唐祖老子，義山亦宗室遠屬，故云。

〔七〕〔補注〕百里爲政，指爲縣令。《漢書·百官公卿表》：『縣大率方百里。』時商隱父李嗣爲獲嘉令。

〔八〕〔徐注〕《古詩》：芳年踐二九。〔補注〕《請盧尚書撰李氏仲姊河東裴氏夫人誌文狀》：『年十有八，歸於河東裴允元。』

〔九〕〔徐注〕《禮記》：男女非有行媒，不相知名。

〔一〇〕〔補注〕《詩·周南·漢廣》：『之子于歸，言秣其馬。』

〔一一〕〔徐注〕《詩》：窈窕淑女，琴瑟友之。

〔一二〕〔馮注〕《世説》：王凝之謝夫人，大薄凝之，還謝家，大不説。太傅慰釋之曰：『王郎，逸少子，人身亦不惡，汝何以恨乃爾？』答曰：『一門叔父則有阿大、中郎，羣從兄弟則有封、胡、遏、末，不意天壤之中，乃有王郎！』〔按〕馮氏『所適非人』之説，殆因此而悟得。然裴允元爲開元中宰相裴耀卿之孫，門第頗高，仲姊適允元，就對方門第言，當不致有薄之之情。所謂『天壤興悲』，或因對允元之才學品性有所不滿而流露，以致爲裴家所不容而遣歸也。

〔一三〕〔補注〕員，同『云』，語辭。《書・泰誓》：『日月逾邁，若弗員來。』交辟，交相徵辟。此指浙東觀察使之辟。

〔一四〕〔徐注〕《韓詩外傳》：春樹桃李，夏得陰其下，秋食其實。〔按〕徐注非，此用潘岳事。《白氏六帖・縣令》：『潘岳爲河陽令，樹桃李花，人號曰「河陽一縣花」。』正切李嗣爲縣令。『接舊陰於桃李』，謂李嗣任獲嘉令已數年，桃李已有舊陰。連下句謂在李嗣任縣令已數年之獲嘉，寓殯裴氏姊之靈柩。

〔一五〕〔徐注〕《禮記》：十年出就外傅。

〔一六〕〔徐注〕潘岳《閑居賦》：太夫人乃御板輿，升輕軒。〔補注〕板輿，此指代商隱之母。

〔一七〕〔補注〕丹旐，出喪所用紅色銘旌。指奉父靈柩以歸。

〔一八〕〔徐注〕《書》：以親九族。

〔一九〕〔補注〕故丘，指商隱家在滎陽壇山之祖墳。

〔二〇〕〔補注〕逋駭，逃亡流散者。

〔二一〕困，《英華》注：集作『異』，非。

〔二二〕所無，《英華》作『無所』，非。

〔二三〕〔徐注〕任昉《行狀》：追衣裳外除，心哀内疚。《禮記》：親喪外除。又：父子皆異宫，昧爽而朝，慈以旨甘。〔馮注〕《禮記》：旨甘柔滑。〔補注〕旨甘，指養親之美食。二句謂父喪除後，以奉養母親爲急。

〔二四〕〔馮曰〕占數，占户籍之數也。蒲州在西京東北三百里外，貞觀中昇爲四輔，故曰東甸。又云：懷州近在東都之東北，『占數東甸』，似亦可謂鄭州無可歸，始著籍爲懷州人也。（《年譜》）《漢書・敘傳》：昌陵後罷，大臣名家皆占數於長安。〔錢曰〕東甸、東郊，皆洛下也。（《玉谿生年譜訂誤》）〔張曰〕東甸，東洛也。〔按〕諸説皆非。東甸，指東都之畿甸，即鄭州也。《新書・方鎮表》：『至德元載，置東畿觀察使，領懷、鄭、汝、陝四州。尋以鄭州隸淮西。』『建中二年，置河陽三城節度使，以東都畿觀察使兼之，領懷、鄭、汝、陝四州……四年，罷觀察，置東畿汝州節度。』『貞元元年，廢東都畿汝州節度，置都防禦使，以東都留守兼之。』然則鄭州之屬東畿，其來已久。本文所謂『及衣裳外除，旨甘是急，乃占數東甸，傭書販舂』，接於『既祔故丘』之後，其間並未闌入曾移居他地情事，則『東甸』自指久屬東都畿甸之鄭州。『東甸』之『東』，非指西京或東都之東，乃『東都』之省稱（猶『東畿』即『東都畿』之省）。東甸、東畿、東都畿，異稱而同指。鄭州距東都二百八十里，固東都之近甸（鳳翔距西京三百十五里，義山詩稱西郊；華州距西京一百八十里，義山文稱近甸）。義山奉母歸鄭之初，『便同逋駭』，跡近流亡之游民，故雖居鄭而心理上不以己爲鄭之居民。及父喪既除，爲維持生計，始於其地占籍爲民，故云『乃占數東甸，傭書販舂。』

〔二五〕舂，徐注本作『畚』，云：一作『舂』，非。〔徐注〕《吴志》：闞澤，字德潤，會稽人。家世農夫，至澤好學無以資，常爲人傭書以供紙筆。《晉書・載記》：王猛微時賣畚。〔馮注〕班超傭書，見《爲安平公兖州謝上表》『昔惟久事筆硯』注。《汝南先賢傳》：李篤字君淵。家貧，夜賃寫書，爲母買肉一斤、粱米一升。《後漢書・吴祐傳》：公孫穆來遊太學，無資糧，乃變服客傭，爲祐賃舂。《梁鴻傳》：至吴，居皋伯通廡下，爲人賃舂。按：《英華》作『販舂』，徐氏改從『畚』……其意以『舂』不可云『販』也。然韋蘇州詩『昔人鬻舂地』，既可云『鬻』，亦可云『販』。此以爲人所用，言『販畚』非其義矣。故仍爲改正。《南史・孝義・郭原平傳》：『養親必以己力，傭賃以給供養。』句意用此類。〔按〕販舂，指買進穀物舂米出售。司空圖《白菊雜書之三》：『狂才不足自英雄，僕妾驅令學販舂。』亦指買穀舂米出售。

〔二六〕〔徐注〕《詩》：日就月將。〔補注〕謂每日有成就，每月有進步。將，進也。

〔二七〕〔徐注〕《後漢書・楊震傳》：故舊長者或欲令爲開産業，震不肯，曰：『使後世稱爲清白吏子孫，以此遺之，不亦厚乎？』

〔二八〕〔馮注〕《漢書·儒林傳》：置博士弟子。太常選民年十八以上者補之。郡國謹察可者，常與計偕，詣太常，得受業如弟子。一歲皆輒課，通一藝以上，補文學掌故；其高第可以爲郎中，太常籍奏。即有秀才異等，輒以名聞。揚雄《太常箴》：翼翼太常，實爲宗伯。《通典》：唐龍朔二年，改禮部尚書爲司禮太常伯，咸亨元年復舊。侍郎一人，掌策試貢舉及齋郎弘崇國子生等事。〔按〕指開成二年應禮部進士試登第。

〔二九〕〔徐注〕《新書·選舉志》：每問經十條，對策三道，皆通爲上第。吏部官之。〔馮注〕謂試判入等授官。〔按〕馮注是。徐氏所引乃選士之法。《新書·選舉志下》：『凡選有文、武，文選吏部主之，武選兵部主之。皆爲三銓，尚書、侍郎分主之……六品而上始集而試，觀其書、判；已試而銓，察其身、言……凡試判登科謂之「入等」……試判三條，謂之「拔萃」。中者即授官。』此句指開成四年、會昌二年吏部試判入等。

〔三〇〕正，《英華》作『政』，誤。〔馮注〕《通典》：隋煬帝改縣尉爲縣正，後置尉。唐武德中復改爲正，七年復爲尉。〔補注〕免跡縣正，指開成五年辭去弘農尉。

〔三一〕〔徐注〕《晉書·束皙傳》：《玄居釋》曰：學既積而身困，夫何爲乎祕丘？〔補注〕刊書祕丘，指會昌二年任祕書省正字。

〔三二〕〔補注〕榮養，贍養父母。《晉書·文苑傳·趙至》：『我小未能榮養，使老父不免勤苦。』

〔三三〕〔補注〕啓動，指遷葬。

〔三四〕〔徐注〕《左傳》：司馬侯曰：『楚王方侈，天或者欲逞其志以厚其毒而降之罰，未可知也。』

〔三五〕〔徐注〕《詩》：棘人欒欒兮。〔補注〕艱棘，指親喪。任昉《奏彈范縝》：『縝丁罹艱棘，曾不呼門，墨縗景附，頗同先覺。』此指會昌二年冬喪母。

〔三六〕〔徐注〕《禮記》：男子二十冠而字，女子許嫁笄而字。

〔三七〕胤，《英華》作『世』，避宋太祖諱改。注：集作『胤』。〔徐注〕《魏志·蔣濟傳》注：《魏書》：述曹氏胤緒亦如之。〔按〕其時商隱尚未有子。其子袞師生於會昌六年。

〔三八〕〔補注〕《論語·先進》：『回也其庶乎！屢空。』《史記·司馬相如列傳》：『文君夜亡奔相如，相如乃與馳歸成都。家居徒四壁立。』《後漢書·崔寔傳》：『建寧中病卒，家徒四壁立。』

〔三九〕〔徐注〕《漢書·地理志》：河内郡獲嘉縣。注：故汲之新中鄉，武帝行過更名也。〔馮注〕《漢書·武帝紀》：元鼎六年春，至汲新中鄉，得吕嘉首，以爲獲嘉縣。

〔四〇〕〔馮注〕祔，爲葬後之吉祭，《禮記》所謂『明日祔於祖父』也。又爲合葬之名，所謂『周公蓋祔』也。又曰：魯人之祔也，合之也。此則謂歸祔於父母家之墓。

〔四一〕〔徐注〕諸葛亮表：苟全性命於亂世。

〔四二〕〔馮注〕謂前所私限改葬之期。

〔四三〕〔補注〕叛换，凶暴跋扈。《文選·左思〈魏都賦〉》：『雲撤叛换，席卷虔劉。』張載注：『叛换，猶恣睢也。』字又作『叛涣』。〔徐曰〕謂劉稹之變。

〔四四〕〔馮箋〕《李衛公文集》（會昌）三年八月二十四、二十八日狀，論河陽兵力已竭，茂元危窘。若賊勢更甚，便要退守懷州。《通鑑》：王茂元軍萬善，賊將劉公直潛師過萬善南五里，焚雍店。此三年八月事，九月茂元卒。

〔四五〕〔徐注〕魏文帝《典論》：喪亂以來，漢氏諸陵無不發掘，乃至燒取玉柙金鏤，體骨并盡。〔馮注〕《御覽》孝感類引《史系》：趙雋字子奇，平陽岳陽人。劉稹反，家近潞。雋母年八十餘。雋平其父墓，別以物識之，輦母入文城西山，終歲。逮稹滅，復輦其母東歸岳陽。時丘隴悉爲軍士所發，惟雋家墓得完，復起冢焉。事可相證，故附采之。

〔四六〕〔徐注〕《詩》：二月初吉，載離寒暑。〔馮按〕《祭小姪女文》：『正月二十五日』。此文云『小姪寄兒，亦來自濟邑』，又有『昨本卜孟春』及『首夏已來』之句，合而訂之，必會昌四年二三月也。〔按〕馮氏誤會。此下數句，係叙述義山至獲嘉尋訪裴氏姊寓殯之地之事。東郊指獲嘉之東郊，即《請盧尚書撰李氏仲姊河東裴氏夫人誌文狀》『遂寓殯於獲嘉之東』之『東』也。因事隔三十餘年，寓殯之地已難以辨識，故有『訪諸耆舊，孤魂何託，旅櫬奚依。垂輿欲墮之悲，幾有將平之恨』數語。馮氏所謂『合而訂之，必會昌四年二三月』乃指仲姊遷葬滎陽壇山之日期。二者不可牽混。且仲姊葬期，雖略晚於寄寄，而據本文『同月異辰』之語，仍當在會昌四年正月末。然則此句『前月初吉』乃指會昌三年十二月之初吉也。據此數句，商隱曾於會昌三年十二月初至獲嘉尋訪裴氏仲姊寓殯之墓。

〔四七〕〔徐注〕《北史·崔光傳》：光獨攝衰振杖。〔補注〕攝縗，服喪服。縗、衰通。

〔四八〕〔徐注〕陸機《挽歌》：歎息重櫬側。杜預《左傳注》：櫬，棺也。

〔四九〕〔馮注〕鄭緝之《東陽記》：獨公山有古墓臨溪，磚文曰：筮言吉，龜言凶。三百年，墮水中。《輿地志》：琵琶圻有古墓，半在水中，甓有隱起字云：琵琶，筮云吉，龜云凶。八百年，墮水中。〔補注〕垂，將。

〔五〇〕〔徐注〕江淹《恨賦》：琴瑟滅兮丘隴平。

〔五一〕〔徐注〕王子年（嘉）《拾遺記》：田疇往劉虞墓，設雞酒之禮，慟哭之音，動於林野，翔鳥爲之凄鳴，走獸爲之吟伏。

〔五二〕〔徐注〕《禮記·檀弓》：朝奠日出，夕奠逮日。〔馮注〕按《儀禮》：死三日而殯，三月而葬。乃反哭，入，遂適殯宫，猶朝夕哭，不奠，三虞，卒哭。　此以言朝夕奉靈，不敢久離耳。不必拘看。〔按〕此『朝夕二奠』，指祭奠已故之母。時尚服母喪，故云。

〔五三〕〔徐注〕《曾子問》：自啓至於反哭。〔補注〕主張，主宰，主持。啓奉，啓柩奉靈。

〔五四〕〔馮注〕謂易棺而葬。〔按〕見《祭徐姊夫文》注〔三二〕。

〔五五〕檀，《英華》作『壇』，同。檀山滎水，屢見以上祭文。

〔五六〕〔補注〕殂背，去世。背，死亡之婉辭。李密《陳情表》：『生孩六月，慈父見背。』

〔五七〕〔徐注〕樂府《爲焦仲卿妻作》：新婦初來時，小姑始扶牀。

〔五八〕悲感，《英華》作「作咸」，乃「悲感」二字之缺損。〔按〕馮注本從《英華》作「作咸」，引《喪服大紀》「凡封，君封以衡，大夫、士以咸」爲解，甚牽强，今删。然又謂「每欲商請遷移，妣即傷痛涕泣，故未敢耳」，則得其解，蓋從下句「涕泣既繁」悟出也。

〔五九〕〔補注〕通禮，通行之禮。《漢書·郊祀志下》：「蓋謂天子尊事天地，修祀山川，古今通禮也。」

〔六〇〕〔馮注〕《禮記·祭法》：王立七廟，諸侯五廟，皆有顯考廟。疏曰：高祖也。顯明高祖，居四廟最上。〔按〕馮注非。此「顯考」指亡父。《書·康誥》：「惟乃丕顯考文王，克明德慎罰。」孔傳：「惟汝大明父文王能顯用俊德，慎去刑罰，以爲教育。」《文選·曹植〈王仲宣誄〉》：「伊君顯考，奕葉佐時。」李周翰注：「考，父也。」商隱祖上，自曾祖以上均葬懷州，惟自祖李俌起，始葬於滎陽壇山。此處「南望顯考」，明指其父李嗣之墓。馮氏因未見《請盧尚書撰曾祖妣誌文狀》，誤以爲商隱舊居鄭州，遷居懷州，又從而誤解「壇山舊塋」爲世代祖塋，故謂「顯考」爲高祖。

〔六一〕〔馮注〕《易》：家人有嚴君焉，父母之謂也。〔按〕上句「顯考」既指父，此句「嚴君」自指母。《後漢書·張湛傳》：「矜嚴好禮，動止有則。居處幽室，必自修整，雖遇妻子，若嚴君焉。」亦以嚴君指母。

〔六二〕〔馮注〕即《祭姪女文》之「伯姑」。

〔六三〕〔補注〕猶女，即小姪女寄寄。

〔六四〕邸，《英華》作「殞」，注：疑作「殯」。徐注本作「鄭」，注：「鄭」疑是「邸」。〔馮曰〕今玩文義，似作「寓殯」，婦人内夫家，外父母家，故言猶寓殯也。但上文已言「寓殯獲嘉」，則複矣。故當存疑。〔按〕徐疑是也，《全文》正作「邸」。寓邸，寓居之客舍，指寓殯獲嘉之所。下句「幽都」指滎陽檀山之墳墓。

〔六五〕〔徐注〕王粲《七哀詩》：朋友相追攀。〔按〕此「追攀」雖表示哀悼之意，然亦從追隨攀附之義引申。

〔六六〕域，《英華》作「城」，誤。〔補注〕十二房，指處士叔。舊域，舊墓地。

〔六七〕〔馮注〕當即（《祭處士房叔父文》之）瑊、項二子。

〔六八〕詳《祭處士房叔父文》注〔八〕〔九〕。

〔六九〕次，《全文》《英華》均作『坎』，誤。《英華》注：集作『次』。是，兹據改。〔馮注〕《易》：師六四，師左次，無咎。此用位次字，習見。

〔七〇〕鮮，《英華》作『鄰』，注：集作『鮮』。〔徐注〕《詩》：度其鮮原。傳：小山別大山曰鮮。箋：鮮，善也。〔馮注〕按『坎』即『穴』也，如《禮記》所云『揜坎』是已。此改葬叔父，言其在舊域之左，從集作『次』較是。

〔七一〕〔補注〕《禮記·王制》：『庶人縣封，葬不爲雨止。不封不樹，喪不貳事。』孔穎達疏：『庶人既卑小，不須顯異。不積土爲封，不標墓以樹。』

〔七二〕同，《英華》作『周』，注：『集作同，是。』

〔七三〕〔馮曰〕當是濟源縣。

〔七四〕〔馮注〕《史記·項羽本紀》注：安陽城，今相州外城。《舊書·志》：相州鄴郡治安陽縣。按：義山曾祖爲安陽令，此似曾祖妣也。〔按〕即《請盧尚書撰曾祖妣誌文狀》之曾祖妣盧氏太夫人。馮氏未見誌文，故有此游移之詞。

〔七五〕〔馮曰〕已見上文（『屬劉孽叛換，逼近懷城』注），此則四年春也。謂本欲同時舉行，而爲軍事所阻。〔徐曰〕下，疑是『兵』。〔補注〕行營，指河陽行營攻討使行營所在地萬善。雍店東下，即指劉公直潛師先過萬善南五里，焚雍店之事，見前注。下，攻克。

〔七六〕〔馮注〕《後漢書·廉范傳》：范父遭喪亂，客死蜀漢。范西迎喪，與客步負喪歸葭萌。《北史·李德林傳》：遭父艱，自駕靈輿，反葬故里。嚴寒，單縗跣足，州里敬慕之。《魏志·曹休傳》：休十餘歲喪父，獨與一客擔喪假葬。按：俟再考。

〔七七〕〔馮注〕魏文帝賦：伊暮春之既替，即首夏之初期。謝靈運詩：首夏猶清和。

〔七八〕〔徐注〕《玄女經》：天地開通，造葬大吉。〔補注〕通吉，通泰吉利。

〔七九〕〔補注〕歸全，善終，不遭灾難，終其天年。《後漢書·崔駰傳》：『貴啓體之歸全兮，庶不忝乎先子。』唐李邃《盧夫人崔氏墓誌》：『遘疾歸全於東都依仁里之私第。』

〔八〇〕〔馮注〕《説文》：饘，糜也。周謂之饘，宋謂之餬。

〔八一〕〔馮注〕《左傳》：收合餘燼。

〔八二〕〔徐注〕潘岳《悼亡詩》：翰墨有餘跡。

〔八三〕〔徐注〕《詩》：有女同車，顔如舜華。傳：舜，木槿也。疏：樊光曰：木槿，華朝生暮落，與草同氣，故在草中。〔馮注〕《説文》引《詩》，作『顔如蕣華』。

〔八四〕〔徐注〕《禮記》：延陵季子曰：『骨肉復歸於土，命也；若魂氣，則無不之也。』〔馮注〕《禮記》：死必歸土骨肉，斃于下陰爲野土。此葬於父母家，故曰還舊土。

〔八五〕〔徐注〕《吴語》：勾踐請盟，一介嫡女，執箕帚以晐姓於王宫。《左傳》：惠公元妃孟子。孟子卒，繼室以聲子。注曰：諸侯始娶，則同姓之國以姪娣媵。元妃死，則次妃攝治内事，猶不得稱夫人，故謂之繼室。〔補注〕謂裴允元另娶之繼室。

〔八六〕〔馮注〕《楚辭·招魂》：魂兮歸來。〔徐注〕沈炯有《歸魂賦》。

〔八七〕〔徐注〕潘岳《哀永逝文》：今奈何兮一舉，邈終天而子不返。

〔八八〕〔徐注〕《法苑珠林》：在母胞胎日三自歸。〔補注〕《易·乾》：『同聲相應，同氣相求……則各從其類也。』胞胎氣類，謂同胞姊弟，氣類相通。

祭小姪女寄寄文〔一〕

正月二十五日〔二〕，伯伯以果子弄物〔三〕，招送寄寄體魄〔四〕，歸大塋之旁〔五〕。哀哉！爾生四年，方復本族〔六〕，既復數月，奄然歸無。於鞠育而未申〔七〕，結悲傷而何極〔八〕！來也何故，去也何緣？念當稚戲之辰，孰測死生之位？

時吾赴調京下，移家關中〔九〕。事故紛綸，光陰遷貿〔一〇〕。寄瘞爾骨，五年於茲〔一一〕。白草枯荄〔一二〕，荒塗古陌〔一三〕。朝飢誰抱〔一四〕，夜渴誰憐？爾之棲棲〔一五〕，吾有罪矣。

今吾仲姊，返葬有期。遂遷爾靈，來復先域〔一六〕。平原卜穴，刊石書銘〔一七〕。明知過禮之文〔一八〕，何忍深情所屬！

自爾歿後，姪輩數人，竹馬玉環〔一九〕，繡襜文褓〔二〇〕，堂前堦下，日裏風中，弄藥爭花〔二一〕，紛吾左右。獨爾精誠，不知何之〔二二〕。況吾別娶已來〔二三〕，胤緒未立〔二四〕，猶子之誼〔二五〕，倍切他人。念往撫存，五情空熱〔二六〕！

嗚呼！滎水之上〔二七〕，檀山之側〔二八〕，汝乃曾乃祖，松檟森行〔二九〕。伯姑仲姑，冢墳相接〔三〇〕。汝來往於此，勿怖勿驚。華綵衣裳，甘香飲食，汝來受此，無少無多。汝伯祭汝，汝父哭汝，哀哀寄寄，汝知之邪？

校注

〔一〕本篇原載《文苑英華》卷九九三第八頁、清編《全唐文》卷七八二第二八頁、《樊南文集詳注》卷六。題内『祭』字，《英華》作『奠』。〔按〕寄寄，商隱弟羲叟女。據《請盧尚書撰李氏仲姊河東裴氏夫人誌文狀》『卜以明年正月日歸我祖考之次，滎陽之壇山』之文及《祭裴氏姊文》『通年難遇，同月異辰。兼小姪寄兒，亦來自濟邑』、本篇『正月二十五日，伯伯以果子弄物招送寄寄體魄，歸大塋之旁』等語，知寄寄葬於會昌四年正月二十五日。祭文當作於此前，因商隱并未親至滎陽。

〔二〕〔馮注〕時爲會昌四年正月。

〔三〕〔補注〕果子，指糖果糕點。弄物，孩童玩物。

〔四〕〔補注〕《禮記·禮運》：『體魄則降，知氣在上。』古人以爲魂可游離人體之外，魄則依附於形體，故云招送體魄。

〔五〕〔補注〕大塋，指商隱家在滎陽壇山之祖墳。

〔六〕〔補注〕復本族，指回到李姓本族。寄寄出生後不久，即寄養於外姓，故名『寄寄』。四歲方接回本家撫養。

〔七〕申，《全文》作『深』，據《英華》改。〔徐注〕《詩》：父兮生我，母兮鞠我，拊我畜我，長我育我。〔補注〕鞠，養。《晉書·嵇康傳》：『母兄鞠育，有慈無威。』因寄寄回歸本家後旋即夭折，故云『鞠育未申』，謂未充分展示父母鞠育之恩情。

〔八〕何，《英華》注：集作『則』。

〔九〕〔補注〕指開成五年九月，商隱辭弘農尉，自濟源移家長安，從常調。參《上河陽李大夫狀一》《上李尚書狀》。調，選調官職。古以函谷關西爲關中，此特指長安。商隱移家長安，住樊南。

〔一〇〕〔補注〕遷貿，變易。

〔一一〕〔補注〕謂暫瘞寄寄於濟源，迄今已五年。據此，寄寄當生於開成二年，夭於開成五年。

〔一二〕〔徐注〕潘岳《悼亡詩》：枯荄帶墳隅。〔補注〕荄，草根。

〔一三〕〔徐注〕左思詩：荒塗横古今。

〔一四〕抱，《全文》作『飽』，此從《英華》。〔按〕下句『夜渴誰憐』，抱與憐對文義近，作『飽』則不對。

〔一五〕〔補注〕栖栖，即『恓恓』，孤獨不安貌。

〔一六〕〔馮注〕裴氏姊遷自獲嘉，寄寄遷自濟邑，同復先域。下文『伯姑』，即《祭裴氏姊文》之『伯姊』，而返葬之裴氏與徐氏皆稱『仲姊』，何歟？

〔一七〕〔徐注〕《喪服小紀》：復與書銘，自天子達于士，其辭一也。〔補注〕平原，指壇山原。高而平曰原。

〔一八〕〔補注〕《儀禮・喪服》：『不滿八歲以下，皆爲無服之殤。』寄寄四歲而夭，按禮制不能刊石書銘，故云『過禮』。

〔一九〕〔徐注〕杜氏《幽求子》：年五歲有鳩車之樂，七歲有竹馬之樂。《明皇雜録》：天后常召諸皇孫坐於殿上，觀其嬉戲。因出西國所貢玉環釵盃盤，令争取以觀其志。〔馮注〕《後漢書・郭伋傳》：兒童騎竹馬迎拜。《杜祭酒別傳》：六七歲與小兒輩爲竹馬戲，有老公停車視之，歎曰：『此有奇相。』《左傳》：范宣子有玉環。按：此玉環，兒童弄物也。《御覽》引傅暢自叙曰：『年四歲，曹叔虎戲脱余金鐶與侍者，余經數日不索，遂以此見名。』《晋書》：羊祜五歲，詣鄰人李氏東垣桑樹中，探得金鐶。而《御覽》於《指環類》中引之，則作『取所弄玉環』。蓋『金環』『玉環』一也。

〔二〇〕〔徐注〕《史記・趙世家》：程嬰、公孫杵臼謀取他人嬰兒負之，衣以文褓，匿山中。〔馮注〕襜，襦也。

此非蔽膝之謂。《史記》注：小兒被曰葆。《説文》：緥，小兒衣也。臣鉉等曰：俗作『褓』。按『葆』『褓』同。〔補注〕襘，短襖；文褓，有花紋之包被或披風。

〔二二〕〔補注〕藥，指芍藥花。

〔二三〕何，《英華》作『所』。

〔二三〕〔補箋〕别娶，另娶，指開成三年娶王茂元季女。據此，王氏爲商隱之繼室。考商隱弟羲叟之女夭於開成五年，時年四歲，則當生於開成二年，其結婚當不晚於開成元年。按舊時兄弟婚娶慣例，兄娶應在前，由此可推知商隱初婚應在開成元年之前。如開成三年娶王氏女爲初婚，則不符合常規。

〔二四〕胤，《全文》《英華》均作『嗣』，係避宋太祖、清世宗諱改。《英華》注：集作『胤』。茲回改。〔馮曰〕一作『嗣』，誤，父諱（商隱父名李嗣）當避。〔按〕作『嗣』非誤文，係諱改。時袞師未生，故云『胤緒未立』。

〔二五〕誼，《英華》作『義』。〔補注〕《禮記·檀弓上》：『兄弟之子，猶子也。』子，兼男、女而言。唐人有稱姪女爲猶子者。《續玄怪録·定婚店》：『妻潸然曰：「妾郡守之猶子也，非其女也。」』

〔二六〕〔徐注〕《文子》：昔中黄子曰：『色有五章，人有五情。』〔按〕此『五情』猶『五内』，非喜、怒、哀、樂、怨之『五情』。劉琨《勸進表》：『且悲且惋，五情無主。』孟郊《感懷》之一：『五情今已傷，安得能自老。』皆五内（即五臟）之意。

〔二七〕〔徐注〕《書》：導沇水，東流爲濟，入於河，溢爲滎。《漢書·地理志》：河東郡垣縣，《禹貢》王屋山在東，沇水所出。東南至武德入河，軼出滎陽北地中。〔馮注〕滎水在鄭州境。屢見。

〔二八〕檀，《英華》作『壇』。參《祭處士房叔父文》注〔四〕。

〔二九〕〔徐注〕任昉《求立太宰碑表》：松檟成行。

〔三〇〕冢，《英華》注：集作『壙』。

〔劉士鏻曰〕（『伯伯以果子弄物』一段眉批）一見傷心。（『白草枯荄……吾有罪矣』眉批）辛酸之語，更覺嫵媚。（『自爾歿後……不知何之』眉批）情真語韻。（『嗚呼……汝知之邪』眉批）慰語可以斷腸。自是告殤亡。又，篇末引陳眉公（繼儒）曰：『秀媚不可言。』（《贈删古今文致》卷六）

爲王從事妻万俟氏祭先舅司徒文〔一〕

新婦釁咎所招〔二〕，重罹天譴〔三〕。始釋縗而就吉〔四〕，俄解帨以聞凶〔五〕。衰禍所延，或深諸婦〔六〕；寃號之地，良異他人。爰在高堂，嘗依諸舅〔七〕；聿來我族，實號儒門〔八〕。雖傳業於《詩》《書》，冀同光於軒冕。羽書銅印〔九〕，東泛西浮〔一〇〕。及世難旋臻，家徒壁立〔一一〕，望萍蓬而結欷〔一二〕，指溝壑以貽憂〔一三〕。竟蒙念切諸生〔一四〕，言憂幼女，卜云其吉〔一五〕，天也來儀。蓮幕高華〔一六〕，蘭階秀異〔一七〕。尊卑共感，里巷同歡。豈謂百兩纔歸〔一八〕，雙旌遽改〔一九〕！雖在途稱婦〔二〇〕，已蒙羔雁之榮〔二一〕；而辭家適人〔二二〕，未具筬鞶之敬〔二三〕。詎言不日，奄背深慈！永痛長號，五情分裂〔二四〕，嗚呼哀哉！

遠國千里，夜泉九重〔二五〕，側聞龜筮之言，將備塗芻之禮〔二六〕。今以干戈未息，途路多虞〔二七〕。清貧昭艱食之憂〔二八〕，遐阻難舉家而往。不獲躬隨絳旐〔二九〕，親詣松扃〔三〇〕，撫行引以傷摧〔三一〕，抱眇孤而惋毒〔三二〕。酒醪粗列〔三三〕，蔬果空陳，身叩盃盤，血沾匙筯〔三四〕。榮同子婦〔三五〕，雖稱美於他宗；念繫孫甥〔三六〕，亦兼情於血屬〔三七〕。敢希神理〔三八〕，賜監哀衷。

校注

〔一〕本篇原載清編《全唐文》卷七八二第三頁、《樊南文集補編》卷一一。〔錢箋〕司徒，王茂元也。此『從事』與下篇『秀才』俱難確指。詳後二篇。《後漢書·百官志》：將軍有從事中郎二人，職參謀議。又云：《上許昌李尚書第二狀》云『王十二郎、十三郎』，似即『從事』『秀才』二人。〔張箋〕此二篇（按：指本篇及下《爲王秀才妻蘇氏祭先舅司徒文》）即《重祭外舅文》所謂『邢氏吾姨，蕭門仲妹，愛深猶女，思切仁兄』者也。蓋万俟氏，茂元甥女，即嫁茂元族姪；蘇氏，茂元表妹，即嫁茂元族弟。二人皆幼撫於王氏。推之文中用典，無不皆合。馮氏未見補編，臆測多舛，而錢箋亦未詳釋也。（張箋編會昌五年，與《爲王秀才妻蘇氏祭先舅司徒文》《重祭外舅司徒公文》同編）〔按〕張氏謂王從事妻爲茂元甥女兼姪媳，似之。文云：『爰在高堂，嘗依諸舅』，『念切諸生（甥），言憂幼女』，均可見万俟氏原爲茂元甥女；而『榮同子婦，雖稱美於他宗；念繫孫甥，亦兼情於血屬』，則又言其既爲茂元甥女，又爲姪媳（榮同子婦，正見其實非子婦，錢氏以爲茂元子十二郎妻，非）。文又云：『雖在途稱婦，已蒙羔雁之榮；而辭家適人，未具箴鞶之敬。詎言不日，奄背深慈！』『豈謂百兩纔歸，雙旌遽改！』則万俟氏方嫁不久，而茂元遽卒。張氏箋万俟氏之身份雖是，然其繫年則明顯錯誤。文云『今以干戈未息，途路多虞』，明爲劉稹未平時作（錢謂『劉稹初平』，亦誤），當作於會昌三年九月茂元逝世後，會昌四年八月劉稹平定前。而證以同時作之《爲王秀才妻蘇氏祭先舅司徒文》『奉違慈顔，將涉半載』之語，此二文當作於會昌四年二月左右。詳參《祭外舅贈司徒公文》《重祭外舅司徒公文》注〔一〕。

〔二〕〔錢注〕《後漢書·周郁妻傳》：新婦賢者女。〔補注〕万俟氏與茂元姪結婚未久，故自稱『新婦』。舋咎，過失、罪過。

〔三〕〔錢注〕《魏書·天象志》：比年死黜相繼，蓋天譴存焉。〔補注〕譴，懲罰。『重罹』者，謂其親父之喪未久，又遭此灾禍。參下二句。

〔四〕〔錢注〕《魏書·禮志》：公卿所議皆服終三旬，釋衰襲吉。〔補注〕釋縗，除喪。縗，喪服，用麻布條披於胸前，服三年之喪（臣爲君、子爲父、妻爲夫）者用之。據此，万俟氏當是父喪剛滿。

〔五〕〔錢注〕《説文》：帨，佩巾也。〔補注〕《儀禮·士昏禮》：『母施衿結帨曰：勉之敬之，夙夜無違宫事。』古代女子出嫁時，母授以帨，用以擦拭不潔。在家時繫於門右，外出時繫在身上。解帨，謂出嫁成婚。解帨聞凶，謂方成婚而逢茂元之凶耗。

〔六〕〔補注〕《禮記·昏義》：『和於室人。』鄭玄注：『室人，謂女妐、女叔、諸婦也。』諸婦，兄弟之妻之統稱。此指茂元之子媳、姪媳。

〔七〕〔補注〕《詩·小雅·伐木》：『既有肥牡，以速諸舅。』天子對異姓諸侯、諸侯對異姓大夫稱舅。此句『諸舅』即指母之兄弟，亦即指茂元及其兄弟。

〔八〕〔錢注〕《後漢書·鄭興賈逵傳贊》：中世儒門，賈、鄭名學。

〔九〕〔錢注〕《漢書·高帝紀》注：檄者以木簡爲書，長尺二寸，用徵召也。有急事則加以鳥羽插之，名曰羽書。《漢書·百官公卿表》：秩比六百石以上，皆銅印墨綬。〔補注〕羽書銅印，謂其父曾在軍幕供職、擔任過縣令。

〔一〇〕〔錢注〕謝脁《拜中軍記室辭隨王牋》：東亂三江，西浮七澤。〔補注〕東泛西浮，指在各地擔任幕職、州縣官。

〔一一〕〔錢注〕《史記·司馬相如傳》：家居徒四壁立。〔補注〕世難，猶家難，指喪父。世指家世。二句謂父死家貧。

〔一二〕〔錢注〕潘岳《西征賦》：飄浮萍而蓬轉。

〔一三〕〔補注〕《孟子·梁惠王下》：『凶年饑歲，君之民老弱轉乎溝壑，壯者散而之四方者，幾千人矣。』

生也。

〔一四〕〔錢注〕此『諸生』，當即諸甥。《釋名》：舅謂姊妹之子曰甥。甥亦生也。出配他男而生，故制字男旁作生也。

〔一五〕〔補注〕《詩·鄘風·定之方中》：『卜云其吉，終然允臧。』卜吉，此指占問選擇吉利之婚期。來儀，喻傑出人物之降臨，此指茂元姪。語本《書·益稷》：『簫韶九成，鳳皇來儀。』

〔一六〕〔補注〕蓮幕高華，謂王從事爲幕府中之才華出衆、地望顯貴者。

〔一七〕〔錢注〕《晉書·謝玄傳》：謝安嘗戒約子姪，因曰：『子弟亦何豫人事，而正欲使其佳？』玄答曰：『譬如芝蘭玉樹，欲使其生於庭階耳。』〔補注〕謂王從事爲茂元子姪中之秀異者。

〔一八〕〔補注〕《詩·周南·鵲巢》：『之子于歸，百兩御之。』毛傳：『百兩，百乘也。諸侯之子嫁於諸侯，送御者皆百乘。』百兩，百輛車，指結婚時送嫁之車輛。

〔一九〕〔補注〕《新唐書·百官志》：『節度使掌總軍旅，顓誅殺……辭日，賜雙旌雙節。』雙旌遽改，指茂元在河陽節度使任上去世。

〔二〇〕〔補注〕《公羊傳·隱公二年》：『女曷爲或稱女，或稱婦，或稱夫人？女在其國稱女，在塗稱婦，入國稱夫人。』

〔二一〕〔補注〕《周禮·春官·大宗伯》：『卿執羔，大夫執雁。』羔雁，卿大夫見面時之贄禮，亦用作婚聘之禮物。《儀禮·士昏禮》『納采用鴈』賈公彦疏：『昏禮有六，五禮用鴈：納采、問名、納吉、請期、親迎是也。唯納徵不用鴈，以其自有幣帛可執故也。』

〔二二〕〔錢注〕禰衡《鸚鵡賦》：女辭家而適人。

〔二三〕〔補注〕《禮記·内則》：『婦事舅姑，如事父母。雞初鳴，咸盥漱，櫛、縰、笄、總、衣紳，左佩紛帨、刀、礪、小觿、金燧，右佩箴、管、綫、纊，施縏袠、大觿、木燧，衿纓，綦屨。』鄭玄注：『縏，小囊也。縏袠，言施明爲箴管綫纊有之。』《儀禮·士昏禮》：『庶母及門内施鞶，申之以父母之命，命之曰：「敬恭聽宗爾父母之言，夙夜無愆，視諸衿鞶。」』賈公彦疏：『鞶以盛帨巾之屬，此物所以供事舅姑，故云謹敬也。』

〔二四〕〔補注〕五情，猶五内。參《祭小姪女寄寄文》注〔二六〕。

〔二五〕〔補注〕《周禮·考工記·梓人》：『張五采之侯，則遠國屬。』賈公彦疏：『夷狄爲遠國。』《管子·小匡》：『遠國之民，望如父母；近國之民，從如流水。』均非此句『遠國』之義。按商隱諸祭文中常用此類語，集合排比，其義自見。《重祭外舅司徒公文》云：『千里歸塗，東門故第。』此千里歸塗所至之地，即茂元在洛陽之故宅。千里係商隱所在之地至洛陽之大致距離。千里亦即遠國之義。《爲馮從事妻李氏祭從父文》：『今以家國載遥，干戈未息，尚稽歸祔，乃議從權。』此則因馮從事家國路遠不克歸祔而暫寓殯於洛陽。《爲裴懿無私祭薛郎中文》：『執紼路阻，佳城望賒。凌空乏翼，上漢無槎。』此則謂因路途遥遠，而不能前往哭弔。《祭長安楊郎中文》：『五千里之外，正恨殊鄉。』乃因楊卒於桂林，距京師近五千里而不能親祭。不一一列舉，總言弔祭者與被弔祭者相距遥遠不能親至（唯《祭外舅贈司徒公文》點出『千里歸途』，乃是親祭）。然則本文之『遠國千里』即謂茂元靈柩所歸之洛陽爲千里之遠國，故下文即申述因路遥及干戈未息不能親往弔祭之意。夜泉，指泉臺，墳墓。時商隱在長安樊南，万俟氏當亦在京。

〔二六〕〔補注〕《書·大禹謨》：『鬼神其依，龜筮協從。』古以龜卜，以蓍草筮，視其象與數定吉凶。《禮記·檀弓下》：『塗車芻靈，自古有之，明器之道也。』塗車，泥車；芻靈，用茅草紮成之人馬。均爲送葬之物。

〔二七〕〔錢注〕謂劉稹初平。詳《爲滎陽公與昭義李僕射狀》注〔四〕。〔按〕祭文作於會昌四年仲春，時劉稹未平，錢注非。

〔二八〕〔補注〕《書·益稷》：『曁稷播，奏庶艱食鮮食。』艱食，糧食匱乏。

〔二九〕見《上易定李尚書狀》『撫歸旐以興懷』注。

〔三〇〕〔補注〕松扃，指墓室。墓地多植松，故云。

〔三一〕〔錢注〕《禮·雜記》注：廟中曰紼，在塗曰引。〔補注〕《儀禮·既夕禮》：『設披，屬引。』鄭玄注：

『引，所以引柩車，在軸輴曰紼。』《禮記·檀弓下》：『弔於葬者必執引。』引，挽柩車之繩。

〔三二〕〔錢注〕《玉篇》：惋，驚嘆也。〔補注〕眇孤，幼弱之孤兒。語本《左傳·僖公九年》：『獻公使荀息傅奚齊。公疾，召之曰：「以是藐諸孤辱在大夫，其若之何？」』孔疏：『藐諸孤者，言年既幼稺，縣藐於諸子之孤。』毒，苦楚。

〔三三〕〔錢注〕《說文》：醪，汁滓酒也。

〔三四〕〔錢注〕《博雅》：柶，匙匕也。筴謂之箸。

〔三五〕〔補注〕《禮記·内則》：『子婦（兒子與兒媳）孝者敬者，父母舅姑之命，勿逆勿怠。』孔疏：『子孝於父母，婦敬於舅姑。』

〔三六〕〔補注〕孫甥，指甥女之子女。

〔三七〕〔錢注〕袁宏《後漢紀》：燮既歸，文姬涕泣相對，因屏人而言曰：『今弟幸全血屬，豈非天乎？』〔補注〕血屬，有血緣關係之親屬。

〔三八〕〔錢注〕《世説》：戴公見林法師墓曰：『神理綿綿，不與氣運俱盡耳。』〔補注〕神理，指（茂元）靈魂。白居易《祭小弟文》：『苟神理之有知，豈不聞吾此言。』

爲王秀才妻蘇氏祭先舅司徒文〔一〕

奉違慈顔〔二〕，將涉半載，追攀莫及，號毒無任。恭惟尊靈，好是懿德〔三〕，其修身克己之規矩〔四〕，晢心奉國之忠誠，武略文經，官方政術，既外言不入於中壼〔五〕，故殊勳無預於斯文〔六〕。今瀝血寫誠〔七〕，叩心寄酷〔八〕，祇欲以閨庭見聞之事〔九〕，申泉扃永遠之哀〔一〇〕。三奠未終，五情先潰，嗚呼不祐，天實爲之〔一一〕！

昔我門外，首啓侯服〔一二〕，傳鼎銘於百代〔一三〕，稱玉潤於十家〔一四〕。新婦之先，實繼儒德。羔鴈克光於宋子〔一五〕，丹青遠比於瀛洲〔一六〕。三紀以前，六姻推最〔一七〕。俄已吉凶相反，中外貽悲〔一八〕。蕞爾羈孤，邈無依怙〔一九〕。孱形弱質，言歸自出之私〔二〇〕；五嶺三江〔二一〕，遠食分憂之禄〔二二〕。結愛異諸生之列〔二三〕，延慈於衆妹之中〔二四〕。雖手足乖離，鄉關綿邈，而蘇氏魂靈有寄，門構無虧，言念慈仁，實動肌骨。

新婦檮昧成性〔二五〕，誨誘難移〔二六〕。大家以卹孤〔二七〕，嚴室而悔過。面授刀尺〔二八〕，躬傳織紝〔二九〕。常憂許嫁之時〔三〇〕，未盡宜家之美〔三一〕。俄乃守龜有兆〔三二〕，贄雁來儀〔三三〕，克以眇軀，榮陪諸婦〔三四〕。愛忘於醜〔三五〕，姻不失新。良人既託於外兄〔三六〕，丘嫂復榮於猶女〔三七〕。期緦百口〔三八〕，咸蒙衣食之仁；昆弟三人，並受簪纓之賜〔三九〕。況兹屢歲，時遘沉痾，煎餌延憂，禱祠積費。田巫密召〔四〇〕，秦緩旁求〔四一〕。迴幽魂於再三〔四二〕，割廉俸之千萬〔四三〕。重以某郎祇蒙嚴訓，投迹名場，載深惟疾之憂，常有于飛之命〔四四〕。辭離蓋數，就奉多違。或榮寵屢加〔四五〕，每乖於獻賀；或起居有恙，蓋闕於煎調〔四六〕。日月其除〔四七〕，螽斯寡裕〔四八〕。使二男繼夭，重貽門户之憂；雖一女出家〔四九〕，未有莊嚴之力〔五〇〕。方將湔腸洗胃〔五一〕，易慮兢魂〔五二〕，冀收慶於將來，用承光於厥後。豈謂舋深無禱〔五三〕，祜薄難修〔五四〕，方於百戰之中〔五五〕，忽降兩楹之夢〔五六〕。追摧酷裂〔五七〕，五内崩傷〔五八〕！

嗚呼！士誰不榮者風義〔五九〕，人誰不貴者勳庸〔六〇〕。八綰州符〔六一〕，兩司廉印〔六二〕，三遷省座〔六三〕，四陟齋壇〔六四〕。玉帛賢豪，略盈於管第〔六五〕；袴襦疲病〔六六〕，横勵於藩維〔六七〕。雖清閑之事業無虧，而大國之依憑未極。殷輪莫返〔六八〕，撫節歸全〔六九〕。上軫九重〔七〇〕，旁淒五服〔七一〕。銀章拾級〔七二〕，遽爲告弔之恩；水土分官〔七三〕，翻作追榮之美〔七四〕。天乎不憖〔七五〕，神也何依〔七六〕！

今則龜筮有從〔七七〕，日月叶吉。指祁連而啓引〔七八〕，復京兆以開阡〔七九〕。絳旐前指，桐棺後出〔八〇〕。嚴姑永慟以觸地〔八一〕，令嗣長號而怨天〔八二〕。變霜景於春朝，灑夜泉於晝景。况奉御諸子，服紀纔終；三川伯郎，喪制未畢〔八三〕。哭泣遂延於數院，縗麻略滿於一門。何昔時榮樂之多，而今日奪傷之併？短長有數，冥寞難分〔八四〕。新婦誠合徒步叫哀〔八五〕，臨穴申禮〔八六〕。屬稚姑季叔，或有止留；家老輿臣〔八七〕，尚多依庇。既無冢婦〔八八〕，難曠門庭。嗚呼哀哉！

憤莫切於寃痛，永違尊蔭者痛之極；不登遐壽者寃之深〔八九〕。痛極寃深，碎心殞首。百身非贖〔九〇〕，九死何追〔九一〕！蔬果盈前，酒漿在列，繐帷儼撤〔九二〕，哀挽成行〔九三〕。昔爲供養之資〔九四〕，今作幽明之訣。寃號圮裂〔九五〕，觸目崩摧。伏希明靈，一賜臨降。

校注

〔一〕本篇原載清編《全唐文》卷七八二第四頁、《樊南文集補編》卷一一。〔錢注〕《國史補》：進士通稱謂之秀才。餘詳下篇。〔張箋〕蘇氏，茂元表妹，即嫁茂元族弟。餘詳上篇。〔按〕錢氏謂王秀才即王十三郎（見上篇引錢箋），張氏謂王秀才爲茂元族弟，蘇氏爲茂元表妹，均非。視文中稱茂元諸子爲『令嗣』，稱自己丈夫爲『某郎』，可見其决非茂元子媳。然題稱茂元爲『先舅』，文稱茂元妻爲『大家』『嚴姑』，則又可决其非茂元弟媳，而當爲姪媳。詳文中所述，蘇氏本爲茂元妹之女，自幼失怙，由茂元妻養育教誨，後又許配茂元之姪，爲其姪媳。故云『自出』、言『諸生（甥）』，明其本茂元甥女。而『延慈於衆妹之中』，明其爲茂元妹之女，因憐其妹而延慈及妹之女也，非謂蘇氏爲茂元表妹。茂元之姪，於蘇氏爲外兄，故云『良人既託於外兄』，謂王秀才原爲外兄，後爲良人也。蘇氏之年較長（文中提及已有一女出家），在茂元子姪諸媳中居『丘嫂』之位，因得茂元夫婦寵愛厚待，其榮寵勝過其親姪女，故云『丘嫂復榮於猶女』。此篇蘇氏與上篇万俟氏之身份實均相同，即先爲甥女後爲姪媳。本文之寫作時間，當在會昌四年仲春。篇首云『奉違慈顔，將涉半載』，按茂元卒於會昌三年九月二十日前數日，此言『將涉半載』，文當作於四年二、三月間。而商隱於是年春太原楊弁兵亂平息後即從長安樊南移家永樂，其《大鹵平後移家到永樂縣居書懷十韻》有句云：『依然五柳在，况值百花殘。』時值春暮。作祭文當在移家永樂之前。文中想象茂元出殯情景，有『絳旐前指，桐棺後出，嚴姑永慟以觸地，令嗣長號而怨天。變霜景於春朝，灑夜泉於晝景』之語，可證其時雖已值『春朝』而氣候仍較寒冷。再合之同時作之《祭外舅贈司徒公文》『漢陵摇落，秦苑冰霜』之句，其寫作時間在仲春可大體肯定。

〔二〕〔錢注〕潘岳《閑居賦》：壽觴舉，慈顔和。〔按〕上篇亦云『奄背深慈』。而稱茂元妻則曰『嚴姑』。慈、嚴之稱親上，男、女本可通用。

〔三〕〔補注〕《詩·大雅·烝民》：『天生烝民，有物有則。民之秉彝，好是懿德。』懿，美。

〔四〕〔補注〕《禮記·大學》：『古之欲明明德於天下者，先治其國；欲治其國者，先齊其家；欲齊其家者，先修其身。』《論語·顔淵》：『克己復禮爲仁。』

〔五〕〔補注〕《禮記·曲禮上》：『男女不雜坐，不同椸枷，不同巾櫛，不親授，嫂叔不通問，諸母不漱裳，外言不入於梱，内言不出於梱。』梱，門限。中壼，猶中宫。壼，宫内巷舍中道，亦泛指婦女居住之内室。

〔六〕〔補注〕《論語·子罕》：『天之將喪斯文也，後死者不得與於斯文也。』此『斯文』指禮樂教化、典章制度。而『殊勳無預於斯文』之『斯文』即『此文』之意，語本王羲之《蘭亭集序》：『後之覽者，亦將有感於斯文。』二句謂閨中不預外事，故祭文不及茂元之勳績。亦即下文所謂以閨庭見聞之事抒哀。

〔七〕〔錢注〕《魏書・尒朱弼傳》：宜可當心瀝血，示衆以信。

〔八〕〔錢注〕《新序》：子貢曰：『子產死，國人聞之皆叩心流涕。』〔補注〕酷，痛苦。

〔九〕〔錢注〕王儉《褚淵碑》李善注：蔡邕《何休碑》曰：孝友盡於閨庭。

〔一〇〕〔錢注〕江淹《爲蕭太傅謝追贈父祖表》：寵輝泉扃。〔補注〕泉扃，墓門，此謂墳墓。

〔一一〕〔補注〕《詩・邶風・北門》：『已矣哉，天實爲之，謂之何哉！』

〔一二〕〔錢注〕《新唐書・宰相世系表》：蘇氏出自己姓。漢代郡太守建，封平陵侯。子嘉，六世孫南陽太守、中陵鄉侯純，生章。五世孫魏東平相、都亭剛侯則。

〔一三〕〔補注〕《禮記・祭統》：『夫鼎有銘，銘者自名也。自銘以稱揚其先祖之美，而明著之後世者也。』『銘者，論譔其先祖之有德善、功烈、勳勞、慶賞、聲名，列於天下，而酌之祭器，自成其名焉，以祀其先祖者也。』

〔一四〕〔錢注〕《晉書・衛玠傳》：年五歲，風神秀異，其後多病，體羸。妻父樂廣有海內重名，議者以爲婦翁冰清，女婿玉潤。十，疑當作『一』。

〔一五〕〔補注〕羔鴈，見《爲王從事妻万俟氏祭先舅司徒文》注〔一一〕。《詩・陳風・衡門》：『豈其取妻，必宋之子。』孔疏：『宋者，殷之苗裔，契之後也。《殷本紀》云：舜封契於商，賜姓曰子……宋，子姓也。』後因以『宋子』指王侯之女。

〔一六〕〔原注〕秦府學士之後。瀛洲，見《爲滎陽公上集賢韋相公狀三》『況又高步瀛洲』注。〔補注〕丹青，謂圖畫功臣像。十八學士寫真圖中有蘇世長、蘇勗。見《舊唐書・褚亮傳》。

〔一七〕〔錢注〕《北史・序傳》：『顯貴門族，榮益六姻。』〔補注〕六姻，猶六親。《左傳・昭公二十五年》以父子、兄弟、姑姊、甥舅、婚媾、姻婭爲六親。

〔一八〕〔補注〕相反，相反相成。中外，家庭內外。《顏氏家訓・風操》：『因爾便吐血，數日而亡，中外憐之，莫不悲歎。』

〔一九〕〔錢注〕魏明帝《櫂歌行》：瞻仰靡依怙。〔補注〕蕞爾，狀其小，語本《左傳·昭公七年》『鄭雖無腆，抑諺曰「蕞爾國」，而三世執其政柄』。無依怙，指喪父。《詩·小雅·蓼莪》：『無父何怙，無母何恃？』

〔二〇〕〔補注〕自出，甥之代稱。《左傳·成公十二年》：『康公，我之自出。』杜預注：『晉外甥。』此謂蘇氏爲舅父家所養。

〔二一〕〔錢注〕《史記·秦始皇紀》注：《廣州記》云：五嶺者，大庾、始安、臨賀、揭陽、桂陽。《輿地記》云：一曰臺嶺，亦名塞上，今名大庾；二曰騎田；三曰都龍；四曰萌諸；五曰越嶺。《初學記》：沈懷遠《南越志》曰：廣信江、始安江、鬱林江，亦爲三江，在越也。〔按〕此指茂元任廣州節度使及邕管、容管經略使。

〔二二〕〔補注〕《漢書·循吏傳序》：『（孝宣）常稱曰：庶民所以安其田里，而亡歎息愁恨之心者，政平訟理也。與我共此者，其唯二千石乎？』顔師古注：『謂郡守、諸侯相。』《晋書·宣帝紀》：『帝留鎮許昌，改封向鄉侯，轉撫軍、假節，領兵五千，加給事中，録尚書事。帝固辭。天子曰：「吾於庶事，以夜繼晝，無須臾寧息。此非以爲榮，乃分憂耳。」』

〔二三〕諸生，即諸甥，見《爲王從事妻万俟氏祭先舅司徒文》注〔一四〕。

〔二四〕〔錢注〕張衡《周天大象賦》：均九子以延慈。〔按〕謂憐其妹而延慈於妹之女。

〔二五〕〔錢注〕《説文》：檮，斷木也。《春秋傳》曰：檮柮，昧暗也。郭璞《爾雅序》：璞不揆檮昧。〔補注〕檮昧，愚昧。新婦，已婚婦女對公婆及夫家長輩親屬謙卑之自稱，非謂其時蘇氏新嫁。

〔二六〕〔錢注〕《晋書·唐彬傳》：誨誘無倦。〔補注〕《論語·述而》：『誨人不倦。』又《子罕》：『夫子循循然善誘人。』

〔二七〕〔錢注〕《通鑑·晋安帝紀》注：晋、宋間，子婦稱其姑爲大家。

〔二八〕〔錢注〕《古詩·爲焦仲卿妻作》：左手持刀尺。

〔二九〕〔補注〕《禮記·内則》：『執麻枲，治絲繭，織紝組，學女事，以共衣服。』紝，繒帛。

〔三〇〕〔補注〕《禮記·曲禮上》：『女子許嫁，纓。』鄭玄注：『女子許嫁，系纓，有從人之端也。』

〔三一〕〔補注〕《詩·周南·桃夭》：『之子于歸，宜其室家。』

〔三二〕〔補注〕天子諸侯占卜用龜甲。據《周禮》，此龜甲由專人（龜人）看守，故稱『守龜』，此泛指占卜用之龜甲。《左傳·昭公五年》：『寡君聞君將治兵於敝邑，卜之以守龜，曰：余亟使人犒師，請行以觀王怒之疾徐，而爲之備，尚克知之。』《管子·小匡》：『庶神不格，守龜不兆，握粟而筮者屢中。』有兆，謂卜得吉兆。

〔三三〕見《爲王從事妻万俟氏祭先舅司徒文》注〔二一〕、〔一五〕。

〔三四〕〔補注〕《禮記·昏義》『和於室人』鄭玄注：『室人，謂女妐、女奴、諸婦也。』孔疏：『諸婦，謂娣姒之屬。』

〔三五〕〔錢注〕《晉書·劉曜載記》：且陛下若愛忘其醜，以臣微堪指擾，亦當能輔導義光，仰遵聖軌。

〔三六〕〔錢注〕《儀禮》『姑之子』注：外兄弟也。〔按〕蘇氏爲茂元甥女，嫁茂元之姪，於蘇氏爲外兄，故云『良人既託於外兄』。

〔三七〕〔錢注〕《漢書·楚元王傳》：高祖微時，常避事，時時與賓客過其丘嫂食。注：張晏曰：丘，大也，長嫂稱也。〔按〕蘇氏於娣姒諸婦中爲丘嫂，因得茂元夫婦寵愛厚待，其榮寵勝過其親姪女，故云『丘嫂復榮於猶女』。按常情，姪女應親於甥女。

〔三八〕〔錢注〕《魏書·楊播傳》：一家之中，男女百口，緦服同爨，庭無間言。〔補注〕《禮記·玉藻》：『童子不裘不帛，不屨絇，無緦服。』緦服，即緦麻服，多指關係較遠之族親。期，期服，齊衰爲期一年之喪服。服喪一年之親屬稱期親。期緦，蓋指蘇氏家族内親屬。

〔三九〕〔補注〕簪纓，官吏之冠飾，借指顯貴。

〔四〇〕〔補注〕《左傳·成公十年》：『晉侯夢大厲，被髮及地，搏膺而踊曰：「殺余孫不義，余得請於帝矣。」壞大門及寢門而入。公懼，入于室，又壞户。公覺，召桑田巫，巫言如夢。公曰：「何如？」曰：「不食新矣！」』

〔四一〕〔補注〕《左傳·成公十年》：『公疾病，秦伯使醫緩爲之。公夢疾爲二豎子曰：「彼良醫也，懼傷我，焉逃之？」其一曰：「居肓之上，膏之下，若我何？」醫至，曰：「疾不可爲也。在肓之上，膏之下，攻之不可，達之不及，藥不至焉，不可爲也。」公曰：良醫也，厚爲之禮而歸之。』

〔四二〕〔錢注〕東方朔《十洲記》：聚窟洲海中申未地，山多大樹，與楓木相類，而花葉香聞數百里，名爲返魂樹。伐其木根心，於玉釜中煮取汁，令可丸之，名曰驚精香。或名之爲震靈丸、返生香、震檀香、人鳥精、却死香。香氣聞數百里，死者在地，聞香氣乃活，不復亡也。

〔四三〕〔錢注〕《新唐書·食貨志》：唐世百官俸錢，節度使三十萬，觀察使十萬。

〔四四〕〔補注〕《左傳·莊公二十二年》：『初，懿氏卜妻敬仲，其妻占之曰：「吉。是謂鳳皇于飛，和鳴鏘鏘。有嬀之後，將育于姜。」』杜預注：『雄曰鳳，雌曰皇。雄雌俱飛，相和而鳴鏘鏘然。猶敬仲夫妻和睦，適齊有聲譽。』惟疾之憂，疑用《孟子·梁惠王下》：『王曰：寡人有疾，寡人好色。』似謂其丈夫某郎因好色，故常有凰凰雙飛之事。

〔四五〕〔錢注〕劉琨《答盧諶詩》：愆釁仍彰，榮寵有加。

〔四六〕〔錢注〕本集徐氏曰：煎調，謂湯藥之事。

〔四七〕〔補注〕《詩·唐風·蟋蟀》：『今我不樂，日月其除。』

〔四八〕〔錢注〕《韓詩外傳》：孔子行，簡子將殺陽虎，孔子似之，帶甲以圍孔子舍。子路愠怒，奮戟將下，孔子止之曰：『由，何仁義之寡裕也！』〔補注〕《詩·周南·螽斯》：『螽斯羽，詵詵兮，宜爾子孫，振振兮。』螽斯寡裕，謂無胤嗣也，下『二男繼夭』可證。

〔四九〕〔錢注〕《魏書·釋老志》：其好樂道法，欲爲沙門者，不問長幼。出於良家，性行素篤，無諸嫌穢，鄉里所明者，聽其出家。

〔五〇〕〔錢注〕《維摩經》：譬如寶莊嚴佛，無量功德，寶莊嚴土，一切大衆，散未曾有。〔補注〕佛教謂以福德等净化身心爲莊嚴。

〔五一〕〔錢注〕《南史·荀伯玉傳》：高帝有故吏東莞竺景秀嘗以過繫作部，高帝謂伯玉：『卿比看景秀不？』答曰：『數往候之，備加責誚。云若許某自新，必吞刀刮腸，飲灰洗胃。』帝善其答，即釋之。〔補注〕湔，洗滌。庾信《温湯碑》：『灑胃湔腸，興羸起瘠。』湔腸洗胃，猶洗心革面。

〔五二〕〔錢注〕《戰國策》：乃且變心易慮。

〔五三〕〔錢注〕劉琨《贈盧諶詩》：斯釁之深，終莫能磨。

〔五四〕〔錢注〕魏武帝《善哉行》：自惜身薄祜。〔補注〕祜，福也。

〔五五〕〔錢注〕《木蘭詩》：將軍百戰死。〔按〕指其在討伐叛鎮劉稹之戰争中。

〔五六〕〔補注〕謂忽然去世。《禮記·檀弓上》：『殷人殯於兩楹之間（房屋正廳當中之兩柱）……而丘也，殷人也，予疇昔之夜夢坐奠於兩楹之間……予殆將死也。』

〔五七〕〔錢注〕楊彪《答曹公書》：心腸酷裂。〔補注〕追摧，追念悲傷。酷裂，因痛苦而腸斷。

〔五八〕〔錢注〕魏文帝《與鍾大理書》李善注：李陵詩曰：行行且自割，無令五内傷。

〔五九〕〔補注〕風義，猶風操。趙元一《奉天録序》：『忠臣義士，身死王事……使後來英傑，貴風義而企慕。』

〔六〇〕〔補注〕《周禮·夏官·司勳》：『王功曰勳，民功曰庸。』此泛指功勳。

〔六一〕〔錢箋〕茂元爲州牧二：歸州也，蔡州也。爲經略者二：邕管也，容管也。爲節度者四：嶺南也，涇原也，陳許也，河陽也。唐制經略、節度皆領州，故曰八綰州符。事詳下篇《祭外舅贈司徒公文》。

〔六二〕〔錢箋〕涇原、陳許並兼觀察使。

〔六三〕〔錢箋〕涇原罷鎮之後，歷爲京職。事詳下篇。〔補注〕省座，指禁中九卿之官。茂元自涇原入京後，曾爲司農卿、將作監，此謂『三遷省座』，不詳。

〔六四〕〔錢箋〕謂四爲節度。《史記・淮陰侯傳》：蕭何曰：『拜大將，擇良日，齋戒，設壇場，具禮，乃可耳。』〔按〕陟，登。錢注本作『涉』，誤。

〔六五〕〔錢注〕《易林》：露我管第。〔按〕唐代於嶺南道設置的某些特别行政區域（多爲少數民族或夷漢雜居地區）稱爲『管』，如王茂元曾任經略使之邕管、容管即是。此『管第』與下『藩維』對文，當指邕、容二管之府第。

〔六六〕〔錢注〕《後漢書・廉范傳》：范遷蜀郡太守。成都民物豐盛，邑宇逼側。舊制禁民夜作，以防火灾，而更相隱蔽，燒者日屬。范乃毁削令，但嚴使儲水而已。百姓爲便，乃歌之曰：『廉叔度，來何暮？不禁火，民安作。平生無襦今五袴。』潘岳《西征賦》：牧疲人於西夏。

〔六七〕〔錢注〕劉琨《答盧諶詩》李善注：横厲，縱横猛厲也。《楚辭》曰：櫂舟航以横厲。〔按〕『横勵』與上句『略盈』對文，疑是廣泛受到激勵之意。

〔六八〕〔補注〕殷輪莫返，指死於軍中，未能勝利歸來。《左傳・成公二年》：『自始合，而矢貫余及肘，余折以御。左輪朱殷，豈敢言病，吾子忍之。』

〔六九〕〔錢注〕《後漢書・崔駰傳》：貴啓體之歸全兮。〔按〕歸全，見《祭裴氏姊文》注〔七九〕。謂在節度使任上去世。

〔七〇〕〔補注〕軫，痛心。

〔七一〕〔補注〕謂五服之内的親屬均爲之凄悲。五服，見《祭處士房叔父文》注〔二八〕。

〔七二〕〔錢注〕應劭《漢官儀》：二千石以上，銀印龜紐，文曰章，刻曰某官之章。〔補注〕《禮記・曲禮上》：『拾級聚足，連步以上。』顔師古《匡謬正俗》卷三：『拾級聚足，此言升階歷級，每一級則並足，然後更登也。』銀章，銀印。隋、唐以後官不佩印，只有隨身魚袋。金銀魚袋等謂之章服，亦簡稱銀章。

〔七三〕〔錢注〕按：茂元殁，贈司徒。而《書》『汝平水土』自指司空，或誤臆耶？

〔七四〕〔錢注〕《宋書·鄧琬傳》：言念既往，宜在追榮。

〔七五〕〔錢注〕《史記·司馬相如傳》注：憓，順也。〔補注〕憓，通『惠』。《詩·小雅·節南山》：『昊天不惠，降此大戾。』

〔七六〕〔補注〕《左傳·僖公五年》：『神所憑依，將在德矣。』

〔七七〕見《爲王從事妻万俟氏祭先舅司徒公文》注〔二六〕。

〔七八〕〔錢注〕《史記·霍驃騎傳》：霍去病爲剽姚校尉，元狩二年爲驃騎將軍，六年卒。天子悼之，發屬國玄甲軍，陳自長安至茂陵，爲冢，像祁連山。『引』，見上篇注〔三一〕。〔按〕祁連，此借指墓地。

〔七九〕〔錢注〕《漢書·原涉傳》：涉自以先人墳墓儉約，非孝也。乃大治起冢舍，周閣重門。初，武帝時京兆尹曹氏葬茂陵，民謂其道爲京兆阡，涉慕之，乃買地開道立表，署曰南陽阡，人不肯從，謂之原氏阡。〔補注〕阡，墳墓。

〔八〇〕〔錢注〕《太平御覽》：《墨子》曰：禹葬會稽，桐棺三寸，葛以繃之。

〔八一〕〔補注〕嚴姑，此指茂元妻。觸地，見《禮記·問喪》：『喪禮唯哀爲主矣……男子哭泣悲哀，稽顙觸地無容，哀之至也。』

〔八二〕〔錢箋〕《上許昌李尚書第二狀》云『王十二郎、十三郎』，似即從事、秀才二人。而本集《爲外姑隴西郡君祭張氏女文》云『七女五男，撫之如一。往在南海，令子云往，藐爾兩孤，未勝多難。提挈而至，踰涇涉河，十年之間，母子俱盡』，意茂元尚有他子先亡耶？今不可考矣。〔按〕令嗣自指茂元子，其中當包括王十二郎、十三郎，然謂上篇及本篇題内之王從事、王秀才即王十二郎、十三郎則顯誤，辨已見本篇及上篇注〔二〕編著者按語。

〔八三〕〔錢注〕《舊唐書·職官志》：殿中省尚食、尚藥局，奉御各二人，正五品下。尚衣、尚舍、尚乘、尚輦局，奉御各二人，從五品上。《新唐書·地理志》：三川縣屬關内道鄜州。〔張箋〕奉御諸子，當指王侍御瓘之子，或其時喪母服闋；三川伯郎，豈即謂《祭張氏女文》所云令子之兩孤及其母歟？要之，此皆茂元家事，今亦無煩細考矣。〔按〕此言『況奉御諸子，服紀纔終；三川伯郎，喪制未畢』，下緊接『哭泣遂延於數院，縗麻略滿於一門』，所指顯非茂元之親子，而係同族中血緣較近之姪輩。詳不可考。王瓘爲監察御史或殿中侍御史（前有《爲王侍御瓘謝宣弔並賻贈表》），與『奉御』自是二人，不可混爲一談。三川，疑指河南府，唐人稱河南尹爲三川守，詩中習見。

〔八四〕〔錢注〕《後漢書・張奐傳》：施及冥寞。〔補注〕冥寞，幽暗，謂冥冥不可知。

〔八五〕〔錢注〕庾信《太保鴈門公紇干弘碑》：泣血徒步，奔波千里。

〔八六〕〔補注〕《詩・秦風・黄鳥》：『臨其穴，惴惴其慄。』王粲《詠史詩》：『臨穴呼蒼天，涕下如綆縻。』

〔八七〕〔錢注〕《國語》：訾祏實直而博，且吾子之家老也。〔補注〕家老，上古士大夫家臣中之老者。《左傳・昭公七年》：『故王臣公，公臣大夫，大夫臣士，士臣皁，皁臣輿，輿臣隸，隸臣僚，僚臣僕，僕臣臺。』輿臣，指家臣中職位低賤之吏卒。

〔八八〕〔補注〕《禮記・内則》：『冢婦所祭祀賓客，每事必請於姑。』冢婦，嫡長子之妻。按：據此，蘇氏當非嫡長子之妻。

〔八九〕〔錢注〕阮瞻《上巳會賦》：獻遐壽之無疆。

〔九〇〕〔補注〕《詩・秦風・黄鳥》：『彼蒼者天，殲我良人。如可贖兮，人百其身。』

〔九一〕〔錢注〕《楚辭・離騷》：雖九死其猶未悔。

〔九二〕〔錢注〕謝朓《同謝諮議銅雀臺詩》：繐帷飄井幹，樽酒若平生。〔補注〕繐帷，設於靈前之帷幕。撤，撤除。

〔九三〕〔錢注〕《晉書・禮志》：挽歌出於漢武帝役人之勞，歌聲哀切，遂以爲送終之禮。〔按〕『蔬果』以下六句，係蘇氏遥祭情景。因上文已明言『屬稚姑季叔，或有止留；家老輿臣，尚多依庇』不能『臨穴申禮』。

〔九四〕〔補注〕《禮記・月令》：『季秋之月……收禄秩之不當，供養之不宜者。』供養，指奉養之物品。

〔九五〕〔錢注〕《吴志・諸葛恪傳》：肝心圮裂。〔補注〕圮裂，破碎、分裂。

祭外舅贈司徒公文〔一〕

維某年月日，子婿李商隱謹遣家僮齎疏薄之奠，昭祭於故河陽節度使贈司徒之靈。惟昔積德卜年，源長慶延〔二〕。岐山之走馬胥宇〔三〕，嵩丘之控鶴尋仙〔四〕。重疊規矩〔五〕，蕃昌億千〔六〕。邂逅中代〔七〕，支離數賢〔八〕。豆藿失君〔九〕，隨庾、謝而南渡〔一〇〕；《桃葉》興詠〔一一〕，棄江、徐而北旋〔一二〕。已失晉陽之菜地〔一三〕，因開濮水之松阡〔一四〕。時非得已，吾寧固然。王殷別祁縣之居，未傷於教〔一五〕；王濬占弘農之籍，果振其先〔一六〕。既而斷韋更緝〔一七〕，脱簡重編〔一八〕，一掾則齋翔謝鳳〔一九〕，兩令則庭落楊鱣〔二〇〕。

緊彼家聲，重嬰世故〔二一〕。值冀寇之北至，屬虜馬之南渡〔二二〕。肇允成公〔二三〕，悲丁國步〔二四〕。悼犬馬之戀主〔二五〕，愴梟狼之據路〔二六〕。投筆三歎〔二七〕，彎弧一怒〔二八〕，斃斷後之王雙〔二九〕，縛難寬之吕布〔三〇〕。鈇鉞賜殺〔三一〕，圭符錫祚〔三二〕，實誕上公，載揚垂裕〔三三〕。

兩欒蓄響〔三四〕，百丈端標〔三五〕。重侯有寄〔三六〕，任子來朝〔三七〕。書通軒、禹〔三八〕，文合《韺》《韶》〔三九〕。熊館中涓〔四〇〕，方奏揚雄之《羽獵》〔四一〕；露臺法從〔四二〕，已賦王褒之《洞簫》〔四三〕。乃即祕丘，乃登延閣〔四四〕。愈高、赤之痌瘝〔四五〕，變服、鄭之糟粕〔四六〕。麟臺秩滿〔四七〕，龍樓籍通〔四八〕。輟春闈之贊謁，佐夏口以觀風〔四九〕。魏太子之寓書，歡娱不足〔五〇〕；桓司馬之英氣，喜怒皆同〔五一〕。復因所託，往保於東〔五二〕。齊帥拒詔，洛邸興戎〔五三〕。雖得兔穴〔五四〕，未摧隼墉〔五五〕。保釐不教之兵〔五六〕，纔餘百數；羲和難駐之晷，寧復再中〔五七〕？上陽將鳴於夜柝〔五八〕，東人半逐於飄蓬〔五九〕。公請於帥，願當其鋒〔六〇〕。搢白簡以腰箭，擁青袍而手弓〔六一〕。咄嗟則前隊鼓勇，喑嗚而後騎争雄〔六二〕。纔餘數刻，盡翦羣兇〔六三〕。山濤論兵，此中不淺〔六四〕；魏舒善射，知之何晚〔六五〕！尚踠迹於天朝，更從公於蒲坂〔六六〕。旋衣朱紱，入謁皇闈〔六七〕；乃乘驄馬，來臨秭歸〔六八〕。峽束遐路〔六九〕，灘含駭機〔七〇〕。桂檝之不用安得〔七一〕，布帆之無恙者稀〔七二〕。公誘以利〔七三〕，公申以威〔七四〕，明拯人之賞〔七五〕，示伊水之非〔七六〕。却張禹之江濤，非因行縣〔七七〕；戢温公之水怪，寧候照磯〔七八〕？遷去鄖城，仍臨蔡壤〔七九〕。釋杼軸之悲〔八〇〕，解秋荼之網〔八一〕。救旱平怨〔八二〕，停霜辨枉〔八三〕。褚義興之部内，枯樹重榮〔八四〕；傅安成之郡中，淫祠罷饗〔八五〕。

容山至止，郎寧去思〔八六〕。跕鳶息厲〔八七〕，毒虺停吹〔八八〕。臨海之蜜巖不禁〔八九〕，合浦之珠蚌休移〔九〇〕。既相温文，旋遷徼衛〔九一〕。複道親警〔九二〕，嚴更密隸〔九三〕。統臨緹騎，東京之上將今官〔九四〕；意氣朱旗，南嶽之諸劉昔誓〔九五〕。

番禺是宅，漲海攸潴〔九六〕。瘡痏金寶〔九七〕，糞土犀渠〔九八〕。跨馬將軍有雙標之柱〔九九〕，酌泉太守無去骨之魚〔一〇〇〕。已乏斷牙之筆〔一〇一〕，兼無汗簡之書〔一〇二〕。江革船輕，空險西陵之渡〔一〇三〕；邢公宅湫，曾無正寢可居〔一〇四〕。

安定求才，朝那闕帥〔一〇五〕。衢室晏罷〔一〇六〕，雲臺夜議〔一〇七〕。虞雪嶺之驚烽〔一〇八〕，忽玉關之滯使〔一〇九〕。李廣名重〔一一〇〕，王商貌異〔一一一〕。征轂方推〔一一二〕，行臺遽至〔一一三〕。塞水分溜〔一一四〕，邊城早寒。鼂鐘響遠〔一一五〕，鼉鼓聲乾〔一一六〕。九國遺戎〔一一七〕，咸憂其族滅〔一一八〕；三州戍卒，休歌於路難〔一一九〕。排闥無及，持符載泣〔一二〇〕。荷紫泥之降數〔一二一〕，馳墨車而來急〔一二二〕。省揆名在，農官望集〔一二三〕。鄖卿曹之四至〔一二四〕，小承明之三入〔一二五〕。鄗、畢之地，軒轅之臺〔一二六〕，葛綳將掩〔一二七〕，柏陵始開〔一二八〕。會稽之象猶未去〔一二九〕，鼎湖之龍不歸來〔一三〇〕。代邸迎騑，將極事居之禮〔一三一〕；喬山護駕，猶深送往之哀〔一三二〕。

許下舊都，淮陽勁卒〔一三三〕。帳督千乘，人殷萬室〔一三四〕。獯鬻潛動，偏裨遠出〔一三五〕。指授籌謀，丁寧紀律〔一三六〕。秋膠方折〔一三七〕，塞月未虧〔一三八〕。寇屯日逐〔一三九〕，師分谷蠡〔一四〇〕。薛公之揣敵情，不過三策〔一四一〕；充國之爲兵學，遠及四夷〔一四二〕。千牛不燧〔一四三〕，六贏已馳〔一四四〕。沁園歸主〔一四五〕，細柳屯師〔一四六〕。赤狄違恩，晋城告變〔一四七〕。假三齊之餘醜〔一四八〕，犯神州之近甸〔一四九〕。懷邑營匝，河橋旆轉〔一五〇〕。城東陽而萊子懼，事在晏桓〔一五一〕；壁武牢而鄭伯憂，功存孟獻〔一五二〕。示羸策密，誘敵謀深〔一五三〕。子陽之降奴失計〔一五四〕，袁熙之别將先擒〔一五五〕。元子能官，季男善賦〔一五六〕。咸移俎豆之業〔一五七〕，共集干戈之務。金僕陷堅以深入〔一五八〕，勁弩飛空而亂注〔一五九〕。誓與族以忘生〔一六〇〕，報時君之善遇〔一六一〕。陳球家室，終避難以無聞〔一六二〕；去病子孫，亦成功而有素〔一六三〕。

大勳垂立，定命難言。長城遽壞〔一六四〕，泰嶽俄騫〔一六五〕。星墜營中，先時盡見〔一六六〕；兒啼地下，此兆難原〔一六七〕。遂稽誅於賊壘〔一六八〕，遽貽慟於天閽〔一六九〕。綏復有禮，哀斂加恩〔一七〇〕。誠蘊蓄之非盡〔一七一〕，在始終而可論。嗚呼哀哉！

惟公之膺秀璆筠〔一七二〕，稟和鍾吕〔一七三〕。青海萬里〔一七四〕，丹霄一舉。季布金諾〔一七五〕，延陵劍許〔一七六〕。既辨冠於燕、齊〔一七七〕，亦信聞於梁、楚〔一七八〕。揚親業就，繼代名高。永言氣類，莫匪英髦〔一七九〕。謝萬有安石之兄，見推時俊〔一八〇〕；王弘以曇首爲弟，遠映人曹〔一八一〕。故得行有二矛〔一八二〕，居懸重綬〔一八三〕。赤羽若日〔一八四〕，金印如斗〔一八五〕。賜衣千襲〔一八六〕，寵加寒暑之初〔一八七〕；宸翰萬重，誓在河山之後〔一八八〕。重以夷門下士〔一八九〕，楚館求才〔一九〇〕，御車表敬〔一九一〕，比飯除猜〔一九二〕。同羊侃之接賓，共其醒醉〔一九三〕，異蔡凝之待士，略彼蒿萊〔一九四〕。而又理達團空〔一九五〕，道通無著〔一九六〕，《水月》觀定〔一九七〕，春臺寄樂〔一九八〕。赤髭疏主〔一九九〕，擲麈尾以無言〔二〇〇〕；緑髮仙翁〔二〇一〕，攝霓裳而自却〔二〇二〕。嗚呼哀哉！

其世榮也如彼，其全材也若此。忽東暉之云宴，雖西山而莫起〔二〇三〕。語光陰之代謝〔二〇四〕，石火風燈〔二〇五〕；追平昔之音容，驚波逝水〔二〇六〕。今則青烏薦卜〔二〇七〕，白馬臨塋〔二〇八〕。并移黄石〔二〇九〕，始啓滕城〔二一〇〕。玄甲等嫖姚之禮〔二一一〕，荒阡改京兆之名〔二一二〕。魏冢竹書，幾年復出〔二一三〕；燕丘華表，終古含情〔二一四〕。

某早辱徽音，夙當採異〔二一五〕。晉霸可託〔二一六〕，齊大寧畏〔二一七〕？持匡衡乙科之選，雜梁竦徒勞之地〔二一八〕。雖餉田以甚恭〔二一九〕，念販春而增愧〔二二〇〕。京西昔日〔二二一〕，輦下當時〔二二二〕。中堂評賦〔二二三〕，後榭言詩〔二二四〕。品流曲借，富貴虛期〔二二五〕。誠非國寶之傾險〔二二六〕，終無衛玠之風姿〔二二七〕。公在東藩，愚當再調〔二二八〕，賫帛資費〔二二九〕，銜書見召〔二三〇〕。水檻幾醉〔二三一〕，風亭一笑〔二三二〕。日換中昃〔二三三〕，月移朒朓〔二三四〕。改潁水之辭違〔二三五〕，成洛陽之赴弔〔二三六〕。嗚呼哀哉！

漢陵摇落〔二三七〕，秦苑冰霜〔二三八〕。將觀祖載〔二三九〕，遂迫瘥瘍〔二四〇〕。謝長度之虛羸〔二四一〕，升車未可；沈休文之瘦瘠〔二四二〕，執轡猶妨〔二四三〕。林薄終焉，關河永矣〔二四四〕！抱痛酸骨，銜悲没齒。潘、楊之好〔二四五〕，琴瑟之美〔二四六〕，庶有奉於明哲〔二四七〕，既無虧於仁旨〔二四八〕。僧虔筆拙〔二四九〕，葛洪紙空〔二五〇〕。裁詞有盡，拉血無窮。希降光於寓奠，聊照恨於微衷！

校注

〔一〕本篇原載清編《全唐文》卷七八二第一四頁、《樊南文集補編》卷一一。〔錢箋〕（司徒公）王茂元也。《舊唐書》本傳：會昌中爲河陽節度使。是時，河北諸軍討劉稹，茂元亦以本軍屯天井，賊未平而卒。《新唐書》本傳：茂元領陳許節度使，又徙河陽，討劉稹也。會病卒，贈司徒，謚曰威。《爾雅》：妻之父爲外舅。《舊唐書·職官志》：太尉、司徒、司空各一員，謂之三公，並正一品。本集有《重祭外舅贈司徒公文》。又於本文『成洛陽之赴弔』句下箋云：茂元有宅在洛陽之崇讓坊。《上許昌李尚書狀二》云『王十二郎、王十三郎扶引靈筵，兼侍從郡君，今年八月至東洛訖』，可證也。又《上鄭州李舍人狀四》云『夏秋以來，疾苦相繼』，《上李舍人狀二》云『自還京洛，常抱憂煎，骨肉之間，病恙相繼』，蓋義山占籍東都，抱疴里居，適其妻族亦奉喪還洛，故下文云『將覩祖載，遂迫瘥瘍』也。事當在會昌四年。〔張箋〕（繫會昌四年，置《上許昌李尚書狀一》之後）據《上許昌李尚書狀》云：『王十二郎、十三郎扶引靈筵，今年八月到東洛訖。』則此文是寄奠，有《重祭外舅文》可證。是時義山方居永樂也。〔按〕錢、張二氏均據《上許昌李尚書狀二》『王十二郎、王十三郎扶引靈筵，兼侍從郡君，今年八月至東洛訖』之文，謂茂元子於會昌四年八月奉茂元喪歸洛，故有《祭外舅贈司徒公文》之作。茂元喪歸洛固在會昌四年八月（詳《重祭外舅司徒公文》注〔一〕編著者按語），然本文并非作於其時，而係與《爲王從事妻万俟氏祭先舅司徒文》《爲王秀才妻蘇氏祭先舅司徒文》同作於會昌四年仲春。其時商隱既非在洛陽（錢説），亦不在永樂（張説），而係在長安樊南。三文均述及茂元靈車將發前往葬地之情景，及各自因戰事、家事及己身患病不能前往參加葬禮之情事。《爲王從事妻万俟氏祭先舅司徒文》云：『今以干戈未息，途路多虞……不獲躬隨絳旐，親詣松扃。』《爲王秀才妻蘇氏祭先舅司徒文》云：『今則龜筮有從，日月叶吉……絳旐前指，桐棺後出……新婦誠合徒步叫哀，臨穴申禮。屬稚姑季叔，或有止留；家老輿臣，尚多依庇。既無冢婦，難曠門庭。』本文則云：『將觀祖載，遂迫瘥瘍。』三文所述時令，或云『變霜景於春朝』，或曰『秦苑冰霜』，亦均與《爲王秀才妻蘇氏祭先舅司徒文》所云『違奉慈顔，將涉半載』者相合。然則三文之爲同時作實屬無疑。本文之作地，錢謂在洛陽，固非（如在洛陽，不存在不能參加葬禮之問題。以子婿之親，身在洛陽而僅遣家僮祭奠，即有小疾，亦爲失禮）；張謂在永樂，亦非。移家永樂，已值『百花殘』之春暮，而此文所述物候，仍屬『摇落』『冰霜』之候。實則作此三文時商隱仍居長安樊南。『漢陵摇落，秦苑冰霜』，乃作文時眼前景。漢陵、秦苑，即長安之別稱（詳二句注）。商隱開成五年秋移居長安樊南，作此三文時爲會昌四年仲春，固仍居樊南而未移家永樂也。又，王茂元卒於會昌三年九月二十日稍前，何以遲至四年仲春靈車方準備啓運，又何以延至四年八月靈車方運抵洛陽。此當因受討劉稹戰事影響所致。茂元卒於軍中，其時河陽前綫戰事正緊，當權厝萬善。是年十二月三日，王宰克天井關，形勢有所緩和。然同月戊辰，王宰進攻澤州失利，劉稹將劉公直又奪天井關。至會昌四年正月初一，太原楊弁作亂，節度使李石奔汾州，楊弁遣人詣劉稹，約爲兄弟。形勢又逆轉。楊弁之亂雖在正月底已告平定，但原計劃二月運送茂元靈柩歸洛之舉勢必受此次戰亂影響而告拖延，故不得已寓殯茂元於萬善，三祭文即爲此而作。直至會昌四年八月，劉稹之亂平，方將茂元靈柩從暫殯之地運抵洛陽。此即《祭外舅贈司徒公文》《重祭外舅司徒公文》先後作於會昌四年二月、八月之故。

〔二〕〔錢箋〕此以下溯王氏之家世，而因述濮陽著籍之由。《史記·周紀》：古公亶父復修后稷、公劉之業，積德行義，國人皆戴之。〔補注〕《左傳·宣公三年》：『成王定鼎于郟鄏，卜世三十，卜年七百，天所命也。』

〔三〕〔補注〕《詩·大雅·緜》：『古公亶父，來朝走馬。率西水滸，至于岐下。爰及姜女，聿來胥宇。』胥，觀察。宇，住宅。

〔四〕〔錢注〕劉向《列仙傳》：王子喬，周靈王太子晉也。好吹笙，作鳳皇鳴。遊伊、洛之間，道士浮丘公接以上嵩高山。三十餘年後，求之於山上，見柏良曰：『告我家七月七日，待我於緱氏山顛。』至時，果乘白鶴駐山頭，望之不得到，舉手謝時人，數日而去。《新唐書·宰相世系表》：王氏出自姬姓，周靈王太子晋以直諫廢爲庶人，其子宗敬爲司徒，時人號爲『王家』，因以爲氏。

〔五〕〔錢注〕《蜀志·郤正傳》：動若重規，静若疊矩。〔按〕錢注本作『重規疊矩』，未詳所據，然下句『蕃昌億千』與此句對文，則固當從《全唐文》作『重疊規矩』。

〔六〕〔補注〕《左傳·閔公元年》：『《屯》固，《比》入，吉孰大焉。其必蕃昌。』蕃昌，謂子孫蕃衍昌盛。

〔七〕〔補注〕中代，猶中古。具體時限説法不一。王通《中説·關朗》『中代之道』阮逸注：『商周已後爲中代。』

〔八〕〔補注〕支離，零散貌。

〔九〕〔錢注〕《晋書·愍帝紀》：建興四年八月，劉曜逼京師。十一月，帝出降。初，有童謡：『天子何在豆田中。』時王浚在幽州，以豆有藿，殺隱士霍原以應之。及帝如曜營，營實在城東豆田壁。辛丑，帝蒙塵于平陽。

〔一〇〕渡，《全文》作『度』，據錢注本改。〔錢注〕《晋書·王導傳》：元帝爲琅琊王，與導數相親善。洛京傾覆，中州士女避亂江左者十六七，導勸帝收其賢人君子與之圖事。桓彝初過江，見導，曰：『向見管夷吾，吾無憂矣。』庾、謝，並江左著姓。

〔一一〕〔錢注〕《古今樂録》：《桃葉歌》，王子敬所作也。桃葉，子敬妾。緣於篤愛，所以歌之。王獻之《桃葉歌》：『桃葉復桃葉，渡江不用楫。但渡無所苦，我自迎接汝。』

〔一二〕〔錢注〕《北史·王肅傳》：『肅父奂及兄弟並爲齊武帝所殺。魏太和十七年，肅自建鄴來奔。』江、徐，並南朝著姓。

〔一三〕〔錢箋〕〔晋陽〕謂太原，王氏郡望也。《漢書·刑法志》注：采，官也。因官食地，故曰采地。《爾雅》曰：『采，寮官也。』説者不曉采地之義，因謂菜地，云以種菜，非也。〔按〕字當依錢箋作『采』，然商隱原文已相沿作『菜』，姑仍其舊。晋陽，春秋晋邑，今山西太原市。

〔一四〕〔錢箋〕謂濮陽。《水經注》：秦始皇徙衛君角於野王，置東郡，治濮陽縣。濮水逕其南，故曰濮陽也。〔補注〕松阡，植有松樹之墓地。

〔一五〕〔錢校〕祁，胡本作『祈』。〔錢注〕《新唐書·宰相世系表》：烏桓王氏，霸長子殷，後漢中山太守，食邑祁縣。杜淹《文中子世家》：文中子王氏，十八代祖殷，雲中太守，家于祁，以《春秋》《周易》訓鄉里爲子孫資。

〔一六〕〔錢注〕《晋書·王濬傳》：濬，弘農湖人也。〔補注〕占籍，上報户口，入籍定居。王濬平吴有功，故曰『振其先』。

〔一七〕〔錢注〕《太平御覽》：《論語考比讖》曰：孔子讀《易》，韋編三絶，鐵擿三折，漆書三滅。〔補注〕《史記·孔子世家》：『孔子晚而喜《易》……讀《易》，韋編三絶。』古用竹簡書寫，以皮繩聯綴，稱韋編。緝，編織整理，即下『脱簡重編』意。

〔一八〕〔錢注〕《漢書·藝文志》：《酒誥》脱簡一、《召誥》脱簡二。

〔一九〕齋，《全文》作『齊』，據錢校改。〔錢注〕二掾，未詳。《齊書·謝超宗傳》：超宗父鳳，早卒。超宗好學，有文辭，盛得名譽。孝武帝曰：『超宗殊有鳳毛。』〔按〕據《南齊書·謝超宗傳》，超宗因孝武帝之稱賞，曾『轉新安王撫軍、行參軍；泰始初，爲建安王司徒參軍事』，『二掾』疑指此。

〔二〇〕〔錢注〕兩令，未詳。《後漢書·楊震傳》：震常客居於湖，不答州郡禮命數十年。後有冠雀銜三鱣魚，飛集講堂前。都講取魚進曰：『蛇鱣者，卿大夫服之象也。數三者，法三台也，先生自此升矣。』

〔二一〕〔錢箋〕此以下，叙茂元父栖曜事跡。〔補注〕繄，語氣助詞。嬰世故，遭遇世變，即下二句所云。

〔二二〕虜，《全文》誤作『魯』，據錢注本改。〔錢注〕謂安禄山之亂。《舊書·安禄山傳》：禄山營州柳城雜種胡人，以驍勇聞。天寶三載，爲范陽節度使，陰有逆謀。十四載，反於范陽。天下承平日久，人不知戰，朝廷驚恐。以高仙芝，封常清等相次爲大將以擊之。禄山令嚴肅，無不一當百，遇之必敗。十二月渡河。十五載正月，竊號燕國。五月，王師盡没，關門不守。明皇幸蜀。《新唐書·地理志》：河北道蓋古幽、冀二州之境。《晉書·苻堅載記》：比虜馬不敢南首者，畏威故也。〔補注〕虜馬南渡，以西晉末五胡亂華之局面喻安史之亂，即李白《永王東巡歌》『三川北虜亂如麻，四海南奔似永嘉』之謂。

〔二三〕〔錢注〕《新唐書·王栖曜傳》：謚曰成。

〔二四〕〔補注〕丁，值、當。《詩·大雅·柔桑》：『於乎有哀，國步斯頻。』國步，此指國運艱難。

〔二五〕〔錢注〕曹植《上責躬詩表》：不勝犬馬戀主之情。

〔二六〕〔錢注〕曹植《贈白馬王彪詩》：鴟梟鳴衡軛，豺狼當路衢。

〔二七〕見《爲濮陽公上華州陳相公狀》注〔九〕。

〔二八〕〔錢注〕班固《幽通賦》：管彎弧欲斃讎兮。

〔二九〕〔錢注〕《蜀志·諸葛亮傳》：亮圍陳倉，糧盡而還。魏將王雙率騎追，亮與戰，破之，斬雙。

〔三〇〕〔錢注〕《後漢書·吕布傳》：曹操自將擊布，布與麾下登白門樓，兵圍之急，乃下降，顧謂劉備曰：『繩縛我急，獨不可一言耶？』操笑曰：『縛虎不得不急。』《舊唐書·王栖曜傳》：天寶末，安禄山叛，尚衡起義兵討之，以栖曜爲牙將，下兗、鄆諸縣。初，逆將邢超然據曹州，栖曜攻之，超然乘城號令，栖曜曰：『彼可取也！』一箭殞之，城中氣懾，遂拔曹州。

〔三一〕〔補注〕《禮記·王制》：『諸侯賜弓矢，然後征；賜鈇鉞，然後殺。』

〔三二〕〔補注〕圭，玉製禮器。《儀禮·聘禮》：『圭，所以朝天子，圭與繅皆九寸。』符，符信。圭符，即珪符，封官爵之信符。錫祚，指分封賜土。二句指任節度使。參下注。

〔三三〕〔錢注〕《舊唐書·王栖曜傳》：貞元初，拜左龍武大將軍，旋授鄜坊丹延節度使、檢校禮部尚書、兼御史大夫。十九年卒。子茂元。〔補注〕《周禮·春官·典命》：『上公九命爲伯，其國家、宫室、車旗、衣服、禮儀皆以九爲節。』周制，三公（太師、太傅、太保）八命，出封時加一命，稱上公。此指茂元。《書·仲虺之誥》：『垂裕後昆。』垂裕，爲後人留下業績或名聲。

〔三四〕〔錢箋〕此以下始叙茂元事。梁武帝《遣使巡省詔》：蓄響藏真，不求聞達。〔補注〕《周禮·考工記》：『鳧氏爲鍾，兩欒謂之銑。』賈公彦疏：『欒、銑一物，俱謂鍾兩角。』兩欒，古樂器鐘口之兩角。此指鐘。

〔三五〕〔補注〕端標，直上樹梢。以借喻人之高標。

〔三六〕〔錢注〕《漢書·王商史丹傅喜傳贊》：許、史、三王、丁、傅之家，皆重侯累將，窮貴極富。

〔三七〕〔錢注〕《漢書·王吉傳》：吉上疏言：今使俗吏得任子弟，率多驕驁，不通古今，宜明選求賢，除任子之令。〔補注〕任子，漢代曾制定子弟因父兄保任爲郎之法令。任，保任。

〔三八〕〔錢注〕韋續《字源》：黄帝因卿雲見，作雲書；夏禹作鐘鼎書。

〔三九〕〔錢注〕《樂緯動聲儀》：帝嚳樂曰《六英》，帝顓頊曰《五莖》，舜曰《大韶》，禹曰《大夏》。〔按〕『書通』二句即下引本傳『茂元少好學』之謂。

〔四〇〕〔錢注〕揚雄《長楊賦序》：雄從至射熊館，還，上《長楊賦》。《史記·曹相國世家》：高祖爲沛公而初起也，參以中涓從。注：中涓，如中謁者。〔補注〕中涓，君主親近之侍從官。

〔四一〕〔錢注〕《漢書·揚雄傳》：孝成帝時，客有薦雄文似相如者，待詔承明之庭。其十二月，羽獵，雄從，賦以風之。

〔四二〕〔錢注〕《史記·文帝紀》：帝嘗欲作露臺，召匠計之，直百金。上曰：『百金，中民十家之産，何以臺爲？』《漢書·揚雄傳》：是時趙昭儀方大幸，每上甘泉，常法從，在屬車間豹尾中。注：從法駕也。

〔四三〕〔錢注〕《漢書·王褒傳》：太子喜褒所爲《甘泉》及《洞簫頌》，令後宫貴人左右皆誦讀之。《新唐書》本傳：茂元少好學。德宗時，上書自薦。

〔四四〕〔錢箋〕此言擢試校書郎也。見《新唐書》本傳。《晉書·束皙傳》：學既積而身困，夫何爲乎祕丘？《漢書·藝文志》：孝武建藏書之策，置寫書之官。注：劉歆《七略》曰：外則有太常、太史、博士之藏，內則有延閣、廣内、祕室之府。

〔四五〕〔錢注〕《太平御覽》：桓譚《新論》曰：《左氏》傳世後百餘年，魯穀梁赤爲《春秋》，殘略多所遺失。又有齊人公羊高緣經文作傳，彌離其本事矣。《後漢書・鄭玄傳》：何休好《公羊》學，遂著《公羊墨守》《左氏膏肓》《穀梁廢疾》。康成乃發《墨守》，鍼《膏肓》，起《廢疾》。休見而歎曰：『康成入吾室，操吾矛，以伐我乎？』〔補注〕疴癢，疾病痛癢。

〔四六〕〔錢注〕《後漢書・服虔傳》：虔少以清苦見志，入太學受業，善著文論，作《春秋左氏傳解》。又《鄭玄傳》：所注《周易》《尚書》《毛詩》《儀禮》《禮記》《論語》《孝經》《尚書大傳》《中候》《乾象曆》。又著《天文七政論》《魯禮禘祫義》《六藝論》《毛詩譜》《駁許慎五經異議》《答臨孝存周禮難》，凡百餘萬言。《莊子》：桓公讀書於堂上，輪扁斲輪於堂下，釋椎鑿而上曰：『君之所讀者，古人之糟粕已夫！』

〔四七〕〔錢注〕《舊唐書・職官志》：祕書省，光宅改爲麟臺，神龍復爲祕書省。《漢書・平帝紀》：吏在位二百石以上，一切滿秩如真。

〔四八〕〔錢箋〕此言改太子贊善大夫也。見《新唐書》本傳。龍樓，見《爲濮陽公皇太子薨慰宰相狀》注〔七〕。《漢書・元帝紀》：令從官給事宫司馬中者，得爲大父母、父母、兄弟通籍。注：應劭曰：籍者，爲二尺竹牒，記其年紀、名字、物色，縣之宫門，案省相應，乃得入也。〔按〕《新唐書・百官志》，左右贊善大夫各五人，正五品上。而祕書省校書郎正九品上。按常規似校書郎秩滿不可能驟升贊善大夫。然《新唐書・王茂元傳》明謂：『擢試校書郎，改太子贊善大夫。』參下注。

〔四九〕〔錢箋〕此言至鄂岳佐吕元膺幕也。本傳不載入幕事。《舊唐書・吕元膺傳》言『除鄂岳觀察使』。玩下『復因所託』句，茂元必先爲所辟。春闈，當即春宫。《爾雅》：宫中之門謂之闈，其小者謂之閨。《漢書・蕭望之傳》：贊謁稱臣而不名。《水經注》：自渚口下沔水通兼夏口而會於江，謂之夏汭也。故《春秋左傳》稱：吴伐楚，沈尹射奔命夏汭也。杜預曰：漢水曲入江，即夏口矣。《白帖》：觀察使觀風察俗，振領提綱。〔補注〕《新唐書・百官志》，贊善大夫『掌傳令，諷過失，贊禮儀，以經教授諸郡王。』贊謁即指此。頗疑茂元所任者爲左右春坊贊善大夫下從八品下之録事，方符合升遷之常規。吕元膺爲鄂岳觀察使在元和五年十二月至八年十月，見《舊唐書·憲宗紀》。

〔五〇〕〔錢注〕魏文帝《與朝歌令吴質書》李善注：《典略》：質爲朝歌長，太子南在孟津小城與質書。魏文帝《與吴質書》李善注：《典略》：初，徐幹、劉楨、應瑒、阮瑀、陳琳、王粲與質並見友於太子。二十二年，魏大疫，諸人多死，故太子與質書。〔按〕曹丕《與吴質書》云：『昔年疾疫，親故多離其災。徐、陳、應、劉，一時俱盡，痛可言邪？昔日遊處，行則連輿，止則接席，何曾須臾相失。每至觴酌流行，絲竹並奏，酒酣耳熱，仰而賦詩。當此之時，忽然不自知樂也。謂百年已分，可長共相保。何圖數年之間，零落略盡，言之傷心。』《與朝歌令吴質書》云：『樂往哀來，愴然傷懷……元瑜長逝，化爲異物……節同時異，物是人非。』凡此，均所謂『歡娱不足』也。味此句，似太子李恒曾寓書茂元。

〔五一〕〔錢注〕《晉書·郗超傳》：桓温遷大司馬，超爲參軍。温英氣高邁，罕有所推，與超言，常謂不能測，遂傾意禮待。時王珣爲温主簿，亦爲温所重。府中語曰：『髯參軍，短主簿，能令公喜，能令公怒。』

〔五二〕〔錢箋〕此以下叙茂元從吕元膺破李師道事。《新唐書》本傳：吕元膺留守東都，署防禦判官。《舊唐書·吕元膺傳》：元和中爲東都留守、都畿防禦使。《蜀志·先主傳》注：《江表傳》：備曰：『我今自結託於東而不往，非同盟之志也。』〔補箋〕《舊唐書·憲宗紀下》：元和九年十月，『戊辰，以尚書左丞吕元膺檢校工部尚書、東都留守。』元和十二年五月，『己亥，以尚書左丞許孟容爲東都留守，充都畿防禦使。』茂元之爲東都防禦判官，當在此期間。『所託』指幕主吕元膺。『東』指東都。

〔五三〕〔錢箋〕謂李師道之亂，見《爲濮陽公上淮南李相公狀三》『故得齊刳封豕』注。《説文》：邸，屬國舍。

〔五四〕〔錢注〕《戰國策》：馮煖曰：『狡兔有三窟，僅得免其死耳。』

〔五五〕〔補注〕《易·解》：『公用射隼于高墉之上，獲之，無不利。』孔穎達疏：『隼者，貪殘之鳥，鸇鷂之屬。』墉，墻垣。參注〔六三〕。

〔五六〕〔補注〕保釐，本爲治理百姓，保護扶持使之安定之意，此即『保釐東郊』之省，指任東都留守。《書·畢命》：『越三日壬申，王朝步自宗周，至于豐，以成周之衆，命畢公保釐東郊。』孔安國傳：『用成周之民衆，命畢公使安理治正成周東郊，令得所。』《論語·堯曰》：『不教而殺謂之虐。』其時因吴元濟北犯汝、鄭，防禦兵盡戍伊闕，故云『保釐不教之兵，纔餘百數』。不教，謂未經訓練。

〔五七〕〔錢注〕《楚辭·離騷》注：羲和，日御也。《淮南子》：魯陽公與韓構戰酣，日暮，援戈而撝（揮）之，日爲之退三舍。《史記·封禪書》：新垣平言『臣候日再中』，居頃之，日卻復中。

〔五八〕〔錢注〕《舊唐書·地理志》：東都上陽宫在城之西南隅。〔補注〕柝，巡夜之木梆。

〔五九〕〔補注〕《詩·小雅·大東》：『東人之子，職勞不來。』東人，本指西周統治下東方諸侯國之人，後泛指陝以東之人。此處實指東都之人。飄蓬，喻離散。

〔六〇〕〔錢注〕《後漢書·公孫瓚傳》：不圖今日親當其鋒。

〔六一〕〔錢注〕本集《爲濮陽公陳情表》：『（臣此時）尚持白簡，猶著青袍。』徐氏曰：杜佑《通典》：貞觀四年，令八品、九品服青。時茂元爲防禦判官，例帶御史銜，所謂青袍御史也。《晋書·傅玄傳》：每有奏劾，或值日暮，捧白簡，整簪帶，竦踊不寐，坐而待旦。漢《相和曲·陌上桑》：腰中鹿盧劍，可直千萬餘。〔補注〕搢，插。白簡，竹木笏。據《唐會要》，五品以上執象笏，六品以下執竹木笏。攘，捋、揎。手弓，手持弓。茂元如在入鄂岳觀察使幕前已任太子贊善大夫（正五品上），則入幕後似不可能反而降低官品而着青袍、持白簡。觀此，益見本傳『擢試校書郎，改太子贊善大夫』之記載可疑。前注已疑茂元校書郎秩滿後改任之東宫官實爲贊善大夫之下從八品下之録事，於此益信。《新唐書》蓋據本文『輟春闈之贊諷』之語，以爲『贊諷』必指贊善大夫，不知贊善大夫下之録事當亦司贊諷之事也。

〔六二〕〔錢注〕《漢書·韓信傳》：項王意烏猝嗟，千人皆廢。注：李奇曰：猝嗟，猶咄嗟也。晋灼曰：意烏，恚怒聲也。《漢書・王莽傳》：大司徒保左隊前隊。《吴志・孫堅傳》：後騎益堅。〔補注〕咄嗟，呵叱、吆喝。

〔六三〕〔錢注〕《舊唐書・吕元膺傳》：元和十年，鄆州李師道留邸伏甲謀亂。因吴元濟北犯，防禦兵盡戍伊闕，將焚宫室而肆殺掠。元膺追兵圍之，半月無敢進攻者。防禦判官王茂元殺一人而進。或有毁其墉而入者，賊衆突出，望山而去。元膺圍於谷中，盡獲之。張衡《東京賦》：羣凶靡餘。

〔六四〕〔錢注〕《晋書・山濤傳》：吴平之後，帝詔天下罷軍役，濤論用兵之本，以爲不宜去州郡武備，其論甚精。于時咸以爲不學孫、吴而暗與之合。

〔六五〕〔錢注〕《晋書・魏舒傳》：舒累遷後將軍鍾毓長史，毓每與參佐射，舒爲畫籌而已。後遇朋人不足，以舒滿數。毓初不知其善射，舒容範閑雅，發無不中。毓射而歎曰：『吾之不足盡卿才，有如此射矣！』

〔六六〕〔錢箋〕此言茂元佐幕河中事。《舊唐書・吕元膺傳》言『充河中節度使』，意時茂元尚相從也。顏延之《赭白馬賦》：踠迹迴唐。《元和郡縣志》：河東道河中府，本帝舜所都蒲坂也。〔補注〕踠迹，馬屈其足，意欲奔馳之貌。按：據吴廷燮《唐方鎮年表》，吕元膺充河中節度使在元和十一年至十四年，郁賢皓《唐刺史考》訂正爲元和十二年七月至十四年六月。

〔六七〕〔錢箋〕此處當有入爲京職事，而傳文不載。傅咸《贈何劭王濟詩》：明明闢皇闈。〔補箋〕《易・困》：『困予酒食，朱紱方來。利用亨祀，征凶無咎。』朱紱，本指禮服上之紅色蔽膝，此指官服。按王茂元《楚三閭大夫屈先生祠堂銘》：『元和十五年，余刺建平之再歲也。』歸州在晋朝稱建平郡。則茂元之出刺歸州，在元和十四年。而茂元之從吕元膺於河中幕既在元和十二年七月至十四年六月間，則其罷河中幕與出刺歸州時間正相承接，其間恐無入爲京職之事，所謂『旋衣朱紱，入謁皇闈』，乃歸京謁見君主而任命爲歸刺也。《爲濮陽公陳情表》於叙述從吕元膺後即接叙『旋帶銀章，俄分竹使，隼旟楚峽，出以分憂』，亦可證。下句箋『由京曹出牧歸州』亦非。

〔六八〕〔錢箋〕此言由京曹出牧歸州也。本集《爲外姑隴西郡君祭張氏女文》云『秭歸爲牧』，又《爲濮陽公陳情表》云『隼旟楚峽，出以分憂』，馮氏引茂元《三閭大夫祠堂銘》云『元和十五年，余刺建平之再歲也』，則是出牧當爲元和十四年事矣。《後漢書·桓典傳》：典拜侍御史。是時宦官秉權，典執政無所迴避，常乘驄馬，京師畏憚，爲之語曰：『行行且止，避驄馬御史。』《舊唐書·地理志》：歸州領秭歸縣，吴、晋爲建平郡。〔按〕乘驄馬，乃用太守乘五馬事。漢樂府《陌上桑》：『使君從南來，五馬立踟躕。』非謂其爲京曹拜侍御史也。

〔六九〕〔錢注〕《水經注》：江水自建平至東界峽，盛弘之謂之空泠峽，峽甚高峻。王粲《贈蔡子篤詩》：瞻望遐路。

〔七〇〕〔錢注〕《水經注》：江水又東，逕流頭灘，其水並峻激奔暴，魚鼈所不能游，行者常苦之。張華《女史箴》：替若駭機。

〔七一〕〔錢曰〕見上。〔補注〕桂檝，此借指船。因水險灘激，故云『桂檝之不用安得』。

〔七二〕〔錢注〕《晋書·顧愷之傳》：愷之爲殷仲堪參軍，嘗因假還，仲堪特以布帆借之。至破冢，遭風大敗。愷之箋曰：地名破冢，真破冢而出。行人安穩，布帆無恙。

〔七三〕〔錢注〕《史記·越王勾踐世家》：夫吴太宰嚭貪，可誘以利。

〔七四〕見《上華州周侍郎狀》『懸棒申威』注。

〔七五〕〔錢注〕《吕氏春秋》：子路拯溺者，其人拜之以牛，子路受之。孔子曰：『魯人必拯溺矣。』

〔七六〕〔錢校〕伊，疑當作『狎』，用《左傳》『水懦弱，民狎而玩之』意。〔按〕狎，輕忽、輕慢。狎水，喻玩忽法令。錢校近是。

〔七七〕〔錢注〕《後漢書·張禹傳》：禹拜揚州刺史，當過江行部中土，民皆以江有子胥之神，難以濟涉。禹曰：『子胥如有靈，知吾志在理察枉訟，豈危我哉？』遂鼓楫而過。《漢書·雋不疑傳》：爲京兆尹，行縣録囚。〔補注〕行縣，謂巡行所部之縣。

〔七八〕〔錢注〕《晋書·温嶠傳》：嶠至牛渚磯，水深不可測。世云其下多怪物，嶠遂燬犀角而照之。須臾，見水族覆滅，奇形異狀。

〔七九〕〔錢箋〕此當歷守郢州而移蔡州。本集《爲濮陽公陳情表》『熊軾鄖城，忽然通貴』，可以爲證。遷蔡州事無考。本集馮氏曰：《漢書·地理志》『江夏郡竟陵縣』注曰：鄖鄉，楚之鄖公邑。《舊書·志》：郢州長壽縣，漢竟陵縣地，屬江夏郡。又均州有鄖鄉縣，漢錫縣地，屬漢中郡。則此云鄖城，斷不指均，而當指郢矣。《舊唐書·地理志》：蔡州，屬河南道。〔按〕郁賢皓《唐刺史考》謂茂元刺郢州約長慶中（王謚長慶元年貶郢州刺史，馮定寶曆元年至二年任郢州刺史），刺蔡州約寶曆間（茂元大和二年自邕管經略使遷容管經略使，則其刺蔡約在寶曆間），近之。大和元年柏元封已爲蔡州刺史（見李翺《唐故特進左領軍衛上將軍兼御史大夫平原郡王贈司空柏公神道碑》）。

〔八〇〕〔補注〕《詩·小雅·大東》：『小東大東，杼柚其空。』《詩序》：『《大東》，刺亂也。東國困于役而傷于財，譚大夫作是詩以告病。』杼柚，織布機。

〔八一〕〔錢注〕桓寬《鹽鐵論》：昔秦法繁於秋荼，而網密於凝脂。

〔八二〕見《爲滎陽公桂州署防禦等官牒·羅瞻》『勿輕東海之寃』注。

〔八三〕〔錢注〕《淮南子》：鄒衍事燕惠王盡忠，左右譖之，王繫之獄，仰天而哭，夏五月，天爲之下霜。

〔八四〕〔錢注〕《梁書·諸翔傳》：翔爲義興太守，在政潔己，百姓安之。郡西亭有古樹，積年枯死，翔至郡，忽更生枝葉，咸以爲善政所感。

〔八五〕成，《全文》作『城』，據錢校改。〔錢注〕《梁書·傅昭傳》：昭爲安成內史。安成郡舍號凶，及昭爲郡，郡內人夜夢見兵馬鎧甲甚盛，又聞有人云『當避善人』，軍衆相與騰虚而逝。驚起，俄而疾風暴雨，倏忽便至，數間屋俱倒。自後郡舍遂安，咸以昭正直所致。

〔八六〕〔錢箋〕此言經略邕、容也。《舊唐書·文宗紀》：大和二年四月，以邕管經略使王茂元爲容管經略使。又《地理志》：嶺南道容管容州，以容山爲名。又：邕管邕州，天寶元年改爲朗寧郡。乾元元年復爲邕州。按：『郎』，疑『朗』之譌，然本集《祭張氏女文》即作『郎寧』。〔張箋〕（大和二年）四月壬午，以邕管經略使王茂元爲容管經略使。《舊·紀》。附考云：《舊·紀》於大和元年四月書：『以前亳州刺史張遵爲邕管經略使。』余疑遵即代茂元者。而《舊・紀》年歲必有一誤，今姑據所見書之。又云：檢《本紀》：『長慶二年十一月，以前安南都護桂仲武爲邕管經略使。』而罷任年月無考，大要在長慶、寶曆之間，意者茂元之授邕管，即代仲武爲使者耶？劉禹錫有大和六年《祭福建桂尚書文》，桂尚書當即仲武。文云：『交趾化行，容州續宣，凡曰循吏，莫居我先。大和之初，再遂良覿，分務東洛，門里同陌。』則仲武似於長慶末年罷使。惟《紀》作邕管，而《祭文》云容州，未知孰誤。〔岑仲勉曰〕按官署一歲易三四人者常有之。元年四月授張遵，安見二年四月茂元改授之可疑……按（張）《箋》下文引劉禹錫《祭桂尚書文》，於仲武之爲邕或容，未能決定，余則斷爲仲武除容管，非邕管（《方鎮表正補》），是茂元代仲武之猜疑，亦復蹈虚也。（《平質》丙欠碻《王茂元臨邕管年》條）〔按〕郁賢皓《唐刺史考》據《舊唐書・文宗紀》謂茂元任邕管經略使在大和元年至二年四月間。《詩・小雅・庭燎》：『君子至止，鸞聲將將。』『君子至止，言觀其旂。』《漢書・何武傳》：『欲除吏，先爲科例以防請託，其所居亦無赫赫名，去後常見思。』

〔八七〕〔錢注〕《後漢書・馬援傳》：援謂官屬曰：『當吾在浪泊、西里間，下潦上霧，毒氣重蒸，仰視飛鳶跕跕墮水中。』

〔八八〕〔錢注〕庾信《哀江南賦》：豺牙宻厲，虺毒潛吹。

〔八九〕蜜，《全文》作『密』，據錢校改。〔錢注〕《梁書・傅昭傳》：昭出爲臨海太守，郡有蜜巖，前後太守皆自封固，專收其利，昭教勿封。

〔九〇〕〔錢注〕《後漢書・孟嘗傳》：嘗遷合浦太守，郡不産穀而海出珠寶。先是宰守並多貪穢，珠遂漸徙於交阯郡界。嘗到官，革易前敝，珠去復還。

〔九一〕〔錢箋〕此言内召，復爲京職也。本集《爲濮陽公陳情表》云『叨相青宫，忝司緹騎』，似嘗爲東宫官屬，史文失載。其爲金吾將軍，見《舊唐書・文宗紀》，詳下。蔡質《漢官典儀》：衛士甲乙徼相傳，甲夜傳，傳乙，夜相傳盡五更。衛士傳言，五更未明。三刻後鷄鳴，衛士踵丞、郎趨嚴上臺。不畜宫中雞。汝南出雞鳴，衛士候朱雀門外，專傳雞鳴於宫中。〔補注〕《禮記・文王世子》：『禮樂交錯於中，發形於外，是故其成也懌，恭敬而温文。』温文，温和有禮。孫逖《授殷彦方等王傅制》：『教導之功，既聞於日就；温文之德，遂涉於春儲。』按：馮浩箋《代濮陽公遺表》『叨相青宫』云：『東宫官有賓客、詹事、少詹事，茂元必一爲之。《傳》又遺之矣。』

〔九二〕〔錢注〕《史記·秦始皇紀》：咸陽之道二百里内，宫觀二百七十，複道甬道相連。〔補注〕複道，樓閣間架空之通道。

〔九三〕〔錢注〕張衡《西京賦》薛綜注：嚴更督夜行鼓。〔補注〕密隸，祕密隸從（警衛）。

〔九四〕〔錢注〕《後漢書·百官志》：執金吾一人，中二千石。注：掌宫外戒司水火非常之事。胡廣曰：衛尉巡行宫中，則金吾徼於外，相爲表裏，以擒姦討猾。又《志》：緹騎二百人。〔補注〕緹騎，穿紅色軍服之騎士，泛指貴官之隨從衛隊。東都，此指建都於洛陽之東漢。東都之上將，即執金吾。東都之上將今官，謂茂元任金吾衛將軍。〔張箋〕（大和七年）正月，以右金吾衛將軍王茂元爲嶺南節度使。案茂元由容管入遷京職，不詳何年……考本集《陳情表》云：『中間叨相青宫，忝司緹騎。纔通閨籍，又處藩條。越井朝臺，備經艱險；貪泉湞水，益勵平生。』《補編·祭文》亦云：『既相温文，旋遷徼衛。複道親警，嚴更密隸。統臨緹騎，東都之上將今官；意氣朱旗，南嶽之諸劉昔誓。』《新書·百官志》：『太子賓客正三品，掌侍從規諫，贊相禮儀。』是茂元之罷容管，必以賓客等官内召，又除金吾將軍而後出使也。〔按〕茂元遷容管在大和二年四月。而大和七年正月，已以右金吾衛將軍出爲嶺南節度使。則其由容管入遷京職約在大和四、五年。《爲濮陽公陳情表》：『纔通閨籍，又處藩條。』似入居京職之時間並不長。

〔九五〕〔錢注〕班固《封燕然山銘》：玄甲耀日，朱旗絳天。《後漢書·陰皇后紀》：光武至長安，見執金吾車騎甚盛，因歎曰：『仕宦當作執金吾。』又《王昌傳》：南嶽諸劉爲其先驅。注：聖公、光武本自春陵北徙，春陵近衡山，故曰南嶽諸劉也。

〔九六〕〔錢箋〕此言出鎮嶺南也。《舊唐書·文宗紀》：大和七年正月，以右金吾衛將軍王茂元爲嶺南節度使。又本傳：大和中，廣州刺史、嶺南節度使。鮑照《蕪城賦》李善注：謝承《後漢書》曰：陳茂常渡漲海。《舊唐書·

地理志》：嶺南道循州海豐縣南五十里即漲海，渺漫無際。《書·禹貢》傳：水所停曰豬。〔補注〕《史記·南越列傳》：「且番禺負山險，阻南海，東西數千里……可以立國。」《初學記》卷八引沈懷遠《南越志》：「番禺縣有番、禺二山，因以爲名。」秦置番禺縣，在今廣州市南。此即以番禺指廣州。

〔九七〕〔錢注〕張衡《西京賦》：所惡成瘡痏。李善注：《蒼頡》曰：痏，毆傷也。《史記·天官書》：下有積錢，金寶之上皆有氣。

〔九八〕〔錢注〕按：「糞土」，用《左傳》「瓊弁」事。左思《吴都賦》「户有犀渠」，係用《國語》「文犀之渠」。此與「金寶」爲對，似指文犀與車渠耳。《廣雅》：車渠，石次玉也。〔補注〕《左傳·僖公二十八年》：「初，楚子玉自爲瓊弁玉纓，未之服也。先戰，夢河神謂己曰：「畀余，余賜女孟諸之麋。」弗致也。大心與子西使榮黄諫，弗聽。榮季曰：「死而利國，猶或爲之，況瓊玉乎？是糞土也。而可以濟師，將何愛焉？」」

〔九九〕〔錢注〕《後漢書·馬援傳》：交阯女子徵側、徵貳反，拜援伏波將軍，南擊交阯，數敗之，斬徵側、徵貳。嶠南悉平。注：《廣州記》曰：援到交阯，立銅柱，爲漢之極界也。又《傳》：武威將軍劉尚擊武陵五谿蠻夷，軍没，援請行。帝愍其老，援曰：「臣尚能披甲上馬。」據鞍顧眄，以示可用。帝笑曰：「矍鑠哉，是翁也！」遂遣援。《水經注》：俞益期箋曰：馬文淵立兩銅柱于林邑岸北。《林邑記》曰：建武十九年，馬援樹兩銅柱于象林，南界與西屠國分，漢之南疆也。

〔一〇〇〕〔錢注〕《晋書·吴隱之傳》：爲廣州刺史，未至州二十里，有貪泉，飲者懷無厭之欲，隱之酌而飲之，因賦詩曰：「古人云此水，一歃懷千金。誠使夷、齊飲，終當不易心。」又：隱之爲廣州刺史，常食不過菜及乾魚而已。帳下人進魚，每剔去骨存肉，隱之覺其用意，罰而黜焉。

〔一〇一〕〔錢注〕《梁書·范岫傳》：岫每所居官，恒以廉潔著稱，在晋陵惟作牙管筆一雙，猶以爲費。

〔一〇二〕〔錢注〕《後漢書·吴祐傳》：祐父恢爲南海太守，欲殺青簡以寫經書，祐諫曰：「今大人踰越五嶺，其俗舊多珍怪，此書若成，則載之兼兩。昔馬援以薏苡興謗，王陽以衣囊徼名。嫌疑之間，誠先賢所慎也。」恢乃止。注：殺青者，以火炙簡令汗，取其青易書，復不蠹，謂之殺青，亦謂汗簡。

〔一〇三〕〔錢注〕《梁書·江革傳》：革除會稽郡丞，行府州事，民安吏畏，乃除都官尚書。將還，贈遺無所受，惟乘臺所給一舸。舸艚偏欹，不得安卧。或謂革曰：『船既不平，濟江甚險。當移徙重物，以迮輕艚。』革既無物，乃於西陵岸取石十餘片以實之。

〔一〇四〕〔錢注〕《北齊書·邢邵傳》：邵率情簡素，有齋不居，坐卧恒在一小屋。《説文》：湫，隘下也。〔按〕《舊唐書·王茂元傳》：『大和中檢校工部尚書、廣州刺史、嶺南節度使。在安南招懷部落，頗立政能。南中多異貨，茂元積聚家財鉅萬計。』是茂元在嶺南雖有政績，然頗積財貨，『酌泉』數句表其廉潔，與史載相違。

〔一〇五〕〔錢箋〕此言移鎮涇原也。《舊唐書·文宗紀》：大和九年十月，以前廣州節度使王茂元爲涇原節度使。《新唐書》本傳：遷涇原節度使。《元和郡縣志》：涇州，漢置安定郡即此是也。《漢書·地理志》：朝那縣屬安定郡。《新唐書·賈耽傳》：常以方鎮帥缺，當自天子命之。若謀之軍中，則下有向背，人固不安。〔按〕《新唐書·王茂元傳》：『家積財，交煽權貴。鄭注用事，遷涇原節度使。注敗，悉出家貲餉兩軍，得不誅，封濮陽郡侯。』

〔一〇六〕〔錢注〕《管子》：黄帝立明臺之議者，上觀於賢也。堯有衢室之問者，下聽於人也。〔補注〕衢室，相傳堯徵詢民意之處所。

〔一〇七〕〔錢注〕江淹《上建平王書》：結綬金馬之庭，高議雲臺之上。〔補注〕《後漢書·陰興傳》：『後以興領侍中，受顧命於雲臺廣室。』李賢注：『洛陽南宮有雲臺廣德殿。』漢光武時用作羣臣議事之所。

〔一〇八〕〔錢注〕《後漢書·班超傳》：破白山。注：西域有白山，通歲有雪，亦名雪山。《史記·司馬相如傳》：烽舉燧燔。注：烽，見敵則舉；燧，有難則焚。烽主晝，燧主夜。〔按〕此『雪嶺』當指祁連山。《後漢書·明帝紀》：『竇固破呼衍於天山。』李賢注：『天山即祁連山，一名雪山。』

〔一〇九〕〔錢箋〕似即茂元《奏吐蕃交馬事宜狀》所言『淹留使臣』也，詳《爲濮陽公上陳相公狀三》『遂敢竊獻情誠，屢陳箋疏』注引茂元《奏吐蕃交馬事宜狀》。玉關，見《爲濮陽公上華州陳相公狀》注〔九〕。

〔一一〇〕〔錢注〕《史記·李將軍傳》：李廣爲右北平太守，匈奴聞之，號曰『漢之飛將軍』，避之數歲。

〔一一一〕〔錢注〕《漢書·王商傳》：爲人多質，有威重，長八尺餘，身體鴻大，容貌甚過絶人。河平四年，單于來朝，引見白虎殿。丞相商坐未央廷中，單于前，拜謁商。商起，離席與言。單于仰視商貌，大畏之，遷延却退。天子聞而歎曰：『此真漢相矣！』

〔一一二〕〔錢注〕《漢書·馮唐傳》：臣聞上古王者遣將也，跪而推轂，曰：『閫以内寡人制之，閫以外將軍制之。』

〔一一三〕〔錢注〕《新唐書·百官志》：邊要之地，置總管以統軍，加號使持節，有行臺，有大行臺。〔按〕據《新唐書·方鎮表》，貞元六年，涇原節度使領四鎮、北庭行軍節度使。《爲尚書濮陽公涇原讓加兵部尚書表》：『加授臣某官，依前充四鎮北庭行軍、兼涇原等州節度、營田、觀察處置等使』，『行臺』似指此。

〔一一四〕〔錢注〕嵇康《琴賦》李善注：溜，水流也。

〔一一五〕〔補注〕《周禮·考工記·鳧氏》：『鳧氏爲鐘。』鳧鐘，銅鐘，樂器也。

〔一一六〕〔補注〕《詩·大雅·靈臺》：『鼉鼓逢逢。』陸璣疏：『其皮堅，可以冒鼓也。』邊地寒冷乾燥，鼉鼓皮緊故聲乾。

〔一一七〕〔錢注〕《禮》『西方有九國』疏：西方有九國來貢。

〔一一八〕〔錢注〕《史記·衛將軍驃騎傳》：族滅無後。

〔一一九〕戍，《全文》誤作『戎』，據錢校改。〔錢注〕《後漢書·西羌傳》：虞詡説任尚曰：『三州屯兵二十餘萬人，棄農桑，疲苦徭役，而未有功效，勞費日滋。』《樂府解題》：《行路難》，備言世路艱難，以及離别悲傷之意。

〔一二〇〕〔錢箋〕此下四句，似文宗既崩，有内召還朝之事。本集《爲濮陽公陳許謝上表》云『皇帝陛下，荆枝協慶，棣蕚傳輝，臣得先巾墨車，入拜丹陛』，可以互證。《史記·樊噲傳》：高祖嘗病甚，詔户者無得入羣臣，絳、灌等莫敢入，十餘日，噲乃排闥直入，大臣隨之。上獨枕一宦者卧，噲等見上，流涕曰：『始陛下與臣等起豐、沛，定天下，何其壯也！今天下已定，又何憊也！』

〔一二一〕〔補注〕《後漢書・光武紀上》：『奉高皇帝璽綬』李賢注引蔡邕《獨斷》：『皇帝六璽，皆玉螭虎紐……以武都紫泥封之。』降數，頻降（詔旨）。

〔一二二〕〔補注〕《周禮・春官・巾車》：『大夫乘墨車。』鄭玄注：『墨車，不畫也。』即不加文飾之黑色車乘。

〔一二三〕〔錢箋〕此言入朝歷爲京職也。本集《代僕射濮陽公遺表》，題標『僕射』；《爲外姑隴西郡君祭張氏女文》云『及登農揆』；《爲濮陽公陳許謝上表》云『蘭臺假號，棘署參榮。奉漢后之園陵，獲申送往；掌周王之廩庾，方切事居』。馮氏謂茂元入朝，當爲御史中丞、太常少卿、將作監，轉司農卿加僕射。内惟將作監見本傳，餘則别無顯證，特據文義約略言之耳。《舊唐書・職官志》：尚書省左、右僕射各一員，從二品。《史記・平準書》：乃分緡錢諸官，而水衡、少府、大農、大僕各置農官。〔按〕省揆，指尚書省僕射。見《爲濮陽公上淮南李相公狀一》『榮兼右揆』注，茂元所加爲檢校右僕射。因係檢校官，故云『名在』『榮兼』，明其非實授之職。農官，指司農卿。至於馮氏所云『爲御史中丞、太常少卿』，則誤解文義所致，詳《爲濮陽公陳許謝上表》注〔二三〕、〔二四〕。

〔一二四〕〔錢注〕《通典》：漢以太常、光禄勳、衛尉、太僕、廷尉、大鴻臚、宗正、大司農、少府謂之九寺大卿。後漢九卿而分屬三司，多進爲三公，各有署曹掾吏，隨身爲員。〔補注〕《史記・汲鄭列傳》：『（汲）黯姑姊子司馬安亦少與安爲太子洗馬，安文深巧善宦，官四至九卿。』

〔一二五〕〔錢注〕應璩《百一詩》：問我何功德，三入承明廬。〔補注〕《漢書・嚴助傳》：『君厭承明之廬，勞侍從之事，懷故土，出爲郡吏。』顔師古注引張晏曰：『承明廬在石梁門外，直宿所止曰廬。』後以承明廬爲入朝或在朝爲官之典。『三入承明廬』，當指三在朝廷内任職，即任祕書省校書郎、遷太子贊善大夫（或録事）；内召爲東宫官屬，遷金吾衛將軍；及開成五年内召爲司農卿事。

〔一二六〕〔錢箋〕此言召爲將作監也。見《新唐書》本傳。《後漢書・王符傳》：《潛夫論・浮侈篇》曰：鄗、畢之陵。注：畢，周文王、武王葬地也。在鄗東南。《山海經》：大荒之中，有軒轅之臺，射者不敢西嚮射，畏軒轅之臺。〔補注〕鄗、畢之地，軒轅之臺，此處借指文宗陵墓。

〔一二七〕葛綳，見《爲王秀才妻蘇氏祭先舅司徒文》注〔八〇〕。

〔一二八〕〔錢注〕《藝文類聚》：《三輔黄圖》曰：漢文帝霸陵不起山陵，稠種柏。

〔一二九〕〔錢注〕王充《論衡》：舜葬蒼梧，象爲之耕；禹葬會稽，鳥爲之用。

〔一三〇〕見《爲濮陽公上淮南李相公狀二》『況今者時逼藏弓』注。

〔一三一〕〔錢注〕《舊唐書・武宗紀》：武宗，穆宗第五子也。文宗暴疾，宰相李珏、知樞密劉弘逸奉密旨以皇太子監國。神策軍中尉仇士良、魚弘志矯詔廢皇太子成美，迎潁王於十六宅爲皇太弟。文宗崩，宣遺詔即皇帝位於柩前。《史記・吕后紀》：高后崩，諸大臣謀曰：『代王方今高帝見子，最長。』乃使人召代王，至長安，舍代邸，大臣皆往謁，奉天子璽，共尊立爲天子。乃奉法駕，迎代王於邸，入未央宮聽政。《説文》：騑，驂旁馬。〔補注〕事居，事奉生者，多指事奉新君。《左傳・僖公九年》：『送往事居，耦俱無猜，貞也。』

〔一三二〕〔錢注〕《史記・封禪書》：上北巡朔方，還祭黄帝冢橋山，上曰：『吾聞黄帝不死，今有冢何也？』或對曰：『黄帝已仙，上天，羣臣葬其衣冠。』《後漢書・輿服志》：每出，太僕奉駕，上鹵簿，中常侍、小黄門副；尚書主者，郎令史副，侍御史、蘭臺令史副，皆執注，以督整車騎，謂之護駕。送往，見注〔一三一〕。

〔一三三〕〔錢箋〕此言出鎮陳許也。《新唐書》本傳：領陳許節度使。按：傳文不載年月，觀下文叙迴鶻事，約當在武宗之初。《通典》：許州許昌縣，漢許縣。獻帝都於此，魏文改曰許昌。《舊唐書・地理志》：陳州，隋淮陽郡。《史記・灌夫傳》：上以爲淮陽天下交，故徙夫爲淮陽太守。〔馮箋〕考諸表文……出鎮當在會昌元年。觀爲汝南、京兆《賀赦表》，而無爲濮陽賀表，則其時尚在京師也。再合之《爲外姑隴西郡君祭張氏女文》，出鎮在是年夏也。（《玉谿生年譜》）〔張箋〕考《補編・祭外舅贈司徒公文》云：『許下舊都，淮陽勁卒。帳督千乘，人殷萬室。玁鬻潛動，偏裨遠出，指授籌謀，丁寧紀律。』係指會昌二年徵發許、蔡諸鎮兵討回鶻事，是時茂元已在陳許。《爲濮陽公陳許謝上表》云：『奉漢后之園陵，獲申送往；掌周王之廩庾，方切事居。不謂遽董戎旃，還持武節。維彼璧田，實聯鼎邑。古之近甸，今也雄藩。』而文中略不及徵兵。茂元由將作監轉司農卿，旋領陳許，其爲是年（按：指會昌元年）出鎮無疑。《舊・紀》開成三年書：『以衛尉卿王彦威充忠武軍節度使。』《舊》《新書・彦威傳》：『檢校禮部尚書充忠武軍節度使，會昌中徙節宣武卒。』則茂元即代彦威者……案《祭張書記文》在本年（指會昌元年）四月，時張氏喪夫，茂元尚在京，則陳許之除，或當是年秋冬間歟？〔岑仲勉曰〕據《方鎮年表》及《考證》，茂元代王彦威，彦威代李紳爲宣武，而紳去宣武在開成五年九月，則茂元除陳許當同年事。《爲外姑祭張氏女文》：『忽爾孀殘，旋移許下。』張卒時茂元雖在京，但《祭張書記文》『今則列樹開封，揲蓍得吉……將歸宿莽之庭，欲閉青松之室』，是葬前致祭，無茂元尚在京師之迹也。《祭外舅文》：『公在東藩，愚當再調。』東藩指忠武，再調在開成五年冬，亦一旁證。〔按〕岑説甚是。茂元出鎮陳許，當在開成五年十月間。李紳之由宣武移淮南，雖在開成五年九月（《舊書・武宗紀》），而彦威之由忠武移鎮宣武、王茂元之由京職出鎮忠武，或不妨稍遲。據商隱代茂元所擬諸表狀牒文（凡十餘篇），商隱當應茂元之召與其同赴陳許。而據《上河陽李大夫狀一》《上河陽李大夫狀二》及《上李尚書狀》，商隱於開成五年十月十日方移家抵達長安。故茂元與商隱之赴陳許，約在十月中下旬。馮、張因力主商隱開成五年九月至會昌元年正月有所謂『江鄉之遊』，而商隱又有爲茂元擬撰之陳許諸表狀牒文，故將茂元出鎮陳許之時間定爲會昌元年夏或秋冬間，不知其與紳、彦威、茂元迭代之事相矛盾也。至於會昌元年正月商隱在華州所撰《爲汝南公華州賀赦表》《爲京兆公陝州賀南郊赦表》，則只能證明其時商隱已離陳許幕而暫寓華州幕，不能據此證明其時茂元尚未出鎮陳許，商隱亦未赴陳許也。

〔一三四〕〔補注〕督，統領。殷，衆、多。

〔一三五〕〔錢箋〕謂討回鶻也。詳《上許昌李尚書狀一》『虜帳誅妖』注。《舊唐書・武宗紀》：會昌二年八月討回鶻，徵發許、蔡、汴、滑等六鎮之師。《史記・匈奴傳》：唐、虞以上有山戎、獫狁、葷粥居于北蠻。偏裨，見

《爲濮陽公陳許補王琛衙前兵馬使牒》注〔三〕。

〔一三六〕〔補注〕《左傳·桓公二年》：『百官於是乎戒懼而不敢易紀律。』丁寧紀律，謂申明軍紀。

〔一三七〕〔錢注〕《漢書·鼂錯傳》：錯言：『陛下絶匈奴不與和親，臣竊意其冬來南也。壹大治，則終身創矣。欲立威者，始於折膠，來而不能困，使得氣去，後未易服也。』注：秋氣去，膠可折，弓弩可用。匈奴常以爲候而出軍。

〔一三八〕〔錢注〕陳后主《昭君怨》：愁眉塞月生。

〔一三九〕〔錢注〕《漢書·宣帝紀》：神爵二年，匈奴日逐王先賢撣將人衆萬餘來降。《晋書·匈奴傳》：匈奴四姓，呼延氏最貴，有左日逐、右日逐，世爲輔相。

〔一四〇〕〔錢注〕匈奴置左、右賢王，左右谷蠡王。

〔一四一〕〔錢注〕《史記·黥布傳》：布發兵反。上召見，問薛公，對曰：『使布出於上計，山東非漢之有也。出於中計，勝敗之數未可知也。出於下計，陛下安枕而卧矣。』上曰：『何謂上計？』對曰：『東取吴，西取楚，并齊取魯，傳檄燕、趙，固守其所，山東非漢之有也。』『何謂中計？』『東取吴，西取楚，並韓取魏，據敖倉之粟，塞成皋之口，勝敗之數未可知也。』『何謂下計？』『東取吴，西取下蔡，歸重於越，身歸長沙，陛下安枕而卧，漢無憂矣。』上曰：『是計將安出？』對曰：『出下計。』

〔一四二〕〔錢注〕《漢書·趙充國傳》：充國沈勇有大略，少好將帥之節，而學兵法，通知四夷事。

〔一四三〕〔錢注〕《史記·田單傳》：燕圍即墨，城中推田單，立爲將軍。田單遣使約降於燕，燕軍益懈。田單乃收城中得千餘牛，爲絳繒衣，畫以五彩龍文，束兵刃於其角，而灌脂束葦於尾，燒其端，鑿城數十穴，夜縱牛。牛尾熱，怒而奔燕軍，所觸盡死傷。燕軍大駭，敗走。

〔一四四〕〔錢注〕《史記·衛將軍驃騎傳》：元狩四年，擊匈奴單于。戰而匈奴不利，單于遂乘六騾，壯騎可數百，直冒漢圍西北馳去。〔補箋〕『千牛不燧，六贏已馳』二句，指石雄破回鶻及烏介可汗敗走事。《通鑑·會昌三年》：『正月，回鶻烏介可汗帥衆侵逼振武，劉沔遣麟州刺史石雄、都知兵馬使王逢帥沙陀朱邪赤心三部及契苾、拓跋三千騎襲其牙帳……雄乃鑿城爲十餘穴，引兵夜出，直攻可汗牙帳，至其帳下，虜乃覺之。可汗大驚，不知所爲，棄輜重走。雄追擊之，庚子，大破回鶻於殺胡山。可汗被瘡，與數百騎遁去，雄迎太和公主以歸。』贏，同『騾』。

〔一四五〕〔錢箋〕謂太和公主歸朝也。詳《上許昌李尚書狀一》『虜帳誅妖』注。《後漢書・竇憲傳》：憲恃宮掖聲勢，遂以賤直請奪沁水公主園田，主逼畏不敢計。《漢書・地理志》：河内郡有沁水縣。

〔一四六〕〔錢注〕《史記・絳侯世家》：匈奴大入邊，以河内守亞夫爲將軍，軍細柳以備胡。

〔一四七〕〔錢箋〕此以下叙劉稹作亂，茂元卒於河陽也。事詳題下劉稹事（見注〔一〕引錢箋），别見《爲滎陽公與昭義李僕射狀》注〔四〕。《舊唐書・地理志》：晋城縣屬河東道澤州。〔補注〕赤狄，春秋時狄人之一支，大體分佈於今山西長治（即唐之潞州）一帶，與晋人雜居。此指叛鎮劉稹及其部屬。《春秋・宣公三年》：『秋，赤狄侵齊。』

〔一四八〕〔錢箋〕《舊唐書・劉悟傳》：悟爲淄青節度都知兵馬使。憲宗下詔誅李師道，師道遣悟將兵拒魏博軍，悟未及進，馳使召之。悟度使來必殺己，乃召諸將與謀曰：『魏博兵强，出戰必敗，不出則死。今天子所誅者司空一人而已，悟與公等皆爲所驅迫，何如轉危亡爲富貴。』於是以兵取鄆，擒師道，斬其首以獻，拜義成軍節度使。穆宗即位，移鎮澤潞，子從諫繼纘戎事。敬宗寶曆二年，充昭義節度等使。《史記・田儋傳》：田榮自立爲齊王，盡并三齊之地。索隱曰：膠東、齊、濟北。

〔一四九〕〔錢注〕（神州）謂東都。《史記・孟子傳》：中國名曰赤縣神州。按：此謂洛州河南府也。《舊唐書・則天皇后紀》：改元光宅，改東都爲神都。《晋書・張寔傳》：侵逼近甸。〔按〕犯神州之近甸，指劉稹叛軍侵逼懷州（懷州距東都一百八十里）。《通鑑・會昌三年》：八月，『甲戌，薛茂卿破科斗寨，擒河陽大將馬繼等，焚掠小寨一十七，距懷州纔十餘里。』

〔一五〇〕〔錢注〕《通鑑》：會昌三年四月，以忠武節度使王茂元爲河陽節度使。《會昌一品別集》，會昌三年八月二十四、二十八日狀，論河陽兵力已竭，茂元危窘，若賊勢更甚，便要退守懷州。《晉書·杜預傳》：預以孟津渡險，有覆没之患，請建河橋於富平津。〔按〕河橋故址在今河南孟縣西南、孟津縣東北黄河上。

〔一五一〕〔補注〕《左傳·襄公二年》：『齊侯使諸姜宗婦來送葬，召萊子，萊子不會，故晏弱城東陽以偪之。』杜預注：『東陽，齊竟（境）上邑。』孔穎達疏：『齊侯召萊子者，不爲其姓姜也，以其比鄰小國，意陵蔑之，故召之欲使從送諸姜宗婦來向魯耳。萊子以其輕侮，故不肯會。』

〔一五二〕〔補注〕《左傳·襄公二年》：『秋七月，鄭伯睔卒。於是子罕當國，子駟爲政，子國爲司馬。晉師侵衛，諸大夫欲從晉，子駟曰：「官命未改。」會于戚，謀鄭故也。孟獻子曰：「請城虎牢以偪鄭。」……遂城虎牢，鄭人乃成。』武牢，即虎牢，避李虎諱改。

〔一五三〕〔補注〕《左傳·桓公六年》：『楚武王侵隨，使薳章求成焉，軍於瑕以待之。隨人使少師董成。鬭伯比言于楚子曰：「吾不得志於漢東也，我則使然。我張吾三軍而被吾甲兵，以武臨之，彼則懼而協來謀我，故難間也。漢東之國，隨爲大。隨張，必棄小國；小國離，楚之利也。少師侈，請羸師以張之。」熊率且比曰：「季梁在，何益？」鬭伯比曰：「以爲後圖。少師得其君。」王毁軍而納少師。少師歸，請追楚師，隨侯將許之，季梁止之曰：「天方授楚。楚之羸，其誘我也。君何急焉？」』示羸，示弱以麻痹敵人。《左傳·桓公十二年》：『楚伐絞，軍其南門。莫敖屈瑕曰：「絞小而輕，輕則寡謀。請無扞采樵者以誘之。」從之。絞人獲三十人。明日，絞人争出，驅楚役徒於山中。楚人坐其北門，而覆諸山下。大敗之，爲城下之盟而還。』

〔一五四〕〔錢注〕《後漢書·公孫述傳》：述字子陽，自立爲蜀王。建武元年自立爲天子。八年，帝使諸將攻隗囂，蜀地聞之恐動。明年，述遣田戎、任滿、程汎將兵下江關。十一年，征南大將軍岑彭攻之，滿等大敗。述將王政斬滿首降於彭。田戎走保江州，城邑皆開門降。

〔一五五〕〔錢注〕《後漢書·袁紹傳》：曹操進攻鄴，袁尚將軍萬餘人還救城，操逆擊破之，城中崩沮。審配令士卒曰：『堅守死戰，操軍疲矣。』操出行圍，配伏弩射之幾中。以其兄子榮爲東門校尉，榮夜開門内操兵，配拒戰城中，生獲配，遂斬之。按：熙，袁尚弟，文似臆記而誤。《漢書·高帝紀》注：别將，謂小將别在他所者。〔按〕『子陽』二句，似指昭義大將李丕來降，事見《通鑑·會昌三年（八月）》。

〔一五六〕〔錢箋〕本集《爲王侍御瓘謝宣弔并賻贈表》云：『如臣弟兄，皆冒矢石。』是元子必瓘也。《爲外姑隴西郡君祭張氏女文》云：『七女五男。』是編《上許昌李尚書狀二》：『王十二郎、十三郎。』又前爲王從事妻、王秀才妻《祭先舅文》皆不署名，『季男』未知何指。〔補注〕元子，天子、諸侯之嫡長子，語本《書·微子之命》：『王若曰：猷，殷王元子。』此指王瓘。《左傳·襄公十五年》：『君子謂楚於是乎能官人。官人，國之急也；能官人，則民無覦心。』《國語·晉語四》：『能其官者有賞。』元子能官，謂王瓘善於爲官。

〔一五七〕〔補注〕《論語·衛靈公》：『俎豆之事則嘗聞之矣，軍旅之事未之學也。』俎豆，本指祭祀。此言俎豆之業，指儒者文教禮樂之事，與下『干戈之務』相對。

〔一五八〕〔錢注〕《史記·灌夫傳》：故戰常陷堅。〔補注〕《左傳·莊公十一年》：『乘丘之役，公以金僕姑射南宫長萬。』杜預注：『金僕姑，矢名。』

〔一五九〕〔錢注〕《戰國策》：被堅甲，蹠勁弩。

〔一六〇〕〔錢注〕李陵《答蘇武書》：每一念至，忽然忘生。

〔一六一〕〔錢注〕《戰國策》：遂弗殺，而善遇之。

〔一六二〕〔錢注〕《後漢書·陳球傳》：球爲零陵太守，州兵反，郡中惶恐，掾吏白遣家避難，球怒曰：『太守分國虎符，受任一邦，豈顧妻孥而沮國威重乎？復言者斬。』

〔一六三〕〔錢注〕《史記·霍去病傳》：去病卒，子嬗代侯，上愛之，幸其壯而將之。

〔一六四〕〔錢注〕《宋書·檀道濟傳》：道濟見收，脱幘投地曰：『乃復壞汝萬里之長城！』

〔一六五〕泰，《全文》誤『秦』，據錢校改。〔錢注〕用《禮記》『泰山其頹』意。《詩·天保》傳：騫，虧也。

〔按〕商隱《安平公詩》言及崔戎逝世，亦云『遽頹泰山驚逝波』。

〔一六六〕〔錢注〕《蜀志·諸葛亮傳》注：《晉陽秋》曰：有星赤而芒角，自東北西南流，投於亮營，俄而亮卒。

〔一六七〕〔錢注〕《陳書·周文育傳》：初文育之據三陂，有流星墜地，其聲如雷，地陷方一丈，中有碎炭數斗。又軍市中忽聞小兒啼，一市並驚。聽之，在土下，軍人掘得棺長三尺，文育惡之。俄而見殺。

〔一六八〕〔錢注〕《晉書·殷浩傳》：遂使寇讎稽誅。〔補注〕稽誅，稽延討伐。

〔一六九〕〔錢注〕《楚辭·遠遊》：令天閽其開關兮。

〔一七〇〕《全文》作『綏復無禮，哀劍加恩』，據錢校改。〔錢校〕疑當作『綏復有禮，哀斂加恩』。《會昌一品集·贈王茂元司徒制》『亦既聞其綏服，是宜加以哀斂』，可互證也。〔補注〕《禮記·雜記上》：『諸侯行而死於館，則其復如於其國。如於道，則升其乘車之左轂，以其綏復。』鄭玄注：『綏當爲緌……謂旌旗之旄也，去其旒而用之，異於生也。』哀斂，古代諸侯葬禮加等時，可用哀衣入斂（哀衣，繪有卷龍之衣）。《左傳·僖公四年》：『許穆公卒于師，葬之以侯，禮也。凡諸侯薨于朝、會，加一等；死王事，加二等。於是有以哀斂。』哀衣爲天子之禮服，上公亦着之而微不同。

〔一七一〕〔錢注〕《後漢書·馬融傳》：疏越蘊慉。注：蘊慉，猶積聚也。慉與畜通。

〔一七二〕〔錢注〕《爾雅》：東南之美者，有會稽之竹箭焉。西北之美者，有崐崘墟之璆琳、琅玕焉。

〔一七三〕〔補注〕《禮記·月令》：『季夏之月……其音宫，律中黄鍾之宫。』『季冬之月……其音羽，律中大吕。』鍾吕，猶黄鍾大吕。

〔一七四〕〔錢注〕《梁書·西北諸戎傳》：河南王者，其地有青海，方數百里。〔按〕此『青海』指青海馬。《隋書·西域傳·吐谷渾》：『青海周迴千餘里，中有小山，其俗至冬輒放牝馬於其上，言得龍種。吐谷渾嘗得波斯草馬，放入海，因生驄駒，能日行千里，故時稱青海驄焉。』下句『丹霄一舉』指鴻鵠之高飛。均喻指茂元。

〔一七五〕〔錢注〕《史記・季布傳》：曹丘生揖季布曰：『楚人諺曰：「得黄金百斤，不如得季布一諾。」足下何以得此聲於梁、楚間哉？』

〔一七六〕〔錢注〕《史記・吴世家》：季札之初使，北過徐君，徐君好季札劍，季札未獻。還至徐，徐君已死，於是乃解其寶劍，繫之徐君冢樹而去，曰：『始吾心已許之，豈以死倍吾心哉！』

〔一七七〕〔錢注〕《史記・封禪書》：自齊威、宣之時，騶子之徒論著終始五德之運，及秦帝而齊人奏之，故始皇采而用之。而宋毋忌、正伯僑、充尚、羨門子高最後，皆燕人，爲方仙道、形解消化、依於鬼神之事。騶衍以陰陽主運顯於諸侯，而燕、齊海上之方士傳其術不能通，然則怪迂阿諛苟合之徒自此興，不可勝數也。〔補注〕《史記・孟子荀卿列傳》：『故齊人頌曰：談天衍、雕龍奭、炙轂過髡。』鄒（騶）衍以能言善辯著稱。

〔一七八〕聞，《全文》作『開』，從錢校改。信聞於梁、楚，用季布事，見注〔一七五〕。

〔一七九〕〔錢注〕《困學紀聞》：柳子厚《王參元書》云：『家有積貨，士之好廉名者皆畏忌不敢道足下之善。』嘗考李商隱《樊南四六》有《代王茂元遺表》云：『與季弟參元，俱以詞場就貢，久而不調。』誌王仲元云：『第五兄參元教之學。』〔補注〕《易・乾》：『同聲相應，同氣相求……則各從其類也。』劉孝標《辨命論》：『昔之金質玉相，英髦秀達，皆擯斥於當年。』

〔一八〇〕〔錢注〕《晉書・謝安傳》：安棲遲東土，累辟不就。時安弟萬爲西中郎將，總藩任之重。安雖處衡門，其名猶出萬之右。

〔一八一〕〔錢注〕《宋書・王曇首傳》：曇首，太保弘少弟也。高祖問弘曰：『卿弟何如卿？』弘答曰：『若但如臣，門户何寄？』鮑照《拜侍郎上疏》：生丁昌運，自比人曹。

〔一八二〕〔補注〕《詩・魯頌・閟宫》：『公車千乘，朱英緑縢，二矛重弓。』二矛重弓，爲節鎮之儀。

〔一八三〕〔錢注〕《漢書・金日磾傳》：日磾兩子賞、建俱侍中，與昭帝略同年，共卧起。賞爲奉車，建駙馬都尉。及賞嗣侯，佩兩綬，上謂霍將軍曰：『金氏兄弟兩人，不可使俱兩綬耶？』

〔一八四〕〔錢注〕《家語》：子路曰：『由願得白羽若月，赤羽若日，當一隊而敵之，必也攘地千里，搴旗執馘。』〔補注〕赤羽，赤色旗幟。

〔一八五〕〔錢注〕《晋書·周顗傳》：顗曰：『今年殺諸賊奴，取金印如斗大繫肘。』

〔一八六〕〔錢注〕《史記·趙世家》：賜相國衣二襲。注：單、複具，爲一襲。

〔一八七〕寵，《全文》作『寵』，從錢校改。

〔一八八〕〔錢注〕《史記·高祖功臣年表》：封爵之誓曰：使河如帶，泰山如厲，國以永寧，爰及苗裔。

〔一八九〕〔錢注〕《史記·信陵君傳》：魏公子無忌封信陵君，仁而下士。魏有隱士曰侯嬴，家貧，爲大梁夷門監者，公子聞之，往請，欲厚遺之，不肯受。公子乃置酒大會賓客，坐定，公子從車騎虚左，自迎夷門侯生，侯生上坐不讓，欲以觀公子，公子執轡愈恭。至家，公子引侯生坐上坐。

〔一九〇〕〔錢注〕《史記·春申君傳贊》：吾適楚，觀春申君故城，宫室盛矣哉！〔補注〕《史記·春申君列傳》：『春申君既相楚，是時齊有孟嘗君，趙有平原君，魏有信陵君，方争下士，招致賓客，以相傾奪，輔國持權……春申君客三千餘人，其上客皆躡珠履。』

〔一九一〕〔錢注〕《後漢書·李膺傳》：膺性簡亢，無所交接，荀爽常就謁膺，因爲其御，既還，喜曰：『今日乃得御李君矣。』其見慕如此。

〔一九二〕〔錢注〕《史記·孟嘗君傳》：孟嘗君曾待客夜食，有一人蔽火光，客怒以飯不等，輟食辭去。孟嘗君起，自持其飯比之，客慚自剄，士以此多歸孟嘗君。

〔一九三〕〔錢注〕《梁書·羊侃傳》：侃不能飲酒，而好賓客交遊，終日獻酬，同其醉醒。

〔一九四〕〔錢注〕《陳書·蔡凝傳》：太建中，授寧遠將軍、尚書吏部侍郎。凝年位未高，而才地爲時所重，常端坐西齋，自非素貴名流，罕所交接，趣時者多譏焉。《韓詩外傳》：原憲居環堵之室，茨以蒿萊。〔按〕謂茂元待士異於蔡凝之僅交貴流、不接蒿萊，雖寒士亦善待也。

〔一九五〕〔錢校〕團空，胡本作『同穴』，似誤。梁簡文帝《莊嚴閔法師成實論義疏序》：自佛日團空，正流蕩垢。

〔一九六〕〔錢注〕《首楞嚴經》：名無住行，名無著行。〔補注〕無著，無所羈絆、無所執着。

〔一九七〕〔錢注〕按：梁簡文帝《十空》六首，其二《水月》。〔補注〕水月，喻虚幻空無。

〔一九八〕〔錢注〕《老子》：衆人熙熙，如享太牢，如登春臺。

〔一九九〕〔錢注〕《蓮社高賢傳》：佛馱邪舍，罽賓國婆羅門種也。師髭赤，善解《毗婆沙論》，時人號赤髭論主。

〔二〇〇〕見《爲濮陽公上淮南李相公狀二》『謝安麈尾，屢聽清談』注。

〔二〇一〕〔錢曰〕未詳。〔按〕李白《遊泰山六首》之二：『偶然值青童，緑髮雙雲鬟。笑我晚學仙，蹉跎凋朱顔。』緑髮仙翁，言仙翁之青春容顔，未必專指。

〔二〇二〕裳，《全文》作『衺』，據錢校改。〔錢注〕《楚辭·九歌》：青雲衣兮白霓裳。

〔二〇三〕〔錢注〕揚雄《反騷》：臨汨羅而自隕兮，恐日薄於西山。

〔二〇四〕〔錢注〕《淮南子》：二者代謝舛馳。注：代更謝叙。

〔二〇五〕〔錢注〕陸倕《思田賦》：感風燭與石火，嗟民生其如寄。

〔二〇六〕〔錢注〕張正見《傷韋侍讀詩》：逝水没驚波。

〔二〇七〕〔錢注〕《新唐書·藝文志》：王璨新撰《青烏子》三卷。〔補注〕青烏，指堪輿（古時占候卜筮之一種，後專指看風水）之術。王維《能禪師碑》：『擇吉祥之地，不待青烏。』

〔二〇八〕〔錢注〕《陳書·吴明徹傳》：父樹葬時，有伊代者善占墓，謂其兄曰：『君葬之日必有乘白馬逐鹿者來經墳所，此是最小孝子大貴之徵。』至時果有此應。明徹即樹之最小子也。

〔二〇九〕〔錢注〕《史記·留侯世家》：子房始所見下邳圯上老父與《太公書》者，後十三年，從高帝過濟北，果見穀城山下黄石，取而葆祠之。留侯死，并葬黄石冢。

〔二一〇〕〔錢注〕張華《博物志》：漢滕公薨，求葬東都門外，公卿送喪，駟馬不行，跼地悲鳴，跑蹄下地，得石，有銘曰：『佳城鬱鬱，三千年，見白日，吁嗟滕公居此室。』遂葬焉。

〔二一一〕見《爲王秀才妻蘇氏祭先舅司徒文》注〔七八〕。

〔二一二〕〔錢注〕《漢書·原涉傳》：涉自以先人墳墓儉約，非孝也，乃大治起冢舍，周閣重門。初，武帝時京兆尹曹氏葬茂陵，民謂其道爲京兆阡，涉慕之，乃買地開道立表，署曰南陽阡，人不肯從，謂之原氏阡。

〔二一三〕〔錢注〕《晋書·束皙傳》：太康二年，汲郡人不準盗發魏襄王墓，或言安釐王冢，得竹書數十車。〔按〕汲冢中有竹書《紀年》十三篇，相傳爲戰國時魏之史書，故云『幾年復出』。

〔二一四〕〔錢注〕干寶《搜神記》：燕惠王墓上有狐狸已經千餘歲，聞晋司空張華博學多才，化爲二少年書生，乘馬而出，墓前過去，華表神謂曰：『若去非但喪汝二軀，我亦遭累。』狸不答而去，乃持刺謁華，華甚疑之：『此必妖也。』乃曰：『千年之妖，以千年神木火照之即變。』世説燕惠王塚前有華表木，已經千年，發走爲使往取其木，空中有一小兒來問使，使曰：『張司空，忽有二少年多才巧辭，疑是妖異，使我取華表照之。』青衣曰：『老狸不智，不聽我言，今日禍已及我，其可逃乎？』倏然不見。使乃伐其木，將歸照之，其精乃變，華乃烹之。《考工記》注：齊人之言『終古』，猶言『常』也。

〔二一五〕〔錢箋〕此下自叙婚於王氏，并及入幕時事。〔補注〕《詩·大雅·思齊》：『大、姒嗣徽音，則百斯男。』徽音，德音、令聞美譽。

〔二一六〕〔補注〕《左傳·僖公二十七年》：『冬，楚子及諸侯圍宋，宋公孫固如晋告急。先軫曰：「報施，救患、取威、定霸，於是乎在矣。」』

〔二一七〕〔補注〕《左傳·桓公六年》：『齊侯欲以文姜妻鄭大子忽，大子忽辭。人問其故，大子曰：「人各有耦，齊大，非吾耦也。」』

〔二一八〕〔錢注〕《舊唐書》商隱本傳：開成二年登進士第，釋褐祕書省校書郎，調補弘農尉。《史記·張丞相傳》：褚先生補曰：『匡衡才下，數射策不中，至九乃中丙科。』《後漢書·梁竦傳》：竦嘗曰：『大丈夫居世，生當封侯，死當廟食。如其不然，閑居可以養志，詩書足以自娛。州郡之職，徒勞人耳。』

〔二一九〕〔補注〕《左傳·僖公三十三年》：『初，臼季使過冀，見冀缺耨。其妻饁之敬，相待如賓。』饁，往田野送飯，即『餉田』。

〔二二〇〕〔錢注〕《後漢書·梁鴻傳》：鴻至吴，依大家臯伯通，居廡下，爲人賃舂。每歸，妻爲具食，不敢於鴻前仰視，舉案齊眉。〔補注〕販舂，買進穀物舂米出售。賃舂，受僱爲人舂米。義有別。商隱《祭裴氏姊文》：『乃占數東甸，傭書販舂。』

〔二二一〕昔，錢注本作『當』，未出校。〔錢箋〕（京西）謂涇原。《舊唐書·地理志》：涇州在京師西北四百九十三里。

〔二二二〕〔錢箋〕謂茂元開成末内召還朝時。司馬遷《報任少卿書》：僕賴先人緒業，得待罪輦轂下，二十餘年矣。

〔二二三〕〔錢注〕張衡《西京賦》：促中堂之陿坐。

〔二二四〕〔錢注〕《爾雅》：闍謂之臺，有水者謂之榭。

〔二二五〕〔錢注〕《史記·陳丞相世家》：户牖富人張負女孫五嫁，人莫敢娶。平欲得之，負曰：『人固有好美如陳平而長貧賤者乎？』卒與女。

〔二二六〕〔錢注〕《晋書·王國寶傳》：國寶少無士操，不修廉隅，婦父謝安惡其傾側，每抑而不用。

〔二二七〕〔錢注〕《晋書·衛玠傳》：年五歲，風神秀異，其後多病，體羸。妻父樂廣有海内重名，議者以爲婦公冰清，女婿玉潤。

〔二二八〕〔錢箋〕義山於會昌二年書判拔萃爲祕書正字。東藩，當指陳許。《舊唐書·地理志》：許州在京師東一千二百里。〔按〕茂元開成五年十月出鎮陳許，其時正值商隱辭尉從調之時。《上李尚書狀》：『昨者伏蒙恩造，重有霑賜，兼假長行人乘等，以今月十日到上都訖。既獲安居，便從常調。』今月十日指十月十日。唐時内外官從調，不限已仕、未仕，選人期集，始於孟冬，終於季春。十月正選人期集之時。旋因茂元『銜書見召』，故即赴陳許幕，見陳許所代擬諸表狀牒文。

〔二二九〕〔補注〕《易·賁》：『賁于丘園，束帛戔戔。』賁帛，本指帝王尊禮賢士所賜與之束帛，此指茂元聘其入幕之聘禮。資費，費用，亦指聘錢。

〔二三〇〕〔錢注〕沈約《陶先生登樓不復下詩》：銜書必青鳥。〔按〕茂元受命出鎮陳許時，商隱或正在自濟源移家長安途中，故有『銜書見召』事。

〔二三一〕〔錢注〕《楚辭·招魂》：坐堂伏檻，臨曲池些。注：檻，楯也。

〔二三二〕〔錢注〕《宋書·徐湛之傳》：湛之出爲南兗州刺史，起風亭、月觀、吹臺、琴室，招集文士，盡遊玩之適。〔按〕此『風亭』與上『水檻』均陳許節度使府署之建築，緊承上『銜書見召』，説明商隱隨即從茂元入幕。視所代擬《陳許謝上表》《陳許舉人自代狀》等一系列表狀啓牒，亦均爲茂元初到任時所作，而非茂元在陳許任之中途『銜書見召』，始赴陳許。

〔二三三〕换，《全文》作『㙦』，從錢校改。〔補注〕昃，日西斜。

〔二三四〕〔錢注〕《説文》：晦而月見西方謂之朓，朔而月見東方謂之朒。〔補注〕二句即日月移易，時間流逝意。

〔二三五〕潁，《全文》作『頓』。從錢校改。〔錢校〕頓，當作『潁』，謂陳許也。義山自陳許歸後，遂不復至茂元幕，時方在東都，故云。《舊唐書·地理志》：許州，隋潁川郡。《史記·灌夫傳》：夫，潁陰人也。宗族賓客，爲權利横於潁川，潁川兒歌曰：潁水清，灌氏寧；潁水濁，灌氏族。〔補注〕辭違，離别。改潁水之辭違，謂變易陳許之離别。作祭文時商隱在長安樊南不在東都，説見注〔一〕。

〔二三六〕〔錢箋〕茂元有宅在洛陽之崇讓坊。《上許昌李尚書狀二》云『王十二郎、十三郎扶引靈筵，兼侍從郡君，今年八月至東洛訖』，可證也。又《上鄭州李舍人狀四》云『夏秋以來，疾苦相繼』，《上李舍人狀二》云『自還京洛，常抱憂煎，骨肉之間，病恙相繼』，蓋義山占籍東都，抱疴里居，適其妻族亦奉喪還洛，故下文云『將觀祖載，遂迫痁瘍』也。事當在會昌四年。《漢書・劇孟傳》：劇孟者，洛陽人也。母死，自遠方送葬，蓋千乘。〔按〕成洛陽之赴弔，即祭文篇首『子婿李商隱謹遣家僮齎疏薄之奠，昭祭於故河陽節度使贈司徒之靈』之意，非謂商隱親往弔祭也，下文『將觀祖載，遂迫痁瘍』已明言未往。錢箋雜引會昌四年八月以後作之《上許昌李尚書狀二》、會昌五年作之《上鄭州李舍人狀四》《上李舍人狀二》以證此文之作時，誤。詳注〔一〕。謂商隱『占籍東都』，亦誤，詳《祭裴氏姊文》『占數東甸』注。

〔二三七〕〔錢注〕詩集《河陽詩》：漢陵走馬黄塵起。馮氏曰：後漢諸帝皆葬洛陽近地，故曰『漢陵』。〔按〕東漢諸帝陵固在洛陽附近，然西漢諸帝陵如所謂五陵者，則均在渭水北岸今咸陽市附近。宣帝杜陵、文帝霸陵亦在長安南，詳《文選・班固〈西都賦〉》『南望杜、霸，北眺五陵』劉良注。此句『漢陵』與下句『秦苑』同指長安之秦、漢苑陵。商隱《爲尚書渤海公舉人自代狀》：『漢苑秦陵，盡絶椎埋之黨。』《幽人》詩：『星斗同秦分，人煙接漢陵。』均指長安之漢陵不指洛陽。錢氏因謂作祭文時商隱在洛陽『抱疴里居』，故將『漢陵』解爲後漢諸帝陵。

〔二三八〕〔錢注〕按：漢上林苑即秦之舊園地，當在長安之西，然唐人詠洛陽詩多有用秦苑者。〔按〕秦苑，泛指古秦國宫苑，唐詩中指長安或咸陽，與洛陽無涉。許渾《咸陽城東樓》：『鳥下緑蕪秦苑夕，蟬鳴黄葉漢宫秋。』温庭筠《自有扈至京師已後朱櫻之期》：『秦苑飛禽諳熟早，杜陵遊客恨來遲。』

〔二三九〕〔錢注〕《白虎通》：祖於庭何？盡孝子之恩也。祖者，始也，始載於庭也。乘轜車辭祖禰，故名爲祖載也。〔補注〕祖載，將葬之際，以柩載車上，行祖祭之禮。《後漢書・蔡邕傳》『桓思皇后祖載之時』李賢注引鄭玄注《周禮》云：『祖，謂將葬祖祭於庭；載，謂升柩於車也。』《文選・陸機〈挽歌詩〉》『死生各異倫，祖載當有時』李周翰注：『祖載，謂移柩車爲行之始。』

〔二四〇〕〔錢注〕《左傳》注：小疫曰瘥。《周禮·醫師》注：身傷曰瘍。

〔二四一〕〔原注〕長，上聲。〔錢注〕《晉書·謝朗傳》：朗字長度。總角時，病新起，體甚羸，於叔父安前與沙門支遁講論，遂至相苦。

〔二四二〕〔錢注〕《梁書·沈約傳》：（沈約，字休文。）約久處端揆，有志台司，帝終不用。以書陳情於徐勉曰：『開年以來，病增慮切。百日數旬，革帶常應移孔；以手握臂，率計月小半分。以此推算，豈能支久？』

〔二四三〕〔補注〕《詩·邶風·簡兮》：『有力如虎，執轡如組。』執轡，持馬繮繩駕車。

〔二四四〕〔錢注〕《楚辭·九章》：露申辛夷，死林薄兮。注：草木交曰薄。《水經注》：自南山橫洛水北屬於河，皆關塞也。〔補注〕二句遥望不及之景。

〔二四五〕〔錢注〕潘岳《楊仲武誄》：潘、楊之睦，有自來矣。〔補注〕《文選·潘岳〈楊仲武誄〉》：『既藉三葉世親之恩，而子之姑，余之伉儷焉……潘、楊之穆，有自來矣，矧乃今日慎終如始？』吕延濟注：『謂岳父與仲武祖舊相知好，況今日我與仲武順祖父之好如始也。』此以潘、楊之好喻指姻親之好。

〔二四六〕〔補注〕《詩·周南·關雎》：『參差荇菜，左右采之。窈窕淑女，琴瑟友之。』

〔二四七〕〔補注〕《詩·大雅·烝民》：『既明且哲，以保其身。』孔疏：『既能明曉善惡，且又是非辨知，以此明哲擇安去危，而保全其身，不有禍敗。』《書·説命上》：『知之曰明哲，明哲實作則。』

〔二四八〕〔錢注〕《魏書·高允傳》：垂此仁旨。

〔二四九〕〔錢注〕《南齊書·王僧虔傳》：僧虔善隸書，孝武欲擅書名，僧虔不敢顯跡。大明世，常用拙筆書，以此見容。〔按〕此言筆拙不能贊茂元之功德，抒自己之悲痛，與原典意別。

〔二五〇〕〔錢注〕《晉書·葛洪傳》：洪家貧，躬自伐薪以貿紙筆。《抱朴子》：洪家貧，常乏紙，每所寫皆反覆有字，人少能讀。〔按〕此即紙短情長之意。

爲李貽孫上李相公啓〔一〕

月日，從姪某官某，謹齋沐裁誠，著於啓事，跪授僕者〔二〕，上獻於司徒相國叔父閤下〔三〕：某伏遠墻藩〔四〕，亟踰年籥〔五〕。抱徽音於故器〔六〕，雖賞逐時遷〔七〕；竊餘潤於奥雲〔八〕，亦情由類至〔九〕。中阿弭節〔一〇〕，末路增懷〔一一〕。沈吟易失之時，悵望難邀之會〔一二〕。石崇著引，徒願思歸〔一三〕；殷浩裁書，其如慕義〔一四〕。

伏惟相公丹青元化〔一五〕，冠蓋中州〔一六〕。羣生指南〔一七〕，命代先覺〔一八〕。語姬朝之舊族，莊、武慚顔〔一九〕；叙漢代之名門，韋、平掩耀〔二〇〕。將鄰三紀〔二一〕，克佐五君〔二二〕。動著嘉猷〔二三〕，行留故事〔二四〕。陶冶於無形之外〔二五〕，優游於不宰之中〔二六〕。始者主上以代邸承基〔二七〕，瑯琊纘業〔二八〕，明發不寐〔二九〕，懷清廟之景靈〔三〇〕；日晏忘飧〔三一〕，念蒼生之定命〔三二〕。爰徵元老〔三三〕，允在賓臣〔三四〕。五載於兹〔三五〕，六符斯炳〔三六〕。

頃單于故境〔三七〕，獯鬻遺疆〔三八〕，屢緣喪荒〔三九〕，亟致攜貳〔四〇〕。夙沙自縛其主〔四一〕，冒頓忍射其親〔四二〕。遂去北邊，欲事南牧〔四三〕。既赫斯而貽怒〔四四〕，乃密勿以陳謀〔四五〕。管氏將來，屢發新柴之井〔四六〕；留侯每入，便聞借箸之籌〔四七〕。羣帥受成〔四八〕，中樞獨運〔四九〕。前軍露板，方事於羽馳〔五〇〕；清禁壽觴〔五一〕，旋聞於月捷〔五二〕。仍其貴種〔五三〕，慕我華風〔五四〕。或辨姓寫誠〔五五〕，推諸右校〔五六〕；或釋兵伏義〔五七〕，列在周廬〔五八〕。潞子離狄而《春秋》書〔五九〕，徐夷朝周而《大雅》詠〔六〇〕。其餘麕驚鳥散〔六一〕，風去雨還〔六二〕。亘絶幕以銷魂〔六三〕，委窮沙而喪膽〔六四〕。胡琴公主，已出於襜襤〔六五〕；毳幕天驕，行遺其種落〔六六〕。向若非薛公料敵，先陳三策〔六七〕；充國爲學，盡通四夷〔六八〕，則何以雪高廟稱臣之羞〔六九〕，全肅宗復京之好〔七〇〕？此廟戰之功一也〔七一〕。

惟彼參伐〔七二〕，實興皇家。天漢美名，方之尚陋〔七三〕；舂陵王氣，比此非多〔七四〕。而物衆藏姦，地寬長孽，敢起在行之衆〔七五〕，因興逐帥之謀〔七六〕。遂使起義堂邊〔七七〕，台臣夙駕〔七八〕；晉陽宫下〔七九〕，逆豎宵奔。翻勢將冀於連雞〔八〇〕，勇鬭尚同於困獸〔八一〕。詎知長算，已出奇兵〔八二〕。金僕靈鉼〔八三〕，靡留於甸朔；篋輿貫木〔八四〕，已集於都街〔八五〕。此廟戰之功二也〔八六〕。

而潞寇不懲兩豎之兇〔八七〕，徒恃三軍之力，干我王略，據其父封〔八八〕。袁熙因累葉之資〔八九〕，衛朔拒大君之詔〔九〇〕。人將自棄〔九一〕，鬼得而誅〔九二〕。蛙覺井寬〔九三〕，蟻言樹大〔九四〕。招延輕險，曾微吴國之錢〔九五〕；藏匿罪亡，又乏江陵之粟〔九六〕。所謀者河朔遺事〔九七〕，所恃者巖險偷生〔九八〕。今則趙、魏俱攻，燕、齊併入〔九九〕。奉規於帷幄〔一〇〇〕，遵命於指蹤〔一〇一〕。亞夫拒吴，驚東南而備西北〔一〇二〕；韓信擊魏，艤臨晉而渡夏陽〔一〇三〕。百道無飛走之虞〔一〇四〕，一縷見傾危之勢〔一〇五〕。計算反接〔一〇六〕，當不踰時〔一〇七〕。是則陳曲逆之六奇〔一〇八〕，翻成屑屑〔一〇九〕；葛武侯之八陣〔一一〇〕，更覺區區〔一一一〕。此廟戰之功三也〔一一二〕。

孤寇行静〔一一三〕，萬方率同。將盪海騰區，夷山拓宇〔一一四〕。高待泥金之禮〔一一五〕，雄專瘞玉之辭〔一一六〕。煙閣傳形〔一一七〕，革車就國〔一一八〕。盡人臣之極分，焕今古之高名〔一一九〕。

況又奉以嘉聲〔一二〇〕，諧兹國檢〔一二一〕。鬭文賜粮〔一二二〕，遠箴醉飽之徒；晏子朝衣〔一二三〕，横勵輕肥之俗〔一二四〕。比周息慮〔一二五〕，孤介歸仁〔一二六〕。紹續勳家〔一二七〕，扶持舊族。罔容私謝〔一二八〕，皆事公言〔一二九〕。景風至而慶賞先行〔一三〇〕。仲吕協而賢良必遂〔一三一〕。豈直杜伯山之令子，大邑傳家〔一三二〕；陶彭澤之孤孫，西曹受署〔一三三〕。重以心游書圃〔一三四〕，思託文林〔一三五〕，提枹於絶藝之場〔一三六〕，班、揚掃地〔一三七〕；鞠旅於無前之敵〔一三八〕，江、鮑輿尸〔一三九〕。故矯枉則《黄冶》之賦興〔一四〇〕，游道則知止之篇作〔一四一〕。辭窮體物〔一四二〕，律變登高〔一四三〕。文星留伏於筆間〔一四四〕，綵鳳翱翔於夢裏〔一四五〕。此固談揚絶意，倣效何階〔一四六〕！

若某者〔一四七〕，徒預宗盟〔一四八〕，早塵清鑒〔一四九〕。而行藏遷貿〔一五〇〕，歧路差池〔一五一〕。今將抽實吐誠，推心叙款〔一五二〕。緘猶未寫〔一五三〕，詞已失煩〔一五四〕。某爰自弱齡〔一五五〕，實抱孤操〔一五六〕。寒郊映雪〔一五七〕，暑草搜螢〔一五八〕，雖有謝於天姿〔一五九〕，或無慚於力學。庾持奇字〔一六〇〕，信皆未通；敬禮小文〔一六一〕，頗常留意。大和中，敢揚微抱，竊獻短章〔一六二〕。方候明誅，忽蒙復命。荆州一紙〔一六三〕，河東百金〔一六四〕。叨延月旦之評〔一六五〕，長積竹林之戀〔一六六〕。竟以事將願背，蹇與身期。離索每多，交攀莫遂。武陵被病〔一六七〕，洛表求醫〔一六八〕。未及上言，先蒙受代。肩輿而至〔一六九〕，杜門以居〔一七〇〕。蓬藋荒涼〔一七一〕，風霜迅厲〔一七二〕。今已稍痊美疢〔一七三〕，獲託休辰。殷鈞體羸，尚能爲郡〔一七四〕；馬卿疾罷，猶可言文〔一七五〕。退無井臼之資〔一七六〕，進乏交朋之助。是以徘徊軒幄，託附緘封，冀陳、蔡之及門〔一七七〕，庶江、黄之列會〔一七八〕。敢渝孤直〔一七九〕，仰累清光。東浪驚年〔一八〇〕，西飈結欷〔一八一〕。矢心佩賜〔一八二〕，畢命銜輝〔一八三〕。道阻且躋〔一八四〕，書不盡意。金楹假蔭，望同相賀之禽〔一八五〕；珠岸迴光，庶及不枯之草〔一八六〕。明懸肝膽〔一八七〕，唯所鑪錘〔一八八〕。干冒尊嚴，伏用兢灼。謹啓。

校注

〔一〕本篇原載《文苑英華》卷六六一第二頁、清編《全唐文》卷七七七第一一頁、《樊南文集詳注》卷三。題內『李相公』下《英華》有『德裕』字，馮注本從之。〔徐箋〕《舊書·李德裕傳》：開成五年正月，武宗即位。七月，召德裕於淮南。九月，授門下侍郎、同平章事。初，德裕父吉甫年五十一出鎮淮南，五十四自淮南復相。今德裕鎮淮南，復入相，一如父之年，亦爲異事。案：啓云『五載於兹，六符斯柄』，則貽孫上啓在會昌四年平澤潞之後也。〔馮箋〕按《唐文粹·四門助教歐陽詹文集序》，李貽孫作，玩其所自述，則貽孫於大和中曾爲福建團練副使。至大中六年，爲福建觀察使。《酉陽雜俎》有云：夔州刺史李貽孫。《書史會要》曰：李貽孫工書。《金石録》有會昌五年九月李貽孫《神女廟詩碑》。《全蜀藝文志》有會昌五年夔州刺史李貽孫《都督府記》。則上此啓後，即刺夔矣。《新書·宰相表》：會昌二年正月，德裕爲司空。三年六月，爲司徒。四年八月，守太尉。此啓是楊弁已誅、劉稹尚未平，會昌四年四、五月所上，故尚稱『司徒』，且有『景風』『中吕』之語。《法書苑》引《廣川書跋》：『酆都宫陰真人祠，刻詩三章，唐貞元中刺史李貽孫書。』豈亦其人耶？貞元年稍遠矣，似字有誤。〔岑曰〕稱德裕爲司徒，又言澤潞將平，玩其書辭，當上于會昌四年七月前，猶未外放夔刺。（《郎官石柱題名新考訂·金部員外郎》）〔按〕此啓寫作時間，馮考爲確。啓叙討伐劉稹之戰事云：『百道無飛走之虞，一縷見傾危之勢，計其反接，當不踰時。』又云：『孤寇行静。』是劉稹行將平定而尚未平也。再參以『景風』『仲吕』語，其在會昌四、五月間可大體肯定。《唐刺史考》據酆都陰真人祠刻詩，疑李貽孫大中三年曾任忠州刺史。

〔二〕〔補注〕啓事，陳述事情之函件。僕指送信之僕役。跪授，示敬也。

〔三〕〔馮曰〕閤、閣音義每通。

〔四〕〔徐注〕揚雄《甘泉賦》：電倐忽於墻藩。〔補注〕墻藩，猶門墻。

〔五〕〔徐注〕《舊書·音樂志》云：管三孔曰籥，春之音，萬物振躍而動也。〔馮注〕《爾雅·釋樂》注：籥如笛，三孔而短小。《釋名》：籥，躍也，氣躍而出也。《舊書·音樂志》：籥，春分之音。按：『籥』又與『律』同義。《漢書·志》：黄帝制十二篅以聽鳳之鳴，比黄鐘之宫，而皆可以生之，是爲律本。《尚書》：『聲依永，律和聲。』疏引之作『十二籥』也。年籥，猶云歲律，義取於此。

〔六〕抱，《英華》注：一作『抱』，非。〔徐注〕《周禮》：典同，掌六律六同之和，以辨天地四方陰陽之聲以爲樂器。故《新書・禮樂志》云：聲無形而樂有器。〔馮注〕《史記・周本紀》：太師疵、少師彊抱其樂器而奔周。《周禮》：凡爲樂器，以十有二律爲之數度，以十有二聲爲之齊量。凡和樂亦如之。注曰：和，謂調其故器也。

〔七〕〔徐注〕《晉書・桓沖傳》：疏曰：事與時遷，勢無常定。

〔八〕〔徐注〕『奧雲』未詳，疑是『鬱』字之誤。謝莊《宣貴妃誄》：高唐渫雨，巫山鬱雲。〔馮注〕王弼《老子注》：奧，猶暖也，可得庇蔭之辭。『奧雲』『餘潤』，義相似也。徐氏疑作『鬱』，而引謝莊《宣貴妃誄》『巫山鬱雲』，誤矣。〔按〕奧雲，猶深雲、濃雲，奧雲含雨，故曰『餘潤』。

〔九〕〔馮注〕（抱徽音四句）謙言不入時宜，而同宗之情不敢忘也。類，是族類之類。

〔一〇〕〔徐注〕顏延之《秋胡詩》：弭節停中阿。〔補注〕中阿，丘陵之中，山灣中。弭節，猶停車。

〔一一〕〔徐注〕《漢書・鄒陽傳》：至其晚節末路。

〔一二〕〔徐注〕魏武帝詩：但爲君故，沈吟至今。《漢書・蒯通傳》：通説韓信曰：時者難值而易失。〔馮注〕《後漢書・賈復傳》：帝召諸將議兵事，未有言，沈吟久之。《古詩十九首》：沈吟聊躑躅。《説苑》：鄭桓公會封于鄭，暮宿於宋東之逆旅。逆旅之叟曰：『聞之，時難得而易失也。今客之寢安，殆非就封者也。』〔按〕沈吟，此處係遲疑、猶豫之義。《後漢書・隗囂傳》：『邯得書，沈吟十餘日，乃謝士衆，歸命洛陽。』難邀之會，難遇之時機。

〔一三〕〔徐注〕石崇《思歸引序》注：《思歸引》，古曲名。崇爲太僕卿，有思歸之意，故有此作。〔馮注〕石崇《思歸引序》：尋覽樂篇，有《思歸引》。儻古人之情，有同於今，故制此曲。

〔一四〕〔馮注〕殷浩空函，非此所用。《浩傳》又有致箋簡文，具自申述之事。然是陳讓，亦不相合。當更有典，未詳。《漢書・鄒陽傳》：梁孝王下陽吏，陽從獄中上書曰：王奢、樊於期去二國、死兩君者，行合於志，慕義無窮也。《史記・吴太伯世家》：延陵季子之仁心，慕義無窮。〔按〕裁書慕義，當是致書當權之大臣，表示仰慕高義之意，希求汲引，以切己上書德裕，企其援手。惜事不詳。

〔一五〕〔徐注〕桓寬《鹽鐵論》：公卿者，四海之表儀，神化之丹青也。〔補注〕丹青，謂使增輝、生色。張九齡《祭張燕公文》：『故能羽翼聖后，丹青元化。』

〔一六〕〔徐注〕班固《西都賦》：英俊之域，紱冕所興，冠蓋如雲。〔補注〕冠蓋，冠服車乘。此猶冠冕之意，謂首出、蓋過。

〔一七〕〔馮注〕崔豹《古今注》：黄帝與蚩尤戰涿鹿之野，蚩尤作大霧，軍士皆迷路，帝作指南車以示四方。舊説周公所作也。越裳氏使者迷其歸路，周公錫以輧車五乘，皆爲司南之制。《黄帝内傳》：玄女爲帝制司南車。《蜀志》：南陽宋仲子與蜀郡太守書曰：許文休有當世之具，足下當以爲指南。

〔一八〕〔徐注〕代讀曰世。《魏志》：橋玄謂太祖曰：『天下將亂，非命世之才不能濟也。』《孟子》：伊尹曰：『予天民之先覺者也。』〔補注〕命代，著名於當代。

〔一九〕〔徐注〕《左傳》：鄭武公、莊公，爲平王卿士。〔補注〕姬朝，指周朝。周爲姬姓，故稱。此以鄭武公、莊公父子爲平王卿士喻李吉甫、德裕父子相繼爲相。

〔二〇〕〔徐注〕《漢書·平當傳》：漢興，惟韋、平父子至宰相。師古曰：韋，謂韋賢也。案：當子晏，以明經歷位大司徒。賢子玄成，以明經歷位至丞相。〔馮注〕《漢書·韋賢傳》：賢爲丞相，封扶陽侯。少子玄成復以明經歷位至丞相。《平當傳》：當爲丞相，卒，子晏以明經歷位大司徒，封防鄉侯。

〔二一〕將，《英華》作『歲』，注：集作『將』。〔馮校〕一作『歲』，非。〔徐注〕《書》：既歷三紀，世變風移。

〔二二〕〔徐注〕《左傳》：楚屈建問范會之德于趙武，歸，以語康王，康王曰：『宜夫子之光輔五君，以爲諸侯主。』箋：德裕自元和中累辟諸府從事，至會昌四年平澤潞，歷事憲、穆、敬、文、武五朝，凡三十餘歲，故曰『將鄰三紀，克佐五君』。

〔二三〕〔徐注〕《書·君陳》：『爾有嘉謀嘉猷，則入告爾后于内。』

〔二四〕〔馮注〕《漢書・蘇武傳》：明習故事。《後漢書・鄭弘傳》：爲尚書令，前後所陳補益王政者，皆著之南宮，以爲故事。《史記・魯世家》：咨於固實。注曰：固一作故。故實，故事之是者。〔補注〕故事，舊例、先例。

〔二五〕〔馮注〕《漢書・董仲舒傳》：陶冶而成之。上之化下，下之從上，猶泥之在鈞，惟甄者之所爲；猶金之在鎔，惟冶者之所鑄。師古曰：甄，作瓦之人。鈞，造瓦之法其中旋轉者。鎔謂鑄器之模範也。〔補注〕無形，猶不知不覺。

〔二六〕〔馮注〕《老子》：生而不有，爲而不恃，長而不宰，是謂玄德。

〔二七〕〔馮注〕《漢書・紀》：孝文皇帝，高帝中子，立爲代王。諸吕既誅，大臣使人迎詣長安，羣臣請即天子位，奉天子法駕迎代邸。〔徐注〕師古曰：郡國朝宿之舍在京師者率名邸。

〔二八〕〔馮注〕《晉書・紀》：元皇帝諱睿，宣帝曾孫，琅邪恭王之子也。年十五，嗣位瑯琊王。永嘉初，鎮建鄴。建武元年春二月，羣臣請爲晉王於建康。大興元年春三月，愍帝崩問至，百寮上尊號，即皇帝位。武宗爲穆宗之子，文宗之弟，故云。

〔二九〕〔徐注〕《詩》：明發不寐，有懷二人。

〔三〇〕〔徐注〕《晉書・凉武昭王傳》：《述志賦》云：承景靈之冥符。〔補注〕《詩・周頌・清廟》：『於穆清廟。』清廟爲周之祖廟，此喻指唐之宗廟。景靈，明靈，指唐之列祖列宗。

〔三一〕〔徐注〕《書》：文王自朝至于日中昃，不遑暇食。

〔三二〕〔馮注〕《詩》：訏謨定命。箋曰：謂正月始和，布政于邦國都鄙也。《左傳》：劉子曰：『民受天地之中以生，所謂命也。是以有動作禮義威儀之則，以定命也。』〔按〕《詩》『訏謨定命』之『定命』，指審定法令。此句『定命』指命運。

〔三三〕〔徐注〕《詩》：方叔元老。

〔三四〕〔馮注〕《漢紀》：陳元疏曰：師臣者帝，賓臣者王。〔按〕又見《後漢書・陳元傳》。

〔三五〕〔馮注〕武宗即位之年，至是五載。

〔三六〕〔徐注〕《漢書・東方朔傳》：願陳《泰階六符》，以觀天變。孟康曰：泰階，三台也。每台二星，凡六星。符，六星之符驗也。應劭曰：黄帝《泰階六符經》云：泰階者，天之三階也。上階爲天子，中階爲諸侯公卿大夫，下階爲士庶人。三階平則陰陽和，風雨時，天下大安，是爲太平。〔補注〕炳，顯。

〔三七〕境，《英華》注：集作『地』。

〔三八〕〔徐注〕《史記》：北逐葷鬻。索隱曰：匈奴别名也。〔馮注〕《漢書・匈奴傳》：唐、虞以上有山戎、獫狁、薰鬻居於北邊。

〔三九〕〔徐注〕《周禮・小宰》：喪荒，受其含襚幣玉之事。〔補注〕孔疏：釋曰：喪謂王喪，諸侯諸臣有致含襚幣玉之事。荒謂凶年，諸侯亦致幣玉之事。

〔四〇〕〔徐注〕《後漢書・公孫述傳》：發間使招攜貳。〔馮箋〕《通鑑》：開成四年，回紇歲疫，大雪，羊馬多死，回鶻遂衰。又注引《獻祖紀年録》曰：回鶻大饑，族帳離叛，復爲黠戛斯所逼，漸過磧口，至於榆林。〔補箋〕《通鑑》卷二四六開成四年載：『回鶻相安允合、特勒柴革謀作亂，彰信可汗殺之。相掘羅勿將兵在外，以馬三百匹賂沙陀朱邪赤心，借其兵共攻可汗。可汗兵敗，自殺，國人立㕎馺特勒爲可汗。』又：開成五年載：『及掘羅勿殺彰信，立㕎馺，回鶻别將句録莫賀引黠戛斯十萬騎攻回鶻，大破之，殺㕎馺及掘羅勿，焚其牙帳蕩盡，回鶻諸部逃散……可汗兄弟嗢没斯等及其相赤心、僕固、特勒那頡啜各帥其衆抵天德塞下，就雜虜貿易穀食，且求内附。』又：會昌元年，《通鑑考異》引《伐叛記》云：『會昌元年二月，回鶻遠徙沙漠，飢餓尤甚，將金寶于塞上部落博糴糧食。邊人貪其財寶，生攘奪之心。』又，會昌二年三月載：『回鶻嗢没斯以赤心桀黠難知，先告田牟云：赤心謀犯塞。乃誘赤心并僕固殺之，那頡啜收赤心之衆七千帳東走。河東奏：「回鶻兵至横水，殺掠兵民，今退屯釋迦泊東。」』五月載：『那頡啜帥其衆……窺幽州，盧龍節度使張仲武遣其弟仲至將兵三萬迎擊，大破之……那頡啜走，烏介可汗獲而殺之。時烏介衆雖衰減，尚號十萬，駐牙於大同軍北閶門山。楊觀自回鶻還，可汗表求糧食、牛羊，且請執送嗢没斯等。」八月載：「可汗帥衆過杷頭烽南，突入大同川，驅掠河東雜虜牛馬數萬，轉鬭至雲州城門。」此即所謂『亟致攜貳』。亟，屢；攜貳，背叛。

〔四一〕〔馮注〕《吕氏春秋》：夙沙之民，自攻其君，而歸神農。《淮南子》作『宿沙』。注曰：伏羲、神農之間，有共工、宿沙，霸天下者。〔徐注〕劉恕《外紀》：諸侯夙沙氏叛不用命，神農退而修德，夙沙之民自攻其君而來歸其地。

〔四二〕〔馮注〕《漢書·匈奴傳》：單于頭曼欲廢太子冒頓而立少子，冒頓從其父頭曼獵，以鳴鏑射頭曼，其左右皆隨鳴鏑而射，殺頭曼，冒頓自立爲單于。冒音墨，頓音毒。〔按〕二句蓋指回鶻内亂，相掘羅勿借沙陀兵攻殺彰信可汗，及回鶻别將句録莫賀引黠戛斯十萬騎攻殺盍馺可汗及掘羅勿事，參注〔四〇〕補箋。

〔四三〕〔徐注〕《漢書·武帝紀》：詔曰：今中國一統，而北邊未安。賈誼《過秦論》：胡人不敢南下而牧馬。〔按〕此指回鶻烏介可汗率衆南犯，參注〔四〇〕補箋。

〔四四〕〔補注〕《詩·大雅·皇矣》：『王赫斯怒。』〔補注〕赫，盛怒貌。斯，語助詞。

〔四五〕〔徐注〕《漢書·劉向傳》：《詩》曰：『密勿從事，不敢告勞。』師古曰：『密勿，猶黽勉也。』李善《文選注》：黽勉同心，《韓詩》作『密勿同心』。〔馮注〕《魏志·杜恕傳》：與聞政事，密勿大臣。〔按〕自武宗會昌元年至三年正月，李德裕所撰有關回鶻之敕書表狀近六十通（據《會昌一品集》），可見其『密勿陳謀』之情況。

〔四六〕將，馮注本作『初』。〔徐注〕《管子》：桓公將與管仲飲，十日齋戒，掘新井而柴焉。注：新井以柴覆之，取其潔，敬也。

〔四七〕便，《英華》注：集作『更』。借箸之籌，見《爲濮陽公陳許奏充韓琮等四人充判官狀》『委以前籌』注。

〔四八〕羣帥，《英華》作『全師』，注：集作『羣帥』。〔徐校〕一作『全師』，非。〔補注〕受成，接受已定的謀略。

〔四九〕〔徐注〕《漢書》：斗運中央，臨制四海。《春秋運斗樞》：北斗七星，第一名天樞。〔馮注〕此謂獨運兵機也。

〔五〇〕〔徐注〕《北史》：齊明帝曰：『上馬能擊賊，下馬作露布，惟傳修期爾。』《晉書·八王傳》：尚書始疑詔有詐，郎師景露板奏，請手詔李石。《續博物志》：露布，捷書之別名，以帛書揭之竿，《魏武奏事》謂之露板。〔馮注〕《北史·魏彭城王勰傳》：臣聞露布者，布於四海，露之耳目。《文心雕龍》：檄者，皦也，或稱露布，播諸視聽也。插羽以示迅，露版以宣衆。《封氏聞見記》：露布，捷書之別名也。破賊則以帛書建竿上兵部，謂之露布，自漢來有其名，亦謂之露版，《魏武奏事》云『有警急輒露板插羽』是也。按：露布、露板，相似而稍不同。露布專是捷書，露版即露章，或示昭著，或示警急，奏議用之。如《魏志·崔琰傳》：琰露版答太祖。《南史·謝靈運傳》：孟顗表其異志，露板上言。此句取警急入告之義，下句（按：指『清禁壽觴，旋聞於月捷』句）乃指報捷。故詳辨之。按：露布、露版究同，如《後漢書·李雲傳》『憂國將危，露布上書，移副三府』注：露布，謂不封之也。《魏書·傳永傳》：高祖嘆曰：『上馬能擊賊，下馬作露布，惟傳修期耳。』《通鑑》載之，作『露板』。《漢書》：高祖曰：『吾以羽檄召天下兵。』

〔五一〕〔徐注〕劉楨《贈徐幹詩》：拘限清切禁。《漢書·兒寬傳》：臣寬奉觴再拜，上千萬歲壽。制曰：敬舉君之觴。

〔五二〕〔徐注〕《詩》：一月三捷。

〔五三〕〔徐注〕《漢書·匈奴傳》：其大臣皆世官。呼衍氏、蘭氏，其後又有須卜氏，此三姓，其貴種也。

〔五四〕〔徐注〕《晉書·劉曜傳論》：習以華風。

〔五五〕〔徐注〕《左傳》：東郭偃曰：『男女辨姓。』《蜀志·諸葛亮傳》：遂解帶寫誠，厚相結納。

〔五六〕〔馮注〕《史記·陳涉世家》：秦左右校。索隱曰：即左右校尉軍也。《漢書·百官公卿表》：武帝置中壘、屯騎、步兵、越騎、長水、胡騎、射聲、虎賁，凡八校尉。《衛青傳》注：校者營壘之稱，故謂軍之一部爲一校。按：此謂右軍。諸衛皆有左右，合稱左右兩軍也。〔徐注〕《後漢書・劉盆子傳》：盆子與茂留軍中，屬右校。

〔五七〕伏，《英華》注：集作『服』。〔馮注〕《史記・漢武帝紀》：澤兵須如。徐廣曰：古『釋』字作『澤』。

〔補注〕釋兵，放下兵器。

〔五八〕〔徐注〕《史記・秦始皇本紀》：周廬設卒甚謹。集解：《西京賦》曰：徼道外周，千廬内傳。薛綜曰：士傅宮内外爲廬舍，晝則巡行非常，夜則警備不虞。〔馮注〕《後漢書・班固傳》：周廬千列，徼道綺錯。注曰：宿衛之廬周於宮也。《前書》曰：中尉掌徼巡京師。箋：《通鑑》：會昌二年八月，賜嗢没斯與其弟阿歷支、習勿啜、烏羅思皆姓李氏，名思忠、思貞、思義、思禮。回紇宰相受耶勿賜姓名李宏順。《會昌一品集・異域歸忠傳序》云：大特勒嗢没斯率其國宰相，尚書、將軍凡十二人，大首領三十七人，騎士二千一百六十八人内附。

〔五九〕〔徐注〕《春秋》：宣公十有五年，六月癸卯，晉師滅赤狄潞氏，以潞子嬰兒歸。〔馮注〕《漢書・表》：《春秋》列潞子之爵，許其慕諸夏也。應劭曰：潞子離狄内附，《春秋》嘉之，稱其爵，列諸盟會間。

〔六〇〕〔徐注〕《詩序》：《常武》：召穆公美宣王也。其詩曰：四方既平，徐方來庭。徐方不回，王曰還歸。〔馮注〕《漢書・表》：《詩》云：徐方既俫。師古曰：《大雅・常武》之詩：王猷允塞，徐方既俫。言徐方、淮夷並來朝也。

〔六一〕〔徐注〕麢，與『麏』同。沈約詩：驚麏去不息。善曰：《詩》：『野有死麏。』今以江東人呼鹿爲麏。《漢書・李陵傳》：陵曰：『各鳥獸散，猶有得脱，歸報天子者。』〔馮注〕《説文》：麢，麞也。《埤雅》：麞性善驚。

〔六二〕〔徐注〕鮑照《舞鶴賦》：風去雨還，不可談悉。

〔六三〕幕，《英華》作『漠』，字通。〔徐注〕揚雄《羽獵賦》：蹶竦讋怖，魂亡魄失。張衡《西京賦》：喪精亡魂，失歸亡趣。〔馮注〕《漢書・武帝紀》：衛青復將六將軍絶幕。臣瓚曰：沙土曰幕，直度曰絶。師古曰：幕者，即今之突厥中磧耳。李陵歌云：經萬里兮度沙幕。《説文》：漠，北方流沙也。

〔六四〕〔徐注〕《後漢書・吴漢等傳論》曰：戎、羯喪其精膽。

〔六五〕〔徐注〕傅玄《琵琶賦序》：故老云：漢送烏孫公主，念其行道思慕，使知音者於馬上作之。《舊書・音樂志》：《承天樂》有大琵琶一，大五絃琵琶一；《高昌樂》有琵琶二，五絃琵琶二。《新書・音樂志》：《西涼伎》有五絃，天竺、高麗、龜茲、安國、疏勒伎皆有之。五絃如琵琶而小，北國所出。舊以木撥彈，樂工裴神符初以手彈，太宗悦甚。後人習爲搊琵琶。案：舜作五絃之琴，而文王、武王加二絃。琵琶本四絃也，北國益爲五絃，與琴同。唐人所謂胡琴者，蓋即五絃琵琶也。然岑參《白雪歌》云：『中軍置酒飲歸客，胡琴琵琶與羌笛。』則胡琴與琵琶又似二器，豈以四絃者爲琵琶，五絃者爲胡琴耶？《史記・李牧傳》：大破殺匈奴十餘萬騎，滅襜襤，破東胡，降林胡，單于奔走。集解：襜，都甘反；襤，路談反。如淳曰：胡名也，在代地。〔馮注〕《宋書・樂志》：傅休奕《琵琶賦》曰：漢遣烏孫公主嫁昆彌，念其行道思慕，故使工人裁箏、筑，爲馬上之樂，欲從方俗語，故名曰『琵琶』，取其易傳於外國也。《風俗通》曰：以手琵琶，因以爲名。杜摯云：長城之役，弦鼗而鼓之。並未詳孰實。按傅休奕《賦序》：柱有十二，配律吕也；四絃，法四時也。《通典》引之而曰：今清樂奏琵琶，俗謂之秦漢子。又曰：五絃琵琶稍小，蓋北國所出。又曰：舊彈琵琶，皆用木撥，貞觀中始有手彈之法，今謂搊琵琶是也。是琵琶、五絃分列爲二。馬氏《通考》於『搊琵琶』下曰：唐時謂之秦漢子。趙璧之彈五絃，即此。恐有混誤矣，胡琴古無此名。《通考》曰：唐文宗朝，女伶鄭中丞善彈胡琴。亦不細言其制度。此謂『胡琴公主』，正用烏孫公主事，以琵琶爲胡琴亦可，不必細剖耳。箋：按是時戰地，正在代北。《舊書・回紇傳》：穆宗即位踰年，封第十妹爲太和公主，出降回紇。《李德裕傳》：烏介突入朔州，大縱掠，卒無拒者。德裕曰：『今烏介所恃者公主，如令勇將出奇，奪得公主，虜自敗矣。』上即令德裕草制，以出奇形勢授劉沔。《石雄傳》：雄受沔教，徑趨烏介之牙，既入振武城，登堞；諜知公主帳。雄諭其人曰：『國家兵馬，欲取可汗。公主至此，家國也，須謀歸路。俟兵合時，不得動帳幕。』餘詳下文。《通鑑》：會昌三年，石雄迎公主歸京師，改封安定大長公主，詣光順門謝和蕃無狀。上遣中使慰諭，然後入宮。

〔六六〕種落，《全文》作『湩酪』，誤，據《英華》改。《英華》注：集作『湩酪』。〔徐注〕李陵《答蘇武書》：

韋鞲毳幕，以禦風雨。注：毳幕，氈帳也。《漢書·匈奴傳》：單于遣使與漢書云：胡者，天之驕子。又：中行説曰：『得漢食物，皆去之，以視不如重酪之便美也。』師古曰：重，乳汁也。重音竹用反，字本作『湩』，其音則同。《説文》：湩，乳汁也。《釋名》：酪，澤也，乳汁所作，使人肥澤也。（按：徐注本作『湩酪』）〔馮校〕烏介以數百騎走，則其部落盡遺棄矣，必當作『種落』。箋：《通鑑》：回紇既衰，數爲黠戛斯所敗。及掘羅勿殺彰信可汗，立廅馺，其別將引黠戛斯大攻破之，殺廅馺及掘羅勿，牙帳蕩盡，諸部逃散。可汗兄弟嗢没斯及其相赤心，各帥其衆抵天德塞下。德裕以爲宜遣使者鎮撫，運糧食以賜之，此漢宣所以服呼韓也。乃以穀二萬斛賑之。初，黠戛斯既破回鶻，得太和公主，將歸之於唐。回紇烏介可汗邀奪公主，南度磧口，屯天德軍境，上表借振武一城以居。詔諭以城不可借。而可汗屢侵擾邊。嗢没斯以赤心桀黠難知，誘殺之。那頡啜收赤心之衆七千帳東走。德裕言：『石雄善戰無敵，請以爲副使，佐田牟。』嗢没斯率衆來降，乃以爲左金吾大將軍、懷化郡王。盧龍節度張仲武迎擊那頡啜，大破之，悉收降其七千帳，分配諸道。那頡啜爲烏介所殺。烏介尚號十萬，駐大同北。二年八月，突入大同川，驅掠河東，轉鬬至雲州。詔發陳、許、徐、汝、襄陽等兵屯太原及振武、天德。又詔河東、幽州、振武、天德移營以迫之。三年正月，烏介侵逼振武，劉沔遣石雄襲其牙帳，沔自以大軍繼之。雄追擊，大破之。烏介被瘡，與數百騎遁去，走保黑車子族。雄迎太和公主以歸。烏介潰兵多詣幽州降，前後三萬餘人，皆散隸諸道。按：詳書之，使文中所用事實，一一印合也。互詳《爲河南盧尹賀上尊號表》『攄累聖之忿憤』注。

〔六七〕〔徐注〕《漢書·英布傳》：反書聞，汝陰侯滕公以問其客薛公，言之上，上乃見問，薛公對曰：『使布出于上計，山東非漢之有；出于中計，勝負之數未可知也；出于下計，陛下安枕而卧矣。』〔按〕事始見《史記·黥布傳》，見《祭外舅贈司徒公文》注〔一四一〕。

〔六八〕盡，《英華》作『嘗』，注：集作『盡』。注見《祭外舅贈司徒公文》注〔一四二〕。

〔六九〕〔徐注〕《舊書·突厥傳》：高祖起義太原，遣大將軍府司馬劉文静聘于始畢，引以爲援。始畢遣其特勒康稍利等獻馬千匹，會于絳郡。又選二千騎助軍，從平京城。〔馮注〕《李靖傳》：太宗聞靖破頡利，大悦曰：『往昔國家草創，太上皇以百姓之故，稱臣於突厥，朕未嘗不痛心疾首，志滅匈奴，今日恥其雪乎！』

〔七〇〕宗，《英華》作『祖』，馮注本從之。〔徐注〕《舊書·回紇傳》：回紇，其先匈奴之裔也。在後漢時號鐵勒部落，近謂之特勒，後稱回紇。《肅宗紀》：至德二載九月，回紇葉護太子率兵四千助國討賊。元帥廣平王統朔方、安西、回紇、南蠻、大食之衆二十萬收西京，十月入東京。乃封葉護爲忠義王，約每年送絹二萬疋。

〔七一〕〔徐注〕《孫子》：夫未戰而廟勝，得算之多者也。〔馮注〕《文子》：廟戰者帝，神化者王。廟戰者，法天道也；神化者，明四時也。《淮南子·兵略訓》：用兵者，必先自廟戰。

〔七二〕伐，《英華》作『代』，注：疑作『伐』。〔按〕作『伐』是，詳注。〔徐注〕案參星曰參伐，屬太原分野。《左傳》：子産云：『遷實沈于大夏，主參，唐人是因。故參爲晋星。』〔馮注〕《史記·秦始皇本紀》：據狼、狐，蹈參、伐。《天官書》：參下三星，兑曰罰，爲斬艾事。正義曰：罰亦作伐。《晋書·天文志》：參十星，一曰參伐。〔補注〕參、伐皆星名，伐星屬於參宿。此以『參伐』借指太原晋地。唐高祖李淵自太原起兵反隋，故下云『實興皇家』。

〔七三〕〔馮注〕《漢書·蕭何傳》：項羽立沛公爲漢王。何曰：『語曰「天漢」，其稱甚美。』

〔七四〕〔徐注〕《後漢書·光武紀》：望氣者蘇伯阿爲王莽使，至南陽，遥望見舂陵郭，唶曰：『氣佳哉！鬱鬱葱葱然。』

〔七五〕〔徐注〕《左傳》：以寡君之在行。《後漢書·岑彭傳》：鄧奉親在行陳。《吴志》：闞侯曰：『烏林之役，左將軍身在行間。』〔馮注〕《左傳》：韓厥曰：『屬當戎行。』又：季武子曰：『今寡君在行。』按：楊弁率横水戍卒赴榆社，因以起亂，故謂行役之衆，非僅行伍之謂。當從户庚切，或從户剛切，皆通。

〔七六〕〔補注〕逐帥，指楊弁逐太原節度使李石。詳注〔八六〕。

〔七七〕〔徐注〕《舊書·高祖紀》：高君雅請高祖祈雨晋祠，將爲不利，即斬之以狥，遂起義兵。《玄宗紀》：上親制《起義堂頌》及書，刻石紀功于太原府之南街。

〔七八〕〔馮注〕李石先於大和九年爲相，故曰『台臣』。時石奔汾州。

〔七九〕〔徐注〕《魏書·地形志》：（太原郡）晉陽縣，武定初，齊獻武王始置晉陽宫。

〔八〇〕翻，《英華》注：集作『月』，非。〔徐注〕《戰國策》：秦惠王謂寒泉子曰：『諸侯之不可一，猶連雞之不能俱止于棲也。』〔馮箋〕《通鑑》：楊弁使其姪詣劉稹，約爲兄弟，稹大喜。故曰『逆豎宵奔』，而冀連雞之勢。

〔八一〕〔徐注〕《左傳》：晉侯曰：『困獸猶鬭，況國相乎！』

〔八二〕〔徐注〕《晉書·庾亮等傳論》曰：闕安國之長算。

〔八三〕〔徐注〕《左傳》：魯莊公以金僕姑射南宫長萬。注：金僕姑，矢名。〔馮注〕《左傳》：公卜使王黑以靈姑銔率，吉。請斷三尺而用之。注曰：公旗也。徐陵《陳公九錫文》：裁舉靈銔，亦抽金僕。金僕，《左傳·莊十一年》；靈銔，昭十年。〔補注〕《左傳》孔疏：此靈姑銔蓋是交龍之旂。

〔八四〕〔徐注〕《漢書·張耳傳》：廷尉以貫高辭聞，上使泄公持節問之箯輿前。師古曰：編竹木以爲輿，高時搒笞藃委困，故以箯輿處之也。《司馬遷傳》：其次關木索，被箠楚受辱。〔馮注〕《司馬遷傳》：交手足受木索。又曰：關三木。注曰：三木，在頸及手足。〔補注〕貫木，帶枷。

〔八五〕〔馮注〕《後漢書·馮緄傳》：郅支、夜郎、樓蘭之戎，頭懸都街。《漢書·陳湯傳》：斬郅支首及名王以下，宜縣頭藁街蠻夷邸閣。〔補注〕都街，鬧市。

〔八六〕〔徐箋〕《舊書·李德裕傳》：太原横水戍兵因移戍榆社，乃倒戈入太原城，逐節度使李石，推其部將楊弁爲留後。武宗以賊稹未殄，又起太原之亂，心頗憂之。德裕奏即時請降詔令王逢起榆社軍，又令王元逵兵自土門入，會於太原。河東監軍吕義忠聞之，即日召榆社本道兵收復太原，生擒楊弁與其同惡五十四人來獻，斬於狗脊嶺。〔馮按〕楊弁之起亂在稹後，而其擒誅在稹前，故先叙。餘詳《爲河南盧尹賀上尊號表》『舉陶唐之故俗』句下注。

〔八七〕而，《全文》脱，據《英華》補。〔徐注〕兩豎，謂吴元濟、李師道。〔馮注〕兩豎，謂吴元濟、李同捷。因父死承襲，逆朝命而誅滅者。〔按〕馮注是。李同捷被誅滅事，見《舊唐書·李全略傳》《新唐書·藩鎮傳·李全略》。

〔八八〕〔馮注〕《左傳》：侵敗王略，王命伐之。積本從諫之姪，而亦稱子。《漢書》疏廣、疏受叔姪，而稱父子。此則積實爲繼嗣之謀矣。

〔八九〕〔徐注〕《後漢書·袁紹傳》：累世台司，賓客所歸。熙，紹之中子也，爲公孫康所殺。

〔九〇〕〔馮注〕《春秋》：桓公十有六年十有一月，衛侯朔出奔。《公羊傳》：朔何以名？絶。曷爲絶之？得罪於天子也。《穀梁傳》：朔之名，惡也。天子召，而不往也。《舊書·紀》：會昌三年四月，劉從諫卒，三軍以其姪積爲留後。遣使齎詔令積護喪歸洛陽，積拒朝旨。

〔九一〕〔馮注〕《左傳》：晉侯受玉惰，内史過歸告王曰：『晉侯其無後乎？王賜之命，而惰于受瑞，先自棄也已。』〔補注〕《史記·周本紀》：『今殷紂維婦人之言是用，自弃其先祖肆祀不答，昏弃其家國。』

〔九二〕而，《英華》作『其』，注：集作『而』。〔徐注〕《莊子》：爲不善乎幽間之中者，鬼得而誅之。〔馮注〕按《左傳》有『晉侯夢大厲，被髮及地，搏膺而踴曰：「殺余孫不義，余得請于帝矣」』之事，亦可以借用以切晉地。

〔九三〕寬，馮注本作『窺』，未知其所本。〔徐注〕《後漢書·馬援傳》：謂隗囂曰：『子陽井底蛙耳，而妄自尊大。』〔補注〕《莊子·秋水》：『井鼃不可以語於海者，拘於虚（所居之處）也。』

〔九四〕〔徐注〕《異聞録》：淳于棼飲槐下，醉歸卧，夢二使曰：『槐安國王奉邀。』指古槐入穴中，曰『大槐安國』。王曰：『南柯郡不理，屈卿爲守。』累日達郡。尋古槐下穴，明朗可容一榻，有二大蟻，乃王也。一穴直上南枝，即南柯郡也。〔馮注〕按《符子》：羣蟻相要乎海畔觀鼇云云，羣蟻曰：『鼇之冠山，何異乎我之載粒也。逍遥乎封壤之巔，歸伏乎窟穴之下，此乃物我之適，自己而然，何用數百里勞形而觀之乎？』此蟻言樹大之意也。當更有典，未詳。徐氏引《異聞録》淳于棼夢入大槐安國，乃貞元時事，出小説家者，則謬矣。〔按〕馮説非。注引《符子》僅言蟻穴，與『樹』毫無關涉，顯非『蟻言樹大』之意。李公佐《南柯太守傳》記淳于棼夢入大槐安國之故事，當時必流傳甚廣，故商隱撰文時即用以爲故實。用小説家言，無礙也，商隱詩文中頗多此類。參篇末引錢鍾書語。

〔九五〕微，《英華》注：集作『徵』。誤。〔徐注〕《漢書·吴王濞傳》：吴有豫章郡銅山，即招致天下亡命者盜鑄錢。〔馮曰〕餘互詳《爲濮陽公與劉稹書》『吴國之錢，往往而有』句注。

〔九六〕〔徐注〕《漢書·武帝紀》：詔曰：方下巴蜀之粟，致之江陵。〔馮曰〕藏匿罪亡，謂甘露諸人之遺屬，及天下負罪亡命者多歸之也。詳史書。〔補箋〕《舊唐書·武宗紀》：會昌四年八月，澤潞平後，李訓兄仲京，王涯姪孫羽，韓約男茂章、茂實，王璠男珪等並處斬於獨柳。仲京等係甘露之變後逃匿於澤潞者。

〔九七〕〔徐注〕《新書·劉稹傳》：諸將乃詣監軍崔士康邀説，請如河朔故事。士康懦，不敢拒，乃至喪次，扶稹出見三軍。〔馮注〕《舊書·李德裕傳》：德裕曰：『澤潞内地，不同河朔。稹所恃者，河朔三鎮耳。但得魏、鎮不與稹同，破之必矣。請遣重臣傳達聖旨，言三鎮自艱難已來，已成故事。今國家欲加兵誅稹，禁軍不欲出山東，其山東三州，委鎮、魏出兵攻取。』乃賜魏、鎮詔書云：『勿爲子孫之謀，欲成輔車之勢。』何弘敬、王元逵聳然從命。

〔九八〕〔徐注〕巖險，謂羊腸、天井。

〔九九〕齊，《英華》作『秦』，注：集作『齊』。〔徐注〕宋綬《唐大詔令》：其劉悟、劉從諫贈官及所授官爵并劉稹在身官並宜削奪。《舊書·劉稹傳》：令三鎮加兵討稹。命徐、許、滑、孟、魏、鎮、幽，并八鎮之師，四面進攻。《劉沔傳》：武宗命忠武節度使王宰、徐州節度使李彦佐等充潞府西南面招撫使，遂復授沔太原節度、充潞府北面招討使。

〔一〇〇〕幄，《全文》作『幙』，據《英華》改。〔馮注〕《漢書》：高祖曰：『運籌帷幄之中，決勝千里之外，吾不如子房。』《舊書》：帝與宰臣議可否，德裕曰：『若不加討，何以號令四方？若因循授之，則藩鎮相效，威令去矣。』

〔一〇一〕〔馮注〕《史記·蕭相國世家》：高帝曰：『諸君知獵乎？夫獵，追殺獸兔者狗也，而發蹤指示獸處者人也。今諸君，功狗也；至如何，功人也。』《漢書·傳》作『縱』。師古曰：發縱，謂解紲而放之。今俗言放狗。縱音子用反，而讀者乃爲蹤蹟之蹤，非也。書本皆不爲『蹤』字。按：玩《漢書》注，疑《史記》『蹤』字亦後人之誤，但此固用平聲。

〔一〇二〕東，《英華》作『西』，非。西，《英華》作『南』，非。〔徐注〕《漢書·周亞夫傳》：吴奔壁東南陬，亞夫使備西北，已而其精兵果奔西北，不得入。〔馮注〕《史記·絳侯世家》：吴、楚反，亞夫爲太尉，東擊吴、楚。

〔一〇三〕〔馮注〕《史記·淮陰侯傳》：信擊魏，陳船欲渡臨晋，而伏兵從夏陽以木罌缻渡軍襲安邑，虜魏王豹。《廣韻》：檥，同艤。〔徐曰〕艤，本作『檥』，《漢書·項籍傳》：烏江亭長檥船待。如淳曰：南方人謂整船向岸曰檥。

〔一〇四〕〔徐注〕《晋書·張重華傳》：石季龍令麻秋攻枹罕，圍塹數重，雲梯雹車，地突百道，皆通於內。《吴都賦》：窮飛走之棲宿。〔補注〕百道，謂八鎮之師，從四面進攻。無飛走之虞，謂劉稹叛軍無突圍逃遁之憂。

〔一〇五〕〔徐注〕枚乘《諫吴王書》：夫以一縷之任，係千鈞之重，上懸之無極之高，下垂之不測之淵，雖甚愚之人，猶知哀其將絶也。

〔一〇六〕〔馮注〕《史記·陳丞相世家》：未至軍，爲壇，以節召樊噲。噲受詔，即反接載檻車。《漢書》注：（反接）反縛兩手。

〔一〇七〕〔徐注〕《魏志·鄧艾傳》：詔曰：兵不踰時，戰不終日。〔馮箋〕《通鑑》：（八月，辛卯）鎮、魏奏邢、洺、磁三州降。德裕曰：『昭義根本盡在山東，三州降，上黨不日有變矣。』上曰：『郭誼必梟劉稹以自贖。』德裕曰：『誠如聖料。』

〔一〇八〕奇，《英華》作『策』，注：集作『奇』。〔馮注〕《史記》：以陳平爲曲逆侯，除前所食户牖。凡六出奇計，輒益邑，凡六益封。

〔一〇九〕〔徐注〕《左傳》：女叔齊對晉侯曰：『屑屑焉習儀以亟。』

〔一一〇〕〔馮注〕《蜀志・諸葛亮傳》：謚忠武侯。亮推演兵法，作《八陣圖》。〔徐注〕《晉書》：初，諸葛亮造《八陣圖》於魚腹平沙上，壘石爲八行，相去二丈。桓温見之，曰：『此常山蛇勢也。』

〔一一一〕〔馮校〕覺，一作『見』。〔徐注〕《左傳》：子罕曰：『宋國區區。』

〔一一二〕〔馮箋〕《通鑑》：李德裕奏：『嚮日用兵，或陰與賊通，借一縣一栅據之，自以爲功，坐食轉輸。今令王元逵取邢州，何弘敬取洺州，王茂元取澤州，李彦佐、劉沔取潞州，毋得取縣。』上從之。彦佐發徐州，行甚緩。德裕請以天德防禦使石雄爲之副，俟至軍中，令代之。王元逵前鋒入邢州已踰月，何弘敬尚未出師。德裕請遣王宰將忠武全軍徑魏博，直抵磁州，以分賊勢，弘敬必懼，此攻心伐謀之術。從之，詔王宰將精兵自相、魏趨磁州。何弘敬恐軍中有變，蒼黄出師。王宰久不進軍，又奏請劉沔鎮河陽，令以義成精兵直抵萬善，處宰肘腋之下。王宰遂進攻澤州。官軍四合，捷書日至。潞人聞三州降，大懼。郭誼、王協謀殺劉稹以自贖，遂斬之，收稹宗族，至襁褓中子皆殺之。按：必詳述其指畫之方，乃知『亞夫』數聯，運古極精。

〔一一三〕孤，《英華》注：集作『三』。孤寇行静，《全文》作『三寇殄滅』，據《英華》改。〔按〕孤寇，緊承上文指劉稹。孤寇行静，謂劉稹即將平定，即上文『計其反接，當不踰時』之意，作『三寇殄滅』或『三寇行静』者均非。

〔一一四〕〔徐注〕《後漢書・馮衍傳》：欲摇太山而盪北海。《晉書・趙至傳》：與嵇蕃書云：蕩海夷嶽。顔延之《郊祀歌》：宅中拓宇。

〔一一五〕〔徐注〕《白虎通》：封禪金泥銀繩。〔馮注〕《漢書・武帝紀》注：孟康曰：功成治定，告成功於天，刻石紀號，有金策、石函、金泥、玉檢之封焉。

〔一一六〕〔徐注〕《漢書》：武帝天漢三年，泰山修封，還過祠常山，瘞玄玉。〔馮注〕桓譚《新論》：修封泰山，瘞玉岱宗。〔補注〕古代祭山禮儀，治禮畢埋玉於坑，稱瘞玉。專，擅。

〔一一七〕〔馮注〕《舊書·太宗紀》：貞觀十七年，詔圖畫司徒趙國公長孫無忌等勳臣二十四人於淩煙閣。

〔一一八〕〔馮注〕《禮記·明堂位》：成王以周公有大勳勞於天下，封周公於曲阜，地方七百里，革車千乘。《史記·絳侯世家》：文帝復以勃爲丞相，十餘月，上曰：『前日吾詔列侯就國，或未能行，丞相朕所重，其率先之。』乃免相就國。〔補注〕《左傳·閔公二年》『革車三十乘』杜注：『革車，兵車。』

〔一一九〕名，徐注本作『明』，非。〔徐曰〕言德裕將削平海内，封岱勒成，而後奉身以退也。〔馮曰〕言德裕將削平海内，封岱勒成，而全功名以始終也。〔按〕馮解是。

〔一二〇〕〔徐注〕《魏志·高堂隆傳》：疏曰：聞之四夷，非嘉聲也。

〔一二一〕〔徐注〕揚子《法言》：天下有三檢：衆人用家檢，賢人用國檢，聖人用天下檢。《晉書·庾峻傳》：此其出言，合於國檢。〔補注〕國檢，以國家作檢驗。

〔一二二〕鬬，《英華》作『傅』，非。〔徐注〕『傅文』當作『鬬文』。《楚語》：鬬且語其弟曰：『昔鬬子文三舍令尹，無一日之積，恤民之故也。成王聞子文之朝不及夕也，於是乎每朝設脯一束、糗一筐，以羞子文，至於今，令尹秩之。』注：糗，寒粥也。羞，進也。

〔一二三〕朝，《英華》一作『澣』。〔徐注〕《禮記》：晏平仲澣衣濯冠以朝，君子以爲隘矣。

〔一二四〕勵，馮注本作『厲』。〔補注〕勵，勸勉。《論語·雍也》：『赤之適齊也，乘肥馬，衣輕裘。』〔徐曰〕以上美德裕之節儉。

〔一二五〕〔徐注〕《左傳》：帝鴻氏有不才子，頑嚚不友，是與比周。〔馮注〕《管子》：比周之人，阿黨取與。《韓非子》：朋黨比周以事其君。《史記·魏世家》：豈將比周以求大官哉！〔補注〕比周，結黨營私。

〔一二六〕〔補注〕《孟子·離婁上》：『民之歸仁也，猶水之就下，獸之走壙也。』

〔一二七〕〔馮注〕《後漢書·馮異傳》：安帝詔曰：『將及景風，章叙舊德。』於是紹封普子晨爲平鄉侯。二十八將絶國者，皆紹封焉。

〔一二八〕〔馮注〕《漢書》：張安世嘗有所薦，其人來謝，安世大恨，以爲舉賢達能，豈有私謝耶，絶弗復爲通。〔徐注〕《晉書·羊祜傳》：祜曰：『拜爵公朝，謝恩私門，吾所不取。』

〔一二九〕〔徐注〕《漢書·文帝紀》：宋昌曰：『所言公，公言之。』〔馮曰〕此數語（按：指『比周』六句）隱爲朋黨洗脱。然德裕實不專事朋黨，如舉用白敏中、柳仲郢之類可見。《國史補》云：德裕爲相，清直無黨。〔岑仲勉曰〕求諸唐末中立派之言論，則懿宗時范攄《雲谿友議》八云：『或問贊皇之秉鈞衡也，毀譽無如之何，削禍亂之階，闢孤寒之路，好奇而不奢，好學而不倦……。』僖宗時，無名氏《玉泉子》云：『李相德裕抑退浮薄，獎拔孤寒，於是朝貴朋黨，德裕破之，由是結怨而絶於附會，門無賓客。』又昭宗時裴庭裕《東觀奏記》上云：『武宗朝任宰相李德裕，雖丞相子，文學過人，性孤峭，疾朋黨如仇讎。』……德裕無黨。（《隋唐史》三九九頁）

〔一三〇〕〔徐注〕《易通卦驗》：夏至景風至，辯大將，封有功。《淮南子》：景風至，施爵禄，賞有功。〔補注〕《史記·律書》：『景風居南方。景者，言陽氣道竟，故曰景風。』曹丕《與朝歌令吴質書》：『方今蕤賓紀時，景風扇物，天氣和暖，衆果具繁。』蕤賓，樂律名，配夏曆五月。李白《過汪氏別業》：『星火五月中，景風從南來。』

〔一三一〕〔徐注〕《禮記》：孟夏之月，律中中吕，命太尉贊桀俊，遂賢良，舉長大，行爵出禄，必當其位。中吕之中，音仲。

〔一三二〕〔徐注〕《後漢書·杜林傳》：林字伯山，扶風茂陵人。建武二十二年，代朱浮爲大司空。明年薨。帝親自臨喪送葬，除子喬爲郎，詔曰：『公侯子孫，必復其始，賢者之後，宜宰城邑，其以喬爲丹水長。』

〔一三三〕〔徐注〕《晉書·陶潛傳》：晉大司馬侃之曾孫也，爲彭澤令。《南史·梁宗室傳》：安成康王秀爲江州刺史，及至州，聞前刺史取徵士陶潛曾孫爲里司，歎曰：『陶潛之德，豈可不及後胤？』即日辟爲西曹郎。以上美德裕之録用勳舊（馮注引作『舉用賢才』）。〔馮注〕受署，言補吏職也。見《漢書·張敞傳》《孫寶傳》。

〔一三四〕囿，徐本一作『圃』。〔徐注〕《上林賦》：翱翔乎書圃。

〔一三五〕〔徐注〕公孫乘《月賦》：文林辨囿。

〔一三六〕提，《英華》作『緹』，非。〔徐注〕《左傳》：郤克左并轡，右援枹而鼓。《零陵先賢傳》：提枹鼓，會軍門，使百姓加勇。〔馮注〕《史記·田仁傳》：提桴鼓，立軍門，使士大夫樂死戰鬭。〔補注〕絶藝，卓絶之文藝。

〔一三七〕〔徐注〕（班、揚）班固、揚雄。《南史·王裕之等傳論》曰：曩時人物掃地盡矣。〔馮注〕《後漢書·孔融傳》：魏文帝深好融文詞，歎曰：『揚、班儔也。』《漢書·魏豹傳贊》：秦滅六國，上古遺烈，掃地盡矣。

〔一三八〕〔徐注〕《詩》：陳師鞠旅。《魏志·吕布傳》：吕布壯士，善戰無前。〔補注〕鞠旅，猶誓師。《詩》鄭箋：『二千五百人爲師，五百人爲旅。此言將戰之日，陳列其師旅，誓告之也。』

〔一三九〕尸，《英華》注：集作『棺』。〔徐注〕（江、鮑）江淹、鮑照。〔馮注〕《易》：長子帥師，弟子輿尸。〔補注〕輿尸，以車運尸。

〔一四〇〕〔英華注〕德裕有《黄冶賦》。冶，一作『竹』，非。〔徐注〕《漢書·郊祀志》：谷永説上曰：『黄冶變化。』注：晋灼曰：黄冶者，鑄黄金也。道家言治丹砂令變化，可鑄作黄金也。《一品集·黄冶賦序》：蜀道有青城、峨眉山，皆隱淪所託。辛亥歲，有以鑄金術干余者，竊歎劉向累世懿德，爲漢儒宗，其所述作，振於聖道，猶愛信《鴻寶》，幾嬰時戮。況流俗之士，能無惑於此乎？因作賦以正之。

〔一四一〕〔徐注〕《老子》：知止不辱，知足不殆。《一品集·自叙詩》：五嶽逕雖深，遍遊心已蕩。苟能知止足，所遇皆清曠。七十難可期，一丘乃微尚。遥懷少室山，常恐非吾望。注：非尚子（按：指尚長）遍遊五嶽。

〔一四二〕〔徐注〕陸機《文賦》：賦體物而瀏亮。

〔一四三〕〔馮注〕《漢書·藝文志》：傳曰：登高能賦，可以爲大夫。

〔一四四〕〔馮注〕《晋書·天文志》：文昌六星，在北斗魁前，天之六府也。《晋書·志》：凡五星見伏、留行、逆順、遲速應曆度者，爲得其行。按：文昌六星曰大將、次將、貴相、司禄、司命、司寇，實非專指文章，故曰六府。東壁二星主文章，天下圖書之祕府也。星明道術行，國多君子。此乃專是文星。〔補注〕《史記·天官書》：『斗魁戴匡六星曰文昌宫：一曰上將，二曰次將，三曰貴相，四曰司命，五曰司中，六曰司禄。』此處『文星』特指文昌星六星之第四星，舊時傳説主文運。

〔一四五〕見《爲濮陽公陳許舉人自代狀》『人驚吐鳳之才』注。

〔一四六〕倣，《英華》作『報』，注：集作『倣』。〔徐曰〕以上美德裕之文章。箋：《舊書》：德裕特達不羣，好著書爲文。雖位極台輔，而讀書不輟，吟詠終日。在長安私第，别構起草院。院有精思亭，每朝廷用兵，詔令制置，而獨處亭中，凝然握管，左右侍者無能預焉。有文集二十卷。〔馮注〕《漢書·楊惲傳》：轉相倣效。〔補注〕談揚，談論宣揚。

〔一四七〕馮注本無『者』字。

〔一四八〕〔徐注〕《左傳》：周之宗盟，異姓爲後。

〔一四九〕〔徐注〕《魏志·王粲等傳評》曰：周洽、劉廙以清鑒著。

〔一五〇〕〔補注〕行藏，猶行止。遷貿，變遷。謂行止不定。

〔一五一〕〔馮注〕《詩》：燕燕于飛，差池其羽。〔補注〕差池，錯失。

〔一五二〕推，馮注本作『椎』。〔馮注〕李陵《答蘇武書》：仰天椎心而泣血也。〔按〕馮注本作『椎』，未知所本，而作『推』意本可通。

〔一五三〕緘，《英華》注：集作『感』。

〔一五四〕煩，《英華》注：集作『繁』。

〔一五五〕〔徐注〕任昉《策秀才文》：朕本是諸生，弱齡有志。〔補注〕《禮記·曲禮上》：『二十曰弱，冠。』弱齡，即弱冠之年。

〔一五六〕抱，《全文》作『標』，據《英華》改。此處宜从。

〔一五七〕〔徐注〕《藝文類聚》：《宋齊語》曰：孫康家貧，常映雪讀書。

〔一五八〕見《爲安平公兖州謝上表》『畫武聚螢』句注。

〔一五九〕〔徐注〕《漢書・淮南王傳》：大王所行，不稱天資。〔補注〕謝，遜。

〔一六〇〕庚，一作『屢』，誤。〔英華注〕《陳・庚持傳》：好爲奇字。

〔一六一〕〔徐注〕曹植《與楊德祖書》：昔丁敬禮嘗作小文，使僕潤飾之。僕自以才不過若人，辭不爲也。敬禮謂僕：『卿何所疑難？文之佳惡，我自得之，後世誰相知定吾文者耶？』

〔一六二〕〔徐注〕顔延之《五君詠》：頌酒雖短章，深衷自此見。

〔一六三〕〔徐注〕《晋陽秋》：劉弘爲車騎大將軍，開府荆州刺史。每有興廢，手書郡國，莫不感悦奔走，咸曰：『得劉公一紙書，賢於十部從事也。』

〔一六四〕〔馮注〕《史記・季布傳》：季布者，楚人也。爲氣任俠。爲河東守，楚人曹丘生，辯士，至，揖季布曰：『楚人諺曰：「得黄金百斤，不如得季布一諾。」足下何以得此聲於梁、楚間哉？』

〔一六五〕〔馮注〕《後漢書》：許劭，字子將，汝南平輿人。與從兄靖好共覈論鄉黨人物，每月輒更其品題，故汝南俗有月旦評焉。

〔一六六〕〔馮注〕《晋書・嵇康傳》：所與神交者，阮籍、山濤；預其流者，向秀、劉伶、籍兄子咸、王戎，共爲竹林之遊，世謂竹林七賢。〔徐注〕竹林七賢有阮咸，籍兄子也，貽孫以咸自比。

〔一六七〕〔徐注〕《後漢書・馬援傳》：劉尚擊武陵五溪蠻夷，軍没。援因請行，進營壺頭，士卒多疫死，援亦中病。

〔一六八〕〔徐注〕《書序》：畋于有洛之表。《後漢書・清河孝王慶傳》：復上言外祖母王年老遭憂病，下土無醫藥，乞詣洛陽療疾。於是詔宋氏悉歸京師。

〔一六九〕〔徐注〕《晋書》：王獻之聞顧辟彊有名園，乘平肩輿徑入。

〔一七〇〕〔馮注〕《戰國策》：趙鞅曰：『公子虔杜門不出，已八年矣。』《史記・留侯世家》：多病，道引不食轂，杜門不出。〔徐注〕《漢書・王陵傳》：謝病免，杜門竟不朝請。

〔一七一〕〔徐注〕庾信賦：掩蓬藋之荒扉。

〔一七二〕〔徐注〕庾信賦：聊以避風霜。

〔一七三〕〔徐注〕《左傳》：臧孫曰：『美疢不如惡石。』此以美疢指疾病。

〔一七四〕〔徐注〕《南史・殷鈞傳》：鈞爲臨川内史，體羸多疾，閉閤卧理，而百姓化其德，劫盜皆奔出境。

〔一七五〕〔馮注〕《史記》：相如善著書，常有消渴疾。按：相如病免遊梁，其後乃奏《上林賦》。及使蜀還，又每稱病閑居，乃奏《哀二世賦》《大人賦》，故曰『疾罷……言文』。詒孫當於大和中爲官，而以病罷，今病痊求其援引也。

〔一七六〕〔徐注〕《東觀漢記》：馮敬通廢於家，娶北地任氏女爲妻，忌，不得畜媵妾，兒女常自操井臼。《南史・庾域傳》：域爲懷寧太守，罷任還家，妻子猶事井臼。

〔一七七〕〔補注〕《論語・先進》：『子曰：從我於陳、蔡者，皆不及門也。』

〔一七八〕〔徐注〕《春秋》：僖公三年，齊侯、宋公、江人、黄人會于陽穀。〔補注〕江、黄，周代二小國名。地分别在今河南正陽縣西南、潢川縣西。

〔一七九〕〔徐注〕《隋書・房彦謙傳》：彦謙謂熲曰：『清介孤直，未必高名。』

〔一八〇〕〔馮注〕謂年華易逝。

〔一八一〕〔徐注〕《説文》：『飇，扶摇風也。』亦作『飆』。〔馮注〕俗省作『颷』。此謂悲秋之感，且指西京也。

〔一八二〕矢，《英華》作『交』，誤。矢心，立誓也。

〔一八三〕〔徐注〕《晉書・范汪傳》：疏曰：抗表輒行，畢命原野。

〔一八四〕〔補注〕《詩・秦風・蒹葭》：『所謂伊人，在水之湄。溯洄從之，道阻且躋。』躋，高而陡。

〔一八五〕〔徐注〕何晏《景福殿賦》：金楹齊列。《淮南子》：大厦成而燕雀來賀。

〔一八六〕〔馮注〕《大戴禮》：玉居山而木潤，淵生珠而岸不枯。《文子》《荀子》《淮南子》《史記·龜策列傳》皆有此二語相類。

〔一八七〕〔徐注〕《後漢書·竇融傳》：上書曰：故遣劉鈞，口陳肝膽。

〔一八八〕〔徐注〕《莊子》：意而子曰：『夫無莊之失其美，據梁之失其力，黄帝之亡其智，皆在鑪捶之間耳。』

〔補注〕捶，同『錘』。鑪捶，冶煉鍛造。

〔馮浩曰〕此篇是以全力赴之者。

〔蔣士銓曰〕『將盪海騰區』四句：頓宕入古。陳明卿云：『義山代人哀則哀，代人諛則諛。』此語可謂曲肖。雖欠遒逸，亦自成章。（《忠雅堂全集·評選四六法海》卷三）

〔錢鍾書曰〕『蛙竸井窺，蟻言樹大』，足徵《吕翁》《淳于棼》兩篇（按：即沈既濟《枕中記》、李公佐《南柯太守傳》）傳誦當時，且已成爲詩文材料矣。王士禎《池北偶談》卷一四、一八深譏宋劉克莊、王義山作詩『用本朝故事，畢竟欠雅』，『用本朝人事，尤可厭』；周壽昌《思益堂日札》卷六引杜牧、羅虬等詩，以證晚唐早有此習，均不免少見多怪，所舉諸例亦皆祇用掌故史事，未嘗驅遣晚近小説。房千里、李商隱、陳播詩文之闌入《南柯記》《枕中記》，應比王士禎、尤侗等詩文之闌入《三國演義》也（王應奎《柳南隨筆》卷一、卷五）。（《管錐編》第二册《太平廣記》一二六卷二八三枕中、南柯等夢）

賽城隍神文〔一〕

年月日，賽於城隍之神。惟神據雉堞以爲雄〔二〕，導溝池而作潤〔三〕。果成飄注，以救惔焚〔四〕。敢恡斯牲〔五〕，用報嘉種〔六〕。神其永通靈感，長懋玄功〔七〕，導楚子之餘波〔八〕，霈晉國之膏雨〔九〕。苟能不昧，報亦隨之。

校注

〔一〕本篇原載《文苑英華》卷九九七第四頁、清編《全唐文》卷七八一第六頁、《樊南文集詳注》卷五。〔馮箋〕題不著地，而語切晉疆。懷州，春秋時屬晉，宜非他境也。玩『炎焚』字，豈在會昌四年夏乎？或謂鄭介晉、楚之間，《水經注》：滎陽縣有鴻溝水。《寰宇記》：管城縣管水，分流入黄雀溝，即今之黄池。起聯亦隱切鄭，即鄭州禱雨後事，似亦可通。（馮譜編會昌三年）〔張箋〕（馮氏二説）皆難定，何年所作未詳。（張箋置不編年文内）〔按〕商隱已有《爲懷州李使君祭城隍神文》，乃會昌三年十一月初李璟初到懷州刺史任時例行祭典而作。此《賽城隍神文》則是祈雨得應報謝而作。馮謂『語切晉疆』固是，然以爲指春秋時屬晉之懷州或晉、楚之間之鄭州則迂曲。此城隍當是唐時河東道之永樂。詩集有《所居永樂縣久旱縣宰祈禱得雨因賦詩》云：『甘膏滴滴是精誠，晝夜如絲一夕（一作尺）盈。祇怪閭閻喧鼓吹，邑人同報束長生。』與本篇『果成飄注，以救惔焚』，所指殆一時情事。按商隱會昌四年暮春移家永樂。五年春赴李褒之招往鄭州，後又由鄭赴洛，『淹滯洛下，貧病相仍』（《上韋舍人狀》），『自還京洛，常抱憂煎，骨肉之間，病恙相繼』（《上李舍人狀二》）。故五年春、夏，商隱均不在永樂。然則惟會昌四年春夏間爲永樂縣令代擬此文之可能性較大。

〔二〕據，《英華》作『踞』。〔馮注〕《左傳》：鄭祭仲曰：『都城過百雉。』注曰：方丈曰堵，三堵曰雉。〔補注〕《文選·鮑照〈蕪城賦〉》：『板築雉堞之殷，井幹烽櫓之勤。』李善注：『鄭玄《周禮注》曰：雉，長三丈，高一丈。』杜預《左氏傳》注曰：『堞，女牆也。』

〔三〕〔馮注〕《禮記》：城郭溝池以爲固。

〔四〕惔，《英華》作『炎』。〔馮注〕《毛詩》作『惔』，而《後漢書·章帝紀》：今時復旱，如炎如焚。注引《韓詩》作『炎』。〔補注〕《詩·大雅·雲漢》：『旱魃爲虐，如惔如焚。』惔焚，如火焚燒。

〔五〕〔徐注〕《詩》：靡愛斯牲。〔補注〕，悋，吝。

〔六〕〔馮注〕《詩》：誕降嘉種。

〔七〕〔徐注〕《晉書·劉弘等傳論》：輔相玄功。〔補注〕懋，盛也，勤也。玄功，神功。

〔八〕導，《英華》作『道』。〔徐注〕《左傳》：晉公子對楚子曰：『其波及晉國者，君之餘也。』

〔九〕〔馮注〕《左傳》：季武子如晉，晉侯享之。范宣子賦《黍苗》，季武子再拜稽首曰：『小國之仰大國也，如百穀之仰膏雨焉。』

爲馮從事妻李氏祭從父文〔一〕

有美吾門，實繫公族〔二〕。絳霄結蔭，皇極流輝〔三〕。自嚴君以交辟延榮〔四〕，仲父以立朝衍慶〔五〕，叔父雖禮疏五服，而義協一家〔六〕。馬援於兒姪之間，一情無異〔七〕；王華在弟兄之列，數從猶親〔八〕。吉人寡辭〔九〕，君子無爭〔一〇〕。屬者以獻賦不遇，投筆從戎〔一一〕。鏡水稽山，聊屈觀書之望〔一二〕；甬東浙右，始開傳劍之名〔一三〕。經途幾千，去國數載〔一四〕。爰因職貢，來奉闕庭〔一五〕。傳車方馳，朝露溘至〔一六〕。禍生朽索〔一七〕，釁起揚鞭〔一八〕，始驚香而不禁，俄折臂而無望〔一九〕。嗚呼！存亡恒理〔二〇〕，修夭常期〔二一〕。所悲者方次中塗，所痛者非因美疢〔二二〕。稅鞅告痛〔二三〕，肩輿數晨〔二四〕。既鍼艾之莫徵〔二五〕，果含襚而斯及〔二六〕！況乎合室，遠在海涯。一女方羈〔二七〕，二子未丱〔二八〕。人生甚痛，天道奚言〔二九〕！

今以家國載遥，干戈未息〔三〇〕，尚稽歸祔〔三一〕，乃議從權〔三二〕。定鼎城東〔三三〕，永通門外〔三四〕，南瞻嵩嶺〔三五〕，北望邙山〔三六〕。式崇寓殯之封，且作藏神之室。必也慶延異日，時屬通年〔三七〕，先温序之思歸〔三八〕，俟臧孫之有後〔三九〕。二十一姪女，早蒙慈撫，久歎違離，今又從夫山東，食貧洛水〔四〇〕。將療無及，驚悲有加。敢因祭酹之馨〔四一〕，聊冀精靈之降。嗚呼叔父，永鑒卑誠。

校注

〔一〕本篇原載《文苑英華》卷九九一第三頁、清編《全唐文》卷七八二第三頁、《樊南文集詳注》卷六。題内『馮』字，《英華》作『鄭』，馮注本從之。〔馮箋〕按文中所叙，其人爲浙東幕官，職貢入都，而中途墜馬以死，乃權厝於東都之境。〔按〕會昌二年二月至五年七月間，浙東觀察使爲李師稷，見《金石補正》卷七三《五大夫新橋記》《越中金石記》及《太平廣記》卷四八引《逸史》。此『馮（或鄭）從事妻』之叔父時在李師稷幕者，其名不可考。據文中『今以家國載遥，干戈未息』之語，當作於會昌四年八月劉稹未平定之前，會昌三年五月下制討劉稹之後。又，商隱之徐姊夫亦於會昌二、三年間爲浙東從事，與此馮（鄭）從事妻叔父爲同幕，而先後皆卒。

〔二〕繫，《英華》作『系』。〔馮注〕李爲宗室。

〔三〕〔徐注〕郭璞《遊仙詩》：振髮帶翠霞，解褐被絳霄。〔馮注〕梁庾肩吾《爲武陵王拜儀同表》：臣宅慶紫霄，聯休皇極。〔補注〕絳霄，天空極高處，指皇家、皇室，與『皇極』義同。

〔四〕〔徐注〕《易》：家人有嚴君焉。

〔五〕〔補注〕《釋名·釋親屬》：『父之弟曰仲父……仲父之弟曰叔父。』據此，此『仲父』乃其父之大弟，與題內之『從父』，下句之『叔父』非一人。衍慶，用『積善之家，必有餘慶』（《易·坤》）義。

〔六〕協，《英華》作『叶』。〔馮注〕《玉篇》：叶，古文『協』。

〔七〕〔馮注〕《後漢書·馬援傳》：兄子嚴、敦。嚴字威卿，少孤，專心墳典，交結英賢，仕郡督郵。援常與計議，委以家事。弟敦，字儒卿，亦知名。〔徐注〕《南史》：王僧虔曰：『昔馬援子姪之間，一情不異。』

〔八〕弟兄，《全文》作『兄弟』，據《英華》改。〔馮注〕《南史·王華傳》：父廞，晉時起兵敗走，不知所在。華，宋時爲侍中，護軍將軍。《王琨傳》：琨，華從父弟也。琨伯父廞得罪晋世，諸子並從誅，唯華得免。華，宋世貴盛，以門衰，提攜琨，恩若同生，爲之延譽。此云『數從』，更有事在，俟細檢。

〔九〕寡辭，徐本作『辭寡』。〔馮注〕《易》：吉人之辭寡。

〔一〇〕争，《英華》作『諍』。〔馮注〕『無争』固本《論語》，然忿諍、訟諍，屢見古書，如《維摩經》『化彼諸化生，令住無諍地』，《世説補》有孔穎達謂釋慧净曰『佛家無諍，法師何以屢搆斯難』之類。『君子無諍』，必別有典。此謂其人素簡訥也。親、争二韻嫌，疑義山必不爾。〔按〕《論語·八佾》：『君子無所争。』又見於《禮記·射義》。此處自用《論語》，與上句用《易》皆爲儒經，必不闌入佛典，馮校非。

〔一一〕〔徐注〕《漢書》：司馬相如獻《上林》《子虚》賦。王筠詩：獻賦甘泉宫。〔按〕唐時雖有獻賦事，然此處實指應舉，進士試試詩賦。投筆從戎用班超事，屢見，指參戎幕。

〔一二〕〔徐注〕《輿地志》：山陰南湖，縈帶郊郭，白水碧巖，互相映發，若鏡若圖。故王逸少云：『山陰路上行，如在鏡中遊。』《會稽記》：漢順帝永和五年，會稽太守馬臻創立鏡湖，在會稽、山陰兩縣界。《左傳》：晉侯使韓宣子來聘，觀書於太史氏。揚雄《遺劉歆書》：得觀書於石室。〔馮注〕《述異記》：鏡湖，俗傳軒轅鑄鏡於湖邊，今有軒轅磨鏡石。《史記・夏本紀》：禹東巡狩，至于會稽而崩。〔補注〕賀知章《纂山記》：『黄帝號宛委穴爲赤帝陽明之府，於此藏書。大禹始於此穴得書，復於此穴藏之，人因謂之禹穴。』禹於宛委山得黄帝金簡之説，見《吴越春秋・越王無餘外傳》。『觀書』事本此。

〔一三〕傳，《英華》注：集作『侍』。非。〔徐注〕《吴語》：越王使人告於吴王曰：『寡人其達王於甬句東。』注：句音鈎。甬句東，今句章，東海口外洲也。《史記・吴世家》：越王句踐遷夫差於甬東。集解：賈逵曰：甬東，越東鄙，甬江東也。孔稚珪《北山移文》：馳妙譽於浙右。傳劍，見《爲濮陽公陳情表》『元膺知臣傳劍論兵』注。

〔一四〕載，《英華》作『歲』。〔徐注〕任昉《哭范僕射詩》：與子别幾辰，經塗不盈旬。〔按〕據《舊唐書・地理志》，越州在京師東南二千七百二十里，而《元和郡縣圖志》則謂越州西北至上都三千五百三十里。似後者爲是。

〔一五〕〔徐注〕《漢書・南粤傳》：長爲藩臣，臣奉貢職。庾信表：不獲躬奉闕庭。

〔一六〕〔馮注〕《文選・恨賦》：朝露溘至，握手何言！〔補注〕傳車，驛站之專用車輛。《淮南子・道應訓》：『具傳車，置邊吏。』《漢書・蘇武傳》：『人生如朝露，何久自苦如此！』溘，忽。

〔一七〕〔徐注〕《書》：凛乎若朽索之馭六馬。

〔一八〕〔徐注〕江總詩：揚鞭向柳市。

〔一九〕徐、馮注本均云：原注：因墜馬死，故云云。〔馮注〕《魏志・朱建平傳》：建平善相術，又善相馬。文帝將出，取馬外入，建平遇之，曰：『此馬今日死矣。』帝將乘馬，馬惡衣香，驚齧帝膝，帝怒殺之。《晉書・羊祜傳》：有善相墓者，言祜祖墓所有帝王氣，若鑿之，則無後。祜遂鑿之，相者見曰：『猶出折臂三公。』而祜竟墜馬折臂，位至公而無子。

〔二〇〕恒，《英華》注：集作『定』。

〔二一〕修，《英華》作『壽』。

〔二二〕〔補注〕《左傳·襄公二十三年》：『季孫之愛我，疾疢也；孟孫之惡我，藥石也。美疢不如藥石。』此以美疢指疾病。

〔二三〕鞅，《英華》作『鞍』。〔徐注〕謝朓詩：無由税歸鞅。〔補注〕税鞅，猶解鞅、停車。

〔二四〕輿，《英華》作『轝』。〔馮注〕輿、轝同。

〔二五〕〔徐注〕《南史·袁粲傳》：火艾鍼藥，莫不畢具。

〔二六〕〔馮注〕含，去聲。〔徐注〕《穀梁傳》：衣衾曰襚，貝玉曰含。〔補注〕《周禮·天官·小宰》：『受其含襚幣玉之事。』鄭玄注：『口實曰含，衣服曰襚。』古喪禮，以珠玉納死者口中曰『含』，以衣服贈死者曰『襚』。

〔二七〕〔馮注〕《禮·内則》：三月之末，翦髮爲鬌，男角女羈。注曰：夾囟曰角，午達曰羈。〔補注〕孔穎達疏：『一從一横曰午。今女翦髮，留其頂上縱横各一，相交通達，故曰午達。』

〔二八〕〔馮注〕《詩》：總角丱兮。〔補注〕丱，古代兒童束髮成兩角之狀。

〔二九〕〔徐注〕江淹《恨賦》：人生至此，天道寧論！

〔三〇〕家國，《英華》作『國家』，非。〔馮曰〕當在會昌三、四年間矣。〔按〕據此，李之故家當在河北近戰亂處。

〔三一〕〔徐注〕《禮記》：魯人之祔也，合之。注：祔，謂合葬也。

〔三二〕〔徐注〕謂旅殯也。

〔三三〕〔馮注〕《左傳》：武王克商，遷九鼎于洛邑。又：成王定鼎于郟、鄏。注曰：郟、鄏，今河南也。武王遷之，成王定之。《後漢書·志》：洛陽，周公所城洛邑也，東城門名鼎門。《唐六典》：東都城，左成皋，右函谷，前伊闕，後邙山。南面三門，中曰定鼎；東面三門，南曰永通。〔徐注〕《帝王世紀春秋》：成王定鼎於郟鄏，其南門名定鼎門，蓋九鼎所從入也。

〔三四〕〔徐注〕《隋書·地理志》：大業元年移都，改曰豫州，東面三門，南曰永通。

〔三五〕〔徐注〕戴延之《西征記》：嵩高，中嶽也。東謂太室，西謂少室，相去十七里，嵩其總名也。〔馮注〕《爾雅》：山大而高，崧。注曰：今中嶽嵩高山依此名。潘岳《懷舊賦》：前瞻太室，旁眺嵩丘。

〔三六〕〔徐注〕張載《七哀詩》：北邙何壘壘，高陵有四五。注：北邙，山名也。〔馮注〕楊龍驤《洛陽記》：北邙山，古今東洛九原之地。

〔三七〕〔補注〕晋束晳《論嫁娶時月》：『通年聽婚，蓋古之遺制也。』通年指整年。此句『通年』指通吉之年。

〔三八〕先，《英華》作『光』，誤。見《代濮陽公遺表》『殘魂不昧，雖温序之思歸』注。

〔三九〕見後《爲裴懿無私祭薛郎中文》『臧孫有後』注。

〔四〇〕〔徐注〕《詩》：三歲食貧。

〔四一〕祭酹，《英華》注：集作『酒醊』。

爲舍人絳郡公上李相公啓〔一〕

某聞量力省躬，典刑之深旨〔二〕；度材任事，聖哲之良規。某雖甚愚，頗嚮斯義。屬者謬圖仕進〔三〕，因藉時來。伏值相公，顧以外藩，夙通襟契。憫羊曇之未立，早託謝家〔四〕；憐康伯之無歸，常依王氏〔五〕。拔於幽滯〔六〕，處以周行〔七〕。遂俾南憲中臺〔八〕，屢承闕乏；內庭西掖〔九〕，比辱昇遷。邁越時流，塵汙中旨〔一〇〕。恩渥非次〔一一〕，性分難移〔一二〕。徒當侍從之榮，莫有論思之效〔一三〕。竟使懼因福過，疾以憂成。外雖全人〔一四〕，中抱美疢〔一五〕。常願青蒲瀝懇〔一六〕，紫殿披誠〔一七〕，進退未聞，過累仍積。及正名綸閣〔一八〕，收跡翰林〔一九〕，尋欲竊候休旬〔二〇〕，伏拜蕭屏〔二一〕，謝昔年之朝奬，抒他日之私誠。而機事且繁〔二二〕，燮和少暇〔二三〕，齋沐屢至，肝腸莫從〔二四〕。

旋屬虜帳夷氛〔二五〕，壺關伐叛〔二六〕。絳臺北控〔二七〕，有元戎大集之師；鄭國東臨，過列鎮在行之衆〔二八〕。任當調發〔二九〕，事屬供須〔三〇〕。豈斯擇材，皆在非據〔三一〕？周旋二郡〔三二〕，緜歷兩霜〔三三〕。頒宣詔條〔三四〕，祇惕廟畫〔三五〕。雖無咎悔〔三六〕，亦乏殊功〔三七〕。今幸四海無塵，六州嚮化〔三八〕，靈臺偃伯〔三九〕，衢室歸尊〔四〇〕。是修明禮律之初〔四一〕，舉拔俊賢之始。而鄭之爲地，右臨梁苑〔四二〕，左倚成臯〔四三〕，比之列藩，實爲劇郡〔四四〕。山東望族〔四五〕，幾同屈、景之强〔四六〕；洛邑頑民〔四七〕，常雜萑蒲之聚〔四八〕。永言出牧，豈易其人？而又孔道所因〔四九〕，使車旁午〔五〇〕。送迎或闕，則怨讟流詞〔五一〕；館餼稍乖〔五二〕，則職司貽辱〔五三〕。託之全器〔五四〕，猶或難居；矧在朽材〔五五〕，寧宜久處！

某伏思自隨宦牒〔五六〕，遽忝恩榮，位至圭符〔五七〕，寵當金紫〔五八〕。或筋骸無苦，心志有餘，即豈願踞熊軾以告勞〔五九〕，指隼旟而辭疾〔六〇〕？直以攝生寡妙，舊恙無痊〔六一〕，儻或形言〔六二〕，懼塵清聽〔六三〕。每朝昏改候，霧露潛威〔六四〕，則或至問俗有違〔六五〕，在公多廢〔六六〕。坐爲尸禄〔六七〕，行有媿顔〔六八〕。而又貪明盛之時〔六九〕，有婚嫁之累〔七〇〕。未敢高論止足〔七一〕，直乞退休。是以輒疏精誠〔七二〕，上干陶冶。

伏惟相公，雲龍協應〔七三〕，舟檝呈功〔七四〕。比屋可封〔七五〕，期於屈指；一夫不獲〔七六〕，固以動心。如蒙曲鑒深情〔七七〕，猥從志願，置之他所，以遂其愚〔七八〕，則吳楚列城〔七九〕，江關别郡〔八〇〕，雖居鄰佐，亦委緝綏〔八一〕。獲安病躬，豈敢擇地？猶希磨淬鉛鈍〔八二〕，撫養疲羸，積以歲時〔八三〕，少裨塵露〔八四〕。伏惟試賜恩照。圍減帶緩〔八五〕，髮稀弁傾〔八六〕。窅然向風，目極心往〔八七〕。下情無任攀戀感激惶懼之至〔八八〕！

校注

〔一〕本篇原載《文苑英華》卷六六一第四頁、清編《全唐文》卷七七七第一頁、《樊南文集詳注》卷三。〔徐箋〕舍人名褒，會昌中討劉稹，爲鄭州刺史。本集有《鄭州獻從叔舍人褒》詩。〔馮箋〕《英華》此爲一。舍人名褎（按：褎、褒同）。本集有《爲舍人絳郡公禱雨文》。按：會昌有李相公四：德裕也，讓夷也，紳也，回也。讓夷於二年七月爲相，至宣宗即位始罷。然《舊》《新書・傳》，讓夷於爲相之前，未嘗居外藩，則此爲上德裕也。紳與回見下篇諸啓。雖皆乞移他郡，然以中書舍人內庭供職而出爲郡守，未免失意，此言外微旨也。《舊書・禮儀志》：天寶元年，隴西李氏燉煌、姑臧、絳郡、武陽四房，隸於宗正寺。《新書・世系表》：雍，濟北、東莞二郡太守。雍五世孫涼武昭王，興聖皇帝。興聖子豫，其後爲武陽房。興聖孫寶之長子承，姑臧房始祖；次子茂，燉煌房始祖也。曾孫成禮，絳郡房始祖也。按：此故稱絳郡公而下篇云『東莞舊族』也。舍人以會昌二年出守，四年七月平昭義後上諸啓。〔按〕馮譜、張箋均編會昌四年昭義平後。馮謂『四年七月平昭義』，然據《舊》《新書・紀》及《通鑑》，昭義之平，實在八月。啓有『今幸四海無塵，六州嚮化』語，是當在劉稹既平之後。然文中未及德裕加太尉、衛國公事（事在八月二十八日戊申，見《新書・武宗紀》），疑即在八月中旬稹初平時所上也。李褒刺鄭時間，馮譜謂在會昌二年，張箋則謂在三、四年（詳《會箋》卷三會昌四年李褒爲鄭州刺史下附考）。據啓內『周旋二郡，緜歷兩霜』之語及《爲絳郡公上史館李相公啓》『一授專城，再易灰琯』，并參《爲絳郡公上崔相公啓》『絳田已非厥任，榮波轉過其材』之文，褒之刺鄭當在會昌三、四年。

〔二〕〔補注〕《詩・大雅・蕩》：『雖無老成人，尚有典刑。』典刑，謂常規、舊法。《左傳・隱公十一年》：『度德而處之，量力而行之。』又《昭公十五年》：『力能則進，否則退，量力而行。』

〔三〕圖，《英華》注：集作『從』。

〔四〕見《爲李郎中祭舅竇端州文》注〔六二〕。

〔五〕〔徐校〕王，當作『殷』。《晉書·殷浩傳》：浩甥韓伯，字康伯，浩素賞愛之。時浩坐廢爲庶人，徙於東陽之信安縣，伯隨至徙所。〔馮注〕《晉書·韓伯傳》：伯字康伯，母殷氏。舅殷浩稱之曰：『康伯能自標置，居然出羣之器。』《殷浩傳》：經歲還都，浩送至渚側，詠曹顏遠詩云：『富貴他人合，貧賤親戚離。』因而泣下。按：《韓伯傳》：王坦之著《公謙論》，袁宏作論以難之，伯作《辯謙》以折中。而《王坦之傳》：『坦之嘗與殷康子書，論公謙之義，康子及袁宏並有疑難。』則韓康伯亦稱殷康子也。當是舍人幼時無家，寄居舅氏，而李相憐憫之，故特叙之也。但或更有事實，寧闕疑再考。又按：滕王逌序《庾信集》云：『若韓康之養甥。』注庾集者謂康甥卞鞠，見《世説》。鞠即範之。此別一事，而未能詳也。庾《小園賦》：『韓康則甥舅不別。』似即韓康養甥，觀出句皆用陸機兄弟事，可悟也。注家乃引殷浩事，疑其誤會，偶附辨之。

〔六〕〔徐注〕魯褒《錢神論》：幽滯非錢不拔。

〔七〕〔徐注〕《左傳》：《詩》：『嗟我懷人，寘彼周行。』能官人也。王及公、侯、伯、子、男、甸、采、衛、大夫各居其列，所謂周行也。〔補注〕《詩·周南·卷耳》『寘彼周行』毛傳：『行，列也。思君子，官賢人，置周之列位。』此以『周行』指朝官、朝列。

〔八〕俾，《英華》注：集作『得』。〔馮注〕南憲，謂御史；中臺，謂尚書郎，亦謂之内臺。〔按〕御史臺在宫闕西南，故稱南臺、南憲。中臺，指尚書省，秦、漢時尚書稱中臺，謁者稱外臺，御史稱憲臺。

〔九〕〔徐注〕《漢書》注：正殿門之旁有東西掖門，如人臂掖，故名。〔按〕西掖，中書省之别稱。應劭《漢官儀》卷上：『左右曹受尚書事，前世文士，以中書在右，因謂中書爲右曹，又稱西掖。』

〔一〇〕〔徐注〕爲中書舍人，知制誥，故云『塵汙中旨』。〔馮注〕知制誥，故云『塵汙中旨』。此君當以侍御史歷郎官，爲翰林學士，拜中書舍人。〔按〕李褒開成元年任起居舍人，因痼疾而請罷官。五年自考功員外郎、集賢院直學士充翰林學士，旋轉庫部郎中、知制誥。會昌元年五月拜中書舍人。十二月任翰林承旨學士。二年罷學士職，約於是年出爲絳州刺史。四年在鄭州刺史任。（以上據《中國文學家大辭典·唐五代卷》）

〔一一〕〔徐注〕《後漢書·和帝紀》：敕曰：署用非次，選舉乖宜。

〔一二〕分，馮本一作『命』。

〔一三〕〔補注〕班固《兩都賦序》：『故言語侍從之臣，若司馬相如、虞丘壽王、東方朔、枚皋、王褒、劉向之屬，朝夕論思，日月獻納。』論思，此特指學士與皇帝討論思考問題。

〔一四〕〔徐注〕《吕氏春秋》：此之謂全人。〔補注〕全人，肢體齊全之人。《莊子·德充符》：『甕㼜大癭説齊桓公，桓公説之，而視全人，其脰肩肩。』沈約《與徐勉書》：『外觀旁覽，尚似全人……解衣一卧，支體不復相關。』

〔一五〕疢，《英華》作『⿸疒示』，馮注本作『⿸疒爾』。〔馮曰〕疢、⿸疒示、⿸疒爾同。美疢見《爲馮從事妻李氏祭從父文》注〔一二〕。

〔一六〕見《爲大夫安平公華州進賀皇躬痊復物狀》『伏蒲之覲謁未果』句注。

〔一七〕〔補注〕《三輔黄圖·漢宫》：『武帝又起紫殿，雕文刻鏤黼黻，以玉飾之。』此『紫殿』指紫宸殿。

〔一八〕〔馮注〕正拜中書舍人也。《唐書》傳中屢見。

〔一九〕〔徐注〕揚雄《長楊賦》：問於翰林主人。

〔二〇〕欲，《英華》作『願』，注：集作『欲』。〔徐注〕《初學記》：漢律，吏五日得一下沐。言休息以洗沐也。〔馮注〕《通鑑》注：唐制，十日一休沐，謂之旬休。

〔二一〕伏拜，《英華》作『拜伏』，注：集作『伏拜』。〔馮注〕《爾雅》：屏謂之樹。注曰：小牆當門中。《論語》『蕭牆之内』注：鄭曰：蕭之言肅也，牆謂屏也，至屏而加肅敬焉。是以謂之蕭牆。

〔二二〕〔徐注〕《易》：幾事不密則害成。〔補注〕機事，謂國家樞機大事。

〔二三〕〔徐注〕任昉行狀：燮和台曜。〔補注〕《書·顧命》：『燮和天下，用答文、武之光訓。』此指宰相職務。

〔二四〕肝，《英華》注：集作『肺』。從，馮注本作『滋』，未知所本。〔徐注〕《北史·周宗室傳》：遥奉顔色，崩慟肝腸。〔補注〕肝腸，即衷腸，即上文『私誠』。

〔二五〕〔徐注〕謂烏介。〔馮注〕虜有牙帳，本常語。而《通鑑》云：黠戛斯詈回紇曰：『汝運盡矣，我必取汝金帳！』金帳者，回紇可汗所居帳也。

〔二六〕〔徐注〕謂討劉稹。《漢書·地理志》：上黨郡有壺口關。《寰宇記》：壺關在潞州城東二十五里，因山似壺，故名。

〔二七〕〔徐注〕《後漢書·馮衍傳》：《顯志賦》曰：驂女齊於絳臺兮。注：絳，晉國所都。《國語》：晉平公爲九層之臺。

〔二八〕〔補注〕《左傳·僖公三十年》：『若舍鄭以爲東道主，行李之往來，共其乏困，君亦無所害。』在行之衆，指在軍隊行列之士兵。《通鑑·會昌三年》：五月，以武寧節度使李彦佐爲晉絳行營諸軍節度招討使。六月丙子，詔王元逵、李彦佐、劉沔、王茂元、何弘敬以七月中旬五道並進。『絳臺』四句，當指徐州李彦佐奉命討劉稹，其軍隊經過鄭州。

〔二九〕〔徐注〕《漢書·陳咸傳》：所居調發屬縣。〔補注〕謂徵調各鎮軍隊。應『絳臺』二句。

〔三〇〕〔徐注〕《晉書·桓沖傳》：歲運米三十萬斛以供軍資須。〔按〕謂鄭州須供應過往軍隊之軍需給養，應『鄭國』二句。

〔三一〕〔馮注〕《易》：非所據而據焉，身必危。《吴志·嚴畯傳》：樸素書生，不閑軍事，非才而據，咎悔必至。

〔三二〕二，《全文》作『三』，據《英華》改。〔馮注〕先刺絳，移刺鄭。〔按〕《爲絳郡公上崔相公啓》：『若某者實有何能，可叨出牧？絳田已非厥任，滎波轉過其材。間歲已來，爲政非易。』可證當作『二郡』。

〔三三〕〔徐注〕《隋書・觀德王雄傳》：册書曰：爰司禁旅，緜歷十載。〔補注〕兩霜，指會昌二年、三年。

〔三四〕〔徐注〕《漢書・百官表》：刺史班宣周行郡國，省察治狀，以六條問事。

〔三五〕惕，《英華》作『暢』，注：集作『惕』。〔徐校〕《英華》作『暢』，非。〔馮注〕祇暢，敬爲宣布也，一作『祇惕』，誤。〔按〕祇惕，敬慎恐懼。謂對朝廷之謀畫敬慎恐懼，遵行無誤。

〔三六〕〔徐注〕嵇康《幽憤詩》：奉時恭默，咎悔不生。

〔三七〕功，《英華》作『尤』，注：集作『功』。〔按〕當作『功』，方與上句相應。

〔三八〕六，《英華》作『九』，非。〔馮注〕《北史・李義深傳》：『齊神武行經冀州，總合河北六州文籍。』而唐時河朔以魏博六州爲最强，故舉六州以該河朔。『六州』字史文習見。此言昭義既平，河朔嚮化。吴縝《新唐書糾繆》曰：唐人著書，多謂天下視河北得失以爲朝廷治亂輕重也。

〔三九〕〔徐注〕《後漢書・馬融傳》：《廣成頌》曰：命師於鞬櫜，偃伯於靈臺。注：《司馬法》曰：古者武軍三年不興，則凱樂凱歌，偃伯靈臺，答人之勞，告不興也。偃，休也；伯，謂師節也。〔補注〕偃伯，休戰。《詩・大雅・靈臺》：『經始靈臺，經之營之，庶民攻之，不日成之。』靈臺爲周文王所建。

〔四〇〕〔徐注〕《管子》：堯有衢室之問者，下聽於人也。《淮南子》：聖人之道，若中衢而設尊，過者斟酌，各得其宜。《晉書・刑法志》：念室後刑，衢尊先惠。〔補注〕衢室，傳爲堯徵詢民意之所。衢室歸尊，謂設酒衢室，任人自飲，喻施仁政。歸，饋贈。

〔四一〕〔徐注〕《後漢書・章帝紀贊》曰：左右藝文，斟酌律禮。《晉書・儒林傳論》曰：漢祖勃興，粗修禮律。〔按〕漢初，叔孫通爲高祖製禮作樂，事詳《史記・劉敬叔孫通列傳》。

〔四二〕〔馮注〕《舊書・志》：鄭州，隋滎陽郡。武德四年，置鄭州於武牢。貞觀七年，移理所於管城。《漢書・梁孝王傳》：孝王築東苑，方三百餘里，廣睢陽城七十里。《元和郡國志》：《史記》：魏惠王自安邑徙大梁，今汴州浚儀也。漢文帝以皇子武爲梁王，都大梁。後東徙睢陽，今宋州也。按：梁苑雖在睢陽，而汴州本梁國。唐時汴宋節度使理汴州，每稱梁國，梁苑。此統指汴、宋也。〔徐注〕（梁苑）謂汴州。〔按〕此「梁苑」自爲汴州之代稱，不兼宋州。

〔四三〕〔徐注〕漢成皋縣，唐爲汜水縣，在鄭州西一百十里。〔馮注〕《漢書·志》：河南郡成皋縣。注曰：故虎牢，或曰制。《通典》：河南府汜水縣，有故虎牢城，漢成皋縣，後漢置關。《元和郡縣志》：汜水縣屬鄭州。顯慶二年，改屬河南府。《通典》：鄭州，東至汴州陳留郡，西至東都河南府。

〔四四〕〔徐注〕《漢書·朱邑傳》：直敞遠守劇郡。〔補注〕劇郡，大郡，政務繁重之州郡。

〔四五〕見《祭處士房叔父文》「山東舊族」注。

〔四六〕〔馮注〕《史記·屈原傳》：子非三閭大夫歟？注曰：三閭之職，掌王族三姓，曰屈、昭、景。〔徐注〕《三輔黄圖》：漢高帝都長安，徙齊諸田，楚屈、昭、景及功臣於長陵。

〔四七〕〔徐注〕《書·畢命》曰：毖殷頑民。〔補注〕《書·畢命》：「毖殷頑民，遷于洛邑，密邇王室，式化厥訓。」孔傳：「惟殷頑民，恐其叛亂，故徙於洛邑，密近王室，用化其教。」

〔四八〕〔徐注〕《左傳》：鄭國多盜，取人於萑蒲之澤。

〔四九〕〔徐注〕《漢書·西域傳》：辟在西南，不當孔道。

〔五〇〕〔馮注〕《周禮·夏官》：馭夫，掌馭貳車、從車、使車。注曰：使車，驅逆之車。〔徐注〕《漢書·霍光傳》：使者旁午。注：一縱一横爲旁午。〔按〕此「使車」即使者所乘之車，非《周禮》驅逆之使車，馮注引非其義（驅逆之車，係狩獵時驅趕禽獸以就田獵範圍之車，因職在役使，故稱使車）。

〔五一〕〔徐注〕《左傳》：民不罷勞，君無怨讟。

〔五二〕乖，《英華》作「求」，注：集作「乖」。〔徐注〕《周禮》：遺人，凡賓客、會同，師役，掌其道路之委積。五十里有市，市有候館，候館有積。《左傳》：曹人致餼。注：熟曰饔，生曰餼。〔馮注〕《禮記·聘義》：致饔餼。《國語》：單襄公過陳，膳宰不致餼，司里不授館。〔補注〕館餼，招待住宿飲食。

〔五三〕貽，《英華》作『謗』。〔徐注〕潘岳詩：恪居處職司。

〔五四〕全，《全文》誤作『金』，據《英華》改。〔補注〕全器，猶全才。

〔五五〕〔徐注〕《漢書・孔光傳》：臣以朽材，前比歷位。〔補注〕《論語・公冶長》：『宰予晝寢。子曰：「朽木不可雕也，糞土之牆不可杇也。」』朽木，即朽材。

〔五六〕宦，《英華》注：集作『官』。官牒，見《爲張周封上楊相公啓》『仍期官牒』注。

〔五七〕〔徐注〕王融《策秀才文》：頃深汰珪符，妙簡銅墨。濟曰：圭符謂刺史，銅墨謂縣令。

〔五八〕〔徐注〕陸機表：懷金拖紫。

〔五九〕熊軾，見《爲濮陽公陳情表》『熊軾郎城』注。

〔六〇〕隼旟，見《爲安平公謝除兗海觀察使表》『忽擁隼旟』注。

〔六一〕痊，《全文》誤作『全』，據《英華》改。

〔六二〕〔徐注〕王儉《褚彥回碑》：文不以毀譽形言。

〔六三〕〔徐注〕《後漢書・申屠蟠傳》：諫梁配曰：況在清聽。〔按〕《爲絳郡公上史館李相公啓》云：『某早年被病，晚歲加深。衣袴無取以潔清，藩溷動淹於景刻。』即所謂形之於言有污清聽者。

〔六四〕潛，《全文》作『消』，非，據《英華》改。〔徐注〕《漢書・淮南厲王傳》：爰盎諫曰：臣恐其逢霧露病死。〔馮注〕潛威，潛施其威也。

〔六五〕〔補注〕《禮記・曲禮上》：『入竟而問禁，入國而問俗，入門而問諱。』此句『問俗』指刺史省察民情風俗。

〔六六〕〔徐注〕《詩》：夙夜在公。

〔六七〕〔徐注〕《說苑》：虞丘子復於莊王曰：『尸祿素飧，貪欲無厭，臣之罪當稽於理。』

〔六八〕〔徐注〕《南史·東昏侯紀》：逞諸變態，曾無媿顔。

〔六九〕明盛，《英華》作「盛明」。〔徐注〕《魏志·王基傳》：疏曰：當明盛之世，不務以除患。

〔七〇〕〔徐注〕《後漢書·逸民傳》：向長，字子平，建武中，男女聚嫁既畢，遊五岳名山，竟不知所終。

〔七一〕〔徐注〕潘岳《閑居賦序》：覽止足之分，庶浮雲之志。〔補注〕《老子》：「知足不辱，知止不殆，可以長久。」

〔七二〕精，《英華》作「情」。

〔七三〕〔徐注〕《易》：雲從龍，風從虎。

〔七四〕〔徐注〕《書》：若濟巨川，用汝作舟楫。

〔七五〕見《代安平公遺表》「成陛下比屋可封之化」注。

〔七六〕見《代安平公遺表》「分陛下一夫不獲之憂」注。

〔七七〕情，《英華》作「誠」。

〔七八〕愚，《英華》注：集作「宜」。

〔七九〕〔徐注〕《左傳》：晉侯許賂秦伯以河外列城五。

〔八〇〕郡，《英華》注：集作「部」。〔補注〕江關，江南。

〔八一〕〔補注〕緝綏，整治綏靖。

〔八二〕〔徐注〕班固《答賓戲》：搦朽磨鈍，鉛刀皆能一斷。

〔八三〕時，徐注本一作「日」，馮注本一作「月」，均非。

〔八四〕露，《全文》誤作「路」，據《英華》改。〔馮注〕《文選·曹子建表》：塵露之微，補益山海。注引謝承《後漢書》：楊喬曰：「猶塵附泰山，露集滄海，雖無補益，款誠至情，猶不敢默。」〔徐注〕《晉書·元帝四王傳》：塵露之微，有增山海。

〔八五〕〔馮注〕《南史》：沈約有志台司，梁武帝不用，以書陳情於徐勉，言已老病，革帶常應移孔，以手握臂，率計月小半分。古詩：衣帶日以緩。
〔八六〕〔徐注〕《詩》：側弁之俄。箋：側，傾也；俄，頃貌。
〔八七〕〔徐注〕《楚辭》：目極千里兮傷春心。《晉書·涼武昭王傳》：《述志賦》曰：心往形留。
〔八八〕《英華》『無任攀戀感激惶懼之至』十字省作『云云』。

重祭外舅司徒公文〔一〕

嗚呼哀哉！人之生也，變而往耶？人之逝也，變而來耶〔二〕？冥寞之間，杳惚之内〔三〕，虚變而有氣，氣變而有形，形變而有生〔四〕。今將還生於形〔五〕，歸形於氣，漠然其不識，浩然其無端〔六〕，則雖有憂喜悲歡，而亦勿能措於其間矣〔七〕！苟或以變而之有，變而之無，若朝昏之相交，若春夏之相易，則四時見代，尚動於情，豈百生莫追，遂可無恨？倘或去此，亦孰貴於最靈哉〔八〕！

嗚呼！公之世胄勳華，職官揚歷〔九〕，並已託於寄奠，備在前文〔一〇〕。今所以重具酒牢，載形翰墨，蓋意有所未盡，痛有所難忘。以公之平生恩知〔一一〕，曩昔顧盼，屬纊之夕，不得聞啓手之言〔一二〕；祖庭之時，不得在執紼之列〔一三〕。終哀且痛，其可道耶〔一四〕！

嗚呼！七十之年，人誰不及？三公之位，人誰不登？何數月之間，不及從心之歲〔一五〕！聞天有慟，方登論道之司〔一六〕。時泰命屯，才長運否，爲善何益，彼蒼難知！昔澤怪既明，告敖釋桓公之病〔一七〕；陰德未報，夏侯知丙吉不亡〔一八〕。何昔有其傳，今無其證？豈人言之不當，將天道之或欺？雖北海懸定薨期〔一九〕，長沙前覺災至〔二〇〕，偃如巨室〔二一〕，去若歸人〔二二〕，處順不憂〔二三〕，得正之喜〔二四〕。在公之德斯盛，在物之痛何言！矧乎再軫慮居〔二五〕，屢垂理命〔二六〕，簡子將戰之誓，惟止桐棺〔二七〕；晏嬰送死之文，寧思石槨〔二八〕。素車樸馬〔二九〕，疏巾弊帷〔三〇〕，成一代之清規，揚百年之休問〔三一〕。所謂有始有卒，高朗令終〔三二〕。

嗚呼！往在涇川〔三三〕，始受殊遇，綢繆之迹〔三四〕，豈無他人〔三五〕。樽空花朝，燈盡夜室，忘名器於貴賤〔三六〕，去形迹於尊卑。語皇王致理之文〔三七〕，考聖哲行藏之旨〔三八〕，每有論次，必蒙褒稱。及移秩農卿〔三九〕，分憂舊許〔四〇〕，羈牽少暇〔四一〕，陪奉多違。跡疏意通，期賒道密〔四二〕。紵衣縞帶，雅貺或比於僑、吴〔四三〕；荆釵布裙，高義每符於梁、孟〔四四〕。今則已矣，安可贖乎〔四五〕！嗚呼哀哉！

千里歸塗，東門故第〔四六〕。數尺素帛，一爐香煙。耿賓從之云歸〔四七〕，儼盤筵而不御〔四八〕。小君多恙〔四九〕，諸孤善喪〔五〇〕，登堂輒啼，下馬先哭〔五一〕。含懷舊極，撫事新傷。植玉求歸，已輕於舊日〔五二〕；泣珠報惠〔五三〕，寧盡於兹辰〔五四〕？況邢氏吾姨〔五五〕，蕭門仲妹〔五六〕，愛深猶女，思切仁兄〔五七〕，撫嫠緯以增摧〔五八〕，闔孀閨而永慟〔五九〕。草荄土梗〔六〇〕，旁助酸辛；高鳥深魚，遥添怨咽。

嗚呼！精神何往，形氣安歸？苟才能有所未伸，勳庸有所未極，則其强氣〔六一〕，宜有異聞。玉骨化於鍾山〔六二〕，秋柏實於裘氏〔六三〕。驚愚駭俗，佇有聞焉。嗚呼！姜氏懷安之規，既聞之矣〔六四〕；畢萬名數之慶，可稱也哉〔六五〕！篋有遺經，匣藏傳劍〔六六〕。積兹餘慶〔六七〕，必有揚名。愚方遁迹丘園〔六八〕，游心墳素〔六九〕，前耕後餉〔七〇〕，并食易衣〔七一〕。不忮不求〔七二〕，道誠有在；自媒自衒〔七三〕，病或未能〔七四〕。雖吕範以久貧〔七五〕，幸冶長之無罪〔七六〕。昔公愛女，今愚病妻。內動肝肺，外揮血淚。得仲尼三尺之喙，論意無窮〔七七〕；盡文通五色之毫，書情莫既〔七八〕。嗚呼哀哉！公其鑒之〔七九〕。

校注

〔一〕本篇原載《文苑英華》卷九九一第七頁（按：《英華》篇末注：此篇原編入九百九十卷交舊門，今移于此）、清編《全唐文》卷七八二第一九頁、《樊南文集詳注》卷六。〔徐注〕《新書》：王茂元卒，贈司徒，謚曰威。〔馮箋〕王茂元卒於會昌三年九月，見《代僕射濮陽公遺表》，詳《年譜》，此重祭，大率在四年也。〔按〕張采田《會箋》將本篇繫於會昌五年春，與《爲王從事妻万俟氏祭先舅司徒文》《爲王秀才妻蘇氏祭先舅司徒文》同編。岑仲勉《平質》乙承訛《李執方爲陳許》條謂馮譜將李執方爲陳許節度使繫於會昌四年，張箋謂執方遷陳許，正當澤潞初平時，『此緣未參《劉沔碑》也（《方鎮年表》二）。茂元喪歸洛，或許遲至五年耳。』前已考明《祭外舅贈司徒公文》及《爲王從事妻万俟氏祭先舅司徒文》《爲王秀才妻蘇氏祭先舅司徒文》同作於會昌四年仲春，此《重祭外舅司徒公文》自當作於會昌四年仲春之後。《上許昌李尚書狀一》云：『伏承旌幢，尋達忠武。』《上許昌李尚書狀二》云：『王十二郎、十三郎扶引靈筵，兼侍從郡君，今年八月至東洛訖。』可推知《重祭外舅司徒公文》當作於茂元靈柩到達洛陽時。然『今年八月』之『今年』究屬何年，則必先考明李尚書（執方）於何時由易定遷鎮忠武（治許昌），方可確定。馮浩、張采田均謂李執方之遷忠武，係代王宰。《會箋》三云：『案王宰移鎮太原，《通鑑》作十二月，據《金石續編·王宰〈靈石縣記石〉》云：「嗣至四年八月十日，梟迮首獻闕下。至九月，將歸許昌，軍次温縣，天使持節至，又授寵詔，遷鎮北門。十月過此。」則《舊·紀》不誤（按：《舊·紀》載王宰移鎮太原在九月）。』又云：『《文苑英華》有《授李執方陳許節度使盧弘宣易定節度使》合制，而《通鑑》則書盧弘宣爲義武（即易定）節度使於會昌五年正月，似稍遲，與王宰自記不合，仍當以集爲據（指執方移鎮陳許當在四年八月）。』張氏引史料未周，論證有疏。岑氏雖注意到劉沔曾有陳許之除，然未曾考明沔實未到任。《太子太傅贈司徒劉沔碑》所載『自河陽又遷光禄大夫檢校司空，鎮許昌』，乃碑文照例歷舉其所除拜官職，而未言其是否到任。而《新唐書·劉沔傳》則云：『（劉）稹平，進檢校司徒，徙忠武節度使，以病改太子少保。』特爲點明因病改授官職而實未到忠武任（《舊書·劉沔傳》不書徙忠武，當亦緣其實未到任）。然則朝廷因劉沔改官，旋即任命李執方移鎮忠武自是情理中事。再就李執方離易定時間考之。《通鑑》載盧弘宣除易定之時間爲會昌五年正月，而執方授忠武又與盧弘宣授易定爲同制，似執方之移鎮忠武亦當爲五年正月。然考《新書·盧弘宣傳》：『徙義武節度使。弘宣性寬厚，政目簡省，人便安之。然犯者不甚貸。河朔故法，偶語軍中則死，弘宣始除之。初詔賜其軍粟三十萬斛，貯飛狐，弘宣計輓費不能滿值，敕吏守之。明年春，大旱，教民隨力往取。時幽、魏饑甚，獨易定自如。至秋，悉收所貸，軍食以饒。』據此，弘宣除易定在春旱教民往取飛狐貯粟之前一年甚明。復考《新書·五行志》：『會昌五年春，旱。』是則弘宣除易定實在四年。《通鑑》盧弘宣節度易定一段，與上引《新書·傳》文字基本相同，而易『明年春，大旱』五字爲『會春旱』三字，其致誤處顯然。總之，辨明劉沔實未到陳許任及盧弘宣之除易定在會昌四年，則李執方於會昌四年九月自易定移陳許可以無疑，王茂元之靈柩於會昌四年八月運抵洛陽亦可無疑。茂元靈柩運抵洛陽後，自必隨即舉行葬禮，本篇當作於其時。本年八月，商隱有《爲馮從事妻李氏祭從父文》《爲舍人絳郡公上李相公啓》，其時商隱已在洛、鄭，故有此代作。茂元靈柩抵洛時，商隱正在洛陽，故有《重祭外舅司徒公文》之作。

〔二〕變而來耶，《英華》作『變之來耶』。耶，馮注本均作『邪』。

〔三〕惚，徐注本、馮注本作『忽』。〔徐注〕謝惠連《祭古冢文》：既不知其名字遠近，故假爲之號曰冥漠君。

〔補注〕冥寞之間，指蒼茫幽遠的天地之間，與『杳惚之内』義近。

〔四〕〔馮注〕《莊子》：察其始而本無生，而本無形，而本無氣。雜乎芒芴之間，變而有氣，氣變而有形，形變而有生，今又變而之死，是相與爲春秋冬夏四時行也。

〔五〕還，《英華》作『歸』。

〔六〕端，《英華》作『歸』。

〔七〕勿，《英華》作『忽』，誤。能措，《英華》注：集作『用』。馮本此句作『而亦勿用於其間矣』。

〔八〕〔徐注〕《書》：惟人萬物之靈。〔馮曰〕以上皆本《莊子》而翻論之。

〔九〕〔補注〕《三國志·魏志·管寧傳》：『優賢揚歷，垂聲千載。』揚歷，本指顯揚其所經歷，此指仕宦經歷。

〔一〇〕〔馮曰〕（前文）惜已失傳矣。按：茂元初喪，義山必有事，故未躬爲往弔。此則方至王氏，故重祭之。大可與《年譜》互證。〔按〕馮氏未見《永樂大典》及後來據《大典》收入《全唐文》之《祭外舅贈司徒公文》，故有『惜已失傳』之語。

〔一一〕恩知，《英華》作『之恩』，誤。

〔一二〕屬纊，猶臨終。見《代安平公遺表》『命餘屬纊』注。〔補注〕《論語·泰伯》：『曾子有疾，召門弟子曰：「啓予足，啓予手！」』啓手之言，此指臨終之言。按：茂元臨終時，商隱當在洛陽，其《代僕射濮陽公遺表》《爲王侍御瓘謝宣弔並賻贈表》即作於洛陽。茂元卒於萬善軍中，故商隱時未在側，乃有『屬纊之夕，不得聞啓手之言』之語。

〔一三〕〔補注〕《禮記·檀弓上》：『小斂於户内，大斂於阼，殯於客位，祖於庭，葬於墓。』祖庭，送殯前舉行之祭奠，參《祭外舅贈司徒公文》注〔二三九〕。執紼，見《爲濮陽公祭太常崔丞文》『願執紼而身遠』注。二句謂茂元會昌四年仲春寓殯萬善之時，未能參與執紼牽引靈車之行列。《祭外舅贈司徒公文》：『將觀祖載，遂迫痁瘍。』

〔一四〕可，《英華》注：集作『何』，誤。〔補注〕終，既。

〔一五〕〔馮曰〕茂元筮仕德宗之末，至會昌三年，已四十餘年，約六十九歲而卒。〔補注〕《論語·爲政》：『七十而從心所欲，不踰矩。』

〔一六〕〔徐注〕謂贈司徒。餘見《爲王侍御瓘謝宣弔并賻贈表》『降憫册於上公』注。〔按〕謂茂元之訃音聞於君，方贈司徒而登三公之位也。

〔一七〕告，《英華》注：集作『吉』。誤。〔徐注〕《莊子》：桓公田於澤，管仲御，見鬼焉。公撫管仲之手曰：『仲父何見？』對曰：『臣無所見。』公反，誒詒爲病，數日不出。齊士有皇子告敖者曰：『澤有委蛇，見之者殆乎霸。』桓公囅然而笑曰：『此寡人之所見者也。』於是正衣冠而坐，不終日而不知病之去也。

〔一八〕〔馮注〕《漢書·丙吉傳》：封吉爲博陽侯。臨當封，吉疾病。上憂吉疾不起，夏侯勝曰：『此未死也，臣聞有陰德者，必饗其樂以及子孫。』後病果愈。《文子》：老子曰：『夫有陰德者，必有陽報。』

〔一九〕〔馮注〕《後漢書·鄭玄傳》：鄭玄，北海高密人也。建安五年春，夢孔子告之曰：『起，起，今年歲在辰，來年歲在巳。』既寤，以讖合之，知命當終。有頃寢疾，其年卒。

〔二〇〕見《代李玄爲崔京兆祭蕭侍郎文》『賈誼壽之不長』注。

〔二一〕〔馮注〕《莊子》：莊子妻死，方箕踞鼓盆而歌曰：『人且偃然寢於巨室，而我噭噭然隨而哭之，自以爲不通乎命，故止也。』注曰：以天地爲室也。

〔二二〕見《代彭陽公遺表》『謂死爲歸人』注。

〔二三〕〔徐注〕《莊子》：適來，夫子時也；適去，夫子順也。安時而處順，哀樂不能入也。

〔二四〕之，疑當作『而』。得正，見《祭韓氏老姑文》『同易簀以就正』注。〔馮注〕此謂死於王事，得其正而死。

〔二五〕〔馮注〕《檀弓》：喪不慮居，爲無廟也。注曰：慮居，謂賣舍宅以奉喪。餘見《代彭陽公遺表》『以至慮居』注。

〔二六〕〔徐注〕理，讀曰『治』。〔馮注〕治命也。諱『治』爲理。〔補注〕治命，死前神智清醒時之遺囑。

〔二七〕〔徐注〕《左傳》：趙簡子誓曰：『若其有罪，絞縊以戮。桐棺三寸，不設屬辟；素車樸馬，無入於兆，下卿之罰也。』〔補注〕桐木棺質地樸素，示薄葬。

〔二八〕〔馮注〕《禮記》：有若曰：『晏子遣車一乘，及墓而反。大夫五个，遣車五乘。晏子焉知禮？』曾子曰：『國奢則示之以儉。』疏曰：葬父晏桓子，惟用一乘。又：昔者夫子居於宋，見桓司馬自爲石槨，三年而不成，夫子曰：『若是之靡也，死不如速朽之愈也。』〔補注〕文，指禮。

〔二九〕〔馮注〕《左傳》疏：素車，不用翣柳飾車。樸馬，馬不鬄落。此以載柩也。〔補注〕《周禮·春官·巾車》『素車』鄭注：『以白土堊車也。』凶、喪事所用。樸馬，未剪飾髦鬣之馬。

〔三〇〕〔徐注〕《吴志·吕岱傳》：遺令殯以素棺，疏巾布褠。《禮記》：仲尼曰：『吾聞之也，敝帷不棄。』〔馮注〕《魏志·徐宣傳》：遺令布衣疏巾，斂以時服。《周禮·天官》『幕人』注曰：帷幕皆以布爲之。《儀禮·士喪禮》：奠于尸東帷堂。又：布巾環幅。《檀弓》：曾子曰：『尸未設飾，故帷堂，小斂而徹帷。』

〔三一〕年，《英華》作『古』。〔補注〕百年，猶一生。休問，美名。

〔三二〕朗，《全文》作『明』，《英華》注：集作『朗』。是，兹據改。〔馮注〕《詩》：高朗令終。〔補注〕高朗，猶高明。令，善也。

〔三三〕〔徐注〕謂爲涇原節度使。〔按〕謂己在涇原幕時。

〔三四〕〔馮注〕《詩》：『綢繆束薪，三星在天。』言婚姻之事。《蜀志·先主傳》：孫權進妹固好，先主見權綢繆恩紀。〔徐注〕盧諶《贈劉琨詩序》：綢繆之旨，有同骨肉。

〔三五〕〔徐注〕《詩》：豈無他人，不如我同父。

〔三六〕器，《英華》注：集作『品』。〔補注〕名器，此指尊卑貴賤之等級。《左傳·成公二年》：『唯器與名，不可以假人，君之所司也。』杜注：『器，車服；名，爵號。』

〔三七〕文，《英華》注：集作『源』。

〔三八〕〔補注〕《論語·述而》：『子謂顔淵曰：用之則行，舍之則藏，惟我與爾有是夫！』

〔三九〕〔補注〕指開成五年由涇原入朝任司農卿。詳馮譜、張箋開成五年下。

〔四〇〕〔徐注〕《左傳》：晋荀罃至於西郊，東侵舊許。注：許之舊國，鄭新邑。箋：《新書·王茂元傳》：鄭注敗，悉出家貲餉兩軍，得不誅，封濮陽郡侯。召爲將作監。領陳許節度使。〔按〕《新書》本傳漏書入朝任司農卿。

〔四一〕〔馮注〕《後漢書·申屠蟠傳》：彼豈樂羈牽哉！〔補注〕羈牽，羈絆牽制，指自己因事繁而受牽制。商隱開成五年秋自濟源移家長安，隨即應茂元之召赴陳許幕。短期逗留後，五年底即已至華州周墀幕。會昌元年商隱爲調官奔忙，二年春以書判拔萃任祕書省正字。旋丁母憂家居。從開成五年至會昌三年四月茂元移鎮河陽，四年間商隱與茂元相離之時居多，故下句云『陪奉多違』。

〔四二〕賒，徐本、馮本作『奢』。〔補注〕賒，長。

〔四三〕睨，徐本、馮本作『況』。〔馮注〕國僑，子產也。《左傳》：吳公子札聘于鄭，見子產，如舊相識，與之縞帶，子產獻紵衣焉。〔補注〕雅睨，高雅之贈與。

〔四四〕〔馮注〕《後漢書·梁鴻傳》：鴻字伯鸞，扶風平陵人，聘同縣孟氏。及嫁，始以裝飾入門。七日而鴻不答。妻乃跪牀下請罪。鴻曰：『吾欲裘褐之人，可與俱隱深山者爾。』乃更爲椎髻，著布衣，操作而前。鴻大喜曰：『能奉我矣！』字之曰德耀，名孟光。《御覽》引《列女傳》：孟光荆釵布裙。

〔四五〕乎，《英華》注：集作『兮』。〔徐注〕《詩》：如可贖兮，人百其身。

〔四六〕〔馮注〕《後漢書·志》：洛陽，周公所城洛邑也。東城門名鼎門。以下十句，是在東都崇讓里。〔補注〕《述征記》：『洛陽崇讓坊，有河陽節度使王茂元宅。』按：崇讓宅在洛陽長夏門之東第四街從南第一坊，地處洛陽城之東南隅。『千里歸塗』，指商隱所在之地蒲州永樂至洛陽之距離而極言之。《祭外舅贈司徒公文》亦云『遠國千里』，則指商隱當時所在之長安樊南至茂元寓殯之地之距離。前則寄奠，此則親弔，故云『歸塗』。永樂距東都約六百里（據《元和郡縣圖志》），『千里』蓋誇張形容之詞。然如解『千里歸塗』爲懷州或河陽至東都之距離，則本僅百餘里，必不可云『千里』也。

〔四七〕〔馮注〕《左傳》：車馬有所，賓從有代。〔補注〕耿，顯明貌。

〔四八〕〔徐注〕《後漢書·王渙傳》：渙喪西歸，道經弘農，民庶皆設槃案於路。〔補注〕二句蓋謂雖賓從弔客紛至，而茂元之靈則面對盤筵而不能進食。

〔四九〕恙，徐注本作『患』。〔補注〕小君，周代稱諸侯之妻。《春秋・僖公二年》：『夏五月辛巳，葬我小君哀姜。』《穀梁傳・莊公二十二年》：『以其爲公配，可以言小君。』此指茂元妻。

〔五〇〕〔馮注〕《檀弓》：顔丁善居喪。

〔五一〕登，《英華》作『昇』，馮本從之。〔徐注〕《喪大紀》：始卒，主人啼，兄弟哭。

〔五二〕〔馮注〕《搜神記》：羊公雍伯，洛陽人。性篤孝，父母亡，葬無終山，遂家焉。山高無水，公汲作義漿於阪頭，行者皆飲之。三年，有一人就飲，以一斗石子與之，云：『玉當生其中。』又語云：『後當以得婦。』言畢不見。乃種其石。數歲，時時往，見玉子生石中。北平徐氏女，甚有行，人多求，不許。公乃試求焉，徐氏笑以爲狂，乃戲云：『得白璧一雙來，當爲婚。』公至所種玉中，得五雙，聘徐氏，遂以女妻公。天子異之，拜爲大夫，於種玉處四角，作大石柱各一丈，中央一頃地，名曰玉田。按：《水經注》引此，『羊』作『陽』，『雍伯』一作『翁伯』，而《藝文類聚》《太平御覽》引之皆作『羊』，故從之。洪氏《隸釋・漢碑武梁祠堂畫像》中有義漿羊公，『漿』即漿也。今《搜神記》傳本作『陽』；或作『楊』，尤謬。又按：《集古録》《隸釋》漢碑中『歐陽』亦作『歐羊』，則此『陽』『羊』亦可通借。〔按〕此謂己雖得婚於王氏，然已輕於昔日植玉求娶之羊公。蓋謂己之家貧。

〔五三〕泣，《英華》作『立』，誤。注：集作『泣』。

〔五四〕〔徐注〕《吴都賦》：淵客慷慨而泣珠。《博物志》：南海外有鮫人，水居如魚，不廢績織，其眼泣則能泣珠。出人間賣綃，臨去，從主人索器，泣而出珠與主人。〔按〕此謂茂元之恩知，已將終身報答，豈止於今日而已。

〔五五〕〔徐注〕《詩》：東宫之妹，邢侯之姨。〔補注〕《詩・衛風・碩人》叙寫齊莊公之女莊姜，首章云：『碩人其頎，衣錦褧衣。齊侯之子，衛侯之妻，東宫之妹，邢侯之姨，譚公維私。』《左傳・隱公三年》：『衛莊公娶於東宫得臣之妹曰莊姜，美而無子，衛人爲賦《碩人》也。』

〔五六〕〔馮曰〕未詳。《南史・蕭惠開傳》：妹適桂陽王休範。又：《惠基傳》：劉彦節是惠基妹夫。　核其事跡，非所引用，俟別考。〔按〕蕭門，南朝齊、梁皇室均姓蕭，『蕭門』或借指皇室支派。或云：當時稱大家女爲蕭娘，此當指大家之女。

〔五七〕〔徐注〕《後漢書·趙壹傳》：壹報曰：實望仁兄，昭其懸達。〔馮注〕《晉書·長沙王乂傳》：成都王穎復乂書曰：『本謂仁兄，同其所懷。』按：《後漢書·趙壹傳》，書稱皇甫規爲『仁兄』。後人謂二漢未嘗相呼爲仁兄。疑當作『仁君』。然其後已習用。

〔五八〕〔徐注〕《左傳》：嫠不恤其緯，而憂宗周之傾，爲將及焉。〔補注〕嫠，寡婦；緯，織物之横綫。

〔五九〕〔徐注〕《淮南子》：寡婦曰孀。〔馮注〕何以忽及孀婦哉？承上叙來，似有茂元之繼女，義山稱爲姨者。但『仁兄』何指？豈謂茂元平日撫愛此女，追思其父乎？或疑茂元之姨，隴西郡君之妹，以義山之妻爲猶女，則以『思切仁兄』指茂元。未可妥合，且與上文不接也。〔張箋〕案此二篇（指《爲王從事妻万俟氏祭先舅司徒文》《爲王秀才妻蘇氏祭先舅司徒文》）即《重祭外舅文》所謂『邢氏吾姨，蕭門仲妹，愛深猶女，思切仁兄』者也。蓋万俟氏，茂元甥女，即嫁茂元族姪；蘇氏，茂元表妹，即嫁茂元族弟。二人皆幼撫於王氏。推之文中用典，無不皆合。馮氏未見《補編》，臆測多舛。〔按〕馮氏所測固未必是，張氏所箋亦未確。蓋王從事妻万俟氏與王秀才妻蘇氏均爲茂元之甥女兼姪媳（見二篇注〔一〕編著者按語），則非義山之『姨』，且二文中均無万俟氏、蘇氏守寡之跡象，與本篇『嫠緯』『孀閨』語亦未合。此處所指當是另一人，其人爲茂元之姪女，於義山爲『姨』，於義山妻王氏則爲『妹』，其時方寡。『愛深猶女，思切仁兄』指茂元而言，茂元思弟之情切而愛姪女之情深也。詳不可考。

〔六〇〕〔徐注〕《説文》：荄，草根也。《莊子》：魏文侯曰：『吾所學者真土梗耳。』〔補注〕草荄土梗，謂無知之物。土梗，泥塑偶像，泥俑。

〔六一〕〔馮注〕《莊子》：身非汝有也，是天地之委形也，天地之彊陽氣也，又胡可得而有邪？〔補注〕《孔子家語·好生》：『君子而强氣，則不得其死；小人而强氣，則刑戮荐蓁。』此句『强氣』似指剛强之魂魄。《左傳·昭公七年》：『用物精多，則魂魄强，是以有精爽。』

〔六二〕鍾，《英華》作『終』，非。注：集作『鍾』。〔徐注〕《淮南子》：鍾山之玉，炊以爐炭，三日三夜而色澤不變，得天地之精也。〔馮注〕《搜神記》：蔣子文，廣陵人也，常自謂青骨，死當爲神。漢末爲秣陵尉，逐賊至鍾山下，賊擊傷額縛之，遂死。及吴先主之初，其故吏見文乘白馬，執白羽，侍從如平生，謂曰：『我當爲此土地神，爾可宣告百姓，爲我立祠，將大啓佑孫氏。』孫主使使者封子文爲中都侯，爲立廟堂。轉號鍾山爲蔣山。按：定用此事，以没而爲神祝之也。修道成神，身有玉骨，道書屢見。『鍾』或作『終』，則與上『植玉』事複，誤矣。

〔六三〕秋，《全文》《英華》均作『楸』，據馮校改。〔馮校〕『秋』誤作『楸』，今正之。注：《莊子》：鄭人緩也，呻吟裘氏之地。三年而爲儒，使其弟墨。儒、墨相與辯，其父助翟。十年而緩自殺。其父夢之曰：『使而子爲墨者予也。闔胡嘗視其良，既爲秋柏之實矣？』郭注曰：翟，緩弟名。緩怨其父助弟，故感激自殺，死而見夢，謂已既自化爲儒，又化弟令墨。弟由己化而不能順己，已以良師而使怨死，精誠之至，故爲秋柏之實。陸德明曰：呻吟，學問之聲。『良』或作『垠』，音浪，冢也。言何不試視緩墓上，已化爲秋柏之實。文所用乃此也。徐氏引《檀弓》：柳莊死，衛公與之邑裘氏（按：徐注誤，今删），余初采《水經注》潧水條下『陳留縣裘氏鄉，有澹臺子羽塚』，皆非也。統玩語氣，頗有不平。豈茂元家饒於財，時小有言語之傷乎？末云『吕範久貧，冶長無罪』，亦可想見。

〔六四〕〔馮注〕《左傳》：晋公子重耳及齊，齊桓公妻之，公子安之。從者以爲不可，將行。姜曰：『行也！懷與安實敗名。』

〔六五〕哉，《英華》注：集作『夫』。〔馮注〕《左傳》：賜畢萬魏。卜偃曰：『畢萬之後必大。萬，盈數也；魏，大名也。以是始賞，天啓之矣。』〔補注〕『姜氏』二句，謂茂元在時，曾有不可懷安之規勸，其後世必有光大舊業之慶。

〔六六〕〔馮注〕《漢書·韋賢傳》：鄒、魯諺曰：『遺子黄金滿籯，不如一經。』傳劍，見《爲濮陽公陳情表》『元膺知臣傳劍論兵』注。

〔六七〕〔補注〕《易·坤》：『積善之家，必有餘慶。』

〔六八〕〔徐注〕《易》：賁于丘園。〔補注〕遁迹丘園，指居於蒲州永樂。商隱於會昌四年春楊弁太原之亂平後，移家永樂，有《大鹵平後移家到永樂縣居書懷十韻》可證。作此祭文時，商隱家已在永樂近半載。方，正也。

〔六九〕〔徐注〕潘岳《閑居賦》：傲墳素之長圃。〔補注〕墳素，泛指古代典籍。

〔七〇〕〔馮注〕《左傳》冀缺事，見《祭韓氏老姑文》『冀缺如賓』注。《魏志·常林傳》：常林，河内温人也。注引《魏略》曰：林少單貧，自非手力，不取之於人。性好學，漢末爲諸生，帶經耕鋤，其妻常自餽餉之。林雖在田野，相敬如賓。

〔七一〕〔徐注〕《禮記》：儒有易衣而出，並日而食。

〔七二〕〔補注〕《詩·邶風·雄雉》：『不忮不求，何用不臧？』不忮，不嫉妬；不求，不貪求。

〔七三〕見《爲張周封上楊相公啓》『自衒之士』注。

〔七四〕〔徐注〕枚乘《七發》：太子曰：『僕病未能也。』

〔七五〕〔馮注〕《吴志》：吕範字子衡，汝南細陽人，有容觀姿貌。邑人劉氏，家富女美，範求之。女母嫌，欲勿與。劉氏曰：『觀吕子衡寧當久貧者邪？』遂與之婚。

〔七六〕〔補注〕《論語·公冶長》：『子謂公冶長，「可妻也。雖在縲紲之中，非其罪也。」以其子妻之。』

〔七七〕〔馮注〕《莊子》：仲尼之楚，楚王觴之。仲尼曰：『丘也聞不言之言矣，未之嘗言，於此乎言之。丘願有喙三尺。』

〔七八〕見《爲山南薛從事謝辟啓》『曾無綵筆』注。〔馮曰〕又暗用《恨賦》《别賦》。

〔七九〕鑒，《英華》作『監』。

上許昌李尚書狀一〔一〕

伏承旌幢〔二〕，尋達忠武〔三〕。二十五翁尚書克有懿德〔四〕，允叶休期。式揚扞屏之功〔五〕，嘗在重難之地。頃者河橋作鎮，當街亭失律之初〔六〕；上谷受符，值卿子喪元之後〔七〕。折簡之誥〔八〕，單車繼來，致伊䖍虒之邦〔九〕，服我平明之化〔一〇〕。況兹間歲〔一一〕，亟立殊勳，虜帳夷妖〔一二〕，壺關伐叛〔一三〕。旁資巨援〔一四〕，遥資聲言。十萬横行，樊噲長思破敵〔一五〕；三年有勇〔一六〕，仲由且使知方〔一七〕。實兼文武之全才，以處親賢之重寄〔一八〕。今者靈臺偃伯〔一九〕，衢室歸尊〔二〇〕，永言台鉉之司，合屬間、平之胤〔二一〕。豈令歲序〔二二〕，久滯藩維？潁水云清〔二三〕，許田斯闢〔二四〕，汝南古多賢士〔二五〕，淮陽舊號勁兵〔二六〕。政令既明，歡娱多有。投壺雅宴，祭遵豈以爲妨〔二七〕；望月登樓，庾亮祇應不淺〔二八〕。載懷往歲，屢奉初筵〔二九〕。今則貧病相仍，起居未卜。遠思鄒、馬，方陪密雪之遊〔三〇〕；遐望荀、陳，尚阻德星之會〔三一〕。瞻望恩顧，不任下情。

校注

〔一〕本篇原載清編《全唐文》卷七七五第五頁、《樊南文集補編》卷五。〔錢箋〕（許昌李尚書）李執方也。《舊唐書·武宗紀》，會昌四年九月，忠武軍節度王宰移鎮河東。似執方當於此時代鎮。忠武爲陳許軍名，此《上許昌李尚書》二狀，首篇云『伏承旌幢，尋達忠武』，自爲尚未受任之詞。次篇則專叙茂元歸葬之事，是當作於會昌四年也。《舊唐書・地理志》：忠武軍節度，治許州，管許、陳、蔡三州。又：許州領許昌縣。〔張箋〕李執方除陳許，史無明文。考集《爲白從事上陳許李尚書啓》云：『河橋三壘，當弟子之輿尸；易水一城，值將軍之下世。中間衛朔拒君，邢、洺起亂，紀侯去國，汾、晋挻灾。』又云：『今者趙北變風，淮南受賜，戎麾始至，賓驛初開。』《補編・上許昌李尚書第一狀》云：『況兹間歲，亟立殊勳。虜帳夷妖，壺關伐叛。旁資巨援，遥藉聲言。今者靈臺偃伯，衢室歸尊，永言台鉉之司，合屬閒、平之胤。』第二狀又述茂元喪事云：『王十二郎、十三郎扶引靈筵，兼侍從郡君，今年八月至東洛訖。』則執方之遷鎮，正當澤潞初平時。馮氏謂代王宰，確不可易。《文苑英華》有封敖《授李執方陳許節度使盧弘宣易定節度使合制》，而《通鑑》則書盧弘宣爲義成節度使爲會昌五年正月，似稍遲，與王宰自記（按：指《靈石縣記石》）不合。仍當以集爲據。〔岑仲勉曰〕（李執方爲陳許）馮譜系會昌四年，謂代王宰，（張）箋三從之……此緣未參《劉沔碑》也。茂元喪歸洛，或許遲至五年耳。（《平質》乙承訛八《李執方爲陳許》）〔按〕茂元喪歸洛之時間，在會昌四年八月，而非遲至五年，此二狀亦作於會昌四年八月之後，已於《重祭外舅司徒公文》編著者按語中詳辨之，此不重複。至於此二狀之具體時間，前狀云：『伏承旌幢，尋達忠武』，乃執方已離易定行將到達許昌時所上。按王宰《靈石縣記石》云：『嗣至四年八月十日，梟迮首獻闕下。至九月，將歸許昌，軍次温縣，天使持節至，又授寵詔，遷鎮北門。十月過此。』王宰遷鎮河東，初以劉沔代宰鎮許昌，旋以病改太子太保，實未到任，朝廷乃更遣李執方移鎮陳許。假設九月上旬王宰移鎮河東，同時任命劉沔鎮陳許，等到劉沔因病不能赴鎮，上奏朝廷，朝廷再下制命李執方移鎮陳許、盧弘宣出鎮易定，執方辦理移交手續後赴陳許任，計其時間，當已一月左右。故前狀之寫作時間當在會昌四年十月，後狀則較此稍晚。

〔二〕〔錢注〕《新唐書・百官志》：節度使入境，州縣築節樓，迎以鼓角，衙仗居前，旌幢居中，大將鳴珂，金鉦鼓角居後，州縣齋印，迎於道左。〔補注〕旌幢，猶旌旗，唐制，節度使賜雙旌雙節。

〔三〕〔錢注〕《新唐書・方鎮表》：貞元十年，陳許節度賜號忠武軍節度使。

〔四〕〔補注〕二十五翁尚書，指李執方。執方行二十五。《詩・大雅・烝民》：『天生烝民，有物有則。民之秉彝，好是懿德。』懿，美也。

〔五〕〔錢注〕《漢書・陳餘傳》注：扞蔽，猶言藩屏也。

〔六〕〔錢注〕《通鑑》：文宗開成二年六月，河陽軍亂，節度使李泳奔懷州。泳，長安市人，寓籍禁軍，以賂得方鎮。所至恃所交結，貪殘不法，其下不堪命，故作亂。丁未，貶泳澧州長史。戊申，以左金吾衛將軍李執方爲河陽節度使。《晉書・杜預傳》：頃以孟津渡險，有覆没之患，請建河橋於富平津。潘岳《爲賈謐作贈陸機》詩：藩岳作鎮。《蜀志・諸葛亮傳》：亮身率諸軍攻祁山，關中響震。魏明帝西鎮長安，命張郃拒亮，亮使馬謖督軍事在前，與郃戰於街亭。謖違亮節度，舉動失宜，大爲郃所敗。〔補注〕河橋作鎮，指任河陽節度使。街亭失律，借指河陽軍亂。《易・師》：『師出以律。失律，凶也。』

〔七〕〔錢注〕按本集《爲白從事上陳許李尚書啓》『易水一城，值將軍之下世』，馮氏引《舊・紀》開成五年八月易定節度陳君賞復定亂軍事。惟卒年無考。此云『喪元』，似當有亂軍共殺主帥之事，然亦别無確證。姑仍其説。《舊唐書・地理志》：易州，隋上谷郡。《史記・項羽紀》：楚王召宋義與計事而大説之，因置以爲上將軍，項羽爲次將，范增爲末將以救趙。諸别將皆屬宋義，號爲卿子冠軍。行至安陽，留四十日不進。至無鹽，飲酒高會。天寒大雨，士卒凍飢。項羽晨朝上將軍宋義，即於帳中斬宋義頭。〔按〕李執方任易定節度使，在會昌三年至四年間。據《通鑑》，會昌三年四月丁亥，以忠武節度使王茂元爲河陽節度使，則執方之由河陽移鎮易定當在此時，『卿子喪元』之事亦當在此前于易定發生。馮氏引《舊・紀》開成五年八月易定軍亂，逐節度使陳君賞，君賞鳩合豪傑數百人復入城，盡誅謀亂兵士，軍中復安事以箋『易水一城，值將軍之下世』，與『將軍下世』之情事絶不符合。當如錢氏所云『有亂軍共殺主帥之事』。復檢史籍，《舊唐書・文宗紀》：開成三年九月，『辛未，易定節度使張璠卒，壬申，以易州刺史李仲遷爲定州刺史、充義武軍節度使』，十月『易定軍亂，不納新使李仲遷，立張璠子元益爲留後』。而《册府元龜》卷一四〇《帝王部・旌表四》載：『開成四年十二月，贈易定觀察判官兼侍御史李士季給事中……士季爲易定節度張璠從事，璠卒之初，士季知留後，三軍欲立璠之子元益，士季不從，遂爲亂兵所害，至是舉褒贈之典。』乃恍然悟所謂『卿子喪元』乃指易定節度留後李士季爲亂兵所害之事。此事發生在開成三年十月，離李執方移鎮易定之時間已歷五年，繼張元益任易定節度使者爲陳君賞，故馮氏乃引陳君賞誅亂事以解之，不知與『將軍下世』不合也。李士季事雖歷五年，然云『值卿子喪元之後』，則無礙也，爲强調李執方出鎮之地爲『重難之地』，自不妨作此等語。元，頭顱。

〔八〕〔錢校〕誥，疑當作『詔』。《晋書·宣帝紀》：三年春正月，王凌詐言吴人塞滁水，請發兵以討之。帝潛知其計，不聽。夏四月，帝自帥中軍汎舟沿流，九日而到甘城。凌計無所出，乃迎於武丘，面縛水次，曰：『凌若有罪，公當折簡召凌，何苦自來耶？』帝曰：『以君非折簡之客故耳。』〔補注〕折簡，折半之簡，言其禮輕。漢制，簡長二尺，短者半之。

〔九〕〔錢注〕《易·困卦》疏：臲卼，動摇不安之辭。〔補注〕伊，彼也。《書·秦誓》：『邦之杌隉，曰由一人。』疏：『邦之杌隉，危而不安，曰由所任一人之不賢也。』

〔一〇〕〔錢注〕諸葛亮《出師表》：若有作姦犯科，及爲忠善者，宜付有司，論其刑賞，以昭陛下平明之治。〔補注〕平明，平正明察。

〔一一〕〔錢注〕《漢書·食貨志》注：間歲，隔一歲。

〔一二〕〔錢注〕《舊唐書·武宗紀》：會昌元年八月，迴鶻烏介可汗遣使告難，言本國爲黠戛斯所攻破散，今奉太和公主南投大國。時烏介至塞上，表借天德城以安公主，仍乞糧儲牛羊供給。二年三月，以劉沔充河東節度使。八月，烏介可汗過天德，至杞頼峰北，俘掠雲、朔北川，劉沔出師守雁門諸關。詔以迴鶻犯邊，漸侵内地，或攻或守，於理何安，公卿集議可否。宰相李德裕以擊之爲便。乃徵發許、蔡、汴、滑等六鎮之師，以劉沔、張仲武、李思忠爲招討使，皆會軍於太原。三年二月，劉沔奏：『昨率諸道之軍至大同軍，遣前鋒石雄襲迴鶻牙帳，雄大敗迴鶻於殺胡山，烏介可汗被創而走。已迎得太和公主至雲州。』是日，百寮稱賀。遣中使迎公主。時烏介可汗中箭，走投黑車子，詔黠戛斯出兵攻之。三月，太和公主至京師。〔按〕參《爲李貽孫上李相公啓》注〔六六〕引馮浩箋。

〔一三〕〔錢注〕謂討劉稹。詳《爲滎陽公與昭義李僕射狀》注〔四〕。《新唐書·地理志》：潞州領壺關縣。〔按〕參《爲李貽孫上李相公啓》『而潞寇不懲兩豎之兇』一節及注。

〔一四〕援，《全文》作『拔』，據錢校改。〔錢校〕拔，疑當作『援』，用《左傳》『大援』意，讀去聲。〔補注〕《左傳·桓公十一年》：『君多内寵，子無大援，將不立。』《通鑑》會昌四年正月，『辛卯，詔……以易定千騎，宣武、兗海步兵三千討楊弁』，此即『旁資巨援』之一例。時執方正在易定節度使任。

〔一五〕〔錢注〕《史記·季布傳》：單于嘗爲書嫚吕后，吕后大怒，召諸將議之。上將軍樊噲曰：『臣願得十萬衆，横行匈奴中。』

〔一六〕年，《全文》作『千』，據錢校改。詳注〔一七〕。

〔一七〕〔補注〕《論語·先進》：『子路率爾而對曰：「千乘之國，攝於大國之間，加之以師旅，因之以饑饉，由也爲之，比及三年，可使有勇，且知方也。」』知方，知禮法。

〔一八〕〔錢注〕按《會昌一品集·與執方書》云：『尚書藩方重寄，宗室信臣。』知執方於唐爲屬籍，惜徧檢史文，世系無考。〔補注〕親賢，親戚兼賢臣，皇室中賢者。

〔一九〕見《爲舍人絳郡公上李相公啓》注〔三九〕。

〔二〇〕見《爲舍人絳郡公上李相公啓》注〔四〇〕。

〔二一〕〔錢注〕《漢書·河間獻王德傳》：修古好學，實事求是，被服儒術，造次必於儒者。《後漢書·東平憲王蒼傳》：少好經書，雅有智思。王儉《侍太子九日宴玄圃詩》：漢稱間、平，周云魯、衛。〔補注〕台鉉，猶台鼎，喻宰輔重臣。鉉，鼎耳，指代鼎。鼎三足，有三公之象，故以喻宰輔。間、平之胤，指王室後代。

〔二二〕令，錢本作『今』，校云：疑當作『令』。〔按〕《全文》正作『令』。錢本作『今』，未知所據。

〔二三〕〔錢注〕《舊唐書·地理志》：許州，隋潁川郡。《史記·灌夫傳》：夫，潁陰人也。宗族賓客，爲權利横於潁川。潁川兒歌曰：潁水清，灌氏寧；潁水濁，灌氏族。

〔二四〕〔補注〕《左傳·桓公元年》：『三月，公會鄭伯于垂，鄭伯以璧假許田。』二句蓋謂李執方之鎮陳許，政必清平而田萊盡闢。

〔二五〕〔錢注〕《舊唐書·地理志》：蔡州，隋汝南郡。《隋書·經籍志》：《汝南先賢傳》五卷，魏周斐撰。

〔二六〕淮陽，《全文》誤作『維揚』，據錢校改。〔錢校〕維揚，當作『淮陽』。《舊唐書·地理志》：陳州，隋淮陽郡。《史記·灌夫傳》：上以爲淮陽天下交，勁兵處，故徙夫爲淮陽太守。

〔二七〕〔錢注〕《後漢書·祭遵傳》：遵爲將軍，取士皆用儒術，對酒設樂，必雅歌投壺。〔補注〕投壺，古代宴會禮制，亦爲文娱活動，賓主依次用矢投向盛酒之壺口，以投中多少決勝負，負者飲酒。詳《禮記·投壺》。

〔二八〕〔錢注〕《晋書·庾亮傳》：亮在武昌，諸佐吏殷浩之徒，乘秋夜往共登南樓，俄而不覺亮至，諸人皆起避之。亮曰：『諸君少住，老子於此處興復不淺。』便據胡牀，與浩等談詠竟坐。

〔二九〕〔補注〕《詩·小雅·賓之初筵》：『賓之初筵，温温其恭，其未醉止，威儀反反。』

〔三〇〕〔錢注〕謝惠連《雪賦》：梁王不悦，遊於兔園。乃置旨酒，命賓友，召鄒生，延枚叟，相如末至，居客之右。俄而微霰零，密雪下。王乃授簡於司馬大夫曰：『侔色揣稱，爲寡人賦之。』〔補注〕此想像陳許幕文士陪奉宴遊情景。

〔三一〕〔錢注〕《太平御覽》：《異苑》曰：汝南陳仲弓與諸息姪，就潁川荀季和父子。于是德星爲之聚。太史奏：『五百里以内有賢人聚。』〔補注〕此謂遥望陳許，恨不能與諸賢聚會。

上許昌李尚書狀二〔一〕

王十二郎、十三郎〔二〕，扶引靈筵〔三〕，兼侍從郡君〔四〕，今年八月至東洛訖〔五〕。聲塵永已〔六〕，門館依然。仲宣非女婿之才，昔慚劉氏〔七〕；安仁當國士之遇，今感戴侯〔八〕。仰計交情，良深軫悼。下情不任感慟之至。

校注

〔一〕本篇原載清編《全唐文》卷七七五第六頁、《樊南文集補編》卷五。〔按〕狀一係執方已離易定將達陳許時所上，時在會昌四年十月，此篇則執方抵鎮後上，當較前狀稍晚。詳前狀編著者按。

〔二〕〔錢注〕按《詩集》有《王十二與畏之員外相訪見招小飲》詩，又有《送王十三校書分司》詩。〔按〕本集又有《爲王侍御瓘謝宣弔并賻贈表》，馮浩謂：『瓘，王茂元子也。《茂元傳》不附載。《隴西郡君祭女文》云：「七女五男。」此當其長也。』此王侍御瓘或即扶引靈筵之王十二也，與其弟王十三均在茂元河陽軍中效力，《爲王侍御瓘謝宣弔并賻贈表》云：『如臣弟兄，皆冒矢石。』故扶引靈筵回洛。

〔三〕〔錢注〕《梁書·劉歊傳》：施靈筵，陳棺槨，設饋奠，建丘隴，蓋欲令孝子有追思之地耳。〔補注〕靈筵，供亡靈之几筵。

〔四〕〔錢注〕《新唐書·百官志》：凡外命婦，四品，母、妻爲郡君。〔按〕此即茂元妻隴西郡君，執方之姊妹。

〔五〕〔錢注〕《韋氏述征記》：洛陽崇讓坊有河陽節度使王茂元宅。

〔六〕〔錢注〕《梁書·劉峻傳》：余聲塵寂寞。〔按〕此句『聲塵』乃聲容風采之意，與『光塵』義近。聲塵永已，謂茂元之聲容風采永不復存。錢注引《梁書·劉峻傳》之『聲塵』係聲名意。

〔七〕〔錢注〕《魏志·王粲傳》：粲字仲宣。張華《博物志》：王粲避地荆州，依劉表。表有女，愛粲才，欲以妻之，嫌其形陋周率，乃謂曰：『君才過人而體貌躁，非女婿才。』

〔八〕〔錢注〕《晋書·潘岳傳》：岳字安仁。潘岳《懷舊賦》：余十二而獲見於父友東武戴侯楊君，始見知名，遂申之以婚姻。而道元、公嗣，亦隆世親之愛，不幸短命，父子凋殞。慨然懷舊而賦之曰：余總角而獲見，承戴侯之清塵，名余以國士，眷余以嘉姻。〔按〕此以『戴侯』指執方，商隱爲其甥女婿。

爲絳郡公上史館李相公啓〔一〕

某啓：伏以秉大鈞者以物得其所爲先，執大化者以材適於任爲急。將以致理，在明命官。使輕重合宜，大小有裕，然後人稱其職，職無廢人，此相公所明知也〔二〕。某材術素寡，聲光莫聞〔三〕。偶叨承平，謬登華顯〔四〕。洎分符竹使〔五〕，絶籍金閨〔六〕，一授專城〔七〕，再易灰琯〔八〕。且解巾臨郡，前賢攸重〔九〕；一麾出守，昔人所榮〔一〇〕。雖積戀於本朝〔一一〕，實俯光於單緒〔一二〕。況又此州，管叔舊國〔一三〕，帝鴻遺墟〔一四〕，接彼嶬、鄗〔一五〕，浸以京、索〔一六〕。聚山東之右族，邇洛表之宸居〔一七〕。内揣非才，頗虚信任〔一八〕。而復以通莊所自〔一九〕，假道攸繁〔二〇〕，載惟餞迓之勞〔二一〕，實半頒宣之務〔二二〕。必屬於壯齒〔二三〕，付彼全人，用以責功〔二四〕，僅能集事〔二五〕。

某早年被病，晚歲加深，衣袴無取於潔清〔二六〕，藩溷動淹於景刻〔二七〕。徇己則坐隳物務〔二八〕，業官則立致蕭衰。欲俱濟於公私〔二九〕，實加憂於痞寐〔三〇〕。矧兹仍歲，適有外虞〔三一〕。降卒征人，旬時併集；飛芻輓粟〔三二〕，星火爲期〔三三〕。以此疚心，彌深舊恙。

今寰瀛大定〔三四〕，雨露旁流〔三五〕。高步翰飛〔三六〕，一呼而至；雲羅埸藿〔三七〕，萬里無遺。將調斯人，以求良牧〔三八〕。得才爲美，今也其時。儻蒙允贊聰明，曲聽奏記〔三九〕，俯憐衰薾〔四〇〕，稍賜優容，則亦不敢便掛簪纓〔四一〕，遽離陶冶〔四二〕。江湖偏郡，襦袴須人〔四三〕，無根節之難〔四四〕，少舟車之會，俾之養理，使得便安〔四五〕。庶矗致人謡，以酬廟算。則某所謂材有稱職，時無廢人，凡在宦途，皆仰時化。伏惟試賜恩察。違離漸久，刺謁末由〔四六〕。昔在丘門〔四七〕，常忝四科之列〔四八〕；今瞻魯史〔四九〕，將期一字之恩〔五〇〕。下情無任感戀兢惶之至。

校注

〔一〕本篇原載《文苑英華》卷六六一第六頁、清編《全唐文》卷七七七第四頁、《樊南文集詳注》卷三。〔馮箋〕（史館李相公）李紳也。《舊書·紳傳》：會昌元年，由淮南節度入爲兵部侍郎、同平章事、監修國史。《新書·宰相表》作二年二（原誤『八』，據《新書·宰相表》改）月入相。《通鑑》與《表》同。又《舊書·紀》《新書·表》及《通鑑》皆書四年七月紳罷相，復鎮淮南。而文云『今寰瀛大定，雨露滂流』，乃是四年八月劉稹傳首京師之後。《舊書·紳傳》云：四年暴中風恙，足緩不任朝謁，拜章求罷。十一月守僕射平章事，復出爲淮南節度。以文證之，《舊·傳》爲是。〔張箋〕（會昌元年）二月壬寅，以淮南節度使李紳爲中書侍郎同平章事，監修國史。考《會昌一品集・請尊憲宗爲不遷廟狀》，會昌元年三月十一日已列中書侍郎李紳名，則《新書・表》疑誤，故今從《舊書》。惟遷守右僕射、監修國史，或當稍後耳。又會昌四年書：十一月，李紳守僕射平章事，出爲淮南節度使。案紳之出鎮，蓋代杜悰，悰由淮南入相在七月，《舊・紀》似不應誤。史館係宰相兼職，此李相公或别是一人。惟會昌中宰相姓李者，紳之外則有李回、李讓夷，本傳皆不言其監修國史，既苦無確證，姑據《舊・傳》書之。〔岑仲勉曰〕張氏所謂《一品集》，未審何本。《叢刊》本狀末署『司空兼門下侍郎平章事乂、右（左）僕射兼門下侍郎平章事乂、右僕射兼中書侍郎平章事乂、中書侍郎平章事乂』（《畿輔》本缺），初未明著紳名，不過依文考證，知爲德裕、陳夷行、崔珙及紳耳。德裕爲司空。夷行、珙除僕射，《新・紀》《表》及《新・珙傳》在二年（《舊・德裕傳》亦書二年下，與《舊・紀》異）。復次，元王惲《玉堂嘉話》一：『唐李紳拜相，門下，……可守中書侍郎同中書門下平章事，散官、勳、封如故，主者施行。會昌二年二月十二日，次右僕射兼中書侍郎平章事臣珙宣奉。』二月十二日即丁丑，與《新・表》同年正月己亥珙先爲右僕射正符，然則《一品集》之元年，固得爲二年訛。《叢刊》本魯乙頗多，具詳拙著《伐叛集編證》。或曰，《新書・紳傳》稱『居（相）位四年』，由二年至四年，不足四年也。余按《新・傳》出宋祁手，多剪裁《舊書》成之，其纂撰在《新・紀》《表》前，故常不相謀。此句實脱胎《舊・傳》，不能據以爲《舊書》張目。抑杜悰固代紳鎮淮南者（《方鎮年表》），紳如以元年二月壬寅朔内召，悰亦應同時出除，顧《通鑑》是年三月乙未（二十四日）下悰猶户部尚書；又《考異》引《獻替記》，元年三月二十四日三相爲珙、鄲、夷行，此紳非元年入相之確證。（《唐史餘瀋・李紳命相年》）〔按〕紳之由淮南入相，當依《新・表》及《通鑑》在會昌二年。杜牧《上宰相求湖州第二啓》云：『會昌元年四月，兄慥自江守蘄……（某）明年七月出守黄州……時西川相國兄（悰）始鎮揚州。』杜牧會昌二年七月出守黄州，杜悰之鎮淮南與之同時而稍前，杜悰出鎮淮南，係代由淮南入相之李紳，則李紳之入相在二年二月可知。岑考甚確。至於紳之罷相年月，當依《舊書》本傳作會昌四年十一月，本篇『今寰瀛大定，雨露旁流』，可證會昌四年八月劉稹平定後紳尚在相位也。文當作於四年八月至十一月間。

〔二〕《英華》「所」字下有「以」字。注：集無此字。
〔三〕〔徐注〕郤正《釋義》：有聲有寂，有光有翳。〔補注〕聲光，聲譽光彩。
〔四〕〔徐注〕崔寔《政論》：承平日久，漸蔽而不悟。〔補注〕華顯，顯貴。
〔五〕見《爲汝南公賀彗星不見復正殿表》「坐縈符竹」注。
〔六〕〔補注〕金閨，指金馬門。金馬門所懸門牒，牒上有名者始准進入，稱金閨籍。絶籍金閨，指不再在朝爲官。鮑照《侍郎報滿辭閤疏》：「金閨雲路，從茲自遠。」
〔七〕〔徐注〕古樂府：四十專城居。〔補注〕《論衡・辨祟》：「居位食禄，專城長邑者以千萬數。」指主宰一城之州牧、太守。
〔八〕易，馮注本一作「賜」，非。〔馮注〕《後漢書・志》：候氣之法，每律從其方位，以葭莩灰抑其内端，案曆而候之，氣至者灰去。〔徐注〕《玉泉記》：立春之日，取宜陽金門山竹爲琯，河内葭莩爲灰以候陽氣。〔補注〕謂再移歲序。褒當以會昌二年出刺絳州，轉鄭州，至四年已再易歲序。
〔九〕〔馮注〕《後漢書・韋彪傳》：豹子著，以經行知名，屢徵不就。後就家拜東海相，詔書逼切，不得已，解巾之郡。《吴志・薛綜傳》：綜子瑩，孫皓時獻詩曰：「釋放巾褐，受職剖符。」謂綜守郡也。注曰：既服冠冕，故解幅巾。
〔一〇〕見《代安平公華州賀聖躬痊復表》「惟臣獨以一麾」注。
〔一一〕見《爲汝南公華州賀南郊赦表》「蕭望之願立本朝」注。
〔一二〕〔補注〕單緒，謂寒門後代。張九齡《登郡南城樓》詩：「平生本單緒，邂逅承優秩。」
〔一三〕〔馮注〕《史記・周本紀》：武王封弟叔鮮於管。〔徐注〕《括地志》：鄭州管城縣，今州外城，即管國城，是叔鮮所封也。
〔一四〕〔徐注〕《左傳》：季文子使太史克對曰：「昔帝鴻氏有不才子。」《史記》：軒轅黄帝一曰帝鴻。《水經注》：洧水東逕新鄭故城中。《帝王世紀》云：或言縣故有熊氏之墟，黄帝之所都也。鄭氏徙居之，故曰新鄭。

〔一五〕鄗，《全文》《英華》均作『嶢』，從徐、馮校改。〔徐校〕嶢，當作『鄗』。〔馮注〕《左傳》：楚次于管以待之，晋師在敖、鄗之間。注曰：熒陽京縣東北有管城，敖、鄗二山在熒陽縣西北。按：《元和郡縣志》：敖、鄗在滎澤縣。　不可與鄆州盧縣之舊爲碻磝城混也。《英華》作『嶅嶢』，今從《左傳》改。《後漢書·郡國志》：滎陽有敖亭。注曰：《左傳·宣十二年》：晋師在敖、鄗之間。秦立爲敖倉。

〔一六〕〔徐注〕《漢書·高帝紀》：與楚戰滎陽南京、索間。應劭曰：京，縣名。今有大索、小索亭。按：京、索，二水名也。見《水經注》。〔馮注〕《水經》：濟水又東，索水注之。《通典》：滎陽縣有京水、索水，楚、漢戰於京、索間是也。《元和郡縣志》：鄭州滎陽縣，京水出縣南平地，索水出縣南二十五里小陘山。古大索城，今縣理是也。

〔一七〕〔馮注〕謂近東都。

〔一八〕《英華》作『頗榮斯任』。注：斯一作『所』。〔按〕因揣己非才，故謂頗虚負朝廷之信任。若作『頗榮斯任』，則與下文不相應。

〔一九〕〔徐注〕《爾雅》：五達謂之康，六達謂之莊。

〔二〇〕〔徐注〕《左傳》：晋荀息假道于虞以伐虢。

〔二一〕〔徐注〕毛萇《詩傳》：祖而舍軷飲酒于其側曰餞。《公羊傳》：晋郤克與臧孫許同時而聘于齊，齊人使跛者迎跛者，以眇者迓眇者。〔補注〕餞迓，迎送宴餞。

〔二二〕〔補注〕謂迎送宴餞之勞幾佔刺史公務之半。

〔二三〕〔徐注〕《後漢書·杜詩傳》：疏曰：及臣齒壯。《隋書·令狐熙傳》：表曰：昔在壯齒，猶不如人。〔補注〕屬，託附。

〔二四〕〔徐注〕曹植表：舍罪責功，明君之典也。

〔二五〕〔徐注〕《左傳》：張侯曰：『此車一人殿之，可以集事。』〔補注〕集事，成事、成功。

〔二六〕〔馮注〕《漢書·周仁傳》：景帝拜仁爲郎中令。仁爲人陰重不泄。常衣弊補衣溺袴，故爲不潔清，以是得幸。

〔二七〕〔徐注〕謂如厠不能速出。《正字通》：溷，亂也，濁也，又厠也。〔馮注〕《晉書·左思傳》：思欲賦《三都》，構思十年，門庭藩溷皆著筆紙，遇得一句，即便疏之。

〔二八〕隳，《全文》作『墮』，據《英華》改。〔徐注〕《晉書·裴頠傳》：王衍之徒，不以物務自嬰。〔補注〕徇己，猶營私。物務，事務，政事。

〔二九〕欲，《英華》作『願』，注：集作『欲』。

〔三〇〕〔徐注〕《易》：其於人也爲加憂。〔補注〕《易林·屯之乾》：『耿耿寤寐，心懷大憂。』《後漢書·質帝紀》『寤寐永歎』李賢注引《詩》云：『寤寐永歎，唯憂用老。』

〔三一〕矧，《英華》作『坐』，注：集作『矧』。〔徐注〕《南史·齊高帝諸子傳》：舊楚蕭條，仍歲多故。《晉書·王遜等傳論》曰：内難薦臻，外虞不息。〔按〕外虞，指回鶻侵擾邊地。

〔三二〕〔馮注〕《漢書·嚴安傳》：飛芻輓粟，以隨其後。〔補注〕飛芻輓粟，謂飛速運送糧草。《漢書》顔師古注：『運載芻藁，令其疾至，故曰飛芻也。輓謂引車船也。』

〔三三〕〔徐注〕李密《陳情表》：州司臨門，急如星火。

〔三四〕〔馮注〕《史記·鄒衍傳》：中國名曰赤縣神州。中國外如赤縣神州者九，於是有裨海環之。如此者九，乃有大瀛海環其外，天地之際焉。〔徐注〕《晉書·地理志》：寰瀛之内，可得而言也。

〔三五〕旁，《英華》作『雱』。馮注本作『滂』，曰：一作『旁』，非。〔按〕旁流，廣泛流布。《淮南子·主術訓》：『旁流四達，淵泉而不竭。』顧野王《進玉篇啓》：『德廣所覃，旁流江漢。』白居易《王澤流人心感策》：『夫欲使王澤旁流，人心大感，則在陛下恕己及物而已。』作『旁』不誤。『滂流』亦廣泛流布義。

〔三六〕〔徐注〕《後漢書·儒林·謝該傳》：孔融書曰：今尚父鷹揚，方叔翰飛。〔馮注〕按章懷注引《采芑》詩『鴪彼飛隼，翰飛戾天』，與今本作『其飛』異，當緣《小宛》之詩『翰飛戾天』、《常武》之詩『如飛如翰』互相類也。又『鴥』字，注疏作『鴪』，而章懷注作『鴪』，亦與今『鴥』字異耳，聊贅辨之。

〔三七〕〔徐注〕江淹《雜體詩》：雲羅更四陳。《詩》：皎皎白駒，食我場藿。〔補注〕《文選·鮑照〈舞鶴賦〉》：『厭江海而遊澤，掩雲羅而見羈。』吕延濟注：『雲羅，言羅高及雲。』《詩·小雅·白駒》：『皎皎白駒，食我場苗。縶之維之，以永今朝。所謂伊人，於焉逍遥？皎皎白駒，食我場藿。』毛傳：『宣之末，不能用賢者，有乘白駒而去者。』鄭箋：『願此去者，乘其白駒而來，使食我場中之苗，我則絆之繫之，以永今朝，愛之欲留之。』後用以爲延攬人才之典。

〔三八〕調，《英華》作『謂』。〔徐注〕《晉書·姚興傳》：胡威謂興曰：『伏仗良牧惠化。』

〔三九〕〔補注〕《文心雕龍·奏記》：『迄至後漢，稍有名品，公府奏記，而郡將奏牋。』漢時向公府長官陳述意見之文書稱『奏記』。此即指所上之書啓。

〔四〇〕〔徐注〕謝靈運詩：疲薾慚貞堅。〔補注〕衰薾，衰弱疲倦，自指。

〔四一〕〔徐注〕《後漢書·逸民傳》：逢萌即解冠掛東都城門，歸，將家屬浮海，客於遼東。

〔四二〕陶，《英華》作『鑪』，注：集作『陶』。

〔四三〕〔馮注〕《後漢書》：廉范字叔度，建初中，遷蜀郡太守，百姓歌之曰：『廉叔度，來何暮，不禁火，民安作。平生無襦今五袴。』

〔四四〕〔馮注〕《後漢書》：虞詡爲朝歌長，故舊皆弔。詡笑曰：『志不求易，事不避難，不遇槃根錯節，何以别利器乎！』

〔四五〕〔徐注〕《漢書·薛宣傳》：思省吏職，求其便安。《南史·王勱傳》：勱爲政清簡，人便安之。

〔四六〕〔徐注〕《南史·劉繪傳》：繪爲南康相，郡人有姓賴，所居名穢里，刺謁繪。

〔四七〕丘，《全文》作『孔』，據《英華》改。〔馮注〕《列子》：子貢茫然自失，歸家淫思，七日不寢不食，以至骨立。顏回重往喻之，乃反丘門。

〔四八〕〔補注〕《論語·先進》：『德行：顏淵、閔子騫、冉伯牛、仲弓。言語：宰我、子貢。政事：冉有、季路。文學：子游、子夏。』邢昺疏：『夫子門徒三千，達者七十有二，而此四科惟舉十人者，但言其翹楚者耳。』

〔四九〕〔補注〕魯史，指《春秋》。此切紳監修國史而言。

〔五〇〕〔馮注〕《穀梁傳集解序》：一字之褒，寵踰華衮之贈。〔按〕一字之恩，當指上述移刺偏郡之請求得到恩准。

爲白從事上陳許李尚書啓〔一〕

某啓：伏奉公牒，辟署節度巡官，兼伏奉榮示，賜及疋帛等。才異當仁〔二〕，事從非望〔三〕。拜受失度，跪捧難勝〔四〕。某符彩無奇〔五〕，局量有限〔六〕。徒以杜林外氏，學富文華〔七〕；謝朗舉宗，皆親儒墨〔八〕。髫年有志〔九〕，壯歲無名〔一〇〕，瞻遺構以自驚〔一一〕，奉成書而未遂〔一二〕。重以零丁屬釁〔一三〕，息類非蕃〔一四〕，決稚圭之甲科〔一五〕，則行有違離之苦；效敬通之卻掃〔一六〕，則坐無供養之資。徘徊盛時，鬱抑衷懇〔一七〕，敢思聘召，忽賜降臨。尚書分戚天家〔一八〕，揚輝王國〔一九〕，攻文而丹青讓巧〔二〇〕，論兵而鈎鈐慚能〔二一〕。頃者言自執金〔二二〕，雄推受脤〔二三〕。河橋三壘〔二四〕，當弟子之輿尸〔二五〕；易水一城〔二六〕，值將軍之下世〔二七〕。功深式遏〔二八〕，道著綏和〔二九〕。中間衛朔拒君〔三〇〕，邢、洺起亂〔三一〕，紀侯去國，汾、晉挺灾〔三二〕。語其巢穴之間〔三三〕，在我封鄰之側〔三四〕。而又潛調遠轡〔三五〕，密運良籌，輕敵殘人，則勇於不敢〔三六〕；伐謀持重〔三七〕，則令在必行。

今者趙北變風〔三八〕，淮南受賜〔三九〕，戎麾始至〔四〇〕，賓驛初開〔四一〕。固合大選英髦，以充僚屬。豈期思慮〔四二〕，遂及孱微。賁帛豐盈，寓圭重復〔四三〕。慈親喜問，孀姊號驚〔四四〕。姓名遂列於羣英，簪笏遽光於單緒〔四五〕。感深肌骨，戴重丘山。未伸投刺之誠〔四六〕，已定縻軀之誓〔四七〕。伏以久將栖託〔四八〕，兼議扶迎〔四九〕，更涉旬時，方遂行李〔五〇〕。漆園之蝶，濫入莊周之夢〔五一〕；竹林之蝨，永依中散之身〔五二〕。蓮幕含誠〔五三〕，金臺結想〔五四〕。仰瞻恩顧，伏撓精魂。謹奉啓陳謝。謹啓。

校注

〔一〕本篇原載《文苑英華》卷六五四第七頁、清編《全唐文》卷七七七第八頁、《樊南文集詳注》卷三。〔徐箋〕李尚書，乃李執方。〔馮箋〕按李執方爲河陽三城懷州節度使，《爲韓同年瞻上河陽李大夫啓》是也。執方之移陳許，《紀》不書，今參考史文合之此啓，蓋當會昌二年，王宰代王茂元爲陳許節度、充澤潞招討，至四年九月，王宰移命太原，而執方自易定移鎮陳許，《紀》文所書不全耳。《文苑英華》有《授李執方陳許節度盧弘宣易定節度合制》，蓋盧代李帥易水矣。《舊》《新書·何進滔傳》：大和三年，魏博軍人害史憲誠，推立進滔，朝廷因授節度，十餘年卒。時爲開成五年。子弘敬襲。武宗詔河陽李執方、滄州劉約諭朝京師，不聽命。考《會昌一品集》有《與李執方書》，正此事也。《通鑑》書在五年十一月。然則執方於會昌初猶在河陽明矣。《舊書》則訛河陽爲河中，故附辨之。又按：李執方世系，偏檢史文，竟無可考，乃箋斯集者之遺憾也。《英華》制詞：執方檢校吏部尚書、兼御史大夫、兖陳許節度使。〔按〕啓云『今者趙北變風，淮南受賜，戎麾始至，賓驛初開』，當是李執方初至陳許時所上，約在會昌四年十月，詳《上許昌李尚書狀一》編著者按。白從事未詳。

〔二〕〔補注〕《論語·衛靈公》：『當仁不讓於師。』此謂當之無愧。

〔三〕〔馮注〕《左傳》：鄭伯曰：『君之惠也，孤之願也，非所敢望也。』〔徐注〕《漢書·息夫躬傳》：欲求非望。

〔四〕〔徐注〕《魏略》：太子與鍾繇書曰：寶玦初至，捧匣跪發。

〔五〕見《爲安平公兖州奏杜勝等四人充判官狀》注〔七〕。

〔六〕〔馮注〕《晉書·外戚·褚裒傳》：祖䂮，有局量，以幹用稱。〔補注〕局量，器量、氣度。

〔七〕〔馮注〕《漢書·藝文志》：《蒼頡》多古字，俗師失其讀，宣帝時徵齊人能正讀者，張敞從受之，傳至外孫之子杜林，爲作訓故。《杜鄴傳》：鄴字子夏，少孤，其母張敞女，鄴從敞子吉學問，得其家書。吉子竦，又幼孤，從鄴學問，亦著於世。鄴子林，建武中位至大司空，其正文字，過於鄴、竦，故世言小學者由杜公。〔徐注〕《後漢書·杜林傳》：林字伯山，家既多書，又外氏張竦父子喜文采，林從竦受學，時稱通儒。

〔八〕〔徐注〕《南史·謝晦傳》：據子朗，字長度，位東陽太守。論曰：謝氏自晋以降，雅道相傳，可謂德門。〔馮注〕《南史·謝晦傳》：晦祖朗，字長度，位東陽太守。絢、瞻、晦、皭、遯，皆其（按：指謝晦）孫；而澹、裕、恂、微、純、述、朓、方明、惠連、靈運、超宗、幾卿，皆其門也。

〔九〕〔徐注〕《大戴禮》：男八歲而齠，女七歲而齔。《韓詩外傳》：男子八月生齒，八歲而齠齒；女子七月生齒，七歲而齔齒。《釋名》：齔，洗也。毀洗故齒，更生新也。案：毀齒，男曰齠，女曰齔。然《周禮》云：『未齔者不爲奴。』則齔亦男女可通。齠，音迢；齔，音襯。

〔一〇〕〔徐注〕《禮記》：三十曰壯，有室。〔補注〕《國語·晋語一》：『爲人子者，患不從，不患無名。』

〔一一〕見《爲懷州李中丞謝上表》注〔四八〕。

〔一二〕〔徐注〕《漢書·司馬遷傳》：父談且卒，執遷手而泣曰：『余固周室之太史也，汝復爲太史，則續吾祖矣。』遷俯首流涕曰：『小子不敏，請悉論先人所次舊聞，弗敢闕。』庾信賦：受成書之顧託。

〔一三〕〔徐注〕李密《陳情表》：零丁孤苦。〔補注〕屬釁，逢禍。

〔一四〕〔補注〕息類，子嗣。

〔一五〕甲，《英華》注：集作『射』。〔徐注〕《漢書·匡衡傳》：衡字稚圭，射策甲科，以不應令，除爲太常掌故。〔補注〕《法言·學行》：『或曰：「書與經同，而世不尚，治之可乎？」曰：「可。」或人啞爾笑曰：「須以發策決科。」』李軌注：『射以決科，經以策試。』決科，謂參加射策，決定科第。此指參加科舉考試。

〔一六〕〔馮注〕《後漢書》：馮衍字敬通，爲司隸從事，西至故郡，閉門自保，不敢復與親故通。江淹《恨賦》：敬通見抵，罷歸田里，閉關卻掃，塞門不仕。〔補注〕卻掃，不再掃徑迎客，謂閉門謝客。

〔一七〕〔徐注〕《漢書·司馬遷傳》：是以抑鬱而無誰語。

〔一八〕〔徐注〕《後漢書·曹節傳》：車馬服玩，擬於天家。〔馮注〕《會昌一品集·與執方書》：尚書藩方重寄，宗室信臣。

〔一九〕〔徐注〕《詩》：思皇多士，生此王國。〔補注〕王國，指天子之國。《書·立政》：『以長我王國。』

〔二〇〕〔補注〕丹青，此指畫工。

〔二一〕論，《英華》誤『諭』。〔徐注〕《方言》：鉤，宋、楚、陳、魏之間謂之鹿觡，或謂之鉤格。自關而西謂之鉤。案：鉤，謂曲兵也。觡，《説文》：『骨角之名。』唐末鄭傳守歙州，設鹿角以禦黄巢是也。〔馮注〕《淮南子》：桀之力制觡、伸鉤、索鐵、歙金。

〔二二〕〔徐注〕《後漢書·百官志》：執金吾一人，中二千石。胡廣曰：衛尉巡行宫中，則金吾徼於外，相爲表裏，以擒討姦猾。〔馮注〕又：（執金吾）掌宫外，戒司非常水火之事。月三繞行宫外，及主兵器。吾，猶『禦』也。《通典》：漢執金吾，唐爲左右金吾衛，置大將軍一人，將軍二人。

〔二三〕〔徐注〕《左傳》：戎有受脤。〔馮注〕又：帥師者受命於廟，受脤於社。注曰：脤宜社之肉，盛以脤器。宜，出兵祭社之名。〔補注〕祭畢以社肉頒賜衆人，謂之受脤。二句謂執方以金吾衛將軍出鎮。《舊唐書·文宗紀》：開成二年六月戊申，『以左金吾衛將軍李執方爲河陽三城懷州節度使。』

〔二四〕見《爲懷州李中丞謝上表》注〔一七〕。

〔二五〕〔徐注〕《易》：長子帥師，弟子輿尸。〔馮箋〕《舊書·紀》：開成二年六月丙午，河陽軍亂，逐節度使李泳。戊申，執方出鎮。《通鑑》：李泳奔懷州，軍士焚府署，殺泳二子，大掠數日。泳貪殘不法，下不堪命，故作亂。泳貶澧州長史。河陽軍士日相扇，執方索得首亂者七十餘人，悉斬之，然後定。〔補注〕《易·師》：『象曰：長子帥師，以中行也；弟子輿尸，使不當也。』輿尸，以車運尸。

〔二六〕一，《英華》注：集作『二』。〔徐注〕《水經》：易水出涿郡故安縣閻鄉西山。

〔二七〕〔徐注〕鮑照樂府《東武吟》：將軍既下世，部曲亦罕存。箋：《新書》：大中三年四月，幽州盧龍節度使張仲武卒，其子直方自稱留後。四年八月軍亂。〔馮箋〕易水事，徐氏引大中四年盧龍軍亂，誤甚，即會昌元年張絳之事，亦非也，蓋幽州、易定各有節度。考開成五年八月，易定節度陳君賞復定亂軍事，見《舊書·紀》及《通鑑》，其卒年無考。然會昌四年正月，《通鑑》書：『以易定千騎助討楊弁。』蓋太原、潞州皆恃邢、洺爲援，而易定與之接壤，觀下文所叙，正指出兵助討。然則君賞卒後，當會昌三、四年，執方移鎮易定。及王宰移太原，執方乃移陳許。此句指君賞之卒無疑也。〔按〕將軍之下世，指開成三年十月易定軍亂，三軍欲立張璠之子元益，節度留後李士季不從，爲亂兵所害事。詳《上許昌李尚書狀一》注〔七〕編著者按。馮謂指陳君賞之卒，誤。

〔二八〕〔補注〕《詩·大雅·民勞》：『式遏寇虐，無俾民憂。』鄭箋：『式，用；遏，止也。』

〔二九〕〔補注〕綏和，安和。《魏書·趙逸傳》：『久之，拜寧朔將軍、赤城鎮將，綏和荒服，十有餘年，百姓安之。』

〔三〇〕〔徐注〕《春秋》：莊公六年春，王正月，王人子突救衛。夏六月，衛侯朔入于衛。《左傳》：衛侯入，放公子黔牟於周。《公羊傳》：衛侯朔何以名？絶。曷爲絶之？犯命也。注：犯天子命尤重。案：諸侯伐衛納朔，而王使子突救之，意即定黔牟，不欲使朔得入，而朔竟入衛，逐黔牟，是無王命也，故曰『拒君』。〔馮注〕《春秋》：桓公十有六年十有一月，衛侯朔出奔齊。《穀梁傳》：朔之名，惡也，天子召，而不往也。《舊書·紀》：會昌三年四月，劉從諫卒，三軍以其姪稹爲留後。遣使齎詔令稹護喪歸洛陽，稹拒朝旨。

〔三一〕〔徐箋〕邢、洺二州，昭義節度使所兼領也。此謂劉稹拒命作亂。

〔三二〕挻，《全文》作『挺』，據《英華》改。〔徐注〕《左傳》：紀侯大去其國，違齊難也。箋：汾水晉水，皆在太原界中。此謂楊弁逐太原節度使李石。〔馮注〕按《漢書·賈誼傳》：主上有敗，則因而挻之矣。服虔曰：挻，起也。《晉書·食貨志》：挻亂江南。又《四夷傳論》曰：振鴞響而挻灾。義皆同也。舊誤作『挺』，今改正。

〔三三〕〔徐注〕《晉書·涼武昭王傳》：憑守巢穴。

〔三四〕〔補注〕謂劉稹所踞之邢、洺等州隣近易定節度使之封疆。

〔三五〕〔徐注〕《晉書·孫楚傳》：遺孫皓書曰：長轡遠御。

〔三六〕〔徐注〕《後漢書·賈復傳》：光武大驚曰：『所以不令賈復別將者，爲其輕敵也。』〔馮注〕《左傳》：殘民以逞。〔馮注〕《老子》：勇於敢則殺，勇於不敢則活。此兩者或利或害。

〔三七〕〔馮注〕《孫子》：上兵伐謀，其次伐交。《漢書·韓安國傳》：梁孝王使安國扞吴兵，安國持重，吴不能過梁。又《趙充國傳》：充國尤能持重，愛士卒，先計而後戰。

〔三八〕〔徐注〕《後漢書·公孫瓚傳》：前此有童謡曰：『燕南垂，趙北際，中央不合大如礪，惟有此中可避世。』瓚自以爲易地當之，遂徙鎮焉。〔補注〕易定在趙州之北，故以『趙北』指易定。變風，變風易俗，頌揚執方鎮易定之治績。

〔三九〕〔徐注〕伏滔《正淮論》：淮南者，三代揚州之分也。當春秋時，吴、楚、陳、蔡之輿地；戰國之末，楚全有之。〔馮注〕《新書·地理志》：陳州淮陽郡。按：謂自易定遷陳許。〔按〕此『淮南』實指陳許節度使之轄區，似當作『淮陽』，陳、許、蔡均在淮水之北。

〔四〇〕〔徐注〕徐陵《爲貞陽侯書》：將恐戎麾，便濟江表。

〔四一〕〔徐注〕《漢書》：鄭當時常置驛馬長安諸郊，請謝賓客，夜以繼日。〔補注〕賓驛，此指幕府。

〔四二〕思，《英華》作『恩』。

〔四三〕〔馮注〕《易》：賁于丘園，束帛戔戔。《禮記》：大夫執圭而使，所以申信也。按：寓，寄也，託也。故遣使曰『寓圭』。〔補注〕賁，華美光彩貌。賁帛，指禮聘賢士所賜之絹帛。

〔四四〕〔馮注〕白與李（執方）必戚誼，故叙此情話。觀前引杜林、謝朗可知矣。

〔四五〕遽，《英華》作『再』。單緒，見《爲絳郡公上史館李相公啓》注〔一二〕。

〔四六〕投刺，《英華》作『刺股』，非。〔馮注〕劉熙《釋名》：書姓字於奏上，作『再拜起居』字，皆使書盡邊。下官刺曰長刺，書中央一行。又曰爵里刺，書其官爵及郡縣鄉里。按：此三者，至今用之也。『投刺』字見《後漢書・董恢傳》：『掾屬來去，謁見必投刺。』此以言初充掾屬。

〔四七〕〔徐注〕盧諶《詩序》：意氣之間，靡軀不悔。注：《楚辭》云：子胥諫而靡軀。

〔四八〕〔徐注〕《世説》：謝公與王右軍書曰：敬和棲托好佳。

〔四九〕〔徐注〕《晉書・荀崧傳》：雖無扶迎之勳。〔馮注〕此則謂奉母而行。

〔五〇〕〔補注〕行李，此指行旅。

〔五一〕〔徐注〕《莊子》：昔莊周夢爲蝴蝶，栩栩然蝶也。《史記》：莊子者，蒙人也，名周，常爲蒙漆園吏。

〔五二〕〔徐注〕《晉書》：嵇康拜中散大夫。《與山巨源絶交書》：性復多蝨，把搔無已。竹林，見《爲李貽孫上李相公啓》『長積竹林之戀』注。

〔五三〕〔馮注〕《南史》：庾杲之爲王儉衛將軍長史。蕭緬與儉書曰：『盛府元僚，實難其選。庾景行汎緑水，依芙蓉，何其麗也！』時人以入儉府爲蓮花池，故美之。

〔五四〕〔馮注〕《白帖》：燕昭王置千金於臺上，以延天下士，謂之黄金臺。《太平御覽》引《史記》，與此同。

爲裴懿無私祭薛郎中袞文〔一〕

伏惟靈佐商宣業〔二〕，朝薛傳規〔三〕。門峥層構，堂嶫崇基〔四〕。玉生藍岫〔五〕，芝産銅池〔六〕。梧高佇鳳〔七〕，蓮馥停龜〔八〕。有美令人〔九〕，載稱清劭〔一〇〕。訓在《詩》《書》〔一一〕，樂惟名教〔一二〕。王、謝標格〔一三〕，曹、劉才調〔一四〕。清如濯熱之風〔一五〕，明若觀朝之燎〔一六〕。靈臺委鑒〔一七〕，虚室融和〔一八〕。秋水望闊〔一九〕，春臺上多〔二〇〕。鄉塾掉鞅〔二一〕，文林厲戈〔二二〕。硯横河漢〔二三〕，紙落煙波〔二四〕。澤宫《貍首》〔二五〕，棘場楊葉〔二六〕。箭去星慚〔二七〕，弓懸月怯〔二八〕。

兩書上第〔二九〕，五辟名公〔三〇〕。馬卿賦雪〔三一〕，陳琳愈風〔三二〕。平臺竹苑〔三三〕，淮山桂叢〔三四〕。營分細柳〔三五〕，幕染芙蓉〔三六〕。顯備臺僚，榮從憲秩〔三七〕。冠峨鐵勁〔三八〕，衣明繡密〔三九〕。霜下端簡〔四〇〕，風生落筆〔四一〕。庭夜烏迴〔四二〕，天秋隼疾〔四三〕。帝念允職〔四四〕，任於諫垣〔四五〕。依違絶想，從容敢言〔四六〕。攀檻而空留跡在〔四七〕，削藁而不見書存〔四八〕。女史護衣〔四九〕，太官供食〔五〇〕。伏奏多可〔五一〕，分曹著績〔五二〕。帳暖錦麗〔五三〕，闈明粉白〔五四〕。既題柱以如田〔五五〕，亦償金而類直〔五六〕。漢榮出牧〔五七〕，晉議州兵〔五八〕，廉袴歌送〔五九〕，劉錢贈行〔六〇〕。濟南之誅巨猾〔六一〕，揚州之試諸生〔六二〕。虎去江静〔六三〕，珠來岸明〔六四〕。神豈好謙〔六五〕，天寧秩禮〔六六〕。蠹華國之明品〔六七〕，喪士林之模楷〔六八〕。使爲善者奪氣，求仁者解體〔六九〕。已不駐乎卿雲〔七〇〕，竟何窺於伏濟〔七一〕。長洲樹古，茂苑山春〔七二〕。橘税既集〔七三〕，茶征是親〔七四〕。鶬度雪而去遠〔七五〕，鵠下亭而唳頻〔七六〕。翟虜氛興〔七七〕，殷楹夢起〔七八〕。帳入飛鵩〔七九〕，牀驚鬬蟻〔八〇〕。鄭玄知數〔八一〕，阮瞻無鬼〔八二〕。終自膏肓〔八三〕，傅於骨髓〔八四〕。嗚呼哀哉！丹霄萬里〔八五〕，建木千尋〔八六〕，坦坦清路，幢幢翠陰〔八七〕。三襲臺迴〔八八〕，九重禁深〔八九〕。中懸旒扆〔九〇〕，下集華簪〔九一〕。無非東箭，盡是南金〔九二〕。或扶傾作棟〔九三〕，或望旱爲霖〔九四〕。顯允明公〔九五〕，宜膺百福〔九六〕。夜暗神昧〔九七〕，天長景促。青女變霜〔九八〕，羲和納旭〔九九〕。悄隨掌以銷璣〔一〇〇〕，慨周閑之喪騄〔一〇一〕。永惟清族，本富才人，有弟則陸〔一〇二〕，無兄不荀〔一〇三〕。原鴒奕奕〔一〇四〕，沼雁馴馴〔一〇五〕。珩奇動楚〔一〇六〕，璧貴傾秦〔一〇七〕。永矣彼蒼〔一〇八〕，胡然人事！但續椿壽〔一〇九〕，徒高鶴位〔一一〇〕。摧壓光價〔一一一〕，掩淪聲味〔一一二〕。潁不濁而殄灌宗〔一一三〕，淮未絶而傾王氏〔一一四〕。

某因承中外〔一一五〕，獲奉恩知。通孔、李道德之舊〔一一六〕，兼盧、劉姻戚之私〔一一七〕。鑄顔有契〔一一八〕，全趙爲期〔一一九〕。静龍門之風水〔一二〇〕，剸羊腸之嶮巇〔一二一〕。空欲銘恩，何酬樹德〔一二二〕？庇孤根於高援〔一二三〕，許嘉姻於弱植〔一二四〕。將歡宋子〔一二五〕，俄放湘南〔一二六〕。綬黄楚徼〔一二七〕，鬢白昭潭〔一二八〕。歸止未卜〔一二九〕，棄予是甘〔一三〇〕。許靖之悲方極〔一三一〕，王粲之憂不堪〔一三二〕。猶辱重言〔一三三〕，將敦故約。玉無改行〔一三四〕，金不如諾〔一三五〕。舃大義於幽沉，軫遐心於漂泊。使者尚在，凶書已來〔一三六〕。雁足空遠〔一三七〕，魚腸不回〔一三八〕。淚和峽雨〔一三九〕，哭振巴雷〔一四〇〕。孰澆枯鮒〔一四一〕，誰熱寒灰〔一四二〕？今則言去郴江〔一四三〕，當移澧浦〔一四四〕，稍脱疑網〔一四五〕，猶罹罪罟。念申慟以無期〔一四六〕，豈沈寃之可吐！嗚呼哀哉！

執紼路阻〔一四七〕，佳城望賒〔一四八〕。凌空乏翼〔一四九〕，上漢無槎〔一五〇〕。或期他日，式返中華，認楊公之石馬〔一五一〕，撫周苞之辟邪〔一五二〕。況良治規存〔一五三〕，遺經業在〔一五四〕，臧孫有後〔一五五〕，魏萬必大〔一五六〕，敢期陋質，終託餘光〔一五七〕。韋、平之紹續無望〔一五八〕，秦、晉之婚姻豈忘〔一五九〕！絮酒無幾〔一六〇〕，生芻是將〔一六一〕。辭多失次〔一六二〕，淚數無行〔一六三〕。冀桂旌之不遠〔一六四〕，降蘭佩之餘芳〔一六五〕。嗚呼哀哉！尚饗。

校注

〔一〕本篇原載《文苑英華》卷九九〇第一頁、清編《全唐文》卷七八一第一七頁、《樊南文集詳注》卷六。題内『衮』字，《英華》係小字置行側。〔徐箋〕『無』字疑衍文。《新書·世系表》：裴懿，太子舍人。按：薛衮乃懿之姻戚。玩文意，薛乃出守蘇、湖之間而卒者。時懿謫嶺外，未得躬親其窆，故有『或期他日，式返中華』云云。〔馮箋〕唐人有『姻懿』之稱，如《北夢瑣言》『薛澤與楊鑣姻懿』是也。此『懿』字，似以戚誼言。無私，即裴衡乎？徐氏採《宰相世系表》『太子舍人裴懿』而疑『無』字爲衍文，不悟世次之大遠也。今檢《表》有裴衡，字無私，憲宗相垍之弟輩，而思謙之兄輩也。思謙當即見《唐摭言》開成時科第事者，時次似可合。而本集有《寄裴衡》詩，疑即此無私也。史傳劉從諫之妻裴氏，爲代宗相冕之裔，其父敞。則裴與昭義爲親戚矣。題中『懿』字亦非衍文，蓋裴與薛是戚懿，或與義山亦有戚懿，且書題故爲贅字，以稍晦之耳。《新書·傳》《通鑑》：劉稹叛時，賊將薛茂卿破科斗寨，擒河陽馬繼等四大將，火十七柵，距懷州纔十餘里，以無劉稹之命，故不敢入。後以冀厚賞失望，乃密與王宰通謀。茂卿入澤州，密召宰進攻，當爲内應。宰疑，不敢進。稹知之，誘茂卿至潞州，殺之，并其族。朝廷贈茂卿博州刺史，事在會昌三年秋冬也。此薛郎中者，必茂卿兄弟，因聞茂卿爲賊用，故憂懼而死。文曰『翟虜氛興，殷楹夢起』是也。其族爲劉稹所害，故曰『殄灌宗』『傾王氏』也。用典精妙絶倫。得據一二以參悟其全，可謂文猶史矣。裴之遠謫，當亦有所牽累。《新書·傳》《通鑑》：裴氏弟問爲積守邢州，密謀歸國，閉城斬城中大將四人，請降於王元逵。亦見《舊書·紀》文。玩『稍脱疑網，猶罹罪罟』二語，似可推見也。所箋雖無明證，而大要必然矣。（馮譜繫會昌四年。）〔張箋〕案《全唐文》載劉三復《請誅劉從諫妻裴氏疏》云：『雖以裴問之功，或希減等，而國家有法，難議從輕。』此疏當會昌四年澤潞平後，似可與『稍脱羅網』二語參證，則祭文亦必同時作也。（張亦繫會昌四年。）〔岑曰〕（張）説極矯强，不可從。文本不著年，《箋》因疑薛郎中與劉積將薛茂卿爲兄弟，又裴涉積妻裴氏（按：裴氏爲劉從諫妻，岑氏誤。），故系之此年。余按《郎官柱》左外祠中有薛褒（《集刊》八本一分拙著），浙西觀察使苹子，《吴興志》一四，『薛褒會昌六年八月十日自安州刺史拜，卒官。』其下一人爲令狐綯，大中元年三月授，則褒卒官似在二月。考《祭文》云，『漢棨出牧，晋議州兵』，言薛郎中之出守也。『橘税既集，茶征是親，鷁度雪而去遠，鵠下亭而唳頻……終自膏肓，傳於骨髓。』征茶、雪水皆湖州用典（《元和志》二五，『貞元以後，每歲以進奉顧山紫笋茶役工三萬人，累月方畢。』又雪溪一名苕溪。）言薛郎中之守湖而卒也。唐人重内官，故稱郎中。合比之，知哀爲褒之壞字，斷無疑矣。唯文言『翟虜氛興，殷楹夢起』，與大中元年不符，意《吴興志》之除授年月及接替，或不實不盡歟？文内殄灌宗、傾王氏二句，弗可泥看。至『將歡宋子，俄放湘南……今則言去郴江，當移澧浦，稍脱疑網，猶罹罪罟』，不過言初謫郴州，今雖量移澧州，尚未還我本原耳。張謂因積妻牽累，恐未必然。（《平質》己《錯會》）〔按〕徐箋顯誤。馮箋謂裴懿無私即裴衡，誠是。岑氏謂薛郎中係薛褒，題内『哀』字乃『褒』之壞字，説亦不爲無據。據《吴興志》，自會昌三年至大中元年，歷任湖州刺史者先後有李宗閔（會昌三年五月自東都分司太子賓客授，尋貶漳州刺史）、姚勖（會昌三年六月二十九日自尚書左司郎中授，後遷吏部郎中）、薛褒（會昌六年八月十日自安州刺史拜，卒官）、令狐綯（大中元年三月二十一日自左司郎中授），其中薛姓原任郎中卒於湖州任者唯褒一人，而『褒』『哀』形近，極易致訛。然薛褒會昌六年八月十日始拜湖州刺史，如令狐綯大中元年三月繼任前褒方去世，與祭文内『翟虜氛興，殷楹夢起……終自膏肓，傳於骨髓』等語時間上顯然不合，故岑氏疑《吴興志》之除授年月及接替，或不實不盡。考令狐綯之由郎中出刺湖州，《舊書·令狐綯傳》書會昌五年。馮浩據此並以商隱《寄令狐郎中》詩（作於五年秋）證之，謂出刺在五年冬。然商隱《上韋舍人狀》作於會昌六年三月宣宗即位後，狀猶云『去冬專使家僮起居，今春亦憑令狐郎中附狀』，可證會昌六年春令狐綯仍在長安任郎中。大中元年六月，商隱有《酬令狐郎中見寄》，首云『望郎臨古郡，佳句灑丹青』，知其時綯已在湖州任，玩其口吻，亦似到郡未久。故《吴興志》關於薛襃、令狐綯除授年月及接替之記載，未必不實不盡。退一步言，即令綯之出刺湖州提前至會昌六年春暮（較《吴興志》之記載提前一年），薛襃之遷任湖州刺史時間亦相應提早一年，其卒年亦在會昌六年春，而與文中所述情況在時間上仍難符合。蓋據祭文所述，薛郎中當於伐劉稹之戰事未起時即已出刺湖州，及『翟虜氛興，殷楹夢起』，遂病入膏肓，而卒于任。自患病至病卒，時間當不太長。據文内『静龍門之風水，剗羊腸之嶮巇』之語，作祭文時已在會昌四年八月平定劉稹之後。故就祭文内容而言，馮編會昌四年較爲合理。至於薛郎中之爲袞爲襃以及與《吴興志》記載之歧異，只可存疑。《吴興志》之記載如有錯誤，唯一有可能者當爲姚勖、薛襃二人刺湖時間之先後易位。蓋會昌三年六月二十九日，討伐劉稹之戰争尚未正式開始，薛於此時出刺湖州，至同年八月中旬，『薛茂卿破科斗寨，禽河陽大將馬繼等，焚掠小寨一十七，距懷州才十餘里』（《通鑑》），則正所謂『翟虜氛興』，遂『殷楹夢起』而病入膏肓。然其卒時當在此後不久，故繼任湖刺者接替之時間仍當提前至會昌四年而不可能遲至六年八月也。文又云『執紼路阻，佳城望賒，凌空乏翼，上漢無槎』，則作祭文時裴尚在澧州，不得親臨弔祭，故云。

〔二〕〔徐注〕《左傳》：薛之皇祖奚仲，居薛以爲夏車正。奚仲遷於邳，仲虺居薛，以爲湯左相。

〔三〕〔馮注〕《左傳》：滕侯、薛侯來朝，争長。公使羽父辭于薛侯曰：『寡人若朝于薛，不敢與諸任齒。』

〔四〕〔補注〕嶫，高聳貌。

〔五〕見《爲濮陽公祭太常崔丞文》『藍田之產，宜有良玉』注。

〔六〕〔徐注〕《漢書·宣帝紀》：金芝九莖，產於函德殿銅池中。

〔七〕佇，《英華》作『駐』。〔徐注〕《韓詩外傳》：鳳止黄帝東園，集梧樹，食竹實，没身不去。〔馮曰〕用

《詩・卷阿》篇。〔補注〕《詩・大雅・卷阿》：『鳳皇鳴矣，于彼高岡。梧桐生矣，于彼朝陽。』

〔八〕〔馮注〕《史記・龜策傳》：龜千歲乃遊蓮葉之上。

〔九〕〔徐注〕《詩》：吾無令人。

〔一〇〕載，《全文》作『再』，據《英華》改。〔補注〕清劭，美好。潘岳《楊仲武誄》：『弱冠流芳，雋聲清劭。』

〔一一〕書，徐本、馮本作『禮』。〔徐注〕《漢書・韋賢傳》：兼通《禮》《尚書》，以《詩》教授，號稱鄒、魯大儒，本始三年爲丞相，封扶陽侯。《叙傳》：扶陽濟濟，聞《詩》聞《禮》。〔馮注〕（訓在《詩》《禮》）見《論語》。〔按〕《論語・季氏》：『鯉趨而過庭，曰：「學《詩》乎？」對曰：「未也。」「不學《詩》，無以言。」鯉退而學《詩》。他日又獨立，鯉趨而過庭，曰：「學《禮》乎？」對曰：「未也。」「不學《禮》，無以立。」鯉退而學《禮》。』

〔一二〕〔徐注〕《世説》：王平子、胡毋彦國諸人皆以任放爲達，或有裸體者。樂廣笑曰：『名教中自有樂地，何爲乃爾也！』

〔一三〕見《爲張周封上楊相公啓》『比王謝之子弟』注。

〔一四〕〔徐注〕曹植、劉楨也。劉勰《文心雕龍》：揚、班之倫，曹、劉以下。

〔一五〕〔徐注〕《詩》：誰能執熱，逝不以濯？

〔一六〕〔徐注〕《詩》：庭燎之光。傳曰：庭燎，大燭。箋曰：於庭設火燭，使諸侯早來朝。

〔一七〕〔徐注〕《莊子》：不可納於靈臺。注：靈臺者，心也。〔馮注〕《莊子》：靈臺者有持，而不知其所持。又：聖人之心，靜乎天地之鑒也。

〔一八〕室，《英華》作『空』。〔馮注〕《莊子》：瞻彼闋者，虚室生白。注曰：闋，空也。白，日光所照也。喻心能空虚，則純白獨生。

〔一九〕〔徐注〕《莊子》：秋水時至，百川灌河，兩涘渚涯之間，不辨牛馬。

〔二〇〕〔徐注〕《老子》：衆人熙熙，如登春臺。

〔二一〕〔徐注〕《禮記》：古之教者，家有塾。《左傳》：樂伯曰：『掉鞅而還。』〔馮注〕《左傳注》：掉，正也。〔按〕掉鞅，本指駕戰車入敵營挑戰時，下車整理馬頸上之皮帶，以示御術高超，從容閑暇。此喻從容顯示才華。

〔二二〕厲，《英華》作『勵』，徐本、馮本從之。〔徐注〕公孫乘《月賦》：文林辨囿。〔馮曰〕此謂文場。〔按〕厲，磨礪。

〔二三〕〔徐注〕《論衡》：漢作書者多，司馬子長、揚子雲，河、漢也；其餘涇、渭也。〔馮注〕以河、漢比硯池，謂文章奇麗。

〔二四〕〔徐注〕潘岳《楊荆州誄》：翰動若飛，紙落如雲。杜甫《飲中八仙歌》：揮毫落紙如雲烟。

〔二五〕〔馮注〕《禮記》：諸侯歲貢士於天子，天子試之於射宫。又：天子將祭，必先習射於澤。澤者，所以擇士也。已射於澤，而後射於射宫，射中者得與於祭。注曰：澤，宫名也。又：諸侯以《貍首》爲節。〔按〕《貍首》，古代逸詩篇名。共二章，諸侯行射禮時歌之。

〔二六〕〔徐注〕《新書·舒元輿傳》：元和中，舉進士，入列棘圍，席坐廡下。李肇《國史補》：得第謂之前進士。其都會謂之舉場。《戰國策》：養由基去楊葉百步，射之，百發百中。〔馮曰〕棘場，棘闈也。〔按〕棘場，指科舉考場。唐時試士，以棘圍試院以防弊端，故云。

〔二七〕〔馮注〕《周禮》：司弓矢，掌八矢之法，枉矢。註曰：枉矢者，取名變星，飛行有光。〔徐注〕賀凱詩：帶星飛夏箭。

〔二八〕懸，《英華》作『迴』。〔徐注〕庾信《馬射賦》：弓如明月對堋。

〔二九〕〔徐注〕《新書·選舉志》：凡進士試時務策五道，帖一大經。經、策全通爲甲第，策通四、帖過四以上爲乙第。

〔三〇〕〔馮注〕謂屢爲藩鎮從事也。名公，名德而爲公者。《晉書》，劉兆、徐苗皆五辟公府，然此不必拘。〔徐注〕《選舉志》：沈既濟疏：六品以下，或僚佐之屬，聽州府辟用。

〔三一〕〔徐注〕謝惠連《雪賦》：（梁王）授簡於司馬大夫曰：『抽子祕思，騁子妍辭，侔色揣稱，爲寡人賦之。』

〔三二〕〔補注〕《三國志·魏書·陳琳傳》裴注引《典略》：琳作諸書及檄，草成呈太祖。太祖先苦頭風，是日疾發，卧讀琳所作，翕然而起曰：『此愈我病。』

〔三三〕〔徐注〕《漢書》：梁孝王廣睢陽城，治複道，自宫連屬於平臺三十餘里。枚乘《兔園賦》：修竹檀欒夾池水。《水經注》：睢陽城東二十里有平臺，梁王與鄒、枚、相如之徒，極遊於其上。又曰：睢水又東南流，歷於竹圃，水次緑竹蔭渚，菁菁實望，世人言梁王竹園也。

〔三四〕〔徐注〕淮南王《招隱士》：桂樹藂生兮山之幽。〔馮按〕（兩句謂）曾在汴州、楚州使府。

〔三五〕見《爲賀拔員外上李相公啓》『名污柳營』注。

〔三六〕用蓮幕事，屢見。

〔三七〕從，《英華》作『徙』，非。〔按〕憲秩，御史之職位。此借指幕官所帶憲銜。上句『臺』指御史臺。

〔三八〕〔徐注〕《通典》：侍御史一名柱後史，謂冠以鐵爲柱。〔馮注〕《漢官儀》：侍御史，周官也。爲柱下史，冠法冠，一名柱後，以鐵爲柱，言其審固不撓。或言以獬豸角形爲冠。

〔三九〕〔馮注〕《漢書·百官公卿表》：侍御史有繡衣直指，出討姦猾，治大獄。武帝所置，不常置。《雋不疑傳》：武帝末，暴勝之爲直指使者，衣繡衣，持斧，逐捕盜賊。

〔四〇〕端簡，《全文》作『簡端』，據《英華》乙。〔徐注〕《通典》：御史爲風霜之任，故曰『霜臺』。《御史故事》：按事彈奏，白簡爲重，黄簡爲輕。

〔四一〕〔徐注〕崔瑗《御史箴》：簡上霜凝，筆端風起。餘參見《爲濮陽公陳情表》『臣此時尚持白簡』注。

〔四二〕見《爲安平公兖州謝上表》『粤自烏臺』注。

〔四三〕〔馮注〕《漢書·孫寶傳》：立秋日，敕曰：『今鷹隼始擊，當取姦惡，以成嚴霜之誅。』

〔四四〕允，《全文》作『充』，據《英華》改。

〔四五〕〔徐注〕元稹詩：諫垣陳好惡。〔馮曰〕薛蓋以幕官入爲御史，補拾遺、尚書郎中，出而守郡。以下歷叙之。〔按〕諫垣指任拾遺。

〔四六〕〔徐注〕謝承《後漢書》：勤從容論議。

〔四七〕見《爲濮陽公論皇太子表》『當車折檻』注。

〔四八〕〔徐注〕《漢書·孔光傳》：光典樞機十餘年，時有所言，輒削草藁。

〔四九〕〔徐注〕《漢官儀》：尚書郎入直臺廨中，給女侍史二人，皆選端正，指使從直，女侍史執香爐燒熏以從入臺中，給使護衣服。

〔五〇〕太，《全文》作『大』，據《英華》改。〔馮注〕《漢官儀》：尚書郎，太官供食，湯官供餅餌五熟果實，下天子一等。

〔五一〕伏奏，見《代李玄爲崔京兆祭蕭侍郎文》『明光多伏奏之勤』注。〔馮注〕《史記·始皇本紀》：制曰：可。注曰：羣臣有所奏請，天子答之曰『可』。

〔五二〕〔馮注〕《後漢書·志》：成帝初置尚書四人，分爲四曹。世祖分爲六曹。侍郎三十六人，一曹有六人。蔡質《漢儀》：尚書郎初從三署詣臺試，初上臺稱守尚書郎，中歲滿稱尚書郎，三年稱侍郎。〔徐注〕《初學記》：西漢置尚書郎四人。光武分尚書爲六曹，每一尚書則領六郎，凡三十六郎焉。

〔五三〕見《爲絳郡公上崔相公啓》『青縑赤管』注。

〔五四〕見《爲滎陽公謝賜冬衣狀》『白分椒壁之光』注。

〔五五〕〔馮注〕《三輔決録》：田鳳爲尚書郎，儀容端正，每入奏事，靈帝目送之，因題柱曰：堂堂乎張，京兆田郎。
〔五六〕〔徐注〕《漢書·直不疑傳》：不疑爲郎，事文帝，其同舍有告歸，誤將持其同舍郎金去。已而同舍郎覺亡，意不疑，不疑謝有之，買金償。後告歸者至而歸金，亡金郎大慚，以此稱爲長者。
〔五七〕〔徐注〕《後漢書·光武紀》：初斷州牧，自還奏事。〔補注〕《漢書·百官公卿表》：『漢省丞相，遣吏分刺州，不常置，武帝元封五年，初置部刺史，掌奉詔條察州。』師古注：《漢官典職儀》云：『刺史班宣，周行郡國，省察治狀，黜陟能否，斷治寃獄，以六條問事……成帝綏和元年更名牧，秩二千石。』
〔五八〕〔徐注〕《左傳》：晋於是乎作州兵。
〔五九〕見《爲滎陽公謝賜冬衣狀》『變無襦於蜀郡』注。
〔六〇〕〔馮注〕《後漢書·循吏傳》：劉寵拜會稽太守，徵爲將作大匠。有五六老叟，自若邪山谷間出，人齎百錢以送寵曰：『自明府下車以來，狗不夜吠，民不見吏，今聞當見棄去，故自扶奉送。』寵爲人選一大錢受之。
〔六一〕〔徐注〕《漢書·郅都傳》：濟南瞷氏宗人三百餘家，豪猾，二千石莫能制，於是景帝拜都爲濟南守。至則誅瞷氏首惡，餘皆股栗。
〔六二〕〔徐注〕《漢書·何武傳》：武遷揚州刺史，行部必先即學官見諸生，試其誦論，問以得失。
〔六三〕〔馮注〕《後漢書·宋均傳》：均遷九江太守。郡多虎暴，數爲民患。均到，下記屬縣。退姦貪，進忠善，一去檻穽。其後傳言虎相與東遊渡江。
〔六四〕〔馮注〕《後漢書·循吏傳》：孟嘗遷合浦太守。海出珠寶，常通商販，貿糴糧食。先時守宰貪穢，珠遂漸徙於交趾郡界。人物無資，貧者餓死於道。嘗到官，革易前敝，去珠復還。高誘注《淮南子》『淵生珠而岸不枯』曰：有光明，故岸不枯。互見《爲李貽孫上李相公啓》『珠岸迴光，庶及不枯之草』注。
〔六五〕〔徐注〕《易》：鬼神害盈而福謙，人道惡盈而好謙。
〔六六〕〔馮注〕《書》：天秩有禮，自我五禮有庸哉？傳曰：天次秩有禮，當用我公、侯、伯、子、男五等之禮以接之，使有常。

〔六七〕〔補注〕華國，光耀國家。《周禮·春官·典路》：『凡會同軍旅，弔於四方，以路從。』鄭玄注：『王出於事無常，王乘一路，典路以其餘路從行，亦以華國。』

〔六八〕〔徐注〕《吴志·魯肅傳》：交游士林。《後漢書》：天下模楷李元禮。

〔六九〕〔徐注〕《左傳》：諸侯聞之，其誰不解體？〔補注〕《孫子·軍争》：『故三軍可奪氣。』

〔七〇〕卿雲，見《爲河南盧尹賀上尊號表》『非煙浪井』注。

〔七一〕伏，《英華》作『洑』。見《爲濮陽公陳許奏韓琮等四人充判官狀》『濟伏而清』注。〔馮曰〕以上叙其凋喪停頓之事，未可詳定。

〔七二〕〔徐注〕《漢書·枚乘傳》：修治上林，不如長洲之苑。服虔曰：吴苑。孟康曰：以江水洲爲苑也。韋昭曰：長洲在吴東。《吴都賦》：佩長洲之茂苑。〔馮按〕此謂蘇州，與《詩集·陳後宫》所用不同。蓋《吴都賦》云：造姑蘇之高臺，臨四遠而特建。帶朝夕之濬池，佩長洲之茂苑。窺東山之府，則瓌貨溢目；覼海陵之倉，則紅粟流衍。李善注皆引枚乘上書語。曰帶、曰佩、曰窺、曰覼，正四遠之境。《漢書注》所云吴苑者，乃指吴王移都廣陵也。後人誤承上句，而以長洲茂苑轉屬姑蘇矣。互詳《詩集·陳後宫》『茂苑城如畫』注。按：茂苑，揚州、蘇州皆可用，此則定謂蘇州。

〔七三〕〔徐注〕任昉《述異記》：越多橘柚園，越人歲出橘税。葉夢得《書傳》：橘性極畏寒，今吴中橘亦惟洞庭東、西兩山最盛。地必面南，爲屬級次第便受日。

〔七四〕〔徐注〕《新書·食貨志》：貞元九年，諸道鹽鐵使張滂奏：出茶州縣若山及商人要路以三等定估，十税其一，歲得錢四十萬緡。《舊書·德宗紀》：茶之有税自此始。〔馮注〕《元和郡縣志》：湖州長城縣西北顧山，貞元以後，每歲以進奉顧山紫笋茶，役工三萬人，累月方畢。《新書·志》：蘇州土貢柑、橘。常州、湖州土貢紫笋茶。

〔七五〕去，徐本作『未』，誤。〔徐注〕鶂與鴨同。鶂，水鳥，似鷺而大，高飛能風雨。《春秋》：僖公十有六年，六鷁退飛過宋都。按：上文言『長洲』『茂苑』，則薛衮嘗官於吳郡。霅水在吳興界中。〔馮注〕《元和郡縣志》：烏程縣霅溪水一名大溪水，一名苕水。自長城、安吉流至湖州城南，與餘不溪、苧溪水合，流入太湖。《寰宇記》：凡四水合爲一溪，曰苕溪、前溪、餘不溪、霅溪。東北流合太湖。字書云『霅』者，四水激射之聲。

〔七六〕〔徐注〕《晉書・陸機傳》：華亭鶴唳，豈可復聞乎！〔馮注〕《元和郡縣志》：『華亭縣西華亭谷，陸遜、陸抗宅在其側。』按：薛守吳郡，移吳興郡也。《白香山集》：守蘇州時，有《揀貢橘書情》詩、《即事寄崔湖州》詩，又有《夜聞賈常州崔湖州茶山境會想羨歡宴》詩。蓋洞庭兩山貢橘，太守親往揀之；湖州、常州貢茶，兩太守合至茶山征收。《湖州府志》：唐時分山造茶，宴會於咽山之懸脚嶺，有會景亭，以嶺中爲分界也。華亭屬蘇州。言移吳興，而聲息尚聞耳。〔按〕如薛係由蘇州移刺湖州，則與《吳興志》所載薛褒由安州刺史拜顯然不合，益見岑説可疑。

〔七七〕〔徐注〕《左傳》：楚氛甚惡。注：氛，氣也，言楚有襲晉之氣。〔馮注〕《國語》：晉獻公田，見翟柤之氛。餘見《代僕射濮陽公遺表》。〔按〕翟虜，指叛鎮劉稹，徐注引《新書・回鶻傳》，疑指回鶻『入雲、朔，剽橫水，殺掠甚衆』之事，誤。今刪之，馮注是。

〔七八〕〔馮注〕《禮記》：夫子曰：『殷人殯於兩楹之間。丘也，殷人也，予疇昔之夜，夢坐奠於兩楹之間。予殆將死也。』

〔七九〕〔徐注〕《西京雜記》：賈誼在長沙，鵩鳥集其承塵。俗以鵩鳥至人家，主人死。誼作《鵩鳥賦》。按：《釋名》：承塵，施於上以承塵土，蓋即此所謂『帳』也。〔馮注〕見《代李玄爲崔京兆祭蕭侍郎文》『賈誼壽之不長』注。又《御覽》引《書儀》曰：誼在湘南，六月三庚日，鵩鳥來，時以南方毒惡，以助太陽銷鑠萬物。是又一解也。

〔八〇〕〔徐注〕《世説》：殷仲堪父病悸，聞牀下蟻動，謂是牛鬬。〔馮注〕《晉書・殷仲堪傳》：父師，嘗患耳聰，聞牀下蟻動，謂之牛鬬。《續晉陽秋》云：有失心病。

〔八一〕〔徐注〕《後漢書·鄭玄傳》：（建安五年春）夢孔子告之曰：『起，起，今年歲在辰，來年歲在巳。』既寤，以讖合之，知命當終。有頃寢疾，其年六月卒，年七十四。

〔八二〕〔徐注〕《幽冥録》：阮瞻素秉無鬼論，有一鬼通姓名，作客詣之，變爲鬼形，須臾便滅。阮年餘病死。〔馮注〕《晋書·傳》：阮瞻素執無鬼論，物莫能難。忽有一客通名，談名理甚有才辯。及鬼神之事，反覆甚苦。客遂屈，乃作色曰：『鬼神，古今聖賢所共傳，君何得獨言無？即僕便是鬼。』於是變爲異形，須臾消滅。瞻默然，意色大惡。後歲餘，病卒。

〔八三〕見《代安平公遺表》『念兹二豎，徒訪秦醫』注。

〔八四〕〔馮注〕《史記·扁鵲傳》：扁鵲過齊，齊桓侯客之。入朝見，曰：『君有疾在腠理，不治將深。』桓侯曰：『寡人無疾。』後五日，曰：『君有疾在血脈。』後五日，曰：『君有疾在腸胃間。』後五日，扁鵲望見桓侯而退走。曰：『疾之居腠理也，湯熨之所及也；在血脈，鍼石之所及也；在腸胃，酒醪之所及也；其在骨髓，雖司命無奈之何。今臣是以無請也。』桓侯遂死。

〔八五〕〔徐注〕賈謐詩：青青塞雲，上拂丹霄。《北堂書鈔》：《雜字解詁》云：霄，摩天赤氣也。

〔八六〕〔馮注〕《山海經·海内南經》：有木，其狀如牛，引之有皮，若纓黄蛇，其名曰建木，在窫窳西，弱水上。又《海内經》：有鹽長之國，有木名曰建木，百仞無枝，有九欘，下有九枸，大皡爰過，黄帝所爲。《淮南子》：建木在都廣，衆帝所自上下，日中無景，呼而無響，蓋天地之中也。

〔八七〕幢幢，《全文》作『曈曈』，據《英華》改。〔按〕『坦坦』二句分承『丹霄』二句。

〔八八〕迴，《英華》誤作『迴』。〔徐注〕《魏書》：李騫《釋情賦》云：『對九重之清切，望八襲之峥嶸。』蓋『襲』即『重』也。〔馮注〕：《爾雅·釋丘》云：三成爲崑崙丘。注曰：崑崙山三重。又《釋山》云：三襲，陟。註曰：襲亦重。《水經注》：崑崙説曰：崑崙之山三級，下曰樊桐，一名板松；二曰玄圃，一名閬風；上曰增城，一名天庭。是謂太帝之居。

〔八九〕〔馮注〕《楚辭·天問》：圜則九重，孰營度之？〔補注〕《楚辭·九辯》：君之門以九重。
〔九〇〕〔徐注〕（旒扆）謂冕旒黼扆。
〔九一〕〔徐注〕錢起詩：羞將白髮對華簪。
〔九二〕見《爲同州張評事謝辟啓》『室盈東箭，門咽南金』注。
〔九三〕〔徐注〕《後漢書·隗囂傳》：扶傾救危。
〔九四〕〔徐注〕《書·説命》：若歲大旱，用汝作霖雨。
〔九五〕〔徐注〕《詩》：顯允方叔。〔按〕顯允，明信。
〔九六〕〔徐注〕《詩》：干禄百福。
〔九七〕〔徐注〕史照《通鑑疏》引諺云：福至心靈，禍來神昧。
〔九八〕〔徐注〕《淮南子》：秋三月，青女乃出，以降霜雪。高誘曰：青女，青腰玉女。注：霜雪也。
〔九九〕〔徐注〕《廣雅》：日御曰羲和。《詩》：旭日始旦。
〔一〇〇〕〔徐注〕劉琨《答盧諶詩序》：夜光之珠，何得專翫於隨掌？詳見下《爲滎陽公祭吕商州文》『尚憶神珠，向隨臺而獨酹』注。
〔一〇一〕〔徐注〕《穆天子傳》：天子命駕八駿之乘，右服華留而左騄耳。周閑，見《爲中丞滎陽公謝借飛龍馬送至府界狀》『將復周閑』注。
〔一〇二〕〔徐注〕《世説》：蔡司徒在洛，見陸機兄弟住參佐廨中三間瓦屋，士龍住東頭，士衡住西頭。〔馮注〕《晉書》：陸雲少與兄機齊名，號曰二陸。
〔一〇三〕〔馮注〕《後漢書·荀淑傳》：淑有子八人。儉、緄、靖、燾、汪、爽、肅、專。並有名稱，時人謂八龍。初，荀氏里名西豪，潁陰令苑康以昔高陽氏才子八人，改其里曰高陽里。
〔一〇四〕〔徐注〕《詩》：脊令在原，兄弟急難。

〔一〇五〕〔馮注〕沼雁，借用梁園雁池。《禮記》：兄之齒雁行。

〔一〇六〕〔馮注〕《晉語》：楚王孫圉聘于晉，趙簡子問曰：『楚之白珩猶在乎？其爲寶也幾何矣。』〔按〕白珩，古時佩玉上部之横玉，形似磬，或似半環。

〔一〇七〕見《爲濮陽公祭太常崔丞文》『冀十城之得價』注。〔按〕連城璧，事見《史記·廉頗藺相如列傳》：『趙惠文王時，得楚和氏璧。秦昭王聞之，使人遺趙王書，願以十五城請易璧。』

〔一〇八〕〔徐注〕《詩》：彼蒼者天。

〔一〇九〕〔徐注〕《莊子》：上古有大椿者，以八千歲爲春，八千歲爲秋。〔馮按〕《莊子》本文，大椿之上，有曰：『楚之南有冥靈者，以五百歲爲春，五百歲爲秋。』此句是假借取義，言冥然者反多壽也。

〔一一〇〕〔徐注〕《左傳》：狄人伐衛。衛懿公好鶴，鶴有乘軒者。將戰，國人受甲者皆曰：『使鶴，鶴實有禄位，余焉能戰！』

〔一一一〕〔徐注〕《隋書·盧思道傳》：《孤雁賦》云：剪拂吹嘘，長其光價。

〔一一二〕〔馮校〕淹，舊作『掩』，誤。〔按〕馮本作『淹』。《英華》《全文》皆作『掩』，『掩』亦可通。〔徐注〕《中論》：六塵：色、聲、香、味、觸、法。〔馮注〕《毗尼藏經》：聲、色、香、味、觸、法，能坌污人之淨心，故云六塵。此言俱歸淪滅。

〔一一三〕見《爲濮陽公陳許謝上表》『經過潁上，水濁而强族皆除』注。

〔一一四〕〔馮注〕《晉書·王導傳》：初，導渡淮，使郭璞筮之，曰：『吉，無不利。淮水絶，王氏滅。』其後子孫繁衍，竟如璞言。

〔一一五〕《英華》注：集作『某甲因中外』。〔馮按〕一有『甲』字者，當時諱之，故曰『某甲』也。《後漢書·列女傳》：文姬詩曰：又復無中外。《南史·謝弘微傳》：中外姻親。

〔一一六〕見《爲同州任侍御上崔相國啓》『此皆相公推孔李之素分』注。

〔一一七〕〔徐注〕《文選・劉琨〈答盧諶詩〉》：郁穆舊姻，嬿婉新婚。善曰：臧榮緒《晉書》：琨妻即諶之從母。諶《贈琨詩》：申以婚姻，著以累世。向曰：婚姻謂諶妹嫁琨弟。

〔一一八〕〔徐注〕《揚子》：或曰：『人可鑄與？』曰：『孔子鑄顏回矣。』

〔一一九〕見《爲張周封上楊相公啓》『存趙氏之孤』注。

〔一二〇〕見《爲同州張評事謝辟啓》『竊有化龍之勢』注。又《辛氏三秦記》：江海大魚，集龍門下數千，登者化龍，不登者點額暴腮。

〔一二一〕見《爲河南盧尹賀上尊號表》『據九折之險』注。〔馮曰〕（龍門、羊腸）皆暗指晉地。

〔一二二〕〔馮注〕《書・泰誓》：樹德務滋。〔徐注〕《韓子》：孔子曰：善爲吏者樹德。

〔一二三〕〔馮注〕《國語》：董叔將取於范氏曰：『欲爲繫援焉。』此言結姻也。〔徐注〕《文選》有謝靈運《田南樹園激流植援》詩：銑曰：引流水種木爲援，如牆院也。

〔一二四〕〔徐注〕《左傳》：子産如陳，曰：其君弱植。

〔一二五〕〔徐注〕《詩》：豈其取妻，必宋之子？

〔一二六〕〔徐注〕《文選序》：楚人屈原，遂放湘南。〔馮注〕湘南，長沙、衡陽之境。〔按〕湘南包括之地域頗廣，自桂州至衡、潭皆可曰湘南。商隱《寄成都高苗二從事》之『命斷湘南病渴人』，湘南即指桂州。然本文之『湘南』據下『言去郴江』之句，自指郴州而言。

〔一二七〕〔馮注〕《後漢書・輿服志》：四百石、三百石、二百石，黄綬，淳黄。

〔一二八〕鬒，徐本一作『鬢』。〔馮注〕《水經注》：湘水北過臨湘縣，逕石潭山西。又北逕昭山西，山下有旋泉，深不可測，故言昭潭無底也，亦謂之湘州潭。

〔一二九〕〔徐注〕《詩》：既曰歸止，曷又懷止？

〔一三〇〕〔徐注〕《詩》，將安將樂，棄予如遺。

〔一三一〕見《爲李郎中祭舅竇端州文》『許靖他鄉』二句注。

〔一三二〕〔徐注〕王粲《登樓賦》：登茲樓以四望兮，聊假日以銷憂。〔馮曰〕許靖，謂薛；王粲，裴自謂。

〔按〕許、玉均自謂。

〔一三三〕辱，《英華》作『如』，誤。〔補注〕重言，爲世人所尊重者之言。語本《莊子·寓言》。

〔一三四〕〔徐注〕《周語》：先民有言曰：改玉改行。〔馮注〕《國語·周語》注曰：佩玉所以節行步也。尊卑遲速有節，服其服器，行其禮。此以珮玉不改，行亦不改取意。

〔一三五〕見《爲張周封上楊相公啓》『一諾之恩斯及』注。

〔一三六〕〔徐注〕《北史·李順傳》：吉凶書記，皆合典則。〔按〕此『凶書』指訃音。

〔一三七〕〔徐注〕《漢書·蘇武傳》：天子射上林中，得雁，足有繫帛書，言武等在某澤中。

〔一三八〕〔徐注〕《古詩》：客從遠方來，遺我雙鯉魚。呼兒烹鯉魚，中有尺素書。〔馮注〕王僧孺詩：尺素在魚腸，寸心憑雁足。　言空煩使者遠來，而竟不及作報書矣。

〔一三九〕〔馮注〕《詩》泣涕如雨。〔徐注〕《説苑》：鮑叔死，管子舉上衽而哭之，泣下如雨。

〔一四〇〕〔馮注〕《世説》：顧長康拜桓宣武墓，哭之，聲如震雷破山，淚如傾河注海。按：上文楚徼、昭潭，指郴州也。郴在衡山之南，與嶺、廣接；澧州在郴州西北千餘里，較近巴陵、巫峽也。下文方云去郴移澧，而此乃云『峽雨』『巴雷』。其凶書之來，及一切蹤跡，不可妄爲之解也。

〔一四一〕見《爲張周封上楊相公啓》『貸潤監河』注。

〔一四二〕熱，《英華》作『爇』。見《代僕射濮陽公遺表》『復然無望於死灰』注。

〔一四三〕郴，《全文》作『彬』，誤，據《英華》改。〔徐注〕《水經注》：黄水出郴縣西黄岑山，北流注於耒水，謂之郴口。《新書·地理志》：郴州桂陽郡，治郴縣。《元和郡縣志》：郴水流經州東一里。《輿地紀勝》：郴水在郴縣南四十里，源出黄岑山，至郴口合耒水。〔馮注〕《漢書·志》：桂陽郡郴縣耒山，耒水所出，西至湘南入湖。

《十三州志》：日華水出郴縣華山，西至湘南縣入湘。《舊書·志》：郴州桂陽郡，理郴縣。

〔一四四〕〔徐注〕屈原《九歌》：遺余佩兮澧浦。按：裴祭薛在郴州，時又量移澧州而欲去也。〔馮注〕《水經》：澧水出武陵充縣西，歷山東，過零陽縣、作唐縣，至長沙下嶲縣入江。注曰：澧水注于洞庭湖，謂之澧江口也。《舊書·志》：澧陽郡治澧陽縣。按：《舊書》，郴州、澧州，皆江南西道。《新書》，郴州江南西道，澧州山南東道。

〔一四五〕〔馮注〕《大般涅槃經》：汝今所有疑網毒箭，我善拔出。

〔一四六〕申，《英華》作『深』，誤。

〔一四七〕執紼，見《爲濮陽公祭太常崔丞文》『願執紼而身遠』注。

〔一四八〕〔徐注〕滕公石槨銘語。〔馮注〕《史記·夏侯嬰傳》，《索隱》引《博物志》曰：公卿送嬰葬，至東都門外，馬不行，跲地悲鳴，得石槨，有銘曰：『佳城鬱鬱，三千年見白日，吁嗟滕公居此室。』乃葬之。《三輔故事》曰：俗謂之馬冢。按：《西京雜記》作滕公生時事。滕公曰：『嗟乎天也，吾死其即安此乎！』死遂葬焉。今以《索隱》《藝文類聚》較可信，故據之。

〔一四九〕〔徐注〕《古詩》：諒無晨風翼，焉能凌風飛。

〔一五〇〕見《爲濮陽公陳許謝上表》『羡海槎之不繫』注。

〔一五一〕楊，徐曰：一作『羊』，非。〔徐注〕《西京雜記》：陳縞入終南山採薪，見張丞相墓前石馬。箋：按《後漢書·楊震傳》：順帝即位，下詔以禮改葬於華陰潼亭，遠近畢至。先葬十餘日，有大鳥高丈餘，集震喪前悲鳴，淚下霑地，葬畢乃飛去。於是時人立石鳥象於其墓所。注引謝承《書》曰：其鳥高丈餘，翼長二丈三尺，人莫知其名也。此文『石馬』當作『石鳥』，蓋冢前石馬所在多有，隨舉一人皆可，何必楊公。故知『馬』爲『鳥』字之誤。『楊』或作『羊』，亦謬。〔馮按〕徐説似是，然俟再考。楊、羊漢時可通用，非謬也。

〔一五二〕〔馮校〕周，當作『州』。〔徐注〕《漢書·西域傳》：烏弋山離國有桃拔、師子、犀牛。孟康曰：桃拔一名符拔，似鹿，長尾。一角者或爲天鹿，兩角者或爲辟邪。《後漢書·靈帝紀》注：今鄧州南陽縣北有宗資碑，旁有兩石獸，鎸其膊，一曰天禄，一曰辟邪。按：《後漢書》，宦者封侯無所謂『周苞』者。據《水經注》：湍水東逕犨縣故城北，出於魚齒山下，水南有漢中常侍長樂太僕吉侯苞冢。冢前有碑基，西枕岡城，開四門，門前有兩石獸。墳傾墓毀，碑、獸淪移。人有掘出一獸，猶全不破，甚高壯，頭去地減一丈許，作制甚工。左膊上刻作『辟邪』字，其碑云：『六帝四后，是諮是諏。』蓋仕自安帝，没于桓后也。義山蓋用此事。今《水經注》本訛缺最多。『吉』恐是『周』字之誤。或集誤以『吉』爲『周』亦未可知。史無其人，莫可考矣。〔馮按〕今武英殿聚珍版，取《永樂大典》校正《水經注》，作『吉成侯州苞冢』，則『周』當作『州』也。《後漢書·宦者曹騰傳》：桓帝得位，騰與長樂太僕州輔等七人，以定策功，皆封亭侯，騰爲費亭侯。宋趙明誠《金石録》：吉成侯州輔碑，名字已殘闕，其額題曰：『漢故中常侍長樂太僕吉成侯州君之銘』。輔名姓見范氏《後漢書》。此碑載當時詔書云『其封輔爲葉吉成侯』，以此知其名輔。而注《水經》云吉成侯州苞冢，其詞云『六帝四后，是諮是諏』。今驗銘文，實有此語。獨以輔爲苞，蓋誤。當取漢史及此碑爲正。余得州君墓碑，意墓石左膊『辟邪』字獨存。託人訪求之，踰年持以見寄。其一『辟邪』，道元所見也；其一乃『天禄』，字差大，皆完好可喜。按：洪氏《隸釋》亦載之。蓋封輔爲葉之吉成亭侯，輔即苞也。或輔名而苞字，碑闕弗可考矣。《隸釋》詳載碑陰州姓者乃十有三人。《廣韻》：州，姓。《左傳》晋州綽。《集古録》《金石録》《隸釋》皆云『漢人假用，雖姓氏亦假用之』，則『州』『周』亦可假用。按：《漢書·古今人表》：華州即華周。亦爲切證。

〔一五三〕〔補注〕《禮記·學記》：『良冶之子，必學爲裘。』孔穎達疏：『言積世善冶之家，其子弟見其父兄世業陶鑄金鐵，使之柔合以補冶破器，皆令全好，故此子弟仍能學爲袍裘，補續獸皮，片片相合，以至完全也。』後以『良冶』借指教子有方之父。

〔一五四〕〔徐注〕《漢書·韋賢傳》：鄒、魯諺曰：『遺子黄金滿籯，不如一經。』參見《爲李貽孫上李相公啓》『韋、平掩耀』注。

〔一五五〕〔徐注〕《左傳》：桓公二年，取郜大鼎於宋。臧哀伯諫。周内史聞之曰：『臧孫達其有後於魯乎！君違不忘諫之以德。』

〔一五六〕〔馮注〕《左傳》：賜畢萬魏。卜偃曰：『畢萬之後必大。萬，盈數也；魏，大名也。以是始賞，天啓之矣。』

〔一五七〕〔徐注〕《漢書·王莽傳》：誠上沐陛下餘光。

〔一五八〕紹，《英華》作『貂』，誤。見《爲李貽孫上李相公啓》『韋、平掩耀』注。〔馮按〕《宰相世系表》，裴氏宰相甚多，此取相門出相之意。

〔一五九〕〔徐注〕《左傳》：晋侯之入也，秦穆公屬賈君焉。注：穆姬，申生姊，秦穆夫人。〔馮注〕按《左傳》，晋、秦屢爲婚姻，吕相絶秦曰：『我獻公及穆公相好，申之以盟誓，重之以婚姻也。』薛郎中自圖速死，其女昔許字裴，恐有變計，特遣使以敦夙約。使來之後，薛尋卒矣。故詳述其事，以報死者。

〔一六〇〕〔徐注〕謝承《後漢書》：徐穉諸公所辟，雖不就，有死喪負笈赴弔。嘗於家豫炙雞一隻，以一兩綿絮漬酒中，暴乾以裹雞，徑到所起冢隧外，以水漬綿使有酒氣。斗米飯，白茅爲藉，以雞置前，醱酒畢，留謁則去，不見喪主。

〔一六一〕〔徐注〕《後漢書·徐穉傳》：郭林宗有母憂，穉往弔之，置生芻一束於廬前而去。

〔一六二〕〔徐注〕《北史·高允傳》：景穆曰：『天威嚴重，允迷亂失次耳。』

〔一六三〕淚，《英華》作『涕』。〔徐注〕《庾信傳》：垂淚有千行。

〔一六四〕〔徐注〕屈原《九歌》：辛夷車兮結桂旗。

〔一六五〕〔徐注〕《離騷》：紉秋蘭以爲佩。

〔蔣士銓曰〕（『但續椿壽，徒高鶴位』二句）即所謂『使君輩存，令此人死也』，一經鑪錘，醖藉多少。　氣

格平近，留之爲初學先路。（《忠雅堂全集·評選四六法海》卷八）

上容州李中丞狀〔一〕

二十一翁儒學上流，簪纓雅望〔二〕，自還郡印〔三〕，復坐卿曹〔四〕。激水搏風〔五〕，匪伊朝夕，不謂復行萬里，又擁再麾〔六〕。竊料徵還，不出歲杪〔七〕。馬伏波遠征交阯，去歷三年〔八〕；葛丞相深入不毛，時當五月〔九〕。苟夙夜匪懈〔一〇〕，即福禄無疆〔一一〕。區區下情，誠望在此。某方卧痾一室〔一二〕，收跡他山〔一三〕，仰望伏熊〔一四〕，但羨飛鳥。下情不任結戀之至。

校注

〔一〕本篇原載清編《全唐文》卷七七五第一五頁、《樊南文集補編》卷六。〔錢箋〕《舊唐書·地理志》：容管經略使治容州，管容、辯、白、牢、欽、巖、禺、湯、瀼、古等州。李中丞未詳。〔張箋〕狀云：『某方卧痾一室，收跡他山。』似會昌中在洛居憂時作，但無可定編矣。（按：張置『不編年文』中。）〔按〕吴廷燮《唐方鎮年表·容管》會昌三年下引《新書·宗室世系表》：讓皇帝房：『容管經略使、左庶子景仁，諫議大夫景儉弟。』又於四年下引李商隱《上容州李中丞狀》，謂此容州李中丞即李景仁，會昌二至四年在容管經略任。吴氏之説大體可信。商隱會昌二年至五年居母喪，先後閒居京郊、永樂、洛陽，其中會昌五年所作詩文頗多述已卧病之語，如『某淹滯洛下，貧病相仍』（《上韋舍人狀》）、『茂陵秋雨病相如』（《酬令狐郎中》）等，與狀『卧疴一室』語相合。或當作於五年也。『寄跡他山』語，於寓居永樂爲合，則亦有可能作於四年春至五年春期間。吴氏謂李景仁爲容管，在會昌二至四年，非有其他確證，則會昌五年或仍在任也。韋廑會昌六年至大中二年繼任容管經略使，亦可旁證。

〔二〕〔補注〕簪纓，顯貴。雅望，矚望，厚望。

〔三〕〔錢注〕《漢書·朱買臣傳》：初，買臣免，待詔，常從會稽守邸者寄居飯食。拜爲太守，買臣衣故衣，懷其印綬，步歸郡邸。直上計時，會稽吏方相與羣飲，不視買臣。買臣入室中，守邸與共食，食且飽，少見其綬。守邸怪之，前引其綬，視其印，會稽太守章也。〔按〕自還郡印，指離州刺史任。似與朱買臣事無涉。觀下『復坐卿曹』可知。

〔四〕〔錢注〕《通典》：漢以太常、光禄勳、衛尉、太僕、廷尉、大鴻臚、宗正、大司農、少府謂之九寺大卿。後漢九卿而分屬三司，多進爲三公，各有署曹掾吏，隨事爲員。

〔五〕〔錢注〕宋玉《風賦》：翱翔於激水之上。《莊子》：北冥有魚，其名爲鯤。化而爲鳥，其名爲鵬。海運則將徙於南冥。南冥者，天池也。鵬之徙於南冥也，水擊三千里，摶扶摇而上者九萬里。

〔六〕〔補注〕再麾，一對旌旗。唐制，節度使專制軍事，給雙旌雙節。旌以專賞，節以專殺。此指李中丞任容管經略使。

〔七〕〔補注〕《禮記·王制》：『冢宰制國用，必於歲之杪，五穀皆入，然後制國用。』

〔八〕〔錢注〕《後漢書·馬援傳》：十七年，交阯女子徵側、徵貳反。璽書拜授伏波將軍，南擊交阯。十八年春，軍至浪泊上，與賊戰，數敗之。明年正月，斬徵側、徵貳，傳首洛陽。按：十七年，爲世祖建武辛丑歲。

〔九〕〔錢注〕諸葛亮《出師表》：五月渡瀘，深入不毛。

〔一〇〕〔補注〕《詩·大雅·烝民》：『既明且哲，以保其身，夙夜匪懈。』

〔一一〕〔補注〕《詩·周南·樛木》：『樂只君子，福履綏之。』履，禄。又《大雅·鳧鷖》：『公尸燕飲，福禄來成。』

〔一二〕〔錢注〕謝靈運《登池上樓》：卧痾對空林。

〔一三〕〔錢注〕盧諶《贈劉琨詩序》：收迹府朝。〔補注〕《詩·小雅·鶴鳴》：『它山之石，可以攻玉。』鄭箋：『他山喻異國。』按：此句『他山』，即『他鄉』之意。收跡他山，似指寄跡永樂。

〔一四〕〔錢注〕《後漢書·輿服志》：三公列侯伏熊軾黑轓。

爲河南盧尹賀上尊號表〔一〕

臣某言：臣得本道進奏院狀，知宰臣某等奉上尊號，以光洪休，耀列聖之睿圖〔二〕，表三宫之慈訓〔三〕，凡在生物，孰不歡心。臣某中賀。

臣聞善言天者必推功於廣覆，善言日者必詠德於大明〔四〕。然後物仰玄穹〔五〕，人知景曜〔六〕，皇王擬象，今古同規。伏惟仁聖文武章天成功神德明道大孝皇帝陛下，體天垂蔭，法日流輝〔七〕，宏上德以纘戎〔八〕，啓下武而膺運〔九〕。頃從臨御，旋致治平〔一〇〕。雨塊風條〔一一〕，時推順適；苗螟葉蟘〔一二〕，坐致銷亡。是以銀甕石碑〔一三〕，非煙浪井〔一四〕，神而告瑞，史不絶書〔一五〕。且玁虋爲灾，周、秦乏策〔一六〕；金行火運，不絶於侵陵〔一七〕；瀚海陰山，幾渝於約誓〔一八〕。而敢乘衰運，來犯昌朝〔一九〕。陛下乃赫以天威〔二〇〕，授之宏略〔二一〕，一伐而單于僅免〔二二〕，三鼓而貴主來還，滅大邦之仇讐〔二三〕，攄累聖之忿憤〔二四〕。及晉陽逐帥，代馬新羈〔二五〕，陛下又濬發宸襟，委諸廟畫〔二六〕，浹辰而前軍就路〔二七〕，逾月而元惡膏碪〔二八〕。静豐、沛之遺疆〔二九〕，舉陶唐之故俗〔三〇〕。蕞爾潞子〔三一〕，復生孽童〔三二〕，脱繈冀恩〔三三〕，止柩拒詔〔三四〕，據九折之險〔三五〕，有五州之人〔三六〕，藪澤逋逃〔三七〕，糞土租税〔三八〕。陛下又遠揚神斷，深詔徂征〔三九〕。合鎮、魏之强藩〔四〇〕，出韓、彭之鋭將〔四一〕，夷其巢窟〔四二〕，去彼根株〔四三〕，清明皇之舊宫〔四四〕，復金橋之故地〔四五〕。曾非曠歲，集此丕功〔四六〕。固已至化潛融，事光於玉版〔四七〕；玄機獨運〔四八〕，理溢於瑶編〔四九〕。

況又志切希夷〔五〇〕，道存沖漠〔五一〕，慕遺蹤于姑射〔五二〕，載動堯心；思順請于崆峒，欲勞軒拜〔五三〕。遠揚聖祖〔五四〕，載佇神孫。俾異法皆祛，多門就掩〔五五〕。麟殿正玄元之座〔五六〕，鳳書招黄老之徒〔五七〕。將以休有萬齡〔五八〕，臨兹兆衆，使咸踐壽昌之域，俱游富庶之鄉。巍乎焕乎，盛矣美矣。故得人祇協欲，華夏均懷，願加尊顯之稱〔五九〕，以報財成之美〔六〇〕。宰臣等果能陳大義，允建鴻名〔六一〕，伊尹暨湯，咸有一德〔六二〕；咎繇謨禹，克纘九功〔六三〕。述盡善於王猷〔六四〕，標具美於帝籙〔六五〕。南山稱壽〔六六〕，北辰降光〔六七〕。永終無極之年〔六八〕，長奉上清之號〔六九〕。臣幸丁昌運，方守洛京，空深戀闕之誠，不在稱觴之列。舉頭見日〔七〇〕，雖悲千里之遥，側管窺天〔七一〕，且慶百年之幸〔七二〕。無任徘徊望闕蹈舞踴躍之至。

校注

〔一〕本篇原載《文苑英華》卷五六九第四頁、清編《全唐文》卷七七二第八頁、《樊南文集詳注》卷一。《英華》題下原注：武宗會昌五年。〔徐箋〕《舊書・武宗紀》：會昌五年春正月己酉朔，宰臣李德裕、杜悰、李讓夷、崔鉉，太常卿孫簡等率文武百寮上徽號曰『仁聖文武章天成功神德明道皇帝』。《新書》『明道』下有『大孝』二字，此表亦有之，蓋《舊書》傳寫者之遺脱耳。京兆、河南、太原各置尹一員，從三品。〔馮箋〕按盧尹爲盧貞，見《白香山集》。香山七老會，貞與秘書監狄兼暮以年未七十，雖與會而不及列。《唐詩紀事》：貞字子蒙，會昌五年爲河南尹。而七老會中又有盧貞，亦作『真』，前侍御史内供奉官，年八十三，不可誤合爲一人也。餘詳《玉谿生年譜》（馮譜云：《白香山集》有《題府中水堂贈盧尹中丞》詩。又會昌五年三月舉七老會，河南尹盧貞年未七十與會而不及列。又《詔取永豐柳植禁苑感賦詩》河南尹盧貞和。）〔按〕上尊號之事在會昌五年正月初一，消息傳至洛陽而上表慶賀，表當作於正月上旬。盧尹名貞，别號南郭子。事跡散見《因話録》卷六、《舊唐書·文宗紀》《新唐書·孝友傳》等。馮氏引《唐詩紀事》『貞字子蒙，會昌五年爲河南尹』之文，實誤。字子蒙之盧貞，名亦作『真』，曾官侍御史内供奉，與元稹多有唱和（今均不傳），白居易有《覽盧子蒙侍御舊詩，多與微之唱和，感今傷昔，因贈子蒙，題於卷後》。盧真晚年居洛陽，會昌五年三月二十一日，與吉皎、鄭據、劉真、張渾、白居易於白氏洛陽履道里私第相聚爲七老會，寫有《七老會詩》，同年夏，又合李元爽、僧如滿爲九老會，此字子蒙之盧真未曾任河南尹。《唐詩紀事》卷四十九馮氏所引者固誤，清編《全唐詩》卷四六三盧貞小傳亦誤兩盧貞爲一人。

〔二〕〔徐注〕顔延之詩：睿圖炳晬。《隋書·薛道衡傳》：《高祖文皇帝頌》曰：尚想睿圖。

〔三〕慈，《全文》作『義』，據《英華》改。《英華》注：集作『義』。〔徐注〕《晋書·后妃傳》：詔曰：朕少遭憫凶，慈訓無稟。〔馮箋〕《舊書·后妃傳》：憲宗懿安皇后尊爲太皇太后，居興慶宫；穆宗恭僖皇后尊爲皇太后，居義安殿；貞獻皇后尊爲皇太后，居大内。文宗時號三宫太后。武帝即位，供養彌謹。貞獻徙居積慶殿。

〔四〕〔馮注〕《禮記》：大明生于東。〔按〕大明，此指日。《易·乾》『大明終始』李鼎祚集解引侯果曰：『大明，日也。』

〔五〕〔徐注〕《晋書·載記》：胡義周作頌曰：仁被蒼生，德格玄穹。

〔六〕〔徐注〕《後漢書·鄧后記》：劉毅上書曰：『敷宣景燿，勒勳金石。』〔馮注〕班固《答賓戲》：含景曜，吐英精。曜、燿同。

〔七〕流，《英華》作『輪』。
〔八〕〔徐注〕《老子》：上德不德，是以有德。《詩》：纘戎祖考。〔補注〕纘戎，指繼承光大帝業。
〔九〕〔馮注〕《詩序》：《下武》，繼文也。武王有聖德，復受天命，能昭先人之功焉。
〔一〇〕〔補箋〕武宗即位僅五年而擊回鶻、平澤潞，故云。
〔一一〕《英華》作『雨順風調』，非。〔馮注〕《西京雜記》：董仲舒云：太平之時，風不鳴條，開甲散萌而已；雨不破塊，潤葉津莖而已。按：『鳴』一作『摇』，『散』一作『破』。
〔一二〕螟，《英華》作『蟲』，非。〔徐注〕《詩》：去其螟螣，及其蟊賊。傳：食心曰螟，食葉曰螣，食根曰蟊，食節曰賊。陸氏《釋文》：『螣』字亦作『蟘』，徒得反，《説文》作『蟘』。
〔一三〕銀甕石碑，見《爲汝南公元日御正殿受朝賀表》注〔一四〕、〔一五〕。
〔一四〕〔徐注〕《史記》：若煙非煙，若雲非雲，郁郁紛紛，蕭索輪囷，是謂卿雲。《瑞應圖》：王者清淨則浪井出。〔馮注〕《典略》：浪井不鑿自成。〔補注〕卿雲，即慶雲，一種彩雲，古人視爲祥瑞。《竹書紀年》卷上：『十四年，卿雲見，命禹代虞事。』浪井，自然生成之井。梁簡文帝《七勵》：『漾醴泉於浪井。』徐陵《孝義寺碑》：『嘉禾自秀，浪井恒清。』
〔一五〕〔徐注〕《左傳》：女叔侯曰：『史不絕書，府無虚月。』
〔一六〕〔徐注〕《漢書・匈奴傳》：唐、虞以上有山戎、獫允、薰鬻居於北邊。餘見《爲濮陽公陳情表》注〔六六〕。
〔一七〕〔徐注〕《晋書》：董養曰：『白者金色，國之行也。』《漢書・高帝紀贊》：漢承堯運，斷蛇著符，旗幟上赤，協于火德。〔徐注〕《漢書・高帝紀》注：臣瓚曰：漢承堯緒，爲火德。〔按〕謂晋代漢，匈奴仍爲患。
〔一八〕〔徐注〕《漢書・匈奴傳》：驃騎封于狼居胥山，禪姑衍，臨瀚海而還。又：郎中侯應曰：北邊塞至遼東，外有陰山，東西千餘里，是其苑囿也。

〔一九〕朝，徐注本作『期』，誤。〔馮注〕《詩》：朝既昌矣。〔按〕昌朝，昌盛之朝，指唐朝。馮注引《詩》非其義。是時回鶻已衰，故云『衰運』，詳下箋。

〔二〇〕〔徐注〕《詩》：王赫斯怒。《左傳》：天威不違顔咫尺。

〔二一〕〔徐注〕《晉書·應詹傳》：疏曰：頃者大事之後，遐邇皆想宏略。

〔二二〕〔馮注〕《戰國策》：齊王遁而走莒，僅以身免。

〔二三〕〔徐注〕《詩》：蠢爾蠻荆，大邦爲仇。

〔二四〕〔徐注〕班固《封燕然山銘》：將上以攄高、文之宿憤。箋：《舊書·武宗紀》：會昌元年八月，回鶻烏介可汗遣使告難，言『本國爲黠戛斯所攻，故可汗死，今部人推爲可汗。緣本國破散，今奉太和公主南投大國』。時烏介至塞上，大首領嗢唱没思與赤心宰相相攻殺。赤心率其部下數千帳遁西域，天德防禦使田牟以聞。烏介又領其相頡于迦斯上表，借天德城以安公主，仍乞糧儲牛羊供給。金吾大將軍王會、宗正少卿李師偓往其牙宣慰，令放公主入朝，賑粟二萬碩。三年二月，劉沔奏：『昨率諸道之師至大同軍，遣石雄襲回鶻牙帳。雄大敗回鶻于殺狐山，烏介可汗被創而走，已迎得太和公主至雲州。』是日御宣政殿，百寮稱賀。〔馮曰〕餘備詳《爲李貽孫上李相公啓》。

〔二五〕〔徐注〕《後漢書·班超傳》：疏曰：代馬依風。〔馮注〕《戰國策》：蘇秦説秦惠王曰：『大王之國，北有胡貉代馬之用。』按：古詩每言代馬，注謂代郡之邑。《典略》曰：代馬，陰之精。《李陵答蘇武書》：策疲乏之兵，當新羈之馬。〔按〕晉陽事見本篇注〔三〇〕。

〔二六〕〔馮曰〕謂委任李德裕。

〔二七〕〔徐注〕《左傳》：浹辰之間。注：浹十二日也。

〔二八〕〔徐注〕『碪』本作『椹』。《史記》：范雎曰：臣之胸不足以當椹質，要不足以待斧鉞。索隱：椹音陟林反，莝椹也。按：椹音斟，俗從石作『碪』，腰斬者以椹爲藉，以斧斫之，如剉草然。故陳餘《遺章邯書》云：身伏鈇質。質或作鑕。

〔二九〕静，《英華》作『淨』。沛，《英華》作『泒』，非。〔徐注〕《漢書·高帝紀》：沛豐邑中陽里人也。〔按〕後以豐沛代指帝王故鄉。如杜甫《别張十三建封》：『汾晉爲豐沛』。此即以豐沛代指唐高祖李淵發祥之地。

〔三〇〕陶唐，徐注本作『唐堯』。〔徐注〕《詩序》：此晉也，而謂之唐，本其風俗，憂深思遠，儉而用禮，乃有堯之遺風焉。按：晉陽本唐堯所封，高祖襲封唐國公，由太原起義兵而有天下，故云。箋：《舊書·武宗紀》：會昌三年，討劉稹。十二月，横水軍至太原，便催上路。軍人以歲將除，欲候過歲，期既速，軍情不悦。都頭楊弁乘士卒流怨，激之爲亂。四年春，正月乙酉朔，楊弁逐太原節度使李石。壬子，河東監軍使吕義忠收復太原，生擒楊弁，盡斬其亂卒，百寮稱賀。〔馮箋〕《舊書紀》《李石傳》：初，劉沔破迴鶻，留三千人戍横水，及討澤潞，王逢軍榆社，訴兵少。詔李石以太原之卒赴之，石乃割横水戍卒千五百人，命别將楊弁率之，以赴王逢。十二月二十八日軍至太原。舊例，發軍人二縑，石以支計不足，人給一疋，便催上路，不候過歲，軍情不悦，都頭楊弁激士卒爲亂。（下略）餘互詳《爲李貽孫上李相公啓》。

〔三一〕〔徐注〕謂劉從諫。《左傳》：子産曰：抑諺曰：『蕞爾國』，而三世執其政柄。按：潞州，本春秋潞子國。〔馮注〕《後漢書·郡國志》注：《上黨記》曰：潞，濁漳也。

〔三二〕〔徐曰〕謂劉稹。

〔三三〕〔徐曰〕上表請授節鉞。

〔三四〕止，《全文》作『上』，據《英華》改。〔徐曰〕拒旨不護喪歸洛。

〔三五〕〔徐注〕《漢書·地理志》：上黨壺關縣有羊腸坂。《吕氏春秋》：九山，有太行羊腸。高誘曰：羊腸，其山盤紆如羊腸，在太原晉陽地。《焦氏易林》：羊腸九縈。〔馮注〕《左傳》：哀四年，齊伐晉壺口。杜預曰：路縣東有壺口關。《郡國志》：晉陽萬谷根山即羊腸坂也。按：古人言羊腸者每即云九折。餘互詳《爲懷州李中丞謝上表》『太行會險』句注。

〔三六〕〔徐注〕《舊書·地理志》：昭義軍節度使治潞州，領潞、澤、邢、洺、磁五州。

〔三七〕〔徐注〕《書》：爲天下逋逃主萃淵藪。〔補注〕藪澤，猶薈聚。逋逃，逃亡之罪人。按《新唐書·藩鎮傳·劉稹》：『李仲京，訓之兄，爲蕭洪府判官，擢監察御史。王涯，璠之子。王羽，涯族孫。韓茂章、茂實，約之子。賈庠，餗子。郭台，行餘子。甘露難作，皆羸服奔從諫，從諫衣食之。』藪澤逋逃，當指此。

〔三八〕〔馮注〕《左傳》：榮季謂子玉曰：『況瓊玉乎，是糞土也，而可以濟師，何愛焉？』《史記·貨殖傳》：計然曰：『貴出如糞土，賤取如珠玉，財幣欲其行如流水。』十年國富，厚賂戰士，遂報强吴。〔徐注〕《後漢書·袁紹傳》：輕榮財於糞土。

〔三九〕〔徐注〕《書》：帝曰：『咨禹，惟時有苗弗率，汝徂征。』

〔四〇〕〔徐曰〕謂成德王元逵、魏博何弘敬。

〔四一〕〔徐曰〕謂劉沔、王茂元等。《後漢書·謝該傳》：韓、彭之將，征討亂暴。〔馮曰〕討澤潞之諸將。詳《年譜》。〔按〕韓，韓信；彭，彭越。《通鑑·會昌三年》：五月『辛丑，制削奪劉從諫及子稹官爵，以元逵爲澤潞北面招討使，何弘敬爲南面招討使，與夷行、劉沔、茂元合力攻討……以武寧節度使李彦佐爲晋絳行營諸軍節度招討使。』

〔四二〕〔徐注〕《晋書·謝玄傳》：疏曰：巢窟宜除。

〔四三〕〔徐注〕《漢書·趙廣漢傳》：郡中盜賊，閭里輕俠，其根株穴六所在，及吏受取請銖兩之奸皆知之。《戰國策》：張儀説秦王曰：『削株掘根，無與禍鄰，禍乃不存。』

〔四四〕皇，《英華》作『王』。〔徐注〕《舊書·玄宗紀》：景龍二年，兼潞州别駕。開元十一年，幸并州、潞州，别改其舊宅爲飛龍宫。

〔四五〕〔徐注〕《玉海·地志》：金橋在上黨南二里，嘗有童謡云：『聖人執節度金橋。』景龍三年十月二十五日，玄宗經此橋之京師。

〔四六〕〔徐箋〕《舊書》：會昌三年四月，昭義節度使劉從諫卒，三軍以從諫姪稹爲兵馬留後，上表請節鉞。尋遣使齎詔潞府，令稹護從諫之喪歸洛陽。稹拒朝旨。《劉稹傳》：詔以成德王元逵、魏博何弘敬爲招討使，與河東劉沔、河陽王茂元合兵討之。四年七月，大將郭誼斬稹，傳首京師。《地理志》：成德軍節度使治恒州，領恒、趙、冀、深四州。魏博節度使治魏州，管魏、貝、博、相、澶、衛六州。河東節度使治太原府，管汾、遼、沁、嵐、石、忻、憲等州。〔馮曰〕以上事跡詳見《爲李貽孫上李相公啓》。

〔四七〕〔徐注〕徐陵碑：皇帝以陶唐啓國，致玉版於河宗。王子年《拾遺記》：堯聖德光洽，河洛之濱，得玉版方尺，圖天地之形。〔馮注〕《漢書・鼂錯傳》：刻于玉版，藏于金匱。〔按〕玉版，象徵祥瑞、盛德或預示休咎之有圖形、文字之玉片。

〔四八〕〔徐注〕《晋書・慕容垂傳》：堅報曰：玄機不弔。〔按〕玄機，神妙之機宜、謀略。

〔四九〕〔補注〕瑶編，指珍貴的書史典册。李嶠《爲百僚賀瑞石表》：『考皇圖於金册，搜瑞典於瑶編。』

〔五〇〕〔徐注〕《老子》：視之不見，名曰夷；聽之不聞，名曰希。

〔五一〕〔徐注〕揚子《太玄》：沖漠無朕。〔按〕沖漠，空寂。

〔五二〕〔徐注〕《莊子》：堯見四子藐姑射之山，汾水之陽，窅然喪其天下。

〔五三〕〔徐注〕《莊子》：黄帝聞廣成子在於崆峒之山，故往見之。黄帝順下風膝行而進，再拜稽首而問。

〔五四〕揚，《英華》作『惟』，注：集作『揚』。徐注本作『推』。〔馮注〕《新書》：天寶二年，加號玄元皇帝曰大聖祖。《唐會要》：會昌元年勅：我聖祖降誕昌辰，宜改爲降聖節。

〔五五〕〔馮注〕《左傳》：子産曰：『晋政多門。』〔按〕武宗崇道反佛，此處『異法』『多門』，主要針對佛教而言。

〔五六〕〔徐注〕《舊書・文宗紀》：上降誕日，僧徒道士講論於麟德殿。上謂宰臣曰：降誕日設齋，起自近遠，朕緣相承已久，未可便革。按：舊時釋居道上，今武宗去釋氏，故玄元得正其位。〔馮箋〕按武宗會昌元年，道士趙歸真等於三殿造九天道場。諸事備載《舊・紀》。

〔五七〕〔徐注〕陸翽《鄴中記》：石虎詔書以五色紙銜木鳳皇口中，飛下端門。《舊書·武宗紀》：會昌元年三月，造靈符應聖院於龍首池。六月，以衡山道士劉玄靖爲銀青光禄大夫，充崇玄館學士，賜號廣成先生，令與道士趙歸真於禁中修法籙。箋：《舊書·武宗紀》：會昌四年三月，以道士趙歸真爲左右街道門教授先生。時帝志學神仙，師歸真。歸真乘寵，每對，排毁釋氏，言非中國之教，蠹耗生靈，盡宜除去。帝頗信之。七月，澤潞平。五年春正月己酉朔，勅造望仙臺於南郊壇。趙歸真遂與道士鄧元起、劉玄靖排毁釋氏，而拆寺之請行焉。凡天下所拆寺四千六百餘所，還俗僧尼二十六萬五百人，收充兩税户。拆招提蘭若四萬餘所，收膏腴上田數千萬頃，收奴婢爲兩税户十五萬人，隸僧尼，屬主客，顯明外國之教。勒大秦穆護、祆三千餘人還俗，不雜中華之風。按：祆，虛焉切，讀若軒，胡神名也。〔馮注〕《新書·藝文志》：《破胡集》一卷。注曰：會昌沙汰佛法詔勅。

〔五八〕齡，徐注本作『靈』，誤。

〔五九〕〔徐注〕《説苑》：無以尊顯吾親。〔按〕尊顯之稱，即所上之尊號。

〔六〇〕〔徐注〕《易》：后以財成天地之道。〔補注〕財，通裁。財成，謂裁度以成。孔穎達疏：君當翦財成就天地之道。

〔六一〕建，徐云：一作『進』。〔徐注〕司馬相如《封禪文》：前聖所以永保鴻名而常爲稱首。

〔六二〕〔徐注〕《書》：惟尹躬暨湯，咸有一德。

〔六三〕纘，《英華》作『讚』。〔徐注〕：《漢書·百官公卿表》：咎繇作士。師古曰：咎音皋，繇音弋昭反。《書》：九功惟叙。

〔六四〕〔徐注〕《詩》：王猷允塞。

〔六五〕〔馮注〕陸機《漢高祖功臣頌》：『赫矣高祖，飛名帝録。』注曰：孔子曰：五帝出受録圖。録、籙同。此猶言載在史編也。

〔六六〕〔徐注〕《詩》：如南山之壽，不騫不崩。《漢書·武帝紀》：元封元年，詔曰：親登嵩高，咸聞呼萬歲者三。又：太始三年，登之罘，浮大海，山稱萬歲。

〔六七〕〔徐注〕《初學記》：《荆州星占》曰：北辰一名天闕，一名北極。北極者，紫宮天座也。《漢郊祀歌》：體招摇，若永望，星留俞，塞隕光。師古曰：俞，答也。言衆星留神，答我饗薦。降其光耀，四面充塞也。〔馮注〕《北史·杜弼傳》：安得使北辰降光，龍宫韫櫝。

〔六八〕終，《英華》注：一作『於』。〔徐注〕《汲冢周書》：道天莫如無極。〔馮注〕曹植詩：年若王父無終極。

〔六九〕〔徐注〕《初學記》：《上清天三君列紀經》曰：上清真人姓桓字芝，乃中皇時人也。〔馮注〕玉清、太清、上清，習見道經。《集古録》：唐會昌《投龍文》，武宗自稱承道繼元昭明三光弟子南嶽炎上真人。

〔七〇〕見《代李玄爲崔京兆祭蕭侍郎文》注〔五二〕。

〔七一〕側，《英華》作『測』。〔徐注〕《莊子》：以管窺天，以錐指地。東方朔《答客難》：以管窺天，以蠡測海。

〔七二〕年，《英華》作『生』。

爲舍人絳郡公鄭州禱雨文〔一〕

年月日，鄭州刺史李某，謹請茅山道士馮角，禱請於水府真官〔二〕。伏以旱魃爲虐〔三〕，應龍不興〔四〕，困杲日於詩人〔五〕，苦密雲於《易》象〔六〕。生物斯瘁，民食攸艱〔七〕。某叨此分憂，俯慙無政，爰求真侣，虔禱陰靈。減哺表勤〔八〕，褰帷引咎〔九〕。伏乞下通滎、播〔一〇〕，上導天潢〔一一〕，合爲膏澤之原，用息蕴隆之患〔一二〕。其於效信，敢或逡巡〔一三〕？暴露託詞〔一四〕，焦勞結慮。泉間候氣〔一五〕，樹杪占風〔一六〕，惟望玉女之披衣〔一七〕，敢駭商羊之鼓舞〔一八〕？竊希玄感〔一九〕，聽察丹誠〔二〇〕。

校注

〔一〕本篇原載《文苑英華》卷九九六第七頁、清編《全唐文》卷七八一第一頁、《樊南文集詳注》卷五。馮譜編會昌三年，張箋編會昌五年。〔按〕張箋繫年是。《上李舍人狀一》云：『自春又爲鄭州李舍人邀留，比月方還洛下。』該狀作於會昌五年，鄭州李舍人即本篇題稱『舍人絳郡公』之李褒。又據《新唐書·五行志》：『會昌五年春，旱。』參證文内『旱魃爲虐』之語，可定此文係會昌五年春爲鄭州刺史李褒邀留期間代作。

〔二〕〔徐注〕木華《海賦》：水府之内，極深之庭。晉樂府：神靈亦道同，真官今來下。〔馮按〕高真、仙官、真人、真官之稱，道書習見。《晉書·天文志》：『井西南四星曰水府，主水之官也。』而凡河海江河皆曰水府。

〔三〕〔徐注〕《詩》：旱魃爲虐，如惔如焚。〔馮注〕《詩》傳曰：魃，旱神也。箋曰：旱氣生魃。按：《山海經·大荒北經》：有山名曰不句，海水入焉。有係昆之山者，有人衣青衣，名曰『黄帝女魃』。黄帝令應龍攻蚩尤，應龍畜水，蚩尤請風伯、雨師縱大風雨。黄帝乃下天女曰『魃』。雨止，遂殺蚩尤。魃不得復上，所居不雨。叔均言之帝，後置之赤水之北。《詩》疏則專引《神異經》：南方有人，長二三尺，袒身而目在頂上，走行如風，名曰魃。所見之國大旱，赤地千里。一名旱母。遇者得之，投溷中即死，旱灾消。而又曰：此言旱神，蓋是鬼魅之物，不必生於南方，可以爲人所執獲也。蓋因箋意謂旱氣生魃，不必本有之者。浩又聞之家祖少司寇公曰：『北方之屍，入土不腐敗者，或能致旱。他處土皆焦坼，此反微潤，則鄉人疑其中成魃致旱，必共掘毁之，謂之「打旱魃」。而其子孫以發墓具訟，甚爲案牘之累。』家祖官山東時，力戒勸之。前明韓忠定公參政山東，有禁打魃事。此言正與之合。蓋其事不一而爲旱同也。《神異經》本文曰：名曰『䰢』，俗曰『旱魃』。

〔四〕〔馮注〕《山海經》：大荒東北隅，有山名曰凶犁土丘。應龍處南極，殺蚩尤與夸父，不得復上，故下數旱。旱而爲應龍之狀，乃得大雨。注曰：應龍，龍有翼者，今之土龍本此。〔補注〕《後漢書·張衡傳》：『夫女魃北而應龍翔，洪鼎聲而軍容息。』李賢注：『應龍，能興雲雨者也。』應龍不興，即指不興雲雨。

〔五〕〔馮注〕《詩》：其雨其雨，杲杲出日。

〔六〕〔徐注〕《易》：密雲不雨。

〔七〕〔徐注〕《書》：暨稷播，奏庶艱食鮮食。〔按〕艱食，糧食匱乏。

〔八〕〔徐注〕魏武帝詩：周公吐哺，天下歸心。〔馮注〕減哺猶減膳。不敢云減膳也。〔按〕減膳爲帝王專用詞語。

〔九〕〔徐注〕《後漢書·賈琮傳》：舊典，傳車驂駕，垂赤帷裳。琮爲冀州刺史，命褰之。百城聞風，自然竦震。

〔一〇〕〔徐注〕《水經注》：《左傳》：襄公十一年，諸侯伐鄭，西濟於濟隧。京相璠曰：鄭地言濟水、滎澤中北流，至衡雍西，與出河之濟會，南去新鄭百里，斯蓋滎、播、河、濟，往復逕通矣。〔馮注〕《水經》：『濟水又東合滎、瀆。』注曰：瀆水受河水，有石門，謂之滎口石門也。地形殊卑，蓋故滎、播所道，自此始也。〔按〕滎、播，即滎、波。二水名。《史記·夏本紀》：『滎、播既都。』《周禮·夏官·職方氏》：『豫州其川滎、雒，其浸波、溠。』

〔一一〕導，《全文》作『達』，據《英華》改。〔徐注〕《史記·天官書》：西宮咸池曰天五潢。〔馮注〕《史記·天官書》：漢者金之散氣，其本曰水。絶漢曰天潢。《後漢書·張衡傳》：乘天潢之汎汎兮，浮雲漢之湯湯。〔按〕此『天潢』即天河。謂導天河以救旱。

〔一二〕〔馮注〕《詩》：旱既大甚，蘊隆蟲蟲。〔按〕蘊隆，暑氣鬱結而隆盛。

〔一三〕敢或，《全文》作『或敢』，據『英華』乙。〔徐注〕《漢書·司馬相如傳》：逡巡避席。〔馮注〕《史記·

秦始皇本紀》賈生曰：『九國之師，逡巡遁逃。』〔按〕此句『逡巡』係拖延義。徐、馮注引均非其義。

〔一四〕〔馮注〕《後漢書·獨行傳》：諒輔，廣漢新都人。仕郡爲五官掾。時夏大旱，輔乃自暴庭中，慷慨咒曰：『若至日中不雨，乞以身塞無狀。』積薪柴，聚茭茅，將自焚焉。未及日中，天雲晦合，須臾澍雨，一郡沾潤。世稱其至誠。

〔一五〕見《賽堯山廟文》『盡發潛泉之蜧』注。

〔一六〕〔馮注〕《魏志·管輅傳》：過清河倪太守，時天旱，倪問輅雨期，輅曰：『今夕當雨。』到鼓一中，竟成快雨。注曰：輅既刻雨期，倪猶未信。至日向暮，輅言：『樹上已有少女微風，又有陰鳥和鳴；又少男風起，衆鳥和翔，其應至矣。』須臾，果有艮風鳴鳥，東南有山雲樓起，大雨河傾。

〔一七〕〔徐注〕王采《安成記》：萍鄉西城津有玉女岡，天當雨，輒先漏五色氣於石間，俗呼爲玉女披衣。餘詳《爲濮陽公涇原謝冬衣狀》『非玉女裁成』注。

〔一八〕〔馮注〕《家語》：齊有一足之鳥，飛集殿前，舒翅而跳。齊侯使使聘魯問孔子。孔子曰：『此鳥名曰商羊，水祥也。昔童兒有屈其一脚跳且謡曰：「天將大雨，商羊鼓儛。」今其應至矣。急治溝渠，修隄防。』頃之，大霖雨。

〔一九〕〔徐注〕《晉書·吕光傳》：光曰：吾聞李廣利精誠玄感。〔按〕玄感，冥冥中之感應。

〔二〇〕〔徐注〕《隋書》：觀德王雄讓表云：特鑒丹誠。

爲絳郡公上崔相公啓〔一〕

某啓：某本洛下諸生〔二〕，東莞舊族〔三〕，麤沾科第，薄涉藝文，謬藉時來，因成福過〔四〕。青縑赤管〔五〕，已忝於清華〔六〕；黄紙紫泥〔七〕，仍參於宥密〔八〕。相公早容薄伎〔九〕，獲寄光塵〔一〇〕。别殿朝迴〔一一〕，禁林夜直〔一二〕，每披襟素，常賜話言〔一三〕。知蔣琬之爲公，敢矜先見〔一四〕；哀馬卿之多病，亦辱來言〔一五〕。圭律未遐〔一六〕，銘鏤斯在。

相公鹽梅調味〔一七〕，舟楫濟時〔一八〕。晋水擒兇〔一九〕，韓都蕩梗〔二〇〕，以不剛不柔貞百度〔二一〕，以無偏無黨定九流〔二二〕。若某者實有何能，可叨出牧？絳田已非厥任〔二三〕，滎波轉過其材〔二四〕。間歲已來〔二五〕，爲政非易，有南遷之降虜〔二六〕，有西出之成師〔二七〕。資屝所供〔二八〕，餼牽之備〔二九〕，未嘗造次，敢怠躬親。今梟獍掃除〔三〇〕，馬牛歸放〔三一〕，將使坐臻富庶，必先用得才能。此地名高六雄〔三二〕，實控東道，分憂之寄〔三三〕，自昔爲榮。況在疏蕪，敢忘涯分〔三四〕！但以輶軒坌至〔三五〕，賦貢川流，非惟撫字之難〔三六〕，兼有送迎之遽〔三七〕。舊疴加甚〔三八〕，朽質難堪。假故稍頻，曠廢爲懼〔三九〕。又以宦游既久，故里多違，陶令之田園將蕪，向平之婚嫁未畢〔四〇〕。顧惟羈絆〔四一〕，未可歸休〔四二〕。

竊敢遠疏丹誠，上干清重〔四三〕，非獨祈恩於時宰〔四四〕，實將誓款於己知〔四五〕。儻蒙以然諾爲心〔四六〕，誠明濟物〔四七〕，垂憂不逮，賜議所安，則吴、楚之間，郡邑非少〔四八〕，不當衝要〔四九〕，或異膏腴〔五〇〕，使之頒條，庶可求瘼。一昨賊平之後〔五一〕，啓事尋成〔五二〕，冰霜始嚴，筆札未暇〔五三〕，又伏慮内庭展顧〔五四〕，稱已推遷〔五五〕；外郡寓詞，頗乖流品，沈吟有日，鬱抑經時〔五六〕。今則情素坐煎〔五七〕，驅馳行久〔五八〕，若猶緘默，是負陶甄〔五九〕。伏惟曲賜恩鑒。誠懸書殿〔六〇〕，戀積台階〔六一〕。比殷浩之空函〔六二〕，情同事異；望孫弘之東閣〔六三〕，魂往形留〔六四〕。下情無任感激攀戀之至〔六五〕！謹啓〔六六〕。

校注

〔一〕本篇原載《文苑英華》卷六六一第七頁、清編《全唐文》卷七七七第五頁、《樊南文集詳注》卷三。〔徐箋〕《舊書》：會昌三年五月，崔鉉同中書門下平章事。〔馮箋〕《英華》此爲四。《新書·宰相表》：會昌三年五月，翰林學士承旨中書舍人崔鉉爲中書侍郎、同中書門下平章事。按：同時崔珙亦爲相。然《新書·珙傳》：會昌三年罷相。此文乃澤潞平後所上，且有『禁林夜直』之語，故知是鉉非珙。玩文中後半，此啓成於四年八、九月，而上於五年之初。《表》書五年五月，鉉亦罷相矣。〔按〕馮譜繫會昌四年（蓋據箋語中『成於四年八、九月』繫之）；張箋繫會昌五年。啓云『一昨賊平之後，啓事尋成，冰霜始嚴，筆札未暇』，『沈吟有日，鬱抑經時』，啓成後擱置一段時間始上，而據『冰霜始嚴，筆札未暇』語推測，上啓時當已非『冰霜』之候，故馮箋謂上於五年之初，近之。酌編會昌五年春。所上四啓除《爲絳郡公上李相公啓》在會昌五年五月十九日李回拜相以後所作外，其他三啓當同作於會昌四年秋冬間（上限爲八月劉稹既平以後，下限爲十一月李紳罷相之前）。而此啓所上時間則稍後。

〔二〕〔徐注〕《世説》：人問顧長康：何以不作洛生詠？答曰：何至作老婢聲？注：洛下諸生，詠音重濁，故云老婢聲。〔按〕詳見《爲安平公兖州奏杜勝等四人充判官狀》『右件官洛下名生』注。

〔三〕東莞，《全文》作『山東』，據《英華》改。〔馮注〕《漢書·志》：瑯琊郡東莞縣。《晉書·志》：東莞郡，太康中置東莞縣，故魯鄆邑。餘見《爲舍人絳郡公上李相公啓》題下注。

〔四〕過，《全文》作『遇』，據《英華》改。〔按〕《爲舍人絳郡公上李相公啓》有『竟使懼因福過，疾以憂成』

語，可證當作『過』，不作『遇』。

〔五〕〔徐注〕《漢官儀》：尚書郎起草更直，給青縑帳。《通典》：丞、郎月賜赤管大筆一雙。〔馮注〕蔡質《漢官典職》：尚書郎入直臺中，官供新青縑白綾被，或錦被，晝夜更宿，帷帳畫，通中枕、卧旃褥，冬夏隨時改易。氈、旃通用。《漢官儀》：尚書令、僕、丞、郎，月給赤管大筆一雙，隃麋大墨一枚、小墨一枚。《後漢書·應劭傳》：時始遷都於許，舊章湮没，書記罕存。劭乃綴輯所聞，著《漢官禮儀故》。按：《隋書·志》：《漢官解詁》三篇。蓋王隆撰《漢官篇》，胡廣爲之解詁也。《漢官》五卷，應劭注。《漢官儀》十卷，應劭撰。《漢官典職儀式選用》二卷，蔡質撰。皆在職官類中。《漢舊儀》五卷，衛宏撰，在儀注類中。《舊唐書·志》：《漢官解故事》三卷，無人名。余疑即《解詁》也。《新書·志》：蔡質《漢官典儀》一卷，丁孚《漢官儀式選用》一卷，似分二卷爲各一卷也。而《漢舊儀》作四卷。惟應劭二書，與《隋·志》同。《太平御覽》書目，列《漢舊儀》、應劭《漢官儀》《漢官典職》《漢官解詁》四種。至明修《宋史·志》，則《漢舊儀》三卷、《漢官儀》一卷、《漢官典儀》一卷，當是闕軼者多矣。今細檢《後漢書》注所引『《漢舊儀》曰』『《漢官》曰』『胡廣注曰』『胡廣《漢制度》曰』『應劭《漢官儀》曰』『應劭《漢官》曰』『應劭《漢官名秩》曰』『蔡質《漢儀》曰』『丁孚《漢儀》曰』之類，雖稱名尚可條分，而辭義皆相承述，難以剖定。且蔡質所撰，胡廣所解，傳註中或亦稱蔡質《漢官儀》、胡廣《漢官儀》，則并其名而通借矣。兹故因端而詳徵之，以資好古之考核。

〔六〕清華，《英華》作『華資』，注：集作『清華』。〔徐注〕《北史·楊休之傳》：典選稍久，非其所好，每謂人曰：『此官實自清華。』〔馮注〕《初學記》：《齊職儀》曰：初，秦有給事黄門之職，漢因之。自魏及晋，置給事黄門侍郎，與散騎常侍並清華，代謂之『黄散』。〔按〕清華，此指職位清高顯貴。

〔七〕〔徐注〕《新書》：高宗上元詔曰：詔敕施行，既爲永式，比用白紙，多有蟲蠹，宜令今後皆用黄紙。《漢舊儀》：皇帝六璽，皆以武都紫泥封之。

〔八〕〔徐注〕《詩》：夙夜基命宥密。〔補注〕宥密，深密，機密。

〔九〕〔徐注〕任昉《王儉集序》：以薄伎效德。

〔一〇〕見《爲張周封上楊相公啓》『誓奉光塵』注。

〔一一〕〔徐注〕謝莊誄：離宫天邃，别殿雲懸。

〔一二〕〔徐注〕《西都賦》：集禁林而屯聚。〔按〕禁林，翰林院之别稱。元稹《寄浙西李大夫》詩：『禁林同直話交情，無夜無曾不到明。』

〔一三〕話，《英華》作『語』，注：集作『話』。〔徐注〕《左傳》：古之王者，並建聖哲，樹之風聲，著之話言。〔馮注〕《詩》：告之話言。

〔一四〕〔馮注〕《蜀志·蔣琬傳》：夜夢有一牛頭在門前，流血滂沲，呼問占夢趙直，直曰：『見血，事分明也；牛角及鼻，公字之象。君位必當至公，大吉之徵也。』後遷大將軍録尚書事，封安陽亭侯。《蜀志·蔣琬傳》：除廣都長，衆事不理。先主將加罪戮。軍師將軍諸葛亮請曰：『蔣琬社稷之臣，非百里之才也。』

〔一五〕〔徐注〕《西京雜記》：相如素有消渴疾。〔馮注〕：《史記》：相如善著書，常有消渴疾。

〔一六〕〔馮注〕《周禮·地官》：大司徒，以土圭之法測土深，正日景，以求地中。註曰：土圭，所以致四時日月之景也。〔按〕圭，測日影之儀器；律，律琯，測候季節變化之器具。詳《爲絳郡公上史館李相公啓》『再易灰琯』注。圭律，猶言光陰、時間。

〔一七〕鹽，《英華》注：集作『羹』。〔徐注〕：《書》：若作和羹，爾惟鹽梅。

〔一八〕舟，《英華》注：集作『川』。見《爲舍人絳郡公上李相公啓》『舟檝呈功』注。

〔一九〕〔徐曰〕：謂誅楊弁。〔按〕事詳《爲李貽孫上李相公啓》『惟彼參伐』一段。

〔二〇〕〔徐曰〕謂平劉稹。〔按〕事詳《爲李貽孫上李相公啓》『而潞寇不懲兩豎之兇』一段。〔馮注〕《漢書·地理志》：上黨，本韓之别都也，遠韓近趙，後卒降趙。按：《漢書》刊本或訛作『别郡』。《通典》：『潞州，戰國初爲韓之别都。』可取證也。

〔二一一〕〔徐注〕《詩》：不剛不柔，敷政優優。《書》：百度惟貞。〔按〕貞，正；百度，百事，各種制度。

〔二一二〕〔徐注〕《書》：無偏無黨，王道蕩蕩。〔馮注〕：按：九流，本出《漢書·藝文志》『儒家者流，出於司徒之官』之類。《志》言『諸子十家，其可觀者九家而已』，故後世去小説家稗官，而止曰九流，如《爾雅序》『九流之津涉』是也。《漢書·古今人表》，列九等之序，而魏陳羣依之以爲九品官人之法。《通典》：魏文帝延康元年，吏部尚書陳羣立九品官人之法，州郡皆置大小中正，各以本處人在諸公卿及臺省郎吏有德充才盛者爲之，區别所管人物，定爲九等。晉依魏制，内官吏部尚書司徒左長史，外官州有大中正，郡國有小中正，皆掌選舉。若吏部選用，必下中正，徵其人居及祖父官名。至隋開皇中，方罷九品及中正，於是海内一命之官，州郡無復辟署矣。『銓衡九流』『澄叙九流』，史文習見。

〔二一三〕〔徐注〕《左傳》：晋人謀去故絳，韓獻子曰：『不如新田。』〔按〕絳田，此指絳州。

〔二一四〕〔馮注〕《禹貢》：豫州滎波既豬。傳曰：滎澤波水。〔按〕滎波，此指鄭州。

〔二一五〕〔徐注〕《漢書·食貨志》：間歲萬餘人。師古曰：間歲，隔一歲。

〔二一六〕見《爲絳郡公上李相公啓》『加之以降虜移鄉』注。

〔二一七〕成，《全文》誤作『戎』，據《英華》改。〔徐注〕謂討劉稹。《左傳》：成師以出，又何濟焉。〔按〕成師，大軍。

〔二一八〕見《爲懷州李中丞謝上表》『有資扉之須』注。

〔二一九〕〔徐注〕《左傳》：皇武子辭曰：『吾子淹久於敝邑，惟是脯資餼牽竭矣。』〔按〕餼牽，指糧、肉等食品。杜預注：『生曰餼。牽，謂牛、羊、豕。』

〔三〇〕〔馮注〕《漢書·郊祀志》：古天子常以春解祠，祠黄帝用一梟、破鏡。張晏曰：梟，惡逆之鳥。方士虚誕，云令神仙之帝食惡逆之物，使天下爲逆者破滅訖竟，無有遺育也。孟康曰：梟，鳥名，食母；破鏡，獸名，食父。黄帝欲絶其類，使百吏祠皆用之。〔徐注〕《晋書·崔懿之傳》：謂靳準曰：『汝心如梟獍，必爲國患。』案：獍即破鏡，古今字異耳。

〔三二〕〔徐注〕《書》：歸馬于華山之陽，放牛于桃林之野。

〔三三〕〔馮注〕《通典》：開元中，定天下州府，其鄭、陝、汴、絳、懷、衛六州爲六雄。〔按〕鄭州排序在六雄之首，故云。

〔三四〕分憂，見《代彭陽公遺表》『惟切分憂』注。

〔三五〕〔徐注〕《隋書·史詳傳》：循涯揣分，實爲幸甚。

〔三六〕〔徐注〕《風俗通》：周、秦常以歲八月遣輶軒之使，採異國方言。孔融《薦禰衡表》：溢氣坌湧。周翰曰：坌，塵也，音蒲悶切。〔馮注〕陸士衡《漢高祖功臣頌》：輶軒東踐，漢風載徂。〔按〕輶軒，使臣所乘輕車，此指使臣。

〔三六〕〔徐注〕《舊書》：陽城爲道州刺史，賦税不登，觀察使數加誚讓，州上考功第，城自署曰：『撫字心勞，催科政拙，考下下。』〔按〕撫字，指對百姓之安撫體恤。

〔三七〕〔徐注〕《晋書·虞預傳》：預上記曰：自頃長吏多去來，送故迎新，交錯道路。〔按〕此『送迎』即送往迎來之謂。遽，急也。

〔三八〕痾，《英華》作『痾』，義同。〔徐注〕潘岳《閑居賦》：舊痾有痊。

〔三九〕〔徐注〕《晋書·陳羣傳》：參伍掾屬，多設解故，以避事任。《謝玄傳》：又自陳既不堪攝職，慮有曠廢。〔補注〕《漢書·孔光傳》：『百官群職曠廢，姦軌放縱，盜賊並起。』曠廢，猶廢弛。

〔四〇〕向，《英華》作『尚』。〔馮注〕《晋書·陶潛傳》：歸去來兮，田園將蕪胡不歸。向平事，見《爲舍人絳郡公上李相公啓》『有婚嫁之累』注。

〔四一〕〔徐注〕《魏志·陳思王傳》註引《魏略》：植上書曰：固當羈絆於世繩，維縶於禄位。

〔四二〕〔徐注〕《韓詩外傳》：田子方爲相，歸休，得金百鎰。

〔四三〕〔徐注〕《晉書・劉喬傳》：劉弘與喬牋曰：披露丹誠，不敢不盡。《丁潭傳》：賀循曰：郎中令職望清重，實宜審授。〔補注〕清重，猶清貴。此指崔相公。

〔四四〕〔馮注〕《南史・劉瓛傳》：濟陽蔡仲熊禮學博聞，執經議論，往往與時宰不合。

〔四五〕〔徐注〕張衡《思玄賦》：恃己知而華予兮。〔按〕己知，猶知己。

〔四六〕〔馮注〕《史記・張耳傳》：貫高，趙國立名義不侵爲然諾者也。上賢貫高能立然諾。〔按〕暗用季布事，詳《爲李貽孫上李相公啓》『河東百金』注。

〔四七〕〔徐注〕嵇康書：是乃君子思濟物之意也。

〔四八〕非，《英華》作『不』，注：集作『非』。

〔四九〕不，《英華》作『非』，注：集作『不』。〔徐注〕謝靈運詩：河兗當衝要。

〔五〇〕〔徐注〕《漢書・賈誼傳》：高皇帝割膏腴之地，以王諸公。

〔五一〕一，《全文》無，據《英華》增。

〔五二〕〔補注〕啓事，陳述事情之函件。沈約《謝賜甘露啓》：『不任欣賀，謹以啓事謝以聞。』此即指所上之書啓。

〔五三〕〔馮注〕《史記・司馬相如傳》：上許令尚書給筆札。《漢書・游俠傳》：樓護與谷永俱爲五侯上客，長安號曰『谷子雲筆札，樓君卿唇舌』，言其皆信用也。

〔五四〕展，《英華》作『曩』，非。〔按〕展顧，猶展視。

〔五五〕〔徐注〕謝靈運詩：逐物遂推遷。〔按〕推遷，遷移官職，當指由絳州刺史調遷鄭州刺史。

〔五六〕抑，《英華》作『悒』。

〔五七〕〔徐注〕鄒陽《上梁王書》：披心腹，見情素。〔馮注〕《戰國策》：蔡澤曰：『公孫鞅事孝公，竭智謀，示情素。』

〔五八〕〔徐注〕諸葛亮表：遂許先帝以驅馳。

〔五九〕見《爲李貽孫上李相公啓》『陶冶於無形之外』注。

〔六〇〕〔馮注〕集賢殿，又稱集賢書院，本藏書之所，史官所居。崔以翰林爲相，故用之也。唐詩中屢見。

〔按〕崔鉉當帶集賢殿大學士之館職，故云。非因以翰林爲相。

〔六一〕〔補注〕台階，指宰輔重臣。三台星亦名泰階，故稱台階，古以爲三公之象。

〔六二〕見《爲張周封上楊相公啓》『寓尺牘而畏達空函』注。

〔六三〕〔徐注〕《漢書·公孫弘傳》：元朔中，封丞相弘爲平津侯。於是起客館，開東閣，以延賢人，與參謀議。

〔六四〕〔徐注〕陸雲《答兄機詩》：神往同逝感，形留悲參商。

〔六五〕感激攀戀，《英華》作『感戀兢惶』。

〔六六〕《英華》無此二字。

〔蔣士銓曰〕邊幅雖儉，而意趣揮霍，故復可觀。（《忠雅堂全集·評選四六法海》卷三）

上鄭州李舍人狀一〔一〕

伏奉榮示，伏蒙賜及麥粥餅啖餳酒等〔二〕，謹依捧領訖。某慶耀之辰，早蒙抽擢〔三〕；孤殘之後〔四〕，仍被庇庥〔五〕。獲於芰薙之時〔六〕，累受珍精之賜。恩同上客〔七〕，禮異編氓〔八〕。桑梓有光〔九〕，里閭加敬〔一〇〕。負米之養〔一一〕，雖無及於終身，求粟於人〔一二〕，幸不慚於往聖〔一三〕。下情不任感恩隕涕之至。

校注

〔一〕本篇原載清編《全唐文》卷七七五第一六頁、《樊南文集補編》卷六。〔錢箋〕（鄭州李舍人）李褒也。詳後《上李舍人狀一》注〔一〕。《新唐書·地理志》：鄭州滎陽郡，雄，屬河南道。《舊唐書·職官志》：中書舍人六員，正五品上。〔張箋〕（會昌五年）義山春赴鄭州李舍人褒之招。案《補編·上李舍人第一狀》云：『……自春，又爲鄭州李舍人邀留，比月方還洛下。』……赴鄭州李舍人之招，則在本年二三月間。〔按〕李褒會昌四年在鄭州刺史任，有《唐文續拾》卷五李潛《尊勝經幢後記》《千唐志·唐故綿州刺史江夏李公墓志銘并序》可證。而商隱會昌四年暮春移家至永樂，直至翌年春仍居永樂，有《永樂縣所居一草一木無非自栽今春悉已芳茂因書即事一章》可證。而此狀有『恩同上客，禮異編氓。桑梓有光，里閭加敬』之語，説明其時商隱已居鄭州。而據狀首賜麥粥餅啖餳酒之語，時令當在春暮。

〔二〕〔補注〕《荆楚歲時記》：『去冬節一百五日，即有疾風甚雨，謂之寒食。禁火三日，造餳大麥粥。』《鄴中記》：『寒食三日，作醴酪，又著粳米及麥爲酪，杏仁煮作粥。』宋黄朝英《緗素雜記·餳粥》：『寒食清明多用餳粥事。』《玉燭寶典》：『寒食節，今人悉爲大麥粥，研杏仁爲酪，引餳沃之。』

〔三〕〔錢注〕《南史·王鎮惡傳》：吾等因託風雲，並蒙抽擢。〔按〕商隱蒙李褒抽擢事不詳，其時當在會昌二年母喪前。

〔四〕〔錢箋〕義山母喪，當在會昌二年。詳《請盧尚書撰李氏仲姊河東裴氏夫人誌文狀》。

〔五〕〔錢注〕《爾雅》：庇、庥，廕也。

〔六〕〔錢注〕《説文》：芟，刈草也。薙，除草也。〔補注〕芟薙之時，指掃墓時刈除墳上雜草。據此，商隱此次鄭州之行，既應李褎之邀，亦祭掃親人墳墓。

〔七〕〔補注〕《禮記·曲禮上》：食至起，上客起。〔按〕上客，貴賓。

〔八〕〔補注〕編氓，編入户籍之平民。《史記·高祖本紀》：『諸將與帝爲編户民，今北面爲臣，此常怏怏。』編氓，即編户民。

〔九〕〔補注〕《詩·小雅·小弁》：『維桑與梓，必恭敬止。』桑梓，借指鄉親父老。

〔一〇〕〔錢注〕《説文》：閭，里門也。

〔一一〕〔錢注〕《家語》：子路見於孔子曰：『昔者由也事二親之時，常食藜藿之實，爲親負米百里外。』

〔一二〕〔補注〕《莊子·外物》：莊周家貧，故往貸粟於監河侯。監河侯曰：『諾。我將得邑金，將貸子三百金可乎？』莊周忿然作色曰（下略）。

〔一三〕〔補注〕《史記·孔子世家》：『陳、蔡大夫……乃相與發徒役圍孔子于野，不得行，絶糧，從者病，莫能興。』

上座主李相公狀〔一〕

伏見恩制，相公以五月十九日登庸〔二〕。清廟降靈〔三〕，蒼生受福，動植之内〔四〕，歡呼畢同。某下情不任抃賀踴躍之至。相公禀潤咸池〔五〕，承光太極〔六〕，業傳殷相〔七〕，族預周盟〔八〕。爲群生之司南，作九流之華蓋〔九〕。自頃文場鞠旅〔一〇〕，册府揚鑣〔一一〕，坐奮英詞，折班、馬之方駕〔一二〕；入陳嘉話〔一三〕，納鼂、董之降旗〔一四〕。百家無抗禮之人〔一五〕，六藝絶措詞之士〔一六〕。

一昨秋官分寵，風憲兼司〔一七〕，克揚典刑〔一八〕，肅整嚴裁〔一九〕。重以潞潛逆孽，帝命遄征〔二〇〕。賁赫之告變雖來〔二一〕，蒯徹之説詞未已〔二二〕。人懷顧望，師有逗留〔二三〕。相公斂笏忘家〔二四〕，單車就路〔二五〕，明宣朝旨，密授兵機〔二六〕，謀窮《遁甲》之精〔二七〕，辯得《鈐經》之要〔二八〕。遽使戎臣釋位〔二九〕，謀士資忠〔三〇〕，兇渠計盡而就誅，逆黨死前而知悔〔三一〕。太行九折〔三二〕，復連洛宅之封疆〔三三〕；啓聖千門〔三四〕，更降明皇之嘆息〔三五〕。寧聞伐善，愈恐書勳〔三六〕。魯司寇三日之間，戮正卯於兩觀之下〔三七〕；漢司隸一旬之内，取張朔於合柱之中〔三八〕。並罪得匹夫〔三九〕，功非方面〔四〇〕，苟將擬議，良匪同途。而又代、朔舊戎〔四一〕，沙陲小梗〔四二〕，既謀元帥〔四三〕，果在賢王〔四四〕。相公復以全謀，副司戎重〔四五〕，遠揚威畫，尋以懷柔。牋函屢獻於懿宗〔四六〕，氈罽亟征於内府〔四七〕。雖西京哲輔，例有重封〔四八〕；東晉元僚，率多兼領〔四九〕，亦罕有下韝必中〔五〇〕，投刃皆虚〔五一〕。曠百代以求人，誰一日而争長〔五二〕？今果允扶下武〔五三〕，顯踐中樞〔五四〕，贊光宅之大猷〔五五〕，調復古之元氣〔五六〕。往者傅巖佇相，唯升版築之夫〔五七〕；渭水載占，止獲竿緡之叟〔五八〕。又豈若相公，本枝分慶〔五九〕，出自流輝〔六〇〕。襲康叔之親賢〔六一〕，禀太丘之道德〔六二〕。蕭何家諜，不聞代有鼎司〔六三〕；鄧禹外門，詎是族傳宰匠〔六四〕？苟非君子之澤〔六五〕，寧光史氏之書。佇見扶祐休期，修明盛禮。南鶼東鰈〔六六〕，徒頒饗帝之羞〔六七〕；魯甸梁山〔六八〕，待瘞事天之檢〔六九〕。

某嘗因薄伎，猥奉深知。麟角何成〔七〇〕，牛心早啖〔七一〕，及兹沈滯，獲廕燮調，瞻絳帳以增懷〔七二〕，望台星而興嘆〔七三〕。昔吴公薦賈〔七四〕，非宜銓管之司〔七五〕；孔子鑄顔〔七六〕，未是陶鈞之力〔七七〕。比誼恩重，方淵感深。嗟睹奥以未期〔七八〕，但濡毫而抒懇。崔氏之乃心紫闕〔七九〕，陳生之思入京城〔八〇〕。千古揆懷，一時均慮。臨風託使，指景依人〔八一〕。柱礎成潤於興雲〔八二〕，輸鮒何階於泛海〔八三〕。下情無任抃賀踴躍攀戀感激之至。

校注

〔一〕本文原載清編《全唐文》卷七七五第一頁、《樊南文集補編》卷五。〔錢箋〕（座主李相公）李回也。《新唐書·武宗紀》：會昌五年五月，李回爲中書侍郎、同中書門下平章事。本集《與陶進士書》：『前年乃爲吏部上之中書，又復懊恨周、李二學士以大法加我。夫所謂博學宏辭者，豈容易哉？』按：周爲周墀，李當即回也。《摭言》：有司謂之座主。〔按〕文云：『相公以五月十九日登庸』，狀當上於其後。時商隱居洛陽，閒居多病，狀有希冀入京，望回援手之意。

〔二〕〔補注〕《書·堯典》：『帝曰：疇咨若是登庸。』登庸，選拔任用，此指爲相。

〔三〕〔補注〕《詩·周頌·清廟》：『於穆清廟，肅雝顯相。』清廟，古帝王之宗廟，即太廟。

〔四〕〔補注〕《周禮·地官·大司徒》：『辨五地之物生：一曰山林，其動物宜毛物，其植物宜早物。』

〔五〕〔錢注〕《舊唐書·李回傳》：回，宗室郇王禕之後。《史記·天官書》：西宮咸池曰天五潢。〔補注〕咸池，神話中日浴之處。《楚辭·離騷》：『飲余馬於咸池兮，揔余轡乎扶桑。』《淮南子·天文訓》：『日出於暘谷，浴於咸池。』古以日喻君，『稟潤咸池』，猶言其承帝室之餘潤，謂其爲宗室之後也。

〔六〕〔錢注〕《舊唐書·地理志》：皇城謂之西内，正殿曰太極。〔補注〕此『太極』與『咸池』相對，當即指北極星。《晉書·天文志上》：『北極，北辰最尊者也……天運無窮，三光迭耀，而極星不移，故曰居其所而衆星共（拱）之。』此以太極喻帝王。

〔七〕〔錢注〕《史記·殷紀》：帝大戊立伊陟爲相。注：伊涉，伊尹之子。

〔八〕〔補注〕《左傳·隱公十一年》：『春，滕侯、薛侯來朝，争長。薛侯曰：「我先封。」滕侯曰：「我周之卜正也；薛，庶姓也。我不可以後之。」公使羽父請於薛侯曰：「君與滕君，辱在寡人。周諺有之曰：山有木，工則度之；賓有禮，主則擇之。周之宗盟，異姓爲後。」』

〔九〕〔錢注〕崔豹《古今注》：黄帝與蚩尤戰於涿鹿之野，蚩尤作大霧，軍士皆迷路，於是作指南車以示四方，擒蚩尤。舊説周公所作也，越裳氏使者迷其歸路，周公錫之以軿車五乘，皆爲司南之制。本集馮氏曰：九流本出《漢書·藝文志》，自《漢書·古今人表》列九等之序，而魏陳羣依之，以爲九品官人之法，歷朝因之，至隋始罷。銓衡九流，澄叙九流，史文習見。〔補注〕《古今注·輿服》：『華蓋，黄帝所作也。與蚩尤戰於涿鹿之野，常有五色雲氣，金枝玉葉，止於帝上，有花葩之象，故因而作蓋也。』按：司南、華蓋，同出《古今注》，同傳爲黄帝所造，是爲的對。華蓋，此猶冠冕之意。

〔一〇〕〔錢注〕劉孝綽《司空安成王碑》：義府文場，詞人髦士。〔補注〕《詩·小雅·采芑》：『鉦人伐鼓，陳師鞠旅。』鞠旅，向軍隊發出出征號令，此猶號令意。

〔一一〕〔錢注〕《穆天子傳》：天子北征東還，至於群玉之山，先王之所謂策府。傅毅《舞賦》：揚鑣飛沫。〔按〕册府，此猶言文壇，翰院。

〔一二〕〔錢注〕《後漢書·班固傳論》：司馬遷、班固父子，其言史官載籍之作，大義燦然著矣。議者咸稱二子有良史之才。遷文直而事核，固文贍而事詳。張衡《西京賦》：方駕授輚。李善注：鄭玄《儀禮注》曰：方，併也。

〔一三〕〔錢注〕張協《七命》：敬聽嘉話。〔按〕嘉話，善言。

〔一四〕〔錢注〕《漢書·藝文志》：董仲舒百二十三篇。鼂錯三十一篇。《史記·三王世家》：降旗奔師。《舊唐書·李回傳》：長慶初，進士擢第。又登賢良方正制科。

〔一五〕〔錢注〕《淮南子》：百家異説，各有所出。〔補注〕《史記·貨殖列傳》：『子貢結駟連騎……所至，國君無不分庭與之抗禮。』

〔一六〕〔錢注〕曹植《與楊德祖書》：昔尼父之文辭，與人通流，至於制《春秋》，游、夏之徒，乃不能措一辭。〔補注〕六藝，此指儒家經典六經。

〔一七〕〔錢注〕《新唐書·李回傳》：會昌中，以刑部侍郎兼御史中丞。〔補注〕秋官，指刑部；風憲，指御史臺。

〔一八〕〔補注〕《書·舜典》：『象以典刑。』典刑，常刑。

〔一九〕〔錢注〕裁，去聲。任昉《奏彈范縝》：不有嚴裁，憲准將頹。

〔二〇〕〔錢注〕謂討劉稹。見《爲滎陽公與昭義李僕射狀》注〔四〕。

〔二一〕〔錢注〕《史記·黥布傳》：漢四年，立布爲淮南王。十一年，高后誅淮陰侯。夏，漢誅彭越。因大恐，陰令人部聚兵，候伺旁郡警急。布所幸姬疾，請就醫，醫家與中大夫賁赫對門，赫厚餽遺，從姬飲醫家。姬侍王，譽赫長者也。王疑其與亂，怒，欲捕赫。赫乘傳詣長安上變，言布謀反有端。〔按〕《通鑑·會昌三年》：『昭義節度使劉從諫……薨，稹祕不發喪……使押牙姜崟奏求國醫，上遣中使解朝政以醫問疾……解朝政至上黨，劉稹見朝政曰：「相公危困，不任拜詔。」……解朝政復命，上怒，杖之，配恭陵。』『賁赫之告變』，疑指此類事。

〔二二〕〔錢注〕《史記·淮陰侯傳》：蒯通知天下權在韓信，以相人説信曰：『相君之面，不過封侯，又危不安。相君之背，貴乃不可言。』〔按〕《通鑑·會昌三年》：『從諫尋薨，稹祕不發喪。〔孔目官〕王協爲稹謀曰：「正當如寶曆年樣爲之。不出百日，旌節自至。但嚴奉監軍，厚遺敕使，四境勿出兵，城中暗爲備而已。」』

〔二三〕〔錢注〕《漢書·韓安國傳》：廷尉當恢逗橈，當斬。注：應劭曰：逗，曲行避敵也；橈，顧望也。軍法語也。如淳曰：軍法：行而逗留畏懦者要（腰）斬。〔按〕《通鑑·會昌三年》：『上以澤潞事謀於宰相，宰相多以爲回鶻餘燼未滅，邊境猶須警備，復討澤潞，國力不支，請以劉稹權知軍事。諫官及羣臣上言者亦然。李德裕……對曰：「稹所恃者河朔三鎮。但得鎮、魏不與之同，則稹無能爲也。若遣重臣往諭王元逵、何弘敬……苟兩鎮聽命，不從旁沮撓官軍，則稹必成擒矣。」』『五月，以武寧節度使李彥佐爲晉絳行營諸軍節度招討使……自發徐州，行甚緩，又請休兵於絳州，兼請益兵。李德裕言於上曰：彦佐逗遛顧望，殊無討賊之意……八月……王元逵前鋒入邢州境已逾月，何弘敬猶未出師，元逵屢有密表，稱弘敬懷兩端。』凡此，皆所謂『人懷顧望，師有逗留』也。

〔二四〕〔錢注〕劉孝威《奉和簡文帝太子應令詩》：智囊前斂笏。

〔二五〕〔錢注〕《漢書·龔遂傳》：渤海左右郡盜賊並起。遂爲渤海太守，至界，郡發兵以迎，遂皆遣還，單車獨行至府，郡中翕然，盜賊亦皆罷。〔按〕事見注〔三一〕。

〔二六〕事見注〔三一〕。

〔二七〕〔錢注〕《隋書·經籍志》：《黄帝陰陽遁甲》六卷。〔按〕遁甲，古代方士術數之一。起於《易緯乾鑿度》太乙行九宫法，盛於南北朝，神其説者以爲出於黄帝、風后及九天玄女。《後漢書·方術傳序》李賢注：『遁甲，推六甲之陰而隱遁也。今書《七志》有《遁甲經》。』

〔二八〕〔錢注〕《隋書·經籍志》：《太公陰符鈐録》一卷。〔按〕《後漢書·方術傳序》李賢注：『兵法有《玉鈐篇》及《玄女六韜要决》。』

〔二九〕〔錢注〕秦二世《嶧山刻石文》：戎臣奉詔。〔補注〕釋位，離去本職。《左傳·昭公二十六年》：『諸侯釋位，以閒王政。』杜預注：『閒，猶與也。去其位，與治王之政事。』戎臣釋位，指節度使離鎮奉命征討劉稹。

〔三〇〕〔錢注〕《史記·周紀》：於是封功臣謀士。劉琨《答盧諶》詩：資忠履信。〔按〕資忠，實行忠義之道。語本潘岳《閒居賦》：『是以資忠履信以進德，修辭立誠以居業。』

〔三一〕〔錢注〕誅劉稹事，詳《爲滎陽公與昭義李僕射狀》注〔四〕。《舊唐書·李回傳》：會昌三年，劉稹據潞州邀求旄鉞，朝議不允，加兵問罪。武宗懼稹陰附河朔三鎮，以沮王師，乃命回奉使河朔。魏博何弘敬、鎮冀王元逵皆具橐鞬郊迎。回喻以朝旨，言澤潞密邇王畿，不同河北，自艱難以來，唯魏、鎮兩藩，列聖皆許襲，而稹無功，欲效河朔故事，理即大悖。聖上但以山東三郡，境連魏、鎮，用軍便近，王師不欲輕出山東，請魏、鎮兩藩祇收山東三郡。弘敬、元逵俯僂從命。《太平廣記》：《芝田録》曰：會昌中，王師討昭義，久未成功，賊之遊兵，往往散出山下，剽掠邢、洺、懷、孟。又發輕卒數千，短兵接鬭，王師大敗，東都及境上諸州聞之大震，都統王宰、石雄皆堅壁自守。武宗召李德裕等謂之曰：『王宰、石雄不與朕殺賊，頻遣中使促之，尚聞逗撓依違，豈可令賊黨坐至東都耶？卿今日可爲朕別與制置軍前事宜。』德裕歸中書，即召御史中丞李回，具言上意曰：『中丞必一行，責戎帥早見成功。』回刻時受命，於是具名以聞曰：『今欲以御史中丞爲催陣使。』帝曰：『可。』即日李回自銀臺戒路，有邸吏五十導從，至河中，緩轡以進，俟王宰等至河中界迎候，乃行。二帥至翼城東道左，執兵如外府列校迎候儀，禮成，二帥旁行，俛首俟命。回于馬上厲聲曰：『今日當直令史安在？』羣吏躍馬聽命，回曰：『責破賊限狀來。』二帥鞠躬流汗，而請以六十日破賊，過約，請行軍中令。於是二帥大懼，率親軍而鼓之，士卒齊進，凡五十八日，攻拔潞城，梟劉稹首以獻。〔按〕《通鑑·會昌三年》：秋，七月，『上遣刑部侍郎兼御史中丞李回宣慰河北三鎮，令幽州乘秋早平回鶻，鎮、魏早平澤潞……李回至河朔，何弘敬、王元逵、張仲武皆具櫜鞬郊迎，立于道左，不敢令人控馬，讓制使先行。自兵興以來，未之有也。回明辯有膽氣，三鎮無不奉詔。』事在會昌三年七月，而澤潞之平，在會昌四年八月，錢注引《太平廣記·芝田録》謂『五十八日，攻拔潞城，梟劉稹首以獻』，殆小説家言，不足信。又，『逆黨死前而知悔』，似指昭義大將郭誼謀殺劉稹以圖自贖事，詳《通鑑·會昌四年八月》。

〔三二〕〔錢注〕《史記·魏世家》：斷羊腸。注：羊腸坂道，在太行山上，南口懷州，北口潞州。《漢書·地理志》：上黨壺關縣有羊腸坂。按：古人言羊腸者，每即云九折。

〔三三〕〔補注〕《書·召誥序》：『成王在豐，欲宅洛邑，使召公先相宅，作《召誥》。』《召誥》：『越三日戊申，太保朝至于洛，卜宅。』此『洛宅』即指洛陽。

〔三四〕〔錢注〕《舊唐書·玄宗紀》：景龍二年，兼潞州別駕。開元十一年正月，幸潞州，别改其舊宅爲飛龍宫。《新唐書·地理志》：潞州上黨縣有啓聖宫，本飛龍，玄宗故第，開元十一年置，後又更名。《史記·封禪書》：於是作建章宫，度爲千門萬户。

〔三五〕〔錢注〕《舊唐書·玄宗紀》：羣臣上謚曰至道大聖大明孝皇帝，廟號玄宗。

〔三六〕〔補注〕《論語·公冶長》：『願無伐善，無施勞。』《左傳·昭公四年》：『（杜洩）曰：「夫子受命於朝而聘於王，王思舊勳而賜之路，復命而致之君。君不敢逆王命而復賜之，使三官書之。吾子爲司徒，實書名；夫子爲司馬，與工正書復，孟孫爲司空以書勳……」』

〔三七〕〔錢注〕《家語》：孔子爲司寇，七日誅亂政大夫少正卯，戮之於兩觀之下。

〔三八〕〔錢注〕《後漢書·李膺傳》：膺拜司隸校尉，時張讓弟朔爲野王令，貪殘無道，聞膺厲威嚴，懼罪逃還京師，因匿兄讓第舍，藏於合柱中。膺率將吏卒破柱取朔，付洛陽獄。受辭畢，即殺之。讓訴冤於帝，詔膺入殿，御親臨軒，詰以不先請便加誅辟之意。膺對曰：『昔仲尼爲魯司寇，七日而誅少正卯，今臣到官已積一旬，私懼以稽留爲愆，不意獲速疾之罪。』

〔三九〕〔補注〕《左傳·昭公六年》：『匹夫爲善，民猶則之，況國君乎？』

〔四〇〕〔錢注〕《後漢書·馮異傳》：專命方面，施行恩德。

〔四一〕〔錢注〕《新唐書·武宗紀》：會昌三年十月，党項羌寇鹽州。十一月，寇邠寧。兗王岐爲靈、夏六道元帥、安撫党項大使，御史中丞李回副之。《漢書·地理志》：代郡屬幽州，朔方郡屬并州。

〔四二〕〔錢注〕曹植《白馬篇》：揚聲沙漠垂。《方言》：凡草木刺人，自關而東，或謂之梗，或謂之劌。

〔四三〕〔補注〕《左傳·僖公二十七年》：『（晋）作三軍，謀元帥。』

〔四四〕〔錢注〕《舊唐書·武宗五子傳》：兗王岐會昌二年封。《戰國策》：大王，天下之賢王也。

〔四五〕〔錢注〕《魏志·鍾會傳》：攝統戎重。〔補注〕戎重，軍事重任。副司戎重，即指任安撫党項副使。

〔四六〕〔錢注〕《舊唐書·職官志》：箋啓上皇太子，然於其長亦爲之。〔補注〕懿宗，皇室宗親，指兗王岐。

〔四七〕〔錢注〕桓寬《鹽鐵論》：采氈文罽，充於內府。〔補注〕氈罽，氈與毛毯。

〔四八〕〔錢注〕《史記·樊噲傳》：以却敵斬首捕虜賜重封。注：兼二號也。《晋書·謝玄傳》：雖哲輔傾落，聖明方融。〔補注〕西京，指建都於長安之西漢。哲輔，賢能之大臣。重封，加封兩爵號。

〔四九〕〔錢注〕《宋書·蔡興宗傳》：改授臣府元僚。《南史·庾杲之傳》：盛府元僚。並指屬僚。此借用。〔補注〕元僚，猶賢佐、重臣。兼領，兼任。東晉重臣，如王導、温嶠、陶侃、謝安、庾亮等人，多兼領他職，事詳諸傳。

〔五〇〕〔錢注〕《東觀漢記》：善吏如良鷹，下韝即中。張衡《西京賦》薛綜注：韝，臂衣。

〔五一〕〔錢注〕孫綽《遊天台山賦》：投刃皆虚，目牛無全。〔補注〕《莊子·養生主》：『彼節者有間，而刀刃者無厚，以無厚入有間，恢恢然其於遊刃必有餘地矣。』即『投刃皆虚』意。

〔五二〕〔補注〕《論語·先進》：『子路、曾晳、冉有、公西華侍坐，子曰：「以吾一日長乎爾，毋吾以也。」』

〔五三〕〔補注〕《詩·大雅·下武》：『下武維周，世有哲王。』下武，謂有聖德能繼先王功業。扶，輔佐。

〔五四〕中樞，見《爲尚書濮陽公賀鄭相公狀》注〔八〕。

〔五五〕〔錢注〕《書序》：昔在帝堯，聰明文思，光宅天下。〔補注〕光宅，廣有。大猷，治國之大道，《詩·小雅·巧言》：『奕奕寢廟，君子作之；秩秩大猷，聖人莫之。』

〔五六〕〔錢注〕班固《東都賦》：降烟熅，調元氣。

〔五七〕〔錢注〕《史記·殷紀》：帝武丁思興復殷，夜夢得聖人，名曰説。使百工營求之野，得説於傅險中。是時，説爲胥靡，築於傅險。武丁舉以爲相，殷國大治。〔按〕事本《書·説命上》：『王庸作書以誥曰……夢帝賚予良弼，其代予言。乃審厥象，俾以形旁求于天下。説築傅巖之野，惟肖，爰立作相。』

〔五八〕止，原作『正』，據錢校改。〔錢注〕《史記·齊世家》：太公望吕尚嘗窮困，年老矣，以魚釣奸周西伯。西伯將出獵，卜之，曰：所獲非龍非彲，非虎非羆。所獲帝王之輔。於是果遇太公於渭之陽，載與俱歸，立爲師。《説文》：竿，竹梃也。緡，釣魚繳也。

〔五九〕〔補注〕本枝，同一家族之嫡系與庶出子孫。《詩·大雅·文王》：『文王孫子，本支百世。』

〔六〇〕出自，原校：疑。

〔六一〕〔錢注〕《書・康誥》傳：以三監之民，國康侯爲衛侯，周公懲其數叛，故使賢母弟主之。

〔六二〕〔錢注〕《後漢書・陳寔傳》：寔除太丘長。論曰：據於德故物不犯，安於仁故不離羣，行成乎身，而道訓天下，故凶邪不能以權奪，王公不能以貴驕。

〔六三〕〔錢注〕《史記・蕭相國世家》：高祖以蕭何功最盛，封爲酇侯，後嗣以罪失侯者，四世絶。天子輒復求何後，封續酇侯。《漢書・禮樂志》注：蘇林曰：諜，譜第之也。班固《爲第五倫薦謝夷吾表》：宜當拔擢，使登鼎司。

〔六四〕〔錢注〕《後漢書・鄧禹傳》：訓，禹第六子也。訓五子：騭、京、悝、弘、閶。論曰：漢世外戚，自東、西京十有餘族，非徒豪横盈極，自取灾故，必以貽釁後主，以至顛敗，悲哉！騭、悝兄弟，委遠時柄，忠勞王室，而終莫之免，斯樂生所以泣而辭燕也。《蜀志・馬良傳》：爲天下宰匠，欲大收物之力，而不量才節任，隨器付業，難乎其可與言智者也。

〔六五〕〔補注〕《孟子・離婁下》：『孟子曰：君子之澤，五世而斬。』

〔六六〕〔錢注〕《爾雅》：東方有比目魚焉，不比不行，其名謂之鰈。南方有比翼鳥焉，不比不飛，其名謂之鶼鶼。

〔六七〕〔錢校〕徒，疑當作『從』。〔補注〕饗帝：祭祀天帝。《禮記・禮器》：『是故因天事天，因地事地，因名山升中于天，因吉土以饗帝于郊。』羞，進獻食物。

〔六八〕〔錢注〕梁山，見《詩》。此改禹甸爲魯甸，似指梁父。《史記・封禪書》：管仲曰：『古有封泰山、禪梁父者七十二家。』〔按〕《詩・大雅・韓奕》：『奕奕梁山，維禹甸之。』鄭玄箋：『梁山，今左馮翊夏陽西北。』此梁山在今陝西韓城境。然『魯甸梁山』之梁山，明指梁父，視下句『事天之檢』可知。

〔六九〕〔錢注〕《漢書・武帝紀》注：孟康曰：刻石紀號，有金策石函金泥玉檢之封焉。〔補注〕事天之檢，封禪所用之玉牒書之封篋。古代帝王在泰山上築土爲壇，報天之功，稱封；在泰山下梁父山上辟場祭地，稱禪。瘞，埋。此蓋謂李回當能輔佐君主成不朽之功業，異日登封泰山。

〔七〇〕〔錢注〕《太平御覽》：蔣子《萬機論》曰：諺曰：學如牛毛，成如麟角，言其少也。

〔七一〕〔錢注〕《晋書·王羲之傳》：羲之年十三，嘗謁周顗，顗察而異之。時重牛心炙，坐客未噉，顗先割啗羲之，於是始知名。

〔七二〕〔錢注〕《後漢書·馬融傳》：融常坐高堂，施絳紗帳，前授生徒，後列女樂。

〔七三〕台星，指三台星，見《晋書·天文志上》，喻宰輔。屢見。

〔七四〕〔錢注〕《史記·賈生傳》：賈生名誼，年十八，以能誦詩屬書聞於郡中。吴廷尉爲河南守，聞其秀才，召置門下，甚幸愛。孝文皇帝初立，吴公徵爲廷尉，乃言賈生年少，頗通諸子百家之書，文帝召以爲博士。

〔七五〕〔錢注〕《晋書·阮放傳》：放遷吏部郎，在銓管之任，甚有稱績。〔按〕銓管之司，掌管選授官職之部門。

〔七六〕〔錢注〕揚子《法言》：或問世言鑄金，金可鑄歟？曰：『吾聞覿君子者問鑄人，不問鑄金。』或曰：『人可鑄歟？』曰：『孔子鑄顔淵矣。』

〔七七〕〔錢注〕《漢書·鄒陽傳》注：張晏曰：陶家名模下圜轉者爲鈞。

〔七八〕〔錢注〕孔融《薦禰衡表》：初涉藝文，升堂覩奥。〔補注〕《論語·先進》：『由也升堂矣，未入於室。』奥，室内深處。覩奥亦即入室之意。

〔七九〕〔錢注〕《後漢書·崔駰傳》：駰擬揚雄作《達旨》曰：不以此時攀台階，窺紫闥，據高軒，望朱闕，蒙竊惑焉。

〔八〇〕〔錢注〕《漢書·陳萬年傳》：萬年子咸，爲南陽太守。時王音輔政，信用陳湯，咸數賂遺湯，予書曰：即蒙子公力，得入帝城，死不恨。

〔八一〕〔錢注〕《魏志·文帝紀》注：鄄城侯植爲誄曰：指景自誓。

〔八二〕〔錢注〕《淮南子》：山雲蒸而柱礎潤。

〔八三〕〔錢注〕《莊子》：莊周曰：『周昨來，車轍中有鮒魚焉，曰：「我東海之波臣也，君豈有升斗之水以活我哉？」周曰：「我激西江之水而迎子，可乎？」鮒魚忿然作色曰：「曾不如早索我於枯魚之肆。」』

爲絳郡公上李相公啓〔一〕

某少悲羈紲〔二〕，不承師友之親規〔三〕；晚學文章，麤致鄉曲之名譽〔四〕。謬汙官秩，遂彯華纓〔五〕。握蘭清曹〔六〕，視草禁掖〔七〕。貪叨過極〔八〕，憂責非寧〔九〕。蚤爲寒暑所侵〔一〇〕，頗染肺腸之疾〔一一〕。自頃以慶雲結蔭〔一二〕，宸極繫心〔一三〕，當就望以推誠〔一四〕，於煎調而寡裕〔一五〕。前歲伏蒙任使，奉遠承明〔一六〕，值朝廷興問罪之師〔一七〕，原野有宿兵之餽〔一八〕，絳城甚苦〔一九〕，鄭馹非完〔二〇〕。加之以降虜移鄉〔二一〕，仍之以貴臣銜命〔二二〕，飛輓之外〔二三〕，將迎實繁〔二四〕。旁奉廟謨，上遵詔旨。動繁調發，居勞撫安〔二五〕。抱疾以臨，爲日斯久。

伏幸姦兇克乂，濡澤横流〔二六〕，是大朝黜陟之初〔二七〕，良冶埏鎔之始〔二八〕。此郡路通四境，名冠六雄〔二九〕，軒蓋以來〔三〇〕，原野交錯〔三一〕。萑蒲有聚〔三二〕，武吏貽憂〔三三〕。雖清時無杼柚之虞，而常日有逋懸之賦〔三四〕。必在假之賢守，屬以强材。然後謡詠克興，公私不廢。豈可使某素兼疴恙，本乏良能〔三五〕，久於是邦，以主東道〔三六〕？饋飡將藥甌並進〔三七〕，假牒與公案相隨〔三八〕。含意不言〔三九〕，貪榮是罪〔四〇〕。相公漢籌始運，殷鼎將調〔四一〕，度材任官，歸於至當；存誠愛物〔四二〕，決在無頗〔四三〕。竊取自託緘封，遠干樽俎〔四四〕。俯期恩意〔四五〕，以保衰微。

且某運偶昌期，年初知命〔四六〕，豈不願臨劇郡，稍冀榮途〔四七〕？但以力有所不任，心有所不逮，雖欲勉强，實憂傾敗。彼吴楚偏鄉，非舟車要路。永言凋瘵〔四八〕，亦藉緝綏。儻特降優容，遥聞擬議，則朽質有報恩之所，羸軀收曠位之譏。宿疢或痊〔四九〕，理劇未晚〔五〇〕。伏惟試賜裁度。嚮風披懇〔五一〕，服義陳詞〔五二〕。仰台耀以瞻輝，望洪鈞而佇惠〔五三〕。干冒尊聽〔五四〕，伏積兢惕。謹啓。

校注

〔一〕本篇原載《文苑英華》卷六六一第五頁、清編《全唐文》卷七七七第二頁、《樊南文集詳注》卷三。〔馮箋〕（李相公）李回也。《英華》此爲二。按：云『姦兇克乂』，是昭義平矣。『漢籌始運，殷鼎將調』，是初爲相也。回於用兵時奉使河朔，賊平，同平章事，正相合。徐氏誤以『貴臣銜命』指回使河朔，不知自京師至河朔，其途不由鄭州。此貴臣乃李彦佐、王茂元之流，即《爲舍人絳郡公上李相公啓》所謂『元戎』『列鎮』也。《新書·表》：會昌五年五月，户部侍郎判户部李回爲中書侍郎、同中書門下平章事。大中元年八月，回節度西川。〔按〕商隱《上座主李相公狀》：『伏見恩制，相公以五月十九日登庸。』與《新·紀》合。而啓云『相公漢籌始運，殷鼎將調』，是回初任宰相時，啓當上於會昌五年五月下旬或稍後。

〔二〕絏，《英華》作『屑』，徐本作『紲』，並同。詳《爲安平公遺表》『臣少而羈絏』句注。

〔三〕親，《英華》注：集無此字。

〔四〕名，《英華》注：集無此字。見《爲張周封上楊相公啓》『譽輕鄉曲』句注。

〔五〕〔補注〕官秩，官吏之職位、俸禄。《荀子·王霸》：『百官則將齊其制度，重其官秩。』彯，飄動。彯纓，冠纓飄動，指在朝爲官。

〔六〕見《爲安平公謝除兖海觀察使表》『每含香而自嘆』句注。〔補注〕清曹，清要之官署。《事文類聚》：『山濤啓事曰：「舊選尚書郎，極清望也。」』此以清曹指尚書省諸曹郎官。

〔七〕見《爲汝南公華州賀南郊赦表》『當時仙禁，慚視草以無能』句注。

〔八〕〔補注〕《文子·上義》：『貪叨多欲之人，殘賊天下。』

〔九〕〔徐注〕《魏志·武帝紀》注：公上書謝曰：自託聖世，永無憂責。餘見《爲滎陽公舉王克明等充縣令主簿狀》『一則輕微臣之憂責』句注。

〔一〇〕所，《英華》作『之』，注：集作『所』。

〔一一〕染，《英華》作『有』。

〔一二〕〔徐注〕《竹書紀年》：舜在位十有四年，於是八風循通，慶雲藂聚。〔馮注〕《尚書大傳》：舜爲賓客，禹爲主人，百工相和而歌《卿雲》。《宋書·符瑞志》：舜在位十有四年，天大雷雨疾風，舜乃擁璿持衡而笑曰：『明哉！夫天下非一人之天下也。』乃薦禹於天，於是和風普應，慶雲興焉，百公相和而歌《慶雲》。按：《卿雲歌》：『日月光華，旦復旦兮。』謂禪代也。《史記·天官書》：卿雲見，喜氣也。卿音慶。此當謂武宗即位之恩覃於宗室者。

〔一三〕繫，《英華》作『係』，同。〔徐注〕《晉書·傅咸傳》：億兆顒顒，戴仰宸極。

〔一四〕見《爲安平公謝除兖海觀察使表》『誓將竭誠，非敢養望』二句注。

〔一五〕〔徐注〕《南史·循吏傳》：孫謙，從子廉，凡貴要每食，廉必日進滋旨，皆手自煎調。案：煎調，謂湯藥之事。

〔一六〕〔徐注〕《西都賦》：承明、金馬，著作之庭。

〔一七〕〔補注〕當指會昌三年討伐叛鎮劉稹事。

〔一八〕〔徐注〕《左傳》：凡師一宿爲舍，再宿爲信，過信爲次。《舊書》：會昌三年春正月，以宿師于野，罷元會。

〔一九〕〔馮注〕《左傳》：士蔿城絳，以深其宫。

〔二〇〕馹，《英華》作『驛』，誤。完，《英華》作『遥』，注：集作『完』。〔徐注〕《左傳》：楚子乘馹，會師于臨品。楊慎《丹鉛録》：《孟子》『置郵傳命』，古注：置，驛也；郵，馹也。置緩郵速，驛遲馹疾，後世不達其義，以馹爲驛之省文。永樂中刻《春秋大全》，盡改《左傳》『馹』字爲『驛』，驛與馹溷而不分，故解經者皆謬。〔馮注〕《左傳》：鄭公孫黑將作亂，子産在鄙聞之，乘遽而至。《爾雅·釋言》：馹，遽傳也。按：言恐賊兵至，故修城郭，整驛傳。苦，音古，惡也。如《考工記》『辨其良苦』，《史記·五帝紀》『器不苦窳』之『苦』。與《左傳》『楚圍渠丘，渠丘城惡』同意。

〔二一〕〔徐注〕謂烏介也。見《爲河南盧尹賀上尊號表》『攄累聖之忿憤』句注。〔馮注〕是時破逐烏介可汗，其衆多來降，遂命分隸諸道，事見史文，故曰『降虜移鄉』也。徐氏止云『謂烏介』，則烏介方走投黑車子，與絳、鄭二州何與哉！〔按〕馮注是。《通鑑·會昌三年》：二月，『詔停歸義軍（會昌二年六月，以嗢没斯所部爲歸義軍，以嗢没斯爲左金吾大將軍，充軍使），以其士卒分隸諸道爲騎兵，優給糧賜。』即所謂『降虜移鄉』。

〔二二〕〔徐注〕謂李回也，見《爲李貽孫上李相公啓》。〔馮曰〕此『貴臣』乃李彦佐、王茂元之流，即《爲舍人絳郡公上李相公啓》所謂『元戎』『列鎮』也。〔按〕馮注是。會昌三年五月，詔告中外削奪劉從諫、稹官爵，命諸鎮四面進兵攻討，時以徐泗節度使李彦佐爲晉絳行營諸軍節度澤潞西南面招討使。九月，陳許節度使王宰充澤潞南面招討使，兼領河陽行營諸軍攻討使。李、王之部隊赴討叛前綫，均須道經鄭州。而先是會昌三年四月末，忠武節度使王茂元奉命移鎮河陽，未必率忠武之師前往也。

〔二三〕〔徐注〕《漢書·嚴安傳》：飛芻輓粟，以隨其後。

〔二四〕〔徐注〕《莊子》：無有所將，無有所迎。〔按〕將，送也。

〔二八〕〔徐注〕《禮記》：良冶之子，必學爲裘；良弓之子，必學爲箕。〔補注〕埏，以水和土。埏鎔，喻培育、栽培。
〔二五〕〔徐注〕《北史·蠕蠕傳》：道武撫安之。
〔二六〕〔徐注〕司馬相如《封禪文》：沾濡浸潤，協氣横流。
〔二七〕黜陟，《英華》作『陟降』，注：集作『黜陟』。〔補注〕《書·周官》：『諸侯各朝于方岳，大明黜陟。』
〔二九〕六雄，見《爲絳郡公上崔相公啓》『此地名高六雄』句注。
〔三〇〕以，《英華》作『已』。
〔三一〕錯，《英華》注：集作『午』。
〔三二〕見《爲舍人絳郡公上李相公啓》『常雜萑蒲之衆』注。
〔三三〕〔馮注〕《漢書·何並傳》：並徙潁川太守，使文吏治潁川鍾威，陽翟趙季、李款三人獄，武吏往捕之。
〔三四〕〔徐注〕《詩》：大東小東，杼軸其空。《漢書·成帝紀》：詔曰：諸逋租賦所振貸勿收。〔馮注〕《北史·辛雄傳》：逋懸租調，宜悉不征。〔按〕逋懸，拖欠之租賦。
〔三五〕〔馮注〕《後漢書·循吏傳》：亦一時之良能也，今綴集以爲《循吏篇》云。
〔三六〕見《爲舍人絳郡公上李相公啓》注〔二八〕。
〔三七〕〔徐注〕揚雄《方言》：甂，自關而西謂之甂，其大者謂之甌。
〔三八〕與，《英華》作『以』。〔徐注〕《南史·王球傳》：未可以文案責也。〔補注〕公案，官府案件文卷。
〔三九〕〔補注〕《古詩十九首·今日良宴會》：『齊心同所願，含意俱未申。』
〔四〇〕〔徐注〕《晉書·陶侃傳》：表曰：臣非貪榮於疇昔，而虚讓於今日。
〔四一〕漢籌，見《爲李貽孫上李相公啓》『奉規於帷幄』注。殷鼎，見《爲濮陽公上淮南李相公狀二》『顯當殷鼎』注。

〔四二〕愛，《英華》注：集作「受」，非。

〔四三〕〔徐注〕《書》：人用側頗僻。注：頗，不平也。〔馮注〕《書》：無偏無陂。「頗」與「陂」義同。本作「頗」，唐明皇改作「陂」。

〔四四〕〔徐注〕《晏子春秋》：不出樽俎之間，而折衝千里之外。

〔四五〕意，《英華》注：集作「旨」。

〔四六〕〔補注〕《論語·爲政》：「五十而知天命。」按：據此，李褒當生於唐德宗貞元十二年（七九六）左右。

〔四七〕〔徐注〕《法苑珠林》：晋李恒問榮途貴賤。

〔四八〕〔徐注〕木華《海賦》：天綱浡潏，爲凋爲瘵。翰曰：凋，傷也；瘵，病也。〔馮注〕《爾雅》：瘵，病也。

〔四九〕〔馮注〕《越語》有「疾疹」字。張衡《思玄賦》：「思百憂以自疹。」疢、疹、疢並同。〔按〕馮本作疹。

〔五〇〕〔馮注〕《漢書·酷吏傳》：尹賞能治劇，徙爲頻陽令。《後漢書·袁安傳》：三府舉安能理劇，拜楚郡太守。

〔五一〕〔徐注〕《楚辭》：長嚮風而舒情。

〔五二〕〔馮注〕《大戴禮記》：祈奚曰：「趙文子服義而行信。」《楚辭》：身服義而未沫。謝朓《辭隨王牋》：服義徒擁。〔徐注〕《離騷》：就重華而陳辭。

〔五三〕〔徐注〕王褒《四子講德論》：鴻鈞之世，何物不樂。〔馮曰〕「鴻」「洪」古字通。〔按〕台耀，猶三台星。古以喻三公及宰相。

〔五四〕聽，《英華》作「德」，注：集作「雄」。均非。〔徐曰〕當作「聽」，集作「雄」，非。〔馮曰〕「尊德」自可，但德、惕音犯，似「德」字誤。

〔蔣士銓曰〕未極縱横，稍能熨貼。（《忠雅堂全集·評選四六法海》卷三）

爲弘農公上兩考官狀〔一〕

伏見前月十九日恩制，座主相公登庸〔二〕。某科等受恩，伏增榮抃。閣下同德比義〔三〕，契重交深。載惟爰立之榮〔四〕，佇見彙征之吉〔五〕。下情不任迎賀踴躍之至，伏惟照察。

校注

〔一〕本篇原載清編《全唐文》卷七七四第二〇頁、《樊南文集補編》卷五。〔岑曰〕唐代制科常特派考官三、四人，與其選者率是清要。（楊）倞於元和、長慶間已入仕，則在開成中較爲前輩，而開成四、五年新入相者如崔鄲、崔珙，當憲、穆兩朝，並未躋清要，何忽來座主登庸也？忽悟樊南文題目，今多訛衍，狀末述己之地位，爲舊體書啓應有之義，今狀末無典守州條語，況求諸《新表》，開成四、五年鄲、珙均非十九日登庸，惟《新紀》《表》書李回入相於會昌五年五月乙丑，即十九日也。然則此狀乃商隱與其同年等所上，故曰『某科等』。商隱稱回爲座主，連張氏所舉兩例，合此而三矣。商隱是時尚居洛陽，故曰『前月恩制』，與回同爲開成三年弘詞等制科考官之兩人，惜姓名無可考（《登科記考》二一亦漏書回是歲爲考官，可補入）。然一考官登庸而賀及其同僚，得此可略見唐人書牘酬應之繁瑣也。『爲弘農公』四字應衍，並改編會昌五年。（《玉谿生年譜會箋平質》已缺證十六）〔按〕此篇錢氏、張氏於『兩考官』均無箋證，岑氏所考甚是。狀當上於會昌五年六月（據狀首『前月十九日』語），題内『爲弘農公』四字，係鈔寫時涉上二題（《爲弘農公上虢州後上中書狀》《爲弘農公虢州上後上三相公狀》）而致誤。然原題似亦不可能僅爲《上兩考官狀》，在『上兩考官狀』之前或當有『與同年等』數字。

〔二〕〔錢注〕《摭言》：有司謂之座主。〔補注〕《書·堯典》：『帝曰：疇咨若時登庸。』登庸，選拔任用。此指任用爲宰相。

〔三〕〔錢注〕《後漢書·孔融傳》：先君孔子，與君先人李老君，同德比義而相師友。〔按〕此言李回與另一考官同德比義。

〔四〕〔補注〕《書·説命》：『爰立作相，王置諸其左右。』爰立，指拜相。

〔五〕〔補注〕《易·泰》：『初九，拔茅茹，以其彙，征吉。』孔穎達疏：『彙，類也，以類相從。……征，行也。』彙征，連類而及。按：此謂將見另一考官亦連類而及，加以重用。

上李舍人狀一〔一〕

不審近日尊體何如？伏計不失調護。去冬二十八叔拜迎軒騎〔二〕，已託從者附狀起居。及二十三叔歸闕之時，某適有私故，淹留他縣〔三〕，阻拜清光。自春又爲鄭州李舍人邀留，比月方還洛下，以此久闕附狀，用抒下情。頃者二十三叔固辭内廷〔四〕，屈典外郡〔五〕，避榮之心有素，頒條之績又彰。今則假道選曹〔六〕，復登綸閣〔七〕，光揚星次〔八〕，焕發天聲〔九〕，爲一代之宗師〔一〇〕，留萬古之謨訓〔一一〕。凡在儒墨，孰不歡忻。況某早奉輝光，猥至成立〔一二〕，下情豈任抃賀踴躍之至。

校注

〔一〕本篇原載清編《全唐文》卷七七五第一八頁、《樊南文集補編》卷六。〔錢箋〕前四狀（按：指《上鄭州李舍人狀》一、二、三、四）皆爲鄭州李舍人作。馮箋：『義山從叔名褒，會昌中，出爲鄭州刺史。』本集有四啓一文，既可互證，而詩集有《鄭州獻從叔舍人褒》詩，似爲崇信道流者，即前第二狀所云『進受治籙，兼建妙齋』，第四狀所云『紫極宮中，大延法衆』也。此下七狀，則皆不以『鄭州』冠首。第二、第三狀，皆爲紫極宮作文之事，則與前兩狀所云既合，又褒以中書舍人供職内廷，而出爲郡守，未免失意，故第五狀有『去關鍵於寵辱，忘階阯於高卑』諸語。又本集爲褒歷抵時相之啓（按：指《爲舍人絳郡公上李相公啓》《爲絳郡公上史館李相公啓》《爲絳郡公上崔相公啓》《爲絳郡公上李相公啓》），大率以棲心寂静，不耐煩劇爲詞，第六狀云『已卜江南隱居，轉貼都下舊宅』，似褒已抗志高隱，而義山尼之者。然據此類推，則舍人之仍爲李褒，似屬可信。惟既係上褒而作，則此篇所謂『鄭州李舍人』者，又係何人？且諸狀皆稱十二叔，則所稱二十三叔，又何所指。祇此一篇，不惟與前四狀引義不倫，且與後六狀自相歧異，疑不能明也。〔張箋〕考諸狀皆稱李褒爲『十二叔』，此稱『二十三叔』，且有『鄭州李舍人』語，則此李舍人（指本篇所上之李舍人）必非李褒。褒由舍人出刺鄭州，罷官居洛，見第七狀。此『李舍人』則實官舍人也，狀云：『今則假道選曹，復登綸閣。』可以互證。其先云『固辭内廷，屈典外郡』者，乃述其從前敭歷耳。所稱『二十八叔』，蓋此李舍人之弟，亦與褒無涉。當由輯《永樂大典》者以題中姓氏官號從同，故類而編之，不可不辨。又案《英華》有《授李褒虢州刺史制》，當是褒後所歷官。《會稽掇英總集》載《唐會稽太守題名記》：『李褒大中三年自前禮部侍郎、除禮部尚書授。六年八月追赴闕。』則褒在大中時頗通貴也。〔按〕本篇題内之李舍人顯非李褒，錢、張辨證是。岑仲勉疑此篇題内之『李舍人』名訥，詳其所著《翰學壁記注補》。訥會昌四年任吏部員外郎知制誥。後遷禮部郎中知制誥，正拜中書舍人，然其任中舍之時與本篇之作時不合。《上李舍人狀》二至七諸狀之李舍人仍爲李褒，詳各篇注〔一〕。本篇有『自春又爲鄭州李舍人邀留，比月（近月）方還洛下』之語，他狀又有『夏秋以來，疾苦相繼』，『某自還京洛，常抱憂煎，骨肉之間，病恙相繼』等語，則商隱之由鄭抵洛，當在會昌五年初夏。此狀之作，殆在會昌五年五、六月間。

〔二〕〔錢注〕《韓非子》：田子方從齊之魏，望翟黄乘軒騎駕出。〔補注〕軒騎，車騎，尊稱李舍人。

〔三〕〔錢箋〕詩集有《大鹵平後移家到永樂縣居書懷十韻》，事當在會昌四年，此『他縣』疑即永樂。下文所稱（鄭州）李舍人，疑即李褒。考本集爲絳郡公四啓，皆作於澤潞既平之後，楊弁就縛，劉稹繼平，年月正相合也。永樂爲僑寓，鄭州爲作客，是終以東都爲定居，故下文又云『方還洛下』，説詳後狀（按：指《上李舍人狀三》）。《爾雅》：淹留，久留也。〔按〕前言『去冬』，接叙『二十三叔（即此篇題内之李舍人）歸闕』，下言『自春』，則李舍人之歸闕當在會昌四年冬，其時商隱正在永樂，詩集有《四年冬以退居蒲之永樂渴然有農夫望歲之志遂作憶雪又作殘雪詩各一百言以寄情于游舊》可證，『他縣』自指永樂。謂永樂爲僑寓自可，然謂鄭州爲作客，洛陽爲定居則非，辨詳後狀。

〔四〕〔錢注〕《文獻通考》：玄宗初，待詔内庭，止於應和詩賦文章而已。詔誥所出，本中書舍人之職。軍興之際，促迫應務，權令學士代之。

〔五〕〔錢注〕《漢書·蕭望之傳》：以望之爲平原太守。望之雅意在本朝，遠爲郡守，内不自得，乃上疏曰：『願陛下選明經術、温故知新、通於幾微謀慮之士，以爲内臣，與參政事。外郡不治，豈足憂哉！』〔按〕岑氏以爲此篇之李舍人爲李訥。然訥開成五年充翰林學士。會昌二年，遷職方員外郎。三年四月出守本官。四年任吏部員外郎知制誥。後遷禮部郎中知制誥，正拜中書舍人。其間並無『固辭内廷，屈典外郡』之宦歷，由中書舍人出爲華州刺史已在大中四年左右。《文苑英華》卷三八二有崔嘏《授李訥中書舍人李言大理少卿制》，嘏大中元年爲中書舍人，二年正月坐草李德裕制不盡言其罪貶端州刺史，其授李訥中書舍人制當作於大中元年，訥之拜中舍蓋在此時。

可證此篇之李舍人非李訥。

〔六〕〔錢注〕《吳志・顧譚傳》：薛綜爲選曹尚書。〔補注〕選曹，主管銓選官吏之部門，指吏部。

〔七〕〔錢注〕《初學記》：中書職掌綸誥。前代詞人，因謂之綸閣。〔按〕據『頃者二十三叔固辭内廷，屈典外郡……今則假道選曹，復登綸閣』數句，此李舍人當先任中書舍人（或知制誥），旋出守外郡。繼調回朝廷，任職於吏部，再重官中書舍人。

〔八〕〔錢注〕《後漢書・郡國志》注：乃推分星次，以定律度。〔補注〕古人爲説明日月五星之運行與節氣之變換，將黄赤道附近一周天按由西向東之方向分爲十二等分，謂之星次。

〔九〕〔錢注〕揚雄《甘泉賦》：天聲起兮勇士厲。〔補注〕天聲，猶天子之聲音。中書舍人職掌草擬制誥，故云。

〔一〇〕〔錢注〕《漢書・平帝紀》：其爲宗室，自太上皇以來，族親各以世氏郡國，置宗師以糾之，致教訓焉。《唐會要》：武德二年，詔曰：宗緒之情，義超常品，宜有旌異，以明等級。天下諸宗姓任官者，宜在同列之上。無任職者，不在繇役之限。每州置宗師一人，以相統攝。〔按〕錢注所引書之『宗師』乃宗正卿之屬官，掌宗室子弟之訓導，非商隱此句『宗師』之義。此『一代之宗師』，聯繫上下文『綸閣』『謨訓』，自指文章之宗師，亦即詩集《漫成五首》之一『當時自謂宗師妙』之『宗師』也。

〔一一〕〔補注〕《書・胤征》：『聖有謨訓，明徵定保。』謨訓，君主之謀略與訓誨。《尚書》有《大禹謨》《伊訓》。此謂李舍人所撰之制詔將流傳後世。

〔一二〕〔錢注〕《史記・晋世家》：輔我以行，卒至成立。

爲相國隴西公黄籙齋文〔一〕

臣忝系仙枝〔二〕，獲蒙道蔭〔三〕，早佩相印〔四〕，屢登齋壇〔五〕。雖八景三清〔六〕，曩聞科戒〔七〕；而七情五賊〔八〕，未勉修持。入輔出征〔九〕，緜時歷歲。伏慮政刑非當，賞罰或乖，積愆咎於玄司〔一〇〕，負委寄於皇渥〔一一〕。今謹齋薄具〔一二〕，仰獻微誠，伏乞太上三尊〔一三〕，十方衆聖〔一四〕，曲垂保祐，大賜滌除，俾善業克成〔一五〕，良願無擁〔一六〕。金柯玉葉〔一七〕，奉聖祖於千秋〔一八〕；黄屋丹墀〔一九〕，戴吾君於億載。百蠻康樂〔二〇〕，萬國乂安〔二一〕。然後散及冥塗〔二二〕，霑諸酆部〔二三〕。寒靈罷對，滯爽騰輝〔二四〕。俱升仁壽之方〔二五〕，共奉太平之化。

校注

〔一〕本篇原載清編《全唐文》卷七八〇第二四頁、《樊南文集補編》卷一一。〔錢箋〕文首有『忝系仙枝』語，必唐宗室也。《新唐書・宗室世系表》：宰相十一人。與義山同時者，程也，石也，回也。回爲義山座主，有《爲湖南座主隴西公賀馬相公登庸啓》，此文或亦爲回而作。〔張箋〕（列不編年文）案：文云：『早佩相印，屢登齋壇。』又云：『入輔出征，緜時歷歲。』合之李回，亦不細符，惟李石差近，其永樂閒居時作歟？〔按〕李程卒於會昌二年，商隱與其無交往。李回會昌五年五月始拜相。此文如爲回作，據『早佩相印』『入輔出征，緜時歷歲』語，必在大中二年五月商隱自桂府北歸經潭州時，蓋前此回尚節度西川，後此則疊貶賀州，均無緣作此文；如系會昌五、六年間作，則回甫拜相，不得言『早佩相印』。然大中二年五月回已責授湖南觀察使，以左遷之身份，似亦不宜有『伏慮政刑非（錢本作『未』）當，賞罰或乖』之語。張謂不細符，是也。張疑李石。據新、舊《唐書》紀、傳、表，李石於大和九年十一月甘露事變後即以户部侍郎判度支本官同中書門下平章事，與『早佩相印』者合；開成三年正月，出爲荆南節度使；會昌三年，由荆南遷河東，『檢校司空、平章事，兼太原尹、北都留守，充河東節度、管内觀察等使』；會昌四年，河東將楊弁作亂，逐石，詔以太子少傅分司東都；會昌五年正月，『以前太原節度使、檢校司空李石以本官充東都留守』，會昌六年四月猶在東都留守任（見《宣宗紀》），卒，年六十二。以上經歷，與『入輔出征，緜時歷歲』亦合。令狐楚鎮河東，引石爲副使，與商隱同幕。石鎮太原時，商隱有遊幕之迹（見《大鹵平後移家到永樂縣居書懷十韻寄劉韋二前輩二公嘗於此縣寄居》詩及《喜聞太原同院崔侍御臺拜兼寄在臺三二同年之什》詩）。此文之作，當在會昌五年夏秋間，時李石任東都留守，商隱則春末夏初自鄭至洛，閒居洛陽。故應石之請而有此作也。

〔二〕〔錢注〕葛洪《神仙傳》：老子母到李樹下，生老子，生而能言，指李樹曰：『以此爲我姓。』〔補注〕《新唐書·李石傳》：『李石字中玉，襄邑恭王神符五世孫。』商隱自稱唐宗室，亦言『陰陰仙李枝』，見《戲題樞言草閣三十二韻》詩。

〔三〕〔錢注〕：《雲笈七籤》：迴輪曲降，道廕我身。

〔四〕見《爲滎陽公上僕射崔相公狀一》注〔五〕。〔補注〕《新唐書·宰相表下》：大和九年十一月乙丑，『户部侍郎、判度支李石守本官、同中書門下平章事』。

〔五〕〔錢注〕齋壇，見《上鄭州李舍人狀二》注〔三〕。以上文『獲蒙道蔭』例之，此齋壇似即指黄籙齋壇。惟李回曾爲湖南觀察使，或取登壇命將之義，互見《爲王秀才妻蘇氏祭先舅司徒文》『四涉齋壇』句注。〔按〕李石曾任荆南、河東節度使及東都留守，與『屢登齋壇』正合。齋壇指齋戒設壇拜將之將壇。

〔六〕〔錢注〕《太平御覽》：《上清洞真玉經》曰：太上八景章，皆刻於東華仙臺，不宣於世。三清，《雲笈七籤》：其三清境者，玉清、上清、太清是也。亦名三天，清微天、禹餘天、大赤天是也。

〔七〕〔錢注〕《隋書·經籍志》：後遇太上老君，授謙之爲天師，而又賜之《雲中音誦科誡》二十卷。〔補注〕科戒，修道之戒律法規。

〔八〕〔錢注〕《法苑珠林》：《灌頂經》云：我身中有是五賊，牽我入三惡道中。〔補注〕《禮記·禮運》：『何謂七情？喜、怒、哀、懼、愛、惡、欲。』《陰符經》上：『天有五賊，見之者昌。』張果注：『五賊者，命、物、時、功、神也。』

〔九〕〔錢注〕傅亮《爲宋公求加贈劉將軍表》：出征入輔，幸不辱命。〔按〕入輔，指任宰相；出征，指任荆南、河東節度使。

〔一〇〕〔錢注〕陶弘景《真靈位業圖序》：懼貽謫玄府，絡咎冥司。

〔一一〕〔錢注〕《宋書·元凶劭傳》：諸君或奕世貞賢，身□皇渥。

〔一二〕〔錢注〕司馬相如《長門賦》：修薄具而自設兮。〔補注〕薄具，不豐盛之肴饌。

〔一三〕見《爲滎陽公黄籙齋文》注〔五四〕。

〔一四〕見《爲滎陽公黄籙齋文》注〔五五〕。

〔一五〕〔錢注〕《法苑珠林》：如《智度論》説，殺害等是不善業，布施等是善業。

〔一六〕〔錢注〕《雲笈七籤》：三元八節朝隱祝曰：上清玉帝、三素元君、太上高靈、仙都大神，今日吉日，八願開陳：上願飛霄長生神仙，中願天地合景風雲，下願五藏與我長存，次願七祖釋罪脱愆，又願帝君斫伐胞根，六願世世知慧開全，七願滅鬼馘斬六天，八願降靈徹聽東西。上願一合，莫不如言，願神願仙，上朝三元。〔補注〕擁，阻塞。

〔一七〕〔錢注〕徐陵《在北齊與宗室書》：其後金柯玉葉，霞振雲從。〔補注〕喻皇室宗枝。

〔一八〕〔錢注〕《唐會要》：天寶二載正月十五日，加太上玄元皇帝號爲大聖祖玄元皇帝。八載六月十五日，加號爲大聖祖大道玄元皇帝。

〔一九〕見《爲安平公賀皇躬痊復上門下狀》注〔九〕。

〔二〇〕〔補注〕《詩·大雅·韓奕》：『以先祖受命，因是百蠻。』

〔二一〕〔補注〕《史記·孝武本紀》：『漢興已六十餘歲矣，天下乂安。』乂安，安定。

〔二二〕〔錢注〕《通鑑·唐高祖紀》注：釋氏以地獄、餓鬼、畜生爲三塗，言人之爲惡者，必墮此也。

〔二三〕見《爲滎陽公黄籙齋文》注〔二五〕。

〔二四〕〔錢注〕：《雲笈七籤》：《靈寶洞玄自然九天生神章經》云：感爽無凝滯，去留如解帶。〔補注〕爽，精爽，神志。

〔二五〕〔補注〕《論語·雍也》：『知者動，仁者静；知者樂，仁者壽。』《漢書·王吉傳》：『敺一世之民，躋之仁壽之域。』

爲絳郡公祭宣武王尚書文〔一〕

伏惟曾構高基，往修峻址。俯爲明時，載生奇士〔二〕。杜林舅族，本富文理〔三〕；楊惲外門〔四〕，素多圖史〔五〕。朱檻有裕〔六〕，括羽成美〔七〕。逸足輕從東之道〔八〕，巨背狹圖南之水〔九〕。匡生明習〔一〇〕，董氏精專〔一一〕。魯壁墜簡，汲冢遺編〔一二〕。坐忘流麥〔一三〕，出記懷鉛〔一四〕。淹中莫敵〔一五〕，稷下誰先〔一六〕？朝有曲臺〔一七〕，時推奥學〔一八〕。明博士之高選〔一九〕，資衆儒之先覺〔二〇〕。殷、周損益〔二一〕，夔、夷禮樂〔二二〕，既得根源，盡除踳駮〔二三〕。

粉闈假道〔二四〕，諫署揚輝〔二五〕。吾寧訐訕〔二六〕？時好依違〔二七〕。周舉上章，惟求主悟〔二八〕；賈生草疏，豈畏人非〔二九〕。用之則至，捨之則歸〔三〇〕。旋領藩符〔三一〕，俄司國計〔三二〕。鋤革煩冗，修明課第〔三三〕。鄙晋室之鬻練〔三四〕，小漢朝之造幣〔三五〕。前籌未借〔三六〕，斂笏還家〔三七〕。再北非罪〔三八〕，三黜何嗟〔三九〕。淮陽勁兵〔四〇〕，潁水豪族〔四一〕。既佩新印，仍推舊轂〔四二〕。杜當陽何嘗跨馬，雄士争推〔四三〕；祭征虜不廢投壺，師人自睦〔四四〕。夷門地古，梁苑藩雄〔四五〕。雙旌大旆〔四六〕，二矛重弓〔四七〕。無忌御車，惟求隱者〔四八〕；相如謝病，乃慕高風〔四九〕。方將副帝注心〔五〇〕，從時大願，率周廟之奔走〔五一〕，總漢庭之議論〔五二〕。人之不幸，今也則亡。莊子孰分其魍魎〔五三〕？秦醫莫救其膏肓〔五四〕。雁沼波瀾，空聞悲咽〔五五〕；兔園臺榭，祇見荒涼〔五六〕。

某獲顧尤深，蒙知甚早。公昔分茅〔五七〕，愚當視草〔五八〕。於劉向論思之時〔五九〕，贊孟舒長者之號〔六〇〕。及兹出守，實介親鄰〔六一〕。音徽繼好〔六二〕，寤寐依仁〔六三〕。常期異日，克奉清塵〔六四〕。何言永慟，屬此嘉辰〔六五〕。訃哀如昨，歸轍攸遵。林薄莽蒼〔六六〕，川原隱轔〔六七〕。想諸葛之旗鼓，空還舊壘〔六八〕；念伯喈之書籍，已付何人〔六九〕？候館攸開〔七〇〕，丹旛遽至〔七一〕。瞻望衛幕〔七二〕，連緜秦畤〔七三〕。寄奠申訣，緘詞寫意〔七四〕。終阻願於躬親，徒加哀於殄瘁〔七五〕。嗚呼哀哉，尚饗！

校注

〔一〕本篇原載《文苑英華》卷九八九第七頁、清編《全唐文》卷七八一第一六頁、《樊南文集詳注》卷六。〔馮箋〕以『出守』『親鄰』之語，合之上諸相公啓，當在會昌間，乃王彦威也。《舊》《新書·傳》：彦威，太原人。世儒家，少孤貧，苦學，尤通三《禮》。舉明經甲科，未得調，求爲太常散吏，補檢討官。采隋已來吉凶五禮，條次彙分，號曰《元和新禮》，上之。拜博士。憲宗於元和十五年正月崩，有司議葬，用十二月。彥威言：『《春秋》之義，過期不葬則譏之。』有詔更用五月。淮南節度使李夷簡以憲宗功高，宜特稱祖。彥威議謂非典訓，宜稱宗。從之。故事：祔廟之禮，先告太極殿，然後奉主入太廟。祔畢，不再告於太極殿。時執政令有司再告，彥威執議不可，執政怒。乃以祝版誤，削一階。彥威終不回屈。累遷司封郎中、弘文館學士、諫議大夫。以本官兼史館修撰，奏論僕射上事儀注。雖不從其議，論者稱之。興平縣民上官興殺人亡命，吏囚其父。興聞，自首請罪，時議減死。彥威以『原而不殺，是教殺人。』詣中書投宰相面論，語訐氣盛。執政怒，左遷河南少尹。未幾，改司農卿。進拜平盧節度。開成元年，召拜户部侍郎、判度支。性剛訐自恃，嘗奏曰：『臣自計司按見管錢穀文簿，量入爲出，使經費必足，無所刻削。』因上《占額圖》，既而又進外鎮之仰度支者爲《供軍圖》。彥威既掌利權，心希大用，大結神策軍私恩。會邊軍上訴衣賜不時，兼之朽故。宰臣惡其所爲，令攝度支人吏付臺推訊。左授衛尉卿。三年七月，檢校禮部尚書，充忠武軍節度。會昌中，徙爲宣武節度使。卒，贈僕射，謚曰靖。文中所叙，語皆符合，故詳引之。（王彥威之卒，馮譜列會昌二年，而繫本文於會昌三年。）〔張箋〕彥威開成三年七月節度忠武，見《舊・紀》及《傳》。《傳》云：『會昌中入爲兵部，歷方鎮，檢校兵部尚書卒。』其徙宣武及卒，不詳何年。本集義山爲絳郡公諸文，皆在澤潞平後。集有《爲絳郡公祭宣武王尚書文》云：『公昔分茅，愚當視草，於劉向論思之時，贊孟舒長者之號。及兹出守，實介親鄰。音徽繼好，寤寐依仁。何言永慟，屬此嘉辰。訃哀如昨，歸轊攸遵。』則彥威之鎮宣武，在會昌二年李褒未出守時，而卒於是年（按：指會昌四年）也。馮譜列彥威之卒於二年，無據。（張箋繫本文於會昌四年）〔岑曰〕（張）《箋》三系會昌四年，似不如《方鎮年表》系五年之可信。（《玉谿生年譜會箋平質》丙《欠碻》）〔按〕張氏所考，雖揭出馮譜之誤，然於彥威徙宣武年、卒年及本文作年，仍有失考處，兹分述如下：一、彥威徙宣武。張氏據『及兹出守，實介親鄰』訂彥威節度宣武之時。然李褒從出守到與彥威成爲『親鄰』，尚有一段時間。李褒出守在會昌二年五月十九日（《翰苑群書・重修承旨學士壁記》），初守之地并不與宣武相鄰。『絳田已非厥任，榮波轉過其材』（《爲絳郡公上崔相公啓》），是乃先守絳州，後遷鄭州（岑仲勉《翰林學士壁記注補》謂李褒初守虢州，繼守絳、鄭，因與此處所考無礙，暫不具論）。彦威節度宣武，究竟在李褒守絳之前抑守鄭之前，單憑『及兹出守』一句，實屬模糊難定。查《劉禹錫集·外集》有《唐故監察御史贈尚書右僕射王公神道碑》，係爲彦威父王倰所作。文云：『季子彦威……檢校禮部尚書、充汴宋亳等州節度觀察處置等使。』可見禹錫撰碑時，彦威已在宣武任上。禹錫卒於會昌二年七月，享年七十一，係老病而終。是則彦威鎮宣武必在會昌二年七月前，且須在禹錫尚有精力爲人作長篇碑銘時（王倰碑千字以上）。其鎮宣武之確切時間，當依吴廷燮《唐方鎮年表》定於開成五年九月（或十月）間，蓋李德裕由淮南入相，開成五年九月，以宣武節度使李紳代德裕鎮淮南（《舊·紀》），而王彦威則由忠武徙節宣武，王茂元又由朝官出爲忠武節度使。據《爲濮陽公陳許舉人自代狀》及同時代作諸表狀，茂元確於開成五年十月出鎮陳許，則彦威之徙鎮宣武亦自必在同時。彦威鎮宣武之時間自開成五年至會昌五年，故李褒徙刺鄭州時得與彦威成爲『親鄰』。二、彦威卒年。商隱爲李褒所作諸文，多在會昌四年八月劉稹亂平後至五年間，王彦威之卒當亦不早於四年秋之前。《唐方鎮年表》訂彦威卒於會昌五年，大體可信。三、本文作年。文云：『訃哀如昨，歸轍攸遵。林薄莽蒼，川原隱轔。想諸葛之旗鼓，空還舊壘；念伯喈之書籍，已付何人？』所寫情景並非初卒，而係歸葬之時。『候館攸聞，丹旛遽至。瞻望衛幕，連綿秦時。寄奠申訣，緘詞寫意。』彦威葬地當在長安附近。靈柩由汴州運往秦地，途經鄭州，時李褒正在鄭州刺史任上，故有此代作之祭文。因祭文作於歸葬時，距彦威之卒已有一段時日，故祭文當作於會昌五年而不可能如張箋之訂於四年。

〔二〕〔徐注〕《漢書·江充傳》：充爲人魁岸，容貌甚壯。帝望見而異之，曰：『燕、趙固多奇士。』

〔三〕見《爲白從事上陳許李尚書啓》『徒以杜林外氏』注。

〔四〕門，《全文》作『孫』，《英華》作『甥』，均非。《英華》注：集作『門』，是，兹據改。

〔五〕〔馮注〕《漢書·司馬遷傳》：遷既死，後其書稍出。宣帝時，遷外孫楊惲祖述其書，遂宣布焉。〔徐注〕《漢書·楊惲傳》：惲母，司馬遷女也。惲始讀外祖《太史公記》，頗爲《春秋》，以材能稱。

〔六〕〔徐注〕『朱檻』當作『朱藍』。《藝文類聚》：聚譙子曰：夫交之道，猶素之白也。染之以朱則赤，染之以藍則青。王充《論衡》：『彼姝者子，何以與之？』其傳曰：譬猶練絲，染之藍則青，染之朱則赤。按：今《毛傳》無此文，蓋魯、齊、韓三家語也。〔馮注〕朱檻，謂朱其檻，猶曰丹雘。《尚書·梓材》傳：『塗以漆，丹以朱。』此謂藻飾之施，綽有餘裕也。但未考所本。徐氏引《論衡》『譬猶練絲，染之藍則青，染之朱則赤』，疑爲『朱藍』之誤。余檢袁宏《漢紀》：郭泰嘗止陳國，童子魏昭求入其房，供給灑掃，曰：『經師易遇，人師難遭。欲以素絲之質，附近朱藍。』朱藍，丹彩皆可喻學術。此似取丹彩。〔按〕《西京雜記》卷四：『方騰驤而鳴舞，憑朱檻而爲歡。』朱檻指紅色欄干。與下句『括羽』指箭末羽毛對文。

〔七〕〔馮注〕《家語》：孔子曰：『君子不可不學。』子路曰：『南山有竹，不揉自直，斬而用之，達于犀革。以此言之，何學之有？』孔子曰：『括而羽之，鏃而礪之，其入之不亦深乎？』子路敬受教。〔徐注〕王僧孺《爲蕭監利求入學啓》：樸斵成於丹雘，篠簜資於括羽。〔按〕括，通『栝』。括羽，箭末羽毛。喻修學益智，增進才力。

〔八〕〔徐注〕《漢書》：《郊祀歌》曰：天馬來，歷無草。徑千里，從東道。

〔九〕〔馮注〕《莊子》：背負青天而莫之夭閼者，而後乃今將圖南。餘見《爲安平公謝除兗海觀察使表》『擺波濤而鯤鱗纔變』注。

〔一〇〕〔馮注〕《漢書·匡衡傳》：學者多上書薦衡經明，當世少雙。蕭望之奏衡經學精習。

〔一一〕〔徐注〕《漢書·董仲舒傳》：下帷講論，弟子傳以次相授業，或莫見其面。蓋三年不窺園，其精如此。

〔一二〕見《爲安平公兗州奏杜勝等四人充判官狀》『自魯壁所壞，汲冢之藏』注。

〔一三〕〔馮注〕《後漢書·逸民傳》：高鳳字文通。妻常之田，曝麥於庭，令鳳護雞。時天暴雨，而鳳持竿誦經，不覺潦水流麥。妻還怪問，鳳方悟之。

〔一四〕〔徐注〕《西京雜記》：揚雄懷鉛提槧，從計吏訪四方語，作《方言》。〔按〕鉛，鉛粉，用以書寫。

〔一五〕〔徐注〕《漢書·藝文志》：《禮》古經者，出魯淹中。蘇林曰：里名也。〔馮注〕《史記正義》：《七録》

云：古經出魯淹中，其書周宗伯所掌五禮威儀之事，有六十六篇。無敢傳者，後博士侍其生得十七篇。鄭氏注：今之《儀禮》是也。餘篇皆亡。《儀禮》疏：古文十七篇，與高堂生所傳相似。按：以下皆叙其議禮。

〔一六〕誰，《英華》作『惟』，誤。〔馮注〕《史記·田完世家》：宣王喜文學游説之士，自如騶衍、淳于髡、田駢、接予、慎到、環淵之徒皆賜列第，爲上大夫，不治而議論。是以齊稷下學士復盛。索隱曰：《齊地記》：齊城西門側系水左右有講室趾。〔徐注〕曹植書：田巴毀五帝，罪三王，呰五伯於稷下。善曰：魯連子云：齊之辯者曰田巴，辯於徂丘而議於稷下。《七略》云：齊有稷城門也。

〔一七〕見《代彭陽公遺表》『曲臺備位』注。

〔一八〕〔馮注〕《後漢書·法真傳》：學窮典奥。

〔一九〕〔徐注〕《魏志·劉馥傳》：疏曰：宜高選博士，取行爲人表，經任人師者，掌教國子。

〔二〇〕〔補注〕《孟子·萬章上》：『天之生此民也，使先知覺後知，使先覺覺後覺也。』

〔二一〕〔補注〕《論語·爲政》：『子張問：「十世可知也？」子曰：「殷因於夏禮，所損益，可知也；周因於殷禮，所損益，可知也。其或繼周者，雖百代，可知也。」』

〔二二〕〔徐注〕《書》：帝曰：『有能典朕三禮？』僉曰：『伯夷。』帝曰：『俞，咨伯，汝作秩宗。』又：帝曰：『夔，命汝典樂。』

〔二三〕〔徐注〕《晋書·藝術傳論》曰：迂誕難可根源。《孝經序》：踳駁尤甚。〔馮箋〕《新書·藝文志》：王彦威《元和曲臺禮》三十卷，又《續曲臺禮》三十卷，《唐典》七十卷。《文選·魏都賦》：謀踳駁於王義。注引《莊子》曰：惠施，其道踳駁言惡也。『踳』讀曰『舛』。舛，乖也。駁，色雜不同也。按：今《莊子》直作『舛駁』。

〔二四〕道，《英華》作『途』，注：集作『道』。〔徐注〕《漢官儀》：省中皆胡粉塗壁，故曰『粉署』。〔馮曰〕謂遷司封。

〔二五〕〔徐注〕《後漢書·李膺傳》：荀爽書曰：虹蜺揚輝。〔馮曰〕謂遷諫議大夫。

〔二六〕〔補注〕《論語·陽貨》：『惡訐以爲直者。』何晏集解引包咸曰：『訐，謂攻發人之陰私。』《禮記·少儀》：『爲人臣下者，有諫而無訕。』孔疏：『訕爲道説君之過惡及謗毀也。』

〔二七〕〔馮注〕依違，本《詩·小旻》篇（按：《詩·小雅·小旻》：『謀之其臧，則具是違。謀之不臧，則具是依。』），後人合用。《後漢書》：第五倫奉公盡節，言事無所依違。〔徐注〕《南史·鄭鮮之傳》：時或談論人比依違不敢難。

〔二八〕〔徐注〕《後漢書·周舉傳》：舉上書言當世得失，辭甚切正。尚書郭虔、應賀等見之歎息，共上疏稱舉忠直，欲帝置章御坐，以爲規誡。〔馮按〕舉議北鄉侯無它功德，不宜稱謚；又拜舉諫議大夫。皆此所取義。

〔二九〕疏，《英華》注：一作『諫』。〔馮注〕《史記·賈生傳》：超遷至大中大夫。生以爲當改正朔，易服色，法制度，定官名，興禮樂，乃悉草具其事。孝文帝謙讓未遑也。天子議以爲任公卿之位。絳、灌、東陽侯、馮敬之屬盡害之，乃短賈生曰：『雒陽之人，年少初學，專欲擅權，紛亂諸事。』於是天子後亦疏之，不用其議，以爲長沙王太傅。此叙奏論諸事。

〔三〇〕〔馮曰〕暗謂左遷河南少尹，改司農卿。〔按〕《論語·述而》：『子謂顔淵曰：「用之則行，舍之則藏，唯我與爾有是夫。」』

〔三一〕〔馮曰〕謂爲平盧節度。〔按〕王彦威爲平盧軍節度使在大和九年二月，見《舊唐書·文宗紀》。

〔三二〕〔馮曰〕爲户部判度支。〔按〕在開成元年，見《舊書·王彦威傳》。又《舊書·文宗紀》：開成元年七月甲午，以金吾衛大將軍陳君賞爲平盧節度使，代王彦威；以彦威爲户部侍郎判度支。

〔三三〕〔徐注〕《漢書·陳萬年傳》：元帝擢咸爲御史中丞，總領州郡奏事，課第諸刺史。〔按〕課第，考核政績并加以叙次。

〔三四〕綀，《英華》作『練』，注：集作『陳』，疑作『綀』。〔按〕作『綀』是。〔徐注〕《晋書·王導傳》：時帑藏空竭，庫中惟有綀數千端，鬻之不售。導乃與朝賢俱制綀布單衣，於是士人競服之，綀遂踊貴。《説文》：綀，布屬，所菹切。《隋書·姚察傳》：門生送南布花練。《桂海虞衡志》：練子出兩江州洞，似苧，織有花，曰花練。〔馮注〕《廣韻》：練，葛。按：舊誤作『蠶練』，《英華辨證》所改定也。而今刊《晉書》作『練』，誤矣。《廣韻》：所菹切。《集韻》山於切。並音『蔬』。《説文》新附字。

〔三五〕〔馮注〕《漢書·武帝紀》：元狩四年，有司言縣官用度不足，請收銀錫，造白金及皮幣以足用。《新書·藝文志》：王彦威《占額圖》一卷。

〔三六〕見《爲濮陽公陳許奏韓琮等四人充判官狀》『委以前籌』注。

〔三七〕〔徐注〕盧思道《勞生論》：斂笏升階。〔按〕古時官員朝會時皆持手版，端持近身以示恭敬，謂之斂笏。

〔三八〕〔徐注〕《史記·刺客傳》：曹沫者，魯人，以勇力事魯莊公爲魯將，與齊三戰三北。齊桓公與魯會於柯。曹沫執匕首劫桓公，桓公乃許盡還魯之侵地。《管晏傳》：管仲曰：『吾嘗三戰三北，鮑叔不以吾爲怯，知吾有老母也。』此云『再北』，蓋避下『三』字。〔馮注〕謂又左遷，《紀》云『爲衛尉卿，分司東都。』此用孟明敗于殽，敗于彭衙。秦伯云：『大夫何罪？』又云：『夫子何罪？』詳《左傳》。徐氏引曹沫、管仲，皆三戰三北，而云避下『三』字，必不然矣。

〔三九〕〔補注〕《論語·微子》：『柳下惠爲士師，三黜。人曰：「子未可以去乎？」曰：「直道以事人，焉往而不三黜？」』

〔四〇〕〔徐注〕《漢書·灌夫傳》：武帝即位，以爲淮陽天下郊，勁兵處，故徙夫爲淮陽太守。

〔四一〕見《爲濮陽公陳許謝上表》『水濁而强族皆除』注。〔馮曰〕謂節度忠武。

〔四二〕〔馮注〕《漢書·馮唐傳》：唐對曰：『臣聞上古王者遣將也，跪而推轂，曰：「閫以外將軍制之。」』

〔四三〕士，《英華》注：集作『武』。〔徐注〕《晉書·杜預傳》：孫皓既平，振旅凱入，以功進爵當陽縣侯。預身不跨馬，射不穿札，而每任大事，輒居將率之列。

〔四四〕〔馮注〕《後漢書·祭遵傳》：建武二年，拜征虜將軍，封潁陽侯。取士皆用儒術，對酒設樂，必雅歌投壺。

〔四五〕〔馮注〕謂改鎮宣武（汴州）。夷門，見《代彭陽公遺表》「榮彼夷門」注。梁園，見《上令狐相公狀二》「梁園早厠於文人」注。

〔四六〕〔徐注〕《左傳》：城濮之戰，晉中軍風於澤，亡大旆之左旃。雙旌，見《爲懷州李中丞謝上表》「早建雙旌」注。

〔四七〕〔徐注〕《詩》：二矛重弓。箋：備其折壞也。

〔四八〕〔馮注〕《史記·信陵君傳》：魏公子無忌，封信陵君。爲人仁而下士，致食客三千人。魏有隱士曰侯嬴，年七十，家貧，爲大梁夷門監者。公子乃置酒大會賓客，坐定，公子從車騎，虚左，自迎侯生。侯生攝敝衣冠，直上載公子上坐，不讓。公子執轡愈恭。

〔四九〕〔徐注〕謂病免遊梁。詳見《爲某先輩獻集賢相公啓》「揚子馬卿，並歸於門下」注。〔馮曰〕言其愛士，人皆傾慕。〔按〕馮解是。

〔五〇〕〔徐注〕《晉書·庾冰傳》：由是朝野注心，咸曰賢相。

〔五一〕〔徐注〕《書·武成》曰：祀於周廟，邦甸侯衛，駿奔走，執豆籩。《詩》：駿奔走在廟。

〔五二〕〔馮曰〕仍引到議禮，以其所專長也。

〔五三〕〔馮注〕《莊子》：衆罔兩問於景曰：「若向也俯今也仰，向也括今也披髮，向也坐今也起，向也行今也止，何也？」景曰：「予有而不知其所以。予，蜩甲也，蛇蜕也，似之而非也。」

〔五四〕救，《英華》作「究」。見《代安平公遺表》「念兹二豎，徒訪秦醫」注。

〔五五〕悲，《英華》作「怨」。雁沼，即雁池，見《上令狐相公狀二》「梁園早厠於文人」注。

〔五六〕〔馮曰〕皆切梁苑。見《上令狐相公狀二》「梁園早厠於文人」注。

〔五七〕〔徐注〕孔安國《書·禹貢傳》：王者封五色土爲社，建諸侯，則各割其方色土與之。使立社，燾以黄土，苴以白茅。茅取其潔，黄取王者覆四方。

〔五八〕當，《全文》《英華》均作『嘗』。《英華》注：集作『當』。按：作『當』是，兹據改。視草，見《爲汝南公華州賀南郊赦表》『當時仙禁，慚視草以無能』注。

〔五九〕見《爲汝南公華州賀南郊赦表》『況臣嘗備論思』注。

〔六〇〕〔馮注〕《史記·田叔傳》：孝文問之曰：『公知天下長者乎？公，長者也，宜知之。』叔頓首曰：『故雲中守孟舒，長者也。』

〔六一〕見注〔一〕。汴、鄭相鄰，故云。

〔六二〕〔徐注〕王儉《褚彦回碑》：音徽與春雲等潤。〔按〕音徽，此指書信。徐注引非其義。

〔六三〕〔補注〕《論語·述而》：『子曰：志於道，據於德。依於仁，遊於藝。』

〔六四〕見《爲懷州李中丞謝上表》『清塵不遠』注。

〔六五〕嘉，《英華》作『佳』。

〔六六〕〔徐注〕《莊子》：適莽蒼之野者，三日聚糧。蒼，上聲。

〔六七〕轔，《英華》作『磷』，誤。〔徐注〕揚雄《甘泉賦》：振殷轔而軍裝。善曰：殷轔，言盛多也。殷，音隱。

〔六八〕〔徐注〕《晋漢春秋》：楊儀等整軍而出，宣王追焉。姜維令儀反旗鳴鼓，若將向宣王者，宣王不敢逼。儀結陣而去。《蜀志·諸葛亮傳》：亮卒。及軍退，宣王按行其營壘處所，曰：『天下奇才也。』

〔六九〕書，《英華》注：集作『經』。〔馮注〕《後漢書·董祀妻傳》：文姬爲胡騎所獲，曹操痛邕無嗣，以金璧贖之。操問曰：『夫人家先多墳籍，猶憶識之不？』文姬曰：『昔亡父賜書四千許卷，流離塗炭，罔有存者。今所誦憶，裁四百餘篇耳。』《魏志·王粲傳》：左中郎將蔡邕見而奇之，曰：『吾家書籍文章，盡當與之。』《博物志》：

邕有書近萬卷，末年，載數車與王粲。粲亡後，粲子預魏諷反被誅。邕所與粲書，悉入粲從子業。按：彥威是無子也。

〔七〇〕候館，見《爲舍人絳郡公上李相公啓》『館餼稍乖』注。

〔七一〕〔徐注〕丹幡，丹旐也。

〔七二〕〔徐注〕《詩》瞻望弗及，佇立以泣。〔馮注〕《禮記》：布幕衛也。縿幕魯也。註：幕所以覆棺上縿縑也。讀如『綃』。衛，諸侯禮；魯，天子禮。

〔七三〕秦，《英華》作『泰』，非。〔馮注〕《史記·封禪書》：秦襄公始爲諸侯，居西垂，作西時，祀白帝。文公作鄜時。宣公作密時於渭南，祭青帝。靈公作吴陽上時，祭黄帝；作下時，祭炎帝。獻公得金瑞，作畦時櫟陽祀白帝。按：秦時不一地，此似泛言葬地近西京。

〔七四〕緘，《英華》誤作『纖』。

〔七五〕〔徐注〕《詩》：人之云亡，邦國殄瘁。

上鄭州李舍人狀二〔一〕

伏承中元〔二〕，進受治籙，兼建妙齋〔三〕。十二叔叶潤靈津〔四〕，凝華霄極〔五〕。既窮理於多能之聖〔六〕，復格神於衆妙之門〔七〕。固以紫簡題名〔八〕，黄寧虚位〔九〕，合兼上治〔一〇〕，式統高真〔一一〕。况齊直是因〔一二〕，符圖載演〔一三〕，敕地官而校善，合天衆以標虔〔一四〕。湯谷傳經〔一五〕，當同昔日；鷰林合唱〔一六〕，復現今時。信九館之靈遊〔一七〕，實三清之盛會〔一八〕。某常憑元慶〔一九〕，屬預嘉招〔二〇〕，今者遐啓雲装〔二一〕，且縈塵累〔二二〕，不獲觀光鶴嶺〔二三〕，贄禮鹿堂〔二四〕。空吟有待之詩〔二五〕，徒鬱非才之恨〔二六〕。伏惟亦賜鑒察。

校注

〔一〕本篇原載清編《全唐文》卷七七五第一六頁、《樊南文集補編》卷六。〔按〕狀有『伏承中元，進受治籙，兼建妙齋』之語，當作於會昌五年七月十五中元節稍後。

〔二〕〔錢注〕《初學記》：《道經》云：七月十五日，中元之日，地官勾校搜選衆人，分别善惡。諸天聖衆，普詣宫中，簡定劫數，人鬼傳録，餓鬼囚徒，一時俱集。以其日作玄都大獻於玉京山，採諸花果，世間所有奇異物，玩弄服飾，幡幢寶蓋，莊嚴供養之具，清膳飲食，百味芬芳，獻諸衆聖。及與道士於其日夜講誦是經，十方大聖，齊詠靈篇，囚徒餓鬼，當時解脱，一切俱飽滿，免於衆苦，得還人中，若非如斯，難可拔贖。

〔三〕〔錢注〕《隋書·經籍志》：道經者，其受道之法，初受《五千文籙》，次受《三洞籙》，次受《洞玄籙》，次受《上清籙》。籙皆素書，紀諸天曹官屬佐吏之名有多少，又有諸符，錯在其間，文章詭怪，世所不識。受者必先潔齋，然後賫金鐶一，并諸贄幣，以見於師。師受其贄，以籙授之，仍剖金鐶，各持其半，云以爲約。弟子得籙，緘而佩之。其潔齋之法，有黄籙、玉籙、金籙、塗炭等齋。爲壇三成，每成皆懸緜蕝，以爲限域。傍各開門，皆有法象。齋者亦有人數之限，以次入於緜蕝之中，魚貫面縛，陳説愆咎，告白神祇，晝夜不息，或一二七日而止。其齋數之外有人者，並在緜蕝之外，謂之齋客，但拜謝而已，不面縛焉。《唐六典》：齋有七名：一曰金籙大齋，二曰黄籙齋，三曰明真齋，四曰三元齋，五曰八節齋，六曰塗炭齋，七曰自然齋。〔補注〕道教稱所居之祠廟爲治。

〔四〕〔錢注〕《爾雅》：箕、斗之間，漢津也。〔補注〕靈津，指天河。晉道安《檄魔文》：『領衆九百億，飲馬靈津。』叶潤靈津，謂其爲皇室支派，猶『天潢支派』『稟潤咸池』之謂。下句意相類。

〔五〕〔錢注〕梁簡文帝《爲長子大器讓宣城王表》：徒以結慶璿源，乘蔭霄極。〔補注〕霄極，天空最高處，喻皇室。

〔六〕〔補注〕《論語·子罕》：『大宰問於子貢曰：「夫子聖者與？何其多能也！」子貢曰：「固天縱之將聖，又多能也。」』

〔七〕〔錢注〕《老子》：『玄之又玄，衆妙之門。』〔補注〕格，感通。

〔八〕〔錢注〕《雲笈七籤》：《太上·太真科》云：玉牒金書七寶爲簡文，名紫簡。

〔九〕〔錢注〕《黄庭經》：何不食氣太和精，故能不死入黄寧。注：即黄庭也。〔按〕《黄庭内景經·百谷》梁丘子注：『黄寧，黄庭之道成也。』錢注引有脱誤。

〔一〇〕〔錢注〕《雲笈七籤》：《太真科》下卷所説云：第五星宿治二十有八，名上治，一名内治，又名正治。是上皇元年七月七日，無上玄老太上大道君所立上中下品二十八宿要訣。

〔一一〕〔錢注〕《雲笈七籤》：了達則上聖可登，曉悟則高真可陟。

〔一二〕〔錢注〕《雲笈七籤》：《三天内解經》曰：夫爲學道，莫先乎齋。外則不染塵垢，内則五藏清虚，降真致神，與道合居。能修長齋者，則道合真，不犯禁戒也。故天師遺教，爲學不修齋直，冥如夜行不持火燭，此齋直應是學道之首。夫欲啓靈告冥，建立齋直者，宜先散齋，不使宿穢，臭腥消除，肌體清潔，無有玷汙，然後可得入齋。不爾，徒加洗沐，臭穢在肌膚之内，湯水亦不能除。〔補注〕《雲笈七籤》卷三七《齋戒》：『齋，齊也。齊整三業。外則不染塵垢，内則五臟清虚。降真致神，與道合真。』

〔一三〕〔錢注〕《梁書·陶弘景傳》：始從東陽孫遊岳受符圖經法。

〔一四〕〔錢注〕並見上注〔二〕。〔補注〕道教以天官、地官、水官爲三官。《宋史·方伎傳上·苗守信》：『三元日，上元天官，中元地官，下元水官，各主籙人之善惡。』

〔一五〕〔錢注〕《太上黄庭内景經》：扶桑太帝君命湯谷神仙王傳魏夫人。

〔一六〕騫，《全文》作『搴』，據錢校改。〔錢注〕《雲笈七籤》：『月暉之圜，縱廣二千九百里，白銀、琉璃、水精映其内，城郭人民，與日宫同，有七寶浴池八騫之林生乎内。』〔按〕《雲笈七籤》卷二三：『比十七日至二十九日，於騫林樹下，採三氣之華，拂日月之光也。』又《玉谿生詩·寓懷》『騫樹無勞援』馮浩注引《三洞宗玄》：『最上一天名曰大羅，在玄都玉京之上，紫微金闕，七寶騫樹、麒麟師子化生其中，三世天尊治在其内。』

〔一七〕〔錢注〕《太平御覽》：《集仙録》曰：每歲三元大節，諸天各有上真下遊洞天，以觀其善惡。九館，見《爲馬懿公郡夫人王氏黄籙齋文》注〔八一〕。

〔一八〕〔錢注〕《雲笈七籤》：其三清境者，玉清、上清、太清是也。亦名三天：清微天、禹餘天、大赤天是也。又：《金鏁流珠經》曰：古來呼齋曰社會，今改爲齋會。

〔一九〕〔錢注〕張華《晉四廂樂歌》：稱元慶，奉聖觴。

〔二〇〕〔錢注〕潘岳《河陽縣作》：弱冠忝嘉招。

〔二一〕〔錢注〕江淹《雜體詩·擬謝光禄莊郊遊》：雲裝信解黻，煙駕可辭金。〔補注〕雲裝，猶雲裳，仙人以雲電爲衣裳，故稱。

〔二二〕〔錢注〕《淨住子》：去諸塵累，乃可歸信。

〔二三〕〔錢注〕江淹《别賦》李善注：張僧鑒《豫章記》曰：鸞崗西有鶴嶺，王子喬控鶴所經過處。〔補注〕《易·觀》：『觀國之光，利用賓于王。』鶴嶺，仙道所居之山嶺。梁簡文帝《應令詩》：『臨清波兮望石鏡，瞻鶴嶺兮睇仙莊。』《列仙傳·王子喬》載王子喬（即周靈王太子晉）嘗乘白鶴駐緱氏山頭。

〔二四〕〔錢注〕《周禮·司儀》注：入贊禮曰相。《雲笈七籤》：二十八治，第二鹿堂山治，治在漢州綿竹縣界北鄉，去成都三百里，上有仙室、仙臺，古人度世之處。昔永壽元年，太上老君將張天師於此治上，與四鎮太歲、大將軍、川廟百鬼共折石爲要，皆從正一盟威之道。山有松柏，五龍仙穴，能通船渡。持火入穴，三日不盡。治應亢宿，號長發之治，王八十年。

〔二五〕〔錢注〕王筠《和皇太子懺悔詩》：超然故無著，逍遥新有待。〔補注〕《莊子·逍遥遊》：『夫列子御風而行，泠然善也，旬有五日而後反。彼於致福者，非數數然也。此雖免乎行，猶有所待者也。若夫乘天地之正，而御六氣之辯，以遊無窮者，彼且惡乎待哉！』郭注：『非風則不得行，斯必有待也，唯無所不乘者無待耳。』

〔二六〕〔錢注〕《漢武内傳》：西王母曰：『劉徹好道，然形慢神穢，雖當語之至道，殆恐非仙才也。』

上鄭州李舍人狀三〔一〕

昨者累旬陪侍座下〔二〕，賫賜稠疊，宴樂頻仍。雖曾參不列於四科〔三〕，昔嘗爲恨；而徐穉再升於上榻〔四〕，今實爲榮。麻蔭光塵〔五〕，激切誠抱〔六〕。嚮望門館，不任下情。伏惟特賜恩亮〔七〕。

校注

〔一〕本篇原載清編《全唐文》卷七七五第一七頁、《樊南文集補編》卷六。〔按〕狀謂『昨者累旬陪侍座下』，又謂『嚮望門館』，當是會昌五年春商隱在鄭州受李褒禮遇，到洛陽後致意申謝之作。因原編在《上鄭州李舍人狀二》之後，酌編會昌五年秋。

〔二〕座，《全文》作『坐』，從錢校據胡本改正。

〔三〕〔補注〕《論語·先進》：『德行：顏淵、閔子騫、冉伯牛、仲弓。言語：宰我、子貢。政事：冉有、季路。文學：子游、子夏。』邢昺疏：『夫子門徒三千，達者七十有二，而此四科惟舉四人者，但言其翹楚者耳。』〔錢注〕《後漢書·鄭玄傳》：仲尼之門，考以四科。〔按〕此謙言己未列於門牆。

〔四〕〔錢注〕《後漢書·徐穉傳》：陳蕃爲太守，在郡不接賓客，唯穉來，特設一榻，去則懸之。

〔五〕〔錢注〕《爾雅》：庇、庥，蔭也。繁欽《與魏文帝牋》：冀事速訖，旋侍光塵。〔補注〕光塵，敬辭，謂對方之風采。

〔六〕〔錢注〕《漢書·賈山傳》：其言多激切。

〔七〕〔補注〕恩亮，猶亮察。

上鄭州李舍人狀四〔一〕

陳尊師至，伏承紫極宮中〔二〕，大延法衆〔三〕，遷受治職〔四〕，加領真階〔五〕。景氣晏清〔六〕，章辭御徹〔七〕。此固誠通無始〔八〕，跡契自然〔九〕。不然者，又安能於憧憧四達之衢〔一〇〕，建眇眇三清之事〔一一〕？

某良緣夙薄〔一二〕，俗累多縈〔一三〕，夏秋以來，疾苦相繼。仰瞻道會〔一四〕，有間初心〔一五〕。悔責之來，夙宵斯積。然但以望恩憐所至，乘濟度之因〔一六〕，期於異時，必獲覩奧〔一七〕。則燕昭雖乏於靈氣〔一八〕，陶君亦覬於頑仙〔一九〕。伏惟照察。某十月初始議西上，續勒家僮齎狀起居，諸具後幅諮。謹狀。

〔一〕本篇原載清編《全唐文》卷七七五第一七頁、《樊南文集補編》卷六。〔按〕狀云『夏秋以來，疾苦相繼』，又云『某十月初始議西上』，當係會昌五年秋所作。《上李舍人狀二》提及李褒『令選紀紫極宮功績』，本篇則僅言『陳尊師至，伏承紫極宮中，大延法衆』，未及紫極刊銘之事，故本篇應在《上李舍人狀二》稍前。

〔二〕〔錢注〕《舊唐書・玄宗紀》：天寶二年，改西京玄元廟爲太清宮，東京爲太微宮，天下諸郡爲紫極宮。

〔三〕〔錢注〕沈約《法王寺碑》：祁祁法衆。〔補注〕法衆，此指道教信衆。

〔四〕〔補注〕治職，指道觀祠廟之職事。遷受，見下注。

〔五〕〔錢注〕《雲笈七籤》：《修行經》云：生無道位，死爲下鬼。若高人俗士，有希道之心，未能捨榮禄，初門不可頓受，可受三五階。若修奉有功，然更遷受。〔補注〕真階，猶仙階，仙官之品級。

〔六〕〔錢注〕揚雄《羽獵賦》：於是天清日晏。李善注：許慎《淮南子注》曰：晏，無雲之處也。

〔七〕御徹，見《爲馬懿公郡夫人王氏黄籙齋第二文》注〔九一〕。〔補注〕章辭，指道教拜章祈禱之表文。

〔八〕〔錢注〕《莊子》：出入無窮，與物無始。〔補注〕無始，指道。《老子》：『有物混成，先天地生。寂兮寥兮，獨立而不改，周行而不殆，可以爲天下母。吾不知其名，字之曰道。』南朝齊明僧紹《正一教論》：『而道常出乎無始，入乎無終。』

〔九〕〔錢注〕《老子》：人法地，地法天，天法道，道法自然。

〔一〇〕〔錢注〕《爾雅》：四達謂之衢。〔補注〕《易・咸》：『憧憧往來，朋從爾思。』憧憧，往來不絶貌。

〔一一〕三清，見《上鄭州李舍人狀二》注〔一八〕。

〔一二〕〔錢注〕《隋書·徐則傳》：冀得虔受上法，式建良緣。〔補注〕良緣，指仙道之緣。

〔一三〕〔錢注〕江逌《逸民箴》：鑒兹俗累，戒于頹蕩。〔補注〕俗累，即塵累，塵世之牽累。

〔一四〕〔錢曰〕見第二狀。

〔一五〕〔錢注〕沈約《謝齊竟陵王示華嚴纓絡啓》：因果悟其初心。〔補注〕初心，此謂昔日向道之心。

〔一六〕〔錢注〕《法苑珠林》：《雜寶藏經》云：佛法寬廣，濟度無涯。

〔一七〕〔錢注〕孔融《薦禰衡表》：初涉藝文，升堂覩奧。〔補注〕《論語·先進》：『由也升堂矣，未入於室也。』《三國志·魏志·管寧傳》：『娱心黄、老，游志六藝。升堂入室，究其閫奧。』此指覩道法之奥。

〔一八〕〔錢注〕郭璞《遊仙詩》：燕昭無靈氣，漢武非仙才。

〔一九〕〔錢注〕《法書要録·陶隱居〈與梁武帝啓〉》云：每以爲作才鬼，亦當勝於頑仙。

上李舍人狀二〔一〕

前者伏奉指命，令選紀紫極宫功績〔二〕。某自還京洛〔三〕，常抱憂煎，骨肉之間〔四〕，病恙相繼。章詞雖立〔五〕，點竄未工〔六〕。已懷鄙陋之憂，復有淹延之罪。更旬日始獲寄上，伏惟寬察。

校注

〔一〕本篇原載清編《全唐文》卷七七五第一八頁、《樊南文集補編》卷六。〔按〕《上鄭州李舍人狀四》有『伏承紫極宫中，大延法衆，遷受治職，加領真階』等語，本篇則云『前者伏聞指命，令選紀紫極宫功績』，所指同爲一事，而此篇在奉李褒命選紀紫極宫功績之後，當稍晚。狀又有『某自還京洛，常抱憂煎，骨肉之間，病恙相繼』之語，與《上鄭州李舍人狀四》『夏秋以來，疾苦相繼』語合，均當作於會昌五年秋，而此篇稍後。

〔二〕紫極宫，見《上鄭州李舍人狀四》注〔二〕。〔按〕商隱選紀紫極宫功績之文，今佚。

〔三〕〔錢箋〕本集《祭裴氏姊文》云：『四海無可歸之地，九族無可倚之親。既祔故丘，便同逋駭。』『及衣裳外除，旨甘是急，乃占數東甸，傭書販舂。』是義山既除父喪，即爲東都人（按：錢氏以爲『東甸』即洛下）。占數，占户籍之數也。惟其登第之時，曾奉母濟上；赴調之日，又移家關中，轉徙不常，猝難尋其端緒。至前狀（按：指《上李舍人狀一》）云『淹留他縣』，自即指會昌四年移家永樂而言，然僦居不過年餘，五年仍即返洛。其下文云『方還洛下』，還者，自外而返於家之辭，是終以洛爲定居也。又下第四狀云『某已決取此月二十一日赴京』，『舍弟羲叟……早奉陶鈞之賜』，是義山還洛之後旋復赴京，而其弟尚留洛下，故《偶成轉韻》詩云『明年赴辟下昭桂，東郊慟哭辭兄弟』，知其自京赴桂，一過故居取別耳（按：錢氏謂『東郊』亦指洛下）。馮氏編年詩，於《井泥》以下諸篇，列諸開成四年，云自長安至東都；於《戊辰會静》諸篇，列諸大中二年，云自荆門至故鄉與東都。是明知義山有來往東都之迹，徒以未見此二狀，不能決義山之居洛。而又泥於『昔去』『今來』之句（按：《大鹵平後移家到永樂縣居書懷十韻》有『昔去驚投筆，今來分挂冠』之句），追系遷蒲於寶曆元年，并『東甸』亦强疑爲蒲州，皆爲曲說。愚故類列而詳辨之。〔張箋〕義山上年移家居永樂，本年由鄭歸，定居東都，必仍攜家與弟羲叟同居，玩狀文『骨肉之間，病恙相繼』語可悟。〔按〕錢氏引《祭裴氏姊文》『既祔故丘，便同逋駭……及衣裳外除，旨甘是急，乃占數東甸，傭書販舂』一節，謂『義山既除父喪，即爲東都人』。然『東甸』非東都，乃指東都之郊甸（古以距都城一百里之外，二百里以内之地爲甸。《周禮·天官·大宰》『三曰邦甸之賦』賈公彦疏：『郊外曰甸，百里之外，二百里之内。』），此『東甸』實即指鄭州，詳參《祭裴氏姊文》注〔二四〕編著者按及《李商隱詩歌集解》第五册附録《李商隱生平若干問題考辨》『占數東甸』一節。至於《偶成轉韻》詩之『東郊慟哭辭兄弟』，更絶非指洛陽，而係指長安之東郊（下緊接云『韓公堆上跋馬時，迴望秦川樹如薺』可爲明證）。義山年青時期，是否有居洛之跡，尚難遽定。《柳枝五首序》云：『柳枝，洛中里孃也……余從昆讓山，比柳枝居爲近。他日春曾陰，讓山下馬柳枝南柳下，詠余《燕臺詩》，柳枝驚問：「誰人有此？誰人爲是？」讓山謂曰：「此吾里中少年叔耳。」』據『吾里中少年叔』之語，似只能證明讓山居洛，不能斷定義山亦居洛也。至於錢氏據『方還洛下』『自還京洛』之『還』謂爲自外返家之辭，實不足以爲證，不過泛言自鄭州返抵洛陽耳。而《上韋舍人狀》『某淹滯洛下』之語，以『淹滯』言居洛，竟有羈留異鄉之感矣。義山與王氏結婚後，往來京、洛、鄭，固可常寓王茂元洛陽崇讓坊宅；即在茂元卒後，其詩中亦一再言及己居住崇讓宅（有《崇讓宅東亭醉後沔然有作》《七月二十九日崇讓宅宴作》《臨發崇讓宅紫薇》《正月崇讓宅》可爲顯證），而無一語言及己在洛陽有居宅。故錢氏定居洛下之説實難成立。

〔四〕〔錢注〕《史記·留侯世家》：骨肉之間，雖臣等百餘人何益？〔按〕據『某自還京洛』數句，只能説明其時商隱家人骨肉間病恙相繼，而不能證明其弟羲叟亦居洛。

〔五〕〔補注〕章詞雖立，指文章之文詞雖已成型。

〔六〕〔錢注〕《魏志·太祖紀》：他日，公又與遂書，多所點竄，如遂改定者。

上李舍人狀三〔一〕

紫極刊銘，合歸才彦，猥存荒薄〔二〕，蓋出恩私。牽彊以成〔三〕，尤累非少〔四〕。遠蒙寵奬，厚賜縑繒〔五〕。已有指揮，即命鐫紀〔六〕。文詞所得，妙非幼婦之碑〔七〕；惠賚踰涯，數過賁園之帛〔八〕。下情無任捧受戴荷之至〔九〕。

校注

〔一〕本篇原載清編《全唐文》卷七七五第一八頁、《樊南文集補編》卷六。〔按〕此狀係答謝李褒厚贈自己撰《紫極宫銘》潤筆資而作。當作於《上李舍人狀二》旬日之後，約會昌五年深秋。

〔二〕〔補注〕存，顧恤。荒薄，荒疏淺薄。

〔三〕〔錢注〕《北史·盧同傳》：同時久病牽彊。〔按〕此句『牽彊』猶勉强之意。

〔四〕〔錢注〕《宋書·謝方明傳》：且輕薄多尤累。〔補注〕尤累，猶錯誤。

〔五〕〔錢注〕《説文》：縑，并絲繒也。繒，帛也。〔按〕唐代潤筆資，多以縑帛爲贈。

〔六〕〔錢注〕蔡邕《太尉汝南李公碑》：鐫紀斯石。

〔七〕〔錢注〕《世説》：魏武嘗過《曹娥碑》下，楊修從，碑背上見題作『黄絹幼婦外孫齏臼』八字，修曰：『黄絹，色絲也，於字爲絶；幼婦，少女也，於字爲妙；外孫，女子也，於字爲好；齏臼，受辛也，於字爲辭。所謂絶妙好辭也。』

〔八〕〔補注〕《易·賁》："賁于丘園，束帛戔戔。』賁帛，本指帝王尊禮賢士所賜予之束帛，此指李褒之尊禮厚賜。

〔九〕受，《全文》誤『授』，從錢校據胡本改正。〔錢注〕梁簡文帝《重謝上降爲開講啓》：伏筆罄言，寧宣戴荷。

上李舍人狀四〔一〕

比者伏承尊體小有不安〔二〕，今已平退，下情無任欣抃。時向嚴冽〔三〕，伏惟特加頤攝〔四〕。某已決取此月二十一日赴京。東望門牆，違遠恩顧，寄誠誓款，實貫朝暾〔五〕。伏計亦賜識察。舍弟羲叟〔六〕，苦心爲文〔七〕，十二叔憫以弟兄孤介無徒〔八〕，辛勤求己〔九〕。唯當明祈日月，幽禱鬼神，願令手足之間，早奉陶鈞之賜。下情不任倚望感激隕涕之至。

校注

〔一〕本篇原載清編《全唐文》卷七七五第一九頁、《樊南文集補編》卷六。〔張箋〕《上鄭州李舍人第四狀》云：『某十月初始議西上。』《上李舍人第四狀》云：『時向嚴冽……某已決取此月二十一日赴京。』是入京正冬雪時矣。〔按〕張箋是。此狀作於會昌五年十月，二十一日之前。
〔二〕〔錢注〕枚乘《七發》：伏聞太子玉體不安。
〔三〕〔錢注〕《玉篇》：洌，寒氣也。
〔四〕〔錢注〕劉峻《與舉法師書》：道勝則肥，固應頤攝。
〔五〕〔錢注〕《楚辭·九歌》：暾將出兮東方。注：始出，其形暾暾而盛大也。〔補注〕《詩·王風·大車》：『謂予不信，有如皦日。』此謂指天日爲誓，誠可貫日也。
〔六〕〔錢注〕《舊唐書》商隱本傳：商隱弟羲叟，亦以進士擢第，累爲賓佐。魏文帝《與鍾大理書》，是以令舍弟子建，因荀仲茂時從容喻鄙旨。
〔七〕〔錢注〕本集《樊南甲集序》：仲弟聖僕，特善古文。原注：羲叟。
〔八〕〔錢注〕顔延之《拜陵廟作》：幼壯困孤介。〔補注〕孤介，耿直方正不隨流俗。徒，同類、侶。按：據此句，似商隱移家長安後，羲叟仍回鄭州家居，故得李褒之同情照拂。
〔九〕〔補注〕《論語·衛靈公》：『君子求諸己，小人求諸人。』何晏集解：『君子責己，小人責人。』

爲外姑隴西郡君祭張氏女文〔一〕

吾配汝先世，二十餘年〔二〕。七女五男〔三〕，撫之如一。往在南海〔四〕，令子云亡，藐爾兩孤〔五〕，未勝多難，提挈而至〔六〕，踰涇涉河〔七〕。十年之間，母子俱盡〔八〕。念汝差長，慰吾最深。女德婦容〔九〕，光映姻表〔一〇〕。秭歸爲牧〔一一〕，官閒俸優。實獲我心，用選良對〔一二〕。笄旒纚纚〔一三〕，環珮鏘鏘。螽斯鳳皇〔一四〕，兩有深慶。

汝夫文章〔一五〕，播於朋友〔一六〕。身否命屯，久而不第。郎寧、合浦〔一七〕，萬里乖離。汝寄京師〔一八〕，食貧終歲。頃吾南返，又往朝那〔一九〕。汝實從夫，適來岐下〔二〇〕。道途雖邇，面集猶妨。金馬碧雞〔二一〕，長懸魂夢。及登農、揆〔二二〕，去赴天朝。汝罷蒲津〔二三〕，聿來胥會。朝堂夜閣，曲榻温爐，稚子雛孫，滿吾懷抱。汝時不佑，忽爾嬬殘〔二四〕。撫視冤傷，載慟心骨。

旋移許下，念汝支離〔二五〕。卜室築居，言遷潁上〔二六〕。潞童作孽〔二七〕，使節啓行〔二八〕。崎嶇關山，暴露戎旅〔二九〕。汝失所怙〔三〇〕，吾猶未亡〔三一〕。念汝弟昆，莫任堂構〔三二〕，牽哀挽痛，媮此殘生。日往月來，旋更歲序〔三三〕。吾衰汝少，吾病汝强。誰謂一朝，汝先吾逝。五男未冠，二女未笄。哀憤之深，難全禮道〔三四〕。章兒盧七〔三五〕，取以依吾。汝夫先丘，遠在江渚〔三六〕。羣從之内〔三七〕，官名且稀。劉四頃年〔三八〕，固難返葬。始議權厝，遂得嘉占。白馬呈祥，眠牛薦吉〔三九〕。里名三趙〔四〇〕，地邇九城〔四一〕。風水無虞，巒岡信美。葬於所始〔四二〕，古爲達生〔四三〕。將命來、雲，自我爲祖〔四四〕。今汝之柩，斯焉是歸。

嗚呼！言自淮陽〔四五〕，已臨洛宅〔四六〕。素棺丹旐〔四七〕，託宿城隅〔四八〕。盤具杯醪，儼然已備。吾將臨汝，用雪沉冤。介婦諸孫〔四九〕，憂吾衰齒〔五〇〕，俯令推測，云有相妨。俗忌巫言，吾非甚信。牽衣擁路〔五一〕，固不可違〔五二〕。女使僕奴，寄辭而往。肝腸兼潰，血淚無行。

嗚呼！曩昔容華，生平淑婉，漠然不見，永矣何歸？將籍掛諸天〔五三〕，遥歸真路〔五四〕？將福興淨域〔五五〕，須赴上生〔五六〕？將爲釁累所招，遂淪幽界？將是療治不至，枉喪韶年？千感裝懷〔五七〕，萬疑疊慮，觸途氣結〔五八〕，舉目心摧。天實爲之，復將誰訴？嗚呼汝弟，言護靈轜〔五九〕，自始及今，必誠必信〔六〇〕。棺衾華好，封隧幽深。永從汝夫，以安玄路。冤摧債結，殆不勝書〔六一〕。嗚呼有靈，領吾此意！

校注

〔一〕本篇原載《文苑英華》卷九九三第四頁、清編《全唐文》卷七八二第七頁、《樊南文集詳注》卷六。〔徐箋〕《爾雅》：妻之母爲外姑。隴西郡君，王茂元妻之封號也。〔馮曰〕辨詳《祭張書記文》注〔一〇一〕。〔馮譜編會昌四年末〕〔張箋〕隴西郡君，王茂元妻李氏封號；張氏女，張五審禮妻也。以文中所叙推之，張氏女卒於會昌四年。此文將葬時作，當在會昌五年矣。〔按〕文云：『潞童作孽，使節啓行。崎嶇關山，暴露戎旅。汝失所怙，吾猶未亡……日往月來，旋更歲序……誰謂一朝，汝先吾逝。』是張氏女之卒，在茂元卒後一年，即會昌四年。張氏謂『此文將葬時作，當在會昌五年矣』，似較得其實。張氏女於其夫張審禮卒後，因茂元出鎮陳許而將其攜往潁上，後即居於其地，直至逝世。此次其靈柩由淮陽運往京師三趙里與張審禮合葬，路過洛陽，隴西郡君遣人設祭，故商隱有此代作。五年夏秋，商隱在洛陽。如是四年冬，則商隱在永樂，雖亦可遣人前往令其代撰，不免稍迂。

〔二〕〔馮注〕按茂元卒於會昌癸亥年，當六十九歲。逆數二十餘年，則爲元和之季，時茂元四十餘矣。郡君必爲繼室也。

〔三〕〔馮注〕此必有原配所遺、側室所出者。〔按〕視下句『撫之如一』，灼然可見。從下文所叙情況，可推知張氏女即原配所遺者之一。

〔四〕〔馮注〕《舊書·志》：秦置郡，一曰南海。唐置廣州都督府，治南海縣，即漢番禺縣。〔按〕此指大和七至九年王茂元任嶺南節度使期間。

〔五〕孤，徐注本作『姑』，誤。〔補注〕令子，賢郎。此『令子』似指茂元之長子。參注〔八〕。

〔六〕〔徐注〕《禮記·王制》：斑白者不提挈。

〔七〕〔徐曰〕『南海』至此，歷叙已從茂元仕宦所至。〔補注〕大和九年，王茂元由前嶺南節度使調任涇原節度使，罷嶺南任後可能曾短期任京職，『踰涇涉河』指此。

〔八〕〔馮箋〕大和七年，茂元鎮廣州。其先元和十五年，牧歸州。通玩上下文，則『令子』者，似茂元長子，子死而遺兩孫，十年間，兩孫與其母，又俱死矣。似與張氏女同爲元配所産，故上承七女五男而先叙之也。下文云『介婦』而不及『冢婦』，可以參悟。自大和七八年至會昌時，正十餘年。〔按〕馮箋是。下言『念汝差長』，謂張氏女於茂元之『七女五男』中差長，其爲茂元原配所生可知，而『令子』之爲茂元長子亦可大體肯定。

〔九〕〔徐注〕《禮記·昏義》：教以婦德、婦言、婦容、婦功。

〔一〇〕〔徐注〕《北史·楊津傳》：宗族姻表，罕相參候。〔補注〕姻表，由婚姻結成之親戚。

〔一一〕〔徐注〕《漢書·地理志》：南郡，領秭歸縣。餘詳《爲濮陽公陳情表》『隼旟楚峽』注及《祭長安楊郎中文》『歸縣見姊』注。

〔一二〕用，《全文》作『因』，此從《英華》。〔馮曰〕女之許字張氏，在茂元牧歸州時。〔按〕據茂元《楚三閭大夫屈先生祠堂銘》『元和十五年，余刺建平之再歲也』之文，茂元元和十四、十五年刺歸州。如其時張氏女年十八，則當生於貞元末，其爲元配所生灼然。從『實獲我心』句可推知隴西郡君其時已爲茂元繼室。

〔一三〕〔馮注〕《離騷》：索胡繩之纚纚。〔補注〕旒，當指簪首之垂飾。纚纚，長而下垂貌。

〔一四〕〔馮注〕《詩序》：《螽斯》，后妃子孫衆多也，言若螽斯不妬忌，則子孫衆多也。《左傳》：懿氏卜妻敬仲，其妻占之，曰：吉。是謂鳳皇于飛，和鳴鏘鏘。

〔一五〕夫，《英華》作『天』，注：集作『夫』。〔按〕天亦夫也。《儀禮·喪服》：『夫者，妻之天也。』

〔一六〕朋友，《英華》作『友朋』。

〔一七〕〔徐注〕《詩》：歸寧父母。《漢書·地理志》：合浦郡，武帝元鼎六年開，屬交州。〔馮注〕《通典》：廉州合浦郡，理合浦縣。〔張箋〕『郎寧、合浦，萬里乖離』，此指邕管與嶺南，《祭外舅文》所謂『容山至止，郎寧去思』也。《舊書・地理志》：『邕管邕州，天寶元年改爲郎寧郡，乾元元年復爲邕州。』『郎寧』，馮注以歸寧父母解之（按馮襲徐注），誤甚。

〔一八〕〔馮注〕（京師）當謂東京，非西京也，故下云『來岐下』。〔按〕揣馮氏之意，蓋因東都洛陽崇讓坊有前廣州節度使王茂元宅，故云。然『京師』習指西京長安，與『來岐下』亦不矛盾。

〔一九〕〔徐注〕《漢書・地理志》：安定郡有朝那縣。謂遷涇原。〔補注〕南返，謂自嶺南返歸。

〔二〇〕〔馮注〕《舊書・志》：鳳翔府，武德時爲岐州，所屬縣有岐陽、岐山。茂元鎮涇原，在大和九年十月，則張赴鳳翔，必開成元年事。〔按〕張氏女從夫至岐下，似因其夫張審禮任鳳翔節度使府幕僚。大和九年十一月至開成五年，陳君奕爲鳳翔節度使。

〔二一〕〔徐注〕《華陽國志》：蜻蛉縣碧雞、金馬，光影倏忽，民多見之。有山神，漢宣帝遣蜀郡王褒祭之，欲致雞、馬。〔馮注〕事見《漢書・郊祀志》。此則誤以爲陳倉寶雞也。陳倉屬鳳翔府。〔按〕馮浩《玉谿生詩集箋注》卷二《寄令狐學士》『從獵陳倉獲碧雞』注：《史記・封禪書》：秦文公獲若石云，於陳倉北阪城祠之。其神來也常以夜，光輝若流星，從東南來集于祠城，則若雄雞，其聲殷云，野雞夜雊。以一牢祠，命曰陳寶。《括地志》云：寶雞神祠在岐州陳倉縣。《漢書・郊祀志》又云：宣帝即位，或言益州有金馬碧雞之神，可醮祭而至，於是遣大夫王褒使持節而求之。如淳曰：金形似馬，碧形似雞。《九州要記》：禺同山有金馬、碧雞之祠。此别爲一事，詩乃誤合之，文集亦然。

〔二二〕〔馮注〕農，司農卿也；揆，端揆，僕射也。據此，則加僕射亦必在武宗初立時。

〔二三〕〔徐注〕同州朝邑縣黄河東岸有蒲津關。〔馮注〕《通典》：蒲州河東郡，唐、虞所都蒲坂也。河東縣有蒲津關。《元和郡縣志》：河東郡改爲河中府。蒲坂關一名蒲津關，在河東縣西四里，造舟爲梁，其制甚盛。〔按〕《祭張書記文》叙及張審禮仕歷時僅言其『職高蓮幕，官帶芸香，青袍若草，白簡如霜』，似終身輾轉寄幕。則所謂『罷蒲津』，疑指罷河中節度使幕。開成四年正月，鄭肅出爲河中節度使，而會昌元年六月，孫簡已鎮河中。張審禮或在河中鄭肅幕。張之罷河中幕，當在開成五年茂元自涇原入朝後。

〔二四〕〔補注〕指開成五年張審禮去世。去世前張爲朔方節度書記，見《祭張書記文》。

〔二五〕〔補注〕移許下，指開成五年十月，王茂元出爲陳許節度使。許州爲使府所在地。支離，此謂憔悴衰疲。

〔二六〕〔馮注〕《左傳》：諸侯還於制田，知武子佐下軍，以諸侯之師侵鄭，至于鳴鹿。遂侵蔡，未反，諸侯還于潁上，鄭子罕宵軍之。按：諸侯伐鄭也。杜注：滎陽宛陵縣東有制澤，陳國武平縣西南有鹿邑。而『潁上』無注。子罕夜禦諸侯之軍，則潁上在陳、鄭之間，春秋時鄭境也。文是用此。《元和郡縣志》：潁州汝陰郡、許州潁川郡、陳州淮陽郡所屬諸縣，多有潁水經流者，此則爲陳州所屬之境，故下云『言自淮陽』也。徐氏專引汝陰郡屬之潁上縣，非矣（徐注未録）。〔按〕《通典》：許州，秦爲潁川郡。《新唐書·地理志》：許州潁川郡。此『潁上』即指許州而言。

〔二七〕〔徐注〕謂劉稹之變。

〔二八〕〔補注〕《詩·大雅·公劉》：『弓矢斯張，干戈戚揚，爰方啓行。』啓行，出發。使節，此指王茂元由陳許節度使調任河陽節度使。

〔二九〕〔徐注〕《漢書·陸賈傳》：崎嶇山海間。《宣帝紀》：詔曰：暴露戎旅。

〔三〇〕〔徐注〕謂茂元征劉稹，卒於軍。

〔三一〕〔馮注〕《左傳》：而置于未亡人之側。〔徐注〕《左傳》『未亡人』注：婦人既寡，自稱未亡人。

〔三二〕〔補注〕《書·大誥》：『若考作室，既底法，厥子乃弗肯堂，矧肯構？』堂構，指子承父業。

〔三三〕歲，《英華》作『氣』。〔徐注〕《易》：日往則月來，寒往則暑來。〔馮注〕『旋更歲序』，則張氏女於會昌四、五年卒也。〔按〕當卒於四年。

〔三四〕全，《英華》作『念』，注：集作『全』。

〔三五〕〔徐注〕謂張氏女二子也。

〔三六〕〔補注〕先丘，謂張審禮先人之墳墓。江渚，此指張審禮之故鄉江陵。《祭張書記文》：『始自渚宫，來遊帝里。』

〔三七〕〔徐注〕《晉書·王凌傳》：羣從一門，並相與服事。〔補注〕羣從，指堂兄弟及諸子姪。

〔三八〕〔馮曰〕（劉四頃年）四字未詳。（劉四）當亦張氏女之子，以幼稚不能返葬。〔按〕頃年，往年。聯繫下文，蓋謂開成五年張審禮亡故時其子劉四（當爲小名，如章兒盧七之類）尚小，不能返葬其父。上文章兒盧七，則張氏女所遺年紀更小之子，故隴西郡君將其取歸撫養。

〔三九〕見《祭處士房叔父文》『眠牛有慶』四句注。

〔四〇〕〔徐注〕《五代史·王建世家》：宗壽得王氏十八喪，葬之長安南三趙邨。〔馮注〕《太平寰宇記》：丙吉墓在雍州萬年縣南二十里三趙村。《長安志》：三趙城在高原之上，即所謂鴻固原。明人趙崡《石墨鐫華》云：漢宣帝杜陵下爲三趙村，猶存古名矣。

〔四一〕邇，《英華》作『爾』，通。〔徐注〕九城，謂帝城也。『爾』與『邇』通。三趙在長安之南，故曰『地爾九城』。按『九城』本《淮南子》。〔馮注〕按京師九門，故曰九城，見《太倉箴》『而況乎九門崇崇』注。

〔四二〕始，《英華》作『殆』，誤。〔徐注〕郭璞《葬經》：故葬者，葬其所始。

〔四三〕〔徐注〕謝靈運詩：達生信可託。〔補注〕《莊子·達生》：『達生之情者，不務生之所無以爲。』

〔四四〕〔徐注〕《爾雅》：子之子爲孫，孫之子爲曾孫，曾孫之子爲玄孫，玄孫之子爲來孫，來孫之子爲昆孫，昆孫之子爲仍孫，仍孫之子爲雲孫。

〔四五〕〔馮曰〕（淮陽）陳州。已見上『言還潁上』注。〔按〕此『淮陽』泛稱陳許，不必專指陳州也。

〔四六〕〔徐注〕《書·洛誥》：既定宅。〔馮注〕遷柩已至洛，將往長安。

〔四七〕〔徐注〕蔡邕《陳太丘碑》：時服素棺，椁財周櫬。

〔四八〕〔徐注〕謝朓詩：徘徊憐暮景，惟有洛城隅。

〔四九〕〔徐注〕《禮記》：介婦請於冢婦。〔補注〕嫡長子之妻爲冢婦，非嫡長子之妻爲介婦。

〔五〇〕〔徐注〕《後漢書·韋彪傳》：犬馬衰齒。

〔五一〕〔徐注〕漢樂府：兒女牽衣啼。

〔五二〕違，《英華》注：集作『遲』。誤。

〔五三〕〔徐注〕《初學記》：道有諸天内音經立世論，欲界諸天亦復如是。〔馮曰〕諸天，釋、道家語。〔按〕此泛言天界。

〔五四〕〔徐注〕徐陵《孝義寺碑》：咸歸至真。〔補注〕真路，即仙路。

〔五五〕淨，《英華》作『静』。〔馮注〕《南史·庾詵傳》：晚年尤遵釋教，夜中忽見一道人，呼爲上行先生，授香而去。亡年七十八。舉室咸聞空中唱『上行先生已生彌陀静域矣。』〔補注〕静域，即淨域，佛教指莊嚴清淨之極樂世界。

〔五六〕〔徐注〕《法苑珠林》：《雜寶藏經》云：夫尋答言：我是汝夫，以作塔寺功德因緣，得生天上。

〔五七〕感，《英華》作『惑』，注：集作『感』。

〔五八〕〔徐注〕曹植詩：念我平生居，氣結不能言。

〔五九〕〔徐注〕潘岳《哀永逝文》：俄龍轜兮門側。《説文》：轜，喪車也。

〔六〇〕見《祭徐姊夫文》注〔三二〕。

〔六一〕殆，《英華》注：集作『文』。

上孫學士狀〔一〕

學士長離耀彩〔二〕，仁壽含明〔三〕，奮詞筆而赤堇慚芒〔四〕，鈞雅音而泗濱韜響〔五〕。纔踰壯室〔六〕，榮入禁林〔七〕。況自近年，仍多大政，藩方逆豎〔八〕，夷虜饑戎〔九〕，於雷霆赫怒之時〔一〇〕，在朝夕論思之地〔一一〕。謀惟入獻，事隔外朝〔一二〕，載觀掃蕩之勳，密見發揮之力。便當輟於内署〔一三〕，錫彼庶方〔一四〕，推《禹謨》《殷誥》之文〔一五〕，贊堯日舜風之化〔一六〕。伏惟爲國自重。

某早遊德宇〔一七〕，嘗接恩門〔一八〕。童冠相隨，陪舞雩於沂水〔一九〕；星灰未幾〔二〇〕，隔高宴於柏梁〔二一〕。蘭薄懷芳〔二二〕，瑶波佇潤〔二三〕。竊期光價〔二四〕，微借疏蕪。濡筆臨箋，不勝丹慊。

校注

〔一〕本篇原載清編《全唐文》卷七七五第一四頁、《樊南文集補編》卷六。〔錢箋〕後有《賀翰林孫舍人狀》云：載遷星次，爰奉夏官。考《舊唐書·武宗紀》：會昌六年二月，以翰林學士、起居郎孫穀爲兵部員外郎充職。正與相合。此狀有『逆豎』『饑戎』等語，自在劉稹、回鶻既平之後。年代相及，當爲一人。惟《新》《舊》二書不爲立傳，别無顯證耳。學士，見《爲濮陽公與丁學士狀》注〔一〕。〔張箋〕文有『況自近年，仍多大政，藩方逆豎，夷虜饑戎』，『載觀掃蕩之勳，密見發揮之力』語，當作於會昌五年。〔岑仲勉曰〕《箋》三沿《舊·紀》作孫穀，誤，應作『穀』，參《壁記注補》。（《平質》乙）〔按〕張氏繫年可從，狀似上於會昌五年十月二十一日入京前。篇末『竊期光價，微借疏蕪』，蓋對孫㲄有所希冀也。時商隱母喪期滿，等待起復，故有此狀。

〔二〕〔錢注〕《漢書·司馬相如傳》：《大人賦》：前長離而後矞皇。注：長離，靈鳥也。〔按〕又作『長麗』，見《漢書·禮樂志》。《後漢書·張衡傳》：『前長離使拂羽兮。』李善注：『長離，即鳳也。』

〔三〕〔錢注〕陸機《與弟雲書》：仁壽殿前有大方銅鏡，立著庭中，向之便寫人形體了了。

〔四〕〔錢注〕袁淑《禦虜議》：展詞鋒之鋭。《越絶書》：昔者越王句踐有寶劍五，聞於天下。客有能相劍者名薛燭，王取純鈎，薛燭對曰：『當造此劍之時，赤堇之山破而出錫，若耶之溪涸而出銅，雨師埽灑，雷公擊橐，蛟龍捧鑪，天帝裝炭，太一下觀，天精下之。歐冶乃因天之精神，悉其伎巧，造爲大刑三，小刑二：一曰湛盧，二曰純鈎，三曰勝邪，四曰魚腸，五曰巨闕。』

〔五〕〔補注〕《書·禹貢》：『嶧陽孤桐，泗濱浮磬。』孔傳：『泗水涯水中見石，可以爲磬。』鈞，調節樂音。韜，藏。

〔六〕〔補注〕《禮記·曲禮上》：『人生十年曰幼，學；二十曰弱，冠；三十曰壯，有室。』

〔七〕〔錢注〕班固《西都賦》：集禁林而屯聚。〔補注〕禁林，翰林院之別稱。元稹《寄浙西李大夫》：『禁林同直話交情，無夜無曾不到明。』

〔八〕〔錢注〕謂劉稹，詳《爲滎陽公與昭義李僕射狀》注〔四〕。

〔九〕〔錢注〕謂回鶻，詳《上許昌李尚書狀一》注〔一二〕。

〔一〇〕〔補注〕《三國志·吴志·陸遜傳》：『今不忍小忿，而發雷霆之怒，違垂堂之戒，輕萬乘之重，此臣之所惑也。』《詩·大雅·皇矣》：『王赫斯怒。』赫怒，盛怒。

〔一一〕〔錢注〕班固《兩都賦序》：故言語侍從之臣，若司馬相如、虞丘壽王、東方朔、枚皋、王褒、劉向之屬，朝夕論思，日月獻納。〔補注〕朝夕論思之地，指翰林學士院。

〔一二〕〔補注〕《周禮·秋官·朝士》：『朝士掌建邦外朝之法。』此『外朝』指天子處理朝政之所，相對於内朝、内署而言。謂内署之謀議密而不傳於外朝。
〔一三〕内署，即翰林院，見《爲濮陽公與丁學士狀》注〔三〕。
〔一四〕〔補注〕《禮記·曲禮上》：『庶方小侯入天子之國曰某人。』孔穎達疏：『庶，衆；小侯，謂四夷之君，非爲牧者也。』
〔一五〕〔補注〕《書》有《大禹謨》《湯誥》。《殷誥》當即《湯誥》。
〔一六〕〔錢注〕《史記·五帝紀》：帝堯者放勳，其仁如天，其知如神，就之如日，望之如雲。《家語》：昔者，舜彈五絃之琴，造《南風》之詩，曰：南風之薰兮，可以解吾民之愠兮；南風之時兮，可以阜吾民之財兮。
〔一七〕〔補注〕《國語·晉語四》：『今君之德宇，何不寬裕也？』德宇，德澤恩惠之庇蔭。
〔一八〕〔補注〕恩門，恩府、師門。
〔一九〕〔補注〕《論語·先進》：『子路、曾皙、冉有、公西華侍坐……子曰：「何傷乎！亦各言其志也。」（曾皙）曰：「莫春者，春服既成，冠者五六人，童子六七人，浴乎沂，風乎舞雩，詠而歸。」夫子喟然歎曰：「吾與點也！」』按：據此句，商隱與孫瑴之間似有同門之誼。
〔二〇〕〔錢注〕《後漢書·律曆志》：候氣之法，以木爲案，每律各一，從其方位，以葭莩灰抑其内端，案曆而候之，氣至灰去。〔補注〕星灰，猶年月。星辰一年一周轉，故以指年。
〔二一〕〔錢注〕《漢書·武帝紀》：元鼎二年，起柏梁臺。《三輔黄圖》：柏梁臺在長安城中北闕内。《三輔舊事》云：以香柏爲梁也。帝嘗置酒其上，詔羣臣和詩，能七言詩者，乃得上。
〔二二〕〔錢注〕《楚辭·招魂》：蘭薄户樹，瓊木籬些。〔補注〕蘭薄，蘭草叢生處。
〔二三〕〔錢注〕鮑照《登廬山望石門》詩：瑶波逐穴開。
〔二四〕〔錢注〕《魏書·李神儁傳》：汲引後生，爲其光價。〔補注〕光價，榮耀之身價。

上江西周大夫狀〔一〕

不審自到鎮尊體何如？德修其身〔二〕，功及於物，伏料福履〔三〕，常保康寧〔四〕。皇帝體上聖之姿〔五〕，膺下武之慶〔六〕，爰從近歲，式建崇功。代北清夷〔七〕，山東静謐〔八〕。雖神謀獨運，首開樽俎之間〔九〕；而國用取資〔一〇〕，終賴江、湘之入〔一一〕。今者方休三革〔一二〕，欲鑄五兵〔一三〕。燧火庖犧〔一四〕，鴻名肇建，明堂衢室〔一五〕，鳳曆將新〔一六〕。固當繁省以正幽明〔一七〕，更中外而化勞逸。有周室分陝之相〔一八〕，有漢庭就國之侯〔一九〕。則必夢想外藩〔二〇〕，東來羣后〔二一〕，以文武兼資者持政柄〔二二〕，以理行尤異者講化原〔二三〕。實惟明公，合首列辟〔二四〕。伏惟爲國自重。某叨蒙恩顧〔二五〕，頗漸歲時，瞻賴之誠，造次於是〔二六〕。伏惟特賜信察。

校注

〔一〕本篇原載清編《全唐文》卷七七五第一一頁、《樊南文集補編》卷六。〔錢箋〕（江西周大夫）周墀也。按《舊唐書》本傳：會昌六年十一月，遷洪州刺史、江南西道觀察使。又《本紀》：會昌六年三月，宣宗即位。十一月，以江西觀察使周墀爲義成軍節度、鄭滑觀察等使。二者互異。是文題標『江西』，而中云『代北清夷，山東静謐』，皆爲武宗時事。是墀觀察江西，自在宣宗即位以前，《舊·傳》誤矣。《舊唐書·地理志》：江南西道觀察使治洪州，管洪、饒、吉、江、袁、信、虔、撫等州。喪亂後，時升爲節度使。〔張箋〕（會昌四年）周墀遷洪州刺史、江西觀察使。杜牧之《樊川集·墀誌銘》曰：『武宗即位，以疾辭，出爲工部侍郎、華州刺史。李太尉德裕伺公纖失，四年不得，知愈治不可蓋抑，遷公江西觀察使。』墀開成五年出爲華州，以誌文『四年』數之，則遷江西必在是年也。又云：文有『皇帝體上聖之姿，膺下武之慶，爰從近歲，式建崇功。代北清夷，山東靜謐』語，則狀上於會昌五年也。〔按〕張氏考墀移鎮江西之年在會昌四年，可信。據《廬山記》卷五云：『簡寂觀有《大孤山碑》，特進、太尉、平章事、衛國公李德裕文，會昌五年四月庚寅，江南西道都團練觀察處置使、朝議大夫、洪州刺史、御史大夫周墀立。』知會昌五年四月，周墀已在江西任。據狀內『鳳曆將新』語，狀應上於歲末，復據『近歲』語，狀當上於會昌五年末。又，題內之『大夫』，指墀所帶憲銜御史大夫。

〔二〕其，《全文》作『於』，從錢校據胡本改。

〔三〕〔補注〕《詩·周南·樛木》：『樂只君子，福履綏之。』

〔四〕〔補注〕《書·多士》：『非我一人奉德不康寧。』

〔五〕〔錢注〕王融《三月三日曲水詩序》：皇帝體膺上聖，運鍾下武。

〔六〕〔補注〕《詩·大雅·下武》：『下武維周，世有哲王。』鄭玄箋：『下，猶後也……後人能繼先祖者，維有周家最大。』下武，謂後王能繼承前王功業。

〔七〕代，《全文》誤作『岱』，據錢校改。〔錢校〕岱，當作『代』。謂討回鶻。詳《上許昌李尚書狀一》注〔一二〕。《新唐書·地理志》：代州有代北軍，永泰元年置。傅咸《贈何劭王濟》詩：王度日清夷。〔補注〕清夷，清平。

〔八〕〔錢注〕謂平劉稹。詳《爲滎陽公與昭義李僕射狀》注〔四〕。《詩集》馮氏曰：古者函關以東，皆謂之山東，六國惟秦在山西。故《過秦論》『山東豪傑並起』；而《後漢書·陳元傳》『陛下不當都山東』，謂洛都也。《爾雅》：謐，靜也。

〔九〕〔錢注〕《晏子春秋》：仲尼曰：『夫不出樽俎之間，而知千里之外，其晏子之謂也，可謂折衝矣。』〔補注〕《戰國策·齊策五》：『此臣之所謂比之堂上，禽將户内，拔城於尊俎之間，折衝席上者也。』謂於酒宴談笑之間制服敵人。

〔一〇〕〔錢注〕王融《永明十一年策秀才文》：若終畝不税，則國用靡資。

〔一一〕〔錢注〕《南齊書·豫章文獻王傳》：荆州資費歲錢三十萬、布萬匹、米六萬斛。又以江、湘二州米十萬斛給鎮府。〔按〕此句『江湘』當指包括湘江流域在内的長江中下游地區。《行次西郊作一百韻》：『南資竭吴、越。』則謂國用取資於長江下游之吴、越。

〔一二〕休，《全文》誤作『體』，當是先誤爲『体』，又轉作『體』。〔錢注〕《國語》：齊桓公教大成，定三革，隱五刃，朝服以濟河，而無怵惕焉。解：三革，甲、胄、盾也。王粲《俞兒舞歌》：五刃三革休安，不忘備武樂修。

〔一三〕〔補注〕《周禮·夏官·司兵》：『掌五兵五盾。』鄭玄注引鄭司農云：『五兵：戈、殳、戟、酋矛、夷矛也。』此爲車戰之五兵。步卒之五兵，有弓矢而無夷矛。『五兵』尚有其他多種説法，不備列。鑄五兵，謂銷兵器作農器。

〔一四〕〔錢注〕譙周《古史考》：古者茹毛飲血，燧人氏初作燧火。〔補注〕庖犧，即伏羲，相傳其始畫八卦。《周易正義》卷首《論易之三名》：『孔子曰：上古之時，人民無别，羣物未殊，未有衣食器用之利。伏羲乃仰觀象於天，俯觀法於地，中觀萬物之宜，於是始作八卦。』

〔一五〕〔錢注〕《管子》：黄帝立明臺之議者，上觀於賢也；堯有衢室之問者，下聽於人也。

〔一六〕〔補注〕《左傳·昭公十七年》：『我高祖少皞摯之立也，鳳鳥適至，故紀於鳥，爲鳥師而鳥名。鳳鳥氏，曆正也。』鳳曆，歲曆也。據此句，狀當上於歲末。

〔一七〕〔錢校〕此處（『當』字下）疑脱一字。〔錢注〕《荀子》：使其曲直繁省，廉肉節奏，足以感動人之善心。〔補注〕《書·舜典》：『三載考績，三考黜陟幽明。』幽明，此指善惡、賢愚。

〔一八〕〔補注〕《史記・燕召公世家》：『其在成王時，召公爲三公。自陝以西，召公主之；自陝以東，周公主之。』

〔一九〕〔錢注〕《史記・絳侯周勃世家》：文帝以勃爲丞相，十餘月。上曰：『前日吾詔列侯就國，或未能行，丞相吾所重，其率先之。』乃免相就國。

〔二〇〕〔錢注〕《魏書・明帝紀》：哀帝以外藩援立。〔補注〕夢想，似暗用殷高宗夢傅説用以爲相事，見《書・説命》。

〔二一〕〔補注〕羣后，四方諸侯及九州牧伯。《書・舜典》：『乃日覲四岳羣牧，班瑞于羣后。』

〔二二〕〔錢注〕《漢書・朱雲傳》：平陵朱雲，兼資文武。〔補注〕《左傳・昭公七年》：『三世執其政柄，其用物也弘矣，其取精也多矣。』

〔二三〕〔錢注〕《漢書・趙廣漢傳》：察廉爲陽翟令，以治行尤異，遷京輔都尉，守京兆尹。按：唐諱『治』，故作『理』。《史記・主父偃傳》：故賢主獨觀萬化之源。《漢書・董仲舒傳》：太學者，教化之本源也。《匡衡傳》：長安，天子之都，此教化之原本。皆不定指宰執。觀《舊唐書・鄭覃弟朗傳》：俄參化原，以提政柄。則固唐人習用之辭矣。似即中書政本之意。〔按〕化原，又作化源，教化之本原，特指掌教化之位的宰相。《舊唐書・李渤傳》：『若言不行，計不從，順奉身速退，不宜尸素於化源。』

〔二四〕〔補注〕列辟，百官。首列辟，爲百官之首，指宰相。

〔二五〕〔補箋〕《與陶進士書》：『前年乃爲吏部上之中書，又復懊恨周、李二學士以大法加我。夫所謂博學宏辭者，豈容易哉……後幸有中書長者曰：「此人不堪，抹去之。」乃大快樂。』開成三年商隱試博學宏辭，周墀判吏部西銓。開成五年末會昌元年初，商隱又曾暫寓華州周墀幕。

〔二六〕〔補注〕《論語・里仁》：『君子無終食之間違仁，造次必於是，顛沛必於是。』造次，倉卒、匆忙。此謂無時或忘也。

賀翰林孫舍人狀〔一〕

伏承榮加寵命，伏惟感慰。舍人文苞雅誥〔二〕，道叶皇猷，爛雲藻以敷華〔三〕，叶天聲而應律。載遷星次〔四〕，爰奉夏官〔五〕。焕綵服於蘭堂〔六〕，耀瓊枝於粉署〔七〕。女侍使虚薰錦帳〔八〕，中謁者方奉芝泥〔九〕。聊用望郎〔一〇〕，以爲假道〔一一〕。佇當仰承睿旨，近執化權〔一二〕，侶四輔以燮和〔一三〕，合萬錢於供養〔一四〕。某厚承恩顧，未獲趨承，欣賀莫任，瞻戀斯極〔一五〕。

校注

〔一〕本篇原載清編《全唐文》卷七七五第二一頁、《樊南文集補編》卷七。〔錢箋〕狀云：『載遷星次，爰奉夏官。』考《舊唐書·武宗紀》：會昌六年二月，以翰林學士、起居郎孫穀（當作『瑴』）爲兵部員外郎充職，正與相合。翰林，見《爲濮陽公與丁學士狀》注〔三〕。〔張箋〕考《舊書·紀》，穀（瑴）爲兵部員外郎充職書於本年二月，而義山入京則在去歲（按：指會昌五年十月），《上鄭州李舍人狀》（按：當指《上李舍人狀四》）可證。此狀有『某厚承恩顧，未獲趨承，欣賀莫任，瞻戀斯極』語，豈義山是時尚未至京耶？抑祕閣事繁，末由趨賀，故先之以狀耶？抑或代人之作，而題首闕書『爲某某』耶？據《上李舍人第四狀》云：『時向嚴冽，某已決取此月二十一日赴京。』又第五狀云：『去歲陪游，頗淹樽俎。今茲違奉，實間山川。曲水冰開，章臺柳動。』一爲將赴京時作，一爲已到京時作。則義山入都，必無遲至本年二月之理。譜中已從諸狀載義山赴京於會昌五年矣。姑剖其異，閲者參之。〔岑仲勉曰〕合觀上韋之狀（指《上韋舍人狀》『今者運屬長君，理當哲輔』，『某淹滯洛下，貧病相仍。去冬專使家僮起居，今春亦憑令狐郎中附狀』等語），斯五年至京説大有可疑，或後來行期有變，至六年春末尚滯洛陽也。〔按〕義山會昌五年十月赴京事，既已見於《上李舍人狀四》，自不必疑；而《上李舍人狀五》證實義山六年仲春已在長安，亦不必疑。然《上韋舍人狀》有『去冬專使家僮起居，今春亦憑令狐郎中附狀』語，則又説明去冬今春商隱仍有一段時間在洛陽。唯一合理之解釋，當是五年十月下旬赴京後不久，旋又返洛，六年仲春再至長安。故有『去冬專使家僮起居，今春亦憑令狐郎中附狀』之事。孫穀改兵部員外郎，《舊書・紀》記載爲二月壬辰（二十一），此狀當上於其後。其時商隱必已在長安。而言『未獲趨承』，當是適有他事未能登門拜賀，故上此狀以申賀也。大中元年春，李拭『榮膺新命』，任京兆尹，商隱《爲滎陽公與京兆李尹狀》亦云『未期拜賀，無任馳思』，然不能因此認爲其時鄭亞不在長安。商隱《偶成轉韻七十二句贈四同舍》：『我時顦顇在書閣，卧枕芸香春夜闌。明年赴辟下昭桂，東郊慟哭辭兄弟。』亦可證會昌六年春，商隱不但已在長安，且已復官祕閣也。

〔二〕〔錢注〕孔安國《尚書序》：雅誥奧義，其歸一揆。

〔三〕〔錢注〕應瑒《撰征賦》：摛雲藻之雕飾。

〔四〕星次，見《上李舍人狀一》注〔八〕。遷星次，此指遷改其本官，即由起居郎遷兵部員外郎。

〔五〕〔補注〕《周禮》載周時設置六官，以司馬爲夏官，掌軍政與軍賦。唐武則天時，曾改兵部尚書爲夏官。此句謂其任兵部之屬官。

〔六〕〔錢校〕堂，疑當作『臺』。〔錢注〕《漢書・百官公卿表》：御史大夫有兩丞，秩千石，一曰中丞，在殿中蘭臺，掌圖籍祕書。〔按〕蘭臺唐指祕書省，與孫穀之官職無涉，錢校及注非。『蘭堂』，疑即蘭省，指尚書省，由尚書郎『握蘭含香』而來，參注〔八〕。

〔七〕〔補注〕《楚辭・離騷》：『溘吾遊此春宮兮，折瓊枝以繼佩。』商隱《韓同年新居餞韓西迎家室戲贈》：『南朝禁臠無人近，瘦盡瓊枝詠《四愁》。』此句蓋以『瓊枝』美孫，謂其爲瓊林瑤樹也。粉署，尚書省之別稱。《太平御覽》卷二一五引應劭《漢官儀》：『省皆胡粉塗畫古賢人烈女。』

〔八〕〔錢注〕《太平御覽》：《漢官儀》曰：尚書郎給青縑白綾被或錦被、帷帳、氈褥、通中枕。太官供食，湯官供辦餌五熟菓實，下天子一等。給尚書郎史二人，女侍史二人，皆選端正。從直女侍，執香爐燒薰，從入臺護衣服，奏事明光殿。省皆胡粉塗畫古賢人烈女。郎握蘭含香，趣走丹墀奏事，黄門郎與對揖。天子五時賜服。若郎處曹二年，賜遷二千石刺史。〔按〕女侍使，似應作『女侍史』。虚薰錦帳，謂夜直草制誥，通宵不寐也。

〔九〕〔錢注〕《通典》：内謁者，後漢大長秋屬官，有中宫謁者三人，主報中章。後魏、北齊皆有中謁者僕射。隋内侍省有内謁者監六人，内謁者十二人，唐因之。《藝文類聚》：《河圖》曰：舜以太尉即位，與三公臨觀，黄龍五采負圖出舜前，以黄玉爲柙，玉檢金繩，芝爲泥，章曰天黄帝符璽。〔補注〕芝泥，緘封書札物件之封泥，上蓋印章。

〔一〇〕〔錢注〕《北堂書鈔》：《山濤啓事》云：舊選尚書郎，極清望也。

〔一一〕〔補注〕《左傳·僖公二年》：『晋荀息請以屈産之乘，與垂棘之璧，假道于虞以伐虢。』此句『假道』猶今所謂以之爲跳板也。

〔一二〕〔補注〕化權，教化之權，指宰相之權。權德輿《賀外甥崔相國書》：『阜庶生物，操持化權。』

〔一三〕〔補注〕《書·洛誥》有『四輔』之稱，指君主之四位輔佐。燮和，調和，指宰相之職務，語本《書·顧命》：『燮和天下，用答文武之光訓。』

〔一四〕〔錢注〕《晋書·何曾傳》：食日萬錢，猶曰無下箸處。〔補注〕供養，指奉養之物品。《禮記·月令》：『收禄秩之不當，供養之不宜者。』

〔一五〕〔錢注〕邯鄲淳《贈答》詩：贍戀我侯。

上李舍人狀五〔一〕

不審近日尊體何如？伏想沖慮真筌〔二〕，融心妙域，神明是保〔三〕，戬穀來成〔四〕。榮上淹留軒車〔五〕，已曠圭律〔六〕。井德無改〔七〕，玉音愈清〔八〕。此固擺脱常懷，秉持極摯〔九〕，去關鍵於寵辱〔一〇〕，忘階阯於高卑〔一一〕。彼殷浩空函，幾勞開閉〔一二〕；仲文枯樹，屢嘆婆娑〔一三〕。比之清光，實有慚德〔一四〕。

今春華以煦〔一五〕，時服初成〔一六〕，竹洞松岡，蘭塘蕙苑，聚星卜會，望月舒吟〔一七〕。羊侃接賓，共其醒醉〔一八〕；謝安諸子，例有風流〔一九〕。優游名教之間〔二〇〕，保奉希夷之道〔二一〕。伏思受遇，素異諸生。去歲陪遊，頗淹樽俎；今兹違奉，實間山川。曲水冰開〔二二〕，章臺柳動〔二三〕，子牟豈忘於魏闕〔二四〕，嚴助蓋厭於承明〔二五〕。仰望恩憐，豈任攀戀！

況某冗煩有素〔二六〕，刻畫難施〔二七〕。韓信少時，罕蒙推擇〔二八〕；揚雄終歲，惟有寂寥〔二九〕。向非月旦貽評〔三〇〕，《陽春》獲賞〔三一〕，則孤根易拔〔三二〕，弱羽難飛〔三三〕。答《賓戲》以那停〔三四〕，草《客嘲》而莫暇〔三五〕。撫躬誓款，委己銜詞，下筆難休〔三六〕，戀柯何極。龍門不見，將同故掾之心〔三七〕；麟史可傳〔三八〕，徒立素臣之位〔三九〕。祇迎榮誨，遲慰孤誠。伏紙臨風，杳動心骨。

校注

〔一〕本篇原載清編《全唐文》卷七七五第一九頁、《樊南文集補編》卷六。〔按〕狀云『去歲陪遊，頗淹樽俎；今兹違奉，實間山川』，『去歲』二句，指會昌五年春商隱在鄭州李褒處『恩同上客』『累旬陪侍座下』之情況，『今』自指六年。狀又云『今春華已煦……曲水冰開，章臺柳動』，時令正值仲春。據『今兹違奉，實間山川』及『曲水』『章臺』語，商隱時在長安（如仍在洛陽，則洛、鄭相距僅百餘里，不得謂『實間山川』）。故此狀當上於會昌六年仲春商隱居長安時。

〔二〕〔錢注〕《莊子》：筌者所以在魚，得魚而忘筌；蹄者所以在兔，得兔而忘蹄；言者所以在意，得意而忘言。〔補注〕真筌，猶真諦。與下『妙域』均指道家之理。

〔三〕〔錢注〕《鶡冠子》：道乎道乎，與神明相保乎？

〔四〕〔補注〕戩穀，福禄。《詩·小雅·天保》：『天保定爾，俾爾戩穀。』

〔五〕滎上，見《上鄭州李舍人狀一》注〔一〕。此指鄭州。〔補注〕淹留軒車，指久任鄭州刺史。

〔六〕〔補注〕圭律，指時間、光陰。圭指圭表，測量日影之儀器；律，指律琯，測候季節變化之器具。參《爲絳郡公上崔相公啓》『圭律未遐』注。

〔七〕〔補注〕《易·井》：『井養而不窮也。』孔穎達疏：『歎美井德，愈汲愈生，給養於人，無有窮已也。』

〔八〕〔錢注〕王褒《四子講德論》：望聽玉音。〔按〕此句『玉音』非稱對方之言辭，乃頌稱其清潤之德性。

〔九〕〔錢注〕《漢書·叙傳》：馳顔、閔之極摯。注：劉德曰：摯，至也，人行之所極至。

〔一〇〕〔錢注〕《老子》：善閉者，無關揵而不可開。又：寵辱若驚。

〔一一〕〔錢注〕《説文》：阯，基也。

〔一二〕〔錢注〕《晉書·殷浩傳》：浩廢爲庶人。後桓温將以浩爲尚書令，遺書告之，浩欣然許焉。將答書，慮有謬誤，開閉者數十，竟達空函，大忤温意，由是遂絶。

〔一三〕〔錢注〕《晉書·殷仲文傳》：仲文因月朔至大司馬府，府中有老槐樹，顧之良久，而歎曰：『此樹婆娑，無復生意。』仲文素有名望，自謂必當朝政，又謝混之徒疇昔所輕者，並皆比肩，常怏怏不得志。

〔一四〕〔補注〕《書·仲虺之誥》：『成湯放桀于南巢，惟有慚德，曰：「予恐來世以台爲口實。」』慚德，因言行有缺失而内愧。

〔一五〕〔錢注〕蘇武古詩：努力愛春華。

〔一六〕見《上孫學士狀》注〔一九〕。時服，即春服、春裝。

〔一七〕聚星卜會，見《上許昌李尚書狀一》注〔三一〕。

〔一八〕〔錢注〕《梁書·羊侃傳》：侃不能飲酒，而好賓客交遊，終日獻酬，同其醉醒。

〔一九〕〔錢注〕《晉書·謝玄傳》：謝安嘗戒約子姪，因曰：『子弟亦何豫人事，而正欲使其佳？』玄答曰：『譬如芝蘭玉樹，欲使其生於庭階耳。』

〔二〇〕見《上河陽李大夫狀一》注〔五〕。

〔二一〕〔錢注〕《老子》：視之不見名曰夷，聽之不聞名曰希。〔補注〕希夷之道，指虚寂玄妙之道。

〔二二〕〔錢注〕《晉書·束皙傳》：武帝嘗問三日曲水之義，皙曰：『秦昭王以三日置酒河曲，見金人捧水心之劍曰：「令君制有西夏。」因此立爲曲水。』〔按〕此『曲水』指曲江，在長安東南。冰開，指仲春冰化。商隱有《與同年李定言曲水閒話戲作》詩，又有詩句『家住紅蕖曲水濱』，曲水均指曲江。視下句『章臺』可知。

〔二三〕〔錢注〕《漢書·張敞傳》：敞爲京兆尹，時罷朝會，過走馬章臺街，使御吏驅，自以便面拊馬。本集馮氏曰：章臺，本秦時臺也。楚懷王入秦，朝章臺。見《史記》。後名章臺街。唐人有《章臺柳》詩。

〔二四〕〔錢注〕《莊子》：中山公子牟，身在江海之上，心居乎魏闕之下。〔補注〕魏闕，宮門外兩邊高聳之樓觀，借指朝廷。

〔二五〕〔錢注〕《漢書·嚴助傳》：舉賢良對策，武帝善助對，擢爲中大夫。助侍燕從容，上問所欲，對願爲會稽太守。於是拜爲會稽太守，賜書曰：『君厭承明之廬，勞侍從之事，出爲郡吏。』

〔二六〕〔補注〕冗煩，平庸瑣碎。

〔二七〕〔錢注〕《晉書·周顗傳》：庾亮嘗謂顗曰：『諸人咸以君方樂廣。』顗曰：『何乃刻畫無鹽，唐突西施也？』〔按〕似取義於《論語·公冶長》：『宰予晝寢，子曰：「朽木不可雕也，糞土之牆不可杇也，於予與何誅！」』刻畫難施，即朽木不可雕之意。

〔二八〕〔錢注〕《史記·淮陰侯傳》：韓信始爲布衣時，貧無行，不得推擇爲吏。

〔二九〕〔錢注〕左思《詠史詩》：『寂寂揚子宅，門無卿相輿。寥寥空宇中，所講在玄虛。』〔補注〕《漢書·揚雄傳下》：『哀帝時，丁、傅、董賢用事，諸附離之者，或起家至二千石。時雄方草《太玄》，有以自守，泊如也。』

〔三〇〕〔錢注〕《後漢書·許劭傳》：劭好覈論鄉黨人物，每月輒更其品題，故汝南俗有月旦評焉。

〔三一〕見《上令狐相公狀二》注〔一四〕。

〔三二〕〔錢注〕《晏子春秋》：魯昭公曰：『吾少之時，内無拂而外無輔，譬之猶秋蓬也，孤其根而美枝葉，秋風至，根且拔矣。』

〔三三〕〔錢注〕鮑照《野鵝賦》：升弱羽於丹庭。

〔三四〕〔錢注〕《後漢書·班固傳》：固自以二世才術，位不過郎，感東方朔、揚雄自論，以不遭蘇、張、范、蔡之時，作《賓戲》以自通焉。

〔三五〕〔錢注〕《漢書·揚雄傳》：雄草《太玄》，或嘲雄以玄尚白，而雄解之，號曰《解嘲》。

〔三六〕〔錢注〕魏文帝《典論·論文》：傅毅之於班固，伯仲之間耳。而固小之，與弟超書曰：『武仲以能屬文，爲蘭臺令史，下筆不能自休。』

〔三七〕〔錢注〕謝朓《拜中軍記室辭隨王牋》：白雲在天，龍門不見。去德滋永，思德滋深。《南齊書·謝朓傳》：朓歷隨王文學。子隆好辭賦，朓以文才，尤被賞愛。世祖敕朓還朝，遷新安王中軍記室。〔補注〕龍門，用《後漢書·李膺傳》『士有被其容接者，名爲登龍門』。

〔三八〕〔錢注〕《史記·孔子世家》：及西狩見麟曰：『吾道窮矣。』乃因史記作《春秋》。

〔三九〕〔錢注〕杜預《春秋左氏傳序》：仲尼自衛反魯，修《春秋》，立素王，丘明爲素臣。

上韋舍人狀〔一〕

舍人發揮帝業，潤飾王言〔二〕，三代典謨，焕然明具〔三〕；兩漢文雅〔四〕，庸可比儔？今者運屬長君〔五〕，理當哲輔〔六〕，固以復中書之典法〔七〕，舉政事之本根〔八〕，贊助嘉猷〔九〕，裨成睿化，則書辭典册，〔一〇〕，乃綸閣之餘事也〔一一〕。況舍人以至公御物，盛德當官，率周廟之駿奔〔一二〕，極漢庭之議論〔一三〕，佇見顯司樞務〔一四〕，允致昇平。況在諸生〔一五〕，倚望尤切〔一六〕。

某淹滯洛下〔一七〕，貧病相仍。去冬專使家僮起居，今春亦憑令狐郎中附狀〔一八〕。伏審職業殷重，朝直頻繁〔一九〕，雖榮翰之未臨，豈遺簪之或忘〔二〇〕？某疏愚成性，采和難移〔二一〕，徒以頃蒙舍人，奬以小文〔二二〕，致之高第〔二三〕。果成荒棄，上負維持〔二四〕。無田可耕，有累未遣〔二五〕。蓆門晝永〔二六〕，或曠日方餐；蓬户夜寒〔二七〕，則通宵罷寐〔二八〕。懷書竊愧〔二九〕，拂硯增悲。違奉音徽，若隔霄漢。量陂結戀〔三〇〕，但傾蕘藻之誠〔三一〕；德宇近心〔三二〕，尚阻燕泥之託〔三三〕。下情無任攀戀感激之至。

校注

〔一〕本篇原載清編《全唐文》卷七七五第一五頁、《樊南文集補編》卷六。〔錢注〕《舊唐書·職官志》：中書舍人六員，正五品上。〔張箋〕案韋舍人錢注不詳，疑當是韋有翼。《英華》載《玉堂遺範·授有翼東川節度制》曰：『陳藻石於諫曹，司黄素於右掖。』據《嚴州圖經》：『有翼，會昌五年三月自安州刺史拜。』則內召當在宣宗初。先官臺諫等官，而後正授中書舍人。狀爲義山大中二年歸洛後作，時正相合也。〔岑仲勉曰〕狀有云：『今者運屬長君，理當哲輔。』此種口氣，應屬會昌六年三月宣宗即位後不久之時，若在大中二年秋，則即位已逾兩載，不應如此行文。故余絶不敢傅會爲大中二年作也……韋舍人，《箋》三疑有翼，然有翼是否二年官舍人，史無明文。苟依余所指，狀作於會昌六年，則韋舍人殆是韋琮。《翰學壁記》，琮於會昌四年九月拜中書舍人，惜下文闕佚。姑假其六年四月仍是中舍，不爲無理。（參《壁記注補》）。（《平質》丙欠稿十三《大中二年由桂歸洛陽》條）〔按〕岑説可從。狀云：『某淹滯洛下，貧病相仍，去冬專使家僮起居，今春亦憑令狐郎中附狀。』所述居洛貧病情景，與會昌五年夏秋間言及已居東洛貧病狀況相合（參《上李舍人狀二》『某自還京洛，常抱憂煎，骨肉之間，病恙相繼』及《寄令狐郎中》『茂陵秋雨病相如』），可證本文『去冬』當指會昌五年冬，而『今春』自指『運屬長君』即宣宗初立之會昌六年春。故本篇作於會昌六年三月宣宗即位以後自無可疑。張氏繫大中二年桂管歸後，實誤。岑氏因狀有『去冬專使家僮起居，今春亦憑令狐郎中附狀』等語，對張氏《會箋》商隱五年十月服闋入京説表示懷疑，謂『或後來行期有變，至六年春末尚滯洛陽也』。按商隱《上李舍人狀五》作於會昌六年仲春（詳該篇注〔一〕編著者按），狀內有『去歲陪遊，頗淹樽俎；今兹違奉，實間山川。曲水冰開，章臺柳動。子牟豈忘於魏闕，嚴助蓋厭於承明』等語，可證六年仲春商隱已在長安，故岑氏『六年春末尚滯洛陽』之説顯與《上李舍人狀五》不符。本篇『某淹滯洛下，貧病相仍』，乃是追述會昌五年夏秋間之境況，非謂上此狀時仍淹滯洛陽。故下二語即接叙『去歲』『今春』之事。義山會昌五年十月二十一日赴京後，當不久又返洛陽，故有『去冬專使家僮起居，今春亦憑令狐郎中附狀』之事。據《吴興志》：『令狐綯大中元年三月二十一日自左司郎中授（湖州刺史）。』則會昌六年綯尚在左司郎中任，自可於六年春代商隱捎信問候。然前已證六年仲春商隱已在京，則令狐捎信之事當在六年之初春。商隱之自洛再次赴京，當即在六年之仲春也。

〔二〕〔錢注〕曹植《與楊德祖書》：昔丁敬禮嘗作小文，使僕潤飾之。〔補注〕發揮，宣揚、表現。潤飾，猶潤色。《論語·憲問》：『爲命，裨諶草創之，世叔討論之，行人子羽修飾之，東里子産潤色之。』《書·咸有一德》：『大哉王言。』《禮記·緇衣》：『王言如絲，其出如綸；王言如綸，其出如綍。』《新唐書·百官志》：中書舍人『掌侍進奏，參議表章。凡詔旨制敕、璽書册命，皆起草進畫，既下，則署行。』

〔三〕焕，《全文》作『燠』，誤，據錢校改。〔錢注〕《漢書·曹參傳》：且高皇帝與蕭何定天下，法令既明具。

〔四〕〔錢注〕《史記·儒林傳序》：臣謹案詔書律令下者，明天人分際，文章爾雅，訓辭深厚。

〔五〕〔錢注〕指宣宗。〔補注〕《左傳·哀公六年》：『少君不可以訪，是以求長君，庶以能容羣臣乎？』宣宗係憲宗第四子，於敬宗、文宗、武宗爲叔。

〔六〕〔補注〕哲輔，賢能之大臣。

〔七〕〔錢注〕《太平御覽》引《環濟要略》曰：中書掌内事，密詔下州郡及邊將，不由尚書署也。後闕百官，事益重。有令、僕射、丞、郎、令史。秩與尚書同。〔補注〕典法，典章法規。《莊子·田子方》：『典法無更，偏令無出。』

〔八〕〔錢注〕《漢書·蕭望之傳》：望之以爲中書政本，宜以賢明之選。

〔九〕〔補注〕《書·君陳》：『爾有嘉謀嘉猷，則入告爾后于内，爾乃順之于外。』

〔一〇〕〔錢注〕《唐六典》：中書舍人掌侍奉、進奏、參議、表章。凡詔、旨、制、敕及璽書、册命，皆案典故起章草進。畫既下，則署而行之。其禁有四：漏洩、稽緩、違失、忘誤，所以重王命也。

〔一一〕〔錢注〕《初學記》：中書職掌綸誥，前代詞人，因謂之綸閣。

〔一二〕〔補注〕《書・武成》：『邦甸侯衛，駿奔走，執豆籩。』《詩・周頌・清廟》：『於穆清廟，肅雝顯相。濟濟多士，秉文之德。對越在天，駿奔走在廟。』率，指率多士；駿奔，急速奔走。

〔一三〕〔錢注〕《史記・樊酈滕灌傳贊》：垂名漢庭。〔按〕漢庭之議論，疑用《史記・留侯世家》張良藉前箸爲漢高祖籌畫事。

〔一四〕務，《全文》作『物』，涉上文『物』字而誤，據錢校改。樞務，見《爲濮陽公上楊相公狀》注〔四〕。

〔一五〕〔錢注〕《史記・秦始皇紀》：今諸生不師今而學古。

〔一六〕尤，《全文》作『猶』，據錢校改。

〔一七〕〔補注〕《左傳・昭公十四年》：『詰姦慝，舉淹滯。』杜預注：『淹滯，謂有才德而未叙者。』按：此句『淹滯』指久留。

〔一八〕〔錢注〕《舊唐書・令狐綯傳》：會昌五年，爲湖州刺史。大中二年，召拜考功郎中。〔按〕馮譜、張箋均據此書令狐綯出刺湖州在會昌五年，然與本篇『今春亦憑令狐郎中附狀』直接抵觸，當依《吴興志》在大中元年三月，詳注〔一〕按語。

〔一九〕〔錢注〕《宋書・王景文傳》：父僧朗，勤於朝直，未嘗違惰。陸雲《答兄平原》詩：錫命頻繁。

〔二〇〕〔錢注〕《韓詩外傳》：孔子出遊少源之野，有婦人中澤而哭，孔子使弟子問焉，婦人曰：『鄉者刈蓍薪，亡吾蓍簪，吾以是哀也。非傷亡簪，蓋不忘故也。』忘，去聲。〔補注〕縈翰未臨，謂韋舍人未有復信。

〔二一〕〔補注〕《禮記・禮器》：『君子曰：甘受和，白受采，忠信之人可以學禮。』孔穎達疏：『甘受和、白受采者，記者舉此二物，喻忠信之人可得學禮。甘爲衆味之本，不偏主一味，故得受五味之和；白是五色之本，不偏主一色，故得受五色之采。以其質素，故能包受衆味及衆采也。』

〔二二〕〔錢注〕《後漢書·蔡邕傳》：而今並以小文超取選舉。

〔二三〕〔錢注〕《漢書·鼂錯傳》：時對策者百餘人，惟錯爲高第。〔按〕據『頃蒙舍人，獎以小文，致之高第』等語，似韋舍人與商隱有座主門生之誼。然《新唐書·韋琮傳》過略，無從索考。《重修承旨學士壁記》：韋琮，會昌二年二月十五日，自起居舍人、史館修撰充。其年十月十七日，加司勳員外郎；三年五月二十九日，轉兵部員外郎、知制誥；四年四月十五日，轉兵部郎中；九月四日，拜中書舍人，並依前充。則爲考官之事或在此前。或此數句泛指得其揄揚，遂致高第。

〔二四〕〔補注〕維持，維護、幫助。

〔二五〕〔錢注〕《後漢書·百官志》注：其有家累者，與之關内之邑，食其租稅也。〔補箋〕商隱《祭徐氏姊文》云：『伏以奉承大族，載屬衰門，三弟未婚，一妹處室。息胤猶闕，家徒索然。』此即所謂『有累未遷』。

〔二六〕〔錢注〕《史記·陳丞相世家》：家乃負郭窮巷，以弊席爲門。

〔二七〕〔補注〕《禮記·儒行》：『篳門圭窬，蓬户甕牖。』

〔二八〕〔錢注〕《莊子》：蚊蝱噆膚，則通宵不寐矣。

〔二九〕〔錢注〕《後漢書·崔琦傳》：懷書一卷，息輒偃而詠之。

〔三〇〕〔錢注〕《後漢書·郭太傳》：叔度之器，汪汪若千頃之陂。

〔三一〕〔錢注〕《後漢書·杜詩傳》：士卒鳧藻。注：言其和睦欽悦，如鳧之戲於水藻也。

〔三二〕〔錢注〕『近』字疑誤。

〔三三〕〔錢注〕古詩：思爲雙飛燕，銜泥巢君屋。

上忠武李尚書狀〔一〕

不審跋涉道路，尊候何似？伏計不失調護。先皇以倦勤厭代〔二〕，聖上以睿哲受圖〔三〕。系萬國之往居〔四〕，集兆人之悲慶。況二十五翁尚書，望兼勳舊，地屬親賢。績久著於藩垣〔五〕，任合歸於陶冶〔六〕。今者果應急召，咸副僉諧〔七〕，凡在有心，莫不延頸。竊料皇闈入謁〔八〕，紫殿承恩〔九〕，覩山立之端容〔一〇〕，瞻鼎角之殊相〔一一〕，便當講維新之政，備爰立之儀〔一二〕。伏惟促動前騶，速光後命〔一三〕，發仲父新柴之井〔一四〕，運留侯前箸之籌〔一五〕，允贊昌圖，亟登壽域〔一六〕，天下幸甚。某猥以庸薄，厚沐恩憐，荏苒光陰〔一七〕，纏綿詞旨，艱屯少裕〔一八〕，違奉淹時〔一九〕。家難頻臻〔二〇〕，人理中絶〔二一〕。未經殞訴〔二二〕，莫獲祗迎〔二三〕。仰望清光，實勤丹款。伏惟特賜恩照。

校注

〔一〕本篇原載清編《全唐文》卷七七五第九頁、《樊南文集補編》卷六。〔錢箋〕（忠武李尚書）李執方也。詳《上河陽李大夫狀一》注〔一〕、《上許昌李尚書狀一》注〔一〕。狀云『先皇以倦勤厭代，聖上以睿哲受圖』，則作於宣宗即位之初，時必執方尚未去鎮。後云『果應急召，咸副僉諧』，似尚有内召還朝之事。〔張箋〕（會昌六年四月）忠武節度使李執方内召，户部侍郎盧簡辭檢校工部尚書、許州刺史，充忠武軍節度使。《舊書·食貨志》有『薛元賞、李執方、盧弘正、馬植相踵理之』語，《通鑑》：會昌六年四月，『鹽鐵使薛元賞貶。』然則代元賞領使，爲執方無疑。再檢《舊書·盧簡辭傳》：『大中初轉兵部侍郎……（出爲）忠武軍節度使。』則簡辭即代執方鎮陳許者。《補編》又有《爲滎陽公與昭義李僕射狀》及《上漢南盧尚書狀》，蓋大中元年執方又出鎮昭義，簡辭則自忠武遷山南東道也。《寰宇訪碑録》，會昌六年四月，大中元年二月，皆有執方華嶽題名，蓋一則赴徵，一則出鎮經過耳。今據書。〔按〕張箋是。狀云『先皇以倦勤厭代，聖上以睿哲受圖』，顯係武宗方崩、宣宗新立口吻。而『今者果應急召，咸副僉諧』，則明謂執方奉召入京，篇首之『跋涉道路』，即赴召之行也。錢謂『必執方尚未去鎮』，微疏。時商隱已復官祕閣，故篇末有『祇迎』語。

〔二〕〔錢注〕《莊子》：千歲厭世，去而上仙。按：唐諱『世』作『代』。〔補注〕《書·大禹謨》：『朕宅帝位，三十有三載，耄期倦于勤。』

〔三〕〔錢注〕張衡《東京賦》：睿哲玄覽。《初學記》：《春秋合誠圖》曰：帝坐玄扈洛上，與大司馬容光等臨觀，鳳皇銜圖置帝前，黃帝再拜受圖。〔補注〕古代以爲出現河圖洛書爲帝王受命之祥瑞。《易·繫辭上》：『河出圖，洛出書，聖人則之。』《三國志·魏志·文帝紀》『君其祇順大體，饗茲萬國，以肅承天命』裴注引《獻帝傳》：『河圖洛書，天命瑞應。』

〔四〕〔補注〕《左傳·僖公九年》：『送往事居，耦俱無猜，貞也。』居，指生者；往，指死者。《易·乾》：『首出庶物，萬國咸寧。』

〔五〕〔補注〕《詩·大雅·板》：『价人維藩，大師維垣。』藩垣，指藩鎮。

〔六〕〔補注〕陶冶，燒製陶器，冶煉金屬，喻宰相治理國家，教化培育人材。

〔七〕〔補注〕《書·舜典》記帝舜征詢意見以任命臣工之事，多有『僉曰』『汝諧』之語，後遂以『僉諧』謂朝廷遴選、任命重臣。

〔八〕〔錢注〕傅咸《贈何劭王濟詩》：明明闢皇闈。

〔九〕〔錢注〕《三輔黄圖》：武帝又起紫殿，雕文刻鏤，黼黻以玉飾之。

〔一〇〕山立，《全文》作『山丘』，據錢校改。〔補注〕《禮記·玉藻》：『立容，辨卑毋諂，頭頸必中，山立時行。』孔穎達疏：『山立者，若住立則嶷如山之固，不摇動也。』按：《爲滎陽公上僕射崔相公狀二》正作『山立』。

〔一一〕〔錢注〕《後漢書·李固傳》：固貌狀有奇表，鼎角匿犀。注：鼎角者，頂有骨如鼎足也。

〔一二〕〔補注〕《書·胤征》：『舊染汙俗，咸與維新。』《詩·大雅·文王》：『周雖舊邦，其命維新。』此『維新』均有革故圖新或乃始更新之義。《書·説命》：『説築傅巖之野，惟肖，爰立作相，王置諸其左右。』

〔一三〕〔補注〕前騶，官吏出行時在前開道之侍役。後命，續發之任命。《左傳·僖公九年》：『齊侯將下拜，孔曰：且有後命。』

〔一四〕〔錢注〕《管子》：桓公將與管仲飲，十日齋戒，掘新井而柴焉。注：新井而柴蓋覆之，取其清潔示敬也。

〔一五〕前籌，用漢張良『藉前籌』爲高祖謀畫事，詳《史記·留侯世家》。屢見。

〔一六〕〔錢注〕《漢書·王吉傳》：驅一世之民，躋之仁壽之域。

〔一七〕〔錢注〕潘岳《悼亡詩》李善注：荏苒，猶漸也。

〔一八〕艱，《全文》作『難』，從錢校據胡本改正。〔錢注〕潘岳《懷舊賦》：塗艱屯其難進。

〔一九〕〔錢注〕梁任孝恭《辭縣啓》：顧慕階墀，不願違奉。

〔二〇〕難，《全文》作『艱』，據錢校改。〔錢注〕《史記·樂書》：悲彼家難。〔按〕商隱《祭徐氏姊文》：『始某兄弟，初遭家難。』《祭裴氏姊文》：『某年方就傅，家難旋臻。』家難頻臻，指父母先後去世，商隱母卒於會昌二年冬。

〔二一〕〔錢注〕《漢書·許皇后傳》：恐失人理。〔補注〕人理，做人的道德規範。《莊子·盜跖》：『其用於人理也，事親則慈孝，事君則忠貞。』此言『人理中絶』，蓋謂父母雙亡，不得盡孝養之人倫也。

〔一二二〕〔錢校〕訴，疑當作『折』。

〔一二三〕祇，《全文》作『祈』，從錢校據胡本改正。

上河南盧給事狀〔一〕

不審近日尊體何如？考履納祥〔二〕，爲善降福，伏料寢味，常保康寧〔三〕。給事顯自璅闈〔四〕，出臨鼎邑〔五〕，登茲周甸〔六〕，訓此殷頑〔七〕。鋒芒不鈍，而綮肯自分〔八〕；桴鼓稀鳴，而囊橐輒露〔九〕。方今維新庶政，允佇嘉謀〔一〇〕，載考前人，聿求往躅〔一一〕，袁司徒入膺論道〔一二〕，杜鎮南出授專征〔一三〕，並資尹正之能〔一四〕，適致超昇之拜。伏惟特爲休運，善保起居，下情所望。

某頑魯無堪，退縮有素〔一五〕。賦成誰薦〔一六〕？食絶唯歌〔一七〕。上累門牆，頗淹星律〔一八〕。屬人生之坎坷〔一九〕，逢世路之推遷〔二〇〕。浮泛常多〔二一〕，違離蓋數。臨風仰德〔二二〕，伏紙含誠。緬洛方清〔二三〕，瞻嵩比峻〔二四〕。敢同上客，曾疑樂廣之弓〔二五〕；惟羨小民，慚倚庾雲之碣〔二六〕。下情無任瞻戀感激之至。

校注

〔一〕本篇原載清編《全唐文》卷七七五第二二頁、《樊南文集補編》卷七。〔錢箋〕（河南盧給事）盧貞也。本集有《爲河南盧尹上尊號表》，馮氏曰：盧尹爲盧貞，見《白香山集》。香山七老會，貞與祕書狄兼謩以年未七十，雖與會而不及列。《唐詩紀事》：貞字子蒙，會昌五年，爲河南尹。《舊唐書·職官志》：京兆、河南、太原等府尹各一員，從三品。〔張箋〕此云『登茲周甸，訓此殷頑。』又云：『方今惟新庶政，允佇嘉謀。』是宣宗即位後，貞尚尹洛。題稱給事，乃書其京銜，即文中所謂『顯自瑣闈，出臨鼎邑』也。（張箋繫會昌六年）〔按〕會昌朝先後有兩盧姓者曾爲河南尹。一爲會昌元年任河南尹之盧某，《白居易集》卷三五《會昌元年春五絶句》之三《盧尹賀夢得會中作》之盧尹即是。此『盧尹』朱金城《白居易年譜》謂即會昌五年任河南尹之盧貞，郁賢皓《唐刺史考》則疑爲另一人，陳冠明《唐詩人盧貞考辨》謂是另一盧貞（或云當作盧真）字子蒙，曾爲侍御史、内供奉者。另一爲會昌五年任河南尹之盧貞。五年正月，商隱有《爲河南盧尹賀上尊號表》。其年三月，白居易爲七老會，『河南尹盧貞，以年未七十，雖與會而不及列』（白詩《胡吉鄭劉盧張等六賢皆多年壽予亦次焉偶于弊居合成尚齒之會七老相顧既醉甚歡》自注）。錢、張均據商隱曾爲盧貞撰擬賀上尊號表，而謂此『盧給事』即會昌五年任河南尹之盧貞，張氏又據『方今惟新庶政，允佇嘉謀』之文，謂宣宗即位後，貞尚尹洛，而繫此狀於會昌六年，可從。宋王讜《唐語林》云：『白居易葬龍門山，河南尹盧貞刻《醉吟先生傳》于石，立於墓側。』錢易《南部新書》亦載其事。且云其石『至今猶存』。白居易會昌六年八月卒，十一月葬龍門，則似會昌六年十月盧貞猶在任。然此記載與崔璵任河南尹之時間有衝突（見《爲滎陽公與河南崔尹狀》注〔一〕），恐未可憑信。然此狀作於會昌六年三月宣宗即位後一段時間内則無疑。

〔二〕〔補注〕考，成也。履，躬行正道。《易·履》：『履道坦坦，幽人貞吉。』

〔三〕〔補注〕《書·多士》：『非我一人奉德不康寧。』康寧，安寧。

〔四〕〔錢注〕《後漢書·百官志》：黄門侍郎，掌侍從左右；給事中，關通中外。注：《漢舊儀》：黄門郎屬黄門令，日暮對青瑣門外，名曰夕郎。〔按〕瑣闈，即青瑣門，切盧貞曾任給事中。瑣，指連瑣圖案。

〔五〕〔補注〕《左傳·桓公二年》：『武王克商，遷九鼎于雒邑。』鼎邑，指洛陽。出臨鼎邑，謂任河南尹。

〔六〕〔錢注〕《國語》：夫先王之制，邦内甸服。〔按〕洛邑爲東周都城，此『周甸』即指洛陽及其附近地區，亦即唐之河南府。

〔七〕〔補注〕《書·畢命》：『毖殷頑民，遷于洛邑，密邇王室，式化厥訓。』《書·多士序》：『成周既成，遷殷頑民。』

〔八〕綮，《全文》作『膂』，據錢校改。〔錢注〕《莊子》：庖丁爲文惠君解牛，曰：『臣之所好者，道也，進乎技矣。臣以神遇而不以目視，官知止而神欲行，依乎天理，批大郤，導大窾，因其固然，枝經肯綮之未嘗，而況大軱乎！今臣之刀十九年矣，所解數千牛矣，而刀刃若新發於硎。』〔補注〕肯綮，筋骨結合之處，喻要害，關鍵。

〔九〕〔錢注〕《漢書·張敞傳》：敞守京兆尹，枹鼓稀鳴，市無偷盜。又：拜冀州刺史，賊連發，不得。廣川王姬昆弟及王同族宗室劉調等通行爲之囊橐，敞圍守王宮，果得之殿屋重轑中。注：言容止賊盜，若囊橐之盛物也。

〔一〇〕〔補注〕《書·君陳》：『爾有嘉謀嘉猷，則入告爾后于内，爾乃順之于外。』維新，見《上忠武李尚書狀》注〔一二〕。

〔一一〕〔補注〕往躅，昔時之事蹟。

〔一二〕〔錢注〕《後漢書·袁安傳》：安爲河南尹，政號嚴明，在職十年，京師肅然，名重朝廷。建初八年，遷太僕。元和三年，爲司空。章和元年，爲司徒。〔補注〕《書·周官》：『立太師、太傅、太保，兹惟三公。論道經邦，燮理陰陽。』論道，研究治國之道。入膺論道，入朝擔當三公之重任。指爲相。

〔一三〕〔錢注〕《晋書·杜預傳》：預，泰始中，守河南尹，後拜鎮南大將軍。《竹書紀年》：王命西伯得專征伐。

〔一四〕〔錢注〕《後漢書·郡國志》注：應劭《漢官》曰：尹，正也。

〔一五〕〔錢注〕劉楨《贈五官中郎將》詩：小臣信頑鹵。《梁書·陳慶之傳》：皆謀退縮。

〔一六〕〔錢注〕《漢書·揚雄傳》：雄好辭賦，孝成帝時，客有薦雄文似相如者，上召雄待詔承明之庭。〔補注〕《史記·司馬相如列傳》：『蜀人楊得意爲狗監，侍上。上讀《子虛賦》而善之曰：「朕獨不得與此人同時哉！」得意曰：「臣邑人司馬相如自言爲此賦。」上驚，乃召問相如。」

〔一七〕〔錢曰〕見《上李尚書狀》『無褐無車』注。〔按〕錢氏謂此句用馮煖客孟嘗君『食無魚』之典，然此非『食絶』，疑非。此蓋用孔子困於陳蔡典。《史記·孔子世家》：『孔子遷于蔡三歲，吴伐陳，楚救陳，軍于城父。聞孔子在陳、蔡之間，楚使人聘孔子。孔子將往拜禮。陳、蔡大夫謀曰：「……孔子用于楚，則陳、蔡用事大夫危矣。」于是乃相與發徒圍孔子于野。不得行，絶糧。從者病，莫能興。孔子講誦弦歌不衰。』此正所謂『食絶惟歌』也。唐人用孔子典以自況者頗多，無後世之諱。

〔一八〕〔補注〕星律，猶星管，古稱一周年。星，指二十八宿；律，指十二律管。此泛言歲月。

〔一九〕〔錢注〕《漢書·揚雄傳》注：坎坷，不平貌。

〔二〇〕〔錢注〕崔駰《達旨》：子苟欲勉我以世路。

〔二一〕〔補注〕浮泛，猶飄泊。

〔二二〕〔錢注〕楊修《答臨淄侯箋》：仰德不暇。

〔二三〕〔錢注〕潘岳《藉田賦》：清洛濁渠。〔補注〕方，比也。

〔二四〕〔補注〕《詩·大雅·崧高》：『崧高惟嶽，峻極於天。惟嶽降神，生甫及申。』崧，同『嵩』，嵩山。

〔二五〕〔錢注〕《晋書·樂廣傳》：廣遷河南尹，嘗有親客在坐，方欲飲，見杯中有蛇，意甚惡之，既飲而疾。于時河南廳事壁上有角，漆畫作蛇，廣意杯中蛇，即角影也。復置酒於前處，客所見如初，廣乃告其所以。客豁然意解，沈痾頓愈。

〔二六〕〔錢注〕按：庾信《哀江南賦》：河南有胡書之碣文。似用其事。而庾雲無考。惟《晋書·庾純傳》云：字謀甫，博學有才藝，爲世儒宗，歷中書令、河南尹。疑避憲宗諱而改。〔按〕唐以前各代正史紀傳中，無庾雲其人。疑字有誤。事不詳。

上李舍人狀六〔一〕

伏承尋到東洛，不審尊體何如？伏計不失調護。近數見崔芻言協律〔二〕，伏承已卜江南隱居，轉貼都下舊宅〔三〕。道心歸意，貫動昔賢〔四〕。然外以安危所注〔五〕，内以婚嫁之累〔六〕，竊惟時論，或阻心期〔七〕。況古之貞棲〔八〕，固有肥遁〔九〕，衣食不求於外，藥物自有其資〔一〇〕，乃可謝絶塵間，棲遲事表〔一一〕。儻猶未也，或撓修存〔一二〕。若更駐歲華，稍優俸入〔一三〕，向平無家事之累〔一四〕，葛洪有丹火之須〔一五〕，然後拂衣求心〔一六〕，抗疏乞罷〔一七〕。東都帳飲，見疏傅之云歸〔一八〕；勾曲樓居，樂陶公之不返〔一九〕。亦可以光昭紫籍〔二〇〕，振動玄門〔二一〕，留孤風以動人〔二二〕，垂雅裁以鎮俗〔二三〕。飲德歸義之士〔二四〕，所望在兹，伏惟更賜裁度。

某識雖蒙騃〔二五〕，業繼玄虚〔二六〕。一官一名，祇添戮笑〔二七〕；片辭隻韻〔二八〕，無救寒饑。實於浮泛之中，早有潛藏之願〔二九〕。異時仰陪仙裝〔三〇〕，歸從玄遊〔三一〕，庶或收楊、許之靈文，纂成《真誥》〔三二〕；按烏、張之藥法〔三三〕，薄駐流年〔三四〕。丹赤之誠，造次於是。其他並令羲叟口啓〔三五〕。不敢繁有諮具。

校注

〔一〕本篇原載清編《全唐文》卷七七五第二〇頁、《樊南文集補編》卷六。〔張箋〕狀云：『近數見崔芻言協律，伏承已卜江南隱居，轉貼都下舊宅。』……褒已罷鄭居洛，將歸隱江南……故有此狀也。（張繫會昌六年）〔按〕文云『伏承尋到東洛』『伏承已卜江南隱居』，似其時李褒因屢次上啓諸相請求調離鄭州刺史之任至江南偏遠州郡未果，已準備隱居江南，商隱上此狀勸其稍緩時日，『更駐歲華，稍優俸入，向平無家事之累，葛洪有丹火之須，然後拂衣求心，抗疏乞罷』。實則李褒卜居江南之打算並未實現。約在會昌末（見《唐刺史考》），又改授虢州刺史。大中三年，自前禮部侍郎授浙東觀察，六年八月追赴闕。據《上李舍人狀七》『十二叔淹留伊洛，已變炎涼』之語，褒之由鄭抵洛，約在會昌六年夏，此狀當上於其時。

〔二〕〔錢注〕《新唐書·宰相世系表》：安平三房崔氏。芻言，字詢之，昭義節度判官。《舊唐書·職官志》：太常寺協律郎二人，正八品上。

〔三〕〔錢注〕《南齊書·劉繪傳》：劉繪貼宅，別開一門。〔補注〕貼，以物質錢、抵押。李嶠《諫建白馬坂大像疏》：『亦有賣舍貼田，以供王役。』李褒係京兆人，故有『都下舊宅』。錢引疑非本句『貼』義。

〔四〕〔錢注〕《舊唐書·李讓夷傳》：開成元年，以本官兼知起居舍人事。時起居舍人李褒有痼疾，請罷官，帝曰：『讓夷可也。』〔補注〕謂其悟道之心、歸隱之志，貫通昔賢。

〔五〕〔錢注〕《史記·陸賈傳》：天下安，注意相；天下危，注意將。

〔六〕〔錢注〕《後漢書·向長傳》：長字子平，建武中，男女嫁娶既畢，敕斷家事勿相關。於是遂肆意，與同好北海禽慶俱遊五嶽名山。

〔七〕〔錢注〕陶潛《酬丁柴桑詩》：實欣心期，方從我遊。〔補注〕心期，心願。

〔八〕〔錢注〕《宋書·明帝紀》：若乃林澤貞棲，丘園耿潔。〔補注〕貞棲，退隱。

〔九〕〔補注〕《易·遯》：『上九，肥遯，無不利。』孔穎達疏：『肥，饒裕也……上九最在外極，無應於內，心無遺顧，是遯之最優，故曰肥遯。』遯，同『遁』。

〔一〇〕〔錢注〕《顏氏家訓》：神仙之事，未可全誣，但性命在天，或難種植。人生居世，觸途牽繫。幼少之日，既有供養之勤；成立之年，便增妻孥之累。衣食資須，公私勞役，而望遁跡山林，超然塵滓，千萬不過一爾。加以金玉之費，鑪器所須，益非貧士所辦。學如牛毛，成如麟角，華山之下，白骨如莽，何有可遂之理？

〔一一〕〔補注〕《詩·陳風·衡門》：『衡門之下，可以棲遲。』朱熹集傳：『此隱居自樂而無所求之詞。言衡門雖淺陋，然亦可以遊息。』事表，世事之外。

〔一二〕〔錢注〕《雲笈七籤》：若修存之時，恒令日月還面明堂中。日在左，月在右，令二景與目瞳合，氣相通也。

〔一三〕〔錢注〕《魏書·裴瑗傳》：悦散費無常，每國俸初入，一日之中，分賜極意。

〔一四〕見本篇注〔六〕。

〔一五〕〔錢注〕《晋書·葛洪傳》：洪好神仙導養之法，以年老，欲煉丹以祈遐壽，聞交阯出丹砂，求爲句漏令。

〔一六〕〔錢注〕《後漢書·楊彪傳》：明日便當拂衣而去。

〔一七〕〔錢注〕《漢書·揚雄傳》：《解嘲》曰：獨可抗疏，時道是非。

〔一八〕〔錢注〕《漢書·二疏傳》：疏廣爲太傅，兄子受爲少傅。在位五歲，上疏乞骸骨。公卿大夫故人邑子設祖道，供張東都門外，送者車數百兩。

〔一九〕〔錢注〕《梁書·陶弘景傳》：弘景除奉朝請，永明十年上表辭禄，止於句容之勾曲山。中山立館，更築三層樓，弘景處其上，弟子居其中，賓客至其下。

〔二〇〕〔錢注〕《雲笈七籤》：司命隱符，五老紫籍。〔補注〕紫籍，猶仙籍。道教稱仙人所居爲紫府。

〔二一〕〔錢注〕陶弘景《答朝士訪仙佛兩法體相書》：先生領袖玄門。〔補注〕《老子》：『玄之又玄，衆妙之門。』

〔二二〕〔錢注〕王僧達《祭顔光禄文》：孤風絶侣。

〔二三〕〔錢注〕何劭《贈張華詩》：鎮俗在簡約。〔補注〕雅裁，雅正之風度。

〔二四〕〔錢注〕謝靈運《擬太子鄴中集詩》：飲德方覺飽。鄒陽《上書吴王》：聖王砥節修德，則游談之士，歸義思名。

〔二五〕〔錢注〕《博雅》：騃，癡也。

〔二六〕〔錢注〕左思《詠史詩》：寂寂揚子宅，門無卿相輿。寥寥空宇中，所講在玄虚。〔補注〕玄虚，指玄遠虚無之道。

〔二七〕〔補注〕戮笑，耻笑。《公羊傳·莊公三十二年》：『不從吾言而不飲此，則必爲天下戮笑，必無後乎魯國。』

〔二八〕〔錢注〕江總《皇太子太學講碑》：隻句片言，諧五聲之節奏。〔補注〕片辭隻韻，指自己之詩文。

〔二九〕〔補注〕浮泛，猶浮游漂泊。潛藏之願，指隱居避世之願。

〔三〇〕〔原注〕裝，去聲。

〔三一〕〔補注〕玄遊，玄虚之遊，仙遊。

〔三二〕〔錢注〕《太平廣記》：《神仙感遇傳》曰：貞白先生陶弘景得楊、許真書，遂登岩告静。撰《真誥隱訣》，注《老子》等書二百餘卷。《太平御覽》：《靈寶經》曰：靈文鬱秀，洞映上清。〔補注〕楊，疑指楊羲，東晋道士，永和五年受《中黄制虎豹神經》，興寧二年受《上清真經》；許，指許邁，與楊結神明交。

〔三三〕〔錢注〕烏張，未詳。《史記·倉公傳》：歲餘，菑川王時遣太倉馬長馮信正方，臣意教以案法逆順，論藥法，定五味及和齊湯法。〔補注〕烏，不詳。《隋書·經籍志》有《赤烏神鍼經》；張，指張仲景，有張仲景方十五卷。

〔三四〕〔錢注〕王筠《東南射山》詩：握髓駐流年。

〔三五〕義叟，見《上李舍人狀四》注〔六〕。

爲尚書渤海公舉人自代狀〔一〕

某官周墀〔二〕

右臣伏準某年月日敕，内外文武官上後舉一人自代者〔三〕。伏以京邑爲四方之極，咸秦乃天下之樞〔四〕，必命英髦，以居尹正〔五〕。臣謬蒙抽擢〔六〕，素乏材能〔七〕，將何以風采章臺〔八〕，羽儀華囿〔九〕。況又方營鄗畢，肇建園陵〔一〇〕，苟推擇之不先〔一一〕，則顛覆而斯在。前件官莊栗以裕〔一二〕，簡嚴而寬。玉無寒温〔一三〕，松有霜雪〔一四〕。頃居内署〔一五〕，實事文皇〔一六〕。引裾而外朝莫知〔一七〕，視草而中言罔漏〔一八〕。洎分符近甸〔一九〕，廉印雄藩〔二〇〕，不狥物以沽名，善推誠而立斷。渾若全器〔二一〕，宜乎在庭。儻召以急宣，被之眷渥，必能明張條目〔二二〕，峻立隄防〔二三〕，肅千里之封畿〔二四〕，總五都之貨殖〔二五〕。軒臺禹穴〔二六〕，無虧充奉之儀〔二七〕；漢苑秦陵〔二八〕，盡絶椎埋之黨〔二九〕。特乞俯迴宸斷，用授當仁。免今日之叨恩，冀他時之上賞〔三〇〕。干冒陳薦，兢越殊深〔三一〕。

某官崔龜從〔三二〕

伏以内史故事，例帶銀青〔三三〕；尹正舊儀，平揖令僕〔三四〕。必資髦碩，方備次遷〔三五〕。臣特以鯫儒〔三六〕，猥丁昌運〔三七〕，位崇八座〔三八〕，官紹三王〔三九〕。況駕有上仙〔四〇〕，車當晏出〔四一〕，務煩厩置〔四二〕，役重津途〔四三〕。儻讓爵之不思〔四四〕，則敗官而斯疚〔四五〕。前件官荆岑挺價〔四六〕，赤堇揚鋒〔四七〕，稟松筠四序之榮〔四八〕，包金石一定之調〔四九〕。由中及外，自誠而明〔五〇〕。昨者故鄭利遷〔五一〕，朝臺受律〔五二〕，隱之清節，無媿于投香〔五三〕；江革歸資，唯聞于單舸〔五四〕。必能集同軌之會〔五五〕，奉因山之儀〔五六〕，使桴鼓稀鳴〔五七〕，建瓴流化〔五八〕。伏乞特迴鳳詔〔五九〕，以命龜從。成聖朝《棫樸》之詩〔六〇〕，減微臣維鵜之刺〔六一〕。干黷旒扆〔六二〕，伏用兢惶〔六三〕。

校注

〔一〕本篇原載《文苑英華》卷六三九第二頁、清編《全唐文》卷七七三第五頁、《樊南文集詳注》卷二。〔徐箋〕《世系表》：高氏出自姜姓。齊太公之後高傒爲齊上卿。後漢有高洪者爲渤海太守，因居渤海蓨縣。故渤海爲高氏之郡望。此『渤海公』不知何人，據狀云『風采章臺，羽儀華囿』『内史故事』『尹正舊儀』，則其人蓋尚書尹京兆者。或云計其時當是高元裕。〔馮箋〕按《舊書·高元裕傳》：開成四年，改御史中丞，會昌中爲京兆尹。《新書》於『御史中丞』下，書『累擢尚書左丞，領吏部選，出爲宣歙觀察』，不言尹京兆。二書所叙，互有詳略。證之此文及《英華》所載除吏尚制文，則由尹京進檢校尚書而觀察宣州也。徐曰：文宗於開成五年正月崩，八月葬，狀云『肇建園陵』，則尹京當在是年春也。按《英華》又有崔嘏所撰《授高元裕等加階制》，蓋因肆赦霈澤，即上篇華州加階之時（編著者按：指馮注本此狀前一篇《爲侍郎汝南公華州謝加階狀》），而以尹京者冠之耳。文中所叙必文宗崩後未久也。《舊·傳》概云『會昌中』，稍疏矣。〔張箋〕（狀）云：『臣謬蒙抽擢，素乏材能……況又方營鄗畢，肇建園陵，苟推擇之不先，則顛覆而斯在。』是元裕尹京，必在文宗將葬，七八月間。〔按〕此篇之題目與實際内容有明顯矛盾，疑題有誤。馮、張均謂渤海公爲高元裕，馮謂元裕任京兆尹在開成五年春，張則謂在七八月，故馮譜、張箋均繫本文於開成五年。蕭鄴《大唐故吏部尚書贈尚書右僕射渤海高公神道碑》（有殘闕）云：『公諱元裕……（鄭）

注敗，復入爲諫大夫，兼充侍講學士，尋兼太子賓客……未幾，擢拜御史中丞……進尚書右丞，改京兆尹。未幾，授左散騎常侍，遷兵部侍郎，轉尚書左丞，知吏部尚書銓事。會恭僖皇太后陵寢有日，充禮儀使，公爲左右轄也。……尋改宣歙池□□□□使……入拜吏部尚書……遷檢校吏部尚書、山南西道節度觀察等使……大中四年夏六月廿日，次於鄧，無疾暴薨於南陽縣之官舍，享年七十六。』碑文未言元裕任京兆尹之具體時間，然據《舊唐書·文宗紀》，開成四年九月，『丙午，以前江西觀察使敬昕爲京兆尹。』《通鑑·開成五年》，八月，『貶京兆尹敬昕爲郴州司馬。』坐龍輴陷也。而《金石萃編》卷八〇《華岳題名》：『正議大夫守京兆尹賜紫金魚袋崔郇、華州華陰縣令崔宏，會昌二年六月十六日郇自汝海將赴闕庭，時與宏同謁廟而遇。』可證高元裕之任京兆尹，確在開成五年八月至會昌二年間，乃接替被貶之敬昕繼任京尹者。然敬昕之被貶，據《通鑑·開成五年》載：『秋，八月，壬戌，葬元聖昭獻孝皇帝于章陵。庚午，門下侍郎、同平章事李珏坐爲山陵使龍輴（載柩車）陷，罷爲太常卿。貶京兆尹敬昕爲郴州司馬。』明爲因文宗葬章陵時柩車陷塌之事而貶，其時章陵業已建成啓用，而絶非狀所云『方營鄗畢，肇建園陵』，『務煩厩置，役重津途』，乃尚未完成之役。故狀所云建園陵之事當另有所指，而絶非建文宗之章陵。尤爲矛盾者，乃狀中舉以自代之周墀、崔龜從此時所仕之官職與高元裕任京兆尹之時間有不可調和之矛盾。狀中言及周墀歷官時云：『頃居内署，實事文皇。引裾而外朝莫知，視草而中言罔漏。洎分符近甸，廉印雄藩。』自文宗時任内職叙到文宗卒後出爲華州刺史（分符近甸），再叙到出爲現任之江西觀察使（廉印雄藩）。據《唐方鎮年表》《唐刺史考》，周墀任江西觀察使在會昌四年至六年，狀中所謂『方營鄗畢，肇建園陵』，顯非指修建文宗章陵。又狀中叙及崔龜從歷官時云：『昨者故鄗利遷，朝臺受律。隱之清節，無愧於投香；江革歸資，唯聞於單舸。』故鄗利遷，指開成四年三月由户部侍郎出爲宣歙觀察使；朝臺受律，指會昌四年由宣歙觀察使遷嶺南節度使。『隱之』二句，不惟頌揚其清廉，且指其會昌五年自廣州歸朝。再合之『況駕有上仙，車當晏出』及『奉因山之儀』等句，益可證此狀所謂『園陵』絶非文宗章陵。考《渤海高公神道碑》云：『轉尚書左丞，知吏部尚書銓事。會恭僖皇太后陵寢有日，充禮儀使，公爲右轄也。』《唐刺史考》因謂『奉因山之儀』指會昌五年正月葬穆宗恭禧皇后于光陵柏城之外。然高元裕開成五年八月任爲京兆尹，而恭僖皇太后卒於會昌五年正月庚申（據《通鑑》），中間相隔六年，其時元裕早已不在京兆尹任，何能在六年前任京兆尹時肇建六年後之『園陵』？且恭禧係葬光陵東園，亦不得云『方營鄗畢，肇建園陵』。視『鄗畢』『園陵』『軒臺禹穴』『集同軌之會，奉因山之儀』等，用語引典均切已故之皇帝身份，而非皇后，故可斷『園陵』不指恭禧之葬地。再結合周墀、崔龜從之歷官考之，乃知所謂『方營鄗畢，肇建園陵』者，定指武宗之端陵也。武宗卒於會昌六年三月，八月葬端陵。而據《舊唐書·宣宗紀》，會昌六年十一月，『以江西觀察使周墀爲義成軍節度、鄭滑觀察等使』，可證武宗會昌六年三月逝世時，周墀仍在江西觀察使任上，與狀所謂『廉印雄藩』合（惜崔龜從自嶺南歸後所任之現官缺考），故可證此狀當上於會昌六年三月至八月武宗已逝未葬之期間。此時之京兆尹自非高元裕（時元裕任宣歙觀察使），而係韋正貫。《新唐書·韋正貫傳》：『久之，進壽州團練使。宣宗立，以治當最，拜京兆尹、同州刺史。俄擢嶺南節度使。』蕭鄴《嶺南節度使韋公神道碑》：『今上即位，以理行徵拜京兆尹。』會昌五年，京兆尹爲柳仲郢；會昌六年四月甲戌前，薛元賞以京兆少尹權知府事，四月甲戌貶忠州刺史。大中元年三月，京兆尹爲李拭，韋正貫之任京兆尹，約當會昌六年四月至大中元年三月間。然則舉周墀、崔龜從以自代之新任京兆尹當爲韋正貫也。韋爲京兆人，如以狀之實際内容擬題，當作《爲京兆公舉人自代狀》。頗疑商隱曾爲高元裕、韋正貫各擬舉人自代狀，二狀相連，抄手脱寫《爲尚書渤海公舉人自代狀》之正文與《爲京兆公舉人自代狀》之文題，遂將前題與後文合而爲一。（此種情況，與《爲汝南公元日朝會上中書狀》頗爲相似，參該篇注〔一〕。）會昌六年三至八月，商隱正『羈官書閣，業貧京都』（《上李舍人狀七》），固可代韋作此狀也。又，韋曾爲天平軍節度判官，與商隱同在令狐楚幕，二人大和三至五年即已相識。

〔二〕〔補注〕周墀生平，具見《舊唐書》卷一七六、《新唐書》卷一八二本傳及杜牧《唐故東川節度使檢校右僕射兼御史大夫贈司徒周公墓誌銘》。

〔三〕〔馮注〕建中元年敕也。見《爲懷州刺史舉人自代狀》注〔二〕。

〔四〕京，徐注本作『商』，誤。秦，徐注本作『京』，誤。〔徐注〕《詩》：商邑翼翼，四方之極。〔馮注〕《戰國策》：范雎説秦昭王曰：『韓、魏，中國處而天下之樞也。王其欲霸，必親中國，以爲天下樞。』按：秦地勢實天下之樞，而皇唐爲宸極，故云。〔補注〕極，指北極星。《文選・張衡〈西京賦〉》：『譬衆星之環極。』薛綜注：『極，北極也。』樞，天樞，北斗第一星，喻國家中央政權。

〔五〕〔徐注〕《漢書》注：張晏注：地絶高平曰京，十萬曰兆，尹，正也。《通典》：開元初改雍州長史爲京兆尹，總理衆務。凡前代帝王所都皆曰尹。〔馮注〕《漢書・表》：内史，周官，秦因之，掌治京師。武帝太初元年，更名京兆尹。《爾雅・釋言》：尹，正也。

〔六〕〔徐注〕《南史・王鎮惡傳》：因託風雲，並蒙抽擢。〔補注〕蕭鄴《嶺南節度使韋公神道碑》：『今上初即位，以理行徵拜京兆尹。』此即所謂『謬蒙抽擢』。

〔七〕〔徐注〕《漢書・車千秋傳》：千秋無他材能學術。

〔八〕〔徐注〕《漢書・張敞傳》：敞爲京兆，時罷朝會，過走馬章臺街。注：孟康曰：在長安中。〔馮注〕《漢書・王莽傳》：欲有所爲，微見風采。〔按〕此句『風采』係聲威名望顯赫之意，馮注引《漢書・王莽傳》之『風采』係表情、顔色之義，非所用。

〔九〕囿，《全文》作『省』，據《英華》改。〔徐注〕《詩》：鴻漸于陸，其羽可用爲儀。案：華囿，即靈囿也。〔馮注〕泛言苑囿。班固《西都賦》：西郊則有上囿禁苑。〔補注〕羽儀，謂爲楷模。

〔一〇〕鄗畢，《全文》作『咸鎬』，《英華》作『咸鄗』，據馮校改。肇建，《英華》作『畢肇』，注：集作『肇建』。〔馮校〕今思『畢肇』無理，而『咸鎬』泛言京師，皆非也。合而繹之，當用《後漢書・潛夫論》曰：『鄗、畢之陵。』注曰：『周文王、武王葬畢，在鄗東南，今在長安西北。』以比將葬文宗於章陵也。故直改正之。『鄗』『鎬』字古通。〔徐箋〕案《舊書・武宗紀》：開成五年八月十七日，葬文宗於章陵。〔按〕殘宋本《英華》此二句作『況又方營咸鄗畢肇集作肇建園陵』，當是原文脱去『建』字之後，遂在『營』字下添一『咸』字，而將『畢』字誤屬下句，其致誤痕跡顯然。馮氏校注甚確，兹從之。然徐、馮均以爲此二句指將葬文宗於章陵，則誤。此當指方營建武宗所葬之端陵，辨已見注〔一〕編著者按語。

〔一二〕〔徐注〕《漢書·韓信傳》：家貧無行，不得推擇爲吏。〔補注〕推擇，推舉選擇。

〔一二〕〔補注〕《書·舜典》：『直而温，寬而栗。』孔傳：『寬弘而能莊栗。』莊栗，莊嚴、莊重。裕，寬容。

〔一三〕〔馮注〕《淮南子》：譬如鍾山之玉，炊以鑪炭，三日三夜而色澤不變，則至德天地之精也。〔徐注〕《杜陽雜編》：日本有玉棋子，冬温夏冷，謂之冷暖玉。

〔一四〕〔徐注〕《莊子》：霜雪既降，是以知松柏之茂。

〔一五〕〔補注〕《舊唐書·周墀傳》：『開成二年冬，以本官知制誥，尋召充翰林學士。三年，遷職方郎中。四年十月，正拜中書舍人，内職如故。』

〔一六〕〔補注〕文皇，指唐文宗。

〔一七〕〔徐注〕《魏志》：辛毗字佐治。帝欲徙冀州士家十萬户實河南，毗與朝臣俱求見，帝起入内，毗隨而引其裾，帝遂奮衣不還。

〔一八〕〔徐注〕《晉書》：羊祜歷事二世，典職機要，凡謀議皆焚其草，世莫得聞。周墀久居内職，故云。

〔一九〕〔徐注〕謂出守華州。〔按〕華州距長安一百八十里，爲京師之近甸。

〔二〇〕〔徐注〕謂改鄂岳觀察使。〔馮注〕《舊書·周墀傳》：出爲華州刺史，改鄂岳觀察使。〔按〕廉印雄藩，例指外任觀察使。然徐、馮據《舊書》本傳謂改鄂岳觀察使則誤。周墀開成五年七月出爲華州刺史，至會昌三年猶在華州任。《唐摭言》卷三：『周墀任華州刺史。武宗會昌三年，王起僕射再主文柄，墀以詩寄賀。』杜牧《贈司徒周公墓誌銘》云：『武宗即位，以疾辭，出爲工部侍郎、華州刺史。李太尉伺公纖失，四年不可得，知愈治不可抑，遷江西觀察使。』可證墀刺華四年，且所遷之職爲江西觀察使而非鄂岳觀察使。墀會昌四年至六年十一月在江西觀察使任。

〔二一〕渾，《英華》注：集作『藹』。〔補注〕全器，猶全才。

〔二二二〕〔徐注〕《漢書·劉向傳》：各有條目。〔補注〕條目，此指法令、規章，徐注引指按内容分之細目，非此句條目之義。

〔二二三〕〔徐注〕《漢書》：董仲舒對策曰：其隄防完也。〔馮注〕《禮記》：季春之月，命司空修利隄防。〔補注〕隄防，此喻管束之法規。

〔二二四〕〔徐注〕《西都賦》：封畿之内，厥土千里，卓犖諸夏，兼其所有。〔補注〕《詩·商頌·玄鳥》：『邦畿千里，維民所止。』毛傳：『畿，疆也。』《周禮·夏官·職方氏》：『方千里曰王畿。』肅，整飭。

〔二二五〕總，《英華》注：集作『殷』。〔徐注〕《西都賦》：七相五公，與夫州郡之豪傑，五都之貨殖，三選七遷，充奉陵邑。〔馮注〕《漢書·食貨志》：王莽於長安及五都立五均官，更名長安東西市令及洛陽、邯鄲、臨菑、宛、成都市長皆爲五均司市師。

〔二二六〕軒，《英華》作『燕』，非。〔徐注〕《山海經》：西王母之山，有軒轅臺，射者不敢西向，畏軒轅之臺。《漢書》：司馬遷南游江淮，上會稽，探禹穴。案：軒臺禹穴，喻陵寢也。

〔二二七〕〔徐注〕《漢書·百官志》：太祝六人，正九品上，掌出納神主。祭祀則跪讀祝文。卿省牲則循牲告充以授大官。奉禮郎二人，從九品上，掌君臣服位以奉朝會祭祀之禮。又公卿巡行諸陵，則主其威儀鼓吹而相其禮。〔馮注〕謂充奉山陵之事。〔按〕馮注是。充奉，即供給奉應。參注〔二二五〕引《西都賦》。

〔二二八〕〔馮注〕《史記·秦始皇本紀》：葬始皇驪山，奇器珍怪徙藏滿之。漢苑見注〔九〕。

〔二二九〕〔馮注〕《史記·貨殖傳》：閭巷少年攻剽椎埋，劫人作姦，掘冢鑄幣，走死地如騖，其實皆爲財用耳。此謂嚴捕盜賊。〔徐注〕《史記》注：徐廣曰：（椎埋）椎殺人而埋之。或謂發冢也。

〔二三〇〕〔馮注〕《漢書·蕭何傳》：上曰：『吾聞進賢受上賞，蕭何功雖高，待鄂君乃得明。』於是鄂千秋封爲安平侯。

〔二三一〕殊，《英華》作『伏』。

〔三二〕〔徐箋〕《舊書》：崔龜從，字玄告，清河人。元和十二年擢進士第，又登賢良方正制科及書判拔萃二科。釋褐拜右拾遺，大和二年改太常博士。龜從長於禮樂，精歷代沿革，問無不通。累轉考功郎中、史館修撰。九年轉司勳郎中、知制誥。十二月正拜中書舍人。開成初出爲華州刺史。三年入爲户部侍郎判本司事。四年權判吏部尚書銓事。大中四年同平章事兼吏部尚書，六年罷相。累歷方鎮卒。〔按〕仕歷多闕，參下注。

〔三三〕〔徐注〕《通典》：武帝更名右内史爲京兆尹，左内史爲左馮翊，主爵都尉爲右扶風，是爲三輔，治長安城中，銀章青綬。

〔三四〕〔徐注〕（令僕）謂尚書令、尚書左右僕射。《晉書·殷浩傳》：桓温謂郗超曰：『浩有德有言，向使作令僕，足以儀刑百揆。』〔馮注〕按《後漢書·志》：司隸校尉。注引蔡質《漢儀》曰：職在典京師、外部諸郡，封侯、外戚、三公以下，無尊卑。司隸初除，謁大將軍、三公，通謁持板揖，公儀、朝賀無敬。臺召入宫對，見尚書持板，朝賀揖。《漢書·表》《晉書·志》《通典》諸書：漢初置司隸校尉，察三輔、三河、弘農，後省復置，但爲司隸。後漢部河南尹、河内、右扶風、左馮翊、京兆尹、河東、弘農七部。至東晋渡江，乃罷其官，而其職爲揚州刺史也。唐無司隸校尉，而有京畿採訪使，亦其職也。蓋司隸固尊於尹，而職則相類相兼。『平揖令僕』，似即用此。〔按〕此謂京兆尹地位貴重，與令、僕相等。《舊唐書·職官志》：尚書左右僕射，京兆、河南、太原等七府牧從第二品，京兆尹從第三品。

〔三五〕〔徐注〕《漢書·田廣明傳》：功次遷河南都尉。

〔三六〕〔徐注〕《漢書》：沛公曰：『鯫生説我距關。』〔補注〕鯫生，淺薄愚陋之小人。《史記·項羽本紀》：『鯫生説我曰：距關，毋内諸侯，秦地可盡王也。』

〔三七〕〔徐注〕顔延之詩：復與昌運并。

〔三八〕〔馮注〕《晉書·職官志》：後漢以三公曹、吏部曹、民曹、客曹、二千石曹、中都官曹，合爲六曹，并令、僕二人，謂之八座尚書。〔徐注〕《晉書》：尚書夏侯駿曰：官立八座，正爲此時。乃爲駁議。《晋百官名》：尚書令、尚書僕射、六尚書，古爲八座尚書。

〔三九〕〔馮注〕《漢書·王吉傳》：吉子駿，遷司隸校尉，遷少府，成帝欲大用之，出爲京兆尹，試以政事。先是，京兆有趙廣漢、張敞、王尊、王章，至駿，皆有能名，故京師稱曰：『前有趙、張，後有三王。』按：八座謂尚書、三王謂京尹，是高以尚書左丞兼京尹也。〔按〕位宗八座，即上文『平揖令僕』之意。題既非《爲尚書渤海公舉人自代狀》，則馮謂高以尚書左丞兼京尹亦屬無的放矢。且《神道碑》謂高『進尚書右丞，改京兆尹』，不謂其兼京兆尹也，尚書右丞只能稱右丞而不得稱尚書也。原題脱。

〔四〇〕〔徐注〕《莊子》：千歲厭世，去而上仙，乘彼白雲，至于帝鄉。〔補注〕此用黄帝駕龍上仙事，指皇帝去世。《漢書·郊祀志》：『黄帝采首山銅鑄鼎於荆山下，鼎既成，有龍垂胡顙下迎黄帝，黄帝上騎，羣臣、後宫從上龍七十餘人。龍乃上去，餘小臣不得上，乃悉持龍顙，顙拔墮，墮黄帝之弓。百姓即望黄帝既上天，乃抱其弓與龍顙號。』商隱《昭肅皇帝挽歌辭三首》之二：『旋駕鼎湖龍。』即『駕有上仙』意。

〔四一〕〔徐注〕《史記·范雎傳》曰：宫車一日晏駕。集解：應劭曰：天子當晨起早作，如方崩殞，故稱晏駕。韋昭曰：凡初崩爲晏駕者，臣子之心，猶謂宫車當駕而晚出。按江淹《恨賦》：『一旦魂斷，宫車晚出。』從韋説也。

〔四二〕〔馮注〕《史記·田横傳》：至尸鄉厩置。瓚曰：厩置，置馬以傳驛也。

〔四三〕〔馮注〕《蜀志·許靖傳》：袁術扇動羣逆，津途四塞。傅季友（亮）《爲宋公至洛陽謁五陵表》：伊、洛榛蕪，津塗久廢。〔補注〕二句謂皇帝去世，建造陵墓及安葬，沿途傳驛津渡之務役繁重。

〔四四〕〔徐注〕《詩》：受爵不讓，至于己斯亡。

〔四五〕敗，馮云『一作效』。〔徐注〕《左傳》：貪以敗官爲墨。〔補注〕敗官，敗壞官職。

〔四六〕〔徐注〕王粲《登樓賦》：蔽荆山之高岑。〔馮注〕《韓子》：楚人卞和得璞玉於荆山，獻之武王，玉人相之曰：『石也。』王刖其左足。及文王即位，和又奉其璞玉，刖其右足。及成王即位，和乃抱其璞而哭於荆山之下，王乃使玉人剖其璞而得寶，遂名曰『和氏之璧』。《史記·藺相如傳》：趙惠文王時得楚和氏璧，秦昭王使人遺趙王書，願以十五城請易璧。相如願奉璧往使秦，城不入，臣請完璧歸趙。《文選·盧諶〈覽古詩〉》：趙氏有和璧，天下無不傳。秦人來求市，厥價徒空言。〔補注〕挺，突出、超羣。

〔四七〕〔馮注〕《吴越春秋》：越王允常聘區冶子作名劍五枚，一曰純鉤。秦客薛燭善相劍，王取純鉤示之，薛燭曰：『臣聞王之造此劍，赤堇之山破而出錫，若耶之溪涸而出銅，蛟龍捧鑪，天帝裝炭，太一下觀。於是區冶子因天地之精，造爲此劍。』按：《藝文類聚》諸書皆作允常事，而《越絶書》則爲句踐事。

〔四八〕〔徐注〕《禮記》：如竹箭之有筠也，如松柏之有心也，二者居天下之大端矣，故貫四時而不改柯易葉。

〔四九〕〔徐注〕《淮南子》：聖人所由者道，道猶金石，一調不更。《宋書·律志》：案《周禮》調樂金石，有一定之聲，故造鐘磬者先律調之，然後施之於箱懸。

〔五〇〕〔補注〕《禮記·中庸》：『自誠明謂之性，自明誠謂之教，誠則明矣，明則誠矣。』鄭玄注：『由至誠而有明德，是聖人之性者也。』

〔五一〕〔徐注〕《漢書·地理志》：丹陽郡，領故彰縣。案：縣本秦鄣郡治，是曰『故彰』。唐爲廣德縣，屬宣州。今江南廣德州是也。《易》：利用爲依遷國。〔馮注〕《漢書·志》：丹陽郡，故鄣郡，屬江都，武帝更名丹陽，屬揚州，縣十七，宛陵。按：首曰宛陵，郡之治所也，餘不備引。《舊書·志》：江南西道宣州宣城郡。縣十，宣城縣，漢宛陵。宣州觀察使治宣州，管宣、歙、池等州。〔補箋〕《舊唐書·文宗紀下》：開成四年三月癸酉，『以户部侍郎崔龜從爲宣歙觀察使，代崔鄲。』『故鄣利遷』即指崔龜從遷宣歙觀察使事，兩《唐書》本傳未及。據《唐刺史考》，開成四年至會昌四年，崔龜從在宣歙觀察使任。

〔五二〕〔馮注〕《水經注》：尉佗舊治處，負山帶海。佗因崗作臺，北面朝漢，朔望升拜，名曰『朝臺』。前後刺史郡守遷除新至，未嘗不乘車升履，於焉逍遥。〔徐注〕《晉書·王渾等傳論》曰：二王屬當戎旅，受律遄征。〔補箋〕受律，受命出師。朝臺受律，指受朝廷任命，任嶺南節度使。龜從會昌四至五年任嶺南節度使，見《唐方鎮年表》《唐刺史考》。《文苑英華》卷四五五有封敖《授崔龜從嶺南節度使制》，云：『前宣州觀察使崔龜從……可檢校禮部尚書、兼御史大夫，充嶺南節度等使。』可證其由宣歙遷鎮嶺南。

〔五三〕〔徐注〕《晋書》：吴隱之，隆安中爲廣州刺史，歸自番禺。其妻劉氏齎沉香一斤，隱之見之，遂投於湖亭之水。〔馮注〕《寰宇記》：沈香浦，在今南海縣西北二十里石門之内，亦曰投香浦。〔補箋〕此句用投香典，既贊其清廉，亦切其自嶺南卸任歸朝。會昌五年盧貞已在嶺南節度使任，見《唐刺史考》，龜從之離嶺南任亦在五年。參下句益明。

〔五四〕〔馮注〕《南史》：江革除武陵王長史、會稽郡丞，稱職，乃除都官尚書。將還，贈遺一無所受，惟乘臺所給一舸，舸艚偏欹不得安卧。乃於西陵岸取石十餘片以實之，其清貧如此。按：《舊書·傳》：開成三年，龜從自華州入爲户部侍郎。《文宗紀》：開成四年三月，以户部侍郎崔龜從爲宣歙觀察使。而《舊·傳》於開成四年之後、大中四年之前皆遺漏，《新書》更率略。據此，則自宣歙移鎮嶺南而後入朝也。〔補箋〕此句用江革歸舸典，既贊其清廉，亦切其離任而歸。故狀必作于會昌五年龜從離嶺南後。顧馮譜、張箋又均繫本篇於開成五年，不思開成四年三月至五年僅一年時間内，龜從何能由户侍出鎮宣歙，又轉鎮嶺南，再從嶺南歸朝？徐氏謂『舉代時（崔）正在嶺南也』，亦誤。龜從自嶺南歸後所任之官職，惜乎不詳。大中二年十一月前，龜從任户部侍郎判度支，然未必即是撰此狀時所任官職。

〔五五〕〔徐注〕《左傳》：天子七月而葬，同軌畢至；諸侯五月，同盟至；大夫三月，同位至；士踰月，外姻至。〔馮校〕此句上有脱文。〔補注〕同軌，指華夏諸侯國。《左傳》杜注：『言同軌，以别四夷之國。』

〔五六〕〔徐注〕《漢書·文帝紀贊》曰：治霸陵，皆瓦器，不得以金銀銅錫爲飾。因其山，不起墳。〔按〕《唐刺史考》云：『《狀》内「奉因山之儀」指會昌五年正月葬穆宗恭禧皇后於光陵柏城之外。』然此二句用典，均切帝王之葬，上文『鄗畢』『軒臺禹穴』『駕有上仙，車當晏出』亦無一不切帝王之逝世與葬地，故當指會昌六年三月後武宗之將葬於端陵，而非指恭禧皇太后之葬。

〔五七〕〔徐注〕《漢書·張敞傳》：敞守京兆尹，長安市偷盜尤多，百賈苦之。敞捕得數百人，盡行法罰，由是枹鼓稀鳴，市無偷盜。〔按〕桴、枹通。

〔五八〕〔馮注〕史記·高帝本紀》：田肯賀，因説高祖曰：『陛下得韓信，又治秦中，秦，形勝之國，地勢便利，其以下兵於諸侯，譬猶居高屋之上，建瓴水也。』如淳曰：瓴，盛水瓶也，居高屋之上而翻瓶水，言其向下之勢易也。按：翻，《漢書注》作『幡』，同。〔補注〕流化，言教化流布。

〔五九〕〔馮注〕陸翽《鄴中記》：石虎詔書以五色紙銜木鳳皇口中，飛下端門。

〔六〇〕〔徐注〕《詩序》：《棫樸》，文王能官人也。

〔六一〕〔徐注〕《詩》：維鵜在梁，不濡其翼；彼其之子，不稱其服。〔補注〕《詩·曹風·候人》鄭箋：『不稱者，言德薄而服尊。』維鵜之刺，指刺在位才德不稱職者。

〔六二〕〔補注〕旒，帝王之冕旒；扆，帝王座後之屏風。借指帝王。按：當指新即位之宣宗。

〔六三〕〔馮曰〕玩文義，皆因尹京舉代，而舉二人者，似元裕以京兆尹兼尚書左丞，例得舉二人，或舉一舉二，本皆可也。〔按〕狀非爲高元裕作，已詳注〔一〕編著者按。元裕亦非以京尹兼左丞，見蕭鄴《渤海高公神道碑》及注〔三九〕。

上李舍人狀七〔一〕

不審至今來尊體何如？伏以今年冽寒〔二〕，不並常歲，伏惟善加攝護，下情所望。十七郎文華質氣，掩軫輩流〔三〕，便當一鳴〔四〕，以赴衆望。舍弟介特好退〔五〕，龍鍾寡徒〔六〕，獲依彊宗〔七〕，頓見榮路〔八〕。忻慰之至，遠難諮陳，伏計亦賜鑒察。十二叔淹留伊洛，已變炎涼。龍蟄存神〔九〕，鳳翔覽德〔一〇〕，賢人事術，益以彰明。忝預生徒〔一一〕，敢用爲賀。某羈官書閣〔一二〕，業貧京都〔一三〕，徒成拜遠門闌〔一四〕，違奉恩教，東望結戀，夙宵匪寧。至來歲專欲求假起居未間〔一五〕，伏惟特賜榮誨。謹狀。

校注

〔一〕本篇原載清編《全唐文》卷七七五第二一頁、《樊南文集補編》卷六。〔張箋〕時義山重官祕閣，故有此狀也。（張箋繫會昌六年）〔按〕狀云『伏以今年冽寒，不並常歲』，『十二叔淹留伊洛，已變炎涼』，狀當上於會昌六年冬。時商隱復官祕書省正字，而李褒尚留東洛，未刺虢州也。

〔二〕今年冽寒，《全文》作『冬年例寒』，據錢校改。

〔三〕〔補注〕掩軫，超越。軫，盛也。

〔四〕〔錢注〕《史記·滑稽傳》：齊王曰：『此鳥不鳴則已，一鳴驚人。』

〔五〕〔錢注〕（舍弟）謂羲叟。見《上李舍人第四狀》注〔六〕。《方言》：物無偶曰特，獸無偶曰介。《宋書·何子平傳》：好退之士，彌以貴之。〔補注〕介特，孤高不隨流俗。

〔六〕〔錢注〕楊慎《丹鉛録》：龍鍾，似竹摇曳，不自持也。〔補注〕龍鍾，失意潦倒貌。

〔七〕〔錢注〕《後漢書·郭伋傳》：强宗右姓，各擁衆保營。〔補注〕彊宗，指同姓宗族中有勢力地位之家族。商隱謂李褒爲從叔。商隱《祭徐氏姊文》：『始某兄弟，初遭家難，内無强近，外乏因依。』羲叟居鄭州時，當得到李褒照拂，故云『獲依彊宗』。

〔八〕〔錢注〕《後漢書·左雄等傳論》：榮路既廣，觖望難裁。〔補注〕榮路，榮進之路。

〔九〕〔補注〕《易·繫辭下》：『尺蠖之屈，以求信也；龍蛇之蟄，以存身也。』

〔一〇〕覽，《全文》作『鑒』，據錢校改。〔錢注〕賈誼《弔屈原文》：鳳皇翔於千仞之上兮，覽德輝焉下之。

〔一一〕〔錢注〕《後漢書·馬融傳》：融常坐高堂，施絳紗帳，前授生徒，後列女樂。〔按〕據此句，羲叟當作爲鄭州所貢舉之士子至京師應進士試。會昌四、五年間，羲叟蓋曾經州試合格選送尚書省就禮部試，故稱『生徒』。

〔一二〕〔錢箋〕詩集《偶成轉韻》云：『我時顛頷在書閣，卧枕芸香春夜闌。明年赴辟下昭桂，東郊慟哭辭兄弟。』是義山既除母喪，仍官祕省，事當在會昌六年。《世説》：張季鷹曰：『人生貴得適意爾，何能羈官數千里以要名爵？』

〔一三〕〔補注〕商隱《樊南甲集序》：『十年京師，寒且餓，人或目曰：韓文杜詩，彭陽章檄，樊南窮凍人或知之。』

〔一四〕〔錢校〕成，疑當作『以』。

〔一五〕〔錢校〕間，胡本作『聞』。非。

爲賀拔員外上李相公啓〔一〕

某啓：某聞被彩飾於無用之姿，斯須或可；垂休光於不報之地，始卒攸難〔二〕。至有馬疲而尚服輕軒，席敝而猶存華幄〔三〕，推仁則極〔四〕，備用無聞。雖有切於戀思，宜自量其涯分。嗚呼！某者今甚類焉。翰柔莫申〔五〕，語苦難聽，聊憑牋素，用寫肺腸〔六〕。伏惟少霽尊嚴，猥賜披省。

某伏思早歲，仰累深知。龍尾貽譏，敢通交契〔七〕；牛心前啗，實愧時才〔八〕。世故推遷，年華荏苒。

葭灰檀火，屢變於寒暄〔九〕；靈濟泥涇，遂分於清濁〔一〇〕。羈離管剳〔一一〕，僶俛絃歌〔一二〕，名汙柳營〔一三〕，顏慚花縣〔一四〕。竟以千金乏産〔一五〕，三徑無歸〔一六〕，初服莫從〔一七〕，迷津亟問〔一八〕。

屬者伏幸相公羹梅調味〔一九〕，川楫濟時〔二〇〕。起塌翼於衝風〔二一〕，活枯鱗於涸轍〔二二〕。登諸蘭署，轄彼芸籤〔二三〕。臺閣移文，語薛夏而無取〔二四〕；東南才子，並張率以何能〔二五〕？未報前叨，旋承後顧。版圖被召〔二六〕，花幕分榮〔二七〕。收駑駘於皁棧之中〔二八〕，刻松蝟於樂懸之上〔二九〕。勢高足跌，道泰身屯，未竭私誠，已嬰沉痼〔三〇〕。

況某素無靈氣〔三一〕，夙昧攝生，乏單豹養内之功〔三二〕，闕王吉實下之效〔三三〕。湫底莫適，節宣失中〔三四〕。然猶深願待年，少酬厚德。三醫畢訪〔三五〕，百藥皆投〔三六〕。竟非無妄之災〔三七〕，莫見有瘳之候〔三八〕。濱於九死〔三九〕，敻彼十旬〔四〇〕。取暖則煩，加寒必痢〔四一〕。髮寧支弁，帶不成圍〔四二〕。謝述心虚，方茲未逮〔四三〕；田光精竭，比此猶强〔四四〕。豈可尚占職員，但尸俸入，久塵物議〔四五〕，且速殘骸。

況相公職統薄違〔四六〕，時登衆寡〔四七〕，任崇按比〔四八〕，務繫孤終〔四九〕。職是賓僚〔五〇〕，豈宜虛曠〔五一〕。固不可下私微物，曲降深慈。憫將盡於桑榆〔五二〕，妨得材於杞梓〔五三〕。是以推枕興感，攝衾占辭，願申斂跡之期，以贖曠官之咎。祇聽裁旨，用息兢惶。必也舊履流恩〔五四〕，遺簪結念〔五五〕，恤以孀孤非少〔五六〕，婚嫁未終〔五七〕，不使衰羸，便辭禄仕〔五八〕，致乎外地，睎以末光〔五九〕。未乖念録之仁，稍減憂慚之累〔六〇〕。亞尹諸府，別乘近郊〔六一〕，負荷無羞〔六二〕，饘餬有繼〔六三〕，則猶冀逢十全之藝〔六四〕，延一日之生。重登門牆，再就埏植〔六五〕。是所願也，非敢望也〔六六〕。

詞多力殆，感極涕繁〔六七〕。避席承言，未卜曾參之侍〔六八〕；封函抒款，畏遺殷浩之誠〔六九〕。瞻望清光，實動魂守〔七〇〕。伏惟特賜優督〔七一〕。

校注

〔一〕本篇原載《文苑英華》卷六六一第八頁、清編《全唐文》卷七七六第一二頁、《樊南文集詳注》卷四。〔馮箋〕篇中『版圖』『花幕』之語，頗易歧混，細審乃可定之也。李相公者，蓋以宰臣而兼户部度支使者也。度支，即户部之職，而更有使，或即以户部領，或以他官判。與鹽鐵轉運使或合領，或分掌。其判户部者，或以户部之官判，或以他官判。唐時户部、度支、鹽鐵稱三司，皆有僚屬，既皆在司下佐理，亦每帶憲銜、郎官銜出赴諸道檢察。詳閲前後《紀》《傳》，可以互證，特《職官志》未細詳耳。文云『版圖被召』『花幕分榮』者，乃辟爲屬下判官，非外鎮也。題曰『員外』，是以户部員外兼判官矣。其以外地爲請者，明是懇在京之宰執也。文義已明。但大和九年十一月李石判度支，開成元年四五月李固言判户部，三年正月李珏判户部，會昌二年一二月李紳權判度支，五年五月李回判户部，詳諸傳與《宰相表》，斯李相公未考定爲何人矣。韓昌黎《科斗書後記》有元和末進士賀拔恕。《唐詩紀事》，長慶中，王起再主文柄，有不肯負故交白敏中之賀拔惎。惎爲白居易書《重修香山寺》詩，見《金石略》。此賀拔者，當在其後，亦未知何人也。一無徵實，不可臆斷。又按：細玩是判户部，非判度支，固言於開成二年十月出鎮西川，回於大中元年八月出鎮西川。此二相中，似李回較是。按：盧攜《臨池妙訣》曰：近代賀拔員外惎、寇司馬章皆得名者。又見米氏《書史》，謂與祭酒崔綽皆以鑒賞相尋。味其語，似當會昌時。而此啓中多言衰老之態，疑即長慶中與白敏中同進士第之人乎？相去約三十年。〔按〕張采田《會箋》引録馮箋，置不編年文中。考大中元年八月李回罷相後，至商隱逝世時，宰相無李姓者，故此啓不可能作於大中元年三月商隱赴桂管幕之後。而馮氏所列舉姓賀拔之二人中，惟賀拔惎有員外之官銜。據《登科記考》，與白敏中、賀拔惎同於長慶二年登進士第者，尚有周墀、裴休等人。而周墀、李回爲商隱試宏博時之銓選官與考官，與商隱頗有交往。如此啓爲賀拔惎作，殆因商隱與周墀、李回之關係也。惎長慶二年登第，至會昌五年已二十三年。然賀拔係先爲祕省官，再轉爲户部屬下判官。故如爲惎作，當在會昌六年，而非李回方拜相之五年。然此皆無確據，僅就馮箋推衍而已。

〔二〕〔補注〕休光，盛美之光華，此喻李相之美德恩光。始卒，始終。《莊子·寓言》：『始卒若環，莫得其倫。』

〔三〕服，《英華》誤作『報』。〔徐注〕《戰國策》：嬖色不敝席，寵臣不敝軒。鮑照詩：棄席思君幄，疲馬戀君軒。〔補注〕服輕軒，駕輕車。

〔四〕推，《全文》作『懷』，據《英華》改。華幄，華麗之帷帳。

〔五〕〔徐注〕左思詩：弱冠弄柔翰。

〔六〕《英華》注：用，一作『一』。

〔七〕〔馮注〕《魏略》：華歆、邴原、管寧俱游學相善，時人號三人爲一龍，歆爲龍頭，原爲龍腹，寧爲龍尾。

〔按〕據此二句，賀拔與李相當早有交契。此以管寧之爲龍尾自喻，猶謙言附驥尾也。

〔八〕〔馮注〕《語林》：王右軍年十一，司顗異之。時絶重牛心炙，坐客來，未啖，先割啖右軍，乃知名。

〔九〕〔馮注〕《周禮》：司爟，掌行火之政令，四時變國火以救時疾。注曰：冬取槐檀之火。葭灰，見《爲絳郡公上史館李相公啓》『再易灰琯』注。

〔一〇〕〔徐注〕《漢書·溝洫志》：時人歌曰：『涇水一石，其泥數斗。』案：濟水伏見不常，故謂之『靈濟』。後魏文帝《祭濟文》曰：『惟瀆暢靈，協輝陰辟。』〔按〕此以靈濟濁涇分喻李相與己雲泥相判。

〔一一〕〔徐曰〕謂佐幕。〔馮曰〕謂書記。〔按〕《八瓊室金石補正》卷六五《慶唐觀李寰謁真廟題記》：『皇上御宇之三祀，春三月旬有八日，晋慈等州都團練觀察處置等使、檢校左散騎常侍、兼御史大夫、賜紫金魚袋李寰，齋沐虔潔，祠於神山慶唐觀。』同祠者中有觀察支使試弘文館校書郎賀拔惎。時在長慶三年，即惎登第之次年。觀察支使亦可兼掌書記，商隱在桂幕即是。

〔一二〕〔徐注〕謂宰縣。顔延之詩：僶俛見榮枯。〔補注〕《論語·陽貨》：『子之武城，聞弦歌之聲，夫子莞爾而笑曰：「割雞焉用牛刀？」子游對曰：「昔者偃也聞於夫子曰：君子學道則愛人，小人學道則易使也。」』朱熹集注：『時子游爲武城宰，以禮樂爲教，故邑人皆弦歌也。』僶俛，努力。

〔一三〕〔馮注〕《漢書·周亞夫傳》：文帝後六年，匈奴大入邊，以河内太守亞夫爲將軍，次細柳。〔補注〕此切在幕。應上『羈離管劄』。

〔一四〕〔徐注〕《白帖》：晋潘岳爲河陽令，遍樹桃李，人號河陽一縣花。〔補注〕此切爲縣令，應上『僶俛弦歌』。

〔一五〕〔馮注〕《史記·貨殖傳》：范蠡乘扁舟，浮於江湖，變名易姓，之陶爲朱公。以爲陶天下之中，諸侯四通，貨物所交易也。乃治産積居，與時逐，十九年之中，三致千金，再分散與貧交疏昆弟。後子孫修業，遂至巨萬。故言富者皆稱陶朱公。〔徐注〕《漢書》：諺曰：千金之子，坐不垂堂。

〔一六〕〔徐注〕《三輔決録》：蔣詡字元卿，隱於杜陵，舍中三徑，惟羊仲、求仲從之遊。二仲皆挫廉逃名之士。〔馮注〕《晋書·陶潛傳》：謂親朋曰：『聊欲弦歌，以爲三徑之資可乎？』又：《歸去來辭》：三徑就荒，松菊猶存。

〔一七〕〔補注〕屈原《離騷》：『進不入以離尤兮，退將復脩吾初服。』初服，未入仕時之服裝。

〔一八〕〔馮曰〕以上自叙。其人已漸老矣。〔補注〕《論語·微子》：『長沮、桀溺耦而耕，孔子過之，使子路問津焉。』孟浩然《南還舟中寄袁太祝》：『桃源何處是？遊子正迷津。』又佛教稱迷妄之境爲迷津。

〔一九〕見《爲絳郡公上崔相公啓》『相公鹽梅調味』注。

〔二〇〕見《爲舍人絳郡公上李相公啓》『舟檝呈功』注。

〔二一〕〔徐注〕杜甫詩：十年猶塌翼。《楚辭》：衝風起兮水揚波。〔馮注〕《漢書·韓安國傳》：衝風之衰，不能起毛羽。

〔二二〕涸，《英華》作『亂』。見《爲張周封上楊相公啓》『貸潤監河』注。

〔二三〕〔馮曰〕謂爲祕書省官。〔補注〕蘭署，即蘭臺，指祕書省。芸籤，以芸香草置書頁内可以辟蠹蟲，故稱。

〔二四〕〔馮注〕《魏志》注：薛夏，太和中以公事移蘭臺。蘭臺自以臺也，而祕書署耳。謂夏爲不得儀，夏報之曰：『蘭臺爲外臺，祕書爲内閣，臺、閣一也，何不相移之有？』

〔二五〕〔馮注〕《南史·張率傳》：率梁天監中直文德待詔省。率侍宴賦詩，武帝别賜率詩曰：東南有才子，故能服官政。余雖慚古昔，得人今爲盛。後又謂曰：『祕書省天下清官，東南望胄，未有爲之者。今以相處，爲卿定名譽。』尋以爲祕書丞。

〔二六〕〔馮注〕《周禮·天官》：小宰，聽閭里以版圖。司會，掌國之官府、郊野、縣都之百物財用，凡在書契版圖者之貳，以逆羣吏之治，而聽其會計。司書，掌邦中之版，土地之圖。按：地官大司徒事，已見《爲濮陽公舉人自代狀》『及司版籍，以副地官』注。唐人拜户部者每曰『版圖之拜』，頻見史傳。而幕職之支使，本名支度使，亦其類也。此則定謂京職。《唐闕史》：近世逢掖，耻呼本字，南省官局，則曰版圖小績，春闈秋曹。《萬花谷》：板曹，謂户曹。

〔二七〕花幕，猶蓮幕。屢見。

〔二八〕〔徐注〕東方朔《七諫》：却騏驥而弗乘兮，策駑駘而取路。《莊子》：伯樂曰：我善治馬，編之以皁棧。〔馮注〕《孫卿子》：騏驥一日千里，駑馬十駕，則亦及之矣。《後漢書·蔡邕傳》：騁駑駘於修路，慕騏驥而增驅。〔補注〕皁，食槽；棧，馬脚下防濕之木板。皁棧，馬厩。收，《英華》作『牧』，誤。

〔二九〕〔徐注〕《説文》：簨虡，縣鐘鼓之器，飾猛獸之象於其足。《春秋·桓公五年》：秋，螽。注：蚣蝑之屬，爲灾，故書。案《考工記》：梓人爲簨簴，天下之大獸五。又有小蟲之屬，以爲雕琢，蚣蝑者，小蟲之屬也。《爾雅》：蛰蟲蚣蝑。郭璞曰：王蚣蝑也，俗呼嗇螽。〔馮注〕《考工記》：梓人爲筍虡，贏者、羽者、鱗者以爲筍虡。

小蟲之屬，以爲雕瑑。小蟲中有以股鳴者。注曰：股鳴，蚣蝑動股屬。疏曰：《七月》詩云：五月斯螽動股。陸璣《毛詩疏義》曰：《爾雅》云：螽斯，蚣蝑也。揚雄云：舂黍也。股似瑇瑁文，五月中兩股相搓作聲。蚣，宣龍切；蝑，相魚切。《爾雅·釋蟲》：蚣蝑。

〔三〇〕〔補注〕劉楨《贈五官中郎將》之二：『余嬰沉痼疾，竄身清漳濱。』

〔三一〕〔徐注〕郭璞詩：燕昭無靈氣，漢武非仙才。

〔三二〕〔馮注〕《莊子》：魯有單豹者，巖居而水飲，不與民共利。行年七十，而猶有嬰兒之色，餓虎殺而食之。有張毅者，高門縣薄，無不走也，行年四十，而有内熱之病以死。豹養其内而虎食其外，毅養其外而病攻其内。

〔三三〕〔徐注〕《漢書·王吉傳》：疏曰：休則俛仰詘信以利形，進退步趨以實下，吸新吐故以練臧，專意積精以適神。於以養生，豈不長哉！

〔三四〕〔馮注〕《左傳》：子産曰：『節宣其氣，勿使有所壅閉湫底以露其體。』注曰：湫，集也；底，滯也；露，羸也。血氣集滯而體羸露。

〔三五〕〔馮注〕《列子》：楊朱之友季梁得疾，七日大漸，其子謁三醫：一曰矯氏，二曰俞氏，三曰盧氏。診其所疾。俄而季梁之疾自瘳。

〔三六〕〔徐注〕司馬貞《三皇本紀》：神農嘗百草，始有醫藥。

〔三七〕〔徐注〕《易》：无妄之灾，勿藥有喜。

〔三八〕〔馮注〕《書·金縢》：王翼日乃瘳。《史記·周本紀》：武王有瘳。〔徐注〕《漢書·公孫弘傳》：弘病甚，上書乞骸骨，因賜告居，數月有瘳，視事。

〔三九〕〔徐注〕《齊語》：桓公曰：『管夷吾射寡人中鈎，是以濱於死。』《楚辭》：雖九死其猶未悔。

〔四〇〕〔馮注〕《文選》謝朓詩：故鄉邈以敻。濟曰：敻，遠也。《書》：十旬弗及。劉楨詩：余嬰沈痼疾，竄身清漳濱。自夏涉玄冬，彌曠十餘旬。

〔四一〕痢，馮注本作『利』。〔馮注〕《漢書》：韋玄成當爲嗣，陽爲病狂，卧便利，妄笑語昏亂。按：師古曰：便利，大小便。則非痢疾之謂，然義本同也。『痢』，古作『利』。二句全用沈約《與徐勉書》。〔補注〕《梁書·沈約傳》：與徐勉素善，遂以書陳情於勉曰：『解衣一卧，支體不復相關。上熱下冷，月增日篤。取煖則煩，加寒必利。』字正作『利』。

〔四二〕見《爲舍人絳郡公上李相公啓》『圍減帶緩』注。

〔四三〕〔徐注〕《南史》：謝述字景先，小字道兒，有心虛疾，性理時或乖謬。

〔四四〕〔徐注〕《史記·刺客傳》：田光曰：『今太子聞光盛壯之時，不知臣精已消亡矣。』

〔四五〕〔徐注〕《南史·謝幾卿傳》：醉則執鐸挽歌，不屑物議。

〔四六〕〔馮注〕《尚書·酒誥》：若疇圻父，薄違農父，若保宏父。傳曰：圻父，司馬；農父，司徒；宏父，司空。所順疇咨之司馬，能迫迴萬民之司徒，當順安之司空。按：薄違謂司徒。唐人固據傳疏引用。《困學紀聞》：荆公以違保辟絶句，朱文公以爲夐出諸儒之表。按：是則蔡氏因師言而從荆公。

〔四七〕〔徐注〕《周禮·地官》：鄉大夫以歲時登其夫家之衆寡，辨其可任者。國中自七尺以及六十有五皆征之其舍者，國中貴者、賢者、能者、服公事者、老者、疾者皆舍。〔補注〕《周禮·秋官·司民》：『掌登萬民之數，自生齒以上，皆書于版。』注：版，户籍也。

〔四八〕按比，見《爲濮陽公陳許舉人自代狀》『按比罔差』注。

〔四九〕〔徐注〕《周語》：仲山甫曰：『古者不料民而知其多少，司民協孤終。』注：無父曰孤。終，死也。餘見《爲濮陽公陳許舉人自代狀》『孤終靡失』注。

〔五〇〕〔徐注〕《北史·裴延儁傳》：廣平公贊盛選賓僚，以伯茂爲文學。

〔五一〕〔徐注〕《書》：無曠庶官。王猛疏：督任弗可虛曠。

〔五二〕〔徐注〕《淮南子》：日西垂，景在樹端，謂之桑榆。〔按〕謂晚景也。

〔五三〕〔徐注〕《左傳》：如杞梓皮革，自楚往也。惟楚有材，晋實用之。

〔五四〕〔馮注〕賈誼《新書》：楚昭王與吴人戰，楚軍敗，昭王走，屨決背而行失之，行三十步，復旋取屨。左右問曰：『何惜一踦屨乎？』王曰：『楚國雖貧，豈愛一踦屨哉！惡與偕出弗與俱反也。』

〔五五〕念，《英華》注：集作『欷』。《韓詩外傳》：孔子遊少原之野，有婦人中澤而哭。夫子使弟子問焉，對曰：『鄉者刈蓍薪，亡吾蓍簪，是以哀也。』弟子曰：『刈蓍薪而亡蓍簪，有何悲焉？』曰：『非傷亡簪也，蓋不忘故也。』

〔五六〕〔徐注〕《淮南子》：寡婦不孀。《禮記》：少而無父謂之孤。

〔五七〕見《上李舍人狀六》注〔一四〕。

〔五八〕〔徐注〕《詩序》：君子遭亂，相招爲禄仕。箋：禄仕者，苟得禄而已，不求道行。

〔五九〕〔馮注〕《漢書·蕭曹傳贊》：依日月之末光。〔徐注〕《魏都賦》：彼桑榆之末光。

〔六〇〕〔徐注〕《吴志·諸葛恪傳》：與弟融書曰：『憂惭惶惶，所慮萬端。』

〔六一〕〔徐注〕亞尹，即少尹。别乘，即别駕。〔馮注〕《舊書·志》：京兆、河南、太原等府少尹，各二員，從四品下。永徽中，名爲司馬。開元初，改爲少尹。上州，别駕一人，從四品下；中州，正五品下；下州，從五品上。按：云『近郊』，則指畿輔上州言之。少尹之職，與别駕、長史等耳。故希其於二者援引改授也。後《祭吕商州文》『渚宫貳尹，相府中郎』可互證。

〔六二〕羞，《英華》作『差』，誤。〔徐注〕《左傳》：古人有言曰：『其父析薪，其子弗克負荷。』

〔六三〕〔馮注〕《左傳》：《正考父鼎銘》：饘于是，粥于是，以餬余口。

〔六四〕〔馮注〕《周禮》：醫師，歲終稽其醫事，以制其食。十全爲上，十失一次之，十失四爲下。

〔六五〕〔徐注〕《老子》：埏埴以爲器。〔補注〕埏，和也；埴，土也。言和泥製作陶器，喻陶冶、培育。

〔六六〕敢，《全文》作『所』，誤，據《英華》改。

〔六七〕極，《英華》注：集作『深』。涕，一作『成』，非。

〔六八〕〔徐注〕《孝經》：仲尼居，曾子侍。子曰：『先王有至德要道，以順天下，民用和睦，上下無怨，汝知之乎？』曾子避席曰：『參不敏，何足以知之！』

〔六九〕誠，《全文》作『書』，據《英華》改。事見《爲張周封上楊相公啓》『寓尺牘而畏達空函』注。

〔七〇〕〔徐注〕《管輅別傳》：『何晏之視候，魂不守宅，血不華色。』〔馮注〕《左傳》：無守氣矣。〔補注〕魂守，神魂。

〔七一〕優，徐本作『鑒』。

〔蔣士銓曰〕平淺極矣，尚自穩順。（《忠雅堂全集・評選四六法海》卷三）

獻侍郎鉅鹿公啓〔一〕

某啓：今月某日，舍弟新及第進士羲叟處〔二〕，伏見侍郎所制《春闈於榜後寄呈在朝同年兼簡新及第諸先輩》五言四韻詩一首〔三〕。夫玄黃備采者繡之用〔四〕，清越爲樂者玉之奇〔五〕。固以慮合玄機〔六〕，運清俗累〔七〕，陟降於四始之際〔八〕，優游於六義之中〔九〕。竊計前時，承榮内署〔一〇〕，柏臺侍宴〔一一〕，熊館從畋〔一二〕，式以《風》《騷》〔一三〕，仰陪天籟〔一四〕，動沛中之舊老〔一五〕，駭汾水之佳人〔一六〕。非首義於論思〔一七〕，實終篇於潤色〔一八〕。光傳《樂録》〔一九〕，道焕詩家〔二〇〕。

況屬詞之工〔二一〕，言志爲最〔二二〕。自魯毛兆軌〔二三〕，蘇、李揚聲〔二四〕，代有遺音〔二五〕，時無絶響〔二六〕。雖古今異制，而律吕同歸〔二七〕。我朝以來，此道尤盛。皆陷於偏巧〔二八〕，罕或兼材〔二九〕。枕石漱流〔三〇〕，則尚於枯槁寂寥之句〔三一〕；攀鱗附翼〔三二〕，則先於驕奢豔佚之篇〔三三〕。推李、杜則怨刺居多〔三四〕，效沈、宋則綺靡爲甚〔三五〕。至於秉無私之刀尺〔三六〕，立莫測之門牆〔三七〕，自非託於降神〔三八〕，安可定夫衆製〔三九〕？伏惟閣下，比其餘力〔四〇〕，廓此大中〔四一〕，足使同寮，盡懷博我〔四二〕；不知學者，誰可起予〔四三〕？

某比興非工，顓蒙有素〔四四〕。然早聞長者之論〔四五〕，夙託詞人之末〔四六〕。淹翔下位，欣託知音。抃賀之誠〔四七〕，翰墨無寄。況乎仲氏〔四八〕，實預諸生，榮沾洙、泗之風〔四九〕，高列偃、商之位〔五〇〕。仰惟厚德，願沐餘輝。輒罄鄙詞〔五一〕，上攀清唱〔五二〕。聞郢中之《白雪》〔五三〕，愧列千人；比齊日之黄門，慚非八米〔五四〕。干冒尊重，伏用兢惶。其詩五言四首〔五五〕，謹封如別〔五六〕。

校注

〔一〕本篇原載《文苑英華》卷六五六第五頁、清編《全唐文》卷七七八第一二頁、《樊南文集詳注》卷三。〔徐箋〕（侍郎鉅鹿公）即魏扶也。〔馮箋〕按《宰相世系表》：漢魏歆，鉅鹿太守，初居下曲陽，故以爲郡望。魏徵、謩、魏少遊，史皆書鉅鹿人。扶無傳，然既爲相，必有封號矣。扶字相之，見《表》。《舊書·紀》：大中元年三月，禮部侍郎奏放進士三十三人。（商隱）本傳：弟羲叟，進士及第，累爲賓佐。按：《太平御覽》載魏扶放及第二十三人，續放封彦卿等三人。蓋會昌三年敕『所放進士，自今但據才堪者，不要限人數』，故數較少也。《通考》所載同。則《舊·紀》有誤。〔張箋〕大中元年，三月丁酉，禮部侍郎魏扶奏放進士三十三人。〔按〕《册府元龜》卷六四一載：大中元年正月，禮部侍郎魏扶奏：『臣今年所放進士二十三人，續奏堪放及第三人封彦卿、崔琢、鄭延休等，實有詞藝，爲時所稱。皆以父兄見居重位，不敢令中選。取其所試詩賦封進，奏進止。』詔翰林學士承旨、户部侍郎知制誥韋琮等重考覆，盡合程度。其月二十五日，勅曰：『彦卿等所試文字，並合度程，可放及第。』《唐會要》卷七六所載略同。徐松《登科記考》從《册府元龜》《唐會要》載此事於大中元年正月，并附考云：『《舊書》本紀作三月丁酉朔。按下言二十五日奉勅，是三月二十五日始放榜，似爲過遲。』徐考甚是。此外尚有兩點可資考證此年放榜之月份。一、韋琮拜相時間。《新書·紀》《新書·宰相表》均載韋琮于大中元年三月拜相，《舊書·紀》則載于元年七月，所載不一。考商隱有《爲滎陽公謝集賢韋相公狀》，云：『花犀腰帶一條，右伏蒙仁恩，俯寵行邁。駭雞等貴，畫隼增輝。』爲鄭亞赴桂林前拜謝韋琮賜帶贈行而作。亞三月七日啓程，而狀題已稱『韋相公』，故琮之拜相當在此之前，最遲在三月初。其以翰林學士承旨，户部侍郎知制誥身份重新覆考封彦卿等則肯定在二月二十五日之前。故放榜之時間絶不可能在三月二十五日。二、商隱得見放榜在赴桂前。啓云：『今月某日，舍弟新及第進士羲叟處，伏見侍郎所制《春闈於榜後寄呈在朝同年兼簡新及第諸先輩》五言四韻詩一首……輒罄鄙詞，上攀清唱。』可見三月七日商隱隨鄭亞赴桂前已放榜，並已見到魏扶之詩並和之。如放榜遲至三月二十五日，則彼時商隱已在赴桂途中，不可能見到魏詩並奉和。因此，本年進士放榜時間，當如《元龜》《會要》所載，在正月二十五日。本篇之作時，當在韋琮拜相前，即正月二十五日至三月初一段時間内。

〔二〕〔馮注〕《唐摭言》：近年及第未過關試，皆稱新及第進士。按：關試後則稱前進士。

〔三〕於，《全文》原作『放』，據《英華》改。〔徐注〕李肇《國史補》：互相推敬謂之先輩，有司謂之座主。〔馮注〕此呼門生爲先輩。而《北夢瑣言》：王凝知舉，司空圖登科，凝稱司空先輩，故《餘冬序録》以爲後輩士之通稱，不第互相呼也。〔補注〕《唐詩紀事》卷五一魏扶：『扶，登大和四年進士第。』大中初，知禮闈，入貢院題詩云：梧桐葉落滿庭陰，鎖閉朱門試院深。曾是當年辛苦地，不將今日負前心。牓出，無名子削爲五言詩以譏之。李義叟，義山弟也，是歲登第。義山因上魏公詩曰：『國以斯文重，公仍内署來。風標森太華，星象逼中台。朝滿遷鶯侶，門多吐鳳才。寧同魯司寇，只鑄一顏回。』魏扶於放榜後所作之五言四韻律詩已佚，義山之和詩即《紀事》所載者，題爲《喜舍弟義叟及第上禮部魏公》。五言四韻詩，即五律。

〔四〕采，《英華》作『綵』，注：集作『彩』。〔徐注〕《周禮·考工記》曰：五色備謂之繡。

〔五〕〔馮注〕《禮記》：君子比德于玉，叩之其聲清越以長，其終詘然樂也。

〔六〕見《爲河南盧尹賀上尊號表》『玄機獨運』句注。

〔七〕〔徐注〕《高僧傳·德威讃》曰：早袪俗累。〔補注〕沈約《東武吟行》：『霄轡一永矣，俗累從此休。』

〔八〕〔徐注〕《詩序》：《風》《小雅》《大雅》《頌》，是謂四始。〔馮注〕《史記·孔子世家》：《關雎》之亂以爲《風》始，《鹿鳴》爲《小雅》始，《文王》爲《大雅》始，《清廟》爲《頌》始。《詩序》箋曰：始者，王道興衰之所由。按：《史記》《大序》解有不同。〔按〕句意似取《詩大序》『四始』之義。

〔九〕義，徐本作『藝』，非。〔徐注〕《詩序》：《詩》有六義焉：一曰風，二曰賦，三曰比，四曰興，五曰雅，六曰頌。〔馮注〕《周禮》：大師教六詩，曰風，曰賦，曰比，曰興，曰雅，曰頌。

〔一〇〕〔徐注〕《漢書·孔光傳》：徙光爲帝太傅，位四輔，給事中，領宿衛供養，行内署門户，省服御食物。〔馮注〕魏曾兼翰林之職，故云。〔按〕商隱《喜舍弟義叟及第上禮部魏公》亦云『公仍内署來』。魏扶於會昌二年八月充翰林學士，三年五月加知制誥。

〔一一〕〔馮注〕《漢書·武帝紀》：元鼎元年，起柏梁臺。《三輔黄圖》：以香柏爲梁也。帝嘗置酒其上，詔羣臣和詩，能七言詩者乃得上。

〔一二〕〔馮注〕揚雄《長楊賦序》：雄從至射熊館還，上《長楊賦》以諷。

〔一三〕〔徐注〕鍾嶸《詩品》：取效《風》《騷》，便可多得。〔馮注〕《國風》《離騷》。〔按〕此泛指《詩經》《楚辭》。

〔一四〕〔徐注〕《莊子》：子游曰：『敢問天籟？』子綦曰：『夫吹萬不同，而使其自已也。』〔馮注〕天籟，比御製。

〔一五〕老，徐本作『宅』，非。徐曰：一作『老』，是。〔馮注〕《漢書·高帝紀》：上置酒沛宫，擊筑自歌曰：『大風起兮雲飛揚，威加海内兮歸故鄉，安得猛士兮守四方！』令兒皆和習之。上起舞，忼慨傷懷，泣數行下。謂沛父兄曰：『遊子悲故鄉，吾雖都關中，萬歲之後，吾魂魄猶思家沛。』〔按〕事首見於《史記·高祖本紀》。

〔一六〕〔徐注〕漢武帝《秋風辭》：蘭有秀兮菊有芳，懷佳人兮不能忘。泛樓船兮濟汾河，横中流兮揚素波。

〔一七〕見《爲汝南公華州賀南郊赦表》『況臣嘗備論思』注。

〔一八〕〔補注〕《論語·憲問》：『爲命，裨諶草創之，世叔討論之，行人子羽修飾之，東里子産潤色之。』

〔一九〕〔徐注〕《新書·藝文志》：釋智匠《古今樂録》十三卷。〔馮曰〕字亦屢見。

〔二〇〕〔徐注〕《漢書·藝文志》：右歌詩二十八家。

〔二一〕〔徐注〕《禮記》：比事屬辭。

〔二二〕〔徐注〕《書》：詩言志。〔馮注〕《詩序》：詩者，志之所之也，在心爲志，發言爲詩。

〔二三〕〔徐注〕《漢書·藝文志》：《詩經》二十八卷，魯、齊、韓三家。應劭曰：申公作魯《詩》，后蒼作齊《詩》，韓嬰作韓《詩》。《儒林傳》：毛公，趙人也，治《詩》，爲河間獻王博士。〔馮注〕《漢書·藝文志》：魯申公爲《詩》訓故，而齊轅固、燕韓生皆爲之傳。魯最爲近之。又有毛公之學，自謂子夏所傳，而河間獻王好之。《儒林傳》：申培公，魯人；轅固生，齊人；韓嬰，燕人。

〔二四〕〔徐注〕庾信《趙國公集序》：蘇武、李陵，生於别離之世。《文選》有蘇、李贈答詩。

〔二五〕〔徐注〕《禮記》：一唱而三嘆，有遺音者矣。〔補注〕遺音，猶繼響，與下『絶響』相對。

〔二六〕〔徐注〕成公綏《嘯賦曲》：既終而絶響。

〔二七〕〔徐注〕《後漢書·律曆志》：聲有清濁，協以律吕。〔補注〕律吕，古代校正樂律之器具，此喻標準。

〔二八〕〔徐注〕《莊子》：巧言偏辭。〔補注〕偏巧，謂片面之工巧。

〔二九〕〔徐注〕《魏志·崔琰等傳》：評曰：自非兼才，疇克備諸。〔馮注〕《魏志·杜恕傳》：中朝之人兼才者，勢不獨多。

〔三〇〕〔馮注〕魏武帝《秋胡行》：遨遊八極，枕石漱流飲泉。〔徐注〕《世説》：孫子荆年少時欲隱，語王武子當枕石漱流，誤曰漱石枕流。王曰：『流可枕，石可漱乎？』孫曰：『所以枕流，欲洗其耳；所以漱石，欲礪其齒。』〔補注〕枕石漱流，指山林隱逸生活。

〔三一〕寥，馮本作『寞』。〔徐注〕《後漢書·黨錮傳論》曰：『遂乃榮華丘壑，甘足枯槁。』〔補注〕枯槁寂寥，指詩之風格樸素恬淡、境界幽寂。

〔三二〕〔徐注〕《後漢書·光武帝紀》：耿純進曰：『天下士大夫從大王於矢石之間者，其計固望攀龍鱗、附鳳翼，以成其所志耳。』〔補注〕攀鱗附翼，語本揚雄《法言·淵騫》：『攀龍鱗，附鳳翼，巽以揚之，勃勃乎其不可及也。』喻指依附帝王或權勢者成就功業。

〔三三〕〔徐注〕《魏志》：阮籍才藻豔逸。〔補注〕驕奢豔佚，指詩之風格華麗豔美。

〔三四〕〔徐注〕《新書·文藝傳》：杜甫少與李白齊名，時號『李杜』。〔馮注〕《舊書·文苑·杜甫傳》：是時，山東人李白亦以文奇取稱，時人謂之『李杜』。

〔三五〕〔徐注〕《新書·文藝傳》：及宋之問、沈佺期，又加靡麗。陸機《文賦》：詩緣情而綺靡。〔馮注〕《舊書·文苑·沈佺期傳》：善屬文，尤長七言之作，與宋之問齊名，時人稱爲『沈宋』。

〔三六〕〔馮注〕郭泰機《答傅咸詩》：衣工秉刀尺，棄我忽若遺。《晉書·李含傳》：傅咸上表理含曰：『含忠公清正，無令龐騰得妄弄刀尺。』此則取裁成之義。〔補注〕無私之刀尺，喻公正之裁度標準。

〔三七〕〔徐注〕《揚子》：在夷貉則引之，倚門牆則麾之。〔補注〕《論語·子張》：『夫子之牆數仞，不得其門而入，不見宗廟之美，百官之富，得其門者或寡矣。』

〔三八〕〔徐注〕《詩》：維嶽降神，生甫及申。〔補注〕此以四嶽降神而生之申伯（周宣王母舅）、仲山甫喻魏扶。

〔三九〕製，《全文》原作『制』，據《英華》改。

〔四〇〕比，《英華》作『皆』。

〔四一〕〔補注〕《易・大有》：『《大有》，柔得尊位大中，而上下應之，曰《大有》。』此以大中指無過與不及之中正之道。

〔四二〕〔徐注〕《詩》：我雖異事，及爾同僚。《左傳》：同官爲僚。〔補注〕《論語・子罕》：『顔淵喟然歎曰：仰之彌高，鑽之彌堅，瞻之在前，忽焉在後。夫子循循然善誘人，博我以文，約我以禮，欲罷不能。』博我，使我學識廣博，此指博我之人。蓋以孔子喻魏。

〔四三〕〔補注〕《論語・八佾》：『子曰：起予者，商也，始可與言《詩》已矣。』起予，啓發自己。

〔四四〕〔徐注〕《漢書・揚雄傳》：天降生民，倥侗顓蒙。〔補注〕顓蒙，愚昧。

〔四五〕〔徐注〕《漢書・張釋之傳》：絳侯、東陽侯稱爲長者，此兩人言事曾不能出口。

〔四六〕〔徐注〕《漢書・藝文志》：詩人之賦麗以則，詞人之賦麗以淫。

〔四七〕賀，《英華》注：集作『贊』。

〔四八〕〔補注〕仲氏，指羲叟。《樊南甲集序》：『仲弟聖僕原注：羲叟，特善古文。』

〔四九〕〔徐注〕《禮記》：曾子曰：『商，吾與女事夫子於洙、泗之間。』任昉《行狀》：弘洙、泗之風。

〔五〇〕〔徐注〕《漢書・儒林傳》：包商、偃之文學。〔補注〕偃，言偃，字子游；商，卜商，字子夏。均孔子弟子。《論語・先進》：『文學子游、子夏。』

〔五一〕罄，《全文》原作『慶』，誤，據《英華》改。

〔五二〕〔徐注〕謝靈運詩：六引緩清唱。〔補注〕清唱，指魏扶原唱。

〔五三〕〔馮注〕《宋玉對楚王問》：客有歌於郢中者，其始曰《下里巴人》，國中屬而和者數千人；其爲《陽阿》《薤露》，屬而和者數百人；其爲《陽春白雪》，屬而和者不過數十人；引商刻羽，雜以流徵，屬而和者不過數人而已。是其曲彌高，其和彌寡。〔補注〕愧列千人，謙稱己之和詩列《下里巴人》亦感有愧。

〔五四〕米，《英華》注：集作『斗』，非。〔徐曰〕八米，集作『八斗』，非。《隋書·盧思道傳》：齊天保中，以司空行參軍兼員外散騎侍郎，直中書省。文宣帝崩，當朝文士共作挽歌十首，擇其善者用之。魏收等不過一二首，思道獨有八篇，故時人稱爲八米盧郎。《西齋叢説》：關中歲以六米、七米、八米爲上中下，言在穀取八米，取數之多也。《困學紀聞》：八米盧郎，或謂『米』當爲『采』。徐鍇云：八米，以稻喻之，言十稻之中得八粒米也。〔馮注〕《北史·盧思道傳》：後爲給事黄門侍郎。《初學記》：《齊職儀》曰：初，秦有給事黄門之職，漢因之。自魏及晉，置給事黄門侍郎，與散騎常侍並清華，代謂之『黄散』。〔補注〕八米，即八米盧郎之省。五代王鍇《贈禪月大師》：『神通力遍恒沙外，詩句名高八米前。』亦作八米。

〔五五〕四，《全文》原作『二』，據《英華》改。〔馮曰〕今止一首。〔按〕五言四首，疑爲『五言四韻』之誤。魏扶之原作爲五言四韻律詩一首，故商隱亦以五言四韻律詩《喜舍弟羲叟及第上禮部魏公》一首和之。

〔五六〕别，《英華》作『右』，注：集作『别』。〔按〕商隱《獻相國京兆公啓》亦云：『舊詩一百首，謹封如别。』無異文。字當作『别』，作『右』者誤。

爲滎陽公上李太尉狀〔一〕

伏見除書〔二〕，伏承光膺新命〔三〕，伏惟感慰。四海事畢〔四〕，兩階遇隆〔五〕。式光謙慤之誠〔六〕，克見隆崇之寵〔七〕。今者長君惟睿〔八〕，元子有文〔九〕。當深慮之所關，必殊勳而是賴。山濤則曰禱天下之選〔一〇〕，張佚則曰用天下之賢〔一一〕。西漢之命玄成，以相門才子〔一二〕；東都之昇鄧禹，因先帝舊臣〔一三〕。休哉二公，叶我一德〔一四〕。雖曰曠代，乃若合符。伏惟慎保起居，俯鎮風俗。俟金縢之有見〔一五〕，俾玉鉉之重光〔一六〕。某竊憶春初，曾蒙簡賜，故欲琴樽嵩嶺，魚釣平泉〔一七〕。豈貪行意之言〔一八〕，便阻具瞻之懇〔一九〕？伏惟少以家國爲念也。方抵藩任〔二〇〕，未即門闌〔二一〕，攀戀恩光〔二二〕，不任輸罄〔二三〕。伏惟特賜恩察。

校注

〔一〕本篇原載清編《全唐文》卷七七三第一三頁、《樊南文集補編》卷二。題内『滎』字，原作『濮』，據錢振倫校改。〔錢箋〕濮，疑當作『滎』。按《舊唐書·李德裕傳》，會昌四年，以功兼守太尉。而王茂元三年已卒於河陽，義不可通。文云『長君惟睿』，當指宣宗初立之時。又云『玉鉉重光』，必在相位既罷之後。《傳》言宣宗即位，罷相，出爲東都留守。大中初，罷留守，以太子少保分司東都。篇首云『光膺新命』，當即指此，觀文内兩用太子保、傅事可見。考鄭亞於大中元年觀察桂管，時事相合，理爲近之。太尉，見《爲彭陽公上鳳翔李司徒狀》注〔一〕。〔張箋〕文有『方抵藩任，未即門闌』語，乃亞將赴桂州時作。〔按〕《舊唐書·宣宗紀》：『大中元年二月，以檢校太尉、東都留守李德裕爲太子少保、分司東都；以給事中鄭亞爲桂州刺史、御史中丞、桂管防禦觀察等使。』二人當同時任命。亞三月七日動身赴桂，此狀爲行前所上，約作於二月下旬或三月初。滎陽公，指鄭亞。詳下篇注〔一〕。

〔二〕〔錢注〕《北齊書·高德政傳》：德政見除書而起。〔補注〕除書，拜授官職之文書。《漢書·景帝紀》『初除之官』顔師古注引如淳曰：『凡言除者，除故官就新官也。』

〔三〕〔補注〕《書·武成》：『誕膺天命。』新命，指太子太保、分司東都之新任命。

〔四〕〔錢注〕《晋書·傅咸傳》：竊謂山陵之事既畢，明公當思隆替之宜。『四海』，似用『遏密八音』意。〔補注〕《書·舜典》：『帝乃殂落，百姓如喪考妣，四海遏密八音。』孔傳：『遏，絶；密，静也。』遏密八音，指帝王死後停止舉樂。然此句『四海事畢』與『山陵之事既畢』無涉，乃追叙德裕（輔）佐武宗成就統一海内之業績，即《太尉衛公會昌一品集序》所謂『盡皇王之盛事，極臣子之殊功』，《爲李貽孫上李相公德裕啓》所謂『孤寇行静，萬方率同』之意，包括其擊破回鶻、平定澤潞及太原楊弁之亂等功績。錢注殆誤。視下句『兩階遇隆』益可見。

〔五〕〔補注〕《書·大禹謨》：『帝乃誕敷文德，舞干羽于兩階。』孔傳：『干，楯；羽，翳也。皆舞者所執。修闡文教，舞文舞於賓主階間，抑武事。』兩階遇隆，指劉稹平後，德裕以功進太尉事。

〔六〕〔錢注〕《後漢書·桓譚傳》：務執謙慤。〔補注〕謙慤，謙虚謹慎。

〔七〕〔錢注〕《後漢書·郎顗傳》：陛下宜加隆崇之恩。

〔八〕〔錢箋〕義山文，凡言『長君』，皆指宣宗，玩以後諸篇文義可見。蓋宣宗以太叔入承大統，故云。《隋書·元德太子傳》：誕膺惟睿。〔補注〕《左傳·哀公六年》：『少君不可以訪，是以求長君，庶亦能容羣臣乎？』《北史·隋越王侗傳》：『今海内未定，須得長君。』長君，指以年長者爲君，年長之君。

〔九〕〔補注〕《書·微子之命》：『王若曰：猷，殷王元子。』《詩·魯頌·閟宫》：『王曰叔父，建爾元子，俾侯于魯。』朱熹集傳：『叔父，周公也；元子，魯公伯禽也。』元子，嫡長子。此指宣宗之長子鄆王温。

〔一〇〕〔錢注〕任昉《齊竟陵文宣王行狀》李善注：《山濤啓事》曰：保、傅不可不高天下之選，羊祜秉德義，克己復禮，東宫少事，養德而已。

〔一一〕佚，《全文》原作『秩』，據錢校改。〔錢校〕秩，當作『佚』。《後漢書·桓榮傳》：建武二十八年，大會百官，詔問誰可傅太子者。羣臣承望上意，皆言太子舅執金吾原鹿侯陰識可。博士張佚正色曰：『今陛下立太子，爲陰氏乎？爲天下乎？即爲陰氏，則陰侯可；爲天下，則固宜用天下之賢才。』帝稱善，即拜佚爲太子太傅。

〔一二〕〔錢注〕《漢書·韋賢傳》：賢爲宰相，封扶陽侯。少子玄成，復以明經歷位至宰相。《史記·孟嘗君傳》：文聞將門必有將，相門必有相。〔補注〕《左傳·文公十八年》：『昔高陽氏有才子八人……齊聖廣淵，明允誠篤，天下之民謂之八愷。』此謂德裕以相門之子，復爲宰相。其父李吉甫元和時爲相。

〔一三〕〔錢注〕《後漢書·鄧禹傳》：顯宗即位，以禹先帝元功，拜爲太傅，甚見尊寵。〔補注〕東都，指都洛陽之東漢。此處又切德裕在東都。

〔一四〕〔錢箋〕『西漢』二句，述吉甫之門資；『東都』二句，述武宗之恩遇。觀此益知爲宣宗時作。〔按〕錢氏謂『東都』二句述武宗之恩遇，非。觀其用鄧禹以先帝元功拜太傅事，可知其係切德裕在武宗朝有大功，故宣宗拜其爲太子少保、分司東都。

〔一五〕〔補注〕《書·金縢序》：『武王有疾，周公作《金縢》。』孔疏：『武王有疾，周公作策書告神，請代武王死，事畢，納書於金縢之匱。』《金縢》：『武王既喪，管叔及其羣弟乃流言於國，曰：公將不利於孺子……秋大熟，未穫，天大雷電以風，禾盡偃，大木斯拔。邦人大恐。王與大夫盡弁，以啓金縢之書，乃得周公所自以爲功，代武王之説。』按：宣宗初即位，即惡李德裕之專，於會昌六年四月出爲荆南節度使，罷相位。故此處用金縢典，以暗切德裕受宣宗之忌。

〔一六〕〔補注〕《易·鼎》：『上九，鼎玉鉉，大吉無不利。』孔疏：『玉者，堅剛而有潤者也。上九，居鼎之終，鼎道之成，體剛處柔，則是用玉鉉以自舉者也，故曰鼎玉鉉也。』玉鉉，玉製舉鼎之具，狀如鉤，用以提鼎之兩耳。後亦以玉鉉喻指處於高位之大臣。玉鉉重光，喻重登相位。

〔一七〕〔錢注〕《舊唐書·李德裕傳》：東都於伊闕南置平泉别墅，清流翠篠，樹石幽奇。初未仕時，講學其中。及從官藩服，出將入相，三十年不復重遊，而題寄歌詩，皆銘之於石。

〔一八〕〔錢注〕《國語》：越滅吴，范蠡請從會稽之罰，王曰：『所不掩子之惡、揚子之美者，使其身無終没於越國。』對曰：『君行制，臣行意。』遂乘輕舟以浮於五湖。

〔一九〕〔補注〕《詩·小雅·節南山》：『赫赫師尹，民具爾瞻。』毛傳：『具，俱；瞻，視。』鄭箋：『此言尹氏汝居三公之位，天下之民俱視爾所爲。』亦以具瞻指宰輔重臣。

〔二〇〕〔錢注〕《晉書·謝安傳》：安弟萬，爲西中郎將，總藩任之重。〔補注〕方抵藩任，謂方赴桂管之任。

〔二一〕〔錢注〕班固《答賓戲》：皆及時君之門闈。〔補注〕謂未能赴洛登門拜謁。

〔二二〕〔錢注〕江淹《詣建平王上書》：大王惠以恩光。

〔二三〕〔錢注〕陳後主《柔遠詔》：彼土酋豪，並輸罄誠款。

爲滎陽公謝除盧副使等官狀〔一〕

新授某官盧戡　新授某官任繕〔二〕

右臣得進奏官某狀報，臣所奏盧某等二人，奉某月日勅旨，賜授前件官充職者。臣謬當廉印，合啓幕庭。撫魚罩以興懷〔三〕，懼羖皮之廢禮〔四〕。盧戡與臣同年登第，少日論交，學富文雄，氣孤志逸〔五〕，玉清越而爲樂〔六〕，女舒脱以求媒〔七〕，實懷難進之規〔八〕，不起後時之歎〔九〕。任繕幼學孝悌〔一〇〕，潔静精微〔一一〕，得君子之時中〔一二〕，友鄉人之善者〔一三〕。匪因請託〔一四〕，實自諳知〔一五〕。皇帝陛下俯照遠藩，咸加命秩。南臺貼職〔一六〕，延閣分班〔一七〕，使戡有紆朱之榮〔一八〕，繕無衣白之見〔一九〕。已經聖鑒，可謂國華〔二〇〕。冀收規畫之功〔二一〕，共奉澄清之寄〔二二〕。不任感恩荷聖之至〔二三〕。

校注

〔一〕本篇原載《文苑英華》卷六二九第七頁、清編《全唐文》卷七七二第二一頁、《樊南文集詳注》卷二。〔馮注〕滎陽公，鄭亞也。《新書·宰相世系表》：鄭當時，漢大司農，居滎陽。又曰：滎陽鄭氏，鄭少鄰，少鄰生穆，穆生亞。《舊書·宣宗紀》：大中元年二月，以給事中鄭亞爲桂州刺史、御史中丞、桂管防禦觀察等使。《地理志》：嶺南西道桂管經略觀察使，治桂州。《文苑英華》有《授盧戡桂州副使制》，戡蓋前江陵縣令，時已閑居，而亞奏請也。〔按〕《新唐書·百官志》四下：『觀察使，副使、支使、判官、掌書記、推官、巡官、衙推、隨軍、要籍、進奏官各一人。』故副使爲觀察使之上僚。商隱則任觀察支使及掌書記（見《爲滎陽公上荆南鄭相公狀》《樊南甲集序》，新、舊《唐書》謂爲判官，非）。此文有『使戡有紆朱之榮，繕無衣白之見』，盧戡與任繕之辟署，當於鄭亞赴桂州前獲朝廷批准，並於赴桂前至彤庭陛見。故此狀當作於大中元年三月七日啓程赴桂前。

〔二〕〔徐注〕《新書·宰相世系表》：盧戡，陝虢觀察使岳第三子。〔補注〕《新書·宰相世系表》：盧岳，字周翰。子載、戣、戡。《全唐文》卷七八四穆員《陝虢觀察使盧公墓誌銘》：『唐貞元四年夏六月，陝虢都防禦觀察轉運等使、陝州刺史、兼御史中丞范陽盧公壽六十，中疾於位，優詔得謝家東都履信里，秋七月甲戌，終於其寢……三子載、戣、戡，長齒未童。』是盧戡即岳之子。《授盧戡桂州副使制》載《文苑英華》卷四一二，崔嘏所撰，制云：『勑前江陵縣令盧戡等……戡尚義有聞，積學多識，去於榮進，樂在閑放。』據狀稱『盧戡與臣同年登第』，則戡當與亞於元和十五年登進士第，同年登第者尚有吕述（商隱有代鄭亞作《祭吕商州文》）、盧弘止及草盧戡任副使制之崔嘏。岑仲勉《唐尚書郎官石柱題名考》卷十五金部郎中有任繕，又曾任主客郎中。《京兆金石録》：《唐平盧節度孫公妻滎陽郡君鄭氏墓誌》，唐任繕撰，大中四年。商隱作此狀時，任繕尚未入仕。

〔三〕〔徐注〕《詩序》：《南有嘉魚》，樂與賢也，太平君子至誠，樂與賢者共之也。其一章曰：『南有嘉魚，烝然罩罩。』〔補注〕罩罩，魚擺尾摇動狀。撫魚罩以興懷，指興樂賢之懷。

〔四〕〔馮注〕《史記·秦本紀》：晋虜虞大夫百里傒，以爲秦繆公夫人媵於秦。百里傒亡秦走宛。繆公聞百里傒賢，欲重贖之，恐楚人不與，乃請以五羖羊皮贖之。楚人與之。繆公與語國事，大悦，授之國政，號曰『五羖大夫』。〔徐注〕《説苑》：秦穆公使賈人載鹽於虞，諸賈人買百里奚以五羊皮。穆公觀鹽，怪其牛肥，問其故，對曰：『飲食以時，使其不暴，是以肥也。』公令有司沐浴衣冠之，公孫支讓其卿位，號曰『五羖大夫』。

〔五〕〔補注〕孤，高。

〔六〕見《獻侍郎鉅鹿公啓》『清越爲樂者玉之奇』注。

〔七〕脱，《英華》作『退』，注：集作『脱』。〔徐注〕《詩》：舒而脱脱兮。箋：貞女欲吉士以禮來，脱脱然舒也。〔馮注〕《詩》傳：脱脱，舒遲也。

〔八〕〔補注〕《禮記·儒行》：『儒有衣冠中，動作慎；其大讓如慢，小讓如僞；大則如威，小則如愧。其難進而易退也，粥粥若無能也。』孫希旦集解引吕大臨曰：『非義不就，所以難進；色斯舉矣，所以易退。』《舊唐書·薛登傳》：『希仕者必修貞確不拔之操，行難進易退之規。』難進，謂慎於進取。

〔九〕〔馮注〕《史記·李斯傳》：時乎時乎，惟恐後時。二句正謂方閑居也。徐刊本乃脱去。

〔一〇〕學，《英華》作『壯』。

〔一一〕〔徐注〕《禮記》：絜静精微，《易》教也。〔馮注〕《會稽典録》：山陰丁覽，清身立行，爲人精微潔淨，門無雜賓。按：丁覽，見《吴志·虞翻傳》注。

〔一二〕〔補注〕《禮記·中庸》：『君子之中庸也，君子而時中。』孔疏：『謂喜怒不過節也。』《易·蒙》：『蒙亨，以亨行，時中也。』孔疏：『謂居蒙之時，人皆願亨，若以亨道行之，于時則得中也。』時中，謂立身行事合乎時宜，無過與不及。

〔一三〕〔補注〕《論語·衛靈公》：『事其大夫之賢者，友其士之仁者。』《禮記·緇衣》：『故君子之朋友有鄉，其惡有方。』鄭玄注：『鄉、方，喻輩類也。』

〔一四〕〔徐注〕《漢書·翟方進傳》：爲相公潔，請託不行郡國。

〔一五〕〔徐注〕《北史·唐邕傳》：精心勤事，莫不諳知。

〔一六〕〔徐注〕《通典》：御史臺亦謂之蘭臺寺，梁及後魏、北齊或謂之南臺。〔補注〕帖職，兼職，此指幕官兼憲職。

〔一七〕〔徐注〕《漢書·藝文志》：李武建藏書之策，置寫書之官。注：如淳曰：劉歆《七略》曰：外則有太常、太史、博士之藏，内則有延閣、廣内、祕室之府。〔馮注〕（二句）盧授御史，任授祕書郎也。

〔一八〕〔馮注〕揚子《法言》：或曰：『使我紆朱懷金，其樂可量也。紆朱懷金之樂，不如顏氏子之樂。』〔徐注〕《後漢書·宦者傳論》曰：紆朱懷金者，布滿宫闈。〔補注〕紆朱，佩朱色印綬，謂地位顯貴。

〔一九〕〔徐注〕《日知録》：白衣者，庶人之服，然有以處士而稱之者。《史記·儒林傳》：公孫弘以《春秋》，白衣爲天子三公。《後漢書·孔融傳》：與白衣禰衡跌蕩放言。《晉書·閻纘傳》：薦白衣南安朱沖可爲太孫師傅。是也。《清波雜志》言前此仕族子弟未受官者皆衣白，令非跨馬及弔慰不敢用。〔馮注〕《後漢書·崔駰傳》：帝幸竇憲第，駰適在憲所，帝欲召見之，憲諫以爲不宜與白衣會。〔補注〕衣白之見，指以白衣身份陛見。

〔二〇〕〔徐注〕《魯語》：季文子曰：『吾聞以德榮爲國華。』〔補注〕國華，指國之傑出人材。《後漢書·方術傳論》：『至乃誚譟遠術，賤斥國華。』

〔二一〕〔徐注〕《吳志·胡綜傳》：規畫計較，應見納受。

〔二二〕〔徐注〕《後漢書·范滂傳》：滂登車攬轡，慨然有澄清天下之志。〔補注〕規畫，謀劃。澄清，安定。均就幕僚協助幕主之職事而言。

〔二三〕荷聖，《英華》注：集作『得賢』。

爲桂州盧副使謝聘錢啓〔一〕

戡啓：錢若干，伏蒙賜備行李，謹依數捧領訖。多若鑿山〔二〕，積如別藏〔三〕。丙科擢第〔四〕，未全染於桂香〔五〕；盛府從知〔六〕，却自驚於銅臭〔七〕。禮於是重，富而可求〔八〕。既不憂貧〔九〕，惟思報德〔一〇〕。伏惟俯鑒微懇。謹啓。

校注

〔一〕本篇原載《文苑英華》卷六五四第八頁、清編《全唐文》卷七七六第一三頁、《樊南文集詳注》卷三。徐本、馮本題内「盧副使」下小字旁注「戡」字。馮譜置《爲滎陽公桂州謝上表》《爲滎陽公謝借飛龍馬送至府界狀》《爲滎陽公長樂驛謝敕設狀》之後，張箋亦置《謝借飛龍馬狀》《長樂驛謝敕設狀》之後。〔按〕啓有「賜備行李」語，可證此啓當作於朝廷已批准鄭亞辟署盧戡爲副使之請，尚未啓程赴桂之前，即大中元年三月七日前，馮譜、張箋微誤。

〔二〕〔馮校〕山，或作「井」，非。按：謂鑿山取銅也。《史記·平準書》：即山鑄錢，吴鄧氏錢布天下。《風俗通》：龐儉鑿井得錢數萬。徐氏疑用之，誤矣。〔按〕《英華》《全文》均作「鑿山」。今删徐注。

〔三〕〔徐注〕《漢書·張安世傳》：安世以父子封侯，在位太盛，乃避不受禄。詔都内别臧張氏無名錢以百萬數。

〔四〕丙，徐本作『兩』，校：一作『丙』，是。〔徐注〕《漢書·儒林傳》：平帝時歲課博士弟子甲科四十人，爲郎中；乙科三十人，爲太子舍人；丙科四人，補文學掌故。《匡衡傳》：數射策不中，至九，乃中丙科。《通典》：明經雖有甲乙丙丁四科，自武德以來，唯有丙丁第而已。

〔五〕〔馮注〕戡與亞同年，故云。〔補注〕桂香，喻登第，用《晋書·郤詵傳》『臣舉賢良對策，爲天下第一，猶桂林之一枝，崑山之片玉』典。

〔六〕〔補注〕盛府，對地方軍政長官衙署之尊稱。此指桂管觀察使府。《南史·庾杲之傳》：『盛府元僚，實難其選。』從知，追隨知己（幕主）。

〔七〕〔徐注〕《後漢書·崔寔傳》：從子烈，時因傅母入錢五百萬，得爲司徒。問其子鈞：『何如？』曰：『論者嫌其銅臭。』

〔八〕〔補注〕《論語·述而》：『子曰：富而可求也，雖執鞭之士，吾亦爲之。』

〔九〕〔補注〕《論語·衛靈公》：『君子憂道不憂貧。』

〔一〇〕〔補注〕《論語·憲問》：『以直報怨，以德報德。』

爲滎陽公與昭義李僕射狀〔一〕

某素無才能，謬忝廉察，實憂尸禄〔二〕，有負疲人〔三〕。僕射地處親賢，情殷家國，累更重寄，亟立殊勳。上黨頃集兇徒，近爲王土〔四〕。瘡痍未復〔五〕，愁怨尚多。果枉雄才〔六〕，以孚至化。南則揚河橋之威斷〔七〕，北則煦上谷之仁聲〔八〕。下車政成〔九〕，投刃節解〔一〇〕。厚承恩顧，抃賀伏深。拜謁末由，無任瞻戀。到任續更有狀。

校注

〔一〕本篇原載清編《全唐文》卷七七四第一二頁、《樊南文集補編》卷四。〔錢箋〕（昭義李僕射）李執方也。執方始鎮河陽，旋移易定，並詳《上河陽李大夫狀一》注〔一〕。此文云：『南則揚河橋之威斷，北則煦上谷之仁聲。』是追頌其從前歟歷之功。又云：『上黨頃集兇徒，近爲王土。』自當在劉稹既平之後。考《舊唐書·盧鈞傳》，會昌四年，誅劉稹，以鈞檢校兵部尚書、昭義節度使。大中初，移宣武。意必執方代鈞出鎮也。《舊唐書·地理志》：昭義軍節度使治潞州，領潞、澤、邢、洺、磁五州。《舊唐書·職官志》：尚書省左右僕射各一員，從二品。〔張箋〕大中元年二月，昭義節度使盧鈞檢校尚書右僕射充汴州刺史宣武軍節度使。李執方出爲昭義節度使。並附考云：案執方鎮昭義，史文無徵。考《補編·爲滎陽公與昭義李僕射狀》云（略），是執方出鎮昭義，正當鄭亞觀察桂管時。檢《舊書·盧鈞傳》（略），則執方之節度昭義，代鈞明矣。陳黯《華心篇》云：『大中初年，大梁連帥范陽公得大食國人李彦昇薦於闕下。』范陽公即盧鈞也。今據執方《華岳題名》合書於二月。〔按〕狀云『到任續更有狀』，本篇當作於大中元年三月七日赴桂府前夕。

〔二〕〔錢注〕《漢書·貢禹傳》：所謂素餐尸禄，汙朝之臣也。

〔三〕〔錢注〕潘岳《西征賦》：牧疲人於西夏。

〔四〕〔錢注〕《舊唐書·武宗紀》：會昌三年四月，昭義節度使劉從諫卒，三軍以從諫姪稹爲兵馬留後，上表請授節鉞，尋遣使齎詔令稹護從諫之喪歸洛陽，稹拒朝旨。詔會議劉稹可誅可宥之狀。李德裕以澤潞内地，前時從諫許襲，已是失斷，自後跋扈難制，規脅朝廷。以稹豎子，不可復踐前車，討之必殄。武宗性雄俊，曰：『吾與德裕同之，保無後悔。』七月，宰相奏：『秋色已至，鎮、魏須速誅劉稹，須遣使宣諭，兼偵軍情。』上即遣李回奉使。九月制：劉從諫贈官及先所授官爵并劉稹在身官爵，宜並削奪。成德軍節度使王元逵充北面招討使，魏博節度使何弘敬充東面招討使，徐泗節度使李彦佐爲西南面招討使，河陽節度使王茂元以本軍屯萬善，陳許節度使王宰充南面招討使。王茂元卒，宰代總萬善之師。十二月，宰奏收天井關。四年三月，以石雄爲西面招討。七月，王元逵奏邢州以城降，洺州、磁州以城降何弘敬，山東三州平。潞州大將郭誼、張谷、陳揚廷遣人至王宰軍，請殺稹以自贖。宰以聞，乃詔石雄率軍入潞州，誼斬稹首以迎雄。澤、潞等五州平。八月，王宰傳稹首與大將郭誼等一百五十人，露獻於京師，上御安福門受俘，百寮樓前稱賀。九月制：逆賊郭誼等並處斬於獨柳。又《地理志》：潞州，隋上黨郡。〔補注〕《詩·小雅·北山》：『溥天之下，莫非王土。』

〔五〕〔錢注〕《漢書·季布傳》注：痍，傷也。

〔六〕〔錢注〕《後漢書·仲長統傳》：君有雄志而無雄才。

〔七〕〔錢注〕《晋書·杜預傳》：預以孟津渡險，有覆没之患，請建河橋於富平津。《後漢書·梁商傳》：性慎弱，無威斷。〔補注〕《舊唐書·文宗紀下》：開成二年七月，『戊申，以左金吾衛將軍李執方爲河陽三城懷州節度使。』至會昌三年四月，王茂元代之。『揚河橋之威斷』，指李執方任河陽節度使時平息河陽軍亂之事，參見《上河陽李大夫狀一》。

〔八〕〔錢注〕《舊唐書·地理志》：易州，隋上谷郡。〔補注〕此句指李執方會昌三年至四年任易定節度使期間之仁政。

〔九〕〔錢注〕《漢書·叙傳》：班伯爲定襄太守。定襄聞伯素賢，年少，自請治劇，畏其下車作威，吏民竦息。〔補注〕下車，指到任。語本《禮記·樂記》：『武王克殷，反商，未及下車，而封黄帝之後於薊。』

〔一〇〕〔錢注〕孫綽《遊天台山賦》：投刃皆虚，目牛無全。〔補注〕《莊子·養生主》：『庖丁釋刀對曰……彼節者有間，而刀刃者無厚，以無厚入有間，恢恢然其於遊刃必有餘地矣……動刀甚微，謋然已解。』投刃節解本此。

爲滎陽公與汴州盧僕射狀〔一〕

某謬蒙渥恩〔二〕，叨受廉察。顧循虚薄〔三〕，頗積兢惶。僕射克著殊勳，允承寵重。所至皆理〔四〕，無難不更。宣武兵多，大梁地要〔五〕。永言今昔〔六〕，常繼風流。不唯寄以安人，多是倚之爲相〔七〕。況當碩德〔八〕，尤注羣情。某厚蒙恩知，倍深倚望。即以今月七日赴任，續更有狀。

校注

〔一〕本篇原載清編《全唐文》卷七七四第一二頁、《樊南文集補編》卷四。〔錢箋〕（汴州盧僕射）盧鈞也。《舊唐書》本傳：大中初，檢校尚書右僕射、汴州刺史、御史大夫、宣武軍節度、宋亳汴潁觀察等使。又《地理志》：宣武軍節度使治汴州，管汴、宋、亳、潁四州。〔按〕陳黯《華心》云：『大中初年，大梁連帥范陽公得大食國人李彦昇，薦於闕下，天子詔春司考其才。二年以進士第。』據此，『大中初年』必指元年。本篇爲鄭亞元年三月七日啓程赴桂前所上，狀文『即以今月七日赴任』可證。與前篇《爲滎陽公與昭義李僕射狀》同時作，參前文注〔一〕。

〔二〕渥恩，錢氏箋注本作『恩渥』，校云：『恩渥』二字疑誤倒。〔按〕《全唐文》作『渥恩』，不誤。渥，優厚。揚雄《劇秦美新》：『臣雄經術淺薄，行能無異，數蒙渥恩。』

〔三〕〔錢注〕《後漢書·法真傳》：太守虚薄。〔補注〕徐陵《爲貞陽侯重答王太尉書》：『忽荷不世之恩，仍致非常之舉，自惟虚薄，兢懼已深。』虚薄，空虚淺薄。

〔四〕〔錢注〕《後漢書·劉平傳》：所至皆理，由是一郡稱其能。

〔五〕〔錢注〕《史記·魏世家》：魏罃三十一年，徙治大梁。徐廣曰：今浚儀。〔按〕即唐汴州。

〔六〕永，原作『承』，據錢校改。

〔七〕〔錢注〕《史記·韓長孺傳贊》：天子方倚以爲相。〔補箋〕《新唐書·盧鈞傳》：『宣宗即位，改吏部尚書。會劉約自天平徙宣武，未至，暴死，家僮五百人無所仰衣食，思亂，乃授鈞宣武節度使，人情妥然。』據此，『不惟寄以安人』或非泛語。

〔八〕〔補注〕碩德，大德。《晉書·隱逸·索襲傳》：『索先生碩德名儒，真可以諮大議。』《新唐書·盧鈞傳》：『所居官必有績，大抵根仁恕至誠而施於事。』

爲滎陽公謝集賢韋相公狀〔一〕

花犀腰帶一條，右伏蒙仁恩，俯寵行邁〔二〕。駭雞等貴〔三〕，畫隼增輝〔四〕。徒勤萬里之肺肝，愧乏十圍之腰腹〔五〕。仰從台衮〔六〕，來飾藩垣〔七〕。縱拜賜而有期〔八〕，懼立朝而無取。謹依處分捧領訖〔九〕。下情無任戴荷之至〔一〇〕。

校注

〔一〕本篇原載清編《全唐文》卷七七三第二二頁、《樊南文集補編》卷三。〔錢箋〕（集賢相公）韋琮也。《舊唐書·宣宗紀》：大中元年七月，尚書户部侍郎、知制誥、翰林學士承旨韋琮以本官同中書門下平章事。又《職官志》：集賢殿書院，每宰相爲學士者爲知院事。參見《爲濮陽公上陳相公狀三》注〔四〕。〔按〕張采田《會箋》亦據《舊·紀》書韋琮拜相於大中元年七月。然《新唐書·宣宗紀》：『大中元年三月，翰林學士承旨、户部侍郎韋琮爲中書侍郎、同中書門下平章事。』《宰相表》同。鄭亞啓程赴桂在三月七日，本文有『伏蒙仁恩，俯寵行邁』之語，明爲赴桂前拜謝韋琮賜帶贈行而上。是韋琮之拜相當依《新書》紀、表在大中元年三月初。韋琮加集賢殿學士在鄭亞已抵達桂林之後（見後《爲滎陽公上集賢韋相公狀三》注〔一〕），本篇題内『集賢』二字，當係商隱編《樊南甲集》時追書。後《爲滎陽公上集賢韋相公狀一》《爲滎陽公上集賢韋相公狀二》題内之『集賢』二字並同。

〔二〕〔補注〕行邁，遠行。《詩·王風·黍離》：『行邁靡靡，中心如醉。』馬瑞辰通釋：『邁亦爲行。對行言，則爲遠行。』

〔三〕〔錢注〕左思《吴都賦》：駭雞之貴。李善注：《孝經援神契》曰：神靈滋液，則犀駭雞。宋衷曰：角有光，雞見而駭也。

〔四〕〔錢注〕《周禮》司常：『鳥隼爲旟。』注：所畫異物，則異名也。〔補注〕畫隼，畫有鳥隼圖像之軍旗，係貴官儀仗。

〔五〕〔錢注〕《後漢書·東平王蒼傳》：蒼爲人美鬚髯，要（腰）帶十圍，顯宗甚愛重之。永平十一年，詔國中傅曰：『日者問東平王，處家何等最樂，王言爲善最樂。其言甚大，副是要腹矣。』

〔六〕〔錢注〕《風俗通》：劉矩叔方三登台衮。〔補注〕台衮，猶台輔，此指宰相。
〔七〕〔補注〕《詩·大雅·板》：『价人維藩，大師維垣。』毛傳：『藩，屏也；垣，牆也。』喻藩鎮。
〔八〕〔補注〕《禮記·玉藻》：『大夫拜賜而退，士待諾而退。』孔疏：『此一節尊卑受賜拜謝之禮。』
〔九〕〔錢注〕《晉書·杜預傳》：預處分既定，乃啓請伐吴之期。〔按〕此句『處分』係吩咐義。錢注引非其義。
〔一〇〕〔錢注〕梁簡文帝《重謝上降爲開講啓》：伏筆罄言，寧宣戴荷。

爲滎陽公上河中崔相公狀一〔一〕

某因緣薄伎〔二〕，獲奉休期。左掖中臺〔三〕，已踰厥任；廉車憲印〔四〕，轉過其材。即以今月七日赴任。相公早於寮故，俯察孤愚，寄以夙期，需之好款〔五〕。今者辭違稍遠，拜謁末由。捨魯首燕〔六〕，不勝私懇。河中帶朔方之兵甲〔七〕，爲皇都之股肱〔八〕。竊思宸襟，嘗注碩德。下車敷化〔九〕，期月有成。則必復還廟堂，重執時柄〔一〇〕。雖欲固讓，如蒼生何〔一一〕！伏惟俯爲明時，善加保重。到任當差專使起居，諸續陳啓。

校注

〔一〕本篇原載清編《全唐文》卷七七三第二五頁、《樊南文集補編》卷三。〔錢箋〕（河中崔相公）崔鉉也。《舊唐書》本傳：會昌末，同平章事，爲李德裕所嫉，罷相爲陝虢觀察使。宣宗即位，遷河中尹。又《地理志》：河中節度使治河中府，管蒲、晉、絳、慈、隰等州。〔按〕吴廷燮《唐方鎮年表》卷四繫崔鉉鎮河中在會昌六年至大中三年。狀云『廉車憲印，轉過其材』『即以今月七日赴任』，當是赴桂管觀察使任前，即三月七日前所作。

〔二〕〔錢注〕司馬遷《報任少卿書》：使得奏薄伎，出入周衛之中。〔補注〕因緣，憑藉。

〔三〕〔錢注〕《漢書·高后紀》：入未央宫掖門。注：非正門，而在左右兩掖，若人之有臂掖。〔補注〕左掖，指門下省。鄭亞出爲桂管觀察使前任給事中，屬門下省。中臺，指尚書省。《新唐書·鄭畋傳》：『父亞……李回任中丞，薦爲刑部郎中知雜事。』中臺指此。

〔四〕〔錢注〕《南史·何思澄傳》：自廷尉正遷治書侍御史。宋、齊以來，此職甚輕。天監初，始重其選，車前依尚書二丞，給三騶，執盛印青囊，舊事糾彈官印綬在前故也。〔補注〕廉車，指觀察使赴任時所乘之車。廉，通『覝』，考察，查訪。憲印，指所帶憲銜御史中丞。《舊唐書·宣宗紀》：大中元年二月，『以給事中鄭亞爲桂州刺史、御史中丞、桂管防禦觀察等使。』錢注非。

〔五〕〔補注〕好款，交好。按：據『相公早於寮故』四句，似鄭亞曾與崔鉉爲幕府同僚。崔鉉大和六年至九年曾在西川段文昌幕爲掌書記，開成三至會昌三年又曾在荆南李石幕爲掌書記。鄭亞與鉉同幕疑在西川段文昌幕。

〔六〕〔錢注〕《史記·淮陰侯傳》：北首燕路。〔補注〕《禮記·禮運》：『孔子曰……吾舍魯，何適矣！』

〔七〕〔錢注〕《新唐書·方鎮表》：朔方節度使。寶應（當作廣德）二年，罷河中振武節度，以所管七州隸朔方。大曆二（當作十四）年，析置河中、振武、邠寧三節度。

〔八〕〔錢注〕《舊唐書·地理志》：河中府，隋河東郡。《史記·季布傳》：布爲河東守。孝文時，人有言其賢者，孝文召欲以爲御史大夫。復有言其勇，使酒難近。至留邸一月見罷。布因進曰：『陛下無故召臣，此人必有以臣欺陛下者。今臣至，無所受事罷去，此人必有以毁臣者。臣恐天下有識聞之，有以窺陛下也。』上默然良久曰：『河東吾股肱郡，故特召君耳。』

〔九〕〔錢注〕沈約《齊故安陸昭王碑》：下車敷化，風動神行。餘參見《爲滎陽公與昭義李僕射狀》注〔九〕。

〔一〇〕〔錢注〕《後漢書·鄧騭傳論》：委遠時柄。〔補注〕時柄，當世之權柄。此指相位。

〔一一〕〔錢注〕《晉書·殷浩傳》：深源不起，當如蒼生何！按：又見《謝安傳》。〔補注〕《晉書·謝安傳》：『中丞高崧戲之曰：卿累違朝旨，高卧東山，諸人每相與言：安石不出，將如蒼生何！』

爲滎陽公上河中崔相公狀二〔一〕

天恩刑部相公登庸〔二〕，伏惟感慰。刑部相公盛烏衣之遊，相公稟青雲之秀〔三〕。更歷股肱之郡〔四〕，咸登鼎鼐之司〔五〕。凡在生靈，不任欣慶。昔疏廣家榮兩傳，止當儲護之朝〔六〕；王儉門有二台，不在休明之運〔七〕。將煩擬議，又豈同塗？某方守藩條〔八〕，闕陪賀客。唯願蕃昌姜姓，恢大崔門〔九〕。永令阮巷之間〔一〇〕，迭奉堯階之化〔一一〕。伏惟特賜恩察。

校注

〔一〕本篇原載清編《全唐文》卷七七三第二五頁、《樊南文集補編》卷三。〔按〕狀云『刑部相公登庸』，『刑部相公』指崔元式。《新唐書·宣宗紀》：大中元年三月，『刑部尚書、判度支崔元式爲門下侍郎，翰林學士承旨、户部侍郎韋琮爲中書侍郎：同中書門下平章事。』《宰相表》同。狀又云：『某方守藩條，闕陪賀客。』當是鄭亞方赴桂管任時所上，約三月七日稍前。琮與元式當在三月初同時拜相。

〔二〕〔錢箋〕謂崔元式也。詳《爲滎陽公上弘文崔相公狀一》注〔一〕。〔補注〕《書·堯典》：『帝曰：疇咨若時登庸。』登庸，指任用爲相。

〔三〕〔錢注〕《新唐書·宰相世系表》：安平大房，崔氏元略，子鉉，相武宗、宣宗。弟元式，相宣宗。《宋書·謝弘微傳》：謝混風格高峻，少所交納，唯與族子靈運、瞻、曜、弘微並以文義賞會，嘗共宴處，居在烏衣巷，故謂之烏衣之遊。《晉書·阮咸傳》：咸字仲容，任達不拘，與叔父籍爲竹林之遊。咸與籍居道南，諸阮居道北。顏延之《五君詠》：仲容青雲器，實禀生民秀。

〔四〕見《爲滎陽公上河中崔相公狀一》注〔八〕。此指崔鉉任河中尹、河中節度使。

〔五〕〔錢注〕班固《爲第五倫薦謝夷吾表》：宜當拔擢，使登鼎司。〔補注〕此指元式、鉉叔侄均登相位。

〔六〕〔錢注〕《漢書·二疏傳》：地節三年，立皇太子，廣爲少傅，數月，徙爲太傅。廣兄子受，亦以賢良舉爲太子家令，頃之，拜少傅。太子外祖父特進平恩侯許伯以爲太子少，白使其弟中郎將舜監護太子家。上以問廣，廣對曰：『太子國儲副君，師友必於天下英俊，不宜獨親外家許氏。且太子自有太傅、少傅，官屬已備，今復使舜護太子家，視陋，非所以廣太子德於天下也。』

〔七〕〔錢注〕《南齊書·王僧虔傳》：世祖即位，僧虔以風疾欲陳解，會遷侍中、左光禄大夫、開府儀同三司。僧虔謂兄子儉曰：『汝任重于朝，行當有八命之禮。我若復授此，則一門有二台司，實可畏懼。』乃固辭不拜。〔補注〕台，台司，指三公等宰輔大臣。休明，美好清明之世。語出《左傳·宣公三年》。

〔八〕〔錢注〕《隋書·公孫景茂傳》：宜升戎秩，兼進藩條。〔補注〕漢代州刺史以六條考察州郡官吏，故以藩條指州刺史之職。

〔九〕〔錢注〕《新唐書·宰相世系表》：崔氏出自姜姓。齊丁公伋嫡子季子讓國叔乙，食采於崔，遂爲崔氏。《史記·呂不韋傳》：吾能大子之門。〔補注〕《左傳·閔公元年》：『其必蕃昌。』

〔一〇〕見本篇注〔三〕引《晉書·阮咸傳》。

〔一一〕〔錢注〕《史記·太史公自序》：墨者亦尚堯、舜道，言其德行曰：堂高三尺，土階三等。

爲滎陽公上西川崔相公狀〔一〕

不審近日尊體何如？玉壘延清〔二〕，錦城致爽〔三〕，伏料撫寧多暇〔四〕，福祐來成。相公白琯正音〔五〕，黄彝重器〔六〕。道既著於燮理〔七〕，績復彰於旬宣〔八〕。方今化切修文〔九〕，時當偃伯〔一〇〕，必資元老〔一一〕，以冠庶僚〔一二〕。雖羽儀未集於方明〔一三〕，而夢想固通於中夕〔一四〕。佇見坤維返駕〔一五〕，宣室虛襟〔一六〕，更躋湯、禹之姿，重講胥、庭之化〔一七〕。訪諸動植〔一八〕，望在旬時〔一九〕。況某仰奉恩知，獲階廉問，既殊常品，實倍私懷。赴任有程，瞻風未卜，結款詞訥〔二〇〕，依仁路賒〔二一〕。冀申毫髮之功，永奉陶甄之賜。即以今月七日進發，到府續差專使起居。伏惟恩察。

校注

〔一〕本篇原載清編《全唐文》卷七七四第九頁、《樊南文集補編》卷四。題内『崔』字，《全文》原作『張』，據錢校改。〔錢箋〕滎陽出鎮，此有時代之可考也。《舊唐書·宣宗紀》：會昌六年四月，劍南西川節度使崔鄲檢校尚書右僕射，同中書門下平章事如故。《新唐書·宰相表》：大中元年八月，李回爲劍南西川節度使。是崔、李即先後交替之人，不應中間復有所謂『張相公』者。若謂留後權知，則文中『道既著於變理』，又爲使相出鎮之辭，亦不可通。頗疑『張』字爲『崔』字之訛。蓋此篇爲鄭亞甫至桂管時作，而崔鄲尚未離鎮，故有『佇見坤維返駕，宣室虛襟』之語。至前《弘文崔相公第三狀》（本書已依錢校改爲《爲滎陽公上僕射崔相公狀二》，在後）、《僕射崔相公第一狀》，則皆爲崔鄲還朝時作。合數篇以類推，雖編列錯亂，而尚有脉理之可尋。惟前此『弘文』『僕射』互易其題，此篇改『張』爲『崔』，皆無別本可證。易舊題以就己説，終不敢自以爲必然。姑存此説，以俟知者。〔張箋〕案錢説甚是，此必涉集中《賀幽州張相公》等題而誤。〔按〕錢氏考辨『張相公』乃『崔相公』之訛甚是。據《新唐書·宰相表》，會昌元年十一月癸亥，崔鄲檢校吏部尚書、同平章事、劍南西川節度使。而《舊唐書·宣宗紀》，會昌六年四月，劍南西川節度使崔鄲檢校尚書右僕射，同中書門下平章事如故。《新書·宣宗紀》，大中元年八月丙申，李回罷相。《通鑑》亦云：大中元年『八月丙申，以門下侍郎、同平章事李回同平章事，充西川節度使。』必於此時方徵崔鄲還朝，詳見《爲滎陽公上僕射崔相公狀一》及《爲滎陽公上僕射崔相公狀二》。故自會昌元年十一月至大中元年八月，任劍南西川節度使者唯崔鄲一人，斷無所謂『張相公』者。而此狀爲鄭亞作，狀又有『即以今月七日進發』之文，知必作於大中元年三月七日赴任前夕。彼時崔鄲仍在西川，故稱『西川崔相公』。錢氏謂『此篇爲鄭亞甫至桂管時作』，張氏《會箋》從之，編於抵達桂林後所上諸狀之後，則均微誤。蓋文中『佇見坤維返駕，宣室虛襟』之語，乃尋常祝願之辭，非謂其時鄲已接内召之命，即將返京也。

〔二〕〔錢注〕左思《蜀都賦》：包玉壘而爲宇。劉逵注：玉壘，山名也，在成都西北。〔按〕玉壘山有二，一在唐茂州汶川縣東北四里（今四川汶川縣東北），見《元和郡縣圖志》卷三二；一在唐彭州導江縣西北二十九里（今四川灌縣西北），見《元和郡縣圖志》卷三一。左思《蜀都賦》及本篇所云玉壘山當指後者。

〔三〕〔錢注〕《初學記》：《益州記》曰：錦城在益州南，笮橋東，流江南岸，昔蜀時故錦官也，處號錦里，城墉猶在。

〔四〕〔錢注〕韋孟《諷諫詩》：撫寧遐荒。〔補注〕撫寧，安撫平定。《晉書·王徽之傳》：西山朝來，致有爽氣耳。

〔五〕〔錢注〕《晉書·律曆志》：黃帝作律，以玉爲管，爲十二月音。至舜時，西王母獻昭華之琯，以玉爲之。及漢章帝時，零陵文學奚景於泠道舜祠下得白玉琯。則古者又以玉爲管矣。《淮南子》：姑洗生應鐘，比於正音，故爲和。〔補注〕事又見《大戴禮記·少閑》：『昔虞舜以天德嗣堯……西王母來獻其白琯。』

〔六〕〔補注〕《周禮·春官·司尊彝》：『秋嘗冬蒸，祼用斝彝、黃彝，皆有舟。』鄭玄注：『黃彝，黃目尊也。』黃彝，黃銅彝器。據稱刻人目爲飾，故又稱黃目尊。

〔七〕〔補注〕《書·周官》：『立太師、太傅、太保，茲惟三公，論道經邦，燮理陰陽。』故以燮理指宰相職務。崔鄲開成四年至會昌元年爲相，見《新書·宰相表》。

〔八〕〔補注〕《詩·大雅·江漢》：『王命召虎，來旬來宣。』旬宣，周遍宣示。此指其出鎮西川，宣示政教。

〔九〕〔補注〕《國語·周語上》：『有不享則修文。』修文，指修治典章制度，提倡禮樂教化。

〔一〇〕〔錢注〕《後漢書·馬融傳》：《廣成頌》曰：命師於鞬櫜，偃伯於靈臺。注：《司馬法》曰：古者武軍三年不興，則凱樂凱歌，偃伯靈臺，答人之勞，告不興也。偃，休也；伯，謂師節也；靈臺，望氣之臺也。

〔一一〕〔補注〕《詩·小雅·采芑》：『方叔元老，克壯其猶。』毛傳：『元，大也。五官之長，出於諸侯，曰天子之老。』此指年輩資望高之大臣。

〔一二〕〔補注〕張衡《思玄賦》：『戒庶僚以夙會兮，僉恭職而並迓。』庶僚，百官。

〔一三〕方明，見《爲濮陽公上淮南李相公狀二》『佇見方明展事』注。〔補注〕羽儀，語本《易·漸》：『鴻漸于陸，其羽可用爲儀。』孔疏：『處高而能不以位自累，則其羽可用爲物之儀表，可貴可法也。』

〔一四〕〔補注〕《書·説命上》：『夢帝賚予良弼，其代予言。乃審厥象，俾以形旁求于天下。説築傅巖之野，惟肖。爰立作相。』

〔一五〕〔錢注〕《淮南子》：坤維在西南。〔補注〕此以坤維指西蜀。

〔一六〕〔錢注〕《史記·賈生傳》：賈生徵見。孝文方受釐，坐宣室。上因感鬼神事，而問鬼神之本。賈生因具道所以然之狀。至夜半，文帝前席。《晋書·吐谷渾傳》：於是虚襟撫納，衆赴如歸。

〔一七〕胥庭之化，見《爲濮陽公上陳相公狀一》『欲人盡若胥、庭』注。

〔一八〕〔補注〕《周禮·地官·大司徒》：『辨五地之物生：一曰山林，其動物宜毛物，其植物宜早物。』

〔一九〕〔補注〕旬時，十天。語本《書·康誥》：『要囚，服念五六日，至于旬時。』

〔二〇〕〔錢注〕謝莊《與大司馬江夏王義恭箋》：良由誠淺詞訥，不足上感。

〔二一〕〔補注〕《論語·述而》：『子曰：志於道，據於德，依於仁，遊於藝。』依仁，此謂依循於有仁德者。

爲滎陽公上荆南鄭相公狀一〔一〕

某謬蒙恩渥，寄以察廉〔二〕。退省庸虚〔三〕，實深兢惕。伏幸塗經荆楚〔四〕，行拜旌麾〔五〕。冀於侍讌之餘〔六〕，得受發蒙之教〔七〕。即以今月七日赴任。桂林不惟雜俗〔八〕，實介遐荒〔九〕。然處於上游〔一〇〕，嘗是重德〔一一〕。餘波所及〔一二〕，孔道是因〔一三〕。矗仰仁聲，必康疲俗。況某早緣宗族〔一四〕，辱奉恩知。便路起居，率誠諮稟。庶常祗佩〔一五〕，用免悔尤。慰抃之深，先積卑懇。上路後續更有狀，伏惟照察。

校注

〔一〕本篇原載清編《全唐文》卷七七四第五頁、《樊南文集補編》卷三。〔錢箋〕（荆南鄭相公）鄭肅也。《舊唐書》本傳：會昌五年，同平章事。宣宗即位，罷相。《新唐書》本傳：宣宗即位，罷爲荆南節度使。《舊唐書・地理志》：荆南節度使，治江陵府，管歸、夔、峽、忠、萬、澧、朗等州。〔張箋〕會昌六年九月，鄭肅罷爲荆南節度使。〔按〕據《新唐書・宰相表》：會昌六年四月丙子，李德裕檢校司徒、同平章事、荆南節度使。辛卯，鄭肅檢校尚書左僕射兼中書侍郎。九月，肅本檢校官、荆南節度使。《新書・紀》《通鑑》並同。是鄭肅乃代德裕鎮荆南，而德裕則解平章事，爲東都留守。本篇爲鄭亞赴桂管任前夕所上，作於大中元年三月七日前。

〔二〕〔錢注〕本集徐氏曰：（察廉）即廉察，以聲病倒用，非舉孝察廉之謂。〔補注〕指任觀察使。

〔三〕〔補注〕庸虚，才能低下，學識淺薄。《陳書・高祖紀上》：『僕本庸虚，蒙國成造。』

〔四〕〔補注〕《詩・商頌・殷武》：『撻彼殷武，奮彼荆楚。』按：荆楚，此指荆州地區。

〔五〕〔錢注〕《魏志・袁紹傳》注：《漢晋春秋》：共衛旌麾。〔補注〕旌麾，此指節度使之旌旗。《舊唐書・職官志》：『節度使……受命之日，賜之旌節。』

〔六〕〔錢注〕吴質《在元城與魏太子箋》：前蒙延納，侍宴終日。

〔七〕〔補注〕《易・蒙》：『初六，發蒙，利用刑人。』發蒙，啓發蒙昧。

〔八〕〔錢注〕《史記・秦始皇本紀》：略取陸梁地，爲桂林、象郡、南海。〔補注〕雜俗，各種習俗，指桂管地區華夷雜居。

〔九〕〔錢注〕史孝山《出師頌》：澤霑遐荒。

〔一〇〕〔錢注〕《史記・項羽紀》：地方千里，必居上游。〔補注〕《南史・謝晦傳》：『晦率衆二萬，發自江陵……晦據上流，檀鎮廣陵，各有强兵，足制朝廷。』此『上游』即指荆州形勝重地。正切鄭肅鎮荆南。

〔一一〕〔補注〕重德，大德之人。《漢書・車千秋傳》：『千秋居丞相位，謹厚有重德。』羅隱《投宣武鄭尚書二十韻》：『物情須重德，時論在明公。』

〔一二〕〔補注〕《書・禹貢》：『導弱水至于合黎，餘波入于流沙。』按：此以喻鄭肅之恩波。《左傳・僖公二十三年》：『其波及晋國者，君之餘也，其何以報君？』當用此意。

〔一三〕（錢注）《漢書·西域傳》：不當孔道。

〔一四〕（補注）商隱《奉使江陵途中感懷寄獻尚書》『明公念竹林』句自注：『公與江陵相國譜（原作『詔』，據張采田説改）叙叔侄。』又《爲滎陽公上荆南鄭相公狀二》：『況十叔相公師律克貞，功成允懋……不惟宗族，實係蒸藜。』可證肅與亞爲同宗叔侄。

〔一五〕（補注）祇佩，敬佩。

爲滎陽公上淮南李相公狀〔一〕

某素無材術，謬竊寵榮。論駁靡效於掖垣〔二〕，廉問更叨於藩服〔三〕。此皆相公十一丈早迴掄覽〔四〕，曲賜丹青〔五〕。知其平生，未始却曲〔六〕。振毛羽於衝風之末〔七〕，脱氛埃於剛氣之中〔八〕。雖曰至愚，實佩嘉貺〔九〕。即以今月七日赴任。瞻戀旌旆，徘徊路歧〔一〇〕。杳然向風，魂動心至。相公十一丈早參大政，克建殊勳。成則不居〔一一〕，惕而無咎〔一二〕。然今兹昌運，實屬長君〔一三〕。優游雖縱於宗臣〔一四〕，融冶必資於宰匠〔一五〕。竊計明臺衢室〔一六〕，已懸夢思〔一七〕，豈復龍節蜺旌〔一八〕，可淹偃息？伏惟特加寢膳，以副禱祠〔一九〕。歸奉休期，遠登壽域〔二〇〕。内修百職〔二一〕，外庇庶藩。則某雖僻在遐方，仰違德宇〔二二〕，片心朽質〔二三〕，萬里不孤。特希終始恩亮。到任即差專使起居，諸續陳啓。謹狀。

校注

〔一〕本篇原載清編《全唐文》卷七七四第六頁、《樊南文集補編》卷三。〔錢箋〕（淮南李相公）李讓夷也。《新唐書》本傳：武宗初，同中書門下平章事。宣宗立，爲大行山陵使，未復土，拜淮南節度使。淮南，見《爲濮陽公上淮南李相公狀一》注〔一〕。〔張箋〕會昌六年七月，李讓夷罷爲淮南節度使（《新·紀》參《新書·讓夷傳》）。附考云：《舊書·李紳傳》：『會昌六年，卒於淮南。』讓夷蓋代李紳也。《舊·紀》書『劍南東川節度使』，誤。〔按〕《新書·宰相表》：會昌六年七月，讓夷檢校司空、同平章事、淮南節度使。《通鑑·武宗會昌六年》：『秋，七月，壬寅，淮南節度使李紳薨。』是李讓夷出鎮淮南確在會昌六年七月李紳卒後。《新書·李讓夷傳》：『拜淮南節度使。以疾願還，卒於道。』而此狀有『即以今月七日赴任』，『廉問更叨於藩服』語，當上於大中元年三月七日稍前。讓夷『以疾願還，卒於道』之事在此之後。

〔二〕〔錢注〕《新唐書·百官志》：給事中四人，凡百司奏抄，侍中既審，則駁正違失。詔敕不便者，塗竄而奏還，謂之塗歸。季終，奏駁正之目。劉楨《贈徐幹詩》：誰謂相去遠，隔此西掖垣。〔按〕鄭亞出任桂管觀察使前爲門下省給事中。故云。

〔三〕〔補注〕藩服，古九服之一。《周禮·夏官·職方氏》：『（鎮服）外方五百里曰藩服。』賈公彦疏：『言藩者，以其最在外爲藩籬。』藩服，此指遠藩。

〔四〕〔補注〕掄覽，選拔考察。

〔五〕〔錢注〕桓寬《鹽鐵論》：公卿者，四海之表儀，神化之丹青也。〔補注〕丹青，猶輝光顔色。

〔六〕〔錢注〕《莊子》：吾行却曲，無傷吾足。〔補注〕却曲，曲折。

〔七〕〔錢注〕《漢書・韓安國傳》：衝風之衰，不能起毛羽。注：衝風，疾風之衝突者也。

〔八〕〔錢注〕《楚辭・遠遊》：絶氛埃而淑郵兮。《抱朴子》：太清之中，其氣甚罡，剛能勝人也。師言鳶飛轉高，則但直舒兩翅，了不復扇摇之而自進者，漸乘剛炁故也。

〔九〕〔錢注〕魏文帝《與鍾大理書》：嘉貺益腆，敢不欽承。

〔一〇〕路歧，見《爲濮陽公與丁學士狀》「念路歧而增歎」注。

〔一一〕見《爲濮陽公上賓客李相公狀一》注〔一四〕。

〔一二〕〔補注〕《易・乾》：「君子終日乾乾，夕惕若厲，無咎。」

〔一三〕長君，見《爲滎陽公上李太尉狀》注〔八〕。此指宣宗。

〔一四〕宗臣，見《爲濮陽公上賓客李相公狀二》「必屬宗臣」注。〔補注〕《詩・大雅・卷阿》：「伴奂爾游矣，優游爾休矣。」《左傳・襄公二十一年》：「《詩》曰：優哉游哉，聊以卒歲。」

〔一五〕〔錢注〕陸機《感丘賦》：隨陰陽以融冶。《蜀志・馬良傳》：爲天下宰匠，欲大收物之力，而不量才節任，隨器付業，難乎其可與言智者也。

〔一六〕〔錢注〕《管子》：黄帝立明臺之議者，上觀於賢也；堯有衢室之問者，下聽於人也。〔補注〕《文選・王融〈永明十一年策秀才文〉》：「思政明臺，訪道宣室。」張銑注：「明臺，明堂也。天子布政之宫。」衢室，堯徵詢民意之所。

〔一七〕見《爲滎陽公上西川崔相公狀》注〔一四〕。

〔一八〕〔錢注〕宋玉《高唐賦》：蜺爲旌，翠爲蓋。〔補注〕《周禮・地官・掌節》：「凡邦國之使節，山國用虎節，土國用人節，澤國用龍節。」此泛指奉王命出使者所持之節。龍節蜺旌，指節度使之旌節。

〔一九〕〔補注〕《周禮・春官・喪祝》：「掌勝國邑之社稷之祝號，以祭祀禱祠焉。」賈公彦疏：「禱祠，謂國有故，祈請求福曰禱，得福報賽曰祠。」

〔一〇〕壽域，見《爲濮陽公上淮南李相公狀三》『致于仁壽』注。

〔一一〕〔補注〕《漢書·百官公卿表上》：『自周衰，官失而百職亂。』

〔一二〕德宇，見《爲濮陽公上淮南李相公狀一》『常依德宇』注。

〔一三〕〔錢注〕《蜀志·許靖傳》注：《魏略》：故乃猥以原壤之朽質，感夫子之清聽。

爲滎陽公與浙西李尚書狀〔一〕

某材術素空，寵榮疊至。未申論駁〔二〕，俄忝察廉。尚書允贊休期，克抱全德。直以高堂指訓〔三〕，外地優閒〔四〕，尚稽廉部之名〔五〕，實積具瞻之望〔六〕。然賢豪出處，典册傳流，故有移孝作忠〔七〕，自家刑國〔八〕。推曾、顔之至行〔九〕，參丙、魏之嘉猷〔一〇〕。將使爲臣，皆規令範。出征入輔〔一一〕，尤叶羣情。厚承恩憐，倍注誠款。即以今月七日赴任〔一二〕，到鎮更當有狀。

校注

〔一〕本篇原載清編《全唐文》卷七七四第一三頁、《樊南文集補編》卷四。〔錢箋〕（浙西李尚書）李景讓也。《新唐書》本傳：自右散騎常侍出爲浙西觀察使。《通鑑》：會昌六年九月，以右散騎常侍李景讓爲浙西觀察使。《舊唐書·地理志》：浙江西道節度使治潤州，管潤、蘇、常、杭、湖等州。或爲觀察使。〔按〕史均言其自右散騎常侍出爲浙西觀察使。此前亦未載其曾任尚書。則此『尚書』或爲鎮浙西時所加檢校官。狀上於大中元年三月七日鄭亞赴桂管任前夕。

〔二〕見《爲滎陽公上淮南李相公狀》注〔二〕。指任給事中職未久。下句『俄忝察廉』指任桂管觀察使。

〔三〕〔錢注〕《新唐書·李景讓傳》：景讓母鄭，治家嚴，身訓勤諸子。始，貧乏時，治墻得積錢，僮婢奔告，母曰：『士不勤而祿，猶灾其身，況無妄而得，我何取？』亟使閉坎。景讓爲浙西觀察使，嘗怒牙將，杖殺之，軍且謀變，母廷責曰：『爾填撫方面而輕用刑，一夫不寧，豈特上負天子，亦使百歲母銜羞泉下，何面目見先大夫乎？』將鞭其背，吏大將再拜請，不許，皆泣謝，乃罷，一軍遂定。〔按〕事亦見《通鑑·會昌六年》。

〔四〕〔補注〕指在外郡安閒爲官，未回朝任要職。

〔五〕〔補注〕廉部，即廉鎮，觀察使之别稱。

〔六〕具瞻，見《爲滎陽公上李太尉狀》注〔一九〕。

〔七〕〔補注〕《孝經·廣揚名》：『君子之事親孝，故忠可移於君。』

〔八〕〔錢注〕王褒《周太保尉遲綱墓碑》：出忠入孝，自家刑國。〔補注〕刑，以禮法對待。《詩·大雅·思齊》：『刑于寡妻，至于兄弟，以御于家邦。』鄭玄箋：『文王以禮法接待其妻。』李翺《正位》：『古之善治其國者，先齊其家，言自家之刑于國也。』

〔九〕〔錢注〕本集《爲山南薛從事謝辟表》：『思曾、顏之供養。』馮氏曰：曾子之孝習見矣。《家語》説顏回之行，引《詩》『永言孝思，孝思維則』。《後漢書·延篤傳》論仁孝前後曰：『仁孝同質而生。純體之者，則互以爲稱，虞舜、顏回是也。若偏而體之，則各有其目，公劉、曾參是也。』是可徵顏子之孝。

〔一〇〕〔錢注〕《漢書·魏相丙吉傳贊》：『近觀漢相，高祖開基，蕭、曹爲冠；孝宣中興，丙、魏有聲。』〔補注〕《書·君陳》：『爾有嘉謀嘉猷。』嘉猷，治國之善道。丙吉、魏相，均以知大體，爲政寬平名重當時。

〔一一〕〔錢注〕傅亮《爲宋公求加贈劉將軍表》：出征入輔，幸不辱命。

〔一二〕七，原作『十』，據鄭亞赴桂管任前商隱代擬其他諸狀改正。

爲滎陽公與京兆李尹狀〔一〕

伏承榮膺新命，伏惟感慰。閣下深藴材謀〔二〕，久未登用，雖當劇任〔三〕，猶屈壯圖。然五歲之中，二都咸歷〔四〕：東京圭表〔五〕，已肅於殷頑〔六〕；西雍山河〔七〕，佇奔於晉盜〔八〕。便承寵擢，入贊休明〔九〕。注望之誠〔一〇〕。頃刻斯至。某實無材術，謬忝察廉。方蘇瘴嶠之疲羸，闕覿章臺之風彩〔一一〕。受鳌辱召〔一二〕，對策叨名〔一三〕。雖羈旅於小藩，實寤寐於餘眷。未期拜賀，無任馳思。

校注

〔一〕本篇原載清編《全唐文》卷七七四第一四頁、《樊南文集補編》卷四。〔錢注〕《舊唐書·職官志》：京兆、河南、太原等府尹各一員，從三品。〔張箋〕（繫本篇於大中元年鄭亞抵桂管任以後，與《爲滎陽公與河南崔尹狀》同編。）云：二尹未詳，俟考。〔岑箋〕余按狀云：『伏承榮膺新命……然五歲之中，二都咸歷，東京圭表，已肅於殷頑；西雍山河，佇奔於晉盜。』據《新書》一四六《李拭傳》：『仕歷宗正卿，京兆尹，以祕書監卒。』又《通鑑》二四八：會昌五年，『夏四月壬寅，以陝虢觀察使李拭爲册黠戛斯可汗使。』然拭並未行。又唐《會稽太守題名記》，『李拭大中二年二月自京兆尹除檢校左散騎常侍授』，是商隱文之京兆李尹，斷是李拭。但會昌五年正月河南尹尚爲盧貞（見《爲河南盧尹賀上尊號表》注〔一〕），合觀上引《通鑑》，拭尹河南應在同年四月後，由會昌五年數至大中二年，亦不過四年，則疑狀『五歲之中』，應正作三歲（三、五互訛，例如前舉《樊川集》）。簡言之，則拭因册黠戛斯未行，同年改授河南尹。越兩歲，即大中元年，改京兆尹。《新·傳》甚略，故不詳河南尹也。拭去河南，璙繼其任，此狀與前一狀（按：指《爲滎陽公與河南崔尹狀》）蓋同時發矣。（《平質》已缺證）〔按〕岑氏考證精審，當從。《爲滎陽公與河南崔尹狀》有『到任後續更有狀』語，係大中元年三月七日赴桂管任前夕所作，本篇當同時作。張氏繫抵桂林任後作，微誤。又，考拭大中元年任京兆尹，係代韋正貫。《新唐書·韋正貫傳》云：『宣宗立，以治當最，拜京兆尹。』

〔二〕〔錢注〕趙璘《因話録》：古者三公開閤，郡守比古之侯伯，所以世之書題有閤下之稱。

〔三〕〔錢注〕蔡邕《司徒文烈侯楊公碑》：常伯劇任。〔補注〕劇任，政務繁重之要任。此指京兆尹。

〔四〕〔錢注〕班固《兩都賦序》：西土耆老，咸懷怨思，冀上之睠顧，而盛稱長安舊制，有陋洛邑之議，故臣作《兩都賦》。〔按〕五，岑仲勉以爲當作『三』，見注〔一〕。

〔五〕〔錢注〕張衡《東京賦》：土圭測景。《周禮·大司徒》注：土圭之長，尺有五寸，以夏至之日，立八尺之表，其景適與土圭等，謂之地中。今潁川陽城地爲然。〔補注〕圭表，喻典範、表率。

〔六〕〔補注〕《書·畢命》：『毖殷頑民，遷于洛邑，密邇王室，式化其訓。』孔傳：『惟殷頑民，恐其叛亂，故徙於洛邑，密近王室，用化其教。』殷頑，本指殷代遺民中不服周朝統治之頑民，此指當地愚頑不化之奸猾之民。

〔七〕〔錢注〕《新唐書·地理志》：京兆府本雍州，開元元年爲府。〔補注〕《史記·高祖本紀》：『秦，形勝之國，帶河山之險，縣隔千里，持戟百萬，秦得百二焉。』《公羊傳·隱公五年》：『自陜而東者，周公主之；自陜而西者，召公主之。』

〔八〕〔補注〕《左傳·宣公十六年》：『士會將中軍，且爲太傅。於是晉國之盜逃奔於秦。』此反用其事。

〔九〕〔補注〕《左傳·宣公三年》：『楚子問鼎之大小、輕重焉，對曰：「在德不在鼎……德之休明，雖小，重也；其姦回昏亂，雖大，輕也。」』休明，美好清明之世。

〔一〇〕〔補注〕注望，矚目，期望。《三國志·魏志·許靖傳》：『百姓之命，縣於執事，自華及夷，顒顒注望。』

〔一一〕〔錢注〕《漢書·張敞傳》：敞爲京兆尹，時罷朝會，過走馬章臺街，使御史驅，自以便面拊馬。〔補注〕章臺，漢長安街名。

〔一二〕宣室，見《爲滎陽公上西川崔相公狀》注〔一六〕。〔補注〕受釐，漢制祭天地五時，皇帝派人祭祀或郡國祭祀後，皆以祭餘之肉歸致皇帝，以示受福。見《史記·屈原賈生列傳》裴駰集解引如淳注。《漢書·賈誼傳》顔師古注則以『釐』爲『禧』之借字，謂受釐爲受神之福。

〔一三〕〔錢注〕《漢書·武帝紀》：元光元年，詔曰：賢良明於古今王事之體，受策察問，咸以書對，著之以篇。於是董仲舒、公孫弘等出焉。〔補注〕《漢書·公孫弘傳》：『上策詔諸儒……時對者百餘人，太常奏弘第居下。策奏天子，擢弘對爲第一……拜爲博士，待詔金馬門。』又《董仲舒傳》：『武帝即位，舉賢良文學之士前後百數，而仲舒以賢良對策焉……天子覽其對而異焉。』按《新唐書·鄭畋傳》：『父亞，爽邁有文，舉進士、賢良方正、書判拔萃，三中其科……李回任中丞，薦爲刑部郎中知雜事，拜給事中。』『受釐辱召，對策叨名』當指上述情事。

爲滎陽公與河南崔尹狀〔一〕

某實無績效〔二〕，謬竊寵榮。顧憂菲陋之姿〔三〕，必負澄清之寄〔四〕。十五丈周旋華貫〔五〕，彰灼休聲。尋合光輔大君〔六〕，俯成嘉運。直以避榮爲意〔七〕，勇退是謀〔八〕。大鬱物情，未副公議。然民資先覺〔九〕，材爲時生。苟卷懷而太深〔一〇〕，則燮理而何望〔一一〕？伏惟時以爲意也。末由拜謁，瞻戀伏深。到任後續更有狀。

校注

〔一〕本篇原載清編《全唐文》卷七七四第一四頁、《樊南文集補編》卷四。錢氏與張采田於河南崔尹均無考。張氏《會箋》編於大中元年鄭亞抵達桂管任後。〔吴廷燮《唐方鎮年表》卷上陝虢〕：『杜牧《（崔）璪授刑部尚書制》：「敭歷中外，道益光顯。左省駁議，不畏强禦。分憂陝服，尹兹東郊。政既安人，化能被俗。」』此璪鎮陝在河南尹之前之證。以《樊南文集補·爲滎陽公與河南尹狀》考之，璪於大中元年爲河南尹。』〔岑仲勉曰〕璪是宰相珙介弟，故狀文稱十五丈。《舊書》一七七本傳：『會昌初，出爲陝虢觀察使，遷河南尹，入爲御史中丞，轉吏部侍郎，大中初……』其紀年不足據也。（《平質》已缺證）又《唐尚書郎官石柱題名考》卷三吏部郎中：『崔璪又吏外。《新表》博陵二房崔氏，同州刺史頲子，珦見户外。弟《舊傳》：珙，璯弟珦兄。《表》云珙，璯兄。璪，刑部尚書。《舊傳》：開成初爲吏部郎中，轉給事中。』〔按〕狀有『到任後續更有狀』語，當爲大中元年三月七日鄭亞赴桂管任前夕所上。

〔二〕〔錢注〕《後漢書·荀彧傳》：原其績效，足享高爵。

〔三〕〔錢注〕鮑照《紹古辭》：非陋人莫傳。〔補注〕非陋，淺薄鄙陋。

〔四〕見《爲滎陽公謝除盧副使等官狀》注〔一二〕。負，辜負。

〔五〕〔錢注〕沈約爲齊帝作《王亮王瑩加授詔》：京輔華貫，端副要重。〔補注〕華貫，顯要之行列。

〔六〕〔補注〕《左傳·昭公二十年》：『神人無怨，宜夫子之光輔五君，以爲諸侯主也。』光輔，多方面輔佐。

《易·師》：『大君有命，開國承家。』孔疏：『大君，謂天子也。』

〔七〕〔錢注〕夏侯湛《東方朔畫贊》：退不終否，進亦避榮。

〔八〕〔錢注〕謝瞻《於安成答靈運詩》：勇退不敢進。

〔九〕〔補注〕《孟子·萬章上》：『天之生此民也，使先知覺後知，使先覺覺後覺也。』

〔一〇〕〔補注〕《論語·衛靈公》：『邦無道，則可卷而懷之。』卷，收；懷，藏。卷懷，藏身隱退。

〔一一〕〔補注〕《書·周官》：『立太師、太傅、太保，兹惟三公，論道經邦，燮理陰陽。』孔傳：『和理陰陽。』指宰相職務。

爲滎陽公與容州韋中丞狀〔一〕

伏料旌旆，將及容州。先以仁聲，浹之和氣。遠夷畏服〔二〕，疲俗乂安〔三〕。豈待經時，然後報政〔四〕？某素無材效，忽被恩榮。實幸小藩，得親奥壤〔五〕。仰承餘論，庶免曠官〔六〕。即以某月日進發，到任續差專使馳狀。

校注

〔一〕本篇原載清編《全唐文》卷七七四第一五頁、《樊南文集補編》卷四。〔錢箋〕（容州韋中丞）韋廑。詳

《爲滎陽公論安南行營將士月糧狀》『已牒韋廑李玭』下。《舊唐書·地理志》：容管經略使治容州，管容、辯、白、牢、欽、巖、禺、湯、瀼、古等州。〔張箋〕（繫本篇於大中元年鄭亞抵達桂管任後）錢氏……所論甚確，此韋中丞當即韋廑也。〔按〕《唐故處士太原王府君（修本）墓誌銘并序》，武寧軍節度判官朝散郎檢校祠部郎中兼侍御史賜緋魚袋韋廑撰，開成二年十月。當即本篇題内之韋中丞。狀有『即以某月日進發』語，當上於大中元年三月七日赴桂管任前夕。張氏誤繫於抵達桂管任後，或緣『到任』字誤解所致。實則『到任』連下乃指將來到任之時。據此狀，韋廑之任命爲容管經略使，當在鄭亞之任命爲桂管觀察使之前，故篇首有『伏料旌旆，將及容州』語。據《舊唐書·地理志》，容州至京師五千九百一十里，韋廑之赴任，或在大中元年春初乃至會昌六年末。

〔二〕〔錢注〕《新唐書·地理志》：瀼州、古州，貞觀二年，李弘節開夷獠置；牢州，武德二年，以巴、蜀徼外蠻夷地置。〔補注〕《新唐書·南蠻傳下》：『西原蠻，居廣、容之南，邕、桂之西。』

〔三〕〔補注〕乂安，安定。《史記·孝武本紀》：『漢興已六十餘歲矣，天下乂安。』

〔四〕〔錢注〕《史記·魯世家》：魯公伯禽之初，受封之魯。三年而後報政周公。太公亦封於齊，五月而報政周公。

〔五〕〔補注〕奥壤，富厚之沃壤，此美稱容管地區。桂管、容管轄地，相互鄰接。

〔六〕〔補注〕《書·皋陶謨》：『無曠庶官。』曠官，空居官位，不稱職。

爲中丞滎陽公赴桂州長樂驛謝敕設饌狀〔一〕

右，今月某日中使某〔二〕，奉宣進止〔三〕，就長樂驛賜臣及將吏等設饌者〔四〕。將承藩寄〔五〕，尚忝朝恩。

絡繹八珍〔六〕，芬芳九醞〔七〕。臣階緣薄伎〔八〕，塵辱修塗〔九〕。揚執戟之讀書，雖無非聖〔一〇〕；董太中之對策，何補清時〔一一〕。忽委廉車，乍離閨籍〔一二〕，誠欣列土〔一三〕，實耿辭天。然猶食指告祥〔一四〕，朵頤有慶〔一五〕。爰于近驛，式降貴臣，酒自堯罇〔一六〕，饌分殷鼎〔一七〕，下霑將校，旁耀路歧〔一八〕。況臣平生，本實孤賤。懷書奉役，久無黔突之謀〔一九〕；入國展儀，且懵殽烝之禮〔二〇〕。飽期滿腹〔二一〕，醉更憂心〔二二〕。終虞負乘之灾〔二三〕，無報雲天之施〔二四〕。臣與將吏等無任望闕感恩結戀屏營之至。

校注

〔一〕本篇原載《文苑英華》卷六三二第二頁、清編《全唐文》卷七七三第二頁、《樊南文集詳注》卷二。題内『饌』字，《英華》、徐本、馮本均無。〔按〕鄭亞一行啓程赴桂林在大中元年三月七日。朝廷於長樂驛設饌必在其日，狀亦同日所上。參下注〔四〕。

〔二〕今月某日，《英華》無『某』字。

〔三〕止，《英華》注：集作『旨』。〔補注〕進止，指聖旨。《通鑑·唐德宗貞元元年》：『泌曰：辭日奉進止，以便宜從事。』胡三省注：『自唐以來，率以奉聖旨爲奉進止，蓋言聖旨使之進則進，使之止則止。』作『旨』者非。

〔四〕〔馮注〕《長安志》：長樂驛在萬年縣東十五里長樂坡下，東去滋水驛，西去都亭驛。〔徐注〕薛調《劉無雙傳》：京兆尹以王仙客爲富平縣尹，知長樂驛。

〔五〕藩，《英華》作『闔』，注：集作『藩』。馮本從《英華》作『闔』。

〔六〕〔徐注〕《周禮》：凡王之饋珍用八物。又：食醫掌和王八珍之齊。杜甫詩：御厨絡繹送八珍。〔補注〕《周禮·天官·膳夫》『珍用八物』鄭玄注：『珍，謂淳熬、淳母、炮豚、炮牂、擣珍、漬、熬、肝膋也。』

〔七〕〔徐注〕左思《蜀都賦》：芬芳酷烈。張衡《南都賦》：酒則九醖甘醴，十旬兼清，醪敷徑寸，浮蟻若萍。《北堂書鈔》：魏武帝《上九醖酒法奏》云：臣故縣令南陽郭芝，有九醖春酒，苦難飲，增爲十釀，差甘易飲，今謹上獻。又張華《上巳篇》云：春醴踰九醖，冬清遇十旬。成公綏《七唱》云：香旗九醖，淵清十旬。〔馮注〕《魏武帝集·上九醖酒法奏》：臣縣故令南陽郭芝，有九醖春酒法，三日一釀，滿九斛米止。

〔八〕〔徐注〕《晉書·外戚傳論》曰：階緣外戚，以致顯榮。

〔九〕〔馮注〕張華詩：懸邈極修途。〔徐注〕陶潛詩：目倦修塗異。

〔一〇〕〔徐注〕《漢書·揚雄傳》：非聖哲之書不好也。《解嘲》：位不過侍郎。東方朔《答客難》：官不過侍郎，位不過執戟。〔補注〕執戟，秦、漢時宫廷侍衛官。曹植《與楊德祖書》：『昔揚子雲先朝執戟之臣耳，猶稱壯夫不爲也。』

〔一一〕太，《全文》作『大』，據《英華》改。〔徐注〕《漢書·董仲舒傳》：武帝即位，舉賢良文學之士前後百數，而仲舒以賢良對策。三對既畢，天子以仲舒爲江都相。中廢爲中大夫。李陵《答蘇武書》：策名清時。〔馮注〕班固《兩都賦序》：太中大夫董仲舒。《漢書·百官公卿表》：大夫掌論議，有太中大夫、中大夫、諫大夫。按《表》：武帝太初元年，更名中大夫爲光禄大夫，秩比二千石，太中大夫秩比千石如故。故班氏作太中大夫，是。

〔一二〕閨籍，見《爲濮陽公陳情表》『纔通閨籍』注。

〔一三〕〔補注〕列土，謂受封爲諸侯。此指出任方鎮。

〔一四〕〔徐注〕《左傳》：楚人獻黿于鄭靈公，公子宋與子家相見，子公之食指動，以示子家曰：『他日我如此，必嘗異味。』

〔一五〕〔徐注〕《易》：舍爾靈龜，觀我朵頤。〔補注〕朵頤，鼓腮嚼食。

〔一六〕〔馮注〕《孔叢子》：昔有遺諺：堯、舜千鍾，孔子百觚，子路嗑嗑，尚飲十榼。《魏志》注：張璠《漢紀》曰：太祖禁酒，孔融書嘲之曰：『堯不飲千鍾，無以成其聖。』〔徐注〕姚崇詩：堯罇臨上席。王維詩：陌上堯罇傾北斗。

〔一七〕殷鼎，《英華》作『禹膳』，注：集作『殷鼎』。〔馮注〕《帝王世紀》：湯思賢，夢見有人負鼎抗俎對己而笑。湯求婚于有莘之君，遂嫁女于湯。以伊摯爲媵臣，乃負鼎抱俎見湯也。《楚辭·天問》：『緣鵠飾玉，后帝是饗。』注曰：伊尹烹鵠鳥之羹，修玉鼎以事湯，湯賢之，以爲相。〔徐注〕《説苑》：湯時大旱，使人持九足鼎祝山川而天大雨。〔按〕此不過謂所賜之饌係分御膳之美味，未必用事，僅取『殷鼎』字面而已。

〔一八〕〔徐注〕曹攄詩：素絲與路歧。〔按〕此路歧即通衢之意。與哭歧事無涉。

〔一九〕〔徐注〕《文子》：墨子無黔突。〔馮注〕《淮南子》：孔子無黔突。按：《漢書·志》：《文子》九篇。老子弟子，與孔子同時。而稱『周平王問』，似依託者也。《史記》：墨翟，宋大夫。或曰並孔子時，或曰在其後。《索隱》曰：《别録》云：墨子書有文子。文子，子夏之弟子，問於墨子，則墨子在七十子後也。據此可以知孔、墨之多互易矣。〔補注〕無黔突，煙囱不曾熏黑，言其奔波忙碌。《淮南子》『孔子無黔突』高誘注：『黔言其突，竈不至於黑……歷行諸國，汲汲於行道也。』

〔二〇〕〔徐注〕《左傳》：晉侯使士會平王室，定王享之，原襄公相禮，殽烝。武子私問其故。王聞之，召武子曰：『季氏而弗聞乎？王享有體薦，宴有折俎，公當享，卿當宴，王室之禮也。』疏：切肉爲殽。乃升於俎，故謂之殽烝。〔馮注〕《左傳》注曰：烝，升也，升殽於俎，享當體薦而殽烝，故怪問之。體解節折，升之於俎，物皆可食。〔補注〕殽烝，將煮熟之牲體節解，連肉帶骨放在俎上，以享賓客。

〔二一〕〔徐注〕《莊子》：偃鼠飲河，不過滿腹。

〔二二〕〔徐注〕《詩》：憂心如醉。

〔二三〕〔徐注〕《易》：負且乘，致寇至。〔補注〕《易》孔疏：『乘者，君子之器也；負者，小人之事也。施之於人，即在車騎之上而負於物也，故寇盜知其非己所有，於是競欲奪之。』此以『負乘』指居非其位，才不稱職，終致災禍。

〔二四〕〔徐注〕《易》：雲上於天，需，君子以飲食宴樂。

爲中丞滎陽公謝借飛龍馬送至府界狀〔一〕

右，中使某奉宣恩旨，以臣赴任〔二〕，特借飛龍馬一匹〔三〕，并鞭轡等，送至京兆府界者。臣謬奉恩榮，出叨廉問，豈期蹇步〔四〕，深軫皇慈。特命内臣，俾騰上駟〔五〕。梁懸蜀鐙〔六〕，几覆吴鞍〔七〕，每多曳練之疑〔八〕，不假著鞭之力〔九〕。倏踰秦甸〔一〇〕，將復周閑〔一一〕。照地迴光〔一二〕，瞻天送影〔一三〕。長亭欲别，未期東道而來〔一四〕；雙闕儻晰〔一五〕，願附北風之思〔一六〕。無任感恩戀闕雪涕屏營之至。

校注

〔一〕本篇原載《文苑英華》卷六三三第八頁、清編《全唐文》卷七七三第一頁、《樊南文集詳注》卷一。〔徐箋〕飛龍，廄名也。《新書·兵志》：尚乘，掌天子之御。左右六閑：一曰飛黄，二曰吉良，三曰龍媒，四曰騊駼，五曰駃騠，六曰天苑。總十二閑爲二廄：一曰祥麟，二曰鳳苑，以繫飼之。其後禁中又增置飛龍廄。《百官志》：以中官爲内飛龍使。〔馮箋〕《舊書·志》：尚乘局掌内外閑廄之馬。開元時仗内六閑：曰飛龍、祥麟、鳳苑、鵉鷂、吉良、六羣等，號『六廄馬』。按：《新書·百官志》：武后萬歲通天元年，置仗内六閑，亦曰六廄，以殿中丞檢校，以中官爲内飛龍使。則非始開元時也。〔按〕狀云『送至京兆府界』，當在京兆府藍田縣東南與商州交界處。鄭亞一行三月七日啓程，至京兆府界當已在旬末，狀亦上於其時。

〔二〕赴任，徐本『任』字下有『時』字，當涉下『特』字而衍。

〔三〕一，《英華》注：集作『兩』。

〔四〕〔徐注〕謝瞻詩：蹇步愧無良。《説文》：蹇，跛也。

〔五〕〔徐注〕《史記·孫子傳》：田忌數與齊公子馳逐重射，孫子見其馬不甚相遠，有上中下輩，於是謂田忌曰：『今以君之下駟與彼上駟，取君之上駟與彼中駟，取君中駟與彼下駟。』既馳三輩，而忌一不勝而再勝，卒得千金。

〔六〕〔徐注〕《初學記》：魏百官各有紫茸題高橋鞍一具。又：劉義恭啓曰：賜臣供御金梁橋鞍，制作精巧，宜副龍駟。《九州春秋》：劉備曰：『吾輩身不離鞍，髀肉皆消。今不復騎，髀裏肉生。日月若馳，老將至矣。』案：鐙，馬鞍兩旁足所踏也。〔補注〕梁，馬鞍拱起處形如橋梁，故稱。《新唐書·地理志》：蜀州土貢有馬策，漢州土貢有蜀馬。

〔七〕〔馮注〕按《公羊傳》：『以幦爲席，以鞍爲几。』齊侯唁昭公于野井事也。與句意大異。蜀鐙、吴鞍以地言。徐氏引蜀先主、吴大帝事，非也。〔按〕徐氏引《吴志》：『孫權每田獵，乘馬射虎，虎嘗突前攀持馬鞍。』與句意不切。蜀鐙、吴鞍，蓋言蜀、吴之鐙、鞍爲名産也。几，亦指馬鞍，其狀如几。

〔八〕〔徐注〕《論衡》：孔子與顔淵俱登魯東山，望吴閶門，謂顔淵曰：『爾何見？』曰：『一疋練，前有生藍。』子曰：『白馬盧芻也。』〔馮注〕謝莊《舞馬賦》：『寫秦坰之彌塵，狀吴門之曳練。』句意言速，猶曰飛練。

〔九〕〔徐注〕《晉書》：劉琨聞祖逖被用，曰：『枕戈待旦，常恐祖生先我著鞭。』

〔一〇〕〔補注〕秦甸，指關中地區。倏踰秦甸，指出京兆府界。

〔一一〕〔徐注〕《周禮》：校人掌王馬之政，乘馬一師四圉，天子十二閑，馬六種。〔補注〕周閑，指天子之馬厩飛龍厩。周、秦皆指都城長安。復，送還。

〔一二〕〔徐注〕鮑照詩：鞍馬光照地。〔馮注〕《西京雜記》：武帝時身毒國獻白光琉璃鞍，在暗室光照十丈。《古今注》：孫文臺獲青玉馬鞍，其光照衢。〔按〕照地迴光，不僅指鞍，亦指馬毛潤澤光滑，如白居易《采地黄者》所云『携來朱門家，賣與白面郎。與君啖肥馬，可使照地光』也。

〔一三〕〔徐注〕崔豹《古今注》：秦始皇有七名馬，一曰躡景。《拾遺記》：周穆王馭八龍之駿，一名越影。《洞冥記》：東方朔得神馬，名曰步影。〔馮曰〕意兼取之。謂送馬影也。〔按〕馮解是。『瞻天』亦寓戀闕之意。

〔一四〕〔徐注〕庾信賦：十里五里，長亭短亭。《白帖》：十里一長亭，五里一短亭。《漢書》：《郊祀歌》曰：天馬來，歷無車；徑千里，從東道。

〔一五〕儻，《全文》作『尚』，據《英華》改。

〔一六〕〔徐注〕《古詩》：胡馬依北風。〔馮注〕《吴越春秋》：子胥曰：胡馬望北風而立。〔按〕此亦以胡馬北風之思寓戀闕之情。

上度支盧侍郎狀〔一〕

某行已及鄧州〔二〕，迴望門闌〔三〕，如隔霄漢。感知佩德，不任血誠〔四〕。某揣摩莫聞〔五〕，疏拙有素。侍郎奬其薄伎，夙降重言〔六〕。而時亨命屯，道泰身否〔七〕，屬茲淹躓〔八〕，不副提携〔九〕。今者萬里銜誠，一身奉役〔一〇〕，湖嶺重複〔一一〕，骨肉支離〔一二〕。交、廣之歎袁忠〔一三〕，荆蠻之悲王粲〔一四〕，思人撫事，古亦猶今〔一五〕。惟當幽禱鬼神，明祈日月，伏願榮從司計〔一六〕，入贊大猷〔一七〕，鼓長檝以濟時〔一八〕，運洪鈞而播物〔一九〕。則某必冀言還上國〔二〇〕，來拜恩門，一吐漢相之茵〔二一〕，一握周公之髮〔二二〕，斯願畢矣，伏惟圖之。伏計亦賜念察。薛郎先輩〔二三〕，早敦分好〔二四〕，實慕風規。是敢託以緘題，致之几案，就有心懇，資其口陳〔二五〕。攀戀之誠，輪罄無地。

校注

〔一〕本篇原載清編《全唐文》卷七七五第一〇頁、《樊南文集補編》卷六。〔錢箋〕（度支盧侍郎）盧弘正（按：應作止）也。《新唐書》本傳：會昌中，劉稹平，爲河北兩鎮宣慰使，還拜工部侍郎，以户部領度支。《唐會要》：故事，度支案，郎中判入，員外判出，侍郎總統押案而已。官銜不言專判度支。開元以後，時事多故，遂有他官來判者，或尚書侍郎專判，乃曰度支使，或曰判度支使，或曰勾當度支，雖名稱不同，其實一也。按：文似爲隨鄭亞赴桂管時作。〔張箋〕大中元年六月，以義成軍節度使周墀爲兵部侍郎判度支；户部侍郎判度支、充鹽鐵轉運使盧弘正（止）出爲義成軍節度使。并附考略云：弘正（止）當於會昌六年代元式判度支，至大中元年二月又代執方充諸道鹽鐵也。《補編·上度支盧侍郎狀》云：『某行已及鄧州。』又云：『萬里銜誠，一身奉役，湖嶺重複，骨肉支離。』又《爲滎陽公與度支盧侍郎狀》：『某今月九日到任上訖。』皆義山隨鄭亞赴桂州四五月間作。〔按〕鄧州距長安九百五十里（據《元和郡縣圖志》。《舊唐書·地理志》作九百二十里）。鄭亞等以三月七日自長安出發，到達鄧州約在三月下旬。張謂『四月』，稍疏。抵長沙方閏三月二十八日，抵鄧州至多二十日左右。時盧仍在度支任。據《偶成轉韻七十二句贈四同舍》，大和八年盧弘止任昭應縣令時商隱與弘止即已結識。

〔二〕〔錢注〕《新唐書·地理志》：鄧州屬山南東道。

〔三〕〔錢注〕《戰國策》：張儀謂楚王曰：『儀之所甚願爲門闌之廝者，亦無先大王。』

〔四〕〔錢注〕《魏志·倉慈傳》：或有以刀畫面，以明血誠。

〔五〕〔錢注〕《戰國策》：蘇秦夜發書，陳篋數十，得《太公陰符》之謀，伏而讀之，簡練以爲揣摩。〔補注〕揣摩，戰國策士游説諸侯，往往揣度其心理，使游説投合其旨。又，司馬貞《史記索隱》引王劭之説認爲『《揣情》《摩意》是《鬼谷》之二章名』。

〔六〕〔錢注〕《莊子》：寓言十九，重言十七。〔補注〕《莊子·寓言》所謂『重言』注家之説紛歧，而此句『降以重言』當爲意味深重之言，即所謂語重心長者也。

〔七〕〔補注〕《易·隨》『元亨利貞』孔穎達疏：『元亨者，於相隨之世，必大得亨通。』又《屯》：『彖曰：屯，剛柔始交而難生。』又《泰》：『《象》曰：天地交，泰。』王弼注：『泰者，物大通之象也。』又《否》：『否之匪人。』陸德明釋文：『否，閉也，塞也。』

〔八〕〔錢注〕《方言》：漫，淹，敗也。涇敝爲漫，水敝爲躓。《説文》：躓，跲也。〔補注〕淹躓，指處境不順。

〔九〕〔補注〕《禮記·曲禮上》：『長者與之提携，則兩手奉長者之手。』句中提携爲照顧、扶植之意。

〔一〇〕〔錢注〕桓温《薦譙元彦表》：臣昔奉役。

〔一一〕複，《全文》作『復』，錢校據胡本改正，兹從之。湖嶺，指洞庭湖、五嶺。爲赴桂林途中所經，參《爲滎陽公上門下李相公狀一》『重湖吞吐』句注及《爲尚書濮陽公涇原讓加兵部尚書表》『屬者出征海嶠』句注。〔錢注〕顔延之《始安郡還都與張湘州登巴陵城樓作》：河山信重複。

〔一二〕〔錢注〕《莊子》：支離疏者，頤隱於齊，肩高於頂，會撮指天，五管在上，兩髀爲脅，挫鍼治繲，足以餬口，鼓筴播精，足以食十人。〔補注〕支離，分散，流離。

〔一三〕〔錢注〕《後漢書·袁閎傳》：閎弟忠，初平中，爲沛相，以清亮稱。及天下大亂，棄官客會稽上虞。後孫策破會稽，忠浮海南投交阯。

〔一四〕〔錢注〕《魏志·王粲傳》：粲以西京擾亂，乃之荆州依劉表。〔補注〕王粲《七哀詩》（其一）：『荆蠻非我鄉，何爲久滯淫？方舟泝大江，日暮愁我心……羈旅無終極，憂思壯難任。』

〔一五〕〔錢注〕《莊子》：冉求問於仲尼曰：『未有天地可知邪？』仲尼曰：『可，古猶今也。』

〔一六〕〔錢注〕《通典》：漢初，張蒼善算，以列侯主計居相府，領郡國上計者謂之計相。殆今度支之任。

〔一七〕〔補注〕《詩・小雅・巧言》：『秩秩大猷，聖人莫之。』鄭玄箋：『猷，道也。大道，治國之禮法。』

〔一八〕〔補注〕《書・説命上》：『説築傅巖之野，惟肖，爰立作相。王置諸其左右，命之曰：「……若濟巨川，用汝作舟楫。」』鼓檝濟時用此。

〔一九〕〔補注〕《文選・張華〈答何劭〉之二》：『洪鈞陶萬類，大塊稟羣生。』洪鈞，大鈞，指天。運洪鈞，喻宰相之職位。

〔二〇〕〔補注〕《左傳・昭公二十七年》：『（吴子）使延州來季子聘于上國，遂聘于晉，以觀諸侯。』孔穎達疏引服虔曰：『上國，中國也。』春秋時稱中原各諸侯國爲上國。此句『言還上國』之『上國』實爲京師之義。《通鑑・德宗建中二年》：『今海内無事，自上國來者，皆言天子聰明英武。』胡三省注：『時藩鎮竊據，自比古諸侯，謂京師爲上國。』商隱詩《越燕二首》之一：『上國社方見，此鄉秋不歸。』『上國』亦指京師。還，錢注本作『旋』，未出校。

〔二一〕〔錢注〕《漢書・丙吉傳》：吉爲丞相，上寬大，好禮讓。馭吏嘗從吉出，醉歐（嘔）丞相車上。西曹主吏白欲斥之，吉曰：『西曹地忍之，此不過汙丞相車茵耳。』遂不去也。

〔二二〕〔錢注〕《史記・魯世家》：周公戒伯禽曰：『我一沐三捉髮，一飯三吐哺，起以待士，猶恐失天下之賢人。』

〔二三〕〔錢注〕李肇《國史補》：進士互相推敬，謂之先輩。薛郎，未詳。〔按〕觀下文，知爲義山託之帶信者。

〔二四〕〔錢注〕劉安《屏風賦》：分好沾渥。〔補注〕分好，情誼。

〔二五〕〔錢注〕《漢書·蕭望之傳》：願賜清閑之宴，口陳灾異之意。

上漢南盧尚書狀〔一〕

某頃以聲跡幽沉，音輝懸邈，空滅許都之刺〔二〕，竟乖梁苑之遊〔三〕。於服義而徒深〔四〕，顧歸仁而尚阻〔五〕。今幸假塗奥壤〔六〕，赴召遐蕃〔七〕，越賈生賦鵩之鄉〔八〕，過王子登樓之地〔九〕。豈期此際，獲奉餘恩，而又詢劉、范之世親〔一〇〕，問樂、郤之官族〔一一〕。優其通舊，降以清談〔一二〕。言念古人，重難兄事〔一三〕。季布始拜於袁盎〔一四〕，蕭何近下於周昌〔一五〕。將用比方，彼有寥落。徒迫於祇役〔一六〕，嘗抱沉痾，空思韋曜之茶〔一七〕，莫及孔融之酒〔一八〕。遂不得仰霑美禄〔一九〕，一中聖人〔二〇〕，歌山簡倒載之歡〔二一〕，睹定國益明之量〔二二〕。草慼上道〔二三〕，徘徊樂鄉〔二四〕。況蒙衛以武夫，假之駿馬，前騰郢路〔二五〕，却望漢臯〔二六〕。俯緣逐逐之姿〔二七〕，翻阻遲遲之戀〔二八〕。封箋寫邈，下筆難休〔二九〕。尚書三兄鎮静上游〔三〇〕，儀刑羣后〔三一〕，平南讓勇，征北推能〔三二〕。固當已注宸襟，即歸台席〔三三〕。夫歲星降氣〔三四〕，嵩嶽生神〔三五〕，苟鼎飪之可逃〔三六〕，則天爵而何寄〔三七〕？伏惟特以蒼生爲慮也。

某材誠漏薄，志實辛勤。九考匪遷〔三八〕，三冬益苦〔三九〕。引錐刺股〔四〇〕，雖謝於昔時；用瓜鎮心〔四一〕，不慚於前輩〔四二〕。儻得返身湖嶺〔四三〕，歸道門墻，粗依鳴盜之餘〔四四〕，以奉陶鎔之賜。則尚可濡毫抒藝，殺竹貢能〔四五〕，記録咎繇之謨，注解傅巖之命〔四六〕。庶於此日，不後他人。伏惟始終識察。

校注

〔一〕本篇原載清編《全唐文》卷七七五第七頁、《樊南文集補編》卷六。〔錢箋〕（漢南盧尚書）盧簡辭也。《舊唐書》本傳：大中初，檢校刑部尚書、襄州刺史、山南東道節度使。餘見《爲濮陽公上漢南李相公狀》注〔一〕。後有《獻襄陽盧尚書啓》。〔按〕據《舊唐書·地理志》，襄陽在京師東南一千一百八十二里，計程約二十天可達。鄭亞一行大中元年三月七日自長安啓程，約三月下旬末可抵襄陽。狀云『前騰郢路，却望漢皐』，當上於由襄陽續發向荆州途中。則狀約作於閏三月初。

〔二〕〔錢注〕《後漢書·禰衡傳》：建安初，來遊許下，始達潁川，乃陰懷一刺，既而無所之適，至於刺字漫滅。〔補注〕刺，名刺，以竹木爲之，上書姓名、官職，猶今之名片。

〔三〕見《上令狐相公狀二》『梁園早厠於文人』注。

〔四〕〔錢注〕《楚辭·招魂》：身服義而未沫。

〔五〕〔補注〕《孟子·離婁上》：『民之歸仁也，猶水之就下，獸之走壙也。』漢楊興《説史高》：『將軍誠召置莫（幕）府，學士歙然歸仁。』按：二句『服義』『歸仁』皆對盧簡辭而言。

〔六〕〔錢注〕《戰國策》：將之薛，假途於鄒。〔補注〕奥壤，此指襄州。參《爲滎陽公與容州韋中丞狀》注〔五〕。

〔七〕〔錢注〕按：時義山隨鄭亞赴桂管。〔補注〕蕃，通『藩』。

〔八〕〔錢注〕《史記·賈生傳》：賈生爲長沙王太傅，三年，有鴞飛入舍。楚人命鴞曰服。賈生既以適居長沙，長沙卑溼，自以爲壽不得長，乃爲賦以自廣。

〔九〕〔錢注〕王粲《登樓賦》李善注：盛弘之《荆州記》曰：當陽縣城樓，王仲宣登之而作賦。

〔一〇〕范，《全文》作『苑』，據錢校改正。〔錢校〕苑，當作『范』，見《左傳》。盧與李爲世親，見《請盧尚書撰曾祖妣志文狀》。〔補注〕《左傳·哀公三年》：『劉氏、范氏世爲婚姻。』潘岳《懷舊賦》：『始見知名，遂申之以婚姻，而道元、公嗣，亦隆世親之愛。』

〔一一〕〔補注〕欒郤，欒氏、郤氏。春秋晋靖侯孫爲欒，其後以欒爲氏，見《左傳·桓公二年》。又春秋晋公族郤獻子之後，以食邑爲氏。《左傳·昭公三年》：『欒，郤、胥、原、狐、續、慶、伯，降在皁隸。』杜預注：『八姓，晋舊臣之族也。』又《隱公八年》：『官有世功，則有官族，邑亦如之。』杜預注：『謂取其舊邑舊官之稱以爲族。』亦稱官宦世家爲官族。

〔一二〕〔錢注〕應璩《與侍郎曹長思書》：樵蘇不爨，清談而已。〔補注〕劉楨《贈五官中郎將》之二：『清談同日夕，情盼叙憂勤。』清談，此指清雅之談論。然非此句清談之義。《三國志·蜀志·許靖傳》：『靖雖年逾七十，愛樂人物，誘納後進，清談不倦。』此清談指清議，係對人物之評議。『降以清談』當用此義。

〔一三〕〔補注〕《禮記·曲禮上》：『十年以長則兄事之。』

〔一四〕〔錢校〕布，當作『心』，似臆記而誤。《史記·季布傳》：季布弟季心，爲任俠，嘗殺人，亡之吴，從袁絲匿，長事袁絲。注：盎字絲。

〔一五〕〔錢注〕《史記·周昌傳》：昌爲人彊力，敢直諫，自蕭、曹等皆卑下之。

〔一六〕〔錢校〕『徒』下疑脱『以』字。

〔一七〕〔錢注〕《吴志·韋曜傳》：孫皓每饗宴，坐席無能否，率以七升爲限。曜素飲酒不過三升，初見，禮異時，常爲裁减，或密賜茶荈以當酒。

〔一八〕〔錢注〕《後漢書·孔融傳》：融字文舉，好士，喜誘益後進，賓客日盈其門，常嘆曰：『坐上客恒滿，尊中酒不空，吾無憂矣。』

〔一九〕〔錢注〕《漢書・食貨志》：酒者，天之美禄，帝王所以頤養天下。

〔二〇〕〔錢注〕《魏志・徐邈傳》：邈爲尚書郎，飲至於沈醉，校事趙達問以曹事，邈曰：『中聖人。』達白之太祖，太祖甚怒。渡遼將軍鮮于輔進曰：『平日酒客謂酒清者爲聖人，濁者爲賢人，邈性修慎，偶醉言耳。』文帝踐阼，問邈曰：『頗復中聖人否？』邈對曰：『時復中之。』

〔二一〕見《爲濮陽公上漢南李相公狀》『山太守習池之宴』注。

〔二二〕睹，《全文》作『暗』，據錢校改。〔錢注〕《漢書・于定國傳》：定國食酒至數石不亂，冬月請治讞，飲酒益精明。

〔二三〕〔錢注〕按：鮑照《登大雷岸與妹書》：臨塗草蹙。唐韋應物《送李侍御益赴幽州幕》詩：契闊晚相遇，草感遽離羣。『蹙』『感』似同義。〔補注〕草感，匆忙、倉猝。

〔二四〕〔錢注〕《新唐書・地理志》：樂鄉縣，屬山南東道襄州。〔按〕樂鄉在襄州、荆州交界處。

〔二五〕〔錢注〕《楚辭・九章》：惟郢路之遼遠兮，魂一夕而九逝。

〔二六〕〔錢注〕張衡《南都賦》：遊女弄珠於漢皋之曲。李善注：《韓詩外傳》曰：鄭交甫將南適楚，遵波漢皋臺下，乃遇二女，佩兩珠，大如荆雞之卵。

〔二七〕〔補注〕逐逐，急於得利貌。語本《易・頤》：『虎視眈眈，其欲逐逐。』逐，音笛。然此句『逐逐』係奔忙匆遽之貌。

〔二八〕〔補注〕《詩・邶風・谷風》：『行道遲遲，中心有違。』

〔二九〕〔錢注〕魏文帝《典論・論文》：傅毅之於班固，伯仲之間耳。而固小之，與弟超書曰：武仲以能屬文，爲蘭臺令史，下筆不能自休。

〔三〇〕〔錢注〕《晋書・苻堅載記》：堅以關東地廣人殷，思所以鎮静之。《史記・項羽紀》：地方千里，必居上游。餘見《爲滎陽公上荆南鄭相公狀一》『然處於上游』注。

〔三一〕〔補注〕儀刑，爲法，作模範。羣后，四方諸侯及九州牧伯。《書·舜典》：『乃日覲四岳羣牧，班瑞于羣后。』此謂盧爲方鎮之模範。

〔三二〕〔錢注〕《通典》：平南將軍，晉盧欽、羊祜、胡奮等爲之；征北將軍，魏明帝太和中置，劉靖爲之，許允亦爲之。

〔三三〕〔錢注〕孔稚圭《爲王敬則讓司空表》：豈可加以正台之席？〔補注〕古以三公取象三台，故稱宰相之職位爲台席。

〔三四〕〔錢注〕《晉書·天文志》：歲星精降於地爲貴臣。劉向《列仙傳》：東方朔作深淺顯默之行，或忠言，或詼語，莫知其旨，疑其歲星精也。

〔三五〕〔補注〕《詩·大雅·嵩高》：『崧高惟嶽，峻極於天。惟嶽降神，生甫及申。』

〔三六〕〔補注〕《易·鼎》：『鼎，元吉，亨。象曰：鼎，象也。以木巽火，亨飪也。』相傳傅説以調鼎烹飪之事向武丁喻説治國之理，故以鼎飪喻治理國政之重臣。

〔三七〕〔補注〕天爵，此指天子所封之爵位。《後漢書·宦者傳·吕强》：『高祖重約非功臣不侯，所以重天爵明勸戒也。』非《孟子·告子》所謂『仁義忠信，樂善不倦，此天爵也』。

〔三八〕〔錢注〕《蜀志·郤正傳》：正官不過六百石，假文見意，號曰釋譏。其辭曰九考不移，固其所執也。〔補注〕《書·舜典》：『三載考績。三考，黜陟幽明。』九考爲二十七年。此泛言多次考績。

〔三九〕〔錢注〕《漢書·東方朔傳》：三冬文史足用。〔補注〕此『三冬』乃指冬季三月，非《漢書·東方朔傳》『三冬文史足用』指三年之意。楊炯《李舍人山亭詩序》：『三冬事隙，五日歸休。』即指整個冬季。

〔四〇〕〔錢注〕《戰國策》：蘇秦得《太公陰符》之謀，簡練以爲揣摩。讀書欲睡，引錐自刺其股。

〔四一〕〔錢注〕《陳書·鄭灼傳》：灼常蔬食，講授多苦心熱。若瓜時，輒偃卧以瓜鎮心，起便誦讀。

〔四二〕〔錢注〕孔融《論盛孝章書》：今之少年，喜謗前輩。

〔四三〕見《上度支盧侍郎狀》注〔一一〕。湖指洞庭湖，嶺指五嶺。謂自桂林歸經五嶺洞庭。

〔四四〕盗，《全文》作『益』，據錢校改。〔錢校〕益，當作『盗』。《史記·孟嘗君傳》：孟嘗君入秦，昭王乃止。囚孟嘗君，謀欲殺之。孟嘗君使人抵昭王幸姬求解。幸姬曰：『妾願得君狐白裘。』此時孟嘗君有一狐白裘，獻之昭王，更無他裘。孟嘗君患之，偏問客，莫能對。最下坐有能爲狗盗者曰：『臣能得狐白裘。』乃夜爲狗，以入秦宫藏中，取所獻狐白裘至，以獻秦王幸姬。幸姬爲言昭王，孟嘗君得出，馳去。至關，關法雞鳴而出客，孟嘗君恐追至，客之居下坐者有能爲雞鳴，而雞盡鳴，遂發傳出。出如食頃，秦追果至關，已後孟嘗君出，乃還。江淹《詣建平王上書》：備鳴盗淺術之餘，豫三五賤伎之末。

〔四五〕〔錢注〕《後漢書·吴祐傳注》：殺青者，以火炙簡令汗，取其青易書，復不蠹，謂之殺青，亦謂汗簡。義見劉向《别録》。

〔四六〕〔錢注〕《文心雕龍》：若夫注解爲書，所以明正事理。〔補注〕《書》有《臯陶謨》及《説命》。咎繇，同臯陶。《説命》，即傅巖之命。傅説曾築于傅巖之野，後立作相。

爲滎陽公謝荆南鄭相公狀〔一〕

伏蒙仁恩，賜及銀器綾紗茶藥等〔二〕。某雖征遐嶠〔三〕，亦守小藩〔四〕。就道已備資糧〔五〕，到鎮巖有俸入〔六〕。實無闕乏，可軫恩憐。方幸經途〔七〕，得遂拜覲〔八〕，稟同姓異殊之禮〔九〕，展小國事大之儀〔一〇〕，宴好頻仍〔一一〕，言教懇至。長途方即，厚賜仍加。俯稽推讓之誠〔一二〕，益重違離之戀。謹依滎示，别教捧領訖〔一三〕。下情云云。

校注

〔一〕本篇原載清編《全唐文》卷七七四第五頁、《樊南文集補編》卷三。〔按〕狀云『方幸經途，得遂拜覲……長途方即，厚賜仍加』，係代鄭亞自江陵續發時答謝荊南節度使鄭肅贈物送行之作。亞等抵達潭州之時間爲大中元年閏三月二十八日（見下抵達潭州後所上諸狀）。江陵至潭州七百餘里，計其程途，狀當作於閏三月中旬。

〔二〕〔錢注〕《新唐書・地理志》：江陵府土貢方紋綾。峽州、歸州、夔州土貢茶。澧州土貢紋綾。萬州土貢藥子。

〔三〕遐嶠，見《爲尚書濮陽公涇原讓加兵部尚書表》『屬者出征海嶠』注。此處指嶺外之桂林。

〔四〕〔錢注〕《史記・太史公自序》：諸侯大小爲藩，咸得其宜。

〔五〕〔補注〕《左傳・僖公四年》：『若出于陳、鄭之間，共其資糧屝屨，其可也。』資糧，泛指錢糧。

〔六〕〔錢注〕《新唐書・食貨志》：唐世百官俸錢，節度使三十萬，觀察使十萬。

〔七〕〔補注〕《周禮・考工記・匠人》：『國中九經九緯，經涂九軌。』本指南北向之道路，此泛言途經。

〔八〕〔錢注〕《晉書・温嶠傳》：闕拜覲之禮。

〔九〕〔補注〕《左傳・隱公十一年》：『周之同盟，異姓爲後。』鄭玄注：『庶姓，無親者也；異姓，昏姻也。』《詩・小雅・伐木》『兄弟無遠』孔疏：『禮有同姓、異姓、庶姓。同姓，摠上王之同宗，是父之黨也。異姓，王舅之親；庶姓，與王無親者。』

〔一〇〕〔補注〕《周禮・夏官・司馬》：『比小事大，以和邦國。』鄭玄注：『比，猶親。使大國親小國，小國事大國，相合和也。』《孟子・梁惠王下》：『以小事大者，畏天者也。』《左傳・襄公二十八年》：『小事大，未獲事焉，從之如志，禮也。』『君，小國事大國，而惰傲以爲己心，將得死乎？』荆南爲雄藩。

〔一一〕〔補注〕《左傳·襄公三十一年》：『晋侯見鄭伯，有加禮，厚其宴好而歸之。』宴好，設宴招待並饋贈禮物。

〔一二〕〔補注〕《莊子·刻意》：『語仁義忠信，恭儉推讓，爲修而已矣。』

〔一三〕〔錢校〕教，胡本作『數』。

爲滎陽公上集賢韋相公狀一〔一〕

某行役〔二〕，以今月二十八日達潭州訖〔三〕。囊裝簡薄〔四〕，賓御單輕〔五〕，但承霖雨之功〔六〕，免值風波之阻〔七〕。計塗非遠，到任有期。方積懼于貪叨〔八〕，豈暇懷于啓處〔九〕？當道適臨遐徼〔一〇〕，奉遠宸居〔一一〕，輒亦導以簡書〔一二〕，頒之詔旨。省迎新之費〔一三〕，謀即舊而安。匪務先聲，實行素志。其于脂膏有戒〔一四〕，冰蘗自規〔一五〕，不惟稟以廟謀〔一六〕，固欲誓于神道〔一七〕。冀傾駑蹇〔一八〕，用副恩憐〔一九〕。苟渝斯言，是不能享。伏惟終賜恩察。俯揚征棹，仰望台庭〔二〇〕，敢階開閤之賓〔二一〕，唯羨吐茵之吏〔二二〕。下情無任結戀感激之至！

校注

〔一〕本篇原載清編《全唐文》卷七七三第二二頁、《樊南文集補編》卷三。〔錢曰〕箋、注並詳《爲滎陽公謝集賢韋相公狀》。〔按〕文云『今月二十八日達潭州訖』，『今月』指閏三月。鄭亞一行三月七日啓程赴桂林，路經江陵時曾滯留旬時（《爲滎陽公上門下李相公狀一》云：『南郡旬時，方集水潦。重湖吞吐，實亞滄溟。未濟之間，臨深是懼。』）長安至潭州二千四百四十五里（據《舊唐書·地理志》），計程到達潭州時應爲閏三月二十八日。此狀及以下數狀應上於其時。

〔二〕〔補注〕《詩·魏風·陟岵》：『嗟！予子行役，夙夜無已。』

〔三〕〔錢注〕《新唐書·地理志》：潭州屬江南西道。《舊唐書·地理志》：湖南觀察使治潭州。〔按〕時裴休在湖南觀察使任。參《爲滎陽公上宣州裴尚書啓》。

〔四〕〔補注〕徐陵《與楊僕射書》：『凡厥囊裝，行役淹留，皆已罄盡。』囊裝，此猶行李。

〔五〕〔錢注〕鮑照《詠史詩》：賓御紛颯沓。〔補注〕賓，賓客（幕賓）；御，馭手。

〔六〕〔補注〕《書·説命上》：『説築傅巖之野，惟肖，爰立作相，王置諸其左右，命之曰：「朝夕納誨，以輔台德。若金，用汝作礪；若濟巨川，用汝作舟楫；若歲大旱，用汝作霖雨。」』按：『霖雨之功』，雙關天雨與韋琮爲相。

〔七〕〔錢注〕《家語》：不觀巨海，何以知風波之患。

〔八〕貪叨，見《爲濮陽公官後上中書門下狀》『以謝貪叨』注。

〔九〕〔補注〕《詩·小雅·四牡》：『王事靡鹽，不遑啓處。』啓處，謂安居。

〔一〇〕〔錢注〕《漢書·鄧通傳》注：東北謂之塞，西南謂之徼。

〔一一〕〔錢注〕班固《典引》：宸居其域。

〔一二〕〔補注〕《左傳·閔公元年》：『簡書，同惡相恤之謂也。請救邢以從簡書。』《詩·小雅·出車》：『豈不懷歸，畏此簡書。』簡書，用以告誡、策命、盟誓、征召之文書。此謂先以文書告誡本道官屬。

〔一三〕〔錢注〕《漢書·黄霸傳》：數易長吏，送故迎新之費，及姦吏緣絶簿書，盜財物，公私費耗甚多。

〔一四〕〔補注〕《東觀漢記·孔奮傳》：『奮在姑臧四年，財物不增。惟老母極膳，妻子但菜食。或嘲奮曰：「直脂膏中，亦不能自潤。」而奮不改其操。』脂膏有戒，即脂膏不潤，喻居官清廉自守。事又見《後漢書·孔奮傳》，參《爲濮陽公上淮南李相公狀一》『然實脂膏不潤』注。

〔一五〕冰蘗，見《爲中丞滎陽公赴桂州至湖南敕書慰諭表》『食蘗自規』注。

〔一六〕〔錢注〕《後漢書·光武紀贊》：明明廟謀。

〔一七〕〔補注〕神道，此指神靈、神祇。韓愈《禘祫議》：『求之神道，豈遠人情？』

〔一八〕〔錢注〕班彪《王命論》：是故駑蹇之乘，不傾千里之塗。〔補注〕傾，盡。駑蹇，劣馬，謙稱才能庸劣。

〔一九〕〔錢注〕《南齊書·豫章文獻王傳》：奄奪恩憐。

〔二〇〕〔錢注〕沈約《齊太尉文憲王公墓銘》：台庭改觀。〔補注〕台庭，指宰相門庭。

〔二一〕〔錢注〕《漢書·公孫弘傳》：弘元朔中爲丞相，封平津侯。於是起客館，開東閤，以延賢人。〔補注〕閤，小門。不以賢者爲吏屬，故別開東向小門以延之。後世『閤』『閣』混用，每作『東閣』。

〔二二〕見《上度支盧侍郎狀》注〔二一〕。

爲滎陽公上弘文崔相公狀一〔一〕

某行役，以今月二十八日達潭州訖。波恬風止，帆駛舟輕〔二〕。遠承殷櫬之餘〔三〕，利濟熊湘之水〔四〕。況茲樂土〔五〕，嘗扇仁風〔六〕。式訪顛毛〔七〕，兼詢憩樹〔八〕。吏皆攀轅之士〔九〕，民皆遮道之人〔一〇〕。綿以歲時，深在肌骨。何武以兗州之政，黄霸以潁川之能，或入作尹京，或登爲國相〔一一〕。向若非相公清門重德〔一二〕，士範詞宗〔一三〕，則安能侔兗、潁之佳聲，兼何、黄之盛拜？況運當惟睿〔一四〕，聽屬虚襟〔一五〕，仰贊治平，固在朞月〔一六〕。伏惟善保尊體，以副沃心〔一七〕。某實乏異能，叨當問俗〔一八〕。未識搴帷之後〔一九〕，何酬大冶之恩〔二〇〕？唯當務以躬親〔二一〕，蠲其疾瘼〔二二〕，頒宣詔旨〔二三〕，諮稟廟謨〔二四〕。冀免尤違〔二五〕，庶可避辟〔二六〕。伏惟遠賜恩察。

校注

〔一〕本篇原載清編《全唐文》卷七七三第二三頁、《樊南文集補編》卷三。〔錢箋〕（弘文崔相公）崔元式也。《舊唐書》本傳：會昌六年，入爲刑部尚書。宣宗朝，以本官同平章事。《新唐書·宣宗紀》：大中元年三月，刑部尚書判度支崔元式爲門下侍郎、同中書門下平章事。按：《舊唐書·武宗紀》：會昌五年四月，以户部侍郎判户部崔元式同平章事。與傳文不合。考《爲滎陽公上河中崔相公狀二》云：『刑部相公登庸。』係指元式。鄭亞於大中元年觀

察桂管，狀爲赴任時作。是元式實於大中元年三月由刑部尚書入相，《舊·紀》誤也，當從《新書》。《舊唐書·職官

志》：弘文館學士，垂拱以後，皆宰相兼領，號爲館主。〔按〕狀云『某行役，以今月二十八日達潭州訖』，『今月』

指閏三月（參《爲滎陽公上集賢韋相公狀一》注〔一〕），故本篇亦作於大中元年閏三月二十八日或稍後。唯崔元式

加弘文館學士，事在撰此狀之後（參下爲滎陽公上弘文崔相公狀二）），故此狀題内『弘文』二字，當係商隱編集時

追書。

〔二〕〔錢注〕《説文》：駛，疾也。〔按〕鄭亞、商隱等自江陵續發向潭州水行途中，初曾遇風，《詩集·荆門西

下》『一夕南風一葉危』之句可證。後風静波停，故云『波恬風止，帆駛舟輕』。

〔三〕〔補注〕《書·説命上》：『若濟巨川，用爾作舟楫。』高宗、傅説係殷朝君臣，故云『殷檝』。此處既指行

役之舟楫，又雙關崔相公。

〔四〕〔錢注〕《史記·五帝紀》：黄帝南至于江，登熊、湘。注：《封禪書》曰：南伐至于召陵，登熊山。《地理

志》曰：湘山在長沙益陽縣。〔補注〕《易·需》：『有孚，光亨貞吉，利涉大川。』

〔五〕〔補注〕《詩·魏風·碩鼠》：『誓將去女，適彼樂土。樂土樂土，爰得我所。』

〔六〕〔錢注〕《新唐書·崔元式傳》：累官湖南觀察使。《魏志·文帝紀》注：《獻帝傳》曰：仁風扇鬼區。

〔按〕崔元式任湖南觀察使，在會昌二至三年，見吴廷燮《唐方鎮年表》、郁賢皓《唐刺史考》。

〔七〕〔錢注〕《國語》：班序顛毛，以爲民紀統。〔補注〕韋昭注：『顛，頂也；毛，髮也。』此處『顛毛』殆指

老者。

〔八〕〔補注〕《詩·召南·甘棠》：『蔽芾甘棠，勿翦勿伐，召伯所憩。』《史記·燕召公世家》：『周武王之滅

紂，封召公於北燕……召公巡行鄉邑，有棠樹，決獄政事其下，自侯伯至庶人各得其所，無失職者。召公卒，而民

人思召公之政，懷棠樹而不敢伐，哥（歌）詠之，作《甘棠》之詩。』『憩樹』用此，以頌元式觀察湖南時有惠政。

〔九〕〔錢注〕《白帖》：『侯霸，臨淮太守。被徵，百姓攀轅卧轍不許去。』〔按〕《後漢書》侯霸、第五倫、循吏

孟嘗等傳，均有攀車卧道一類記載。遮，攔截。

〔一〇〕〔錢注〕《後漢書·寇恂傳》：建安二年，拜潁川太守。七年，爲執金吾。明年，潁川盜賊羣起，車駕南征，恂從至潁川，盜賊悉降。百姓遮道曰：『願從陛下復借寇君一年。』〔按〕參上注。

〔一一〕〔錢注〕《漢書·何武傳》：武遷兖州刺史，入爲司隸校尉，徙京兆尹。又《黄霸傳》：霸爲潁川太守，治爲天下第一。五鳳三年，代丙吉爲丞相。《國語》：其從者皆國相也。

〔一二〕〔錢注〕《魏書·咸陽王禧傳》：王國舍人，應取八族及清修之門。〔補注〕清門，此指清貴之門第。

〔一三〕〔錢注〕《漢書·叙傳》：蔚爲辭宗。

〔一四〕見《爲滎陽公上李太尉狀》注〔八〕。

〔一五〕〔錢注〕《晋書·吐谷渾傳》：於是虚襟撫納，衆赴如歸。

〔一六〕〔補注〕《論語·子路》：『子曰：苟有用我者，期月而已可也，三年有成。』邢昺疏：『期月，周月也，謂周一年之十二月也。』期月、朞月義同。

〔一七〕〔補注〕《書·説命上》：『啓乃心，沃朕心。』沃心，指以治國之道開導帝王。

〔一八〕〔補注〕《禮記·曲禮上》：『入竟（境）而問禁，入國而問俗，入門而問諱。』鄭玄注：『謂常所行與所惡也。』

〔一九〕〔補注〕《後漢書·賈琮傳》：『乃以琮爲冀州刺史。舊典，傳車驂駕，垂赤帷裳，迎於州界。及琮之部，升車言曰：「刺史當遠視廣聽，糾察美惡，何有反垂帷裳以自掩塞乎？」乃命御者褰之。百姓聞風，自然竦震。』

〔二〇〕〔錢注〕《莊子》：以天地爲大爐，以造化爲大冶。〔補注〕大冶之恩，猶培養教育之恩。

〔二一〕〔補注〕《詩·小雅·節南山》：『弗躬弗親，庶民弗信。』

〔二二〕〔錢注〕《爾雅》：瘼，病也。

〔二三〕頒，《全文》作『煩』，據錢校改。
〔二四〕〔錢注〕《後漢書·明德馬皇后傳》：内外諮禀。廟謨，見《爲濮陽公上陳相公狀二》『以奉廟謨』注。
〔二五〕〔補注〕《書·君奭》：『弗永遠念天威，越我民罔尤違。』尤違，過失。
〔二六〕〔錢注〕《國語》：況有怠惰，其何以避辟。〔補注〕避辟，免受法律制裁。

爲滎陽公上史館白相公狀一〔一〕

某行役，以今月二十八日，達潭州訖〔二〕。輕帆直渡，長檝横飛。仰承金鉉之恩輝〔三〕，幸免石鄄之留滯〔四〕。但以素無勳效〔五〕，謬奉寵榮，俯憂攬轡之時〔六〕，有辱洪罏之賜〔七〕。然亦欲簡惠以臨雜俗〔八〕，誠明以待遠人。禀王符麴豉之規〔九〕，略黄霸米鹽之政〔一〇〕。使疲羸措手〔一一〕，頑梗革心〔一二〕。伏見恩制，伏承相公因緣新座，懇讓兼榮〔一三〕。仰讀綸言〔一四〕，實光鼎味〔一五〕。凡在生植，孰不歡呼。昔齊氏主盟，亦分三鼓〔一六〕；晋人興讓，遂立五軍〔一七〕。彼皆列國之僚，尚焕素臣之史〔一八〕。豈若相公，顯扶睿哲〔一九〕，克致昇平〔二〇〕。當注意於作相之時〔二一〕，盡同心於官僚之事〔二二〕。況典册之任〔二三〕，古今所難，繫百代之觀瞻，垂一王之楷法〔二四〕。固在專修凡例〔二五〕，謹授諸儒。則獸殿删儀〔二六〕，瀛洲集論〔二七〕，校其輕重，良有等夷。將令能業其官〔二八〕，必在各司其局〔二九〕。某早蒙榮顧〔三〇〕，遥奉休聲，徒勤仗節之心〔三一〕，未有望塵之路〔三二〕。抃賀之外，結戀伏增。

校注

〔一〕本篇原載清編《全唐文》卷七七四第二頁、《樊南文集補編》卷三。〔錢箋〕（史館白相公）白敏中也。《舊唐書》本傳：會昌末，同平章事兼刑部尚書，集賢史館大學士。又《宣宗紀》，會昌六年四月，以兵部侍郎、翰林學士承旨白敏中守本官同中書門下平章事。又《職官志》：史館，貞觀已後，多以宰相監修國史，遂成故事也。〔張箋〕會昌六年五月乙巳，以兵部侍郎、翰林學士承旨白敏中守本官同中書門下平章事，兼集賢史館大學士。并附考云：（白敏中同平章事）《舊・紀》在四月，《舊・傳》則兼集賢史館與兼刑部尚書并書。考《新書・宰相表》，敏中加刑部尚書在二年正月，而《補編・爲滎陽公上史館白相公》諸狀，皆鄭亞初到桂管時，則兼史館當在加刑部之前矣。〔按〕張氏謂白敏中兼集賢史館在加刑尚之前固是，然繫於會昌六年五月拜相時則非。此狀明言『伏見恩制，伏承相公因緣新座，懇讓兼榮』，下即言『典册之任，古今所難』，末又云『抃賀之外，結戀伏增』，其所『懇讓』之『兼榮』，即指史館兼職，『抃賀』之對象亦同指此。故此狀實爲見白敏中榮兼史職之制書後致賀之書信。白氏兼史館職之時間，以此狀推之，約在大中元年閏三月。狀則作於閏三月二十八日抵潭州後。

〔二〕見《爲滎陽公上集賢韋相公狀二》注〔二〕。

〔三〕〔補注〕《易・鼎》：『鼎黄耳，金鉉，利貞。』金鉉，貫穿鼎上兩耳之横杆，用以提鼎。喻宰輔重臣。

〔四〕〔錢注〕《通典》：《丁都護歌》：都護初征時，儂亦惡聞許，願作石尤風，四面斷行旅。《容齋五筆》：石尤風，不知其義，意其爲打頭逆風也。《困學紀聞》：石尤，李義山作『石郵』。《史記・太史公自序》：太史公留滯周南。〔按〕鄭亞、商隱一行離江陵向潭州進發途中，初曾遇風，故有此語。參《爲滎陽公上弘文崔相公狀一》注〔三〕。

〔五〕〔錢注〕《晋書·蔡謨傳》：且鑒所上者，皆積年勳效。〔補注〕勳效，猶功績。

〔六〕〔錢注〕《後漢書·范滂傳》：登車攬轡，慨然有澄清天下之志。〔按〕此則泛言登程。

〔七〕〔錢注〕《抱朴子》：鼓九陽之洪鑪。〔補注〕洪鑪，喻宰輔之陶冶。

〔八〕〔錢注〕《晋書·魏舒傳》：在州三年，以簡惠稱。《管子》：毋雜俗，毋異禮。〔補注〕雜俗，此指華、夷雜居之習俗。簡惠，指爲政寬簡不煩擾。

〔九〕〔錢注〕王符《潛夫論》：善者之養天民也，猶良工之爲麴豉也。起居以其時，寒温得其適，則一蔭之麴豉，盡美而多量。

〔一〇〕〔錢注〕《漢書·黄霸傳》：爲潁川太守，米鹽靡密，初若繁碎，然霸精力能推行之。〔按〕黄霸，《全唐文》原誤作『王霸』，錢氏據胡本改正，兹從之。

〔一一〕〔錢注〕《後漢書·段熲傳》：人畜疲羸。〔補注〕疲羸，指困苦窮乏之民。錢注引『人畜疲羸』係衰弱之義。

〔一二〕〔錢注〕《方言》：凡草木刺人，自關而東，或謂之梗，或謂之劌。〔補注〕頑梗，愚妄而不順服之民。

〔一三〕〔補注〕兼榮，此指以宰相滎兼領史館。

〔一四〕〔補注〕《禮記·緇衣》：『王言如絲，其出如綸；王言如綸，其出如綍。』鄭玄注：『言言出彌大也。』此指皇帝之制書。

〔一五〕〔錢注〕《晋書·裴秀傳》：助和鼎味。〔按〕鼎味，用傅説以調和鼎味喻治理國政，以對武丁之問事。此喻指國政。

〔一六〕〔補注〕《左傳·莊公十五年》：『春，復會焉，齊始霸也。』《國語·齊語》：有國子之鼓，有高子之鼓，有中軍之鼓。

〔一七〕〔補注〕《左傳·僖公三十一年》：『秋，晋蒐于清原，作五軍以禦狄。趙衰爲卿。』杜預注：『二十八年，晉作三行，令罷之，更爲上下新軍。』『二十七年，命趙衰爲卿，讓於欒枝，今始從原大夫爲新軍帥。』孔穎達疏：《正義》曰：《晉語》云：文公命趙衰爲卿，讓於欒枝、先軫；後又使爲卿，讓於狐偃；狐毛卒，又使爲卿，讓於先且居。公曰：『趙衰三讓，其所讓皆社稷之衛也。廢讓，是廢德也。』以趙衰故，蒐于清原，作五軍，使趙衰將新上軍，箕鄭佐之；胥嬰將下軍，先都佐之。如彼文止謂趙衰作五軍，故特言趙衰爲卿以見之。於是舊三軍之將佐：先軫將中軍，郤溱佐之；先且居將上軍，狐偃佐之；欒枝將下軍，胥臣佐之。《國語》有其文。按：五軍，指上、中、下軍、新上軍、新下軍。

〔一八〕〔錢注〕杜預《春秋左氏傳序》：仲尼自衛反魯，修《春秋》，立素王，丘明爲素臣。〔補注〕素王，有帝王之德而未居帝王之位者。素臣之史，指《春秋左氏傳》。

〔一九〕扶，《全唐文》作『夫』，據錢校改。〔錢注〕：張衡《東京賦》：睿哲玄覽。〔補注〕睿哲，此頌稱宣宗聖明。

〔二〇〕〔錢注〕《漢書・梅福傳》注：張晏曰：民有三年之儲曰升平。

〔二一〕見《爲濮陽公上楊相公狀》注〔一〕。

〔二二〕〔補注〕《左傳・文公七年》：『同官爲寮。吾嘗同寮，敢不盡心乎？』

〔二三〕〔補注〕典册之任，此指史館之職。

〔二四〕〔補注〕《漢書・儒林傳序》：『（孔子）綴周之禮，因魯《春秋》，舉十二公行事，繩之以文、武之道，成一王法，至獲麟而止。』一王法，謂一代之法。

〔二五〕〔錢注〕杜預《春秋左氏傳序》：其發凡起例，皆經國之常制，周公之垂法，史書之舊章，仲尼從而修之，以成一經之通體。

〔二六〕〔錢注〕《漢書・杜欽傳》：上盡召直言之士，詣白虎殿對策。按：唐諱『虎』，故作『獸』。〔補注〕《後漢書・孔奮傳》：『奇（孔奇）博通經典，作《春秋左氏删》。』李賢注：『删定其義也。』按：删儀，疑作『删義』。

〔二七〕見《爲滎陽公上集賢韋相公狀三》『高步瀛洲』注。

〔二八〕〔補注〕《左傳·昭公二十九年》：『夫物，物有其官，官脩其方，朝夕思之。一日失職，則死及之。失官不食，官宿其業，其物乃至。』業，職業，職事。此謂修其職事。

〔二九〕〔補注〕《禮記·曲禮上》：『進退有度，左右有司，各司其局。』孔疏：『各司其局者，軍行須監領，故主帥部分，各有所司部分也。』

〔三〇〕〔錢注〕張協《七命》：『雖子大夫之所榮顧，亦吾人之所畏。』

〔三一〕仗節，見《爲濮陽公官後上中書門下狀》『自擁節旄』注。

〔三二〕見《爲彭陽公上鳳翔李司徒狀》『未獲拜塵』注。

爲滎陽公上門下李相公狀一〔一〕

某行李〔二〕，今月二十八日已達潭州訖〔三〕。某曾無材術，謬忝恩榮。雖曰小藩〔四〕，且兼雜俗〔五〕。慮物斯至，撫躬不任。昨者迎迓之初，贏停浮費〔六〕，至止之後〔七〕，務扇仁風〔八〕。苟或滿假爲心〔九〕，墮偷在念，豈爲顯責〔一〇〕，當宣幽誅〔一一〕。伏計亦賜信察。南郡旬時〔一二〕，方集水潦〔一三〕；重湖吞吐〔一四〕，實亞滄溟〔一五〕。未濟之間〔一六〕，臨深是懼〔一七〕；及揚帆鼓枻〔一八〕，則浪静風和。不吟行路之難〔一九〕，乃仗濟川之便〔二〇〕。儻聞見之下〔二一〕，指教所存，苟可輕其悔尤，敢不聳於諮禀。伏惟特賜留念。

校注

〔一〕本篇原載清編《全唐文》卷七七四第三頁、《樊南文集補編》卷三。〔錢箋〕（門下李相公）李回也。《舊唐書》本傳：潞賊平，同平章事，累加中書侍郎，轉門下。《新唐書·武宗紀》：會昌五年五月，户部侍郎李回爲中書侍郎、同中書門下平章事。按：《舊·紀》在會昌五年三月。後有《上座主李相公狀》云：『伏見恩制，相公以五月十九日登庸。』《舊·紀》疑誤，當從《新書》。《舊唐書·職官志》：門下侍郎二員，掌貳侍中之職。凡政之弛張，事之與奪，皆參議焉。〔按〕狀有『某行李，今月二十八日已達潭州訖』之語，當作於大中元年閏三月二十八日抵達潭州後。

〔二〕〔補注〕《左傳·僖公三十年》：『行李之往來，共其乏困。』行李，此猶行旅，行役。

〔三〕見《爲滎陽公上集賢韋相公狀一》注〔三〕。

〔四〕〔錢注〕《史記·太史公自序》：諸侯大小爲藩，咸得其宜。

〔五〕雜俗，見《爲滎陽公上史館白相公狀一》注〔八〕。

〔六〕〔錢注〕《漢書·毋將隆傳》：不以民力供浮費。

〔七〕〔補注〕《詩·小雅·庭燎》：『君子至止，言觀其旂。』按：此句『至止』指抵達桂管任所。

〔八〕仁風，見《爲滎陽公上弘文崔相公狀一》注〔七〕。

〔九〕〔補注〕《書·大禹謨》：『克勤于邦，克儉于家，不自滿假。』滿假，自滿自大。

〔一〇〕〔錢校〕爲，疑當作『惟』。〔錢注〕《漢書·薛宣傳》：宣獨移書顯責之。

〔一一〕〔補注〕逭，行。《方言》第十二：『逭、遁，步也。』幽誅，神鬼之責罰。

〔一二〕〔錢注〕《漢書·地理志》：南郡，秦置。江陵縣，故楚郢都。《舊唐書·地理志》：荆州江陵府江陵縣，漢縣，南郡治所也。〔補注〕旬時，十日。語本《書·康誥》：「至于旬時。」

〔一三〕〔補注〕《禮記·曲禮上》：「水潦降，不獻魚鼈。」水潦，大雨。

〔一四〕〔錢注〕盛弘之《荆州記》：巴陵南有青草湖，周圍數百里。湖南有青草山，故名。洞庭湖，又雲夢澤，一名巴丘湖。《巴陵舊志》：謂之重湖者，一湖之内，南名青草，北名洞庭，有沙洲間之也。鮑照《登大雷岸與妹書》：吞吐百川，寫泄萬壑。

〔一五〕〔錢注〕《初學記》：東海之别，有渤澥，故東海共稱渤海，又通謂之滄海。東海之别，又有溟海、員海。

〔一六〕〔補注〕《易·未濟》：「象曰：火在水上，未濟，君子以慎辨物居方。」此以「未濟」指未渡越江湖。

〔一七〕〔補注〕《詩·小雅·小旻》：「如臨深淵，如履薄冰。」

〔一八〕〔錢注〕謝靈運《遊赤石進帆海》詩：揚帆采石華。《楚辭·漁父》：漁父莞爾而笑，鼓枻而去。

〔一九〕〔錢注〕《樂府解題》：《行路難》，備言世路艱難，以及離别悲傷之意。

〔二〇〕〔補注〕《書·説命上》：「爰立作相，王置諸其左右，命之曰：「朝夕納誨，以輔台德。若金，用汝作礪；若濟巨川，用汝作舟楫。」」仗濟川之便，語意雙關，明謂度越江湖，兼關合仗李相公作宰輔之力。

〔二一〕〔錢注〕《後漢書·百官志》注：臣愚以爲刺史視事滿歲，可令奏事如舊典，問州中風俗，恐好惡過所道，事所聞見，考課衆職，下章所告，及所自舉有意者賞異之，其尤無狀，逆詔書，行罪法。

爲滎陽公赴桂州在道换進賀端午銀狀〔一〕

右臣伏以握丕圖而御物〔二〕。必相見於《離》〔三〕；推《小正》以辨時〔四〕，則盛德在夏〔五〕。故著爲令節，稽以舊章，通修任土之宜〔六〕，仰續後天之壽〔七〕。臣方乘傳置〔八〕，未至藩維〔九〕，前件銀已及中塗，實從前政。拜章獻祝，雖令尹以告新；納賮展儀，欲長府之仍舊〔一〇〕。謹以前觀察使楊漢公封印進上〔一一〕。千春屬慶〔一二〕，億載儲休。繫以藩條，闕覲丹墀之下〔一三〕；徵諸貨志，且媿白金爲中〔一四〕。干冒宸嚴，無任兢越。

校注

〔一〕本篇原載《文苑英華》卷六四〇第四頁、清編《全唐文》卷七七三第三頁、《樊南文集詳註》卷二。題内『换』字，《全文》原脱，據《英華》補。馮譜、張箋均編大中元年，置《爲滎陽公桂州謝上表》之前。〔按〕賀端午銀須在節前送達長安。桂州離長安四千二百餘里（《舊唐書·地理志》謂桂州至長安四千七百六十里，因昭州至長安四千四百三十六里，而昭州至桂州一百二十里。故當爲四千二百餘里），此賀銀至遲在閏三月末或四月初即須啓送。題云『在道换進端午銀』，其换進之時地約在鄭亞一行抵達潭州以後尚未自潭州續發時，當在四月中旬左右。狀亦作於其時。

〔二〕以，《英華》注：集作『聞』。〔補注〕丕圖，大業、宏圖。御物，駕馭萬物。

〔三〕〔徐注〕《易》：《離》也者，明也，萬物皆相見，南方之卦也。聖人南面而聽天下，嚮明而治，蓋取諸此也。

〔四〕〔徐注〕《大戴禮·夏小正》：五月，初昏，大火中。大火者，心也。心中，種黍菽糜時也，煮梅爲豆實也，蓄蘭爲沐浴也。〔馮注〕《隋書·經籍志》：《夏小正》一卷，漢戴德撰。

〔五〕〔徐注〕《禮記》：先立夏三日，太史謁之天子曰：『某日立夏，盛德在火。』

〔六〕〔補注〕《書·禹貢序》：『禹别九州，隨山濬川，任土作貢。』

〔七〕〔徐注〕《莊子》：後天地終而不爲老。

〔八〕〔馮注〕謂傳車驛馬。〔補注〕《漢書·文帝紀》：『太僕見馬遺財足，餘皆以給傳置。』顔師古注：『置者，置傳驛之所，因名置也。』王先謙補注引宋祁云：『傳，傳舍；置，廄置。』

〔九〕〔馮注〕王簡栖《頭陀寺碑文》：觀政藩維。〔補注〕《詩·大雅·板》：『价人維藩。』藩維，指藩國、方鎮。此指桂管。

〔一〇〕〔補注〕令尹，此泛指地方行政長官。令尹告新，謂己（鄭亞）新任桂管觀察使。賫儀，進貢之財物。長府，此當與上句『令尹』同指長於州郡之地方行政長官。謂進賀之端午銀，即用前任觀察使楊漢公所獻也。《論語·先進》：『魯人爲長府。』何晏集解引鄭玄曰：『長府，藏名也。藏財貨曰長府。』疑非此句『長府』之義。

〔一一〕〔徐注〕《新書》：楊漢公，字用乂，虢州弘農人，累遷户部郎中、史館修撰，轉司封郎中。坐虞卿，下除舒州刺史。徙湖、亳、蘇三州，擢桂管、浙東觀察使。〔按〕據《舊唐書·宣宗紀》：大中元年二月，『以給事中鄭亞爲桂州刺史、御史中丞、桂管防禦觀察等使。』亞即前往桂管代楊漢公者。《會稽掇英總集·唐太守題名》：『楊漢公，大中元年五月自桂管觀察使授。』五月當是漢公到浙東觀察使任之時。

〔一二〕〔馮校〕屬，《粤西文載》作『稱』。

〔一三〕〔徐注〕《漢書》：梅福上書曰：願涉赤墀之塗。《漢官儀》：尚書郎含香握蘭，奔趨丹墀。

〔一四〕〔馮注〕《漢書·食貨志》：金有三等：黄金爲上，白金爲中，赤金爲下。孟康曰：白金，銀也；赤金，丹陽銅也。

爲滎陽公上史館白相公狀二〔一〕

不審自經哀苦，尊體如何？王丞相之還臺，不無深感〔二〕；潘黄門之歸路，諒有餘悲〔三〕。然訪以玄言〔四〕，推之大觀〔五〕，苟陶埏於莊、惠〔六〕，豈蔕芥於彭、殤〔七〕！伏惟上荅皇私，下裁沈痛〔八〕，俯安寢膳，以定樞機〔九〕。不以鍾情〔一〇〕，或虧常理。東門吴向無之説，則近傷慈〔一一〕；魏陽元自損之言，實存深旨〔一二〕。某早承恩矚〔一三〕，方此辭離，憂望之誠，頃刻無喻。伏惟俯收卑款，以慰遐藩，下情云云。

校注

〔一〕本篇原載清編《全唐文》卷七七四第二頁、《樊南文集補編》卷三。〔錢箋〕此似慰白相喪子之戚，事細無考。張采田《會箋》三繫此文於《爲滎陽公上史館白相公狀一》之後，《爲滎陽公上衡州牛相公狀》《爲滎陽公赴桂州在道進賀端午銀狀》之前，蓋以其爲赴桂途中在潭州逗留期間所上。〔按〕《爲滎陽公上史館白相公狀三》爲大中元年六月九日到任後所上，而此狀有『方此辭離』語，當是赴桂道中作。約作於大中元年四、五月間。

〔二〕〔錢注〕《晋書·王導傳》：進位太傅，又拜丞相。子悦，事親色養，導甚愛之。先導卒。先是，導還臺，及行，悦未嘗不送至車後。悦亡後，導還臺，自悦常所送處哭至臺門。〔補注〕洪邁《容齋續筆·臺城少城》：『晋、宋間謂朝廷禁省爲臺，故稱禁城爲臺城。』晋之臺城，在今南京鷄鳴山南。

〔三〕〔錢注〕《晋書·潘岳傳》：字安仁，遷給事黄門侍郎。潘岳《喪弱子辭序》：三月壬寅，弱子生，五月之長安。壬寅，次于新安之千秋亭。甲辰，而弱子夭。乙巳，瘗于亭東。〔補注〕潘岳又有《思子詩》，有句云：『奈何念稚子，懷奇隕幼齡。追想存髣髴，感道傷中情。』

〔四〕〔錢注〕《晋書·王衍傳》：衍妙善玄言。〔按〕此『玄言』殆指老、莊之學，即齊生死、等壽夭一類觀點，視下文可知。《老子》有『玄之又玄，衆妙之門』語，故云。

〔五〕大觀，見《爲濮陽公上賓客李相公狀二》『稟達人大觀之規』注。

〔六〕〔錢注〕《荀子》：然則聖人之於禮義，積僞也，亦陶埏而生之也。《莊子》：莊子妻死，惠子弔之。莊子則方箕踞鼓盆而歌。惠子曰：『不亦甚乎？』莊子曰：『人且偃然寢於巨室，而我噭噭然隨而哭之，自以爲不通於命，故止也。』〔補注〕陶埏，謂陶人將陶土放入模型中製成陶器，喻造就培育。

〔七〕〔錢注〕賈誼《鵩鳥賦》：細故蔕芥兮，何足以疑？《莊子》：天下莫壽乎殤子，而彭祖爲夭。

〔八〕〔錢注〕任昉《南徐州蕭公行狀》：沈痛瘡鉅。

〔九〕〔錢注〕《漢書·張安世傳》：職典樞機。

〔一〇〕〔錢注〕《晋書·王衍傳》：衍嘗喪幼子，山簡弔之，衍悲不自勝，簡曰：『孩抱中物，何至於此？』衍曰：『聖人忘情，最下者不及於情。然則情之所鍾，正在我輩。』

〔一一〕〔錢注〕《列子》：魏有東門吴者，子死而不憂，曰：『吾嘗無子之時不憂，今子死乃與向無子時同，吾奚憂也？』

〔一二〕〔錢注〕《晋書·魏舒傳》：舒字陽元，子混，清惠有才行，先舒卒，舒每哀慟，退而嘆曰：『吾不及莊生遠矣，豈以無益自損乎？』於是終服不復哭。

〔一三〕〔錢注〕《廣韻》：矚，視也。

爲中丞滎陽公赴桂州至湖南敕書慰諭表〔一〕

臣某言：今月八日，宣告使某官某至湖南觀察府，賫賜臣敕書一通，并慰喻臣所部將吏僧道耆老等。乾文昭錫〔二〕，兑澤旁流〔三〕，雖聞訃以銜哀〔四〕，亦戴恩而竊抃〔五〕。臣某中謝。臣伏聞積慶太后〔六〕，爰初遘疾〔七〕，皇帝陛下即不視朝〔八〕。慮切宸襟〔九〕，時連煇暑〔一〇〕。載想大庭之養〔一一〕，實懸方國之心〔一二〕。乃運屬歸真〔一三〕，書留具位〔一四〕。陛下又能咨宰輔酌中之請，稟聖賢推遠之懷〔一五〕，始率義以致憂〔一六〕，終據經而順變〔一七〕。獲情禮兼修之旨〔一八〕，成古今莫易之文〔一九〕。伏讀綸言〔二〇〕，實榮藩守〔二一〕。伏以時逢積水，行滯長沙〔二二〕，擁皂蓋而久留〔二三〕，載青旌而莫濟〔二四〕。未獲宣傳童艾〔二五〕，號召蠻夷〔二六〕。謹具當時宣示所將兵吏及迎候將校訖。惟冀下車已後〔二七〕，食蘗自規〔二八〕，仰憑垂露之文〔二九〕，贔守宣風之職〔三〇〕。臣與將吏等，無任感恩望闕屏營之至〔三一〕！

校注

〔一〕本篇原載清編《全唐文》卷七七二第一頁、《樊南文集補編》卷一。〔錢箋〕《舊唐書·宣宗紀》：大中元年二月，以給事中鄭亞爲桂州刺史、御史中丞、桂管防禦觀察等使。又《地理志》：嶺南西道桂管經略觀察使治桂州。

又：湖南觀察使治潭州。又《宣宗紀》：大中元年四月，積慶太后蕭氏崩，謚曰貞獻。《新唐書·百官志》：凡王言之制有七：六曰論事敕書，戒約臣下則用之。〔按〕據《新唐書·宣宗紀》及《通鑑》，大中元年四月己酉（十五日），積慶太后蕭氏崩。本文稱『今月八日，宣告使某官某至湖南觀察府』，此『今月』當指五月。潭州距京師二千四百四十五里，敕書四月十五日自京師發出，抵潭州已在五月初。表又云『時逢積水，行滯長沙，擁皂蓋而久留，載青旌而莫濟』，則作表時滯留長沙（潭州）已久。鄭亞、商隱等於閏三月二十八日到達長沙，滯留至五月初八尚未續發，故云『久留』；如『今月』爲四月，則不得云『久留』也。據此，鄭亞抵達桂林時所上諸表狀之『今月九日』應爲六月九日，詳《爲滎陽公桂州謝上表》注〔一〕。本篇當作於大中元年五月八日或稍後。

〔二〕〔補注〕《易·乾》：『《乾》，元、亨、利、貞。』又《説卦》：『乾爲君。』『乾爲天。』乾文，指帝王之文。亦即題内敕書。昭，明。錫，賜。

〔三〕〔補注〕《易·兑》：『《兑》，亨、利、貞。』孔穎達疏：『以《兑》是象澤之卦，故以兑爲名。』因其象徵沼澤，故云兑澤。猶潤澤。《易緯乾鑿度》卷上：『☱，古澤字，今之兑。兑澤萬物，不有拒，上虚下實。』

〔四〕〔錢注〕《白虎通》：天子崩，訃告諸侯何？緣臣子喪君，哀痛憤懣，無能不告語人者也。諸侯欲聞之，又當持土地所出，以供喪事。故《禮》曰：天子崩，遣使者訃諸侯。　嵇康《養生論》：曾子銜哀，七日不飢。

〔五〕戴，《全文》原作『感』，錢氏據胡本改正。兹從之。〔錢注〕《漢郃陽令曹全碑》：百工戴恩。曹植《求自試表》：夫臨博而企竦，聞樂而竊抃者，或有賞音而識道也。

〔六〕〔錢注〕《舊唐書·后妃傳》：穆宗貞獻皇后蕭氏，初入十六宅爲建安王侍者，生文宗皇帝。文宗踐阼，尊號曰皇太后。武宗即位，徙居積慶殿，號積慶太后。

〔七〕〔錢注〕《吴志·陸績傳》：遘疾遇厄。

〔八〕〔補注〕《禮記·曾子問》：『諸侯適天子，必告于祖，奠于禰，冕而出視朝。』視朝，臨朝聽政。

〔九〕〔錢注〕何遜《爲西豐侯九日侍宴樂遊苑詩》：宸襟動時豫。

〔一〇〕〔錢校〕燀，疑當作『熚』。《國語》：火無炎熚。〔按〕何晏《景福殿賦》：『冬不凄寒，夏無炎熚。』錢校似是。然『燀』有『熏灼』義，燀暑亦自可通。

〔一一〕〔錢注〕》《列子》：黄帝憂天下之不治，退而閑居大庭之館，齋心服形，三月不親政事。晝寢而夢，遊於華胥氏之國，神遊而已。黄帝既寤，怡然自得。

〔一二〕方，《全文》作『萬』，錢氏據胡本改正，兹從之。〔補注〕《詩·大雅·大明》：『厥德不回，以受方國。』鄭玄箋：『方國，四方來附者。』按：此處『方國』指各地方鎮、州郡。

〔一三〕〔錢注〕《列子》：精神者，天之分；骨骸者，地之分。屬天清而散，屬地濁而聚。精神離形，各歸其真，故謂之鬼。鬼，歸也，歸其真宅也。

〔一四〕〔錢注〕任昉《宣德皇后令》：宣德皇后敬問具位。〔補注〕具位，具瞻之位，指三公宰相。語本《詩·小雅·節南山》：『赫赫師尹，民具爾瞻。』鄭玄箋：『此言尹氏汝居三公之位，天下之民俱視汝之所爲。』

〔一五〕〔錢注〕按：太后於宣宗爲嫂，此用《檀弓》『嫂叔之無服也，蓋推而遠之也』。〔補注〕《禮記·檀弓上》：『喪服：兄弟之子猶子也，蓋引而進之也；嫂叔之無服也，蓋推而遠之也。』

〔一六〕〔補注〕《左傳·昭公十五年》：『率義不爽。』《孝經·紀孝行》：『子曰：孝子之事親也，居則致其敬，養則致其樂，病則致其憂，喪則致其哀，祭則致其嚴。五者備矣，然後能事親。』

〔一七〕〔錢注〕《漢書·孔光傳》：上有所問，據經法以心所安而對。〔補注〕《禮記·檀弓下》：『喪禮，哀戚之至也；節哀，順變也。』

〔一八〕禮，《全文》作『理』，錢氏據胡本改正。兹從之。〔錢注〕《晋書·孝武文李太后傳》：太皇太后，名位允正，體同皇極，理制備盡，情禮兼申。

〔一九〕〔錢注〕《後漢書·王昌傳》：蓋聞爲國，子之襲父，古今不易。

〔二〇〕〔補注〕《禮記·緇衣》：『王言如絲，其出如綸；王言如綸，其出如綍。』

〔二一〕〔錢注〕《北史·齊清河王岳子勱傳》：頻歷蕃守。

〔二二〕〔錢注〕《舊唐書·地理志》：潭州，隋長沙郡。

〔二三〕〔錢注〕《後漢書·輿服志》：中二千石、二千石皆皂蓋朱兩轓。

〔二四〕〔補注〕《禮記·曲禮上》：『前有水，則載青旌。』孔穎達疏：『青旌者，青雀旌，謂旌旗。軍行若前值水，則畫爲青雀旌旗幡，上舉示之。所以然者，青雀是水鳥，軍士望見則咸知前必值水而各防也。』

〔二五〕〔錢注〕《蜀志·彭羕傳》：數令羕宣傳軍事。《釋名》：十五曰童，五十曰艾。

〔二六〕〔錢注〕《國語》：以號召天下之賢士。

〔二七〕〔錢注〕《漢書·叙傳》：班伯爲定襄太守，定襄聞伯素貴，年少，自請治劇，畏其下車作威，吏民竦息。

〔二八〕〔錢注〕飲冰、食檗，文中屢用。白香山詩：三年爲刺史，飲冰復食檗。則不始於義山矣。『飲冰』，見《莊子》；『食檗』，未詳所出。〔補注〕《莊子·人間世》：『今吾朝受命而夕飲冰。』飲冰，狀心情惶恐。食檗，未詳最早出處。薛逢《與崔況秀才書》：『飲冰勵節，食檗苦心。』與『食蘗自規』義近，蓋唐人常用語。蘗、檗同，指黄蘗，味苦。

〔二九〕〔錢注〕《法書要録》：漢曹喜工篆隸，善懸針垂露之法。〔按〕此處『垂露』指露珠垂滴，喻皇帝雨露恩澤。垂露之文，即慰喻之敕書。

〔三〇〕〔錢注〕《晋書·武帝紀》：詔曰：郡國守相，三載一巡行屬縣，必以春，此古者所以述職宣風展義也。〔補注〕宣風，宣揚風教德化。

〔三一〕〔錢注〕《魏書·高閭傳》：閭進陟北邙，上望闕表，以示戀慕之誠。《國語》：王親獨行，屏營仿偟於山林之中。〔補注〕屏營，惶恐。

爲滎陽公上衡州牛相公狀〔一〕

不審近日尊體何如。相公早輔大朝，顯有休績〔二〕。伊尹同德，皋陶矢謨〔三〕。並著在典經〔四〕，垂於名命〔五〕。而又載懷達節〔六〕，不有成功，神理佑謙，天道保退。伏料調護〔七〕，常極和寧〔八〕。然某竊計前經，遐追曩躅〔九〕，險而不墜，召公所以能諫〔一〇〕；約而無璺，重耳所以復還〔一一〕。況今慶屬休期，運推《常武》〔一二〕，必資國老〔一三〕，以立台庭。伏料即時，入膺榮召。凡在華夏，莫不禱祠。

某實乏勳庸〔一四〕，謬當廉察。將因行役，獲拜尊嚴〔一五〕。俯執輕橈〔一六〕，恨無飛翼。會昭潭積雨〔一七〕，南楚增波〔一八〕，尚滯旬時，若隔霄漢。齊心結念〔一九〕，常存李固之匿犀〔二〇〕；倚寐銜誠，已夢孫弘之脱粟〔二一〕。攀戀之至，猶積下情。

校注

〔一〕本篇原載清編《全唐文》卷七七四第一一頁、《樊南文集補編》卷四。〔錢箋〕〔衡州牛相公〕牛僧孺也。《新唐書》本傳：宣宗立，徙衡、汝二州，還爲太子少師卒。《通鑑》：會昌六年八月，以循州司馬牛僧孺爲衡州長史。《新唐書·地理志》：衡州，屬江南西道。餘詳《爲滎陽公賀牛相公狀》注〔三〕〔九〕。張采田《會箋》三繫本篇於潭州逗留期間所上諸表狀之末。〔按〕據《爲中丞滎陽公赴桂州至湖南敕書慰諭表》，大中元年五月八日鄭亞等猶滯留湖南觀察府潭州，其文云『伏以時逢積水，行滯長沙，擁皂蓋而久留，載青旌而莫濟』，與本篇所云『會昭潭積雨，南楚增波，尚滯旬時，若隔霄漢』正合，可推知本篇作時亦當與《敕書慰諭表》相近。文云『俯執輕橈，恨無飛翼』，狀當上於自潭州續發時，以鄭亞一行六月九日到桂管任之時及潭州至桂林之里程（一千三百十五里）推之，此狀當上於大中元年五月上中旬。

〔二〕〔錢注〕王粲《浮淮賦》：垂休績於來裔。〔按〕事詳《爲滎陽公賀牛相公狀》注〔三〕。休績，美績。

〔三〕〔補注〕《書·伊訓》：『伊尹乃明言烈祖（指湯）之成德，以訓于王。』《史記·殷本紀》：『伊尹名阿衡。阿衡欲干湯而無由，乃爲有莘氏媵臣，負鼎俎，以滋味説湯，致于王道。或曰：伊尹處士，湯使人聘迎之，五反，然後肯往從湯，言素王及九主之事。湯舉任以國政。』『帝太甲既立三年，不明，暴虐，不遵湯法，亂德，于是伊尹放之于桐宫。三年，伊尹攝行政當國，以朝諸侯。帝太甲居桐宫三年，悔過自責，反善。于是伊尹乃迎帝太甲而授之政。帝太甲修德，諸侯咸歸殷，百姓以寧。伊尹嘉之，乃作《太甲訓》三篇，褒帝太甲，稱太宗。』《書》有《皋陶謨》。矢，陳獻。《書·大禹謨序》：『皋陶矢厥謨。』孔穎達疏：『皋陶爲帝舜陳其謀。』

〔四〕〔錢注〕荀悦《漢紀》：垂之後世，則爲典經。

〔五〕〔錢注〕《國語》：方臣之少也，進秉筆贊爲名命，稱於前世，義於諸侯，而主弗志。〔補注〕名命，猶詔命、命令。

〔六〕〔補注〕《左傳·成公十五年》：『聖達節，次守節，下失節。』達節，能進能退，能上能下而俱合於節義。

〔七〕〔補注〕調護，調養、保養。

〔八〕〔補注〕《禮記·燕義》：『和寧，禮之用也。此君臣上下之大義也。』《國語·周語中》：『故能光有天下，而和寧百姓。』按：此處『和寧』與上『調護』相承，當即身體安寧之意。

〔九〕〔錢注〕《漢書·敘傳》注：躅，迹也。〔補注〕曩躅，指前賢之足迹。詳下四句。

〔一〇〕見《爲濮陽公上淮南李相公狀二》『險不懟而怨不怒』注。〔按〕《國語》載召公言作『大事君者險而不懟』。召，《全文》作『邵』，據《國語》改。

〔一一〕〔錢注〕《國語》：晋公子過鄭，鄭文公不禮焉，叔詹諫曰：『晋公子有三胙焉，天將啓之。同姓不婚，惡不殖也，狐氏出自唐叔。狐姬，伯行之子也，實生重耳，成而隽才，離違而得所，久約而無釁，一也；同出九人，唯重耳在，離外之患，而晋國不靖，二也；晋侯日載其怨，外内棄之，重耳日載其德，狐、趙謀之，三也。』〔補注〕釁，通『釁』。久約，長期窮困。無釁，無過失。

〔一二〕〔錢注〕《詩序》：《常武》：召穆公美宣王也。〔補注〕運推《常武》，猶言國運如周宣王之中興。

〔一三〕〔補注〕《左傳·僖公二十七年》：『國老皆賀子文。』孔穎達疏：『國老者，國之卿大夫士之致仕者也。』此指國之舊臣、老臣中位望尊崇者。

〔一四〕〔補注〕勳庸，功勳。《周禮·夏官·司馬》：『王功曰勳，國功曰功，民功曰庸。』

〔一五〕拜，《全文》作『報』，錢校據胡本改正。今從錢校。

〔一六〕〔錢注〕《博雅》：楫謂之橈。

〔一七〕〔錢注〕《舊唐書·地理志》：潭州以昭潭爲名。《水經注》：湘水逕昭山西，山下有旋泉，深不可測，故言昭潭無底也。亦謂之湘水潭。

〔一八〕〔錢注〕《史記·貨殖傳》：衡山、九江、江南、豫章、長沙，是南楚也。

〔一九〕〔錢注〕古詩：齊心同所願。

〔二〇〕〔錢注〕《後漢書·李固傳》：固貌狀有奇表，鼎角匿犀。注：鼎角者，頂有骨如鼎足也。匿犀，伏犀也。〔補注〕匿犀，謂額上之骨隆起，隱于髮内。

〔二一〕〔錢注〕《史記·平津侯傳》：公孫弘常稱以爲人臣病不儉節。爲丞相，封平津侯。食一肉脱粟之飯。

爲滎陽公至湖南賀聽政表〔一〕

臣某言：臣得本道進奏院狀報，月日，宰臣某等，懇悃上言〔二〕，請從聽斷〔三〕。特降優旨〔四〕，俯賜依從。普天率土〔五〕，莫不慶幸。臣某中謝。臣聞道惟應變〔六〕，合變則道昭；禮貴酌情，踰情則禮廢。苟非至德，曷取大中〔七〕？伏惟皇帝陛下，孝德兼躋〔八〕，聖猷允塞〔九〕。日兄禀義〔一〇〕，丘嫂延恩〔一一〕。始自爽和〔一二〕，遂停庶政，絶臣僚之陛見〔一三〕，奉藥膳於宫朝〔一四〕。及真宅言歸〔一五〕，寢園將祔〔一六〕，喪紀既聞於約禮〔一七〕，充奉已布於成規〔一八〕。遵大臣陳義之方〔一九〕，得王者自家之化〔二〇〕。臣方叨廉問〔二一〕，猶在道塗，雖清攬轡之心〔二二〕，且阻執圭之覲〔二三〕。湘波附奏〔二四〕，嶺嶠含誠。敢思瑣闥之前榮〔二五〕，實慕金閨之舊籍〔二六〕。無任望闕結戀屏營之至〔二七〕！

校注

〔一〕本篇原載清編《全唐文》卷七七二第二頁、《樊南文集補編》卷一。〔按〕文云『方叨廉問，猶在道塗』，『湘波附奏，嶺嶠含誠』，知上此表時尚在赴桂林途中，今湖南南部湘水上游靠近五嶺一帶，當在《爲中丞滎陽公赴桂州至湖南敕書慰諭表》稍後作，約大中元年五月中旬至下旬間。

〔二〕〔補注〕懇悃、懇切忠誠。

〔三〕〔錢注〕《漢書·叙傳》：中宗明明，夤用刑名，時舉傳納，聽斷惟精。〔補注〕《荀子·榮辱》：『政令法，舉措時，聽斷公。』聽斷，聽取陳述作出決斷。

〔四〕〔錢注〕《宋書·王弘傳》：仰延優旨。

〔五〕〔補注〕《詩·小雅·北山》：『溥天之下，莫非王土；率土之濱，莫非王臣。』

〔六〕〔錢注〕《史記·太史公自序》：與道同符，內可以治身，外可以應變。

〔七〕〔補注〕《易·大有》：『《大有》，柔得尊位大中，而上下應之，曰《大有》。』王弼注：『處尊以柔，居中以大。』後以大中爲無過與不及的中正之道。

〔八〕〔補注〕《周禮·地官·師氏》：『以三德教國子。一曰至德，以爲道本；二曰敏德，以爲行本；三曰孝德，以知逆惡。』鄭玄注：『孝德，尊祖愛親，守其所以生者也。』

〔九〕〔補注〕猷，謀。允塞，充滿。《詩·大雅·常武》：『王猶允塞，徐方既來。』

〔一〇〕〔錢注〕太后，穆宗妃。宣宗，穆宗弟。《春秋感精符》：人主兄日姊月。《大戴禮記》：孝子慈幼，允德秉義，約貨去怨，蓋柳下惠之行也。〔按〕日兄指穆宗。

〔一一〕〔錢注〕《漢書·楚元王傳》：高祖微時，常避事，時時與賓客過其丘嫂食。嫂厭叔與客來，陽爲羹盡，轑釜，客以故去。已而視釜中有羹，繇是怨嫂。注：張晏曰：丘，大也，長嫂稱也。

〔一二〕〔錢注〕《爾雅》：爽，差也；爽，忒也。〔補注〕爽和，謂身體違和、失調。

〔一三〕〔錢注〕《後漢書·霍諝傳》：又因陛見，陳聞罪失。

〔一四〕〔錢注〕《宋書·文帝路淑媛傳》：昔在蕃闈，常奉藥膳。《吴志·張温傳》：置俊乂於宫朝。

〔一五〕見《爲中丞滎陽公赴桂州至湖南敕書慰諭表》注〔一三〕。

〔一六〕〔錢注〕《後漢書·祭祀志》：古不墓祭。漢諸陵皆有園寢，承秦所爲也。説者以爲古宗廟，前制廟，後制寢，以象人之居，前有朝，後有寢也。《禮·檀弓》注：祔謂合葬。

〔一七〕〔補注〕《禮記·文王世子》：『喪紀以服之輕重爲序，不奪人親也。』鄭玄注：『紀，猶事也。』約禮，簡化禮制。《通鑑·漢安帝建光元年》：『孝文定約禮之制。』

〔一八〕充，《全文》作『克』。〔錢校〕『當作充。』兹從錢校改。〔錢注〕班固《西都賦》：三略七遷，充奉陵邑。

〔一九〕〔錢校〕遵，胡本作『尊』。〔錢注〕《莊子》：屠羊説居處卑賤，而陳義甚高。

〔二〇〕〔錢注〕王褒《周太保尉遲綱墓碑》：出忠入孝，自家刑國。〔補注〕《詩·大雅·思齊》：『刑于寡妻，至于兄弟。』李翱《正位》：『古之善治其國者，先齊其家，言自家之刑於國也。』

〔二一〕〔錢注〕《史記·秦始皇紀》：吾使人廉問。《漢書·高祖紀》：廉問有不如詔者，以重論之。〔補注〕廉問，察訪查問。《新唐書·百官志四下》：『觀察處置使，掌察所部善惡，舉大綱。』鄭亞時任桂管防禦觀察等使，故云。

〔二二〕見《爲滎陽公上史館白相公狀一》注〔六〕。

〔二三〕〔補注〕《禮記·禮器》：『圭璋特。』孔疏：『諸侯朝王以圭，朝后執璋。』又《聘義》：『圭璋特達，德也。』孔疏：『行聘之時，唯執圭璋。』

〔二四〕〔錢注〕《戰國策》：食湘波之魚。

〔二五〕〔錢注〕亞以給事中出爲桂管觀察使。《後漢書·百官志》：黄門侍郎，掌侍從左右，給事中，關通中外。注：《漢舊儀》：黄門郎屬黄門令，日暮對青瑣門外，名曰夕郎。

〔二六〕〔錢注〕謝朓《始出尚書省詩》：既通金閨籍。〔補注〕《文選》李善注：『金閨，即金門也。《解嘲》曰：「歷金門，上玉堂。」應劭《漢書注》曰：「籍者，爲二尺竹牒，記其年紀、名字、物色，懸之宫門，案省相應，乃得入也。」』金閨籍，猶朝籍。

〔二七〕〔錢注〕傅咸《申懷賦》：實結戀之有違。

爲滎陽公進賀壽昌節銀零陵香麞靴竹靴狀〔一〕

右臣伏聞烈山神井，開農皇降聖之時〔二〕；南頓嘉禾，茂漢后誕祥之日〔三〕。伏惟皇帝陛下，系傳太素〔四〕，瑞掩前朝。資南訛致育之功〔五〕，演北極居尊之慶〔六〕。臣方叨廉察〔七〕，已去班行〔八〕，莫階貢重之儀〔九〕，徒切維祺之禮〔一〇〕。前件物等，或潔凝圭錫〔一一〕，芳厠蘭蕪〔一二〕，可傳御器之間〔一三〕，儻助薰風之末〔一四〕。其餘則攻皮合巧〔一五〕，截竹呈能〔一六〕。豈納職于屨人〔一七〕，願永康于天步〔一八〕。干冒陳進，兢越無任！

校注

〔一〕本篇原載清編《全唐文》卷七七三第四頁、《樊南文集補編》卷一。題内『麞』字，《全文》作『麃』，錢校據胡本改正，兹從之。〔錢箋〕《唐會要》：宣宗聖武獻文孝皇帝，諱忱，元和五年庚寅六月二十三日生于大明宫，以其日爲壽昌節。《南越志》：零陵香，生零陵山谷，葉如羅勒。《新唐書·地理志》：桂州土貢銀、麞皮鞾。《漢書·地理志》：麞似鹿而小。〔張箋〕此鄭亞已抵桂後作。〔按〕錢氏以桂州土貢有銀與麞皮鞾注題内『銀』與『麞靴』，蓋亦以此表係鄭亞抵桂林後所上。然宣宗生日爲六月二十三日，此賀銀及賀物等必須在生日前送到。而鄭亞一行抵達桂林已是六月九日，距二十三日不到半月，如抵桂後方送生日賀禮，壽昌節前勢必不能送到。故此賀狀及賀禮當在赴桂途中發出，其時間約在五月下旬。

〔二〕〔錢注〕司馬貞《三皇本紀》：神農本起烈山，故《左氏》稱烈山氏，亦曰厲山氏，《禮》曰『厲山氏之有天下』是也。注：厲山，今隨之厲鄉也。盛弘之《荆州記》：隨郡北界有厲鄉村，村南有重山，山下一穴，相傳神農所生。周圍一頃二十畝，有九井。神農既育，九井自穿。

〔三〕〔錢注〕《後漢書·光武紀論》：皇考南頓君初爲濟陽令，以建平元年十二月甲子夜生光武於縣舍。是歲，縣界有嘉禾，一莖九穗，因名光武曰秀。《漢書·地理志》：南頓縣屬汝南郡。

〔四〕〔錢注〕《列子》：有太易，有太初，有太始，有太素。太易者，未見氣也；太初者，氣之始也；太始者，形之始也；太素者，質之始也。《雲笈七籤》：太始既没，而有太素。太素之時，老君下降爲師。

〔五〕〔補注〕《書·堯典》：『申命羲叔，宅南交，平秩南訛，敬致。』孔傳：『訛，化也。掌夏之官，平叙南方化育之事……四時同之，亦舉一隅。』《史記·五帝本紀》：『申命羲叔，居南交，便程南爲，敬致。』司馬貞索隱：『春言東作，夏言南爲，皆是耕作營爲勸農之事。』

〔六〕〔錢注〕《爾雅》：北極謂之北辰。〔補注〕《晉書·天文志上》：『北極，北辰最尊者也……天運無窮，三光迭耀，而極星不移，故曰「居其所而衆星共之。」』北極居尊，喻帝王。

〔七〕〔錢注〕《後漢書·第五種傳》：永壽中，以司徒掾清詔使冀州，廉察灾害，舉奏刺史，二千石以下，所刑免甚衆。〔按〕唐代對觀察使簡稱『廉察』。

〔八〕〔錢注〕亞先爲給事中。〔補注〕謂已離朝臣之班行。

〔九〕〔補注〕《左傳·昭公十三年》：『昔天子班貢，輕重以列。列尊貢重，周之制也。卑而貢重者，甸服也。鄭伯，男也，而使之從公侯之貢，懼弗給也。』

〔一〇〕〔錢校〕疑當作『徒切維祺之祝』。〔補注〕《詩·大雅·行葦》：『壽考維祺，以介景福。』鄭玄注：『祺，吉也。』禖，古人求子之祭。作『維禖之禮』與『賀壽昌節』無涉，錢校近是。祺、禖，祝、禮形近致誤。

〔一一〕〔補注〕《詩·大雅·韓奕》：『韓侯入覲，以其介圭，入覲于王。王錫韓侯，淑旂綏章。』又《大雅·

抑》：『白圭之玷，尚可磨也。』凝，疑當作『擬』，比也，與下句『厠』義近相對。

〔一二〕〔錢注〕《楚辭·九歌》：秋蘭兮蘪蕪。《漢書·司馬相如傳》注：蘪蕪，即穹窮苗也。〔補注〕厠，次，列。有『比並』之義。

〔一三〕〔錢注〕《大戴禮記》：御器在側，不以度少傅之任也。

〔一四〕〔錢注〕《家語》：昔者，舜彈五絃之琴，造《南風》之詩，曰：『南風之薰兮，可以解吾民之愠兮；南風之時兮，可以阜吾民之財兮。』

〔一五〕〔補注〕《周禮·冬官·考工記》：『凡攻木之工七，攻金之工六，攻皮之工五。』注：攻，猶治也。按：此指麖靴。

〔一六〕〔錢注〕馬融《長笛賦》：龍鳴水中不見已，截竹吹之聲相似。〔按〕此指竹靴。

〔一七〕〔補注〕《周禮·天官·屨人》：『掌王及后之服屨。』屨，單底鞋，多以麻、葛、皮等製成。

〔一八〕〔補注〕《詩·小雅·白華》：『天步艱難，之子不猶。』此以『天步』兼指天子之行步與國運。

爲滎陽公桂州謝上表〔一〕

臣某言：臣奉違禁掖，祇役遐陬〔二〕，雖懸就日之誠〔三〕，懼曠宣風之寄〔四〕。柔轡載揚於永路〔五〕，輕舠利濟於大川〔六〕。即以今月九日到任上訖。臣某中謝。臣系承儒訓〔七〕，生屬昌期〔八〕，初掛弁髦〔九〕，即親筐篋〔一〇〕。嘉樹無忘於封殖〔一一〕，青氈不落於寇偷〔一二〕。再擢詞科，一登册府〔一三〕。徂遷歲律，浮泛軍裝〔一四〕。忽彯華纓〔一五〕，俄列通籍。極望郎於南省〔一六〕，備給事於左曹〔一七〕。中間帖掌臺綱〔一八〕，分修國史〔一九〕。旋值孽童拒詔〔二〇〕，狂虜亂華〔二一〕，副中憲以急宣〔二二〕，佐維城而遥護〔二三〕。督晉氏遷延之役〔二四〕，絶戎人偵邏之姦〔二五〕。敢伐善以攘揄〔二六〕，固盡誠於養棟〔二七〕。伏惟皇帝陛下武推時夏〔二八〕，文號欽明〔二九〕，方將虔奉紫泥〔三〇〕，恭拜青瑣〔三一〕，豈意遽分專席〔三二〕，叨賜再麾〔三三〕。首南服以稱藩〔三四〕，控西原而遏寇〔三五〕。褰帷廉部〔三六〕，猶恐墜於斯文〔三七〕；横槊令軍〔三八〕，實致憂於不武〔三九〕。雖期竭力，終懼敗官〔四〇〕。況俗雜華夷，地兼縣道〔四一〕，文身椎髻，漸尉佗南越之餘〔四二〕；叩鼓鳴鐘，傳士燮交州之態〔四三〕。網疏則魚漏〔四四〕，繩急則麏驚〔四五〕。欲經緯以合宜〔四六〕，顧韋弦而匪易〔四七〕。伏願陛下務修儉德〔四八〕，廣扇廉風〔四九〕。拾翠采珠〔五〇〕，不勤異物〔五一〕；驅犀逐象〔五二〕，用示深仁〔五三〕。始於問俗之時〔五四〕，便獲稱君之美〔五五〕。臣亦當求規水齏〔五六〕，取戒脂膏〔五七〕，冀少息於羣黎〔五八〕，庶免拘於司敗〔五九〕。三梁路阻〔六〇〕，九嶠山遥〔六一〕。浮江遇楚澤之萍〔六二〕，望國隔番禺之桂〔六三〕。遐思白鳥，鎮飈音於周囿之中〔六四〕；遠羡仙蓂，永固本於堯階之上〔六五〕。無任感恩望闕結戀屏營之至！

校注

〔一〕本篇原載《文苑英華》卷五八七第一頁，清編《全唐文》卷七七二第三頁、《樊南文集詳注》卷一。〔徐箋〕《舊書·宣宗紀》：大中元年二月，以給事中鄭亞爲桂州刺史、御史中丞、桂管防禦觀察等使。三（按：當作「二」）年二月，責授循州刺史。案：《地理志》：嶺南西道，桂管經略觀察使，治桂州，管桂、昭、蒙、富、梧、潯、龔、鬱林、平、琴、賓、澄、繡、象、柳、融等州。循州，屬嶺南東道節度使。〔張箋〕桂林距京水陸路四千七百六十里（見《舊書·地理志》），而是年三月有閏。《補編·爲滎陽公赴桂州至湖南敕書慰諭表》，時積慶太后崩，事在四月，云：『時逢積水，行滯長沙。』《爲滎陽公至湖南賀聽政表》：『臣方叨廉問，猶在道塗。』《爲滎陽公上衡州牛相公狀》亦云：『會昭潭積雨，南楚增波，尚滯旬時，若隔霄漢。』合之本集《爲滎陽公赴桂州在道換進賀端午銀狀》及《偶成轉韻》詩『湘妃廟下已春盡，虞帝城前初日曛』，則抵桂當在五月初矣。〔按〕《舊唐書·宣宗紀》：大中元年，『四月，積慶太后蕭氏崩，謚曰貞獻，文宗母也。』未載具體日期。《新唐書·宣宗紀》則云：『四月己酉，皇太后崩。』《通鑑·宣宗大中元年》亦載：四月『己酉，積慶太后蕭氏崩。』是年四月乙未朔，己酉爲十五日。而《爲中丞滎陽公赴桂州至湖南敕書慰諭表》云：『今月八日，宣告使某官至湖南觀察府，賫賜臣敕書一通……雖聞訃以銜哀……伏以時逢積水，行滯長沙，擁皂蓋而久留，載青旌而莫濟。』表中『今月』當爲五月，潭州距京師二千四百四十五里，敕書以日行二百里計，約需二十餘日。自四月十五至五月八日正二十二天。五月八日猶在潭州，而潭州距桂林尚有一千二百六十里，故本篇『即以今月九日到任上訖』之『今月』必指六月，此表當上於大中元年六月九日抵達桂林後。亞等六月九日始抵桂林，尚有另一旁證。《爲中丞滎陽公桂州賽城隍神文》云：『維大中元年，歲次丁卯，六月甲午朔，十四日丁未，都防禦觀察處置等使、桂州刺史兼御史中丞鄭某，謹遣登仕郎、守功曹參軍陸秩，以庶羞之奠，祭於城隍之神……某初蒙朝獎，來佩藩符。』祭城隍神，爲地方官初莅任時之例行公事，如《爲安平公兗州祭城隍文》《爲懷州李使君祭城隍神文》均然，後文明云『某謬蒙朝獎，叨領藩條，熊軾初臨，虎符適至』，尤爲初到任之口吻。如鄭亞五月九日即已到任，祭桂州城隍神之事必不遲至一月餘之後方舉行，唯其六月九日方到任，故於數日後即遣功曹參軍陸秩往祭。

〔二〕〔徐注〕王勃《廣州塔碑記》：相彼遐陬，實惟荒裔。

〔三〕見《爲安平公謝除兗海觀察使表》『猶賴雲日未遠』注。

〔四〕〔徐注〕《漢書·王褒傳》：益州刺史王襄欲宣風化於衆庶，使褒作《中和》《樂職》《宣布》詩，選好事者令依《鹿鳴》之聲習而歌之。〔馮注〕《漢書·王霸傳》：宣布詔令，百姓鄉化。按：刺史以班宣爲職，故每曰『宣風』，見《爲安平公兗州謝上表》（按：表有『宣布皇風』語）。

〔五〕〔徐注〕《左傳·襄公二十六年》：國子賦『轡之柔』矣。

〔六〕舠，《英華》作『船』，非。〔徐注〕《詩》：誰謂河廣，曾不容刀。箋：狹小船曰刀。《釋文》：刀如字，字書作『舠』。《南史·齊武帝諸子傳》：輕舠還闕。〔馮注〕按：赴桂先陸程，後水程。〔補注〕《易·雷》：『貞吉，利涉大川。』

〔七〕系，《英華》作『係』。〔徐注〕《晉書·荀崧傳》：參訓國子，以弘儒訓。

〔八〕〔徐注〕《南史·王茂等傳論》曰：王茂等運接昌期。

〔九〕〔徐注〕《左傳》：豈如弁髦而因以敝之。注：童子垂髦，始冠必三加冠，成禮而棄其始冠。疏：《士冠禮》：始冠緇布冠，次加皮弁，次加爵弁。《冠義》云：緇布之冠，冠而敝之可也。〔補注〕弁，黑色布帽。髦，童子眉際垂髪。古男子行冠禮，先加緇布冠，次加皮弁，後加爵弁，三加後即棄緇布冠不用，並剃去垂髦，理髪爲髻。『初掛弁髦』，即始冠之意。

〔一〇〕〔馮注〕《禮記》：入學鼓篋，孫其業也。疏曰：學士入學之時，大胥之官先擊鼓以召之，既至，發其篋以出其書。應璩《百一詩》：文章不經國，筐篋無尺書。《南史·劉苞傳》：家有舊書，例皆殘蠹，手自編緝，筐篋盈滿。〔徐注〕《漢書·賈誼傳》：俗吏所務，在于刀筆筐篋。〔按〕筐篋，本指盛書之箱，此即指書籍。

〔一一〕〔徐注〕《左傳》：韓宣子來聘，公享之，韓子賦《角弓》。既享，宴于季氏，有嘉樹焉，宣子譽之。武子曰：『宿敢不封殖此樹，以無忘《角弓》。』〔補注〕《左傳》杜預注：『封，厚也；殖，長也。』封殖，壅土培育。

〔一二〕〔徐注〕《世說》：王子敬夜齋中卧，有羣偷入其室，王徐曰：『偷兒，青氈我家舊物，可特置之。』〔馮注〕《舊書·鄭畋傳》：曾祖鄰、祖穆、並登進士第。

〔一三〕〔徐注〕（册府）謂祕書省。《穆天子傳》：天子北征，東還，乃循黑水至于羣玉之山，四轍中繩，先王之所謂策府。『册』與『策』同。〔馮注〕《舊書·鄭畋傳》：父亞，元和十五年擢進士第，又應賢良方正直言極諫制科，吏部調選，又以書判拔萃。數歲之内，連中三科。〔補注〕詞科，科舉名目之一，主要選拔學問淵博，文辭清麗，能草擬朝廷日常文稿之人材。此處『再擢詞科』似指其前後兩次中進士科與制科。亞登賢良在大和二年，見《登科記考》，已在登進士科九年後，如登書判拔萃更在其後，則與『數歲之内，連中三科』之語顯然不合。故或疑其登進士第後不久，於長慶元年即以書判拔萃入仕，授職祕書省，『再擢詞科』應指進士科與書判拔萃，詳參《文史》三十一輯周建國《鄭亞事蹟考述》。

〔一四〕〔徐注〕揚雄《甘泉賦》：振殷轔而軍裝。〔馮注〕《畋傳》：亞爲李德裕浙西從事，累屬家艱，人多忌嫉，久之不調。〔周建國曰〕『徂遷歲律』一語則表明他在任職祕書省與從事浙西之間曾長期未獲升遷。……鄭亞以書判拔萃任職祕書省，不得早於長慶元年。而長慶二年，李德裕已出鎮浙西。如謂鄭亞此時從行，『徂遷歲律』一語就解釋不通。由此可知長慶、寶曆間鄭亞未曾赴辟。……疑其赴辟或在大和二年制科登第後。細揣《迎弔》詩（按：指商隱《故驛迎弔故桂府常侍有感》詩）『二紀』『此時』兩句，與筆者的估計有相合處。張采田《玉谿生年譜會箋》繫此詩於大中五年秋（八五一），由此逆數至大和二年（八二八）符合『二紀』之數（《鄭亞事蹟考述》）。〔按〕周説可參。然此二句亦可解爲任職幕府爲時頗久，非指『徂遷歲律』之後方事戎幕。

〔一五〕纓，《英華》作『英』，非。〔徐注〕鮑照詩：仕子彯華纓。〔補注〕彯，飄動；華纓，彩色之冠纓。彯華纓，謂在朝爲官。

〔一六〕〔徐注〕《魏書》：孝文帝曰：吏部郎必使才望兼允者。陸游《筆記》：唐人本以尚書省在大明宫之南，故謂之南省。〔馮注〕《事文類聚》：山濤《啓事》曰：舊選尚書郎，極清望也。

〔一七〕〔徐注〕《漢書·楊敞傳》：子惲，名顯朝廷，擢爲左曹。案：左曹，謂門下省。沈佺期《自考功員外郎拜給事中》詩云：南省推丹地，東曹拜瑣闈。東曹，即左曹也。

〔一八〕〔徐注〕《通典》：御史爲風霜之任，舊制但聞風彈事提綱而已。《舊書·狄兼謩傳》：文宗顧謂之曰：『御史臺朝廷綱紀，臺綱正則朝廷理。』〔馮注〕《畋傳》：亞，會昌初始入朝，爲監察御史，累遷刑部郎中。中丞李回奏知雜，遷諫議大夫、給事中。《通典》：侍御史號爲臺端，他人稱之曰端公，其知雜事者謂之雜端，最雄劇。食坐之南，設横榻，謂之南牀，殿中、監察不得坐，亦謂之癡牀，言處其上者皆驕傲如癡。按：雜端佐中丞大夫以綜庶事，故曰『帖掌臺綱』也。〔補注〕帖，兼職。

〔一九〕〔徐箋〕《舊書·武宗紀》：會昌元年，李德裕奏改修《憲宗實録》，所載吉甫不善之迹，鄭亞希旨削之。三年十月，宰相監修國史李紳，兵部郎中、史館修撰判館事鄭亞進重修《憲宗實録》四十卷，頒賜有差。

〔二〇〕詔，《英華》注：集作『召』。〔徐曰〕謂劉稹。〔補箋〕《舊唐書·武宗紀》：會昌三年四月，『昭義節度使劉從諫卒，三軍以從諫姪稹爲兵馬留後，上表請節鉞。尋遣使齎詔潞府，令稹護從諫之喪歸洛陽，稹拒朝旨。』『孽童拒詔』指此。

〔二一〕〔馮曰〕此謂党項，不指回鶻。〔按〕見下注〔二五〕。

〔二二〕〔徐注〕木華《海賦》：邊荒遽告，王命急宣。〔馮曰〕中憲，謂中丞李回。

〔二三〕維，《英華》作『威』，非。〔馮校〕刊本（按：指徐氏箋注本）作『微臣』，《英華》作『威城』，皆必不可通。細思方知爲『維城』之誤，用《詩》『宗子維城』，以指兖王岐也。〔按〕《全文》正作『維城』。維城，本指連城以衛國，此處用『宗子維城』，即借指皇子。

〔二四〕役，《英華》作『後』，非。〔徐注〕《左傳》：諸侯之大夫從晋侯伐秦，至于棫林，乃命大還。晋人謂之遷延之役。

〔二五〕姦，《英華》作『奸』。〔徐注〕《後漢書·南匈奴傳》：南單于既居西河，亦列置諸部王，助爲捍戍，皆領部衆，爲郡縣偵邏耳目。北單于惶恐。〔馮箋〕《舊書·李回傳》：會昌三年，以户部侍郎兼御史中丞。武宗懼稹陰附河朔三鎮，命回使河朔。魏博何弘敬、鎮冀王元逵皆櫜鞬郊迎，回喻以朝旨，俯僂從命。《通鑑》：會昌三年十月，党項寇鹽州。十一月，邠寧奏党項入寇。李德裕奏：党項愈熾，不可不爲區處。請以皇子兼統諸道，擇廉幹之臣爲之副，居于夏州，理其辭訟，乃以兖王岐爲靈夏等六道元帥，兼安撫党項大使，御史中丞李回爲安撫副使，史館修撰鄭亞爲元帥判官，令齎詔往安撫党項及六鎮百姓。按：使諭河朔，亞亦從行，觀此數語可見。六鎮，《通鑑》

注云：鹽、夏、靈武、涇原、振武、邠寧也。〔按〕《通鑑·會昌三年》：七月，『晉絳行營節度使李彦佐自發徐州，行甚緩，又請休兵於絳州，兼請益兵。』『八月……王元逵前鋒入邢州境已踰月，何弘敬猶未出師。元逵屢有密表，稱弘敬懷兩端。』此當即所謂『晉氏遷延之役』，而亞作爲李回之副手，奉朝命前往督責河朔三鎮討劉稹，故云『督晉氏遷延之役』。

〔二六〕〔徐注〕《左傳》：晉獻公欲以驪姬爲夫人，卜之，其繇曰：『專之渝，攘公之羭。』注曰：『羭，美也。』〔馮曰〕此指佐兖王，唐人用典絶無忌諱。〔補注〕攘羭，本爲有損美名之意，此猶掠美。

〔二七〕棟，《英華》注：集作『棟』。徐本作『棟』。〔徐注〕棟，通作『棘』。《孟子》：『養其樲棘。』《爾雅》：『樲，酸棗。』注：『樹小實酢。』《小爾雅》：『棘實謂之棗。』陸佃《埤雅》：『大者棗，小者棘。酸棗，棘也。』〔馮注〕《魯語》：虢之會，季武子伐莒，楚人將以叔孫穆子爲戮。又：楚人乃赦之，穆子歸，武子勞之。穆子曰：『吾不難爲戮，養吾棟也。夫棟折而榱崩，吾懼壓焉。』注曰：『武子正卿爲國棟。』按：此以言佐李回也。或作『棟』，或作『棘』，皆誤。〔按〕馮校，注是。

〔二八〕〔徐注〕《詩》：肆于時夏。〔補注〕夏，大也。樂歌大者稱夏。

〔二九〕〔徐注〕《書》：欽明文思。〔補注〕陸德明《釋文》引馬融曰：『威儀表備謂之欽，照臨四方謂之明。』欽明，敬肅明察。多頌稱君主。

〔三〇〕〔徐注〕《漢舊儀》：天子信璽六，皆以武都紫泥封之。《西京雜記》：漢以武都紫泥爲璽寶，加緑綈其上。

〔三一〕見《爲安平公謝除兖海觀察使表》『青瑣門前』注。

〔三二〕〔馮注〕謂兼御史中丞。《後漢書·志》：御史中丞。注引蔡質《漢儀》曰：朝會獨坐。《初學記》引《續漢書》曰：御史中丞與司隸校尉、尚書令會同，並專席而坐，故京師號曰『三獨坐』。

〔三三〕〔徐曰〕謂桂州刺史。〔馮曰〕謂觀察桂管，得賜雙旌也。〔按〕再麾，見《爲濮陽公陳情表》『更授再麾』注。

〔三四〕〔徐注〕《漢書·匈奴傳》：三世稱藩。〔補注〕古代王畿以外地區分爲五服，故稱南方爲南服。

〔三五〕〔徐注〕《詩》：式遏寇虐。〔馮注〕《新書·志》：嶺南道諸蠻州中，有西原州，隸安南都護府。《南蠻傳》：西原蠻居廣、容之南，邕、桂之西，其地西接南詔。自天寶初以後，屢爲寇害。敬宗時，黄氏、儂氏據州十八，侵掠諸州。嶺南節度常以兵五百戍横州，不能制。大和中討平之。《贊》云：及唐稍弱，西原、黄洞繼爲邊害，垂百餘年，及其亡也以南詔。按：此句指戍兵言。〔按〕韓雲卿有《平蠻頌》，贊頌大曆年間李昌巙平定西原蠻叛亂之功，見《全唐文》卷四四一。

〔三六〕〔徐注〕《後漢書·賈琮傳》：舊典，傳車驂駕，垂赤帷裳。琮爲冀州刺史，命褰之。百城聞風，自然竦震。

〔三七〕〔補注〕《論語·子罕》：『天之將喪斯文也，後死者不得與於斯文也。』斯文，指禮樂教化、典章制度。

〔三八〕〔徐注〕《南史》：宋桓榮祖曰：『昔曹公父子，上馬横槊，下馬談論。』

〔三九〕〔徐注〕《左傳》：荀瑩曰：『城小而固，勝之不武。』

〔四〇〕〔徐注〕《左傳》：貪以敗官爲墨。〔補注〕敗官，敗壞官職。謂爲官不法。

〔四一〕〔馮注〕《漢書·文帝紀》：有司請令縣道云云。又《百官公卿表》：縣大率方百里，列侯所食縣曰國，皇太后、皇后、公主所食曰邑，有蠻夷曰道。〔按〕漢制，邑有少數民族雜居者稱『道』，無者稱『縣』。《史記·司馬相如列傳》：『檄到，亟下縣道，使咸知陛下之意。』桂管地區華夷雜居，故云『地兼縣道』。

〔四二〕〔徐注〕《説苑》：諸發曰：翦髮文身，爛然成章，以像龍子者，將避水神也。《漢書·陸賈傳》：賈至，尉佗魋結箕踞見賈。《南粤傳》：趙佗，真定人也。秦已滅，即擊并桂林、象郡，自立爲南越武王。〔馮注〕《左傳》：斷髮文身，裸以爲飾。《漢書·志》：粤地文身斷髮以避蛟龍之害。《史記·尉佗傳》：高后時，佗乃自尊號爲南越武帝。又：文帝時，佗爲書謝曰：『老夫妄竊帝號，聊以自娱。自今以後，去帝制。』

〔四三〕〔馮注〕《吴志·士燮傳》：燮爲交趾太守。弟壹，合浦太守；䵋，九真太守；武，海南太守。兄弟並爲列郡，雄長一州，偏在萬里，威尊無上。出入鳴鐘磬，笳簫鼓吹，車騎滿道。當時貴重，震服百蠻，尉佗不足踰也。䵋，于鄙反。

〔四四〕〔徐注〕《漢書·酷吏傳》：號爲網漏吞舟之魚。〔馮注〕《老子》：天網恢恢，疏而不失。

〔四五〕〔徐注〕《説文》：麢，麞也。陸氏《釋文》：麢，亦作麐，又作麇，俱倫反。黄氏《韻會》：麞性善驚故從章。章者，慞惶也。案麞膽甚怯，飲水見影輒奔。〔馮注〕沈約詩：驚麢去不息。

〔四六〕〔徐注〕《左傳》：晋成鱄曰：『經緯天地曰文。』〔馮注〕經緯，取縱横之義，以言經略也。

〔四七〕〔徐注〕《韓子》：西門豹性急，佩韋以自緩；董安于性緩，佩弦以自急。

〔四八〕〔徐注〕《書》：慎乃儉德，惟懷永圖。

〔四九〕〔徐注〕沈約碑：扇以廉風。

〔五〇〕〔徐注〕曹植《洛神賦》：或採明珠，或拾翠羽。《漢書·南粤王傳》：獻生翠四十雙。《王章傳》：妻子徙合浦，采珠致産數百萬。〔馮校〕《粤西文載》《四六法海》皆作『捐翠投珠』，似當從之。

〔五一〕〔徐注〕《書》：不貴異物賤用物，民乃足。

〔五二〕逐，《英華》注：集作『返』。〔馮注〕《新書·志》：嶺南道，厥貢孔翠、犀象。

〔五三〕〔補注〕《孟子·盡心上》：『仁言不如仁聲之入人深也。』李白《經亂離後憶舊遊書懷贈江夏韋太守良宰》：『深仁恤交道』。

〔五四〕〔徐注〕《魏書·崔琰傳》：仁聲先路，存問風俗。

〔五五〕〔徐注〕《禮記》：善則稱君，過則稱己，則民作忠。東方朔《非有先生論》：退不能揚君美以顯其功。

〔五六〕見《爲濮陽公陳許謝上表》『任棠水薤之規』注。韰，同『薤』。

〔五七〕〔徐注〕《後漢書》：孔奮爲姑臧長，力行清潔。或以爲身處脂膏，不能自潤，徒益苦辛耳。

〔五八〕羣，《英華》注：集作『疲』。
〔五九〕敗，《英華》注：集作『隸』，非。見《爲汝南公以妖星見賀德音表》『免拘司敗』注。
〔六〇〕〔馮注〕按陽江經三石梁以東合灕江，此所云三梁也。曹學佺《名勝志》：陽江源出靈川縣思磨山，流至郭西匯爲澄潭，歷西南文昌三石梁，東出灕山，與灕江合，對岸即桂林城。舊注（按：指徐注）引《尋陽記》廬山上三石梁，誤甚。
〔六一〕山，《英華》注：集作『封』。〔徐注〕晏殊《類要》引《吴録》曰：南野縣有大庾山、九嶺嶠以通廣州。〔馮注〕梁簡文帝《七勵》：經九嶠之夐阻。按：漢之南野縣，晋爲南康，唐之虔州南康郡也。
〔六二〕遇，《英華》注：一作『過』。〔馮注〕《家語》：楚昭王渡江，江中有物大如斗，圓而赤，直觸王舟。舟人取之，王使使問孔子，孔子曰：『此所謂萍實，可剖而食之，吉祥也。惟霸者爲能獲焉。吾嘗聞童謡曰：「楚王渡江得萍實，大如斗，赤如日，剖而食之甜如蜜。」此是應也。』
〔六三〕〔徐注〕《山海經》：桂林八樹在番禺東。
〔六四〕〔徐注〕《詩》：王在靈囿，白鳥翯翯。
〔六五〕階，《英華》作『陛』。見《爲濮陽公陳許謝上表》『幾落堯蓂』注。

爲中丞滎陽公桂州上後上中書門下狀〔一〕

右某自辭北闕〔二〕，出守南荒〔三〕，嘗犯露以脂車〔四〕，無侵星而擁棹〔五〕。即以今月日到任上訖。桂陽始至〔六〕，荔浦初臨〔七〕。警宵鐘而尚誤晨趨〔八〕，聞暮鼓而由斯夕拜〔九〕。仰瞻鑪冶〔一〇〕，實隔煙雲。惟當恭守詔條〔一一〕，欽承廟算〔一二〕，寬其竭馬〔一三〕，任其鞭羊〔一四〕。襦袴飍及于疲人〔一五〕，禮樂必資于君子。伏惟俯賜恩察。

校注

〔一〕本篇原載清編《全唐文》卷七七三第二〇頁、《樊南文集補編》卷三。〔錢箋〕本集有《爲滎陽公桂州謝上表》。徐氏曰：凡除官到任，謂之上。上日修表謝恩，謂之謝上。上，時掌切。〔按〕鄭亞大中元年六月九日抵達桂林，見《爲滎陽公桂州謝上表》注〔一〕。狀與謝上表當作於同時。

〔二〕辭，《全文》作『解』，據錢校改。

〔三〕〔錢注〕顔延之《五君詠》：一麾乃出守。王褒《移金馬碧雞文》：歸兮翔兮，何事南荒也。〔補注〕出守南荒，指任桂州刺史、桂管觀察使。古代五服中有『荒服』，稱離京師二千至二千五百里之邊遠地方。

〔四〕〔錢注〕謝靈運《山居賦》：犯露乘星。〔補注〕脂車，以油塗車軸，以利運轉。此借指駕車出行。

〔五〕〔錢校〕無，疑當作『每』。〔錢注〕鮑照《還都道中作詩》：侵星赴早路。

〔六〕〔錢注〕《漢書·地理志》：桂陽郡，高帝置，屬荆州。〔按〕此『桂陽』即指桂州，以其在桂水之陽，故稱。

〔七〕〔錢注〕《新唐書·地理志》：荔浦縣屬嶺南道桂州。〔補注〕《元和郡縣圖志》卷三七：『荔浦縣，本漢舊縣，因荔水爲名。』

〔八〕〔錢注〕沈約《和謝宣城詩》：晨趨朝建禮。〔補注〕言聞夜鐘鳴響而尚誤以爲清晨趨朝之時已到。

〔九〕〔補注〕應劭《漢官儀》卷上：『黄門侍郎，每日暮，向青瑣門拜，謂之夕郎。』漢時，黄門侍郎可加官給事中，因亦稱給事中爲夕郎。鄭亞出爲桂管觀察使前爲給事中，故云『聞暮鼓而由斯夕拜』。由，通『猶』。
〔一〇〕〔錢注〕《晋書·文苑傳》：其得鑪冶之門者，惟挾炭之子。
〔一一〕詔條，見《爲尚書濮陽公賀鄭相公狀》『某謬奉詔條』注。
〔一二〕廟算，見《爲汝南公賀元日朝會上中書狀》『嘗聞廟算』注。
〔一三〕〔錢注〕《莊子》：東野稷以御見莊公。顔闔曰：『稷之馬將敗。』公曰：『子何以知之？』曰：『其馬力竭矣，而猶求之，故曰敗。』
〔一四〕〔錢注〕《列子》：君見其牧羊者乎？百羊爲羣，使五尺童子荷箠而隨之，欲東而東，欲西而西。使堯牽一羊，舜荷箠而隨之，則不能前矣。
〔一五〕〔錢注〕《後漢書·廉范傳》：范遷蜀郡太守。成都民物豐盛，邑宇逼側，舊制禁民夜作，以防火灾。而更相隱蔽，燒者日屬。范乃毁削令，但嚴使儲水而已。百姓爲便，乃歌之曰：『廉叔度，來何暮。不禁火，民安作。平生無襦今五袴。』潘岳《西征賦》：牧疲人於西夏。

爲滎陽公桂州舉人自代狀〔一〕

某官裴俅〔二〕

右臣伏準某年某月日敕，内外文武官上後舉一人自代者〔三〕。伏見前件官耆鄉茂族〔四〕，洛下名生〔五〕，處家國以必聞〔六〕，善兄弟而無痛〔七〕。而又南暈耀彩〔八〕，東箭含筠〔九〕，身先較藝之場〔一〇〕，首出觀光之籍〔一一〕，從外府而允稱賢佐〔一二〕，立中臺而克號清郎〔一三〕。洎時急昌言〔一四〕，官登大諫〔一五〕，楊阜常規於法服〔一六〕，陳羣盡削其封章〔一七〕。實於不咈之朝〔一八〕，能守勿欺之旨〔一九〕。臣所部俗分蠻徼〔二〇〕，地控越城〔二一〕。藉威略以靖封隅〔二二〕，資簡惠而安疲瘵〔二三〕。顧迴殊渥，以授當仁。豈微敬仲之才〔二四〕，兼有伯游之長〔二五〕。俯從牢讓〔二六〕，克免曠官〔二七〕。特冀宸嚴，曲垂矜許。干冒陳請〔二八〕，惶越無任。

校注

〔一〕本篇原載《文苑英華》卷六三九第三頁、清編《全唐文》卷七七二第二〇頁、《樊南文集詳註》卷二。

〔按〕鄭亞大中元年六月九日到任，此舉人自代狀當上於此後三日内。

〔二〕〔徐箋〕《新書·宰相世系表》：裴肅，字中明，浙東觀察使。三子：儔，字次之，江西觀察使；休，字公美，相宣宗；俅，字冠儀，諫議大夫。〔馮箋〕按《舊書·裴休傳》：休，河内濟源人。兄弟並登進士第。俅字冠識，《表》作冠儀，似『識』字誤。《小學紺珠》：裴休兄弟三人，有盛名，號三裴。世謂俅不如儔，儔不如休。〔補箋〕據《登科記考》，寶曆二年，裴俅登進士第，爲狀元。

〔三〕見《爲懷州刺史舉人自代狀》篇首及注〔二〕。

〔四〕〔馮校〕蜚，一作『邶』，誤。〔徐注〕案《世系表》：秦非子之支孫封蜚鄉，因以爲氏，今聞喜蜚城是也。六世孫陵，當周僖王之時，封爲解邑君，乃去『邑』從『衣』爲『裴』。一云晋平公封顓頊之孫鍼於周川之裴中，號裴君，疑不可辨。陵裔孫後漢陽吉平侯茂，三子潛、徽、輯。輯之後號東眷，休所出也。蜚音裴。

〔五〕〔徐注〕《世説》：謝安能作洛下書生詠。〔馮曰〕『洛下』字習見，如『洛下書生』之類。〔按〕洛下名生，疑用《史記·屈原賈生列傳》：『賈生名誼，雒陽人也，年十八，以能詩屬書聞于郡中。』

〔六〕〔補注〕《論語·顏淵》：『在邦必聞，在家必聞。』

〔七〕〔徐注〕《詩》：不令兄弟，交相爲瘉。〔補注〕瘉，病也。交相爲瘉，指兄弟相害。

〔八〕翬，《全文》作『輝』，與上字『翬』音重，據《英華》改。〔徐注〕《詩》：如翬斯飛。箋：伊、洛而南，素質五色皆備成章曰翬。翬者，鳥之奇異者也。〔補注〕翬，五彩之山雞。

〔九〕〔徐注〕《爾雅》：東南之美者，有會稽之竹箭焉。注：會稽，山名，今在山陰縣南。竹箭，篠也。

〔一〇〕〔徐注〕班固《答賓戲》：婆娑乎術藝之場。〔補注〕較藝之場，指科舉試場。

〔一一〕〔徐注〕《易》：觀國之光，利用賓于王。〔補注〕觀光，觀覽國之盛德光輝。首出觀光之籍，謂應試登高第。

〔一二〕〔徐注〕《後漢書·竇武傳》：古之明君，必須賢佐以成政道。〔按〕此『賢佐』指州郡、節使之僚佐。

〔一三〕〔徐注〕《通典》：唐改尚書省曰中臺，亦曰文昌臺。《北史》：袁聿修爲尚書郎，十年未曾受升酒之遺，尚書郎邢邵嘗呼聿修爲清郎。

〔一四〕〔徐注〕《書》：禹拜昌言曰：『俞。』〔補注〕昌言，善言，正當之言論。

〔一五〕〔徐注〕《管子》：臣不如東郭牙，請立以爲大諫之官。〔馮注〕《詩》：是用大諫。〔按〕大諫，指諫議大夫。孫棨《北里志·王蘇蘇》：『有進士李標者，久在大諫王致君門下。』洪邁《容齋四筆·官稱別名》：『唐人好以它名標牓官稱……諫議爲大坡、大諫。』

〔一六〕〔馮注〕《魏志·楊阜傳》：嘗見明帝著繡帽，被縹綾半褎袖，阜問帝曰：『此於禮何法服也？』帝默然不答。自是不法服不以見阜。

〔一七〕〔徐注〕《魏志·陳羣傳》注：羣前後數密陳得失，每上封事，輒削其草。

〔一八〕〔徐注〕《書》：先王肇修人紀，從諫弗咈。〔補注〕咈，違，拒。

〔一九〕〔補注〕《論語·憲問》：『子路問事君。子曰：勿欺也，而犯之。』

〔二〇〕〔徐注〕《漢書》注：東北謂之塞，西南謂之徼。

〔二一〕〔徐注〕《水經注》：湘、灕之間，陸地廣百餘步，謂之始安嶠，即越城嶠也。秦置五嶺之戍，是其一焉。《元和郡縣志》：越城嶠在桂州全義縣北，五嶺之最西嶺也。

〔二二〕〔徐注〕《晉書·桓温傳論》曰：受寄干城，用恢威略。

〔二三〕〔徐注〕《晉書·魏舒傳》：出爲冀州刺史，在州三年，以簡惠稱。《魏略》：曹植上書曰：『疲瘵風靡。』〔補注〕疲瘵，疾病，指困乏疲弱之民。

〔二四〕敬仲之才，《英華》注：一作『豈爲敬重』，非。〔徐注〕管敬仲也。《管子》：鮑叔曰：『施伯之知，夷吾之才，必將致魯之政。』〔馮注〕《齊語》：管子，天下之才也。

〔二五〕〔徐注〕《左傳》：晉侯蒐于緜上以治兵，使士匄將中軍，辭曰：『伯游長，昔臣習以智伯，是以佐之，非能賢也。請從伯游。』荀偃將中軍，士匄佐之。〔馮注〕《左傳》注曰：伯游，荀偃。

〔二六〕〔徐注〕《漢書·師丹傳》：上書言：復曾不能牢讓爵位。〔補注〕牢讓，堅決辭讓。

〔二七〕克，《英華》作『方』。

〔二八〕請，《英華》作『讓』。

爲滎陽公上集賢韋相公狀二〔一〕

某素乏異能〔二〕，驟蒙殊寵〔三〕，實幸藩宣之日〔四〕，得承陶冶之餘。不敢遑安〔五〕，以須至止〔六〕。即以今月某日，到任上訖。數屬城之地，半雜遠夷；稽守器之人，多非命士〔七〕。雖欲纚修理行〔八〕，終憂不致殊尤〔九〕。唯當惠撫疲甿〔一〇〕，智籠獷俗〔一一〕，則蒲盧之善養〔一二〕，冀桑椹以懷音〔一三〕。兼弘獄市之規〔一四〕，以奉巖廊之化〔一五〕。伏惟特賜恩察。

校注

〔一〕本篇原載清編《全唐文》卷七七三第二三頁、《樊南文集補編》卷三。〔按〕狀云『即以今月某日到任上訖』，鄭亞大中元年六月九日抵達桂林（見《爲滎陽公桂州謝上表注〔一〕》），本篇當作於其後。

〔二〕〔錢注〕《史記·仲尼弟子傳》：皆異能之士也。

〔三〕〔錢注〕《後漢書·楊政傳》：不思求賢，以報殊寵。

〔四〕〔補注〕《詩·大雅·崧高》：『四國于蕃，四方于宣。』馬瑞辰通釋：『宣，當爲「垣」之假借。』藩宣，指觀察使、節度使等藩鎮。連下句言出鎮時正值韋拜相。

〔五〕〔錢注〕束晳《補亡詩》：心不遑安。

〔六〕〔補注〕《詩·小雅·庭燎》：『夜如何其？夜未央，庭燎之光。君子至止，鸞聲將將。』

〔七〕〔錢箋〕《新唐書·方鎮表》：桂管領桂、梧、賀、連、柳、富、昭、蒙、嚴、環、融、古、思唐、龔十四州。又《地理志》載環州、嚴州、古州，皆係開拓蠻僚所置。此外羈縻州有紆州、歸思州、思順州、蕃州、温泉州、述昆州、格州，並隸桂州都督府。又《韓佽傳》云：累遷桂管觀察使，部二十餘州，自參軍至縣令無慮三百員。吏部所補纔十一，餘皆觀察使商才補職。觀後爲滎陽署官牒，有差知環州、嚴州、古州等篇，可見此三州刺史，即由觀察自署。又突將凌綽牒云『言念蕃州雖無漢守』，是羈縻州長并屬土人。注詳《爲京兆公乞留瀘州刺史洗宗禮狀》注〔三〕。○陸機《吴趨行》李善注：蔡邕《陳留太守行縣頌》曰：府君勸耕桑於屬城。〔補注〕守器，見

《左傳·成公二年》：『唯器與名，不可以假人，君之所司也。名以出信，信以守器，器以藏禮，禮以行義，義以生利，利以平民，政之大節也。』杜預注：『名，爵號；器，車服。』此以『守器』指守護國家政權之地方官吏。命士，古稱有爵命之士。《禮記·内則》：『由命士以上，父子皆異宫。』

〔八〕〔錢注〕《漢書·趙廣漢傳》：察廉爲陽翟令。以治行尤異，遷京輔都尉，守京兆尹。按：唐諱『治』，故作『理』。

〔九〕〔錢注〕司馬相如《封禪文》：未有殊尤絶迹可考於今者也。

〔一〇〕〔錢注〕《説文》：甿，田民也。

〔一一〕〔錢注〕《後漢書·祭彤傳》：政移獷俗。

〔一二〕〔錢注〕《禮·中庸》注：蒲盧，蜾蠃，謂土蜂也。《詩》曰：『螟蛉有子，蜾蠃負之。』螟蛉，桑蟲也。蒲盧取桑蟲之子，去而變化之，以成爲己子。政之於百姓，若蒲盧之於桑蟲然。〔按〕蒲盧，細腰蜂，常捕食螟蛉（螟蛾幼蟲）餵養其幼蟲，古人誤認爲蒲盧養螟蛉爲己子。

〔一三〕〔補注〕《詩·魯頌·泮水》：『翩彼飛鴞，集于泮林。食我桑黮，懷我好音。憬彼淮夷，來獻其琛。元龜象齒，大賂南金。』詩以鴞集於泮宫（學宫）之林，食桑椹、報好音以喻淮夷之歸化。此用其義以明懷柔遠夷之意。

〔一四〕〔錢注〕《史記·曹相國世家》：參爲齊丞相，蕭何卒，參入相。參去，屬其後相曰：『以齊獄市爲寄，慎勿擾也。』〔按〕宋·朱翌《猗覺寮雜記》云：『獄也，市也，二事也，獄如教唆詞訟，資給盗賊，市如用私斗秤欺謾變易之類，皆奸人圖利之所，若窮治，則事必枝蔓，此等無所容，必爲亂，非省事之術也。』

〔一五〕〔錢注〕《漢書·董仲舒傳》：蓋聞虞舜之時，游于巖廊之上，垂拱無爲，而天下太平。

爲滎陽公上弘文崔相公狀二〔一〕

某以今月九日，到任上訖〔二〕。疆分楚、越〔三〕，民雜華夷，殫獷俗巫風〔四〕，帶三居五宅〔五〕。須條之寄〔六〕，稱職爲難〔七〕。伏幸過潭州日，得與輿人詠我台座〔八〕，聞寇恂之理行〔九〕，窺樊仲之官司〔一〇〕。誓欲披拂仁風〔一一〕，禱祈膏雨，矗師遺愛〔一二〕，俯惠疲甿。伏料清光〔一三〕，必亮丹款〔一四〕。至於酌泉投香之戒〔一五〕，飲冰食蘖之規〔一六〕，實惟素誠，敢有貳事〔一七〕？伏惟特賜恩察。

校注

〔一〕本篇原載清編《全唐文》卷七七四第一頁、《樊南文集補編》卷三。題内『弘文』原作『僕射』，據錢校改。〔錢箋〕（崔相公）崔元式也。『僕射』當作『弘文』，詳《爲滎陽公上僕射崔相公狀二》注〔一〕。〔按〕狀内提及『過潭州日，得與輿人詠我台座，聞寇恂之理行，窺樊仲之官司』，此崔相公必曾任湖南觀察使。《爲滎陽公上弘文崔相公狀一》曾言『況兹樂土，嘗扇仁風，式訪顛毛，兼詢憩樹，吏皆攀轅之士，民皆遮道之人』，與《新唐書》崔元式本傳所載『累官湖南觀察使』及本篇所云合，而僕射崔相公崔鄲則無觀察湖南之仕歷。故題應從錢校改『僕射』爲『弘文』。狀有『今月九日到任上訖』之語，當作於大中元年六月九日抵桂林後。

〔二〕上，除官到任。見《爲中丞滎陽公桂州上後上中書門下狀》注〔一〕。

〔三〕〔錢注〕《漢書·地理志》：楚地，翼、軫之分野也。今之南郡、江夏、桂陽、武陵、長沙及漢中、汝南郡，盡楚分也。粤地，牽牛、婺女之分野也。今之蒼梧、鬱林、合浦、交阯、九真、南海、日南皆粤分也。《太平御覽》：《十道志》曰：桂州始安郡，《禹貢》荆州之域，春秋時越地，七國時，爲楚、越之交。

〔四〕獷俗，見《爲滎陽公上集賢韋相公狀二》注〔一〕。〔補注〕《書·伊訓》：『敢有恒舞于宫，酣歌于室，時謂巫風。』孔穎達疏：『巫以歌舞事神，故歌舞爲巫覡之風俗也。』此指巫覡降神之迷信風俗。商隱《桂林》：『殊鄉竟何禱，簫鼓不曾休。』《異俗二首》之二：『户盡懸秦網，家多事越巫……賈生兼事鬼，不信有洪爐。』所寫即桂州、昭州之巫風。

〔五〕〔補注〕《書·舜典》：『五流有宅，五宅三居。』孔傳：『五刑之流，各有所居，五居之差，有三等之居。大罪四裔，次九州之外，次千里之外。』三居，古代依罪行之輕重將犯人流放至遠近不同之三地。

〔六〕〔補注〕頒條，漢代州刺史以六條考察州郡官吏。此『頒條之寄』，即指頒宣法律條令之州刺史、觀察使。《新唐書·劉蕡傳》：列郡在乎頒條。

〔七〕〔錢注〕《漢書·董仲舒傳》：且古所謂功者，以任官稱職爲差，非所謂積日累久也。

〔八〕〔錢校〕與，胡本作『於』。〔補注〕輿人，衆人。《國語·晋語三》：『惠公入，而背内外之賂。輿人誦之。』韋昭注：『輿，衆也。』又《楚語上》：『近臣諫，遠臣謗，輿人誦，以自誥也。』台座，指崔相相公。

〔九〕見《爲滎陽公上弘文崔相公狀一》注〔一〇〕。

〔一〇〕〔錢注〕《後漢書·張衡傳》：衡設客問，作《應間》云：申伯、樊仲，實幹周邦。注：樊仲，仲山甫也，爲樊侯，周宣王之卿士。

〔一一〕〔錢注〕《莊子》：孰居無事而披拂是。

〔一二〕〔補注〕《左傳·襄公十九年》：『小國之仰大國也，如百穀之仰膏雨焉。』《左傳·昭公二十年》：『及子産卒，仲尼聞之，出涕曰：古之遺愛也。』

〔一三〕〔錢注〕《漢書·鼂錯傳》：然莫望陛下清光。〔補注〕清光，清美之風采。此指崔相公。

〔一四〕〔補注〕亮，相信。丹款，猶赤誠。

〔一五〕〔錢注〕《晉書·吴隱之傳》：爲廣州刺史，未至州二十里，有貪泉，飲者懷無厭之欲。隱之酌而飲之，因賦詩曰：『古人云此水，一歃懷千金。試使夷齊飲，終當不易心。』投香，見《爲濮陽公上淮南李相公狀一》『投香一斤』注。

〔一六〕見《爲中丞滎陽公赴桂州至湖南敕書慰諭表》注〔二八〕。

〔一七〕〔補注〕《左傳·成公九年》：『晉侯觀于軍府，見鍾儀，問之曰：「南冠而縶者，誰也？」有司對曰：「鄭人所獻楚囚也。」……公曰：「能樂乎？」對曰：「先父之職官也，敢有二事？」』杜注：『言不敢學他事。』《禮記·王制》：『凡執技以事上者，不貳事，不移官。』孔疏：『欲其專一其所有之事。』敢有貳事，謂不敢從事本職以外之事。

爲滎陽公上史館白相公狀三〔一〕

以今月九日，到任上訖。地當嶺首，封接蠻陬〔二〕。猿飲鳥言〔三〕，罕規政令；銀簪銅鏑〔四〕，本主羈縻〔五〕。實憂下才〔六〕，無以布政〔七〕。惟當推誠慮物，潔己臨人。畏楊震之四知〔八〕，從士伯之三務〔九〕。所冀矗攀方國〔一〇〕，無失賦輿〔一一〕。然後宣布朝經〔一二〕，闡揚廟算〔一三〕，設學舍媒官之令〔一四〕，峻頑人罷女之科〔一五〕。仰奉恩知，敢同荒墮，伏惟特賜恩察。

校注

〔一〕本篇原載清編《全唐文》卷七七四第三頁、《樊南文集補編》卷三。〔按〕據狀首『以今月九日，到任上訖』之語，狀應作於大中元年六月九日抵達桂林後。

〔二〕見《爲尚書濮陽公涇原讓加兵部尚書表》『再撫蠻陬』注、《爲滎陽公上集賢韋相公狀二》注〔七〕。

〔三〕〔錢注〕《漢書·西域傳》：烏秅國，民接手飲。注：自高山下溪澗中飲水，故接連其手，如猿之爲。《後漢書·度尚傳》：長沙太守抗徐，初試守宣城長，悉移深林遠藪椎髻鳥語之人，置於縣下。〔補注〕猿飲，謂似猿之用前肢捧水而飲。鳥言，謂説話如鳥鳴，猶所謂『南蠻鴃舌之人』。商隱《異俗二首》之一亦云：『鳥言成牒訴。』

〔四〕〔錢注〕《廣州記》：俚僚鑄銅爲鼓，初成懸于庭，尅晨置酒，招致同類。豪富女子以金銀爲大釵，執以叩鼓，叩竟，留遺主人也。張華《博物志》：交州夷名俚子，箭長尺餘，以燋銅爲鏑。

〔五〕羈縻，見《爲京兆公乞留瀘州刺史洗宗禮狀》注〔三〕、《爲滎陽公上集賢韋相公狀二》注〔七〕。

〔六〕〔錢注〕《列子》：伯樂曰：『臣之子皆下才也。』

〔七〕〔補注〕《左傳·成公二年》：『《詩》曰：布政優優，百禄是遒。』

〔八〕〔錢注〕《後漢書·楊震傳》：震所舉荆州茂才王密，懷金十斤以遺震，震曰：『故人知君，君不知故人何也？』密曰：『暮夜無知者。』震曰：『天知、神知、我知、子知，何謂無知？』密愧而去。

〔九〕〔補注〕《左傳·昭公二十三年》：『楚囊瓦爲令尹，城郢。沈尹戌曰：「子常必亡郢。苟不能衛，城無益也。古者天子守在四夷；天子卑，守在諸侯。諸侯守在四鄰；諸侯卑，守在四竟。慎其四竟，結其四援，民狎其野，三務成功，民無内憂，而又無外懼，國焉用城？」』杜注：『春夏秋三時之務。』按：士伯無三務事，當因此上有『士伯御叔孫』一節而誤記爲士伯事。

〔一〇〕〔補注〕《詩・大雅・大明》：『厥德不回，以受方國。』方國，四方諸侯之國。

〔一一〕〔補注〕《左傳・成公二年》：『群臣帥賦輿，以爲魯、衛請。』賦輿，此指賦稅。

〔一二〕〔錢注〕《漢書・黄霸傳》：太守霸爲選擇良吏，分部宣布詔令。任昉《爲齊明帝讓宣城郡公第一表》：增一職已黷朝經。〔補注〕朝經，朝廷之典章制度。

〔一三〕廟算，見《爲汝南公賀元日朝會上中書狀》『嘗聞廟算』注。

〔一四〕〔錢注〕《吴志・薛綜傳》：錫光爲交阯、任延爲九真太守，爲設媒官，始知聘娶；建立學校，導之經義。

〔一五〕〔錢注〕頑民，見《書・畢命》：『毖殷頑民，遷于洛邑。』避諱作『人』。《國語》：罷士無伍，罷女無家。〔補注〕頑民，愚頑不化之民；罷女，無行之女。

爲滎陽公上門下李相公狀二〔一〕

某以今月某日，到任上訖。漢縣舊封〔二〕，越城遐嶠〔三〕，夷貊半參於編户〔四〕，賦輿全視于奥區〔五〕。不知疏蕪，曷處盤錯〔六〕？唯當仰承指訓，俯事躬親〔七〕。合農功於國僑〔八〕，思馬志於文子〔九〕。冀申豪髪〔一〇〕，用贖簡書〔一一〕。至於生事沽名〔一二〕，迷方改務〔一三〕，實於他日，則已誓心。庶遵丙吉之規〔一四〕，稍勵賈琮之志〔一五〕。伏惟特賜恩察。

校注

〔一〕本篇原載清編《全唐文》卷七七四第四頁、《樊南文集補編》卷三。〔按〕狀首有『某以今月某日，到任上訖』之語，當作於大中元年六月九日到桂管任後。門下李相公，李回。見《爲滎陽公上門下李相公狀一》注〔一〕。

〔二〕〔錢注〕《舊唐書·地理志》：桂州所治，漢始安縣地。

〔三〕見《爲尚書濮陽公涇原讓加兵部尚書表》注〔二七〕。

〔四〕〔錢注〕詳《爲滎陽公上集賢韋相公狀二》注〔七〕。《漢書·高帝紀》注：編户者，言列次名籍也。

〔五〕〔錢注〕班固《西都賦》：防禦之阻，則天地之隩區焉。〔補注〕奥區，腹地。句意謂賦税等同于腹地，蓋言其重。

〔六〕〔錢注〕《後漢書·虞詡傳》：朝歌賊攻殺長吏，屯聚連年。詡爲朝歌長，故舊皆弔，詡笑曰：『不遇盤根錯節，何以别利器乎？』

〔七〕〔補注〕《詩·小雅·節南山》：『弗躬弗親，庶民弗信。』

〔八〕〔補注〕《左傳·襄公二十五年》：『子大叔問政於子産。子産曰：「政如農功，日夜思之，思其始而成其終，朝夕而行之。行無越思，如農之有畔，其過鮮矣。」』按：國僑即公孫僑，字子産，鄭大夫。

〔九〕〔錢注〕《文子》：老子曰：『治人之道，其猶造父之御駟馬也。齊輯之乎轡銜，正度之乎胸膺，内得于中心，外合乎馬志。故能取道致遠，氣力有餘，進退還曲，莫不如志，誠得其術也。』

〔一〇〕〔錢注〕曹植《求自試表》：庶立毛髮之功，以報所受之恩。豪，通『毫』。

〔一一〕〔補注〕《詩·小雅·出車》：『豈不懷歸，畏此簡書。』簡書，戒命。

〔一二〕〔錢注〕《文子》：欲尸名者必生事。

〔一三〕〔錢注〕鮑照《擬古詩》：迷方獨淪誤。《後漢書·王柔傳》：然違方改務，亦不能至也。

〔一四〕見《爲滎陽公上集賢韋相公狀一》注〔一二〕。

〔一五〕〔錢注〕《後漢書·賈琮傳》：爲交阯刺史，在事三年，爲十三州最。〔按〕似兼用《琮傳》『刺史當遠視廣聽』之語。

爲滎陽公與度支盧侍郎狀〔一〕

某今月九日，到任上訖。不任感愓。職重賦輿〔二〕，俗參夷獠〔三〕。務便宜於五嶺〔四〕，或有可觀；同刺舉於三河〔五〕，竊將不可。但期尅苦，用答恩榮。侍郎早立清朝，久持重任〔六〕。未處平章之地〔七〕，猶孤動植之心。昔周室均財，司會且參於太宰〔八〕；漢朝主計，丞相仍兼於列侯〔九〕。故事具存，殊恩允屬。側聆注懇，實倍常情。伏惟俯賜照察。

校注

〔一〕本篇原載清編《全唐文》卷七七四第一三頁、《樊南文集補編》卷四。〔錢箋〕（度支盧侍郎）盧弘正（按：應從《新唐書》作『止』）也。《新唐書》本傳：會昌中，劉稹平，爲河北兩鎮宣慰使，還拜工部侍郎，以户部領度支。餘詳《爲滎陽公與度支周侍郎狀》注〔一〕。〔張箋〕大中元年六月，户部侍郎判度支、充鹽鐵轉運使盧弘正（止）出爲義成軍節度使。並附考證略云：弘正（止）當於會昌六年代（崔元式）判度支……至（大中元年）六月，又除義成節度使周墀判度支，代弘正（止），而弘正（止）則出鎮矣。〔按〕狀有『某今月九日，到任上訖』語，當爲大中元年六月九日抵桂管任後所上。張謂弘止元年六月出爲義成軍節度使，蓋據《舊書・宣宗紀》大中元年六月『以義成軍節度使周墀爲兵部侍郎、判度支』之記載而推斷其代弘止判度支，大體可信。撰此狀時，弘止或尚未出鎮義成，或雖已任命，除書尚未抵桂林也。《全唐文》卷四三八有李訥《授盧弘正韋讓等徐滑節度使制》，稱『義成軍節度使盧弘正』，可證弘止確有義成軍節度使之除。

〔二〕〔補注〕賦輿，此指賦税。謂已任觀察使，兼掌地方財賦。

〔三〕俗參夷獠，見《爲滎陽公上集賢韋相公狀二》注〔七〕。〔錢注〕張華《博物志》：荆州極西南界至蜀，諸民曰獠子。〔補注〕《周書・異域傳上》：『獠者，蓋南蠻之别種，自漢中達于邛、笮，川洞之間，在所皆有之。』周去非《嶺外代答・蠻俗》：『獠在右江溪峒之外，俗謂之山獠，依山林而居，無酋長、版籍。』

〔四〕〔錢注〕《漢書・趙充國傳》：充國以爲將任兵在外，便宜有守，以安國家。五嶺，見《爲尚書濮陽公涇原讓加兵部尚書表》注〔二七〕。〔補注〕便宜，此指有利國家，合乎時宜之事。

〔五〕〔錢注〕《史記・田叔傳》：叔少子仁刺舉三河。注：三河，河南、河東、河内也。〔按〕《史記・田叔列傳》原文爲：『天下郡太守多爲姦利，三河尤甚，臣請先刺舉三河。』刺舉，猶檢舉。

〔六〕〔補箋〕《新唐書・盧弘止傳》：『累擢監察御史。……遷給事中。會昌中，詔河北三節度討劉稹、何弘敬、王元逵先取邢、洺、磁三州。宰相李德裕畏諸帥有請地者，乃以弘止爲三州團練觀察留後。』餘見注〔一〕。

〔七〕平章，見《爲尚書濮陽公賀鄭相公狀》注〔五〕。〔補注〕處平章之地，指居相位。

〔八〕〔補注〕《周禮・天官・司會》：『以九式之法，均節邦之財用。』賈公彦疏：『云以九式均節邦之財用者，九式，所以用九賦，使均平有節，故云均節邦之財用。』均節，猶調節。司會，《周禮》天官之屬，主管財政經濟，後世用爲度支之别稱。會，音快。太宰，相傳殷置，周稱冢宰，爲天官之長，掌建邦之六典，以佐王治邦國，參《周禮・天官・大宰》。

〔九〕〔錢注〕《史記・張丞相傳》：張蒼封爲北平侯，遷爲計相一月，更以列侯爲主計四歲。蒼善用算律曆，故令蒼以列侯居相府，領主郡國上計者。〔補注〕主計，漢代主管國家財賦之官，後亦泛指主管財賦之官吏。

爲滎陽公與魏中丞狀〔一〕

某以九月九日〔二〕，到任上訖。映帶谿洞〔三〕，錯雜蠻夷〔四〕。剛鹵石田〔五〕，事殊於農政〔六〕；賨幏越紵〔七〕，功異於桑均〔八〕。實懼疏蕪，有辱廉撫。至於屏除苛黠〔九〕，賞慰柔良〔一〇〕，敢忘深薄之規〔一一〕，以累準繩之地〔一二〕。伏惟特賜照察。

校注

〔一〕本篇原載清編《全唐文》卷七七四第一四頁、《樊南文集補編》卷四。〔錢箋〕大中二年，按問吴湘之獄，御史中丞爲魏扶，見《新唐書・李德裕傳》。滎陽出鎮在元年，時代相及，疑即其人也。事詳後《爲滎陽公上馬侍郎啓》。《舊唐書・職官志》：御史臺中丞二員，正四品下。〔按〕《册府元龜》卷六四一、《唐會要》卷七六載：『大中元年正月，禮部侍郎魏扶放及第二十三人。』（《舊唐書・宣宗紀》記此事於大中元年三月，非。詳《獻侍郎鉅鹿公啓》注〔一二〕扶之遷中丞，當在此後至是年五月間。狀首云『某以九（當作『六』或『今』）月九日，到任上訖』，則狀當上於大中元年六月九日抵達桂林後。

〔二〕〔張采田校〕『九月』當是『今月』二字，涉下『九日』而誤也。〔按〕『九月』必誤。鄭亞抵桂管任後所上諸狀多作『今月』。然『九』『六』形近，『九』字或爲『六』字之誤。

〔三〕〔錢注〕《北史·隋紀》：嶺南溪洞多應之。〔補注〕谿洞，或作『谿峒』，對西南地區某些少數民族聚居地之統稱。

〔四〕見《爲滎陽公上集賢韋相公狀二》注〔七〕。

〔五〕〔補注〕剛鹵，謂土地堅硬而含鹽鹵。《易·説卦》：『其於地也，爲剛鹵。』陸德明《釋文》：『鹵，鹹土地。』石田，多石不可耕之地。《左傳·哀公十一年》：『得志於齊，猶獲石田也，無所用之。』

〔六〕〔錢注〕蕭子良《密啓武帝》：農政告祥，因高肆務。〔補注〕農政，指農事。

〔七〕幏，《全文》作『幪』，據錢校改。〔錢校〕『幪』當作『幏』。左思《魏都賦》：賨幏積滯。劉逵注：《風俗通》曰：盤瓠之後，輸布一匹二丈，是謂賨布，廩君之巴氏出幏布八丈。幏音稼。《吴越春秋》：越王使國中男女入山采葛，以作黄絲之布。〔補注〕賨，古代西南地區一種少數民族。賨幏，即賨布。

〔八〕〔補注〕《禮記·月令》：『蠶事畢，后妃獻繭，乃收繭税，以桑爲均。』孔穎達疏：『以桑爲均者，言收税之時以受桑多少爲賦之均齊，桑多則賦多，桑少則賦少。』

〔九〕〔錢注〕《後漢書·宋均傳》：至於苛察之人，身或廉法，而巧黠刻削，毒加百姓。〔補注〕苛黠，苛虐狡猾之官吏。

〔一〇〕〔錢注〕《後漢書·光武紀》：詔務進柔良退貪酷，各正其業焉。

〔一一〕〔補注〕深薄，臨深履薄，謂謹慎戒懼。語本《詩·小雅·小旻》：『戰戰兢兢，如臨深淵，如履薄冰。』

〔一二〕〔錢注〕任昉《奏彈蕭穎達》：風體若兹，凖繩斯在。〔補注〕凖繩之地，指執法部門或官吏，此切『中丞』。《新唐書·韓偓傳》：『偓因薦御史大夫勁正雅重，可以凖繩中外。』

爲中丞滎陽公桂州賽城隍神文〔一〕

維大中元年，歲次丁卯，六月甲午朔，十四日丁未，都防禦觀察處置等使，桂州刺史兼御史中丞鄭某，謹遣登仕郎、守功曹參軍陸秩〔二〕，以庶羞之奠，祭於城隍之神。夫大邑聚人〔三〕，通都設屏，將雄走集〔四〕，必假高深〔五〕。不惟倚仗風雲〔六〕，兼用翕張神鬼〔七〕。某初蒙朝奬，來佩藩符，既禦寇於西原〔八〕，亦觀風於南國〔九〕。始維畫鷁〔一〇〕，將下伏熊〔一一〕，屬楚雨蔽空，湘雲塞望，晦我中軍之鼓〔一二〕，溼予下瀨之師〔一三〕。遂以誠祈，果蒙神應。速如激矢，勢等却河〔一四〕。及兹報薦之期〔一五〕，敢怠馨香之禮？神其干霄作峻〔一六〕，習坎爲防〔一七〕，合烽櫓以保民〔一八〕，導川塗而流惡〔一九〕。使言言堅壘〔二〇〕，侔地道以無疆〔二一〕；活活深溝〔二二〕，如井德之不改〔二三〕。勿違丘禱〔二四〕，以作神羞〔二五〕。尚饗！

校注

〔一〕本篇原載《文苑英華》卷九九七第三頁、清編《全唐文》卷七八一第三頁、《樊南文集詳注》卷五。馮譜、張箋均編大中元年。〔按〕據篇首所紀時日，本篇當作於大中元年六月十四日。視篇中『始維畫鷁，將下伏熊，屬楚雨蔽空，湘雲塞望，晦我中軍之鼓，溼予下瀨之師。遂以誠祈，果蒙神應，速如激矢，勢等却河。及玆報薦之期，敢怠馨香之禮」等語，蓋鄭亞一行方抵桂林時，適遇大雨，遂以誠祈，果速雨止，故遣吏報薦。則報薦之期必與抵桂之日甚近。且祭城隍神亦爲地方長官到任後之例行公事。據此亦可證鄭亞抵桂當爲六月九日。

〔二〕秩，《全文》作「佚」，據《英華》改。

〔三〕〔馮注〕「人」作「民」字用。非用《易經》「何以聚人曰財」。

〔四〕「雄」字上《全文》《英華》均衍「英」字，據徐、馮校删。《英華》注：集作「比」。〔徐注〕《左傳》：險其走集。注：走集，邊境之壘辟。「辟」音「壁」。

〔五〕〔馮注〕高深，謂城池。

〔六〕仗，《英華》誤作「杖」，馮本一作「拔」。〔馮注〕《北史·魏收傳》：高元海虚心倚仗。木華《海賦》：掎拔五嶽。此「風雲」兼用陣勢，當作「倚仗」。

〔七〕〔補注〕翕張，複詞偏義，偏義於「張」。

〔八〕〔徐注〕《易》：不利爲寇，利禦寇。餘見《爲滎陽公桂州謝上表》「控西原而扼寇」注。

〔九〕〔徐注〕《禮記》：太史陳詩以觀民風。〔按〕《禮記·王制》作「命大師陳詩以觀民風」。觀風，謂觀察民情，了解施政得失。

〔一〇〕〔馮注〕《史記·司馬相如傳》：浮文鷁。注曰：鷁，水鳥也，畫其象於船首。

〔一一〕見《爲濮陽公陳情表》「熊軾郎城」注。

〔一二〕〔徐注〕《左傳》殖綽、郭最皆矜甲面縛，坐於中軍之鼓下。《齊語》：有國子之鼓，有高子之鼓，有中軍之鼓。〔補注〕晦，謂因天雨潮溼鼓聲不震也。

〔一三〕〔徐注〕《漢書·武帝紀》：元鼎五年，甲爲下瀨將軍，下蒼梧。臣瓚曰：瀨，湍也，吴、越謂之瀨，中國謂之磧。《伍子胥書》有「下瀨船」。

〔一四〕激矢，見《爲張周封上楊相公啓》『心驚於急絃勁矢』注。却河，見《爲滎陽公賀破奚寇表》『坎三鼓而河流自却』注。〔補注〕《呂氏春秋》：『夫激矢則遠，激水則旱。』

〔一五〕報薦，《英華》作『薦報』。期，《英華》作『時』。

〔一六〕〔徐注〕左思《蜀都賦》：干青霄而秀出。

〔一七〕〔徐注〕《易》：習坎，王公設險以守其國。〔補注〕習坎，指險阻。習，重也；坎，險也。

〔一八〕以，《英華》作『之』，誤。〔馮注〕《漢書・賈誼傳》：斥候望烽燧不得卧。文穎曰：邊方備胡寇，作高土櫓，櫓上作桔皋，桔皋頭兜零，以薪草置其中，常低之，有寇即火燃舉之以相告，曰『烽』。又多積薪，寇至即燃之，以望其煙，曰『燧』。按：每諱『民』作『人』，而仍有作『民』者，傳寫參錯耳。〔徐注〕陸機《洛陽記》：洛陽城，周公所制，城上百步有一樓櫓，外有溝渠。劉熙《釋名》：櫓，露也，露上無覆屋也。〔補注〕櫓，無頂蓋之望樓。

〔一九〕惡，《英華》作『思』，誤。〔徐注〕《周禮》：大川之上必有塗焉。《左傳》：韓獻子曰：『有汾、澮以流其惡。』〔馮注〕《周禮》：遂人，洫上有塗，澮上有道，川上有路，以達于畿。〔補注〕惡，垢穢。

〔二〇〕壘，《英華》注：集作『壁』。〔徐注〕《詩》：崇墉言言。〔補注〕言言，高大貌。

〔二一〕〔徐注〕《易》：安貞之吉，應地無疆。〔補注〕《易・謙》：『彖曰：謙，亨。天道下濟而光明，地道卑而上行。』《管子・霸言》：『立政出令，用人道；施爵禄，用地道；舉大事，用天道。』尹知章注：『地道，平而無私。』

〔二二〕〔徐注〕《詩》：河水洋洋，北流活活。〔補注〕活活，水流聲。或説水流貌。

〔二三〕〔徐注〕《易》：改邑不改井。〔補注〕《易・井》：『井養而不窮也。』孔穎達疏：『歎美井德，愈汲愈生，給養於人，無有窮已也。』

〔二四〕丘，《全文》諱改作『孔』，據《英華》回改。〔補注〕《論語・述而》：『子疾病，子路請禱……子曰：

丘之禱久矣。』丘禱，祈禱消灾祛病。

〔二五〕〔徐注〕《書》：無作神羞。〔補注〕《書·武成》：『惟爾有神，尚克相予，以濟兆民，無作神羞。』孔傳：『神庶幾助我，渡民危害，無爲神羞辱。』

爲滎陽公端午謝賜物狀〔一〕

右，中使某至，奉宣恩旨，賜臣端午紫衣一副，百索一軸，銀器二事，大將衣三副，并賜臣手詔一通者〔二〕。伏以五神定位，祝融司長養之功〔三〕；六律均和〔四〕，蕤賓有酬酢之義〔五〕。故節推《戴禮》〔六〕，日著《漢儀》〔七〕。彼艾人遠具于《歲時》〔八〕，角黍近標于《風土》〔九〕。乃《耆舊》傳聞之末〔一〇〕，亦君親慶賜之原〔一一〕。伏惟皇帝陛下，克協樂章〔一二〕，允符時訓〔一三〕，恩霑近戚〔一四〕，惠浹元僚〔一五〕。臣守介蠻圻〔一六〕，程遥鳳闕，敢希瘴嶠，特降乾文〔一七〕。輕縞染衣，真金備器，海綃掩麗〔一八〕，渠盌藏珍〔一九〕。拜受若驚，跪捧如失。常衣國僑之紵〔二〇〕，被服多慚；久携顔氏之瓢〔二一〕，捧持未慣。當晝而不假交扇〔二二〕，向日而惟宜飲冰〔二三〕。況又將以綵絲，縈諸畫軸，用禳故沴〔二四〕，兼續修齡〔二五〕。爰自微臣，頗流諸校〔二六〕。鞠躬被寵，全踰錫帶之榮〔二七〕；睹物傳輝，實動請纓之思〔二八〕。惟當仰承帝力〔二九〕，麤舉藩條，誓相率於明時，庶同登于壽域〔三〇〕。臣與大將等無任望闕感恩抃舞屏營之至。

校注

〔一〕本篇原載《文苑英華》卷六三一第三頁、清編《全唐文》卷七七三第二頁、《樊南文集詳注》卷二。〔按〕馮譜、張箋均繫大中元年，馮置《爲滎陽公桂州舉人自代狀》之前，張置《爲滎陽公桂州謝上表》之前。蓋均以爲甫抵桂林時所上。考鄭亞一行於大中元年六月初九抵桂林。此狀有『臣守介蠻圻』『敢希瘴嶠』之語，顯係到桂管任後所上。朝廷所賜端午節禮物當于端午日或稍前發出，抵達桂林約需月餘，則此狀當上於大中元年六月中下旬。

〔二〕百索，見《爲安平公謝端午賜物狀》注〔二〕。

〔三〕養，徐本作『發』，誤。〔徐注〕《禮記》：仲夏之月，其神祝融。〔補注〕《禮記·月令》『養壯佼』孔疏：『壯謂容體盛大，佼謂形容佼好，以盛夏長養之時，故養壯佼之人，助長氣也。』

〔四〕〔馮注〕《周禮》：典同，掌六律六同之和。《管子》：内外均和。《説文》：律，均布也。按：均、鈞通。〔徐注〕《説文》：十二律均布節氣，故有六律六均。〔補注〕樂律有十二，陰陽各六，陽爲律，陰爲吕。六律即黄鐘、太蔟、姑洗、蕤賓、夷則、無射。《史記·律書》：『王者制事立法，物度軌則，壹禀於六律，六律爲萬事根本焉。』

〔五〕〔徐注〕《禮記》：仲夏之月，律中蕤賓。《周語》：伶州鳩曰：『蕤賓，所以安靖神人，獻酬交酢也。』

〔六〕〔徐注〕《大戴禮·夏小正》云：五月，初昏，大火中。大火者，心也。心中，種黍菽糜時也，煮梅爲豆實也，蓄蘭爲沐浴也。

〔七〕〔徐注〕《後漢書·禮儀志》：五月五日，朱索五色印爲門户飾，以難止惡氣。

〔八〕〔徐注〕《荊楚歲時記》：五月五日，採艾爲人，懸門户上以禳毒氣。

〔九〕〔徐注〕《風土記》：仲夏端午，烹鶩、角黍，進筒糉，一名角黍，一名糉，亦作粽。〔馮注〕《風土記》：仲夏端午煮肥龜，加鹽豉、蒜蓼，名曰『葅龜』。又以菰葉裹粘米，一名糉，一名角黍。〔按〕《太平御覽》卷八五一引周處《風土記》作：『俗以菰葉裹黍米，以淳濃灰汁煮之令爛熟，於五月五日及夏至啖之，一名糉，一名角黍。』粽子古用黏黍，狀如三角，故稱角黍。

〔一〇〕〔徐注〕《晋書·陳壽傳》：撰《益部耆舊傳》十篇。《公羊傳》：所見異辭，所聞異辭，所傳聞異辭。〔馮曰〕書以《耆舊》名者不一。〔按〕如《襄陽耆舊傳》。

〔一一〕亦，《英華》注：集作『是』。〔徐注〕《禮記》：孟夏之月，慶賜遂行，無不欣悦。

〔一二〕〔馮注〕《後漢書·明帝紀》：永平二年，宗祀光武皇帝於明堂。事畢，升靈臺，吹時律。《章帝紀》：建初五年，始行月令，迎氣樂。《馬防傳》：十二月迎氣樂，防所上也。《律曆志》注：防奏言王者有食舉之樂，所以順天地，養神明，求福應也。可作十二均，各應其月氣，和氣宜應。《祭祀志》：章帝元和二年，東巡狩，還京都，告至，祀高祖、世祖，又爲靈臺十二門作詩，各以其月祀而奏之。〔徐注〕王子年《拾遺記》：楚懷王常繞山遊宴，各舉四仲之氣，以爲樂章。

〔一三〕〔徐注〕《逸周書·時訓解》第五十二。〔馮注〕《淮南子》有《時則訓》。〔按〕《禮記·月令》《逸周書·時訓解》《吕氏春秋·十二紀》與《淮南子·時則訓》，内容大同小異。

〔一四〕恩，《英華》注：集作『仁』。

〔一五〕〔補注〕《南史·庾杲之傳》：『盛府元僚，實難其選。』元僚，猶重臣。

〔一六〕〔補注〕蠻圻，猶蠻畿，古代九畿之一，又稱蠻服。《周禮·夏官·大司馬》：『方千里曰國畿……又其外方五百里曰衛畿，又其外方五百里曰蠻畿。』鄭玄注：『畿猶限也，自王城以外五千里爲界，有分限者九。』《國語·周語上》『蠻夷要服』韋昭注：『蠻，蠻圻。夷，夷圻也。《周禮》衛圻之外曰蠻圻，去王城三千五百里，九州之界也。』圻，疆界、地域。

〔一七〕〔補注〕乾文，帝王之文，此指帝王恩旨。

〔一八〕〔徐注〕《博物志》：鮫人水居，出人家賣綃，臨去，從主人索器，泣而出珠與主人。

〔一九〕〔徐注〕魏文帝《車渠椀賦》：車渠，玉屬也，多纖理縟文，生於西國，其俗寶之。《廣雅》：車渠，石，次玉也。《玄中記》：車渠出天竺國。《廣志》：車渠出大秦國。〔馮注〕謝朓《金谷聚詩》：渠椀送佳人。〔按〕二句美其賜衣與銀器。

〔二〇〕〔徐注〕《左傳》：吴公子札聘於鄭，見子産，如舊相識，與之縞帶，子産獻紵衣焉。〔馮注〕國僑，子産也。

〔二一〕〔補注〕《論語・雍也》：『賢哉，回也！一簞食，一瓢飲，在陋巷，人不堪其憂，回也不改其樂。』

〔二二〕交，《全文》作『文』，據《英華》改。〔徐注〕《世説補》：郗嘉賓三伏之日詣謝公，雖復當風交扇，猶沾汗流離。〔補注〕交扇，不停打扇。

〔二三〕日，《英華》作『夕』。〔徐注〕《莊子》：朝受命而夕飲冰，我其内熱與？

〔二四〕〔徐注〕《風俗通》：五月五日，以五綵絲繫臂者，辟兵及鬼，令人不病温。〔馮注〕故炁，即死氣。

〔二五〕修，徐本作『收』。馮本作『殘』，校云：《英華》刊本作『收』，誤，今從《粤西文載》。〔按〕徐本作『收』，馮本作『殘』，均誤。《英華》殘宋本及清編《全唐文》均正作『修』。徐本所據係明刊《英華》誤文。作『收』蓋『修』之音訛。馮氏據後出之《粤西文載》，更失校改之常理。

〔二六〕諸校，即列校，見《爲安平公謝端午賜物狀》『在列校不遺』注。

〔二七〕〔徐注〕《易》：或錫之鞶帶。

〔二八〕〔徐注〕《漢書・終軍傳》：南越與漢和親，乃遣終軍使南越。軍自請受長纓，必羈南越王而致之闕下。

〔二九〕承，《全文》作『成』，據《英華》改。〔徐注〕《列子》：《擊壤歌》曰：『日出而作，日入而息，鑿井而飲，耕田而食，帝力何有於我哉！』

〔三〇〕壽域，見《爲安平公謝端午賜物狀》『同躋壽域』注。